KB104252

잃어버린 단어들의 사전

THE DICTIONARY OF LOST WORDS
by Pip Williams

잃어버린 단어들의 사전

핍 윌리엄스 장편소설 | 서제인 옮김

엘리

일러두기

본문 중의 주석은 모두 옮긴이주이다.

차례

엄마와 아빠에게

프롤로그

1886년 2월

잃어버린 단어가 있기 전, 또 하나의 단어가 있었다. 그 단어는 누군가가 한 번 사용한 봉투에 담겨 스크립토리엄*에 배달되어 왔다. 원래 적혀 있던 주소 위에는 줄이 그어지고 그 자리에 '옥스퍼드, 서니사이드, 머리 박사님 앞'이라고 적혀 있었다.

우편물을 뜯어보는 것은 아빠의 일이었고, 여왕이 왕좌에 앉듯 아빠의 무릎에 앉아, 접힌 종이 요람에서 아빠가 단어 하나하나를 꺼내는 걸 돕는 것은 내 일이었다. 아빠는 어떤 단어가 어느 무더기로 가야 할지 알려주기도 했고, 가끔은 말을 멈추고 내 손을 자기 손으로 감싸 쥐고는, 내 손가락을 위로, 아래로, 글자들 근처로 이끌며 그 글자들의 소리를 내 귀에 들려주기도 했다. 그럴 때면 나는 그 소리를 메아리처럼 따라 했고, 아빠는 소리의 의미를 말해주곤 했다.

그 단어는 갈색 종잇조각에 쓰여 있었다. 머리 박사님이 선호하는 규격에 맞춰 찢은 종이의 가장자리가 거칠었다. 아빠가 잠시 멈췄고, 나는 단어를 배울 준비를 했다. 그런데 아빠의 손이 내 손을 감싸 쥐지 않았

* 'Scriptorium'이라는 이름은 중세 유럽 수도원에 있던 사본 제작소에서 따온 것으로, 여기서는 사전 편찬 업무를 하는 곳의 명칭으로 쓰였다.

다. 아빠를 재촉하려고 몸을 돌렸는데, 순간 아빠 얼굴에 떠오른 표정에 나는 그만 멈추고 말았다. 우리는 그토록 가까이 있었지만 그 순간 아빠는 아주 멀어 보였다.

나는 다시 그 단어 쪽으로 몸을 돌렸고, 이해하려고 해보았다. 이끌어주는 아빠의 손 없이 글자 하나하나를 따라갔다.

"뭐라고 쓰인 거예요?" 나는 물었다.

"릴리 Lily." 아빠가 대답했다.

"엄마 이름?"

"엄마 이름."

"그럼 엄마가 사전에 들어간다는 뜻이에요?"

"어떤 의미로는, 그렇지."

"사람은 모두 다 사전에 들어가는 거예요?"

"아니."

"왜요?"

아빠가 숨을 들이쉬고 내쉼에 따라 내 가슴도 뛰고 있었다.

"사람 이름이 사전에 들어가려면 무언가를 의미해야 하거든."

나는 다시 단어를 바라보았다. "엄마는 꽃 같았어요?"* 나는 물었다.

아빠는 고개를 끄덕였다. "세상에서 가장 아름다운 꽃이었지."

아빠는 종이를 집어 들고 단어 아래 적힌 문장을 읽었다. 그러고는 종이를 뒤집으며 더 적힌 것이 있는지 찾았다. "충분하지 않아." 아빠는 말했다. 하지만 문장을 다시 읽으면서, 마치 빠진 것을 찾아낼 수 있다는 듯이 눈동자를 분주히 굴렸다. 아빠는 그 단어를 가장 작은 무더기에 올

---

* Lily에는 '백합'의 의미도 있다.

려놓았다.

아빠가 분류 테이블로부터 의자를 밀며 일어났다. 나는 아빠 무릎에서 내려와 아빠가 건네주는 첫 번째 쪽지들을 받을 준비를 했다. 이 일은 내가 아빠를 도와 할 수 있는 또 다른 일이었고, 나는 각각의 단어가 분류함에서 자기 자리를 찾아가는 걸 보는 게 좋았다. 아빠가 가장 작은 단어 무더기를 집어 들었다. 엄마는 어디로 가게 될까, 나는 추측해보려 했다. '너무 높은 곳도 아니고, 너무 낮은 곳도 아니고.' 나는 속으로 노래 불렀다. 하지만 단어들을 내 손에 건네는 대신, 아빠는 벽난로를 향해 성큼성큼 세 걸음을 걸어가더니 불꽃 속으로 던져 넣었다.

세 장의 쪽지였다. 아빠의 손을 떠난 쪽지들은 열기를 타고 춤을 추며 각기 다른 안식처를 향해 날아갔다. '릴리'가 채 내려앉기도 전에 불타오그라들기 시작하는 게 보였다.

나는 소리를 지르며 벽난로로 달려갔다. 아빠가 내 이름을 소리쳐 부르는 게 들렸다. 쪽지가 불길 속에서 뒤틀리고 있었다.

나는 구해내려고 손을 뻗었지만, 갈색 종이는 이미 숯 검댕으로, 거기 적혀 있던 글자들은 모두 흔적으로 변해버린 뒤였다. 겨울이 되어 빛이 바래고 바삭바삭해진 오크 나뭇잎을 잡듯 잡으면 된다고 생각했는데, 내가 손가락으로 감싸자 그 단어는 부서져내렸다.

나는 영원히 그 순간 속에 갇혀 있을 수도 있었다. 하지만 아빠가 바람이 일 정도의 힘으로 나를 잡아챘다. 아빠는 나를 데리고 스크립토리엄 바깥으로 달려 나갔고, 눈 속에 내 손을 넣었다. 안 아파요. 아빠의 얼굴이 잿빛이라 나는 그렇게 말했지만, 손을 펴자 새까매진 단어 조각이 녹아내린 살갗에 눌어붙어 있었다.

어떤 단어들은 다른 단어들보다 중요하다. 스크립토리엄에서 자라나는 동안 나는 그렇게 배웠다. 하지만 어째서 그런지를 이해하는 데는 오랜 시간이 필요했다.

1부

1887~1896년

Batten 널빤지~Distrustful 불신을 품은

1887년 5월

스크립토리엄. 이 단어에선 거대한 건물을 연상시키는 소리가 난다. 아무리 조심조심 걸어도 대리석 바닥과 금박 입힌 돔 사이에서 소리가 울리는 곳이랄까. 하지만 그건 그냥 옥스퍼드 대학교의 어느 건물 뒤뜰에 세워진 창고였다.

창고에는 삽과 갈퀴 대신에 단어들을 보관했다. 영어로 된 모든 단어가 엽서 크기의 종이쪽지에 하나씩 적혀 있었다. 자원봉사자들이 세계 각지에서 쪽지를 우편으로 보내왔고, 쪽지들은 다발로 묶인 다음 창고 벽을 따라 늘어선 수백 개의 분류함 칸에 보관되었다. 머리 박사님은 이 창고를 '스크립토리엄'이라고 이름 붙였지만—박사님은 영어 단어들이 뒤뜰 창고에 보관되는 걸 불명예로 여긴 것이 틀림없었다—여기서 일하는 사람들은 다들 이곳을 그냥 스크립피the Scrippy,'기록방'이라고 불렀다. 나를 빼고는 그랬다. 나는 '스크립토리엄'이라는 소리가 입가에서 움직이다 입술 사이에 부드럽게 내려앉는 그 느낌이 좋았다. 제대로 발음하는 걸 배우는 데는 오래 걸렸지만, 마침내 할 수 있게 되자 내겐 그것이 다른 어떤 이름보다도 좋은 이름처럼 여겨졌다.

한번은 내가 분류함에서 단어 '스크립토리엄'을 찾는 걸 아빠가 도와주었다. 우리는 그 단어의 용례가 담긴 쪽지 다섯 장을 발견했는데, 각각의 용례는 거의 백 년쯤 전이나 되는 문헌들에서 인용되어 있었다. 모든 쪽지 내용은 거의 비슷했고, 그중에 '옥스퍼드 대학 건물 뒤뜰에 있는 창고'라는 의미를 언급한 것은 한 장도 없었다. 쪽지들에 따르면 스크립토리엄은 수도원에 딸린 기록실을 의미했다.

하지만 난 머리 박사님이 왜 그 이름을 골랐는지 이해할 수 있었다. 박사님과 조수들은 약간 수도사들과 닮은 면이 있었고, 내가 다섯 살 때는 사전이 그들의 성경이라고 생각한대도 이상하지 않았다. 모든 단어를 사전으로 편찬하려면 평생이 걸릴 거라고 머리 박사님이 말했을 때, 난 그게 누구의 평생을 말하는 건지 궁금했다. 박사님의 머리카락은 이미 재처럼 회색을 띠고 있었고, 작업은 이제 겨우 B 항목의 반쯤밖에 진행돼 있지 않았던 것이다.

스크립토리엄이 생기기 오래전에, 아빠와 머리 박사님은 스코틀랜드에서 교직 생활을 함께한 사이였다. 두 사람이 친구였기 때문에, 내게는 돌봐줄 엄마가 없었기 때문에, 그리고 아빠가 머리 박사님이 가장 신뢰하는 사전 편집자 중 한 명이었기 때문에, 내가 스크립토리엄에 있을 때에도 모두가 못 본 척 넘겨주었다.

스크립토리엄은 마법의 장소였다. 존재한 적 있는 모든 것, 그리고 존재할 수 있었던 모든 것이 그 건물의 벽 안에 저장돼 있는 것 같았다. 어느 자리에나 책 더미가 쌓여 있었다. 낡은 사전, 오래된 사료와 설화 자료가 가득 꽂힌 선반들은 각각의 책상을 구분해주기도 했고, 의자 하나가 꼭 맞게 들어갈 구석 자리를 만들어내기도 했다. 분류함은 바닥에서 천장까지 이어졌는데, 모든 칸에 쪽지들이 꽉 들어차 있었다. 거기 있는 쪽지를 다 읽으면 세상 모든 것의 의미를 이해할 수 있을 거라고, 언젠가 아빠가 말했다.

이 모든 것 한가운데에는 분류 테이블이 있었다. 아빠는 테이블 한쪽 끝에 앉았고, 조수 세 명이 양쪽 자리를 채우곤 했다. 맞은편 끝엔 머리 박사님의 높은 책상이 있었는데, 그곳에선 모든 단어와, 그 단어들을 정의할 수 있게 박사님을 돕는 모든 사람이 훤히 보였다.

우리는 언제나 다른 편집자들보다 일찍 도착했고, 그 잠깐의 시간 동안 나는 아빠를, 그리고 단어들을 독차지할 수 있었다. 나는 분류 테이블 앞 아빠의 무릎 위에 앉아 아빠가 쪽지 분류하는 일을 돕곤 했다. 내가 모르는 단어가 등장할 때마다, 아빠는 늘 단어와 함께 적혀 있던 인용문을 읽어주며 내가 의미를 알아내게 도와주었다. 내가 제대로 된 질문을 하면 아빠는 그 인용문이 포함되어 있는 책을 찾아 더 많은 문장을 읽어주려고 했다. 그건 마치 보물찾기 같았고, 때때로 난 황금을 찾아냈다.

"그 소년은 태어날 때부터 산만하기 짝이 없는 말썽쟁이였다." 아빠가 봉투에서 막 끄집어낸 쪽지에 적힌 인용문을 읽었다.

"나는 산만하기 짝이 없는 말썽쟁이예요?" 내가 물었다.

"가끔은." 아빠가 나를 간지럽히며 대답했다.

그 소년이 누군지 묻자 아빠는 그 문장이 적혀 있는 쪽지 맨 윗부분을 보여주고는 읽었다.

"『알라딘과 요술 램프』."

조수들이 도착하자 나는 분류 테이블 아래로 미끄러져 들어갔다.

"생쥐처럼 조용조용 있어야 된다. 방해 안 되게 조심하고." 아빠가 말했다.

숨어 있는 건 쉬웠다.

그날이 끝나갈 무렵 나는 아빠 무릎에 앉아 벽난로 온기를 느끼며 『알라딘과 요술 램프』를 함께 읽었다. 그건 옛날이야기라고 아빠가 말해주었다. 어떤 중국인 남자애에 관한 이야기. 옛날이야기가 더 있느냐고 내가 묻자, 아빠는 천 개나 더 있다고 대답했다. 그 이야기는 내가 한 번도 가본 적 없는 곳이 배경인, 한 명도 아는 사람이 나오지 않는, 한 번도 들어본 적 없는 이야기였다. 나는 스크립토리엄을 둘러보고는 그곳이 지니의 램프라고 상상했다. 밖에서 보면 너무나 평범해 보이지만 안에는 놀라움이 가득한 장소. 어떤 것들은 겉보기와는 전혀 달랐다.

다음 날, 쪽지 분류 작업을 도운 뒤에 나는 다른 이야기를 또 해달라고 아빠를 졸랐다. 너무 열심히 조르느라 생쥐처럼 조용조용 있기로 한 걸 잊어버리고 아빠를 방해했다.

"말썽쟁이같이 굴면 내보낸다." 아빠가 경고했다. 나는 알라딘의 동굴로 추방됐다고 상상했다. 그날의 나머지 시간은 분류 테이블 밑에서 보냈다. 그리고 거기서 아주 조그만 보물 하나가 나를 찾아냈다.

그건 한 단어였다. 테이블 끄트머리에서 떨어져내린 단어. 저게 바닥에 닿으면 구해내서 머리 박사님한테 직접 갖다드려야지, 나는 생각했다.

나는 그 단어를 바라보았다. 천 번은 되는 듯한 순간 속에서, 보이지 않는 기류를 타고 움직이는 그것을 보고 있었다. 그 단어는 지저분한 마룻바닥에 내려앉을 것 같았지만 그러지 않았다. 새처럼 활공해 거의 바닥에 닿을 듯 내려오더니, 마치 지니의 명령을 받기라도 한 것처럼 재주를 넘으며 허공으로 솟아올랐다. 그게 내 무릎에 내려앉을 거라곤 상상하지 못했다. 그렇게 멀리 날아올 거라고는. 그런데 그게 해냈다.

그 단어는 마치 하늘에서 내려온 빛나는 물건처럼 내 옷 주름 사이에 자리를 잡았다. 감히 손을 댈 수도 없었다. 내가 단어를 만질 수 있는 건 오직 아빠랑 같이 있을 때뿐이었으니까. 소리를 내서 아빠를 부를까 생각했지만 무언가가 내 혀를 붙들었다. 그 단어를 만지고 싶었지만 그러지 못한 채 한참 동안 앉아 있었다. 무슨 단어일까? 나는 궁금했다. 누구 거지? 흘린 단어를 찾으려고 허리를 굽히는 사람은 없었다.

한참 지난 다음에야 나는 그 단어를 둥글게 모은 두 손에 담아 올렸고, 그 은빛 날개가 부서지지 않게 조심하며 얼굴 가까이 가져왔다. 내가 숨어 있던 곳은 어두워서 읽기가 힘들었다. 나는 두 의자 사이, 반짝이는 먼지의 막이 드리운 곳으로 몸을 옮겼다.

나는 빛을 향해 단어를 들어 올렸다. 하얀 종이에 검은 잉크. 글자는 여덟 개였다. 첫 번째는 나비butterfly의 B였다. 나는 아빠가 가르쳐준 대로 나머지 글자를 차례로 눈에 담으며 입술을 움직였다. 오렌지orange의 O, 장난이 심한naughty의 N, 개dog의 D, 머리 박사님Murray 할 때 M, 사과apple의 A, 잉크ink의 I, 개dog의 D 한 번 더. 나는 소곤소곤 글자들을 소리로 바꿨다. 앞부분은 쉬웠다. 본드. 뒷부분은 조금 더 시간이 걸렸지만, 나는 A와 I가 이어져 어떤 소리를 만드는지 기억해냈다. 메이드.

단어는 'Bondmaid여자 노예'였다. 단어 밑에는 다른 단어들이 엉킨 실처럼 적혀 있었다. 자원봉사자가 보낸 인용문인지, 머리 박사님의 조수 중 한 명이 적어놓은 정의인지는 알 수 없었다. 스크립토리엄에서 보내는 시간 대부분은 자원봉사자가 보내온 단어를 이해하고 그 뜻이 사전에 실릴 수 있게 하는 데 쓰인다고 아빠는 말했다. 그 일은 중요했다. 내가 학교에 가고, 하루 세 끼 따뜻한 음식을 먹고, 자라나 훌륭한 여자가 되는 데 필요했으니까. 단어들은 너를 위한 거란다, 아빠는 말했었다.
"그 단어들 전부 사전에 뜻이 실려요?" 어느 날 내가 물었다.
"어떤 것들은 빠질 거야." 아빠가 말했다.
"왜요?"
아빠는 잠시 말이 없었다. "그냥, 자리를 잘 못 잡았으니까." 나는 얼굴을 찡그렸고, 아빠는 다시 말했다. "충분히 많은 사람들이 그걸 글로 적어놓지 않아서 그렇단다."
"빠진 단어들은 어떻게 되는데요?"
"다시 분류함으로 들어가지. 만약 충분한 정보가 없는 단어라면 버려질 거고."
"하지만 사전에 들어가지 않으면 그 단어들을 잊어버리잖아요."
내가 뭔가 중요한 말을 했다는 듯 아빠는 고개를 한쪽으로 기울이며 나를 보았다. "그래, 그러겠지."
버려진 단어에 무슨 일이 생기는지 나는 알고 있었다. 나는 'Bondmaid'가 적힌 쪽지를 조심스럽게 접어 앞치마 주머니에 넣었다.
잠시 후 아빠의 얼굴이 분류 테이블 아래로 나타났다. "이제 갈 시간이다, 에즈미. 리지가 기다려."
나는 모든 다리들 사이, 의자 다리, 테이블 다리, 사람들 다리 사이로 눈길을 주다가 열린 문 뒤에 서 있는 머리 박사님 댁 어린 하녀를 보았다. 앞치마를 허리춤에서 꽉 졸라맸는데, 허리끈 위로도 아래로도 천이 많이 남았다. 옷이 맞으려면 좀 더 자라야 할 것 같다고 리지는 내게 말했지만, 분류 테이블 밑에서 보니 마치 변장 놀이를 하고 있는 사람 같았다. 나는 여러 쌍의 다리 사이를 기어 리지를 향해 뛰어나갔다.
"다음번엔 들어와서 나 찾아. 훨씬 재밌을 거야." 리지 앞에 가 서면서 내가 말했다.

"거긴 제가 있는 곳이 아니에요." 리지는 내 손을 잡고 물푸레나무 그늘로 데려갔다.

"리지가 있을 곳은 어딘데?"

리지는 얼굴을 찡그리더니 어깨를 으쓱하며 말했다. "계단 꼭대기에 있는 방이겠죠, 아마. 밸러드 부인 도와드릴 때는 부엌이고요. 근데 안 도와드릴 때는 절대 아니죠. 일요일에는 세인트 메리 맥덜린 교회도 있네요."

"그게 다야?"

"정원도 있고요. 밸러드 부인 정신 사나우시지 않게 제가 아가씨 돌보고 있을 때요. 그리고 점점 더 많이 가는 곳으로는 커버드 마켓이 있네요. 자꾸 무릎이 속을 썩인다고 하셔서 제가 가거든요."

"항상 서니사이드에만 있었어?" 내가 물었다.

"항상은 아니에요." 리지는 나를 내려다보았고, 나는 그 얼굴에 있던 미소가 어디로 사라진 건지 궁금했다.

"그럼 어디 있었어?"

리지는 망설였다. "저희 엄마랑, 우리 쪼꼬미들이랑 다 같이 있었죠."

"쪼꼬미들이 뭐야?"

"아이들."

"나 같은?"

"아가씨 같은 아이들요, 에시메이."

"가족들은 죽었어?"

"저희 엄마만요. 쪼꼬미들은 사람들이 데려갔어요. 어딘지는 몰라요. 걔들은 시중을 들기엔 너무 어렸는데."

"시중이 뭐야?"

"그렇게 끝도 없이 질문만 할래요?" 리지는 겨드랑이에 손을 넣어 나를 들어 올리더니 빙글빙글 돌리기 시작했고, 마침내 우리는 둘 다 어지러워 풀밭에 주저앉았다.

"내가 있을 곳은 어딜까?" 어지러움이 잦아들었을 때 내가 물었다.

"아마도 기록방. 아버지랑 같이 있잖아요. 그리고 정원, 제 방, 부엌 의자."

"우리 집도?"

"당연하죠. 아가씨가 요즘엔 점점 집보다 여기서 시간을 더 보내는 것 같긴 하지만."

"나한테는 리지처럼 일요일에 가는 장소가 없어."

리지가 얼굴을 찡그렸다. "아니, 있어요. 세인트 바너버스 교회."

"거긴 가끔만 가는데, 뭐. 거기 갈 때 아빠는 책을 가져간다? 찬송가 책 앞에다가 펼쳐놓고 찬양 안 하고 그걸 읽어." 아빠의 입술이 다른 신도들을 흉내 내며 열렸다 닫혔다 했지만 아무 소리도 나지 않던 광경을 떠올리며 나는 웃었다.

"그건 웃을 일이 아니에요, 에시메이." 리지가 옷 속에 걸고 다니는 십자가 목걸이로 손을 가져갔다. 거기에 목걸이가 있다는 걸 나는 알았다. 나는 리지가 아빠를 나쁜 사람이라고 생각할까 봐 걱정이 됐다.

"릴리가 죽어서 그러는 거야." 내가 말했다.

리지의 찡그린 얼굴에 슬픔이 깃들었는데, 그 역시 내가 원하는 건 아니었다.

"하지만 아빠는 나 스스로 마음을 정해야 한다고 하셨어. 하느님이랑 천국에 대해서. 그래서 우리가 교회에 가는 거야." 리지의 표정이 풀어졌고, 나는 조금 더 편한 대화로 돌아가기로 마음먹었다. "내가 제일 좋아하는 장소는 서니사이드야." 내가 말했다. "그리고 스크립토리엄. 리지 방. 그리고 밸러드 부인이 빵 만들고 있을 때는 부엌. 특히 점박이 스콘을 굽고 있을 때."

"진짜 웃기는 꼬마 아가씨네요, 에시메이. 그건 과일 스콘이라고 하는 거예요. 그 점들은 건포도고."

리지 역시 아직 어린애일 뿐이라고 아빠는 말했었다. 아빠가 리지에게 얘기할 때면 나도 그걸 알 수 있었다. 리지는 최선을 다해 꼿꼿하게 서서, 안절부절못하며 두 손을 움직이지 않게 맞잡고는, 거의 말없이 모든 말에 고개를 끄덕이기만 했다. 내가 머리 박사님을 무서워하는 것처럼 리지도 아빠를 무서워하는 게 틀림없다고 나는 생각했다. 하지만 아빠가 없을 때면 리지는 나를 곁눈질하며 윙크하곤 했다.

풀밭에 누워 우리 머리 위로 세상이 빙글빙글 돌아가는 걸 보고 있는데, 리지가 갑작스레 몸을 숙이더니 내 귀 뒤쪽에서 꽃 한 송이를 뽑아냈다. 마치 마술사처럼.

"나 비밀이 하나 있어." 내가 말했다.

"무슨 비밀인데요, 우리 쪼끄만 양배추?"

"여기선 말 못 해. 다 퍼질 거야."

우리는 까치발을 하고 부엌을 통과해 리지의 방으로 이어진 좁은 계단을 올라갔다. 밸러드 부인은 식품 보관실에서 밀가루 통 위로 몸을 굽히고 있어서, 내 눈에 들어오는 것이라고는 주름진 남색 깅엄체크 천에 감싸인 부인의 널찍한 등밖에는 없었다. 우리를 보면 부인은 리지에게 무언가 시킬 일을 찾아낼 것이고, 내 비밀 얘기는 뒤로 미뤄질 것이었다. 입술에 손가락 하나를 가져다 댔지만 목구멍에서 웃음이 올라왔다. 그걸 본 리지가 나를 앙상한 팔로 안아 들고는 성큼성큼 계단을 올라갔다.

방은 추웠다. 리지는 침대에서 침대보를 벗기더니 러그처럼 마룻바닥에 깔았다. 리지 방의 벽 저쪽에 머리 박사님 댁 아이들 중 누군가가 있을지 나는 궁금했다. 거긴 아이들 방이었고, 가끔은 벽을 타고 어린 조잇이 우는 소리가 들려오다가 오래지 않아 멈췄다. 머리 부인이 금세 오거나 더 큰 아이들 중 누군가가 오곤 했다. 나는 벽 쪽으로 귀를 기울이고 아기가 깨어나며 내는 소음들을, 채 언어가 되지 못한 그 작은 소리들을 들었다. 아기가 눈을 떠 자신이 혼자라는 걸 깨닫는 광경을 머릿속에 그렸다. 아기는 잠깐 칭얼대더니 이내 울음을 터뜨렸다. 이번에 온 사람은 힐다였다. 울음소리가 멈췄을 때, 나는 힐다 목소리 특유의 울림을 알아들었다. 힐다는 리지처럼 열세 살이었는데, 힐다의 가장 어린 여동생들인 엘시와 로스프리스 역시 힐다에게 크게 뒤처지지 않고 나타났다. 리지와 함께 러그 위에 앉아 나는 벽 저쪽에서 그애들이 모두 똑같은 행동을 함께하는 모습을 그려보았다. 그애들이 무슨 게임을 할지 궁금했다.

리지와 나는 마주 보고 책상다리로 앉았다. 우리의 무릎이 살짝 닿았다. 나는 손뼉치기 게임을 하려고 두 손을 들어 올렸는데, 내 웃긴 손가락들을 본 리지가 멈칫했다. 분홍색 손가락들에 오글오글 주름이 잡혀 있었다.

"이젠 안 아파." 나는 말했다.

"확실해요?"

나는 고개를 끄덕였고, 우리는 손바닥을 맞부딪히기 시작했다. 리지가 내 웃긴 손가락들을 너무 조심하는 바람에 소리가 제대로 나진 않았지만.

"자, 그 비밀이란 게 뭐예요, 에시메이?" 리지가 물었다.

거의 잊고 있었다. 나는 손뼥치기를 멈추고는 앞치마 주머니를 뒤져 그날 아침 일찍 내 무릎에 내려앉았던 쪽지를 꺼냈다.

"어떤 종류의 비밀인데요?" 쪽지를 받아 뒤집어 보며 리지가 물었다.

"어떤 단언데, 나는 이것밖에 읽을 수가 없어." 나는 'Bondmaid'를 가리켰다. "나머지를 좀 읽어줄 수 있어?"

리지는 내가 했던 것과 똑같이 단어들을 따라가며 손가락을 옮겼다. 조금 뒤 리지는 쪽지를 내게 다시 건넸다.

"그걸 어디서 찾았어요?" 리지가 물었다.

"이게 나를 찾아냈어." 내가 말했다. 그러고는 그 대답으로는 충분치 않다는 걸 알고는 다시 말했다. "조수들 중에 한 명이 버린 거야."

"버렸다고요? 정말?"

"응." 조금도 눈길을 피하지 않고 내가 대답했다. "그 사람들은 이해가 안 되는 단어들은 버려."

"그럼, 그 비밀을 어떡할 거예요?" 리지가 물었다.

생각해본 적이 없었다. 나는 그 단어를 리지에게 보여주고 싶었을 뿐이었으니까. 나는 아빠에게 그 단어를 안전하게 보관해달라고 할 수 없다는 걸 알았다. 내 주머니에 언제까지고 간직하고 있을 수도 없었다.

"이것 좀 맡아줄래?" 내가 물었다.

"그래요, 아가씨가 그랬으면 한다면요. 뭐 그리 특별한 건지는 모르겠지만."

그것은 내게 왔기 때문에 특별했다. 거의 아무것도 아니었지만, 아주 아무것도 아닌 것도 아니었다. 작고 연약했고, 중요한 뜻은 담겨 있지 않을 수도 있었다. 하지만 나는 그것이 벽난로 불길에 던져지지 않도록 지켜야 했다. 나는 이 모든 것을 리지에게 어떻게 설명해야 할지 몰랐다. 리지는 설명을 요구하지 않았다. 그 대신, 무릎을 꿇고 엎드리더니 자기 침대 밑을 팔로 더듬어 나무로 된 작은 트렁크 하나를 끄집어냈다.

긁힌 자국이 있는 트렁크 윗면, 나는 리지가 손가락 하나를 들어 그 윗면을 덮고 있는 얇은 먼지층에 선을 긋는 모습을 지켜보았다. 리지는 트렁크를 여는 데 시간을 들이고 있었다.

"뭐가 들어 있어?" 내가 물었다.

"암것도 없어요. 제가 올 때 갖고 온 건 전부 옷장으로 들어가서."

"여행 갈 때 필요하지 않아?"

"필요할 일 없어요." 리지가 말하고는 걸쇠를 벗겼다.

나는 내 비밀을 트렁크 밑바닥에 내려놓고는 웅크리고 앉았다. 내 비밀은 작고 외로워 보였다. 나는 그걸 한쪽으로 밀었다가 또 다른 쪽으로 옮겨놓았다. 그러다 결국 도로 꺼내 두 손바닥 위에 올려놓았다.

리지가 내 머리카락을 쓰다듬으며 말했다. "친구를 만들어주려면 다른 보물들을 더 찾아내야 되겠는데요?"

나는 자리에서 일어나 쪽지를 트렁크 위로 최대한 높이 들어 올린 다음 손을 놓았다. 쪽지가 이쪽에서 저쪽으로 팔랑팔랑 내려오다가 트렁크 한쪽 구석에 자리 잡는 모습을 바라보았다.

"여기 있고 싶은가 봐." 나는 쪽지를 판판하게 펴주려고 몸을 굽히며 말했다. 그런데 판판해지지가 않았다. 트렁크 바닥을 덮고 있던 종이 안감 밑에 뭔가 덩어리 같은 것이 느껴졌다. 안감 가장자리가 이미 위로 들려 있어서 나는 그걸 조금 더 벗겨냈다.

"암것도 없는 게 아니었어, 리지." 핀 머리 하나가 모습을 드러냈을 때 나는 말했다.

리지는 내가 무엇을 말하는지 보려고 내 위로 몸을 굽혔다.

“이건 모자 고정용 핀이에요.” 리지가 핀을 들어 올리려고 손을 뻗었다. 핀 머리 부분에는 조그만 구슬 세 개가 차곡차곡 붙어 있었는데, 하나하나가 모두 만화경처럼 색색 빛깔로 가득했다. 리지가 핀을 엄지손가락과 나머지 손가락 사이에 넣고 돌렸다. 돌아가는 구슬을 보며 리지가 무언가를 기억해냈다는 걸 알 수 있었다. 리지는 핀을 가슴께로 가져가 대고는 내 이마에 뽀뽀를 했다. 그러고는 핀을 침대맡 협탁 위, 자기 어머니를 담은 작은 사진 곁에 조심스럽게 놓아두었다.

우리 집이 있는 제리코까지 걸어 돌아오는 건 생각보다 오래 걸렸다. 내가 작은 아이인 데다 아빠도 파이프 담배를 피우면서 이리저리 거니는 것을 좋아해서였다. 나는 아빠의 담배 냄새가 좋았다.

우리는 널찍한 밴버리 로드를 가로지른 다음 세인트 마거리츠 로드를 내려가기 시작했다. 예쁘장한 정원과 짝을 이루며 서 있는 높다란 집들, 길에 그늘을 만들어주는 나무들을 지나쳤다. 그런 다음 나는 지그재그 좁은 골목들을 통과하는 길로 아빠를 이끌었다. 마치 분류함에 들어 있는 쪽지들처럼 집들이 촘촘하게 이마를 맞대고 서 있는 길이었다. 옵저버토리 스트리트로 들어서자 아빠는 파이프를 벽에 두드려 털고는 주머니에 집어넣었다. 그런 다음 나를 들어 어깨에 올려주었다.

“얼마 안 있으면 너, 무거워져서 이것도 못 하겠는데?” 아빠가 말했다.

“무거워지면 쪼꼬미가 아니게 되는 거예요?”

“리지가 너를 그렇게 부르니?”

"그렇게도 불러요. 양배추라고도 하고 에시메이라고도 해요."

"쪼꼬미랑 에시메이는 알겠는데, 양배추는 왜 양배추라니?"

'양배추'는 언제나 포옹이나 따뜻한 미소가 딸려 있는 단어였다. 왜 양배추인지 내게는 완벽하게 이해가 되었지만 어째서인지를 설명할 수는 없었다.

우리 집은 옵저버토리 스트리트를 반쯤 내려가 애들레이드 스트리트를 막 지나치는 곳에 있었다. 모퉁이에 다다랐을 때 나는 큰 소리로 수를 세었다. "하나, 둘, 셋, 넷, 스톱! 여기가 바로 우리 집 정문!"

우리 집 문에는 사람 손 모양을 한 오래된 놋쇠 노커가 있었다. 릴리는 그 노커를 커버드 마켓에 있는 한 소품 매대에서 찾아냈다. 아빠는 그것이 빛바래고 흠이 나 있었다고, 손가락 사이에 끼어 있던 강모래를 자기가 깨끗이 닦아내서 결혼하던 날 현관문에 달았다고 했다. 이제 아빠는 주머니에서 열쇠를 꺼냈고, 나는 아래쪽으로 몸을 굽혀 릴리의 손 모양 노커를 내 손으로 감쌌다. 네 번 두드렸다.

"집에 아무도 없어요." 내가 말했다.

"다들 곧 올 거다." 아빠가 문을 열고 집 안으로 들어설 때 나는 몸을 수그렸다.

아빠는 나를 내려놓고는, 현관 사이드보드에 가방을 올려놓은 뒤 바닥에 떨어져 있는 편지들을 집어 올렸다. 나는 아빠를 따라 복도를 지나 부엌으로 갔고, 아빠가 저녁을 만드는 동안 테이블에 앉아 있었다. 우리 집에는 일주일에 세 번 요리와 청소와 빨래를 해주러 오는 하녀가 따로 있었지만 그날은 하녀가 오는 날이 아니었다.

"쪼꼬미가 아니게 되면 나도 시중을 들게 돼요?"

아빠는 프라이팬을 흔들어 소시지를 굴리고는 내가 앉아 있는 부엌 테이블을 건너다보았다.

"아니, 그렇진 않아."

"왜요?"

아빠는 다시 소시지를 굴렸다. "그건 설명하기 좀 어렵구나."

나는 기다렸다. 아빠가 숨을 깊이 들이마셨고, 아빠의 눈썹 사이에 생기는 '생각 주름'들이 더 깊어졌다. "리지가 시중을 들 수 있는 건 운이 좋아서지만, 네가 그런다면 운이 안 좋은 일이 될 거야."

"이해가 안 돼요."

"그래, 넌 이해 못 할 거야." 아빠는 완두콩에서 물기를 빼고 감자를 으깬 다음 소시지와 함께 접시에 담았다. 마침내 테이블에 앉았을 때 아빠는 말했다. "시중이라는 말은 사람에 따라 다른 걸 뜻할 수 있단다, 에시. 사람들이 사회에서 갖는 위치에 따라서 말이야."

"그 모든 다른 뜻이 사전에 들어가나요?"

아빠의 생각 주름이 누그러졌다. "내일 같이 분류함을 살펴보자, 어때?"

"릴리라면 '시중'에 대해 설명할 수 있었을까요?" 내가 물었다.

"네 엄마라면 너한테 세상을 설명해줄 만한 단어들을 갖고 있었을 거야, 에시." 아빠가 말했다. "하지만 엄마가 없으니, 우린 기록방의 도움을 받아야 되겠구나."

다음 날 아침 함께 우편물을 분류하기 전에, 아빠는 나를 들어 올리더

니 S로 시작하는 단어들이 있는 분류함을 찾아보게 해주었다.

"자, 뭐가 있는지 보자."

아빠가 분류함 하나를 가리켰다. 그 분류함은 아주 높은 곳에 있었지만, 안 닿을 정도는 아니었다. 나는 쪽지 묶음 하나를 끄집어냈다. 맨 위 대표 쪽지에 '시중Service', 그 아래에 '복수 의미'라고 적혀 있었다. 우리는 분류 테이블에 앉았고, 아빠는 내가 쪽지들을 묶어놓은 끈을 풀게 해주었다. 묶음은 인용문들이 적힌 더 작은 묶음 네 개로 나뉘어 있었는데, 각각의 묶음에는 대표 쪽지가 있었고, 머리 박사님이 특별히 신뢰하는 자원봉사자들이 제안한 단어의 정의가 적혀 있었다.

"디트가 이걸 분류했단다." 아빠가 분류 테이블 위의 종이 무더기를 정리하며 말했다.

"디트 고모 말이에요?"

"그래, 바로 그분."

"고모도 아빠처럼 사전 편…… 편지자예요?"

"사전 편집자. 그렇진 않아. 하지만 공부를 많이 한 분이고, 그런 분이 사전 편집 일에 취미가 있어서 우리로선 고마운 일이지. 디트가 머리 박사님한테 새로 시작할 항목에 들어갈 단어나 원고를 넣어서 편지를 보내지 않는 주는 아마 한 주도 없을 거다."

아빠와 나 역시 한 주도 빼놓지 않고 디트 고모로부터 편지를 받았다. 아빠가 읽어주는 걸 들어보면 편지는 대체로 나에 관한 내용이었다.

"나도 고모의 취미예요?"

"너는 그분의 대녀야. 취미보다 훨씬 중요한 거지."

디트 고모의 본명은 이디스였지만, 내가 아주 어릴 때는 그걸 발음하는 게 무척 어려웠다. 고모의 이름을 부르는 여러 방식들이 있었고, 고모는 내가 그중에서 좋아하는 걸 고르게 해주었다. 덴마크에서라면 고모는 디테라고 불렸을 것이다. 디트가 더 달콤한 이름이라고, 종종 나는 '앤트 디트Aunt Ditte'의 라임을 재미있어하며 생각했다. 나는 이제 고모를 이디스라고 부르지 않았다.

"자, 이제 고모가 '시중'을 뭐라고 정의했는지 보자." 아빠가 말했다.

그 단어의 여러 가지 정의가 리지를 묘사하고 있었다. 하지만 그것들 가운데 어느 것도 왜 '시중'이 리지와 나에게 각각 다른 것을 의미하는지 설명해주지는 않았다. 아빠와 내가 마지막으로 살펴본 쪽지 뭉치에는 대표 쪽지가 없었다.

"그건 중복 단어들이란다." 아빠는 내가 그것들을 읽는 걸 도와주었다.

"중복 단어들은 어떻게 돼요?" 내가 물었다. 하지만 아빠가 뭐라고 대답하기 전에 스크립토리엄 문이 열리며 조수 중 한 명이 들어왔다. 넥타이를 방금 목에 두른 것처럼, 걸으면서 매듭을 만들고 있었다. 매듭을 다 짓자 넥타이는 비뚜름해졌는데, 그는 그걸 조끼 안으로 집어넣는 걸 잊어버렸다.

미첼 씨가 내 어깨 너머로 분류 테이블에 놓인 쪽지 무더기를 굽어보았다. 짙은 색 머리카락 한 올이 그의 얼굴로 흘러내렸다. 그가 도로 넘겼지만 머릿기름이 모자라 머리카락은 제자리에 고정되지 않았다.

"시중." 그가 말했다.

"리지는 시중을 들고 있어요." 내가 말했다.

"그렇지."

"근데 아빠는 내가 시중을 들게 되면 그건 운이 나쁜 거래요."

미첼 씨는 아빠를 보았고, 아빠는 어깨를 으쓱하고 웃어 보였다.

"어른이 되면, 에즈미, 네가 원하는 건 뭐든 할 수 있을 거야." 미첼 씨가 말했다.

"저는 사전 편집자가 되고 싶어요."

"그래, 그렇다면 이게 좋은 시작이 되겠구나." 쪽지들을 가리키며 그가 말했다.

메일링 씨와 보크 씨가 전날 논쟁의 대상이 되었던 단어 이야기를 하며 스크립토리엄으로 들어섰다. 그다음엔 검은 가운을 펄럭이며 머리 박사님이 들어왔다. 나는 한 사람에게서 다른 사람에게로 시선을 옮겼다. 턱수염의 길이와 색깔로 그들이 몇 살인지 알아맞힐 수 있을지 궁금했다. 아빠와 미첼 씨의 수염이 가장 짧고 색도 짙었다. 머리 박사님의 수염은 흰색으로 변하고 있었고, 자랄 대로 자라 조끼 맨 위 단추에 닿을 정도였다. 메일링 씨와 보크 씨의 수염은 그 중간쯤이었다. 이제 모두가 출근을 했으니 나는 사라질 시간이었다. 나는 분류 테이블 아래로 기어 들어가 길 잃은 쪽지를 기다렸다. 또 다른 단어가 나타나 나를 발견해주기를 세상 무엇보다 바라는 마음이었다. 어떤 단어도 나타나지는 않았다. 하지만 아빠가 리지와 함께 돌아가라고 나를 불렀을 때 내 주머니가 완전히 비어 있지는 않았다.

나는 리지에게 쪽지를 보여주었다. "비밀 하나 더."

"아가씨가 계속 기록방에서 비밀을 꺼내 오는 걸 제가 가만둬야 할까요?"

"이건 중복 단어라고 아빠가 그랬어. 완전히 똑같은 내용이 적힌 게 하나 더 있대."

"뭐라고 적혀 있는데요?"

"리지는 시중을 들어야 되고, 나는 나랑 결혼하고 싶어하는 남자가 나타날 때까지 자수를 놓아야 된대."

"정말요? 그렇게 쓰여 있어요?"

"그런 것 같아."

"음, 자수는 제가 가르쳐드릴 수 있어요."

나는 생각해보았다. "아니야, 괜찮아, 리지. 미첼 씨가 그러는데 나는 사전 편집자가 될 수도 있대."

그다음 며칠 동안, 아침에 아빠를 도와 우편물을 정리한 뒤 나는 분류 테이블 한쪽 끝으로 기어 들어가 단어들이 떨어져내리기를 기다렸다. 하지만 단어가 떨어질 때면 언제나 조수 중 한 명이 재빨리 그것을 집어 올려 가져가곤 했다. 며칠 뒤 나는 단어들을 지켜보는 걸 잊어버렸고, 몇 달 뒤에는 리지의 침대 밑 트렁크에 대해서도 잊어버렸다.

1888년 4월

"구두는?" 아빠가 말했다.

"광이 나요." 내가 대답했다.

"스타킹은?"

"바짝 당겨 신었어요."

"옷은?"

"좀 짧아요."

"너무 끼니?"

"아뇨, 딱 맞아요."

"휴." 이마를 닦으며 아빠가 한숨을 쉬었다. 그러고는 한참 동안 내 머리카락을 바라보았다. "이게 다 어디서 오는 거라니?" 커다란 손으로, 잘 안 되는 솜씨로 내 머리카락을 가라앉히려고 애를 쓰며 아빠가 중얼거렸다. 붉은색 곱슬머리가 손가락 사이로 튀어나올 때면 아빠는 게임을 하듯 잡으려 했지만 손이 두 개밖에 없어서 잘 되지 않았다. 머리 한 가닥이 진정되면 다른 가닥이 통제에서 벗어났다. 나는 깔깔거리기 시작했고, 아빠는 두 손을 들고 포기했다.

내 머리카락 때문에 우리는 늦을 것 같았다. 아빠는 그것도 있어 보이는 일이라고 말했다. '있어 보이는' 게 뭐냐고 내가 묻자 아빠는, 그건 어떤 사람들에게는 아주 큰 의미가 있지만 다른 사람들에게는 아무 의미도 없고, 모자에서 벽지, 그리고 파티에 도착하는 시간에 이르기까지 무엇에든 적용될 수 있다고 했다.

"우리는 있어 보이는 걸 좋아하는 사람들이에요?"

"보통은 안 그렇지."

"그럼 뛰어가는 게 좋겠어요." 나는 아빠의 손을 잡아끌며 걸음을 재촉했다. 십 분 뒤, 우리는 약간 숨 가쁜 상태로 서니사이드에 도착했다.

정문은 갖가지 크기와 모양, 색깔을 한 글자 A와 B 들로 장식되어 있었다. 지난주에 나는 몇 시간이나 몰두해서 내 글자들에 직접 색을 칠했는데, 머리 박사님네 아이들이 만든 A와 B 들 사이에서 그것들을 볼 수 있어 짜릿했다.

"미첼 씨가 오시네요. 미첼 씨도 있어 보이나요?" 내가 물었다.

"전혀 아니지." 아빠가 다가오는 미첼 씨에게 손을 내밀었다.

"멋진 날이네." 미첼 씨가 아빠에게 말했다.

"멀리서 오느라 고생했네." 아빠가 미첼 씨에게 말했다.

미첼 씨가 무릎을 꿇고 앉아서 우리는 같은 눈높이가 되었다. 오늘은 머릿기름이 충분해서 그의 머리카락은 제자리에 잘 고정돼 있었다. "에즈미, 생일 축하한다."

"고맙습니다, 미첼 씨."

"그럼 이제 몇 살이지?"

"오늘 여섯 살이 돼요. 근데 이 파티는 제가 아니고 『A와 B』를 위한 파티라는 거 알아요. 그래도 케이크는 두 조각 먹어도 된다고 아빠가 그랬어요."

"전적으로 옳은 말이구나." 그는 주머니에서 작은 꾸러미 하나를 꺼내더니 내게 건넸다. "파티에 선물이 빠질 수 없지. 이건 네 거다, 꼬마 아가씨. 운이 좋으면 내년 생일이 되기 전에 글자 C를 이걸로 색칠할 수 있을 거야."

꾸러미를 풀어보니 색연필이 담긴 작은 상자가 나왔고 나는 미첼 씨에게 환하게 웃음을 지어 보였다. 그가 일어서자 발목이 눈에 들어왔다. 한쪽은 검정, 한쪽은 녹색 양말이었다.

물푸레나무 아래 기다란 테이블이 놓여 있었다. 정확히 내가 상상한 그대로였다. 하얀 천 위에 음식이 담긴 접시들이 놓여 있고, 펀치가 가득 든 유리 볼이 있었다. 나뭇가지에는 색색의 장식 리본들이 달려 있었고, 셀 수도 없을 만큼 많은 사람들이 있었다. 있어 보이려고 늦은 사람은 아무도 없는걸, 나는 생각했다.

테이블 밑에서는 머리 박사님네 꼬마 남자아이들이 술래잡기를 하고 있었고, 여자아이들은 줄넘기를 하고 있었다. 그쪽으로 가면 그애들은 언제나처럼 나를 끼워줄 테지만, 줄을 손에 잡는 일이 내겐 익숙하지 않았고, 넘을 때면 도저히 박자를 맞출 수가 없었다. 애들은 나를 격려해줄 테고 나는 다시 해보려고 하겠지만, 줄에 계속 걸리면 모두가 재미없어졌다. 나는 힐다와 에설윈이 노래로 숫자를 세어가며 줄을 돌리는 걸 지켜보았다. 로스프리스와 엘시는 손을 맞잡고, 자매들이 높이는 속도에 맞춰 점점 빠르게 줄을 뛰어넘고 있었다. 로스프리스는 네 살이었고, 엘시는 나보다 겨우 몇 개월밖에 나이가 많지 않았다. 그애들의 땋은 금발 머리가 날개처럼 위아래로 퍼덕였다. 내가 지켜보는 내내 줄은 한 번도 걸리지 않았다. 나는 내 머리카락을 만져보고는 아빠가 땋아준 머리가 어느새 느슨해졌다는 걸 깨달았다.

"여기서 기다려라." 아빠가 말했다. 그러더니 모여 있는 사람들을 헤치고 부엌 쪽으로 갔다. 잠시 후 아빠는 돌아왔고, 아빠 바로 뒤에는 리지가 따라왔다.

"생일 축하해요, 에시메이." 리지가 내 손을 잡으며 말했다.

"우리 어디 가?"

"아가씨 선물 가지러요."

나는 리지를 따라 부엌에서 이어지는 좁은 계단을 올라갔다. 리지의 방에 도착하자, 리지는 나를 침대에 앉히고는 자기 앞치마 주머니에 손을 넣었다.

"눈 감아요, 우리 쪼끄만 양배추. 양손 앞으로 내밀고요."

나는 눈을 감고 미소가 얼굴을 따라 번지는 걸 느꼈다. 무언가가 팔락거리며 내 손바닥 위에서 춤을 추었다. 리본이었다. 나는 계속 미소를 짓고 있으려고 애를 썼다. 내 방 침대 옆에 리본이 가득하다 못해 넘치는 상자가 하나 있기는 했지만 말이다.

"이제 눈 떠도 돼요."

리본 두 개. 그날 아침 아빠가 머리카락에 매준 것처럼 반짝이거나 매끄럽지는 않았지만, 두 리본 모두 끝에 내 드레스에 들어간 것과 똑같은 블루벨 꽃무늬가 수놓여 있었다.

"다른 리본들처럼 미끌미끌하지 않아서 쉽게 안 잃어버릴 거예요." 내 머리칼에 손을 넣어 빗어내리기 시작하며 리지가 말했다. "머리 윗부분부터 하나로 땋아내린 다음에 달면 아주 잘 어울릴 것 같아요."

몇 분 뒤 리지와 나는 정원으로 돌아왔다. "무도회에 온 미인 같구나." 아빠가 말했다. "시간도 딱 맞춰 왔고."

물푸레나무 그늘에 머리 박사님이 서 있었다. 박사님 앞의 작은 테이블에는 커다란 책 한 권이 놓여 있었다. 박사님이 들고 있던 유리잔 가장자리를 포크로 두드려 소리를 냈다. 우리는 모두 조용해졌다.

"존슨 박사님이 자신의 사전을 편찬하는 일에 착수하셨을 때, 그분은 어떤 단어도 검증되지 않은 채 남겨두는 일은 없게 하겠다고 결심하셨습니다." 모두가 듣고 있는지 확인하기 위해 머리 박사님이 잠깐 틈을 두었다. "그 결심은 곧 무너지고 말았습니다. 하나의 조사는 언제나 다른 조사로 이어졌고, 한 권의 책에는 또 다른 책이 인용돼 있었으며, 그러모은다고 해서 언제나 무언가를 발견할 수 있는 것도 아니고, 무언가를 발견해도 뜻을 알 수 없을 때도 많다는 사실을 깨달았기 때문이지요."

나는 아빠의 소매를 잡아당겼다. "존슨 박사님이 누구예요?"

"지난번 사전을 편찬했던 편집자란다." 아빠가 속삭였다.

"사전이 이미 있는데 왜 또 새로 만들어요?"

"옛날 사전이 충분히 훌륭하지가 않았으니까."

"머리 박사님이 만드는 사전은 충분히 훌륭할까요?" 아빠는 입술에 손가락을 갖다 대고는 머리 박사님의 말을 계속 듣기 위해 고개를 돌렸다.

"만약 제 작업이 존슨 박사님의 작업보다 조금이라도 성공적이라면, 그건 수많은 학자와 전문가분 들의 선의와 협조가 큰 도움이 되었기 때문일 겁니다. 대다수가 본인의 작업으로 바쁘신데도 불구하고 이 일에 관심을 갖고, 그 관심의 일부를 기꺼이 편집 작업에 써주신 분들, 작업이 완벽해질 수 있도록 지식을 흔쾌히 나누어주신 분들 덕분입니다." 머리 박사님은 『A와 B』를 편찬하는 데 도움을 준 모든 이들에게 감사를 표하기 시작했다. 명단이 너무 길어서 계속 서 있자니 다리가 아팠다. 나는 풀밭에 주저앉아 풀잎들을 들어 올리고, 껍질을 벗겨 가장 부드러운 녹색 줄기가 드러나게 하고는 그곳을 조금씩 물어뜯기 시작했다. 디트 고모의 이름을 들었을 때에야 나는 고개를 들었다. 곧 아빠와 스크립토리엄에서 일하는 다른 사람들의 이름도 들려왔다.

연설이 끝나고 머리 박사님이 축하를 받는 동안 아빠는 사전이 놓여 있는 곳으로 걸어가서 그것을 들어 올렸다.

아빠는 나를 불러 물푸레나무의 거칠거칠한 줄기에 등을 기대고 앉게 했다. 그러고는 무거운 사전을 내 무릎에 내려놓았다.

"내 생일 단어들도 여기 들어 있어요?"

"물론 들어 있지." 아빠는 표지를 열고 첫 번째 단어가 나올 때까지 페이지를 넘겼다.

A.

아빠는 페이지 몇 장을 더 넘겼다.

땅돼지Aard-vark.

그러고는 또 넘겼다.

내 단어들, 나는 생각했다. 가죽 표지를 입고, 페이지 가장자리는 금색으로 장식된 이 단어들. 그것들의 무게가 나를 영원히 그 장소에 붙잡아 눌러놓을 것 같다고 나는 생각했다.

아빠가 『A와 B』를 테이블 위에 돌려놓자 사람들의 무리가 그것을 삼켜버렸다. 단어들이 걱정되었다. "조심해요." 나는 말했지만, 아무도 듣지 못했다.

"디트 고모가 왔구나." 아빠가 말했다.

나는 문을 통과해 걸어오는 고모를 향해 달려갔다.

"케이크 다 떨어졌는데." 내가 말했다.

"그렇다면 완벽한 타이밍인걸?" 몸을 굽혀 내 머리에 뽀뽀하며 고모가 말했다. "난 케이크는 마데이라 케이크만 먹거든. 그게 내 원칙인데, 호리호리해지는 데 도움이 돼."

디트 고모는 덩치가 밸러드 부인만 했고 키는 조금 더 작았다. "호리호리한 게 뭐예요?" 내가 물었다.

"도달 불가능한 이상 같은 건데, 너는 걱정 안 해도 될 거야." 고모가 말하고는 덧붙였다. "뭔가의 크기를 조금 줄이는 거랑 관계있는 말이란다."

디트 고모가 내 진짜 고모는 아니었다. 내 진짜 고모는 스코틀랜드에 사는데 아이들이 너무 많아서 애지중지 내 버릇을 망쳐놓을 여유도 없다고 아빠가 말했다. 디트 고모는 아이가 없었고, 동생인 베스 고모와 함께 배스에서 살았다. 고모는 머리 박사님에게 보낼 인용문들을 찾아내느라, 그리고 영국의 역사를 책으로 쓰느라 몹시 바빴지만, 그래도 시간을 내서 내게 편지를 보내고 선물을 가져다주었다.

"머리 박사님이 그러는데 고모랑 베스 고모가 왕송한 공헌자래요." 권위를 실어 내가 말했다.

"왕성한 공헌자겠지." 고모가 바로잡았다.

"그건 좋은 거예요?"

"우리가 머리 박사님의 사전에 들어갈 단어와 인용문을 엄청 많이 모았다는 뜻이야. 분명히 칭찬으로 하신 말씀 같구나."

"하지만 고모들은 토머스 오스틴 씨만큼 많이 모으지는 못했잖아요. 그분이 훨씬 더 왕송해요."

"왕성하다고. 그래, 그야 그렇지. 그 사람은 어디서 시간이 그렇게 나는지 모르겠다. 자, 이제 펀치를 좀 마셔볼까." 고모는 내 괜찮은 쪽 손을 잡았고 우리는 파티 테이블 쪽으로 걸어갔다.

나는 사람들 속으로 고모를 따라가다가 갈색과 체크무늬 브로드 천 바지, 무늬가 들어간 치마들의 숲에서 길을 잃어버렸다. 모두가 고모와 얘기하고 싶어했고, 걸음을 멈출 때마다 나는 이 바지의 주인은 누굴까 알아맞히는 게임을 했다.

"그게 정말 포함돼야 할까요?" 한 남자가 말하는 게 들렸다. "너무나 불쾌한 단어고, 전 우리가 그 단어의 사용을 막아야 한다고 봐요." 내 손을 잡은 고모의 손에 힘이 들어갔다. 말하는 사람의 바지를 봤지만 기억이 안 나서, 얼굴이 기억나나 보려고 고개를 들었다. 하지만 내 눈에 들어오는 건 그의 수염뿐이었다.

"선생님, 우리는 영어라는 언어의 판관이 아닙니다. 분명, 우리의 일은 역사로 기록하는 것이지 심판하는 것이 아닙니다."

우리가 마침내 물푸레나무 아래 테이블에 도착하자 고모는 펀치를 두 잔 따르고 작은 접시에 샌드위치를 담았다.

"믿을지 모르겠는데 에즈미, 나는 단어 얘기를 하려고 이 먼 길을 온 게 아니란다. 어디 조용한 데 앉아서 너랑 아빠랑 어떻게 지내는지 얘기나 좀 들어보자."

나는 고모를 스크립토리엄으로 안내했다. 고모가 등 뒤로 문을 닫자 파티는 조용해졌다. 아빠나 머리 박사님, 혹은 다른 사람들 없이 스크립토리엄에 들어와본 건 처음이었다. 입구에 서자 단어와 인용문 들로 가득한 분류함을, 낡은 사전 전부와 참고 서적들을, 분책, 그러니까 한 권 전체를 채울 만큼 단어들이 모이기 전에 먼저 출판되는 단어 모음집을 고모에게 하나하나 소개해야 할 것 같은 책임감이 밀려들었다. '분책 Fascicle'을 제대로 발음하는 법을 배우는 데 오랜 시간이 걸렸기 때문에, 나는 내가 그걸 발음하는 걸 고모가 들어줬으면 했다.

나는 문 가까이 있는 작은 테이블 위에 놓인 트레이 두 개를 가리켰다. "저기는 머리 박사님이랑 아빠, 그리고 다른 모든 사람들이 쓴 편지들을 모아놓는 곳이에요. 가끔은 하루 일과가 끝난 후에 제가 저 편지들을 우체통에 넣고 가기도 해요." 내가 말했다. "고모가 머리 박사님한테 편지를 보내면 그건 이 트레이에 놓여요. 단어 쪽지가 들어 있으면 먼저 쪽지를 꺼내고요. 아빠는 내가 그걸 분류함에 넣게 해줘요."

디트 고모는 핸드백 속을 이리저리 뒤지더니 내게는 아주 익숙한 작은 봉투들을 끄집어냈다. 고모가 내 곁에 있는데도, 고모의 단정하고 친숙하며 한쪽으로 기울어진 글씨를 보니 조금 떨렸다.

"우푯값을 아낄 수 있을 거라고 생각했지." 고모가 내게 봉투를 건네며 말했다.

지시를 해주는 아빠가 없어서 나는 그걸 어떡해야 할지 알 수 없었다.

"안에 쪽지가 들어 있나요?"

"쪽지는 없어. 그냥 언어학회 신사분들을 조금 당혹스럽게 만든 어떤 오래된 단어에 대한 내 의견이 들어 있을 뿐이란다."

"그 단어가 뭔데요?"

고모는 잠시 말이 없더니 입술을 깨물었다. "안타깝게도 예의 바른 사람들이 쓰는 단어는 아니라서. 너한테 가르쳐주면 네 아빠가 별로 좋아하시지 않을 거야."

"그럼 머리 박사님한테 그 단어를 빼라고 편지를 쓰신 거예요?"

"그 반대란다, 아가. 나는 그 단어를 넣어야 된다고 설득하고 있어."

나는 봉투를 머리 박사님 책상 위의 편지 무더기 맨 위에 올려두고는 안내를 계속했다.

"여기는 분류함인데 단어 쪽지를 모두 보관해두는 곳이에요." 가장 가까운 분류함 벽 위아래로 팔을 움직이면서, 그런 다음 스크립토리엄을 둘러싼 다른 벽들을 향해서도 같은 몸짓을 하며 내가 말했다. "아빠가 그러는데 단어 쪽지가 수백만 장이나 되니까 분류함 칸도 수만 개나 있어야 됐대요. 분류함들은 특수하게 설계됐고, 머리 박사님은 이 칸들에 딱 맞게 단어 쪽지를 디자인하셨어요."

고모가 쪽지 묶음 하나를 꺼내는 바람에 나는 심장이 쿵쾅거리기 시작했다. "아빠가 없을 때 쪽지를 만지면 안 된다고 했어요."

"글쎄, 엄청 조심하면 아무도 모를 거야." 고모는 내게 비밀스러운 미소를 지어 보였고, 내 심장은 더 빠르게 뛰었다. 고모는 쪽지를 휙휙 넘기다가 조금 다른, 나머지 쪽지들보다 커다란 쪽지에서 멈췄다. "봐." 고모가 말했다. "이건 편지 뒷면에 쓴 거야. 여기 보렴. 편지지가 네 옷에 있는 블루벨 꽃무늬랑 똑같은 색깔이네."

"편지에 뭐라고 쓰여 있어요?"

고모는 읽을 수 있는 부분을 읽어주었다. "전체가 아니고 부분이지만, 내 생각에 이건 러브 레터였던 것 같아."

"왜 러브 레터를 잘라냈을까요?"

"한쪽이 보낸 감정이 똑같이 돌아오지 않았던 게 아닐까, 그렇게 짐작해볼 수 있을 뿐이구나."

고모가 분류함에 쪽지들을 되돌려놓자 그것들을 꺼냈던 흔적은 찾아볼 수 없었다.

"이것들은 내 생일 단어예요." 'A'부터 '개미Ant'까지의 모든 단어가 보관돼 있는 가장 오래된 분류함 칸들을 따라 걸어가며 내가 말했다. 고모가 한쪽 눈썹을 찡긋했다. "내가 태어나기 전에 아빠가 작업하고 있던 단어들이에요. 보통 생일이 되면 난 이 중에서 단어 하나를 고르고, 그러면 아빠는 내가 그걸 배우게 도와줘요." 고모가 고개를 끄덕였다. "그리고 이건 분류 테이블이에요." 나는 계속했다. "아빠는 바로 여기 앉고, 보크 씨는 여기, 메일링 씨는 그 옆에 앉아요. 보난 마테논." 나는 고모의 반응을 살폈다.

"뭐라고?"

"보난 마테논. 메일링 씨는 '안녕하세요'를 그렇게 말해요. 스페란토래요."

"에스페란토 말이구나."

"맞아요. 그리고 워렐 씨는 저기 앉고, 미첼 씨는 보통 저기 앉는데 여기저기 옮겨 다니기를 좋아해요. 미첼 씨가 항상 이상한 양말 신는 거 아세요?"

"넌 그런 걸 어떻게 아니?"

나는 다시 키득거렸다. "내 자리가 이 밑이거든요." 나는 무릎을 꿇고 엎드린 다음, 분류 테이블 아래로 기어 들어갔다. 그러고는 살짝 내다봤다.

"정말?"

나는 고모에게 이리 들어와 같이 앉자고 할 뻔했지만 생각을 고쳐먹었다. "이 밑에 들어오려면 고모는 좀 호리호리해져야 할 것 같아요."

고모는 웃었고 손을 내밀어 나를 밖으로 나오게 했다. "네 아빠 의자에 앉자. 괜찮지?"

디트 고모는 해마다 내 생일에 두 가지 선물을 주었다. 책 한 권과 이야기 하나였다. 책은 언제나 아이들이 절대 쓰지 않는 재미있는 단어들이 나오는 어른용 책이었다. 내가 읽기를 배운 뒤로 고모는 내게 모르는 단어가 나올 때까지 책을 소리 내 읽으라고 시키곤 했다. 그런 다음에야 고모는 이야기를 시작했다.

나는 책 포장을 벗겼다.

"『종—의—기—원』." 고모는 '종Species'이라는 단어를 아주 천천히 발음했고 손가락으로 거기 밑줄을 그었다.

"이건 무슨 내용이에요?" 그림을 찾아 페이지를 넘기며 내가 물었다.

"동물에 관한 거야."

"동물 좋아요." 나는 서문을 펴고 읽기 시작했다. "H. M. S. 비글을 탔을 때……" 나는 고모를 쳐다보았다. "개 이야기예요?"

고모가 웃었다. "아니. 'H. M. S. 비글'은 배 이름이야."

나는 그다음에 나오는 '……로서'를 읽다가 멈추고 그 앞에 있는 단어를 가리켰다.

"박물학자Naturalist." 고모가 말한 다음 다시 한번 천천히 들려주었다. "자연의 세계, 그러니까 동물과 식물을 연구하는 사람."

"박물학자." 나는 애를 써가며 소리 내 읽었다. 그러고는 책을 덮었다. "이제 이야기 들을래요."

"무슨 이야기를 할까?" 고모는 어리둥절하다는 표정을 지었지만, 미소를 띠고 있었다.

"무슨 이야기 해줄지 아시잖아요."

고모는 의자에서 몸을 고쳐 앉았고, 나는 고모의 무릎과 어깨 사이의 부드러운 품에 내 몸을 능숙하게 밀어 넣었다.

"작년보다 컸구나."

"하지만 아직은 딱 맞아요." 내가 몸을 뒤로 기대자 고모는 팔로 내 몸을 감쌌다.

"내가 처음 봤을 때, 릴리는 오이랑 물냉이가 들어간 수프를 만들고 있었어."

나는 눈을 감고 릴리가 수프 단지를 휘젓는 모습을 상상했다. 평범한 옷을 입히려고 했지만, 릴리는 아빠의 침대맡에 있는 사진 속에서 쓰고 있던 신부 베일을 벗지 않으려 했다. 나는 다른 어떤 사진보다 그 사진이 좋았는데, 거기서 아빠는 릴리를 보고 있고, 릴리는 나를 똑바로 보고 있기 때문이었다. 베일이 수프에 빠지겠네, 나는 생각하고 웃었다.

"릴리는 자기 이모인 펀리 양의 지시를 따르고 있었어." 고모가 계속했다. "펀리 양은 키가 아주 크고 매우 능력 있는 여성이었는데, 이 이야기의 배경인 우리 테니스 클럽의 간사일 뿐 아니라, 작은 사립 여학교의 교장이기도 했어. 릴리는 자기 이모네 학교에 다니는 학생이었고, 오이랑 물냉이 수프가 그 강의 계획표에 있었던 거지, 분명히."

"강의 계획표가 뭐예요?" 내가 물었다.

"학교에서 배우는 과목들의 목록을 적어둔 표야."

"세인트 바너버스 학교에 가면 나도 강의 계획표를 받아요?"

"공부를 막 시작하는 거니까 강의 계획표에는 읽기와 쓰기만 있을 거야. 네가 더 크면 과목들이 추가될 거고."

"뭐가 추가되는데요?"

"오이랑 물냉이 수프보다는 덜 집안일스러운 것이기를 바라자. 자, 계속해도 될까?"

"네, 해주세요."

"펀리 양이 릴리한테 우리 클럽에서 먹을 점심으로 그 수프를 만들라고 한 거야. 맛이 끔찍했지. 모두가 그렇게 생각했고, 어떤 사람들은 그걸 말로 하기도 했어. 릴리는 그걸 우연히 들은 것 같아. 클럽 회관으로 도망쳐서 닦을 필요도 없는 테이블들을 정신없이 닦기 시작했으니까."

"가엾은 릴리." 내가 말했다.

"글쎄, 나머지 부분을 들으면 그렇게 생각 안 할걸? 그 끔찍한 수프가 아니었으면 넌 태어나지 못했을 거야."

나는 다음에 뭐가 나올지 알았고, 그걸 들으려고 숨을 죽였다.

"하지만 네 아빠는 어찌어찌 그릇을 다 비우는 데 성공했지 뭐니. 나는 놀라서 말이 안 나왔지. 지켜봤더니, 네 아빠는 그릇을 부엌으로 갖고 가서 릴리한테 한 그릇 더 달라고 하는 거야."

"아빠가 그것도 먹었어요?"

"먹었지. 게다가 먹는 동안 릴리한테 계속 질문을 했어. 릴리의 얼굴이 수줍고 자신감 없는 소녀의 얼굴에서 당당한 젊은 여성의 얼굴로 변해가더라고. 그 십오 분 동안에 말이야."

"아빠가 릴리한테 뭘 물어봤을까요?"

"그건 나도 모르겠어. 하지만 네 아빠가 수프를 다 먹었을 즈음엔 그 두 사람은 평생 동안 서로 알고 지낸 사이 같았지."

"고모는 둘이 결혼하리란 걸 알았어요?"

"글쎄, 해리가 달걀을 어떻게 삶는지 아는 남자라서 얼마나 다행인가 생각했던 건 기억이 난다. 릴리는 부엌에서 너무 시간을 많이 보내는 일은 절대로 안 하려고 했으니 말이야. 그러니까, 그래, 둘이 결혼할 걸 나는 알았던 것 같아."

"그 뒤에 내가 태어났고 릴리는 죽었고요."

"그래."

"하지만 릴리 얘기를 할 때면 릴리는 살아나요."

"잊지 마, 에즈미. 단어들은 부활할 수 있게 해주는 도구란다."

새로운 단어였다. 나는 고개를 들었다.

"무언가를 되돌릴 때 쓰는 말이야." 고모가 말했다.

"하지만 릴리는 진짜로 되돌아오진 않을 거잖아요."

"그래, 그러진 않지."

나는 이야기의 나머지 부분을 기억하려 애쓰며 잠시 조용히 있었다. "그래서 고모는 아빠한테 내가 제일 좋아하는 고모가 되어주겠다고 했고요."

"그랬지."

"그리고 언제나 내 편이 되어줄 거라고도요. 내가 속을 썩일 때도."

"내가 그랬나?" 나는 고개를 돌려 고모 얼굴을 보았다. 고모가 미소 지었다. "그건 정확히 릴리가 나한테 듣고 싶어했을 말들이란다. 그리고 난 전부 진심이었어."

"이야기 끝."

1891년 4월

어느 날 아침을 먹던 아빠가 말했다. "C로 시작하는 단어들은 수많은countless 증명할 수 있는certifiable 경우들이cases 계속 생겨났다는kept coming 사실을 고려할 때considering 틀림없이certainly 사람들을 경악consternation하게 만들cause 것이다." 내가 답을 알아내는 데는 일 분도 채 걸리지 않았다.

"계속 생겨났다는. 계속 무엇무엇 했다kept는 C가 아니고 K로 시작하잖아요."

아빠의 입에는 채 삼키지 못한 오트밀이 가득했다. 내가 그만큼 빨랐으니까.

"'증명할 수 있는Certifiable'을 집어넣어서 어려울 줄 알았는데."

"하지만 C로 시작하는 게 틀림없잖아요. '확실한Certain'에서 온 거니까."

"확실히certainly 그렇지. 자, 이제 어떤 인용문이 제일 좋은지 말해봐라." 아빠는 아침식사가 차려진 테이블을 가로질러 사전 교정지 한 장을 건넸다.

『A와 B』 출간을 축하하기 위해 파티가 열린 지도 삼 년이 지났지만 사람들은 아직 C 단어들의 교정지를 보고 있었다. 그 페이지는 조판이 된 상태였지만 몇몇 줄은 지워져 있었고, 여백은 아빠가 적은 수정 사항들로 어지러웠다. 더 이상 쓸 자리가 없으면 아빠는 페이지 가장자리에 종잇조각을 핀으로 꽂아 거기에 글자를 썼다.

"새로 들어온 이게 좋아요." 종잇조각을 가리키며 내가 말했다.

"뭐라고 쓰여 있니?"

"이것을 증명하기 위해 그 처자를 데려오라. 그러면 그 처자가 말하는 것을 직접 듣고 그대가 알게 되리니. To certefye this thinge, sende for the damoysell; and then shal ye know, by her owne mouthe."

"왜 그 문장이 좋은데?"

"재미있게 들려요. 이걸 쓴 사람은 철자법도 제대로 모르고 몇몇 단어는 자기가 지어낸 것 같아요."

"그냥 옛날 영어라서 그래." 아빠가 교정지를 도로 가져가더니 자기가 써놓은 것을 읽었다. "단어는 시간이 흐르면 변하는 거란다. 형태도 변하고 발음도 변하지. 아예 뜻이 변할 때도 있어. 자기만의 역사가 생기는 거지." 아빠는 문제의 문장 아래 손가락을 대고 움직였다. "E를 몇 개 빼보면 이 문장은 훨씬 현대적으로 보일 거야."

"'처자'가 뭐예요?"

"젊은 여자를 말하는 거야."

"나도 처자예요?"

아빠는 나를 쳐다보았고, 아주 미세하게 얼굴을 찡그려 눈썹을 씰룩였다.

"다음번 생일이면 난 열 살이 돼요." 희망에 차서 내가 말했다.

"열 살이라고? 그럼 더 말할 것도 없구나. 넌 머지않아 처자가 될 거야."

"그리고 단어들은 계속 변할 거고요?"

아빠의 입을 향하던 숟가락이 중간에서 멎었다. "내 생각에는, 한번 의미가 기록되면 그건 고정될 수 있단다."

"그럼 아빠랑 머리 박사님은 단어들의 뜻을 마음대로 정할 수 있고, 우리는 그렇게 정해진 뜻을 영원히 그대로 써야만 하는 거예요?"

"당연히 그건 아니지. 우리 일은 합의를 찾아내는 거야. 여러 권의 책을 뒤져서 하나의 단어가 어떻게 사용되는지 알아내고, 그런 다음에 그 모든 경우에 말이 되는 의미들을 찾아내는 거지. 사실은 아주 과학적인 일이라고 할 수 있어."

"무슨 뜻이에요?"

"'합의' 말이니? 모두가 의견을 같이한다는 뜻이야."

"모든 사람에게 다 물어보는 거예요?"

"그렇진 않아, 똑똑아. 하지만 지금까지 쓰인 책 중에 우리가 참고하지 않은 책이 있기는 한지 의문이구나."

"책은 누가 쓰는데요?"

"온갖 종류의 사람들이 쓰지. 이제 질문 그만하고 아침 먹어라. 학교 늦겠다."

점심시간 종이 울렸고, 리지가 교문 밖 늘 서 있는 곳에 어색해하며 서 있는 게 보였다. 나는 리지에게 달려가고 싶었지만, 그러지 않았다.

"우는 모습을 걔들이 보면 안 돼요." 리지가 내 손을 잡으며 말했다.

"안 울었는데."

"울었잖아요. 왜 울었는지도 알아요. 걔들이 놀리는 걸 봤어요."

나는 어깨를 으쓱했다. 눈물이 또다시 두 눈에서 솟아올랐다. 나는 발끝을 내려다보며 한쪽 발을 다른 쪽 발 앞에 디뎠다.

"왜 그랬대요?"

나는 내 웃긴 손가락들을 들어 올렸다. 리지는 손가락들을 꼭 붙잡고 입을 맞추더니 내 손바닥에 입을 대고 부우 하고 소리를 냈다. 나는 웃음을 터뜨릴 수밖에 없었다.

"있죠, 걔네 아빠들 중에 절반쯤은 웃긴 손가락이 있을 거예요."

나는 리지를 올려다봤다.

"정말이에요. 활자 주조소에서 일하는 사람들요. 자기가 뭔 일을 하는지 제리코 사람들 전부한테 알려주는 훈장처럼 화상 흉터를 달고 다니는걸요. 그런 사람들 쪼꼬미들이 아가씨를 놀리다니, 못됐어 아주."

"하지만 나는 달라."

"우린 모두 달라요." 리지가 말했다. 리지는 내 말을 이해하지 못했다.

"나는 그 단어랑 비슷해. '알파벳과 관련된Alphabetary'."

"들어본 적 없는 말이에요."

"내 생일 단어 중 하나였는데, 아빠는 그 단어가 사어死語랬어. 아무에게도 쓸모없대."

리지가 웃었다. "아가씨, 학교에서 그런 식으로 말해요?"

나는 다시 한번 어깨를 으쓱했다.

"걔네들 가족은 부류가 달라요, 에시메이. 단어, 책, 역사, 이런 것들에 관해서 아가씨랑 아가씨 아빠처럼 말하는 것에 익숙하지 않은 사람들이라고요. 어떤 사람들은 어떻게든 남을 좀 깎아내릴 수 있으면 기분이 좋아지죠. 하지만 아가씨가 나이가 들면 그런 일도 없어질 거예요. 내가 장담해요."

우리는 말없이 걸었다. 스크립토리엄에 가까워질수록 내 기분은 점점 나아졌다.

부엌에서 리지와 밸러드 부인과 함께 샌드위치를 먹은 다음, 정원을 가로질러 스크립토리엄으로 갔다. 점심을 먹거나 작업을 하고 있던 조수들이 하나씩 고개를 들고 누가 왔는지 쳐다보았다. 나는 조용히 걸어가 아빠 옆에 앉았다. 아빠가 약간 자리를 치워주었고, 나는 가방에서 글씨 연습책을 꺼내 학교에서 배운 글씨 쓰기를 연습했다. 글씨 연습이 끝나자 나는 의자에서 미끄러져내려 분류 테이블 아래로 들어갔다.

떨어지는 쪽지는 없었고, 그래서 난 조수들의 구두를 연구하기 시작했다. 각각의 구두는 주인에게 완벽하게 어울렸고, 나름의 습관을 지니고 있었다. 워럴 씨의 구두는 잘 무두질된 가죽으로 되어 있었고 안짱다리 모양으로 아주 얌전히 놓여 있었다. 미첼 씨의 구두는 그 반대였다. 편안하게 닳은 데다 발가락 부분은 바깥쪽을 향했고 뒷굽은 쉬지 않고 위아래로 움직였다. 그의 구두에서 색깔이 짝짝이인 양말이 각각 고개를 내밀었다. 메일링 씨의 구두는 모험을 좋아해서, 내가 있을 거라 예상한 자리에 있는 법이 없었다. 보크 씨의 구두는 의자 밑으로 들어가 있었고, 스웨트먼 씨의 구두는 언제나 특정한 패턴에 맞춰 딱딱 소리를 냈는데 내 생각에 그건 그의 머릿속에서 울리는 노랫가락인 것 같았다. 테이블 밑에서 내다보면 그는 보통 미소를 짓고 있었다. 아빠의 구두는 내가 제일 좋아하는 구두였고, 나는 언제나 그걸 맨 마지막으로 조사했다. 그날 아빠의 구두는 바닥을 양쪽 다 드러낸 채 한쪽이 다른 쪽 위에 올라가 있었다. 나는 망설이다가 막 물이 스며들기 시작한 조그만 구멍에 손을 가져다 댔다. 마치 파리를 쫓는 것처럼 구두가 움찔거렸다. 내가 다시 만지자 구두는 멈추더니 꼼짝하지 않았다. 마치 무언가를 기다리는 것 같았다. 나는 손가락을 꼬물꼬물, 아주 손톱만큼 움직였다. 그러자 구두는 옆으로 쓰러지더니 생명을 잃고 갑자기 낡은 사물로 변해버렸다. 그것을 신고 있던 발이 내 팔을 찌르기 시작했다. 그 솜씨가 너무 서툴러서 내 뺨 안쪽에 붙잡아둔 웃음이 거의 터져 나오려고 했다. 나는 그 엄지발가락을 한 번 비틀어준 다음 글자를 읽기에 딱 적당한 빛이 있는 곳으로 기어갔다.

스크립토리엄 문을 두드리는 소리가 날카롭게 세 번 나서 우리는 모두 깜짝 놀랐다. 아빠의 발이 구두를 찾아 신었다.

테이블 밑에서 보니 아빠가 덥수룩한 금빛 턱수염에 머리카락이 거의 없는 키 작은 남자에게 문을 열어주고 있었다. "크레인입니다." 아빠가 안으로 안내할 때 그 남자가 말하는 게 들렸다. "약속을 하고 왔습니다." 양복이 몸집에 비해 너무 커서, 더 자라 옷이 맞게 되기를 그가 바라고 있는 걸까 나는 궁금해졌다. 그 사람이 새로 온 조수였다.

조수 중 몇몇은 단지 몇 달만 일하다 돌아갔지만, 스웨트먼 씨처럼 영원히 근무하는 경우도 가끔 있었다. 스웨트먼 씨는 지난해에 여기 왔는데, 분류 테이블에 둘러앉은 사람 가운데 유일하게 수염이 없었다. 그건 내가 그의 미소를 볼 수 있다는 뜻이었고, 그는 마침 자주 미소 짓는 사람이었다. 아빠가 분류 테이블에 앉은 사람들에게 소개시켜줄 때 크레인 씨는 단 한 번도 미소를 짓지 않았다.

"그리고 여기 이 조그만 말썽쟁이는 에즈미예요." 내가 일어서게 도와주며 아빠가 말했다.

내가 손을 내밀었지만, 크레인 씨는 잡지 않았다.

"저 밑에서 뭘 하고 있었던 거죠?" 그가 물었다.

"아이들이 보통 테이블 밑에서 하는 일들을 했을 겁니다." 스웨트먼 씨가 말했다. 우리는 서로 마주 보고 미소 지었다.

아빠가 내 쪽으로 몸을 굽혔다. "에즈미, 머리 박사님께 새로 조수가 왔다고 알려드려라."

나는 정원을 가로질러 부엌으로 달려갔고, 밸러드 부인이 다이닝룸으로 나를 데려갔다.

커다란 테이블 한쪽 끝에는 머리 박사님이, 반대쪽 끝에는 머리 부인이 앉아 있었다. 그 사이에는 아이들 열한 명이 모두 앉을 공간이 있었지만, 리지 말에 따르면 그중 셋은 둥지를 떠나 날아가버렸다. 나머지 아이들은 테이블 양쪽을 따라 마주 보고 앉았는데, 제일 큰 아이는 식탁 끝머리 박사님 옆에, 제일 어린 아이는 자기 엄마 옆 높은 의자에 앉아 있었다. 그들이 기도를 마치는 동안 나는 말없이 서 있었고, 엘시와 로스프리스가 손을 흔들자 나도 손을 흔들어 인사를 했다. 내가 가져온 메시지가 갑자기 덜 중요한 것처럼 느껴졌다.

"우리 조수가 새로 왔나?" 내가 얼쩡거리는 걸 본 머리 박사님이 안경 너머로 물었다.

내가 고개를 끄덕이자 그는 자리에서 일어났다. 나머지 가족들은 음식을 먹기 시작했다.

스크립토리엄에서는 아빠가 크레인 씨에게 무언가를 설명하고 있었다. 우리가 들어오는 소리를 듣자 크레인 씨가 몸을 돌렸다.

"머리 박사님, 박사님의 팀에 함께하게 돼서 영광입니다." 한 손을 내밀고 가볍게 고개를 숙이며 그가 말했다.

머리 박사님이 목을 가다듬었다. 약간 시큰둥한 것 같은 소리가 났다. 박사님은 크레인 씨와 악수를 했다. "모든 사람한테 맞는 일은 아닙니다. 약간의…… 부지런함이 필요하지요. 부지런하십니까, 크레인 씨?"

"물론입니다, 박사님."

머리 박사님은 고개를 끄덕이더니 점심을 마저 먹기 위해 집으로 돌아갔다.

아빠는 안내를 계속했다. 아빠가 쪽지를 분류하는 방식에 대해 무슨 얘기를 할 때마다 크레인 씨는 고개를 끄덕이고는 말했다. "아주 간단하군요."

"쪽지들은 전 세계 자원봉사자들이 보내오는 거예요." 아빠가 그에게 분류함이 어떤 식으로 정리돼 있는지 알려주고 있을 때 내가 말했다.

크레인 씨는 나를 내려다보고 얼굴을 조금 찡그렸지만 아무 대꾸도 하지 않았다. 나는 아주 조금 뒷걸음을 쳤다.

스웨트먼 씨가 내 어깨에 한 손을 얹었다. "한번은 오스트레일리아에서 온 쪽지를 본 적이 있어." 그가 말했다. "거긴 영국에서 최대한 멀리 가면 있는 곳이란다."

머리 박사님이 점심을 먹고 돌아와 크레인 씨에게 지시를 내리려고 하고 있을 때 나는 자리에 앉지도 듣지도 않았다.

"저 사람 여기 조금만 있다 가는 거예요, 아니면 영원히 있는 거예요?" 나는 아빠에게 속삭였다.

"계속 있겠지." 아빠가 말했다. "그러니까, 아마도 영원히."

나는 분류 테이블 밑으로 기어 들어갔고, 몇 분이 지나자 내가 아주 잘 아는 구두들 사이로 낯선 구두 한 켤레가 끼어들었다.

크레인 씨의 구두는 아빠 것처럼 낡았지만, 그동안 한 번도 광을 낸 적이 없는 것처럼 보였다. 나는 구두 두 짝이 자리를 잡으려 애쓰는 걸 지켜보았다. 그는 오른쪽 다리를 왼쪽 다리 위로 꼬아 올리더니, 그다음엔 왼쪽 다리를 오른쪽 위로 꼬아 올렸다. 얼마 지나지 않아 그는 자기가 앉은 의자의 앞쪽 다리를 두 발목으로 감았는데, 마치 그의 구두가 나를 피해 숨으려고 애를 쓰는 것 같았다.

리지가 나를 학교에 도로 데려가기 직전에, 쪽지 무더기 하나가 통째로 크레인 씨의 의자 옆에 떨어졌다. 아빠가 C 단어 묶음 중에 어떤 것들은 "한계 중량을 넘어가서 다루기 힘들어졌다"고 말하는 게 들렸다. 아빠는 자기가 웃기다고 생각하는 얘기를 할 때마다 내는 작은 소리를 냈다.

크레인 씨는 웃지 않았다. "제대로 안 묶여 있었군요." 몸을 굽혀 한 번의 동작으로 최대한 많은 쪽지를 쓸어 쥐면서 그가 말했다. 쪽지들을 그러쥔 손가락이 주먹이 되고, 쪽지들이 찌그러지는 게 보였다. 내가 조그맣게 헉 하고 소리를 내는 바람에 크레인 씨는 테이블 아래쪽에 머리를 부딪치고 말았다.

"괜찮으세요?" 메일링 씨가 물었다.

"확실히 저 아이는 저 밑에 들어가 있기에는 너무 큽니다."

"학교로 돌아가기 전까지만 그러는 거예요." 스웨트먼 씨가 말했다.

내 호흡이 진정되었을 때쯤에는 스크립토리엄도 평소의 혼잡하고 소란한 상태로 돌아가 있었다. 나는 분류 테이블 아래 어둠 속을 뒤졌다. 쪽지 두 장이 워럴 씨의 작은 구두 옆에 아직 놓여 있었다. 마치 부주의하게 짓밟는 발길을 피해 안전해졌음을 아는 것처럼. 나는 쪽지들을 집어 올렸다. 갑자기 리지의 침대 밑 트렁크가 기억났다. 나는 그 쪽지들을 크레인 씨에게 되돌려주는 일은 할 수 없었다.

리지가 문가를 맴돌고 있는 걸 보고 나는 아빠의 의자 옆으로 몸을 빼냈다.

“벌써 시간이 됐니?” 아빠는 그렇게 말했지만, 나는 왠지 아빠가 계속 시계를 보고 있었던 것 같았다.

나는 글씨 연습책을 가방에 넣고 정원에 있는 리지에게로 갔다.

“학교로 돌아가기 전에 트렁크에 뭐 좀 넣어도 돼?”

그 트렁크에 내가 무언가를 넣은 지가 제법 오래됐지만, 리지는 몇 초도 지나지 않아 알아들었다. “거기 넣을 다른 뭔가가 생겼는지 궁금할 때가 많았어요.”

쪽지들이 트렁크 속으로 들어간 유일한 단어들은 아니었다.

아빠의 옷장 바닥에 나무 상자가 두 개 있었다. 아빠와 숨바꼭질을 하다가 발견했다. 옷장 안 가장 깊은 구석으로 몸을 밀어 넣는데 상자의 뾰족한 모서리가 내 등을 아프게 찔렀다. 나는 상자를 열었다.

아빠의 외투들과 곰팡이 냄새가 나는 릴리의 드레스들 사이에서는 너무 어두워 상자에 뭐가 들어 있는지 안 보였지만, 봉투처럼 느껴지는 무언가의 모서리가 내 손에 닿았다. 그때 계단을 쿵쿵거리며 올라오는 소리가 났다. 아빠가 『잭과 콩나무』에 나오는 〈피 파이 포 펌Fee fi fo fum〉 노래를 부르고 있었다. 나는 상자 뚜껑을 닫고 옷장 앞쪽으로 옮겨 갔다. 빛이 쏟아져 들어왔고, 나는 아빠의 팔로 뛰어들었다.

그날 밤, 자야 하는 시간이 됐지만 나는 잠들지 못했다. 아빠가 아직 아래층에서 교정지를 고치고 있었기에, 나는 침대를 몰래 빠져나와 까치발로 층계참을 가로질러 아빠의 침실로 갔다. “열려라 참깨” 하고 속삭인 다음 옷장 문을 잡아당겼다.

안으로 손을 뻗어 상자 두 개를 차례로 끄집어냈다. 아빠의 창문 아래

상자들을 놓고 앉았다. 아직 모든 것이 잘 보일 정도로 어슴푸레한 저녁 빛이 남아 있었다. 연한 색 나무로 만들고 모서리에 놋쇠를 댄 두 개의 상자는 생김새가 거의 똑같았지만, 하나는 잘 닦여 반질거렸고, 다른 하나는 빛이 바래 있었다. 나는 반질반질한 상자를 끌어당겨 달콤한 빛깔의 나무를 어루만졌다. 두툼하고 얇은 백여 장의 봉투가 보내진 순서대로 눌러 담겨 있었다. 아빠의 담백한 흰색 봉투들과 릴리의 푸른색 봉투들. 대체로 두 색깔이 번갈아 정리돼 있었지만 가끔은 아빠가 릴리는 이미 흥미를 잃어버린 무언가에 대해 할 이야기가 많았던 것처럼 흰색 봉투가 두세 장 연달아 나오기도 했다. 처음부터 끝까지 읽으면 편지들은 두 사람이 사귄 시간에 대해 하나의 이야기를 들려줄 터였지만, 그 이야기가 슬프게 끝난다는 걸 나는 알고 있었다. 나는 어떤 봉투도 열어보지 않고 상자를 닫았다.

다른 상자 역시 편지들로 가득했지만, 릴리에게서 온 편지는 없었다. 다른 사람들이 보낸 편지가 끈에 묶여 여러 개의 묶음을 이루고 있었다. 가장 큰 묶음은 디트 고모에게서 온 편지들이었다. 나는 끈 아래 가장 최근의 편지를 빼내 읽었다. 대체로 사전에 관한 내용이었다. 끝날 것 같아 보이지 않는 C 단어들, 그리고 출판국 이사진이 사전 편찬 작업에 예산이 너무 많이 들어간다며 작업 속도를 높이라고 머리 박사님을 계속 압박하고 있다는 이야기가 있었다. 하지만 마지막 부분은 나에 관한 이야기였다.

에이다 머리가 그러는데 제임스가 자기 아이들에게 단어 쪽지 분류하는 일을 시킨다더군요. 에이다는 아이들을 넣어 멋진 그림 한 장을 그렸는데, 그애들은 늦은 밤 식탁에 모여 앉아 산처럼 쌓인 종이 더미에 거의 파묻힌 모습으로 그려져 있어요. 에이다는 제임스가 내내 대가족을 만들려고 했던 목적이 바로 그거였다고 말하기까지 하더군요. 그 센스와 유머라니. 에이다의 그런 센스와 유머가 없었으면 사전 편찬 작업은 분명 휘청거렸을 거라고 나는 믿어요.

기록방에 있을 때 잘 숨어 있으라고, 안 그러면 다음번에는 머리 박사가 직원으로 채용할지도 모른다고 에즈미에게 일러줘야 해요. 감히 말하는데 에즈미는 충분히 똑똑한 아이라, 사실 나는 그애가 그 일을 하고 싶어하지 않을지 궁금해요.

우정을 보내며,

이디스

두 상자를 옷장 속에 되돌려놓은 다음, 나는 발뒤꿈치를 들고 층계참을 가로질렀다. 편지는 여전히 내 손에 들려 있었다.

다음 날, 리지는 내가 트렁크를 여는 것을 지켜보았다. 나는 디트 고모의 편지를 주머니에서 꺼내 트렁크 밑바닥의 쪽지들 위에 올려놓았다.

"비밀을 많이 모으고 있네요." 리지가 옷 속 십자가를 찾아 쥐며 말했다.

"나에 관한 편지라서."

"버려졌어요? 아니면 무시당한 거예요?" 리지가 규칙을 내세웠다.

나는 생각해보았다. "잊힌 거야."

나는 디트 고모의 편지들을 읽기 위해 몇 번이고 옷장으로 되돌아갔다. 편지에는 언제나 나에 관한 내용이 있었다. 아빠의 질문에 대한 대답들이었다. 마치 내가 하나의 단어고, 그 편지들은 나를 정의하는 일을 돕는 쪽지들 같았다. 그것들을 다 읽으면, 어쩌면 나는 조금 더 이해하기 쉬운 존재가 될지도 모른다고 생각했다.

하지만 반질반질한 상자에 든 편지들을 읽을 만한 용기는 없었다. 나는 그 편지들을 바라보는 게 좋았고, 내 손을 봉투 옆면에 가져다 대고 그것들을 펄럭펄럭 넘길 때의 느낌이 좋았다. 내 어머니와 아버지, 그들이 그 상자 안에 함께 있었고, 잠이 나를 붙잡으러 올 즈음이면 종종 그들의 나직한 목소리가 들리는 것 같았다. 어느 날 밤에는 아빠 방에 몰래 들어가 사냥감을 노리는 고양이처럼 옷장 속에 기어 들어가기도 했다. 그들이 무방비 상태일 때 덮치고 싶었다. 하지만 내가 그 반질반질한 상자 뚜껑을 열면 그들은 조용해졌다. 끔찍한 외로움이 나를 덮쳐 침대로 돌아가게 했고, 잠들지 못하게 했다.

다음 날 아침, 나는 너무 피곤해서 학교에 갈 수 없었다. 아빠는 나를 서니사이드에 데려갔고, 나는 분류 테이블 밑에서 아무것도 안 적힌 쪽지들과 색연필을 가지고 아침 시간을 보냈다. 열 장의 서로 다른 쪽지에 각각 다른 색깔로 내 이름을 썼다.

그날 밤 나는 반질반질한 상자를 열고는, 내 이름을 쓴 쪽지를 흰색과 푸른색 봉투 사이에 하나씩 넣어 보금자리를 마련해주었다. 이제 우리는 모두 함께였다. 나는 아무것도 놓치지 않을 것이었다.

리지의 침대 밑 트렁크가 편지들과 단어들의 무게로 묵직해지기 시작했다.

"조개껍데기도 없고 돌도 없네. 예쁜 건 하나도 없어." 어느 날 오후 내가 트렁크를 열었을 때 리지가 말했다. "왜 종이만 이렇게 잔뜩 모아요, 에시메이?"

"내가 모으는 건 종이가 아니야, 리지. 단어들이야."

"하지만 이 단어들이 왜 그리 중요한 건데요?"

정확히는 나도 몰랐다. 그건 생각보다 감정에 가까웠다. 어떤 단어들은 꼭 둥지에서 떨어져내린 아기 새들 같았다. 다른 단어들은 단서를 발견한 것 같은 느낌을 주었다. 나는 그 단어들이 중요하다는 건 알았지만 정확한 이유는 알지 못했다. 디트 고모의 편지들도 마찬가지였다. 마치 그림조각 퍼즐의 부분들처럼, 언젠가는 하나로 맞춰져 아빠가 어떻게 설명해야 할지 몰랐던 무언가를, 릴리의 무언가를, 내게 설명해줄 것 같았다.

나는 이 중 어떤 것도 제대로 표현할 수 없었기에 그냥 이렇게 물었다. "리지, 리지는 자수를 왜 놓는 거야?"

리지는 아주 오랫동안 말이 없었다. 말없이 빨래를 개고 침대 시트를 갈았다.

나는 대답을 기다리기를 그만두고 디트 고모가 아빠에게 보낸 편지를 읽는 일로 돌아갔다. 에즈미가 세인트 바너버스 학교보다 크게 성장하면 어떡할지 생각해본 적 있어요? 고모는 그렇게 묻고 있었다. 나는 내 머리가 교실의 벽난로 굴뚝을 통과해 튀어나오고 내 두 팔이 길어져 교실 양쪽 창문 밖으로 비어져 나오는 광경을 상상했다.

"저는 손을 바쁘게 움직이는 걸 좋아하는 것 같아요." 리지가 말했다. 잠깐 나는 내가 한 질문을 잊고 있었다. "그리고 그 일은 제가 존재한다는 걸 증명해줘요." 리지가 덧붙였다.

"하지만 그건 말이 안 돼. 리지는 당연히 존재하는 거잖아."

침대 정리를 멈춘 리지가 나를 너무도 심각한 얼굴로 바라보았기 때문에 나는 디트 고모의 편지를 내려놓았다.

"저는 청소를 하고, 요리를 돕고, 불을 피워요. 제가 하는 모든 것은 누군가의 입으로 들어가거나, 더러워지거나, 불에 타서 없어져요. 하루가 끝날 때면 제가 여기 있었다는 증거가 하나도 안 남아요." 리지는 잠시 말을 멈추고는 내 옆에 무릎을 꿇고 앉아 내 치마 끝단에 놓인 자수를 어루만졌다. 자수는 내가 관목 가시에 걸려 치마를 찢어먹었을 때 리지가 꿰매준 부분을 가려주었다.

"제가 놓은 자수는 언제나 여기 있을 거예요." 리지가 말했다. "이걸 보면 왠지…… 글쎄, 단어를 모르겠네요. 제가 언제나 여기 있을 것 같은 기분이 들어요."

"영속적인Permanent." 내가 말했다. "그럼 나머지 시간들에는 기분이 어때?"

"불어오는 바람 바로 앞에 놓인 민들레꽃이 된 것 같죠."

1893년 8월

여름이면 스크립토리엄은 꼭 한동안씩 조용해지곤 했다. “인생에는 단어 말고 다른 것들도 있는 법이지.” 모두들 어디로 간 거냐고 내가 묻자 아빠는 그렇게 대답했지만, 진심으로 하는 말 같지는 않았다. 우리는 종종 고모를 만나러 스코틀랜드에 가곤 했지만, 항상 다른 조수들 모두보다 먼저 서니사이드에 돌아왔다. 분류 테이블 밑에서 구두들이 돌아오기를 기다리는 일이 나는 좋았다. 스크립토리엄에 들어올 때면, 머리 박사님은 늘 아빠에게 나를 집에 데려다주는 걸 잊어버린 게 아니냐고 묻곤 했고, 아빠는 늘 잊어버린 척했다. 그러면 머리 박사님은 분류 테이블 밑을 들여다보고는 내게 윙크를 보냈다.

그해 여름의 끝 무렵에 나는 열한 살이 되었고, 미첼 씨의 두 다리는 결국 나타나지 않았으며, 머리 박사님은 스크립토리엄에 들어와 거의 말이 없었다. 녹색 양말을 신은 발목이 연한 푸른색 양말 위에 걸쳐져 있는 걸 보고 싶어서 나는 기다렸지만, 미첼 씨가 늘 앉던 자리는 계속 비어 있었다. 또 다른 다리 한 쌍은 축 늘어져 있었고, 스웨트먼 씨의 구두가 딱딱 소리를 내기는 했지만 거기에는 아무런 리듬이 없었다.

“미첼 씨는 언제 돌아와요?” 나는 아빠에게 물었다. 아빠는 한참이 지난 뒤에 대답했다.

"발을 헛디뎠다는구나, 에즈미. 산을 오르던 도중에 말이야. 미첼 씨는 돌아오지 않아."

그의 짝짝이 양말들과 그가 내게 준 색연필이 떠올랐다. 나는 짧아져서 더 이상 쥘 수 없어질 때까지 그 색연필들을 썼고, 그것도 몇 년 전이었다. 분류 테이블 아래 내 세계가 전만큼 편안하지 않았다.

해가 바뀌자 분류 테이블은 줄어든 것처럼 보였다. 어느 날 오후 나는 그 밑으로 기어 들어갔다가 기어 나올 때 머리를 부딪쳤다.

"드레스가 이게 뭔 꼴이래요." 애프터눈 티 시간에 맞춰 나를 데리러 온 리지가 말했다. 드레스에는 얼룩과 먼지로 무늬가 생겨 있었다. 리지는 털어낼 수 있는 만큼 최대한 털어냈다. "기록방 바닥을 기어 다니는 건 숙녀답지 못한 일이에요, 에시메이. 아버님이 왜 그냥 놔두시는지 모르겠어요."

"왜냐하면 난 숙녀가 아니거든."

"기어 다니는 고양이도 아니잖아요."

스크립토리엄에 돌아왔을 때 나는 항해하듯 주위를 돌아다녔다. 선반과 책 들 위를 내 웃긴 손가락으로 그으며 조그만 먼지 덩어리들을 수집했다. 고양이가 되는 것쯤이야, 나는 생각했다.

내가 근처를 지나가자 스웨트먼 씨가 윙크를 했다.

메일링 씨가 말했다. "키엘 비 파르타스, 에즈미?"

내가 대답했다. "저는 잘 지내요. 고맙습니다, 메일링 씨."

그가 나를 쳐다보며 두 눈썹을 치켜올렸다. "그리고 에스페란토로는 그걸 뭐라고 하지?"

나는 잠시 생각해야 했다. "미 파르타스 보네, 단콘."

그는 미소 짓고는 고개를 끄덕였다. "보나."

크레인 씨는 숨을 깊이 들이쉬는 것으로 내가 방해가 되고 있음을 모두에게 알렸다.

분류 테이블 밑으로 숨어 들어갈까 하다가 그러지 않기로 했다. 어른의 결정이었다. 마치 내가 아닌 다른 사람이 그 결정을 내린 것처럼 부루퉁한 마음이 나를 장악하는 게 느껴졌다. 그곳 대신에 나는 두 선반 사이에 있는 공간을 찾아냈고, 어설픈 몸짓으로 그곳을 파고들어가면서 어지러운 거미줄과 먼지, 잃어버린 쪽지 두 장을 발견했다.

그 쪽지들은 내 오른쪽에 있는 선반 아래 숨겨져 있었다. 나는 하나를 집어 들고 또 다른 하나도 집어 들었다. 아주 최근에 잃어버린 C 단어들이었다. 그것들을 숨겨놓은 다음 나는 그곳에서 분류 테이블까지를 눈으로 훑었다. 가장 가까운 곳에 앉아 있는 사람은 크레인 씨였고, 그의 의자 옆엔 또 다른 단어가 하나 떨어져 있었다. 신경이나 쓰는 걸까. 알 수 없었다.

"손버릇이 나쁜 아이예요." 크레인 씨가 머리 박사님에게 말하는 게 들렸다. 머리 박사님이 내 쪽으로 몸을 돌렸고, 차가운 기운이 몸 전체로 퍼져나갔다. 돌로 변해버릴 것 같았다. 박사님은 자신의 높은 책상으로 돌아가 교정지 한 장을 집어 들었다. 그런 다음 아빠에게로 건너갔다.

머리 박사님은 아빠와 단어에 관한 이야기를 나누는 것처럼 보이려고 애를 썼지만, 두 사람 중 누구도 교정지를 보고 있지 않았다. 머리 박사님이 자리를 떠나자 아빠의 시선이 기다란 분류 테이블을 따라 선반 사이의 빈 공간으로 왔다. 우리의 눈이 마주쳤고, 아빠는 내게 스크립토리엄 문 쪽으로 손짓을 해 보였다.

물푸레나무 아래 서자 아빠가 손을 내밀었다. 나는 그저 바라보기만 했다. 아빠는 전에 없이 커다란 목소리로 내 이름을 불렀다. 그러고는 내게 주머니 안에 있는 걸 다 꺼내라고 했다.

그 단어는 뻔했고 흥미롭지도 않았지만, 나는 거기 딸린 인용문이 마음에 들었다. 그것을 아빠의 손에 건네주자, 아빠는 그게 뭔지 알지 못하는 것처럼 단어를 쳐다보았다. 그걸로 뭘 해야 할지 모르는 것처럼. 아빠의 입술이 움직이며 그 단어와 그것을 포함한 문장을 읽어내리는 것을 나는 바라보았다.

간주하다COUNT

"당신을 바보로 간주하겠소." —테니슨, 1859년

아주 오랫동안 아빠는 말이 없었다. 우리는 조각상 되기 놀이라도 하는 것처럼, 그리고 둘 중 누구도 먼저 움직이고 싶지 않은 것처럼 거기 외따로 서 있었다. 마침내 아빠가 쪽지를 바지 주머니에 넣고 나를 부엌 쪽으로 데려갔다.

"리지, 에즈미가 오후 나머지 시간을 네 방에서 좀 보내도 괜찮겠니?" 화덕의 온기가 빠져나가지 않게 등 뒤로 문을 닫으며 아빠가 물었다.

리지가 껍질을 벗기고 있던 감자를 내려놓고 앞치마에 손을 문질러 닦았다. "물론입니다, 니콜 씨. 에즈미라면 언제든지 괜찮지요."

"가서 놀라고 보내는 게 아니야, 리지. 재는 앉아서 자기가 한 행동에 대해 생각해봐야 되거든. 네가 옆에 있지 않는 게 나을 것 같구나."

"잘 알겠습니다, 니콜 씨." 리지가 말했지만, 리지도 아빠도 서로의 눈을 마주 볼 수 없는 것 같았다.

이층 방 리지의 침대에 기대 혼자 앉아서, 나는 드레스 소매 속으로 손을 넣어 또 하나의 단어를 끄집어냈다. '손으로 꼽는Counted'. 누가 쓴 건지 글씨가 정말 아름다웠다. 여자일 거라고 나는 확신했는데, 인용문이 바이런의 문장이기 때문만은 아니었다. 단어들 전체가 곡선이 많고 기다란 글씨로 쓰여 있었다.

리지의 침대 밑으로 손을 넣어 트렁크를 꺼냈다. 나는 늘 조금 더 무거울 거라고 상상했지만, 트렁크는 별 어려움 없이 마룻바닥으로 미끄러져 나왔다. 안에는 단어 쪽지들이 가을 낙엽처럼 트렁크 바닥을 덮고 있었고, 디트 고모의 편지들이 사이사이에 놓여 있었다.

그토록 부주의하게 행동한 건 크레인 씨였는데 벌을 받는 건 나라니 공평하지 않았다. 그 단어들은 중복 단어일 거라고 나는 확신했다. 많은 자원봉사자들이 보내온 평범한 단어들. 나는 양손을 트렁크에 집어넣고 쪽지들이 손가락 사이에서 움직이는 걸 느꼈다. 나는 그 단어들 모두를 구했다. 단어들을 사전에 넣어 그것들을 구하는 거라고 아빠가 생각하는 것과 똑같았다. 내 단어들은 외진 곳에서, 구석에서 왔다. 분류 테이블 한가운데 놓인, 필요 없는 단어를 버리는 바구니에서 왔다.

내 트렁크는 사전 같구나, 나는 생각했다. 단지 잃어버리거나 무시당한 단어들로 채워져 있다는 점만 달랐다. 생각 하나가 떠올랐다. 리지에게 연필을 달라고 하고 싶었지만, 리지가 아빠 말씀을 어길 것 같지가 않았다. 나는 리지가 연필을 어디에 둘까 궁금해하며 방 안을 둘러보았다.

주인 없는 리지의 방은 낯설게 느껴졌다. 마치 리지의 소유가 아닌 것 같았다. 나는 바닥에서 일어나 옷장으로 갔다. 맨 위에 달린 단추가 다른 단추들과 썩 잘 어울리지는 않는 리지의 겨울 외투를 보자 안도감이 들었다. 리지에겐 앞치마 세 벌과 드레스 두 벌이 있었다. 일요일에 입는 제일 좋은 드레스는 한때는 토끼풀 같은 녹색이었지만 이제 잡초처럼 빛이 바래 있었다. 그것을 손으로 쓸다가, 리지가 단을 늘린 자리에 토끼풀 같은 녹색 줄들이 있는 걸 봤다. 리지의 서랍을 열자 내 눈에 들어온 것은 속옷, 여분의 침구 세트, 숄 두 장 그리고 조그만 나무 상자 하나가 전부였다. 상자 안에 뭐가 있는지는 알고 있었다. 요전 날 밸러드 부인이 내가 '달마다 일어나는 일'에 관해 배울 때가 됐다고 생각했고, 그래서 리지가 거기 넣어둔 헝겊 조각들과 벨트를 내게 보여준 적이 있었다. 나는 다시는 그것들을 보고 싶지 않았기에 상자를 열지 않고 옷장 문을 닫았다.

게임 판이 담긴 상자도 없었다. 책들이 꽂힌 선반도 없었다. 리지의 침대 옆 협탁에는 자수 견본과 장식 없는 나무 액자에 담긴 리지의 어머니 사진이 놓여 있었다. 나는 사진을 들여다보았다. 보통 옷차림에 보통 모자를 쓴 평범한 외모의 젊은 여자였다. 손에는 간소한 부케를 들고 있었다. 리지는 어머니를 꼭 빼닮았다. 액자 뒤에는 내가 전에 트렁크 안에서 찾아낸 모자 고정용 핀이 있었다.

나는 무릎을 꿇고 앉아 침대 밑을 들여다보았다. 한쪽 끝에는 리지의 겨울 부츠가 있었고, 다른 쪽 끝에는 요강과 바느질고리가 있었다. 내 트렁크는 그 중간에서 지냈고, 그 자리에는 먼지가 쌓이지 않아 표가 났다. 그것 말고는 아무것도 없었다. 물론 연필도.

나는 여전히 마룻바닥 위에 열려 있는 트렁크를 바라보았다. 맨 마지막에 집어넣은 단어가 다른 모든 단어 위에 놓여 얼굴을 드러내고 있었다. 나는 리지의 침대 옆 협탁 위에 있는 핀을 보았고, 그것이 얼마나 날카로웠는지 기억해냈다.

'잃어버린 단어들의 사전'. 트렁크 뚜껑 안쪽에 그렇게 새기는 동안 오후가 통째로 지나갔다. 애를 쓰느라 양손이 아렸다. 작업이 끝났을 때 리지의 핀은 원래의 형체를 잃고 구부러진 채 바닥에 놓여 있었다. 구슬들은 처음 발견한 날과 똑같이 반짝였지만.

그러자 무언가가, 이상하고 끔찍한 불안이 나를 가득 채웠다. 나는 핀을 똑바로 펴보려고 애를 썼지만 핀은 원래 모양으로 돌아가려 하지 않았다. 끝부분은 너무 뭉툭해져 가장 저렴한 모자의 펠트 천조차 뚫을 수 없을 것 같았다. 방을 샅샅이 뒤졌지만 그걸 고쳐놓을 만한 도구는 찾을 수 없었다. 나는 핀을 리지의 침대맡 협탁 옆 마룻바닥 위에 놔두었다. 리지가 그걸 보면 떨어지면서 구부러진 거라고 생각하기를 빌면서.

이듬해 내내 나는 대체로 스크립토리엄을 멀리했다. 리지는 세인트 바너버스 학교로 나를 데리러 왔고, 점심을 먹인 뒤에 다시 학교에 데려다주었다. 오후 시간에 나는 책을 읽고 글쓰기 연습을 했다. 날씨에 따라 물푸레나무 그늘, 부엌 테이블 그리고 리지의 방에 번갈아 머물렀다. '간주하다Count'와 '손으로 꼽는Counted'을 포함해 C로 시작하는 모든 단어가 들어간 두 번째 권의 출간을 사람들이 기념하고 있을 때는 몸이 안 좋은 척했다.

내 열두 번째 생일날, 아빠가 학교로 나를 데리러 왔다. 서니사이드 대문을 함께 통과할 때 아빠는 내 손을 계속 잡고 있었고, 나는 아빠와 나란히 스크립토리엄을 향해 걸어갔다.

건물은 비어 있었지만 머리 박사님은 거기 있었다. 그는 우리가 들어가자 책상에서 고개를 들고는, 내게 인사를 하러 내려왔다.

"생일 축하한다, 꼬마 아가씨." 그가 말했다. 그러고는 웃음기 없이 안경 너머로 나를 바라보았다. "열두 살, 맞지?"

나는 고개를 끄덕였고, 그는 계속 나를 바라보았다.

호흡이 불안정해졌다. 그가 생각하고 있는 게 뭐든 나는 분류 테이블 밑에 숨기엔 이제 몸이 너무 컸다. 그래서 대신 그의 눈을 똑바로 보았다.

"아버지가, 네가 학교생활을 잘하고 있다고 그러시더구나."

나는 아무 말도 하지 않았고, 박사님은 몸을 돌려 자기 책상 뒤쪽에 꽂힌 두 권의 사전을 향해 손짓을 했다.

"필요할 때면 언제든 저 두 권을 활용해라. 안 그러면 우리가 그렇게 노력한 보람이 없잖니." 그가 말했다. "C 다음에 오는 단어에 관해 알고 싶으면 분책들이 출간되는 대로 마음껏 찾아봐도 된단다. 그러고도 더 알고 싶은 게 있으면……" 그는 다시 나를 뚫어져라 보았다. "……아버지한테 분류함을 검색해달라고 부탁하고. 질문 있니?"

"'활용Avail'이 뭐예요?" 내가 물었다.

머리 박사님은 미소 짓고는 아빠를 힐끗 보았다.

"고맙게도 그건 A로 시작하는 단어구나. 찾아볼까?" 그는 자기 책상 뒤 선반으로 가서 『A와 B』를 꺼냈다.

디트 고모가 보내온 내 열두 번째 생일 카드에는 쪽지 한 장이 들어 있었다. 거기에는 고모가 '필요 이상의superfluous to need'라고 말하는 단어가 하나 적혀 있었다.

"필요 이상이라는 게 뭐예요?" 모자를 쓰고 있는 아빠에게 내가 물었다.

"불필요하다는 거야." 아빠가 대답했다. "원하거나 필요로 하는 사람이 없다는 거지."

나는 쪽지를 보았다. 그것은 B 단어였다. '갈색Brown'. 재미없고 지루하네, 나는 생각했다. 잃어버리거나 무시당하거나 잊힌 것이 아닌, 그냥 필요 이상의 단어. 아빠가 고모에게 내가 단어를 훔쳤다고 말한 게 틀림없었다. 나는 고모가 보낸 단어를 주머니에 넣었다.

학교에 있는 내내 나는 그 단어에 관해 생각했다. 손가락으로 쪽지 모서리를 만지면서 그것이 조금 더 흥미로운 다른 단어라고 상상해보기도 했다. 그냥 버려버릴까 생각도 했지만 그럴 수는 없었다. 필요 이상의 단어, 디트 고모는 그렇게 말했다. 어쩌면 리지가 그토록 고수하는 규칙 목록에 그것도 추가할 수 있겠다는 생각이 들었다.

오후가 되어 서니사이드에 도착하자마자 나는 곧장 리지의 방으로 올라갔다. 리지는 거기 없었지만 내가 기다리고 있어도 개의치는 않을 것이었다. 나는 침대 밑에서 트렁크를 끄집어내 열었다.

내가 주머니에서 쪽지를 막 꺼내고 있을 때 리지가 들어왔다.

"디트 고모한테서 온 거야." 리지가 얼굴을 더 찡그리지 않도록 나는 서둘러 말했다. "생일 선물로 보내주셨어."

리지의 찡그린 얼굴이 풀어지는 듯하더니, 다른 무언가가 그의 눈을 사로잡았다. 리지의 얼굴이 얼어붙었다. 나는 리지의 시선을 따라갔고 트렁크 뚜껑 안쪽에 거칠게 새겨진 글자들과 눈이 마주쳤다. 내 분노가, 생각 없고 이기적이었던 분노가 기억났다. 리지에게 몸을 돌리자 눈물 한 방울이 리지의 뺨을 타고 내려가는 게 보였다.

가스로 가득한 풍선이 가슴 속에서 폭발하는 것 같았다. 숨 쉬고 말하는 데 필요한 모든 세포가 으깨지는 것 같았다. 미안해, 미안해, 미안해, 나는 생각했지만, 입 밖으로는 한 마디도 나오지 않았다. 리지는 침대맡 협탁으로 가서 핀을 집어 들었다.

"왜 그랬어요?" 리지가 물었다.

여전히 아무 말도 나오지 않았다. 어떤 것도 말이 되지 않을 것이었다.

"저건 뭐라고 쓴 건데요?" 리지의 목소리 속에서 분노와 실망이 시소를 타고 있었다. 나는 분노가 이기기를 바랐다. 나쁜 행동에는 모진 말이 마땅하니까. 폭풍이 몰아치고 그다음엔 고요해질 것이다.

"잃어버린 단어들의 사전." 나는 마룻널 옹이에서 눈을 들지 못한 채 중얼거렸다.

"도둑맞은 단어들의 사전이라고 하는 게 더 맞겠네요."

고개를 위로 들었다. 리지는 전에 본 적 없는 무언가를 찾아낸 것처럼 핀을 들여다보고 있었다. 리지의 아랫입술이 어린아이처럼 떨렸다. 나와 눈이 마주치자 그 얼굴은 무너져내렸다. 내가 아빠에게 들킨 날 아빠가 지은 것과 똑같은 표정이었다. 나에 관해 무언가 새로운 사실을 알게 됐는데 그걸 좋아할 수가 없는 것 같은 표정. 그렇다면 분노는 아니다. 실망이다.

"저건 그냥 단어들이에요, 에즈미." 리지가 손을 내밀어 나를 마룻바닥에서 일으켰다. 리지는 침대 위, 자기 옆에 나를 앉혔다. 나는 뻣뻣하게 앉아 있었다.

"제가 가진 엄마 물건은 저 사진뿐인데." 리지가 말했다. "그 속에서 엄마는 웃고 있지 않아서, 심지어 우리 형제들이 태어나기 전에도 엄마 인생은 항상 고단했을 거라고 생각했어요. 그런데 아가씨가 이 핀을 찾아냈죠." 리지가 핀을 빙글 돌리자 구슬들의 빛깔이 한데 어우러지며 번졌다. "엄마에 대해 확실히 아는 건 많지 않지만, 이 핀을 보면 엄마가 행복했던 모습을 상상하는 데 도움이 돼요. 뭔가 아름다운 게 엄마한테도 있었던 거니까."

나는 우리 집 여기저기에 있는 릴리의 사진들을 떠올렸다. 아빠의 옷장에 여전히 걸려 있는 릴리의 옷과 푸른색 봉투들을. 디트 고모가 생일마다 내게 들려주던 이야기도 떠올랐다. 엄마는 천 장의 쪽지가 딸린 단어 같았다. 리지의 어머니는 쪽지가 두 장밖에 딸리지 않은 단어였다. '손으로 꼽을' 필요도 없는 숫자. 그리고 난 그중 하나를 마치 '필요 이상의' 존재처럼 취급했다.

트렁크는 여전히 열려 있었고, 나는 거기 새겨진 단어들을 보았다. 그러고는 다리 부분은 휘었지만 리지의 거친 손안에서 더욱 아름다운 핀을 쳐다보았다. 우리는 둘 다 우리가 누군지 말해줄 증거가 필요했다.

"고칠게." 내가 말하고는 손을 뻗었다. 순수한 의지력만 있으면 똑바로 펼 수 있다고 생각하면서. 리지는 핀을 건네주었고, 내가 애쓰는 걸 지켜보았다.

"이제 됐어요." 내가 마침내 포기했을 때 리지가 말했다. "끝부분은 숫돌로 갈면 될 것 같아요."

가슴 속에 있던 풍선이 터지면서 감정이 밀물처럼 쏟아져 나왔다. 눈물이, 콧물이, 부서진 사과의 말들이. "미안해, 미안해."

"그 마음 알아요, 우리 쪼끄만 양배추." 리지는 울음이 멈출 때까지 나를 안아주고는, 머리를 쓰다듬고 몸을 가만히 흔들며 다독여주었다. 내가 어릴 때 해주던 것처럼. 지금은 내 몸이 거의 리지보다 커졌는데도. 다 끝나자 리지는 어머니 사진 앞 원래 자리로 핀을 되돌려놓았다. 나는 트렁크를 닫기 위해 딱딱한 마룻바닥에 무릎을 꿇고 앉았다. 거칠고 지저분한, 그러나 영속적일, 내가 새긴 글자들을 손가락으로 쓸었다. '잃어버린 단어들의 사전'.

크레인 씨가 일찍 퇴근하는 중이었다. 물푸레나무 아래 앉은 나를 보고도 그는 말 한 마디, 미소 한 번 건네지 않았다. 그가 자전거 쪽으로 성큼성큼 걸어가 가방을 등에 던지듯 둘러메고 한쪽 다리를 안장에 올려놓는 걸 나는 지켜보았다. 자기 뒤로 땅바닥에 쪽지가 한 묶음 떨어지는 걸 그는 알아채지 못했다. 나는 그를 부르지 않았다.

쪽지 열 장이 핀으로 한데 꽂혀 있었다. 나는 읽고 있던 책 페이지 사이에 그것을 끼워 넣고 물푸레나무 아래로 돌아왔다.

대표 쪽지에는 크레인 씨의 단정치 못한 글씨로 '불신을 품은Distrustful'이라고 쓰여 있었다. 그는 그 단어를 이렇게 정의했다. 자신이나 타인에 대한 불신이 가득하거나 두드러지는; 자신감이 부족한, 내성적인; 의혹을 품고 있는, 의심에 찬, 회의적인. 나는 '회의적인'이 무슨 뜻인지 몰라 의미를 알아내려고 쪽지들을 넘기며 훑어보았다. 하지만 인용문을 읽을수록 시련은 깊어만 갔다. 불신에 찬 이단자들은 마지막 숨이 다할 때까지 싸우리니. 셰익스피어는 이렇게 적었다.

하지만 나는 그 쪽지들을 저녁 바람과 아침 이슬로부터 구한 것이었다. 크레인 씨의 무관심으로부터도 구했다. 신뢰를 못 받아 마땅한 사람은 그였다.

나는 한 쪽지를 다른 것들로부터 빼냈다. 인용문은 있었지만 작가 이름이나 책 제목, 날짜는 없는 쪽지였다. 그 쪽지는 버려질 터였다. 나는 그것을 접어 구두 속에 넣었다.

나머지 쪽지들은 다시 내 책 속으로 들어갔고, 옥스퍼드 대학의 종소리가 다섯시를 알릴 때 나는 아빠를 만나러 스크립토리엄으로 갔다.

분류 테이블에 혼자 앉은 아빠 앞에는 교정지가 놓여 있었고 그 주위로 쪽지들, 책들이 온통 널려 있었다. 아빠는 내가 온 걸 알아채지 못한 채 교정지 위로 몸을 수그리고 있었다.

나는 주머니 속에서 책 페이지 사이를 더듬어 '불신을 품은'의 단어 쪽지들을 꺼냈다. 그러고는 분류 테이블 쪽으로 갔을 때 크레인 씨의 무질서한 작업 공간 속에 그것을 끼워 넣었다.

"뭐 하는 거지?" 크레인 씨가 스크립토리엄 문가에 서 있었다. 오후 햇빛을 등지고 서 있어서 얼굴은 선명하게 보이지 않았지만, 약간 구부정한 자세와 가느다란 목소리는 다른 사람의 것일 리가 없었다.

아빠가 고개를 들고 깜짝 놀라더니, 내 손 아래 쪽지들이 있는 걸 발견했다.

크레인 씨가 성큼성큼 걸어와 마치 내 손을 쳐낼 것처럼 손을 확 내밀었다. 하지만 내 손의 일그러진 모양에 움찔한 것 같았다. "이건 정말 안 되겠어." 그는 말하고 아빠 쪽으로 몸을 돌렸다.

"제가 발견했어요." 내가 말했지만 크레인 씨는 나를 쳐다보지 않았다. "자전거 기대두시는 울타리 근처에서 제가 발견했다고요. 가방에서 떨어진 거라고요." 나는 아빠를 보았다. "돌려놓으려고 했을 뿐이에요."

"기분 상하게 하고 싶진 않지만 해리, 이 아이는 여기 있으면 안 됩니다."

"전 돌려놓고 있었어요." 나는 말했지만, 나라는 존재는 보이지도 들리지도 않는 것 같았다. 두 사람 중 누구도 대답하지 않았다. 누구도 나를 쳐다보지 않았다.

아빠가 숨을 깊이 들이마시더니 거의 알아챌 수 없을 만큼 작게 고개를 흔들면서 숨을 내쉬었다.

"제가 해결하지요." 아빠가 크레인 씨에게 말했다.

"물론 그러셔야죠." 크레인 씨가 말하고는 자기 가방에서 굴러떨어졌던 쪽지 묶음을 가져갔다.

그가 가버리자 아빠는 안경을 벗고 콧등을 문지르기 시작했다.

"아빠?"

아빠는 안경을 제자리로 가져가 쓰고는 나를 보았다. 그러고는 분류 테이블 뒤로 의자를 밀고 나더러 와서 앉으라고 자기 무릎을 톡톡 두드렸다.

"정말 너무 커졌구나." 미소를 지으려고 애쓰면서 아빠가 말했다.

"정말로 그 사람이 떨어뜨렸어요. 제가 봤어요."

"널 믿는다, 에시."

"그럼 왜 아무 말도 안 하셨어요?"

아빠는 한숨을 쉬었다. "설명하기에는 너무 복잡해."

"거기 맞는 단어가 있어요?"

"단어?"

"왜 아빠가 아무 말도 안 하셨는지 그 이유에 관한 단어요. 제가 찾아보면 돼요."

아빠는 그제야 미소 지었다. "'외교Diplomacy'라는 말이 떠오르는구나. '타협Compromise' '완화하다Mollify'도 있고."

"저는 '완화하다'가 좋아요."

우리는 함께 분류함을 뒤졌다.

완화하다MOLLIFY

"이 관대함으로, 그의 가장 맹렬한 박해자들의 분노를 완화하기 위하여."

—데이비드 흄, 『대영제국의 역사』, 1754년

나는 생각에 잠겼다. "아빠는 크레인 씨를 덜 화나게 하려고 그러셨군요."

"그래."

1896년 9월

나는 내가 자다가 실례를 한 줄 알았다. 그런데 옆으로 비켜 보니 이불, 잠옷 그리고 시트 모두가 빨갛게 물들어 있었다. 나는 비명을 질렀다. 내 두 손은 피로 끈적끈적했다. 등과 배에 느껴지던 통증을 떠올리자 갑자기 겁이 덜컥 났다.

내 방에 뛰어 들어온 아빠가 당황해 주위를 둘러보고는 침대로 다가왔다. 근심이 아빠의 얼굴에 가득했다. 피 묻은 내 잠옷을 보자 아빠는 안도하는 것 같았다. 그런 다음엔 민망해했다.

아빠가 침대 끝에 앉았기 때문에 매트리스가 체중만큼 꺼졌다. 아빠는 이불을 도로 끌어올려 나를 덮어주고는 내 뺨을 어루만졌다. 그 순간 나는 그게 뭔지 알게 되었고, 갑작스럽게 나 자신을 의식하게 되었다. 나는 이불을 머리 위로 높이 당기고 아빠를 보지 않으려 했다.

"죄송해요." 내가 말했다.

"죄송하기는."

우리는 잠시 그렇게 불편하게 앉아 있었다. 나는 아빠가 얼마나 간절하게 릴리가 여기 있기를 바라는지 느낄 수 있었다.

"리지한테서……" 아빠가 입을 열었다.

나는 고개를 끄덕였다.

"필요한 거 다 있니?"

나는 다시 고개를 끄덕였다.

"나한테 보여줄 수……"

나는 고개를 흔들었다.

아빠는 내 뺨에 입을 맞추고 일어섰다. "오늘 아침은 프렌치토스트다." 마치 내가 환자나 잠자는 아기라도 된 것처럼 조용히 문을 닫으며 아빠가 말했다. 하지만 나는 열네 살이었다.

계단을 내려가는 아빠의 발소리가 들릴 때까지 기다렸다가 이불을 걷어내고 침대 끝에 앉았다. 몸에서 더 많은 피가 새어 나오는 게 느껴졌다. 내 침대맡 협탁 서랍에는 매달 벌어질 그 일을 위해 리지가 특별히 준비해준 상자가 들어 있었는데, 그 안에는 벨트도 있었고 리지가 헝겊을 기워 만든, 속을 채운 천 조각들도 있었다. 나는 긴 잠옷 치맛자락을 말아 올리고 그것을 다리 사이에 채웠다.

아빠는 부엌에서 시끄러운 소리를 내고 있었는데, 그건 내게 지금이 좋은 타이밍이라고 알려주는 신호였다. 나는 상자를 겨드랑이 밑에 끼우고 층계참을 가로질러 욕실로 가서는, 피를 뚝뚝 떨어뜨리지 않게 막아주는 천 뭉치를 조금 더 단단하게 조였다.

학교는 빠지자, 아빠가 말했다. 나는 리지와 함께 그날 하루를 보내게 될 터였다. 안도감에 눈물이 나왔다.

우리는 집을 나서 서니사이드까지 익숙한 길을 걷기 시작했다. 마치 아무 일도 일어나지 않은 것처럼, 아빠는 작업하고 있던 단어 하나를 말하고 내게 무슨 뜻인지 맞혀보라고 했다. 나는 머리가 돌아가지 않아 생각을 할 수 없었고, 이번만은 그게 신경 쓰이지도 않았다. 거리는 길게 뻗어 있었고, 우리가 지나치는 모든 사람들이, 마치 다 알고 있다는 듯 나를 쳐다보았다. 나는 몸에 걸친 모든 것이 하나도 안 맞는 사람처럼 걸었다.

허벅지 사이가 축축해지더니 뺨 위로 흐르는 눈물처럼 핏방울 하나가 흐르는 느낌이 났다. 밴버리 로드에 도착할 무렵에는 피가 다리 안쪽으로 흘러내리고 있었다. 스타킹으로 스며드는 느낌도 났다. 나는 걸음을 멈추고 다리를 한데 붙여 꼬고는 피가 흐르는 곳에 손을 갖다 댔다.

그러고는 울먹였다. "아빠?"

아빠는 몇 걸음 앞서 걷고 있었다. 아빠가 몸을 돌려 나를 보았고, 내 몸을 발끝까지 훑어보더니, 마치 조금 더 경험이 있고 도움이 될 사람을 찾는 것처럼 주위를 둘러보았다. 아빠는 내 손을 잡았고, 우리는 최대한 빠르게 서니사이드로 걸어갔다.

"아이고, 아가." 밸러드 부인이 나를 부엌 안으로 이끌었다. 부인은 고개를 끄덕여 보임으로써 아빠를 그 이상의 책임에서 해방시켜주었다. 아빠는 내 이마에 입 맞추고는 정원을 가로질러 스크립토리엄으로 성큼성큼 걸어갔다. 부엌에 들어온 리지가 내게 안타까워하는 표정을 짓고는 곧바로 물을 데우기 위해 화덕으로 갔다.

위층에서 리지는 내 옷을 벗기고 스펀지로 몸을 닦아주었다. 대야에 담긴 따뜻한 물이 내 수치심으로 소용돌이치며 분홍빛으로 변했다. 리지는 허리 주위로 벨트를 둘러매는 법과 그 사이에 천 조각을 연결하는 법을 다시 한번 가르쳐주었다.

"천을 충분히 두툼하게 안 댔네요. 아니면 바짝 조이지 않았든지." 리지는 자기가 잘 때 입는 시프트 드레스 중 한 벌을 내게 입힌 다음 나를 침대에 들어가게 했다.

"이거, 이렇게 아파야만 되는 거야?"

"그래야만 되나 봐요." 리지가 대답했다. "이유는 모르겠지만요."

내가 신음을 흘리자 리지는 다정한 걱정이 담긴 눈으로 나를 보았다. "시간이 지나면 아마도 덜 아플 거예요. 보통 처음이 제일 아파요."

"아마도?"

"어떤 사람들은 그렇게 운이 좋지 않거든요. 하지만 나아지게 하는 차도 있으니까요." 리지가 말했다. "밸러드 부인한테 서양톱풀이 있는지 여쭤봐야겠어요."

"이게 얼마나 계속될까?"

리지는 이제 내 옷을 대야에 담그고 있었다. 옷 전체에 붉은 물이 들 테고 그 붉은 옷이 이제부터 내 유니폼이 돼버리겠구나, 그런 생각이 떠올랐다.

"일주일쯤요. 더 짧을 수도 있고, 더 길 수도 있고요."

"일주일? 일주일 내내 침대에 있어야 된다고?"

"아니, 아니에요. 그건 하루면 돼요. 첫날이 제일 양이 많은데 그래서 제일 아프기도 해요. 그 뒤로는 점점 잦아들다가 결국에는 멈춰요. 그래도 일주일 정도 쓸 천은 필요할 거예요."

전에 리지는 내가 달마다 피를 흘리게 될 거라고 했었는데, 이제는 달마다 일주일씩 피를 흘릴 거고 하루씩은 자리에 누워 있어야 한다고 말하고 있었다.

"리지가 자리에 누워 있는 건 본 적이 없는 것 같아."

리지가 웃었다. "자리에 누워서 하루를 쉬려면 저는 정말로 죽기 일보 직전이어야 할걸요?"

"근데 어떻게 다리를 타고 안 흘러내리는 거야?"

"다 방법이 있어요, 에시메이. 하지만 어린 소녀한테 얘기하는 건 안 좋아요."

"그래도 알고 싶어."

리지가 두 손을 물에 담근 채 나를 보았다. 내 피가 피부에 닿아도 리지는 불쾌하지 않은 것 같았다.

"아가씨가 시중을 드는 입장이라면 알아야 되겠지요. 하지만 그렇지 않잖아요. 아가씨는 꼬마 숙녀고, 매달 하루씩 침대에 누워서 보낸다 해도 아무도 뭐라 하지 않을 거예요." 그 말과 함께 리지는 대야를 집어 들고 계단을 내려갔다.

나는 눈을 감고 나무판자처럼 꼼짝도 하지 않은 채 누워 있었다. 시간이 힘겹게 지나갔지만, 결국에는 잠들었던 것 같다. 꿈을 꿨으니까.

아빠와 내가 스크립토리엄에 도착했는데, 내 스타킹에 피가 철철 흘렀다. 내가 아는 모든 조수들과 사전 편집자들이 분류 테이블에 둘러앉아 있었다. 심지어 미첼 씨도 있었는데, 의자 밑으로 짝짝이 양말이 살짝 보였다. 아무도 고개를 들지 않았다. 나는 아빠에게 몸을 돌렸지만, 아빠는 이미 어디론가 사라진 뒤였다. 분류 테이블을 다시 돌아보자, 아빠는 늘 앉는 자리에 앉아 있었다. 아빠는 다른 모든 사람처럼 단어들을 향해 고개를 숙이고 있었다. 나는 아빠를 향해 가려 했지만 몸이 움직이지 않았다. 그 자리에서 떠나려고도 해봤지만 그럴 수 없었다. 나는 소리쳤지만, 아무도 듣지 못했다.

"집에 갈 시간이에요, 에시메이. 하루 종일 잤어요." 리지가 내 옷을 팔에 걸치고 침대 끄트머리에 서 있었다. "갓 구운 빵처럼 따뜻해요. 화덕 앞에다 말렸거든요. 이리 와요, 옷 입는 거 도와줄게요."

리지는 다시 한번 벨트와 천 채우는 걸 도와주었다. 내 머리 위로 시프트 드레스를 잡아당겨 벗기고 겹겹이 따스한 옷으로 갈아입혀주었다. 그런 다음 바닥에 무릎을 꿇고 앉아 내 두 발에 스타킹을 신기고, 구두에 발을 집어넣은 다음 구두끈을 매주었다.

그다음 주가 지나는 동안 나는 지난 석 달 동안보다 많은 빨랫감을 만들어냈고, 그걸 모두 처리하기 위해 아빠는 이따금씩 오는 하녀에게 추가 수당을 주어야 했다. 학교에서는 쉬어도 된다는 허가를 받았고, 나는 매일같이 리지의 방에 가서 머물렀다. 침대에만 갇혀 있지는 않았지만, 부엌에서 멀리 떨어진 곳으로 돌아다닐 용기도 나지 않았다. 스크립토리엄은 출입금지 구역이 되었다. 아무도 그렇게까지 말은 안 했지만, 나는 내 몸이 다시 나를 배신할까 봐 두려웠다.

"이건 왜 하는 거야?" 다섯째 날에 나는 리지에게 물었다. 밸러드 부인은 자기가 머리 부인과 그다음 주 식사에 관한 이야기를 나누는 동안 내게 브라운소스 휘젓는 일을 맡겼다. 리지는 부엌 테이블 앞에 앉아 머리 가족의 옷가지 한 무더기를 수선하고 있었다. 내 피는 이제 거의 멈춰가고 있었다.

"왜 하는 거냐니 뭐가요?"

"피 나는 거 말이야. 왜 그런 일이 일어나?"

리지는 자신 없는 얼굴로 나를 보았다. "아기랑 관계된 건데."

"어떻게?"

리지는 고개를 들지 않고 어깨를 으쓱했다. "정확히는 저도 몰라요, 에시메이. 그냥 그러는 거예요."

어떻게 모를 수가 있을까? 어떻게 이런 끔찍한 일이 매달 일어나는데 당하는 사람이 이유를 모를 수 있지?

"밸러드 부인도 피가 나?"

"더 이상은 아니에요."

"언제 없어지는데?"

"아기를 갖기에는 너무 나이가 들면요."

"밸러드 부인한테도 아기가 있었어?" 나는 부인이 아이들에 대해 이야기하는 걸 한 번도 들은 적이 없었지만, 어쩌면 아이들이 다 커서 그랬는지도 몰랐다.

"밸러드 부인은 결혼 안 했어요, 에시메이. 아이도 없고요."

"당연히 결혼했지, 무슨 소리래."

리지는 밸러드 부인이 돌아오고 있지 않은지 부엌 창문을 내다보고는 내게로 몸을 바싹 기울였다. "더 존중받을 수 있으니까 자기를 부인이라고 부르는 거예요. 나이 든 노처녀들이 많이들 그렇게 해요. 특히 누구한테 지시를 내리는 위치에 있으면요."

나는 너무 혼란스러워 더 이상 질문을 할 수 없었다.

내 예상보다 빨리 시작됐구나, 아빠가 왠지 미안해하는 표정으로 말했다. 그건 '월경혈'이라고 했고, 그걸 흘리는 과정은 '생리'라고 했다. 아빠는 설탕 단지에 손을 뻗더니 엄청난 주의를 기울여 이미 단맛이 나는 오트밀 위에 설탕을 아낌없이 뿌려댔다.

그것들은 새로운 단어였지만 아빠를 불편하게 했다. 태어나서 처음으로 나는 내가 질문을 해도 될지 불확실한 상태에 놓였다. '월경혈'과

'생리'가 의미 없이 허공에 걸려 있는 동안 우리 사이에는 보기 드문 침묵이 흘렀다.

나는 이 주 동안 스크립토리엄에서 떨어져 지냈다. 다시 그곳에 갔을 때는 가장 조용한 시간을 골랐다. 늦은 오후였고, 머리 박사님은 하트 씨를 만나러 출판국에 가 있었고, 조수들 대부분은 퇴근하고 없었다.

오직 아빠와 스웨트먼 씨만 기다란 테이블 앞에 앉아 있었다. F에 들어갈 단어들의 준비 작업을 하고 있었는데, 그건 그들이 머리 박사님의 대단히 유별난 작업 방식에 맞추기 위해 다른 모든 조수의 작업을 확인해야 한다는 뜻이었다. 아빠와 스웨트먼 씨는 다른 누구보다도 사전 약어略語에 능숙했다.

"어서 와, 에즈미." 내가 스크립토리엄 문 주위를 어슬렁거리고 있자 스웨트먼 씨가 이렇게 말했다. "사악한 늑대는 집에 갔어."

M 단어들은 분류 테이블에서는 보이지 않는 분류함에 있었고, 내가 원하는 단어들은 분류함 칸 하나에 꽉 차게 밀어 넣어져 있었다. 그것들은 이미 초벌 정의에 따라 분류되어 있었다. 디트 고모가 그토록 많은 시간을 들여 하던 일이 바로 그것이었다. 나는 대표 쪽지 중 어딘가에서 고모의 글씨를 알아볼 수 있을지 궁금했다.

그 피 흘림을 설명하는 말들은 정말 많았다. '멘스Menstrue'는 '월경혈Catamenia'과 같은 말이었다. 그건 '불결한 피'를 뜻했다. 그럼 어떤 피가 청결한 걸까? 피는 모두 얼룩을 남기는데.

'생리하다Menstruate'에는 다양한 인용문이 적힌 쪽지 네 장이 핀으로 꽂혀 있었다. 대표 쪽지에는 두 가지 정의가 있었다. '월경혈을 배출

하다'와 '(생리혈로 그렇게 되는 것처럼) 부정不淨하게 되다'였다. 아빠는 첫 번째 정의는 언급했지만 두 번째는 언급하지 않았다.

'생리 상태Menstruosity'는 생리를 하고 있는 상태를 뜻했다. 그리고 '생리를 하는Menstruous'에는 한때 '끔찍할 정도로 더러운, 오염된'이라는 뜻이 있었다.

생리를 하는Menstruous. '괴물 같은Monstruous'과 닮은 말. 그것이 내가 느끼는 바에 가장 가까웠다.

리지는 생리를 '저주Curse'라고 부른 적이 있었다. 리지는 '생리'라는 말을 들어본 적이 없어서 내가 그 말을 하면 웃음을 터뜨렸다. "의사들이나 쓰는 말이겠죠." 리지가 말했다. "그 사람들은 자기들만 쓰는 말이 있어서 남들은 못 알아들어요."

나는 C로 시작하는 모든 단어가 담긴 사전을 선반에서 꺼내 '저주'를 찾아보았다.

누군가의 불길한 운명.

거기에는 피 흘림에 관한 말은 없었지만 나는 이해했다. 엄지손가락으로 페이지들을 넘겨보았다. 오로지 이 한 권의 사전에만 1300여 개의 단어가 들어 있었다. 『A와 B』에 거의 맞먹는 수였다. C로 시작하는 단어에는 끝이 없을 거라고 아빠가 말한 것도 기억났다. 나는 스크립토리엄 안을 둘러보며 얼마나 많은 단어가 분류함에, 책 속에, 머리 박사님과 조수들의 머릿속에 저장돼 있을지 짐작해보았다. 그것들 중 어느 하나도 나에게 일어난 일을 온전히 설명해주지 못했다. 어느 하나도.

"이 아이가 여기 있어야 됩니까?" 크레인 씨의 목소리가 내 생각을 자르고 끼어들었다.

나는 재빨리 사전을 닫고는 돌아보았다. 아빠를 봤는데, 아빠는 크레인 씨를 보고 있었다.

"오늘 밤에는 안 계신 줄 알았네요." 아빠가 평소보다 친근한 말투로 말했다.

"여기는 정말 아이들이 있어서는 안 되는 곳이에요."

나는 더 이상 아이가 아니었다. 모두가 내게 그렇게 말했다.

"해를 끼치는 것도 아닌데요." 스웨트먼 씨가 말했다.

"저애가 자료에 손을 대고 있다고요."

심장이 쿵쾅쿵쾅 뛰었다. 나는 더 이상 참지 못하고 말했다. "원한다면 언제든지 사전을 이용하라고 머리 박사님이 말씀하셨거든요." 아빠가 내게 경고의 눈빛을 쏘아 보냈기에 나는 그 즉시 후회가 됐다. 하지만 크레인 씨는 대답하지도, 내 쪽을 돌아보지도 않았다.

"이것 좀 같이 하시겠어요, 크레인?" 스웨트먼 씨가 물었다. "우리 셋이 같이 하면 저녁 시간 전에 이 일을 끝낼 수 있을 것 같은데요."

"저는 그냥 외투 가지러 다시 온 겁니다." 크레인 씨가 말했다. 그러고는 두 사람에게 고개를 까딱하고 스크립토리엄을 떠났다.

나는 C 단어들이 든 거대한 사전을 선반에 돌려놓고 아빠에게 부엌에서 기다리겠다고 말했다.

"여기 있어도 돼." 아빠가 말했다.

하지만 나는 더 이상 확신할 수 없었다. 그다음 몇 달 동안 나는 스크립토리엄보다 부엌에서 더 많은 시간을 보냈다.

아빠는 디트 고모의 편지를 읽었지만 내게는 보여주지 않았다. 다 읽고 나서 아빠는 편지를 봉투 속에 다시 접어 넣고는, 전에는 고모의 편

지들을 며칠씩 놓아두기도 했던 사이드테이블 위에 두는 대신 자신의 바지 주머니에 넣었다.

"고모가 조만간 우리 보러 올까요?" 내가 물었다.

"글쎄, 아무 말이 없구나." 신문을 집어 들며 아빠가 대답했다.

"저에 대해 아무 말도 안 했어요?"

아빠는 내 얼굴을 보려고 신문을 내려놓았다. "네가 학교생활 즐겁게 하고 있는지 묻더라."

나는 어깨를 으쓱했다. "지루해요. 하지만 제 공부를 다 하면 어린애들을 도와줄 수 있어요. 그건 좋아요."

아빠가 숨을 깊이 들이쉬기에, 내게 뭔가 말하려나 보다 했다. 아니었다. 아빠는 그냥 좀 오랫동안 나를 들여다보더니, 이제 잘 시간이라고 했다.

며칠이 지난 어느 날, 아빠가 내게 잘 자라고 키스를 하고 교정지를 보러 아래층으로 내려간 뒤에 나는 까치발로 복도를 가로질러 아빠의 방으로 갔다. 옷장 안으로 기어 들어간 다음 두 상자 중 볼품없는 쪽을 집어 들었다. 디트 고모의 편지를 꺼냈다.

1896년 11월 15일

친애하는 해리에게,

당신의 지난번 편지가 내겐 너무나 복합적인 감정들을 일으켰어요. 나는 만약 릴리가 읽는다면 수긍할 만한 답장을 쓰려고 애를 쓰고 있었어요. (다른 무엇보다 당신이 그걸 원하리라는 결론에 도달했거든요. 그래서 당신도, 릴리도, 혹은 에즈미도 실망시키지 않으려고 노력하는 중이에요. 다시 말하지만 노력할 뿐이죠. 장담은 할 수 없지만.)

크레인 씨가 우리 에즈미가 절도 행위를 한다고 계속 비난하는군요. 무거운 단어네요, 해리. 자루를 등에 걸쳐 메고 거기에 촛대나 찻주전자를 채워 넣으면서 몰래 어딘가를 어슬렁거리는 에즈미의 모습을 떠올리게 해요. 하지만 내가 알아낸 바로는 에즈미의 주머니에는 다른 사람들이 부주의하게 다룬 단어 쪽지들 말고는 아무것도 들어 있지 않았어요. 당신의 교육 방식이 관습에서 벗어나 있다는 말에 대해서는, 글쎄요, 나는 그렇다고 생각하는데요, 크레인 씨가 비난의 의미로 그런 말을 했다면 나는 똑같은 말을 칭찬의 의미로 하고 있어요. 관습은 어떤 여성에게도 어떤 도움도 되어준 적이 없어요. 그러니 해리, 자책은 그만둬요.

이제 에즈미의 교육 문제로 넘어갈게요. 당연히 그애는 공부를 계속해야지요. 하지만 그애가 세인트 바너버스보다 크게 성장하면 어디로 가야 할까요? 내 오래된 친구 중 한 명인 피오나 매키넌이라는 사람이 비교적 나쁘지 않은 (교육비가 과히 비싸지 않다는 뜻이에요) 기숙학교에서 교장을 하고 있어요. 스코틀랜드 멜로즈 마을 근처에서요. 그 친구에게 문의를 해봤어요. 피오나와 직접 연락하지 않은 지도 몇 년이나 됐지만, 그 친구는 몹시 우수한 학생이었고, 아마도 콜드실스 여학교를 그 자신이 지녔던 조숙한 욕구에 걸맞게 만들어냈으리라고 생각해요. 당신의 누이가 팔 킬로미터도 떨어지지 않은 곳에 있기도 하니, 영국 남부의 훨씬 비싼 학교들보다는 훌륭한 대안으로 보여요.

에즈미는 지금 당장은 좋아하지 않겠지만, 열네 살은 모험을 떠나기에도 충분한 나이예요.

마지막으로, 에즈미의 제 뜻대로인 행동을 부추길 생각은 없지만, 그애가 좋아할 만한 단어 하나를 넣어 보내요. '학식 있게Literately'는 엘리자베스 그리피스의 소설에 사용됐어요. 아직 다른 용례는 나온 게 없지만, 내 생각에는 '교육받은Literate'의 우아한 확장형이에요. 사전에 들어갈 항목을 내가 작성하는 데 머리 박사가 동의는 했지만, 이 말이 사전에 포함될 것 같지는 않다는 말을 나는 그때부터 들어왔어요. 이 여성 저자는 자신이 '문학 소녀Literata'—새뮤얼 테일러 콜리지가 만들어낸 말로, '문학에 밝은 여성'을 경멸적으로 가리키는 표현이지요—임을 증명하지 못한 것 같아요. '문학 소녀' 역시 단 하나의 용례밖에 없지만, 그건 틀림없이 사전에 들어가겠지요. 이렇게 말하면 신 포도 같긴 하지만 널리 쓰일 것 같지 않은 단어예요. 문학에 조예가 깊은 전 세계의 여성 수는 단언컨대 지식인 사회의 정식 일원으로 당연히 인정받아야 할 만큼 많은걸요.

여러 자원봉사자들이 (내가 알기로는 모두 여성이에요) '학식 있게'가 담긴 똑같은 인용문을 보내왔어요. 전부 합해 여섯인데, 그중 어느 하나도 사전에 전혀 쓰임새가 없을 테니, 에즈미가 하나 가지면 안 될 이유는 없는 것 같아요. 두 사람이 이 사랑스러운 단어를 어떻게 활용하는지 이야기 들려주길 기다리고 있을게요. 함께라면 우린 그 말을 계속 살아 있게 할 수도 있을 거예요.

우정을 담아,

이디스

크리스마스 전의 마지막 학교 소집일이었다. 나는 그해 남아 있는 수업을 들으러 학교로 돌아가지 않기로 했다. 세인트 바너버스 여학교의 교장 선생님인 토드 부인이 내게 덕담을 해주고 싶다고 해서, 나는 한데 모인 아이들을 마주 보고 홀 앞쪽 의자에 앉았다. 그들은 제리코가 키워낸 아이들이었다. 출판국과 울버코트 제지 공장 직원들의 딸들이었다. 그들의 오빠나 남동생은 세인트 바너버스 남학교에 다녔고, 자라서 공장이나 출판국에서 일하게 될 것이었다. 우리 반 여자아이들 중 절반은 그해 안에 책 제본하는 일을 하게 될 것이었다. 나는 늘 내가 거기 속할 수 없다고 느껴왔다.

언제나처럼 공지 사항이 전달되었다. 나는 내 양손을 내려다보고 시간이 더 빨리 지나가주기를 바라며 뻣뻣하게 앉아 있었다. 토드 부인이 뭐라고 하는지 거의 듣지 못했는데, 갑자기 아이들이 박수를 치기 시작해서 나는 고개를 들었다. 내가 역사와 영어에서 상을 받게 되었다고 했다. 토드 부인은 고개를 끄덕여 내게 가까이 오라는 신호를 했고, 내가 그렇게 하자 부인은 아이들에게 내가 콜드실스 여학교에 다니게 되어 학교를 떠나게 되었다고 말했다.

"스코틀랜드에서 정상까지 쭉 올라가기를 바란다." 부인이 내게 몸을 돌리며 말했다. 아이들이 다시 박수를 쳤지만 이번에는 그렇게 뜨거운 박수가 아니었다. 그들은 떠나는 걸 상상할 수 없을 거라고 나는 생각했다. 나 역시 상상하지 못했다. 하지만 그때 디트 고모가, 그 일이 내가 준비가 되게 도와줄 거라고 말했다. "무엇에 대한 준비요?" 내가 물었다. "뭐든 네가 꿈꾸는 일을 하기 위한 준비지." 고모는 그렇게 말했다.

크리스마스 다음 주는 습하고 황량했다. "스코티시 보더스 지역 날씨를 미리 익힐 좋은 기회네요." 어느 날 밸러드 부인이 말했고 나는 울음을 터뜨리고 말았다. 부인은 밀가루를 반죽하던 손을 멈추고는, 부엌 테이블 앞에 앉아 완두콩 껍질을 벗기고 있던 내게로 왔다. "오, 아가." 내 얼굴을 두 손으로 감싸고 내 볼에 밀가루를 묻히며 부인이 말했다. 내가 훌쩍훌쩍 울기를 멈추자 부인은 내 앞에 반죽 그릇을 내려놓고는 버터, 밀가루, 설탕과 건포도의 양을 측정했다. 그러고는 식품 보관실 찬장 맨 위 칸에서 계피가 든 단지를 내려 내 옆에 놓았다. "딱 한 꼬집만 넣는 거야, 기억해요."

록 케이크는 만드는 사람 손이 따뜻하든 차갑든, 솜씨가 좋든 어설프든 아무 상관 안 하는 법이거든요, 밸러드 부인은 말하곤 했다. 내가 리지를 따라갈 수 없을 때나 기분이 안 좋을 때 내 눈을 돌릴 방법으로 부인은 록 케이크에 의지했다. 그 케이크는 내 특기가 되었다. 부인은 다시 반죽을 하러 갔고, 나는 버터를 조각내 밀가루에 넣고 비비기 시작했다. 늘 그랬듯 오른손이 장갑을 낀 것처럼 느껴졌다. 부스러기가 덩어리지기 시작하는 걸 진짜로 느끼려면 내 웃긴 손가락들이 일을 하는 걸 지켜봐야만 했다.

밸러드 부인이 수다를 이어갔다. "스코틀랜드는 아름답죠." 부인은 젊을 때 거기 가본 적이 있다고 했다. 친구와 하는 도보 여행이었다고. 나는 부인이 젊었을 때를 상상할 수가 없었다. 서니사이드의 부엌이 아닌 다른 곳에 부인이 있는 것도 상상할 수가 없었다. "그런 게 영원하진 않아요." 부인이 말했다.

그날 스크립토리엄에 있던 모든 사람이 내게 작별 인사를 하러 밖으로 나왔다. 우리는 이른 아침 공기에 떨면서 정원에 서 있었다. 아빠, 밸러드 부인, 머리 박사님, 그리고 조수 몇 사람이 있었지만 크레인 씨는 없었다. 머리 박사님 댁의 가장 어린 아이들도 있었고, 엘시와 로스프리스도 자기네 엄마 양옆에 서 있었다. 그애들은 가장 어린 두 아이의 손을 하나씩 잡고 신발에서 눈을 떼지 않았다.

아빠가 나오라고 불렀지만 리지는 부엌 문가에 서 있었다. 리지는 사전 만드는 남자들 사이에 있는 걸 결코 좋아하지 않았다. 내가 놀리면 "그 사람들한텐 어떻게 말을 해야 될지 모르겠어요"라고 했다.

내가 앞으로 얼마나 더 많은 걸 배우게 될지에 대해, 그리고 콜드실스로크 호수 근처 언덕을 산책하며 얻게 될 건강상의 이점에 대해 머리 박사님이 이야기를 다 할 만큼 오랫동안 우리는 서 있었다. 박사님은 내게 스케치북 한 권과 드로잉 연필 한 세트를 주고는 새 학교 근처의 교외 풍경에 대한 인상을 담은 편지를 기대하겠다고 했다. 나는 그날 아침 아빠에게서 선물 받은 새 가방에 선물들을 넣었다.

밸러드 부인은 아직 오븐의 온기가 남아 있는 비스킷이 가득 담긴 상자를 주었다. "가는 동안 먹어요." 부인이 너무 꽉 껴안아서 나는 숨이 막히는 줄 알았다.

한동안 아무도 아무 말도 하지 않았다. 조수들 대부분은 이게 다 웬 난리법석이냐고 생각하고 있었을 것이다. 그들이 추워서 발을 동동거리는 게 보였다. 그들은 좀 더 따뜻한 스크립토리엄 안으로, 자신들의 단어들에게로 돌아가고 싶어했다. 나의 일부는 그들과 함께 돌아가기를 원했다. 나의 다른 일부는 모험이 시작되기를 바랐다.

나는 리지가 서 있는 곳을 바라보았다. 거리가 있었는데도 리지의 부은 눈과 빨개진 코를 알아볼 수 있었다. 리지는 미소를 지으려고 애를 썼지만 감정을 숨기기가 너무 힘들어 다른 곳을 쳐다봐야만 했다. 리지의 어깨가 떨리고 있었다.

내가 준비가 되게 이 일이 도와줄 거라고 디트 고모는 말했었다. 그곳은 나를 학자로 변신시켜줄 것이다. "그리고 네가 콜드실스 학교를 졸업하면," 아빠가 덧붙였다. "서머빌 대학에 들어갈 수 있단다. 다른 여자 기숙사들만큼이나 우리 집에서 가깝고, 출판국에서는 바로 길 하나만 건너면 돼."

아빠가 부드럽게 나를 쿡 찔렀다. 나는 머리 박사님께 응답해야 했고, 스케치북과 연필을 주셔서 감사하다고 말해야 했지만, 그 순간 머리에 떠오른 건 손에 든 상자에서 전해져오는 비스킷의 따스함밖에는 없었다. 나는 여행에 관해 생각했다. 가는 데 그날 낮 전체와 밤의 절반쯤이 쓰일 것이었다. 도착할 때쯤이면 비스킷에는 어떤 온기도 남아 있지 않을 것이다.

2부

1897~1901년

Distrustfully 불신을 품고~Kyx 텅 빈 줄기

1897년 8월

서니사이드에 있는 정원은 두 계절 전보다 작아진 것처럼 보였다. 나무들에는 나뭇잎이 무성했고, 집들과 울타리들 사이로 보이는 하늘은 푸른색 헝겊 조각 같았다. 운반차를 끄는 말들의 발굽 소리와 수레들이 덜거덕거리는 소리가 밴버리 로드를 따라 들려왔다.

물푸레나무 밑에 나는 오랫동안 서 있었다. 집에 온 지 몇 주가 지났지만 이제야 내가 무엇을 그리워했는지 알 수 있었다. 옥스퍼드는 나를 담요처럼 감쌌고, 나는 몇 달 만에 처음으로 편하게 숨을 쉴 수 있었다.

콜드실스를 떠나 집에 도착한 바로 그 순간부터 다른 무엇보다 스크립토리엄 안에 있고 싶었다. 하지만 내가 그쪽으로 걸음을 옮길 때마다 속이 울렁거렸다. 나는 거기 속하지 않았다. 나는 귀찮은 존재였다. 디트 고모가 모험과 기회에 대해 얘기하려 했던 것이 무엇이든 간에 그 때문에 나는 그렇게 먼 곳으로 보내졌다. 그래서 난 아빠에게 스크립토리엄에 있기에는 너무 성장한 척을 했다. 사실은 그곳을 안 보고 지내기가 너무 힘들었는데도.

이제 콜드실스로 돌아갈 때까지는 일주일이 남아 있었고, 스크립토리엄은 텅 비어 있었다. 크레인 씨는 오래전에 그곳을 떠났다. 실수를 너무 많이 저질러 해고됐다고 했다. 그렇게 말하면서 아빠는 내 눈을 쳐다보기 어려워했다. 아빠와 머리 박사님은 하트 씨와 함께 출판국에 있었고, 다른 조수들은 강가에서 점심시간을 보내고 있었다. 스크립토리엄이 닫혀 있는 건 아닐까 생각했다. 한 번도 그런 적은 없지만 모든 건 변하니까. 콜드실스에서는 모든 것이 잠겨 있었다. 우리가 들어가는 걸 막기 위해. 우리가 나가는 걸 막기 위해. 나는 한 걸음 또 한 걸음 걸어갔다. 문을 밀자 경첩이 삐걱거리는 익숙한 소리와 함께 문이 열렸다.

문간에 서서 안을 들여다보았다. 분류 테이블은 책과 단어 쪽지, 교정지 들로 어지러웠다. 아빠의 외투가 의자에 걸쳐져 있었고 머리 박사님의 높은 책상 뒤 선반에는 박사님의 사각모가 놓여 있었다. 분류함은 꽉 찬 것처럼 보였지만, 새로운 인용문이 있으면 언제나 넣을 공간은 생긴다는 것을 나는 알고 있었다. 스크립토리엄의 모습은 예전 그대로였지만 내 배 속은 진정되지 않았다. 내가 변했다는 생각이 들었다. 나는 들어가지 않았다.

자리를 뜨려고 몸을 돌리다가 문 바로 안쪽 뜯어보지 않은 편지 무더기에 눈길이 갔다. 디트 고모의 글씨가 보였다. 사전 편찬 작업에 관련된 우편물을 보낼 때 고모가 쓰는 조금 큰 봉투였다. 나는 아무 생각 없이 그것을 집어 들고는 자리를 떴다.

부엌 화덕 위에서는 사과 스튜가 끓고 있었지만 밸러드 부인은 어디에도 없었다. 나는 사과가 익으면서 올라오는 김 위에 디트 고모의 봉투를 가져다 대고 봉인이 녹을 때까지 기다렸다. 그런 다음 리지의 방으로 통하는 계단을 한 번에 두 계단씩 올라갔다.

'야단법석Hurly-burly'에서 '허둥지둥Hurry-scurry'까지의 단어들이 적힌 교정지 네 페이지가 있었다. 각 페이지 모서리에는 고모가 추가 인용문을 핀으로 꽂아두었다. 첫 페이지에는 "야단법석을 떨어대는 빨간 머리 스코틀랜드인 교수"라는 인용문이 붙어 있었고, 나는 머리 박사님이 그걸 받아들일지 궁금해졌다. 나는 하나의 항목이 어떻게 보완되는지 이해하려 애쓰며 고모가 교정지에 적어둔 수정 사항을 읽어 내려갔다. 눈물이 얼굴에 흘러내렸다. 그동안 디트 고모가 너무 보고 싶었고, 고모를 만나 이야기를 나누고 싶었다. 내 열다섯 번째 생일을 맞아 함께 외출하기 위해 부활절에 들르겠다고 고모는 말했었다. 그러고는 오지 않았다. 아빠를 설득해 나를 콜드실스에 보낸 사람은 디트 고모였다. 내가 거기 가고 싶어하게 만든 사람도 고모였다.

나는 얼른 눈물을 털어냈다.

리지가 방으로 들어오는 바람에 나는 깜짝 놀랐다. 리지가 마룻바닥에 펼쳐진 고모의 교정지들을 보았다.

"에즈미, 뭐 하는 거예요?"

"아무것도 안 해요."

"오, 에시메이, 제가 글은 몰라도 저 종잇장들이 어디 있어야 되는지는 엄청 잘 알거든요. 그건 이 방이 아니죠."

내가 대답하지 않자 리지는 나를 마주 보고 마룻바닥에 앉았다. 리지는 전보다 몸집이 불어난 것 같았고, 편안해 보이지 않았다.

"이것들은 전에 갖고 왔던 단어들하고는 다르네요." 리지가 한 장을 집어 들며 말했다.

"이것들은 교정지예요." 내가 말했다. "사전에 실렸을 때 단어들이 이렇게 보이게 되는 거예요."

"그럼 거기, 기록방에 들어갔다 온 거예요?"

나는 어깨를 으쓱하고는 고모의 교정지들을 그러모으기 시작했다. "들어갈 순 없었어요. 그냥 안을 들여다보기만 했지."

"기록방에서 단어를 빼오는 일은 더는 안 돼요, 에시메이. 알잖아요."

교정지 마지막 페이지에 핀으로 꽂힌 쪽지, 나는 그 위에 적힌 디트 고모의 익숙한 글씨에 눈을 고정했다. "나 학교로 돌아가고 싶지 않아요, 리지."

"학교에 갈 기회가 있다는 건 운이 좋은 거예요."

"리지도 학교에 가봤다면 거기가 얼마나 잔인한 곳일 수 있는지 알 거예요."

"아가씨처럼 자유롭게 자란 아이는 그렇게 느낄 수밖에 없을 것 같아요." 리지가 나를 달랬다. "하지만 여기선 아가씨를 가르칠 수 있는 사람도 없고, 아가씨는 공부를 그만두기엔 너무 똑똑해요. 지금 잠깐 동안만 그럴 테고, 그 뒤엔 뭐든 하고 싶은 일을 선택할 수 있어요. 교사가 될 수도 있고, 톰슨 양처럼 역사에 관한 글을 쓸 수도 있고, 힐다 머리처럼 사전 만드는 일을 할 수도 있어요. 힐다가 기록방에서 일하기 시작한 거 알아요?"

나는 몰랐다. 콜드실스로 간 이후 나는 내가 한때 꿈꾸던 것들에서 더 멀어졌다고 느꼈다. 리지가 내 눈을 마주 보려 해서 나는 시선을 돌렸다. 리지는 침대 밑에서 바느질고리를 꺼내더니 문으로 걸어갔다.

"점심을 먹어야 돼요." 리지가 말했다. "그리고 그 종잇장들은 기록방에 돌려놔야 되고요." 리지는 조용히 문을 닫고 나갔다.

나는 교정지에서 디트 고모의 메모를 떼어냈다. '서두르다Hurry'가 지닌 또 다른 의미가 적혀 있었다. 그 정의는 '다급함'보다는 '괴롭힘'에 가까웠고 근거로는 딱 하나의 인용문이 있었다. 소리 내 읽어보니 그것이 마음에 들었다. 나는 침대 밑으로 몸을 굽혔고, 트렁크 가죽 손잡이의 촉감과 그것을 내 쪽으로 끌어당길 때 느껴지는 무게에 마음이 놓였다. 내가 멀리 있던 내내 리지는 트렁크를 비밀로 해두었던 게 틀림없었다. 만약 누군가가 이걸 여기서 발견했더라면 리지에게 무슨 일이 생겼을까 생각했다.

그 생각은 나를 멈춰 세웠고, '서두르다'를 다시 제자리에 핀으로 꽂아두어야겠다는 생각을 불러왔다. 하지만 그 단어를 갖는 일이 내게는 일종의 심판처럼 느껴졌다. 트렁크를 열고 단어들의 냄새를 들이마셨다. '서두르다'를 맨 위에 올려놓고 나는 뚜껑을 닫았다.

그 순간 디트 고모를 향한 분노가 아주 조금은 가라앉는 것 같았고, 동시에 하나의 생각이 떠올랐다. 고모에게 편지를 쓰자.

교정지들을 봉투에 도로 넣고 봉했다. 집으로 걸어가기 위해 서니사이드를 나서며 나는 대문에 있는 우편함에 디트 고모의 봉투를 집어넣었다.

1897년 8월 28일

소중한 에즈미에게,

어제 도착한 우편물들을 살펴보다가 너의 익숙한 글씨를 발견하고 언제나처럼 무척 기뻤단다. 네 편지 말고도 스크립토리엄에서 온 편지가 한두 통 더 있었어. 하나는 머리 박사님에게서, 다른 하나는 스웨트먼 씨에게서 온 거였지. 글자 'I'가 약간의 괴로움을 불러일으키고 있단다. 그 많은 접두사들은 대체 어디서 멈출까?! 일을 잠시 손에서 놓고, 옥스퍼드로 돌아와 지낸 너의 여름 이야기를 읽을 수 있어서 감사했단다.

그런데 너는 숨 막힐 듯한 날씨 얘기를 빼고는 거의 아무 얘기도 쓰지 않았더구나. 스코틀랜드에서 육 개월을 보낸 끝에 차갑고 습한 공기와 드넓은 공간에 적응한 모양이야. '어지러운 하늘을 향해 펼쳐진 언덕들과 가늠할 수 없는 호수의 깊이'가 그리운지 궁금해.

콜드실스에서 첫 몇 주를 보내고 나서 그렇게 적었던 걸 기억하니? 나는 그 문장을 읽으며 그 장소에 대한 네 아버지의 애정이 떠올랐단다. 그 거친 외로움이 자신을 회복시켜주었다고 말했지. 그 견해에 내가 공감했다고는 할 수 없지만 말이야. 언덕과 호수에 대한 취향은 너희 집안사람들의 것이지 내 것은 그다지 아니거든.

하지만 그 경치에 대한 너의 묘사를 내가 오해한 걸까? 너의 아름다운 언어가 너의 생각을 감추고 있다는 생각이 나는 들었어. 너의 부탁이 내게는 놀라움으로 다가왔으니까.

어느 누구에게 들어도 너는 콜드실스에서 잘해나가고 있다고 했어. 많은 과목에서 반에서 최고에 가깝고, 매키넌 양 말로는 '지칠 줄 모르는 지적 호기심'이 있다더구나. 그건 학자들과 진보적인 사람들의 근본적인 특징이라고 우리 아버지는 늘 생각하셨어.

네가 보내준 편지들은 예외 없이 20세기 젊은 여성에게 이상적인 교육이 어떤 건지 드러내주고 있어. 세상에, 20세기라니! 글자로 써보는 건 처음인 것 같구나. 20세기는 너의 세기가 될 거야, 에즈미. 그리고 그건 나의 세기와는 다를 거란다. 너는 더 많은 것을 알아야 할 필요가 있어.

내가 너에게 필요한 모든 것을 가정교사로서 가르쳐줄 수 있다고 네가 생각한다니 무척 뿌듯하구나. 사실은, 너무나 뿌듯하고 네가 우리와 함께 살 수도 있다는 생각에 마음이 사로잡힌 나머지 베스와 이 문제를 놓고 몇 시간이나 얘기를 나눴단다. 역사와 문학과 정치라면 우리 둘이서 어느 정도 할 수 있을지도 몰라. 프랑스어와 독일어에도 얼마쯤 도움을 줄 수 있을지 모르겠어. 하지만 자연과학과 수학은 우리 능력 밖의 분야란다. 그리고 그렇게 하려면 시간도 있어야겠지. 솔직히 우린 시간이 그렇게 많지 않구나.

내가 언제나 너의 편이 되어줄 거라고 약속했던 일이 떠오르는구나. 하지만 너의 교육에 관해서라면, 나는 너를 망쳐놓고 말 거라고 생각해. 너의 부탁을 거절하는 일이 미래의 에즈미 편이 되어주는 일이 되기를 나는 바란단다. 언젠가는 너도 동의할 거야.

밸러드 부인에게 편지를 써서 너한테 생강 비스킷을 한 상자 구워주라고 말해놓았단다. 학교로 돌아가는 긴 여정 동안에도 맛이 유지될 테니 새 학기 첫 주를 맞는 너에게 힘이 되어줄 거라고 생각한다.

돌아가 정리가 좀 되면 언제 한번 편지를 써주렴. 너의 일상에 관한 이야기를 읽는 일이 나에게는 언제나 큰 기쁨이란다.

변함없는 사랑을 보내며,
디트

침대 끝에 앉아 학교에 가져갈 트렁크를 바라보았다. 그 가방이 배스에 있는 디트와 베스 고모네 집까지 나와 동행할 거라고 나는 그 순간까지 내내 확신하고 있었다. 고모의 편지를 다시 한번 읽었다. 변함없는 사랑을 보내며. 나는 편지를 구겨 바닥에 던지고는 발로 짓밟았다.

아빠와 함께 침묵 속에서 저녁을 먹었다. 디트 고모는 굳이 번거롭게 아빠에게 그 문제를 상의하지조차 않았을 거라는 생각이 들었다.

"내일은 아침 일찍 떠나자, 에시." 접시들을 부엌으로 가져가며 아빠가 말했다.

나는 안녕히 주무시라고 말하고는 계단을 올라갔다.

아빠의 방은 거의 어둑어둑해졌지만, 커튼을 걷자 긴 하루의 마지막 빛이 쏟아져 들어왔다. 나는 옷장 쪽으로 갔다. "열려라 참깨." 나는 예전을 그리워하며 속삭였다. 릴리의 드레스들을 손으로 지나쳐 반질반질한 상자를 꺼냈다. 최근에 발랐는지 밀랍 냄새가 났다. 상자를 열고 내 웃긴 손가락들로 마치 하프 현을 쓸듯 편지들을 훑었다. 릴리가 말해줬으면 했다. 아빠가 나를 자기 곁에 두도록 설득할 수 있는 말들을 릴리가 내게 보내줬으면 했다. 하지만 릴리는 말이 없었다.

나는 손을 멈췄다. 맨 끝에 있는 봉투들이 불협화음을 내고 있었다. 푸른색도 흰색도 아닌, 염색하지 않은 싸구려 갈색 봉투. 콜드실스 학교의 봉투였다. 마지막 편지를 꺼내 창가로 가져가서 내가 쓴 것을 읽었다.

모든 단어가 기억났다. 어떻게 그러지 않을 수 있겠는가? 나는 그것들을 고치고 고치고 또 고쳐 썼다. 그것들은 내가 고른 단어들이 아니었다. 내가 고른 것들은 찢겨 나갔다. 아버지가 걱정만 하실 거야, 매키넌 선생님은 그렇게 말했다. 그러고는 내게 적절한 말들을 불러줬다. 다시 써라, 선생님은 새로 쓴 페이지들을 찢으며 말했다. 더 깔끔하게 쓰지 않으면 아버지는 네가 나아지지도 않고 노력도 안 하고 있다고 생각하실 거야. 유쾌한 아이들이에요…… 멋진 소풍이었어요…… 어쩌면 저는 교사가 될 것 같아요…… 역사 시험에서 A를 받는 데 성공했어요. 내 점수들만이 거기서 유일한 진실이었다. 다시 써, 선생님이 말했다. 구부정하게 앉지 마. 다른 아이들은 자러 갔잖니. 시계가 자정을 알릴 때까지 나는 그 차가운 방에 앉아 있었다. 니콜 학생은 버릇없이 컸어. 아버지도 남들 못지않게 알고 계시겠지. 별것 아닌 불편들에 대해 투덜거리면 그 점을 증명해주는 것밖에 되지 않아. 그런 다음 선생님은 내가 마지막으로 쓴 세 통을 내밀고는 내게 글씨체가 가장 괜찮은 하나를 고르라고 했다. 마지막 편지는 아니었다. 그건 거의 읽기가 불가능했다. 내 웃긴 손가락들은 여전히 펜을 쥐고 있는 것처럼 굽어져 있었다. 움직이려고 하자 참을 수 없을 정도로 아팠다. 저거요, 매키넌 선생님. 그래, 내 생각도 그렇구나. 이제 가서 자도록 해라.

그 편지가 여기 있었다. 릴리의 편지들이 소중히 다뤄진 것과 마찬가지로 소중히 다뤄지고 있었다. 어머니와 아버지 둘 다가 되어야 했던 한 남자에게 거짓된 만족을 주는 거짓된 말들. 아마 나는 정말로 부담스러운 존재였을 것이다.

집을 떠난 뒤 일주일마다 한 통씩 내가 써 보낸 편지들이 거기 있었다. 나는 그것들 전부를 상자에서 꺼낸 다음 봉투에서 편지지를 빼냈다. 그것들 속에는 나의 어떤 부분도 들어 있지 않았다. 아빠는 어떻게 저 편지들을 믿을 수 있었을까? 상자에 봉투들을 되돌려놓았을 때 그 안에는 어떤 말도 들어 있지 않았다. 그것이야말로 그 어떤 것보다 의미를 담고 있었다.

잠을 제대로 잘 수 없었다. 디트 고모와 콜드실스에 대한, 그리고 심지어 아빠에 대한 분노와 혼란이 어둠 속에서 힘을 끌어모았다. 결국 나는 그것들을 잠재우는 일을 포기했다.

아빠는 코를 골고 있었다. 한밤중에 잠이 깰 때면 언제나 나를 안심시켜주던 익숙한 소음이었다. 지금도 그 소리는 나를 안심시켜주었다. 아빠가 깨지 않을 거라는 뜻이었으니까. 나는 침대에서 빠져나와 옷을 입었다. 침대맡 협탁에서 양초 하나와 성냥을 꺼내 주머니에 넣었다. 그런 다음 내 방을 빠져나와 계단을 내려가 밤의 어둠 속으로 나갔다.

하늘은 맑았고 달은 거의 보름달이 되어가고 있었다. 밤의 검은색은 사물의 가장자리에서만 맴돌았다. 서니사이드에 도착했을 때 머리 박사님의 저택은 어둡고 고요하게 서 있었다. 잠든 가족들의 차분한 숨소리가 들려올 것 같았다.

나는 문을 밀었다. 갑자기 정신이 든 것처럼 집이 하늘을 향해 기지개를 켜는 듯했지만, 어떤 창문에도 불이 켜지지는 않았다. 나는 틈새로 비집고 들어갔다. 문은 열린 채로 두었다. 그런 다음 저택의 경계를 지나 나무 아래의 짙은 어둠에 몸을 계속 숨기며 스크립토리엄이 보일 때까지 걸어갔다.

달빛 속에서 그곳은 여느 창고와 다름없어 보였고, 나는 그곳을 그 이상의 무언가로 여겼던 나 자신에게 화가 났다. 내가 가까이 다가갈수록 그곳의 약점이 드러나 보였다. 녹이 슬어 무늬가 생긴 지붕 물받이, 창틀에서 벗겨지는 페인트. 그리고 목재가 썩은 자리에서 외풍을 막고 있는 종이 뭉치.

언제나처럼 문이 열렸고, 나는 눈을 어둠에 적응시키느라 문간에 서서 잠시 기다렸다. 더러운 창문으로 들어온 달빛이 스크립토리엄 안에 기다란 그림자들을 만들어냈다. 단어들을 보기도 전에 단어들의 냄새가 밀려왔고, 기억이 자기들끼리 마구 뒤섞였다. 나는 이 공간을 지니의 램프 속이라고 생각했었다.

주머니에서 디트 고모의 편지를 꺼냈다. 편지가 아직 쭈글쭈글해서, 분류 테이블 한쪽에서 빈 곳을 찾아낸 다음 편지를 최대한 평평하게 문질러 폈다. 나는 촛불을 켰고, 반항을 하고 있다는 작은 전율을 느꼈다. 들어온 외풍이 이쪽저쪽에서 앞다퉈 불꽃을 깜빡이게 했지만 그중 어느 것도 촛불을 꺼버릴 만큼 세지는 않았다. 나는 분류 테이블 한구석에 자리를 만들고 초를 고정시키기 위해 촛농을 조금 떨어뜨렸다. 그런 다음 촛불이 단단히 고정되었는지 확인했다.

내가 원하는 단어는 이미 출판돼 있었지만, 나는 어디서 그 단어의 쪽지들을 찾아야 할지 알고 있었다. 줄지어 늘어선 분류함 칸을 손가락으로 따라가다가 'A부터 개미Ant까지'에서 멈췄다. 내 생일 단어들이었다. 아빠는 말한 적이 있었다. 만약 사전이 사람이라면, 'A부터 개미Ant까지'는 그 사람이 머뭇머뭇 걸어보는 첫걸음일 거야.

나는 분류함에서 작은 쪽지 묶음을 꺼냈다. 그러고는 핀을 빼서 그것을 대표 쪽지에서 떼냈다.

버리다Abandon.

그 단어의 가장 오래된 용례는 육백 년도 더 전의 것이었고, 그 용례를 이루는 단어들은 이상한 형태일뿐더러 이해하기 어려웠다. 내가 쪽지들을 읽어 내려갈수록 인용문들은 쉬워졌고, 묶음의 거의 밑바닥에 이르렀을 때 나는 마음에 드는 용례를 하나 찾아냈다. 그 인용문은 나보다 나이가 그렇게 많지 않았고, 브래던 양이라는 사람에 의해 쓰인 것이었다.

나는 나 자신이 버림받고 이 세상에서 혼자임을 깨달았다.

나는 그 쪽지를 디트 고모의 편지에 핀으로 꽂은 다음 다시 한번 읽었다. 이 세상에서 혼자임을.

'혼자인Alone'은 그 단어 하나만을 위한 분류함이 따로 있었고, 거기에는 쪽지 묶음들이 차곡차곡 쌓여 있었다. 나는 맨 위에 있는 묶음을 꺼내 끈을 풀었다. 쪽지들은 다양한 의미에 따라 나뉘어 있었고, 각각의 정의를 보여주는 대표 쪽지를 하나씩 달고 있었다. 『A와 B』를 선반에서 꺼내 본다면, 대표 쪽지에 적힌 각각의 정의가 세로 단 안에 적혀 있고, 그 밑에 인용문들이 적혀 있으리라는 걸 나는 알았다.

내가 고른 정의를 쓴 사람은 아빠였다. 나는 아빠의 빽빽한 글씨를 읽었다. 전적으로 그 자신밖에 없는, 동행이 없는, 고독한.

아빠는 릴리에게 사람이 혼자일 수 있는 그 모든 방식들에 관해 이야기해본 적이 있을까. 나는 잠깐 궁금했다. 릴리라면 나를 절대 학교에 보내지 않았을 것이다.

나는 인용문이 적힌 쪽지들에서 대표 쪽지를 떼어낸 다음—아무튼 이제 그 쓰임을 다한 쪽지들이었으니까—인용문들을 분류함에 되돌려 놓았다. 그런 다음 분류 테이블로 돌아와 아빠가 쓴 '혼자인'의 정의를 디트 고모의 편지에 핀으로 꽂았다.

그때 소리가 들렸다. 조용한 가운데 길게 이어지는 소리였다. 대문이었다. 기름칠이 안 된 경첩에서 나는 소리.

나는 숨을 곳을 찾아 스크립토리엄 안을 둘러봤다. 공황 상태에 빠진 심장이 전속력으로 쿵쾅거리는 게 느껴졌다. 나는 이 단어들을 빼앗길 수 없었다. 그것들이 나를 설명해주기 때문이었다. 나는 치마 속에 손을 넣어 쪽지들이 부착된 편지를 속바지 허리 밴드 안으로 쑤셔 넣었다. 그런 다음 테이블에서 촛불을 들었다.

문이 열리고 달빛이 쏟아져 들어왔다.

"에즈미?"

아빠였다. 안도감과 분노가 동시에 솟아올랐다.

"에즈미, 초를 내려놔라."

촛불이 기울어졌다. 분류 테이블 위에 펼쳐진 교정지들 위로 촛농이 떨어져 종이가 한데 엉겨 붙었다. 나는 아빠가 본 것을 보았다. 아빠가 떠올린 것을 떠올렸다. 내가 정말로 그런 짓을 할 수 있을지 궁금했다.

"저는 절대로……"

"초를 이리 줘, 에즈미."

"아빠는 이해를 못 하세요. 저는 그냥……"

아빠는 촛불을 불어 끄고 의자에 무너지듯 주저앉았다. 한 줄기 연기가 흔들리며 위로 올라가는 것을 나는 지켜보았다.

나는 주머니를 뒤집었고 거기에는 아무것도, 어떤 단어도 없었다. 아빠가 내 양말과 소매를 확인할지도 모른다는 생각이 들었고, 나는 아무것도 숨길 게 없다는 얼굴로 아빠를 보았다. 아빠는 그저 한숨을 한 번 쉬더니 몸을 돌려 스크립토리엄을 나섰다. 나는 따라갔다. 아빠가 문을 조용조용 닫으라고 속삭여서 나는 그 말대로 했다.

막 시작된 아침이 정원을 물들이고 있었다. 집은 여전히 어두웠고, 부엌 위쪽 제일 꼭대기에 있는 창문에만 불빛이 너울거리고 있었다. 리지가 밖을 내다보면 내가 보일 것이었다. 리지의 침대 밑에서 트렁크를 끌어낼 때 느꼈던 무게가 고스란히 느껴졌다.

그러나 리지도 트렁크도 내게는 스코틀랜드만큼이나 멀리 있었다. 떠나기 전에 리지도 트렁크도 보지 못하는 것이 내가 받을 벌이었다.

1898년 4월

부활절 휴가 기간 중에 아빠가 콜드실스를 방문했다. 아빠는 고모, 그러니까 내 진짜 고모로부터 편지를 받았다고 했다. 고모는 나를 걱정하고 있었다. 내가 원래 그렇게 말이 없었던가? 고모는 나를 좀 다르게, 질문이 가득한 아이로 기억하고 있었다. 고모는 더 일찍 나를 찾아오지 못한 것을 미안해했지만—그건 어려웠다고 했다—내 양쪽 손등을 가로질러 난 상처는 알아보았다. 하키를 했어요, 나는 말했다. 순 거짓말이야. 고모는 아빠에게 그렇게 써 보냈다.

옥스퍼드로 돌아가는 기차에서 아빠는 이 모든 이야기를 들려주었다. 우리는 초콜릿을 먹었고, 나는 아빠에게 하키 같은 건 한 적 없다고 털어놓았다. 나는 아빠의 어깨 너머로 어두워진 객실 차창에 비친 내 모습을 보았다. 나이 들어 보이네, 나는 생각했다.

아빠는 내 두 손을 자기 손으로 감싸고 있었고, 아빠의 두 엄지손가락이 원을 그리며 내 손가락 관절을 어루만졌다. 내 괜찮은 쪽 손에 난 상처는 연한 노란색으로 흐려졌지만, 오른손 손등에는 매 맞은 자국이 붉게 나 있었다. 오그라든 피부는 언제나 낫는 데 좀 더 시간이 걸렸다. 아빠는 내 상처 난 두 손에 입 맞추고는 아빠의 축축한 뺨에 가져다 댔다. 아빠가 나를 곁에 둬줄까? 물어보기가 너무 두려웠다. 네 엄마라면 어떻게 해야 할지 정확히 알았을 텐데, 아빠는 말할 것이다. 그리고 그다음엔 디트 고모에게 편지를 쓸 것이다.

나는 양손을 빼내고는 좌석 위에 드러누웠다. 난 어른만큼 키가 컸지만 상관없었다. 어린애처럼 작아진 느낌이었고, 너무 피곤했다. 양 무릎을 가슴께로 끌어올려 껴안았다. 아빠가 내 몸에 외투를 덮어주었다. 희미하게 달콤한 파이프 담배 냄새. 나는 눈을 감고 숨을 들이마셨다. 내가 그 냄새를 그리워하고 있었다는 건 미처 몰랐다. 외투를 더 바짝 끌어당겨 따끔거리는 모직 천에 얼굴을 파묻었다. 달콤함 밑에서 시큼함이 느껴졌다. 오래된 종이 냄새. 나는 분류 테이블 밑에 들어가 있는 꿈을 꾸었다. 깨어났을 때는 옥스퍼드에 도착해 있었다.

다음 날 아침 아빠는 나를 깨우지 않았고, 나는 늦은 오후가 돼서야 마침내 계단을 내려왔다. 저녁을 먹기 전 몇 시간을 따뜻한 거실에서 보낼까 생각했는데, 거실 문을 열자 디트 고모가 보였다. 고모와 아빠는 벽난로 양옆에 앉아 있었는데, 나를 보자 그들의 대화는 멈춰버렸다. 아빠는 파이프를 다시 채웠고 디트 고모는 내가 서 있는 곳으로 다가왔다. 고모가 육중한 두 팔로 주저 없이 나를 껴안으며 멀쑥한 내 몸을 자신의 튼튼한 몸으로 감싸려고 애를 썼다. 마치 아직도 그게 가능할 것처럼. 나는 꼿꼿이 서 있었다. 고모가 내 몸을 놓았다.

"옥스퍼드 여자고등학교에 문의를 넣어봤단다." 고모가 말했다.

나는 소리 지르고, 울고, 고모에게 욕을 퍼붓고 싶었지만 아무것도 하지 않았다. 아빠를 쳐다봤다.

"처음부터 너를 그리로 보냈어야 했는데." 아빠가 서글프게 말했다.

나는 침대로 돌아갔고, 고모가 떠나는 소리를 듣고 나서야 다시 내려왔다.

그날 이후 디트 고모는 내게 매주 편지를 보내왔다. 나는 그 편지들을 열어보지 않은 채 현관문 옆 사이드보드에 쌓이게 내버려두었고, 서너 통이 모이면 아빠가 그것들을 치웠다. 조금 시간이 지나자 디트 고모는 아빠에게 보내는 편지에 내게 보내는 편지를 넣어 보냈다. 아빠는 펼쳐진 채 읽히기를 간절히 원하는 그 편지들을 사이드보드에 두었다. 나는 고모의 글씨를 힐끗 보고, 별생각 없이 몇 줄을 흘려 읽은 다음, 편지지를 뭉쳐 구겨서 공으로 만들어 쓰레기통이나 난로 불길 속에 던져버리곤 했다.

옥스퍼드 여자고등학교는 밴버리 로드에 있었다. 그곳이 스크립토리엄에서 얼마나 가까운지에 관해 아빠도, 나도 아무 말 하지 않았다. 몇 명 되지 않는 세인트 바너버스 학교 출신 애들이 환영을 해주었지만, 나는 그해 나머지 학교생활을 잘 해나가지 못했다. 교장 선생님이 아빠를 교장실로 불러 내가 시험에 떨어졌다는 사실을 알렸다. 나는 닫힌 문 밖에 있는 의자에 앉아 있었는데 교장 선생님이 말하는 게 들렸다. "학업을 계속하라고 권하기가 어렵습니다."

제리코로 함께 걸어 돌아오는 길에 아빠가 말했다. "너를 어떻게 하면 좋을까?"

나는 어깨를 으쓱했다. 내가 유일하게 하고 싶은 일은 자는 것이었다.

우리가 집에 도착하자 디트 고모가 아빠에게 보낸 편지가 기다리고 있었다. 아빠가 편지를 뜯어 읽기 시작했다. 아빠의 뺨이 붉게 물들고 턱에 힘이 들어갔다. 아빠는 거실로 들어가더니 문을 닫아버렸다. 나는 나쁜 소식을 기다리며 복도에 서 있었다. 내가 밖으로 나왔을 때 아빠는 디트 고모가 내게 쓴 편지 몇 장을 한 손에 들고 있었다. 다른 손으로 내 팔을 쓰다듬던 아빠가 내 손을 찾아 꼭 쥐었다. "나를 용서해줄 수 있겠니?" 아빠가 말했다. 그러고는 들고 있던 편지지들을 사이드보드에 올려놓았다. "이건 네가 꼭 읽어봐야 할 것 같구나." 그런 다음 아빠는 부엌으로 가서 주전자를 채웠다.

나는 편지를 집어 들었다.

1898년 7월 28일

소중한 에즈미에게,

해리가 쓴 편지에는 네 상태가 여전히 안 좋다고 쓰여 있었어. 물론 전부 다 말하지는 않았지만, 그는 네가 '멀게 느껴지고' '혼자만의 세계에 빠져 있고' '지친 상태'라고 한 단락 안에 묘사했더구나. 내가 가장 놀란 건, 네가 기록방을 피하고 있고 하루 종일 네 방에 틀어박혀 있다는 이야기였어.

네가 콜드실스 학교에서 멀어져서 아버지와 함께 집에 있기만 하면 모든 게 달라질 거라고 나는 바랐지만, 벌써 삼 개월이 지났구나. 이제 여름이 왔으니 너의 기분도 점차로 나아지길 바랄게.

식사는 하고 있는 거니, 에즈미? 지난번에 봤을 때는 너무나 말랐었는데. 너한테 간식 좀 듬뿍 주라고 밸러드 부인한테 부탁을 했고, 한동안은 부인이 케이크를 굽는 동안 부엌 의자에 앉아서 기다리는 너를 상상하면서 조금 위로받았단다. 네가 거의 집 밖으로 나가지 않는다고 해리가 알려주기 전까지는 말이야. 내 마음속에서 너는 더 어리고, 노란색 물방울무늬 앞치마를 가슴에 걸치고 끈으로 묶어 올린 모습을 하고 있단다. 옛날에 옥스퍼드에 가서 너를 봤을 때의 모습이었어. 그때 네가 아홉 살이었던가? 열 살? 기억이 잘 안 나는구나.

에즈미, 콜드실스에서 무슨 일이 있었던 게 맞지? 문제는 네 편지들에 아무런 얘기가 없었다는 거야. 하지만 네 편지들은, 지금 와서 다시 생각해보니, 너무 흠이 없었던 것 같아. 지금 그것들을 읽어보니 네가 아닌 다른 누구라도 쓸 수 있는 내용이라는 게 보이는구나. 너의 개성 있는 글씨로 쓰여 있긴 했지만 말이야.

요전 날, 네가 로마 시대의 요새인 트리몬티움까지 걸어갔다거나, 워즈워스의 낭만주의 스타일로 시 한 편을 썼다거나, 수학 시험에서 만족스러운 성과를 냈다고 써 보낸 편지들을 다시 읽었어. 하이킹을 하면서 네가 즐거웠는지, 쓴 시가 자랑스러웠는지 궁금해지더구나. 있어야 할 말들이 없다는 게 단서였는데, 내가 그걸 보지 못했어.

네 편지들에 빠져 있는 게 뭔지 내가 주의를 더 기울였어야 했어, 에즈미. 너를 찾아갔어야 했어. 베스가 아프지만 않았다면 갔을 거야. 그게 지나가자 그 학교 교장이 방문하지 않는 게 좋겠다고 하더구나. 학기 중간이라 공부에 너무 지장이 된다고 했어. 나는 그 말을 따랐지.

해리는 너를 훨씬 일찍 집에 데려오고 싶어했단다. (사실을 말하자면, 해리는 네가 집을 떠나기를 바란 적이 없어.) 사랑하는 에즈미, 네 아버지의 걱정들에 근거가 없다고, 지역 교구 학교와 스크립토리엄에서 보내는 점심시간에 익숙했던 아이가 기숙학교에 적응하려면 시간이 걸리는 법이라고 말한 사람은 나였어. 나는 일 년만 더 기다려보자고 그에게 말했단다. 모든 것이 괜찮아질 거라고 말이야.

부활절에 너를 만난 뒤에 해리는 내게 자기 인생에서 가장 직설적인 편지를 써 보냈단다. 이 문제에 대해 내 의견이 어떻든 너를 학교로 돌려보내지 않을 거라고 말이야. 내가 그다음 날 옥스퍼드에 갔던 거 기억나지. 그때 널 보니 해리의 결정에 반대할 생각이 없어지더구나.

너랑 나는 별로 이야기를 나누지 않았지. 시간이 너를 회복시켜주기를 바랐는데, 너에겐 시간이 조금 더 필요한 것 같다. 아가야, 너는 내 마음속에 있어. 내가 지금 너의 마음에서 치워졌다고 해도. 이 상태가 영속되지 않기만을 소망한다.

너에게 중요할 것 같은 신문 기사 하나를 넣어 보낸다. 함부로 추측하고 싶지 않지만 그러지 않기도 너무 힘들다는 걸 깨달았어. 부디 나의 무신경함을 용서해주렴.

언제나 가장 깊은 사랑을 보내며,

디트

나는 조그만 기사 조각과 함께 편지를 접어 주머니에 넣었다. 오랜만에 처음으로, 리지의 방에 갔을 때 트렁크에 넣을 무언가가 생겼다.

"그거 뭐예요, 에시?" 방으로 들어와 머리 위로 더러운 앞치마를 잡아당겨 벗으며 리지가 물었다.

나는 신문에서 오려낸 조그만 기사를 들여다보았다. 인용문과 다를 바 없는, 딱 한 줄짜리 문장이었다. 콜드실스 여학교에서 한 학생이 병원에 입원한 것에 이어 한 명의 교사가 해임되었다.

"그냥 단어들이에요, 리지."

"아가씨한테 '그냥 단어들' 같은 건 없잖아요, 에시메이. 특히 트렁크에 들어가는 경우에는요. 단어들이 뭐라 그러나요?"

"내가 혼자가 아니었대요."

1898년 9월

나는 낮 동안 부엌에서 밸러드 부인을 도왔고, 늦은 오후에만, 거의 모든 사람이 집으로 돌아간 시간이 되어서야 스크립토리엄 쪽으로 갈 용기를 내곤 했다. 나는 리지가 그랬던 것처럼 문가에서 머뭇거리며 힐다가 분류함 주위를 돌아다니는 것을 지켜보았다. 힐다는 쪽지들을 정리하고 보관했고, 처분하기도 했다. 또 편지를 쓰고 교정지를 수정하기도 했다. 그동안 머리 박사님은 자신의 높은 책상 앞에 지혜로운 부엉이처럼 앉아 있었다. 그는 가끔은 내게 들어오라고 했고 가끔은 그러지 않았다.

"박사님이 너를 마뜩잖아하거나 그래서 그러는 건 아니야." 스웨트먼 씨가 어느 날 속삭였다. "그냥 한 가지 일에 빠지면 너무 아무것도 안 보이는 분이라 그래. 항목 하나 때문에 골치를 앓을 때면 수염이 얼마나 자라든 신경도 안 쓰고 아무것도 눈치 못 채는 분이야."

어느 날 오후 나는 분류 테이블에 앉아 있는 아빠에게 다가갔다. "제가 아빠 조수로 일해도 돼요?"

아빠는 작업 중인 교정지 위의 어떤 문장에 줄을 그어 지우고는 옆에 메모를 했다. 그러고는 고개를 들었다.

"하지만 넌 밸러드 부인의 조수잖니."

"저는 요리사가 아니라 편집자가 되고 싶어요."

그 말들은 아빠에게도, 나 자신에게도 놀라웠다.

"음, 편집자가 아니더라도, 조수는 될 수 있지 않을까요, 힐다처럼……"

"밸러드 부인은 너한테 요리사가 되라고 가르치는 게 아니고 그냥 요리를 가르치고 있는 거잖니. 네가 결혼하면 쓸모가 있을 거다."

"하지만 전 결혼 안 할 거예요."

"그래, 지금 당장은 아니지."

"결혼을 하면 조수가 될 수 없잖아요."

"왜 그렇게 생각하니?"

"하루 종일 애들을 돌보고 요리를 해야 될 테니까요."

아빠는 입을 다물었다. 그러고는 도와달라는 표정으로 스웨트먼 씨를 보았다.

"결혼을 안 할 거면, 왜 편집자가 되는 걸 목표로 하지 않니?" 스웨트먼 씨가 물었다.

"전 여자잖아요." 그의 약 올리는 소리에 짜증을 내며 내가 말했다.

"그게 문제가 되니?"

나는 얼굴이 붉어진 채 입을 다물었다. 스웨트먼 씨가 마치 '응?'이라고 묻는 것처럼 고개를 삐딱하게 기울이고 눈썹을 치켜올렸다.

"좋아요, 프레드." 아빠가 말하고는 내 말이 얼마나 진지한지 판단하기 위해 나를 쳐다보았다. "지금 나한테 필요한 게 정확히 조수야, 에시." 아빠가 말했다. "그리고 분명히 스웨트먼 씨도 종종 도움이 필요할 것 같구나."

스웨트먼 씨가 동의의 뜻으로 고개를 끄덕였다.

그들은 약속을 지켰고, 나는 스크립토리엄에서 보내는 오후를 기다리기 시작했다. 보통 내게 주어지는 일은 최근에 출간된 분책에 대해 머리 박사님에게 온 축하 편지에 정중한 답장을 쓰는 일이었다. 등이 아프기 시작하거나 손에 휴식이 필요할 때면 나는 책과 원고 들을 반납하는 일을 했다. 스크립토리엄에 오래된 사전과 책 들을 보관하는 서고가 있긴 했지만, 조수들은 단어의 어원을 조사하기 위해 학자들이나 대학 도서관으로부터 온갖 종류의 텍스트를 빌려야 했다. 날씨가 좋은 날에, 그건 결코 하기 싫은 일이 아니었다. 괜찮은 대학 도서관 대부분은 시내 중심부에 있었다. 나는 자전거를 타고 파크스 로드를 내려가 브로드 스트리트까지 간 다음, 자전거에서 내려서 블랙웰스 서점과 올드 애슈몰린 빌딩 사이를 메운 군중 속을 걸어가곤 했다. 시민과 대학이 보기 드문 동맹을 맺고 있는 그곳은 옥스퍼드에서 내가 제일 좋아하는 장소였다. 양쪽 모두 머릿속으로는 자기 진영이 우월하다고 생각했다. 트리니티 대학 캠퍼스의 공원을 슬쩍 구경이라도 하려고, 혹은 셸도니언 극장에 들어가보기라도 하려고 애쓰는 방문객들을 볼 때면 말이다. 나는 시민 쪽일까 대학 쪽일까? 가끔 궁금했다. 나는 어느 쪽에도 편안하게 들어맞지 못했다.

"자전거 타기 좋은 아침이로구나." 어느 날 머리 박사님이 말했다. 나는 나가는 중이었고 그는 서니사이드 대문을 지나쳐 들어오고 있었다. "어디로 가니?"

"대학교에요, 박사님. 책을 반납해야 해서요."

"책?"

"조수들이 책을 다 보면 제가 그걸 대출해온 곳에 도로 가져가요."

"그렇단 말이지?" 그가 말하더니, 나로선 어떤 의미인지 알 수 없는 소리를 냈다. 박사님이 사라지고 나자 나는 불안한 마음이 되었다.

다음 날 아침 머리 박사님이 나를 불렀다.

"나랑 보들레이언 도서관에 같이 가보면 좋겠다, 에즈미."

나는 아빠를 건너다보았다. 아빠는 웃으며 고개를 끄덕였다. 머리 박사님은 검은 가운을 걸치고 스크립토리엄 밖으로 나를 데리고 나갔다.

우리는 나란히 자전거를 타고 밴버리 로드를 내려갔고, 머리 박사님은 내가 늘 다니던 길을 따라 파크스 로드로 꺾어 들어갔다.

"이 길이 훨씬 더 좋네." 박사님이 말했다. "나무가 많아."

그의 가운이 펄럭였고, 희고 긴 수염은 한쪽 어깨 뒤로 넘어가 있었다. 나는 우리가 보들레이언 도서관에 왜 가는 건지 알 수 없었지만 너무 긴장이 돼서 묻지 못했다. 브로드 스트리트로 접어들자 머리 박사님은 자전거에서 내렸다. 그가 셸도니언 극장 쪽으로 길을 뚫고 들어가자 시민, 대학 사람들 그리고 관광객 모두가 뒤로 물러나는 것처럼 보였다. 박사님이 안마당으로 들어설 때, 나는 주위에 파수꾼처럼 늘어선 황제 석상들이 책임 편집자의 존재를 알아보고 고개를 끄덕여 인사하는 상상을 했다. 보들레이언 도서관 입구에서 멈출 때까지 나는 제자처럼 박사님을 따라갔다.

"원래대로 하면 너는 열람자가 될 수 없어, 에즈미. 너는 학자도 아니고 학생도 아니니까. 하지만 내가 니컬슨 씨를 설득해볼 생각이야. 네가 우리를 대표해 여기 와서 인용문들을 확인하는 게 허락되면 사전 편찬 작업이 훨씬 빨리 진행될 거라고 말이야."

"그냥 책을 대출해 가면 안 되나요, 머리 박사님?"

박사님이 몸을 돌리고 안경 너머로 나를 보았다. "설령 여왕이라고 해도 보들레이언 도서관에서는 대출 허락이 안 된단다. 자, 이제 가자."

니컬슨 씨는 곧바로 설득되지는 않았다. 나는 벤치에 앉아 학생들이 지나가는 걸 보다가 머리 박사님의 목소리가 커지는 걸 들었다.

"아니, 저 아이는 학생이 아니에요. 그건 명백한 사실이 맞는데." 박사님이 말했다.

니컬슨 씨가 나를 빤히 보더니 조용한 목소리로 머리 박사님에게 또 다른 주장을 펼쳤다.

편집자의 목소리가 다시 커졌다. "성별도 나이도 저 아이의 자격을 박탈하지는 못합니다, 니컬슨 씨. 학문을 연구하는 일에 고용돼 있는 한, 그건 내가 보장하죠, 고용돼 있는 거 맞아요, 저 아이가 열람자가 될 근거는 충분합니다."

머리 박사님이 나를 불렀다. 니컬슨 씨가 내게 카드 한 장을 주었다.

"소리 내서 읽어보세요." 마뜩잖은 기색이 역력한 목소리로 니컬슨 씨가 말했다.

나는 카드를 들여다보았다. 그러고는 짧은 가운 차림의 젊은 남자들과 긴 가운 차림의 나이 든 남자들을 둘러보았다. 말이 쉽게 나오지 않았다.

"목소리 더 크게 해주세요."

여자 한 명이 나를 지나 걸어갔다. 짧은 가운을 입은 학생이었다. 그 학생은 속도를 늦추더니 미소를 지으며 고개를 끄덕였다. 나는 몸을 곧추세우고, 니컬슨 씨의 눈을 똑바로 쳐다본 다음 카드를 읽었다.

"나는 이 글을 읽음으로써 도서관에서 어떠한 도서나 문서, 혹은 도서관의 소유이거나 보관 중인 물건도 훔치거나, 낙서를 하거나, 더럽히거나, 훼손하지 않겠다고 약속합니다. 어떤 불씨도 도서관 안으로 가지고 들어오지 않을 것이며, 안에서 불을 붙이지 않고, 담배를 피우지 않겠다고 약속합니다. 또한 도서관의 모든 규칙을 준수하겠다고 약속합니다."

며칠 뒤에 보니, 학자들과 대학 도서관들에 반납하려고 모아놓은 책 무더기 맨 위에 메모 한 장이 놓여 있었다.

> 날 위해 부탁 하나만 들어주겠니? 보들레이언 도서관에 가서 '도다리Flounder'가 나오는 이 인용문의 연대를 확인해주렴. 토머스 후드가 쓴 시인데 『문학 선물』에 수록돼 있단다.
>
> "아니면 그대는 도다리들이 사는 곳에 있는가
> 수십 패덤 아래 짜디짠 물속에."
>
> —토머스 후드, 「톰 우드게이트에게 보내는 스탠자」, 18??년.
>
> J. M.

내 기분은 정말로 조금씩 나아졌다. 일과 심부름의 양이 늘어나면서, 나는 오후에 스크립토리엄을 점점 더 일찍 찾아오게 되었다. 1899년 여름의 끝 무렵, 나는 여러 대학 도서관을, 또한 사전 프로젝트에 자신의 작업물 사용을 기꺼이 허가해준 여러 학자들을 정기적으로 방문하는 사람이 되어 있었다. 그다음에는 머리 박사님이 월턴 스트리트에 있는 옥스퍼드 대학 출판국에 메모들을 전해주고 오라고 부탁하기 시작했다.

"지금 출발하면 하트 씨랑 브래들리 씨가 자리에 있을 거다." 메모를 급히 휘갈겨 쓰며 머리 박사님이 말했다. "그 사람들이 단어 '그만두다

Forgo'에 관해 논쟁을 하고 있는데 그냥 와버렸거든. 물론 하트가 옳아. e를 넣을 논리적인 근거가 없지. 하지만 브래들리를 납득시키기는 해야 하니까 말이다. 이게 도움이 될 게다, 브래들리는 나한테 고맙다고 안 하겠지만." 박사님은 내게 메모를 건네주고는, 내 당황한 표정을 보더니 덧붙였다. "접두사는 '이전의Foregone'에서처럼이 아니고 '잊다Forget'에서처럼 'for-'인 게 맞아. 이해하겠니?"

나는 내가 이해한 건지 전혀 확신할 수 없었지만 고개를 끄덕였다.

"당연히 이해하겠지. 간단하잖니straightforward." 박사님이 안경 너머로 나를 보았다. 입술 한쪽 끝이 드물게도 미소를 만들어내고 있었다. "거기도 'forward'가 들어가 있는데 e는 없지. 브래들리가 맡은 부분 결과물이 그토록 늦어지는 게 하나도 이상하지 않다니까."

브래들리 씨가 이사진에게 제2편집자로 임명된 것이 거의 십 년쯤 전이었는데도 머리 박사님은 그를 깎아내리는 버릇이 있었다. 언젠가 아빠는 그게 '운전대 잡은 사람이 누군지를 사람들에게 알려주는' 머리 박사님의 방식이며, 그런 말들은 대답하지 말고 그냥 흘려듣는 게 최선이라고 했었다. 나는 미소 지었고, 머리 박사님은 자신의 책상 쪽으로 몸을 틀어 돌아갔다. 나는 스크립토리엄 밖으로 나와 메모를 읽었다.

흔히 쓰인다고 어원학상의 논리를 뒤엎어서는 안 됩니다. 'Forego'라는 표기는 불합리합니다. 사전에 그것이 대체 가능한 철자법으로 수록되는 것을 유감스럽게 생각하며, 『하트의 규칙』이 그 표기를 기각하기를 바랍니다.

J. M.

『하트의 규칙』에 관해서는 나도 알고 있었다. 아빠는 늘 그 책을 가까이에 두었다. "합의라는 게 항상 가능한 건 아니란다, 에즈미." 아빠가 언젠가 말했다. "하지만 일관성을 지킬 수는 있고, 어떤 단어가 어떤 철자로 표기돼야 할지, 혹은 하이픈이 필요한지 아닌지 같은 많은 논쟁에 있어서 최종 중재자 역할을 해온 게 소책자 『하트의 규칙』이야."

내가 어릴 때, 하트 씨와 이야기할 일이 있을 때면 아빠는 가끔 나를 출판국에 데려가곤 했다. 하트 씨는 '관리 책임자'로 알려져 있었다. 그는 사전의 인쇄 작업에서 모든 분야를 책임졌다. 처음으로 석조 대문을 통과해 네모난 안뜰로 걸어 들어갔을 때 나는 그 규모에 경이로움을 느꼈다. 한가운데에 커다란 연못이 있었고, 주위는 온통 나무와 꽃 들이 가득한 정원이었다. 석조 건물들은 사방이 전부 이층 또는 삼층 높이여서, 나는 아빠에게 왜 출판국은 스크립토리엄보다 훨씬 큰 거냐고 물었다. "거기서는 사전만 찍어내는 게 아니거든, 에즈미. 성서도 인쇄하고, 갖가지 책을 다 인쇄하는 곳이야." 그 말이 내게는 세상의 모든 책이 그 공간에서 태어난다는 의미로 들렸다. 그 웅장함이 갑작스레 완벽하게 이해되었고, 나는 그곳의 관리 책임자를 약간 신 같은 존재로 상상하곤 했다.

나는 으리으리한 석조 아치 아래를 통과하면서 자전거에서 내렸다. 안뜰은 명백히 출판국 소속인 사람들로 가득했다. 하얀 앞치마를 두른 소년들이 종이를 가득 실은 손수레를 끌고 있었는데, 어떤 종이들은 인쇄되어 크기에 맞게 잘려 있었고, 또 어떤 종이들은 텅 빈 백지에 테이블 천만큼이나 컸다. 잉크 얼룩이 진 앞치마를 입은 남자들이 몇몇씩 모여 담배를 피우며 걸어 다녔다. 앞치마를 입지 않은 다른 남자들은 앞에 난 길은 보지 않고 책이나 교정지에 코를 박고 있었고, 그중 한 명은 내 팔에 몸을 부딪치기도 했다. 그는 죄송하다고 중얼거렸지만 고개를 들지 않은 채였다. 그들은 둘씩 짝을 지어 제본되지 않은 페이지들을 가리키며 이야기를 나누고 있었다. 내용에 뭔가 문제가 있는 게 분명했다. 그들이 이 광장을 오가는 동안 얼마나 많은 언어상의 문제가 해결됐을까? 나는 궁금했다. 그때 나보다 조금 나이가 많아 보이는 두 여자가 눈에 띄었다. 그들은 매일의 일과를 수행하듯 안뜰을 가로질러 걸어갔고, 나는 그들이 틀림없이 출판국에서 일한다는 걸 알 수 있었다. 하지만 가까이 다가가자 그들의 대화가 남자들의 대화와는 다르다는 걸 알게 됐다. 그들은 몸을 기울이고 있었고, 한 여자는 한 손을 들어 올려 입 가까이에 대고 있었다. 다른 여자가 상대방의 말을 듣더니 조금 웃었다. 그들의 손에는 정신이 팔릴 만한 어떤 것도, 해결해야 할 어떤 문제도 들려 있지 않았다. 하루가 끝나 집으로 돌아가게 되어 기뻐하고 있을 뿐이었다. 내가 지나가자 그들은 고개를 끄덕여 인사를 했다.

안뜰 한쪽에 백여 대의 자전거가 줄지어 서 있었다. 돌아가는 길에 쉽게 찾을 수 있게 조금 떨어진 곳에 내 자전거를 세웠다.

하트 씨의 사무실 문을 두드렸지만 안에서 대답이 없어서, 나는 복도를 돌아다니기 시작했다. 관리 책임자는 저녁식사 시간 전에 건물을 떠나는 법이 없고, 반드시 조판공들에게 간다는 말을 하고 인쇄기를 점검한 다음에야 돌아간다고 아빠는 말했었다.

조판실은 하트 씨의 사무실 가까운 곳에 있었다. 나는 문을 밀어 열고 주위를 둘러보았다. 하트 씨는 건너편에서 브래들리 씨와 조판공 한 명에게 이야기를 하고 있었다. 아빠와 함께 이곳을 찾았을 때 주로 기억에 남았던 것은 그의 덥수룩한 수염이었다. 몇 년 사이에 수염은 더 하얗게 변해 있었지만, 숱은 조금도 줄어들지 않은 듯했다. 지금 그 수염은 열

지어 늘어선 조판공들의 작업대, 활자가 담긴 상자들로 빼곡한 그 기울어진 사면들 사이에서 나를 인도해주는 지형지물과도 같았다. 나는 마치 불법 침입을 한 기분이었다.

내가 다가가자 하트 씨는 나를 힐끗 보았지만 브래들리 씨와의 대화를 멈추지는 않았다. 그 대화는 알고 보니 논쟁이었고, 하트 씨가 이길 때까지 계속될 거라는 느낌이 왔다. 제2편집자 같은 위상은 느껴지지 않았고, 입은 양복도 그렇게 좋은 것은 아니었지만, 그의 얼굴에는 브래들리 씨의 온화함에 대조되는 단호함이 있었다. 그저 시간문제였다. 나와 눈이 마주친 조판공이 마치 나이 든 두 남자를 대신해 사과라도 하듯 미소 지었다. 그는 나머지 두 사람보다 대단히 키가 컸고 여위었으며 깨끗이 면도를 한 얼굴이었다. 머리칼은 검은색에, 눈동자는 보랏빛에 가까웠다. 나는 그제야 그를 알아보았다. 세인트 바너버스 학교에 다니던 소년이었다. 운동장에서 같이 놀 여자아이가 없을 때면 나는 남학교 운동장에서 놀고 있는 남자아이들을 보며 많은 시간을 보냈다. 그는 나를 알아보지 못했다.

"혹시 '그만두다'의 철자가 어떻게 되는지 아세요?" 그가 내 쪽으로 몸을 기울이며 물었다.

"아니, 저분들 아직도 그 단어 얘기를 하고 계신 거예요?" 내가 속삭였다. "바로 그것 때문에 제가 온 건데."

그의 이마에 주름이 잡혔지만, 그가 뭐라고 더 묻기 전에 하트 씨가 나를 불렀다.

"에즈미구나, 아버지는 잘 지내시니?"

"네, 좋으세요."

"같이 왔니?"

"아뇨, 머리 박사님이 저를 보내셨어요." 내 불안 때문에 손안에서 조금 구겨진 메모를 그에게 건넸다.

메모를 읽은 하트 씨가 동의의 뜻으로 고개를 천천히 끄덕였다. 배배 꼬인 그의 수염 끝이 조금 올라가는 게 보였다. 그는 메모를 브래들리 씨에게 넘겼다.

"이걸로 좀 정리가 될 겁니다, 헨리."

브래들리 씨가 메모를 읽었고, 그의 수염 끝은 제자리에 가만히 있었다. 그는 신사답게 고개를 끄덕임으로써 '그만두다'를 둘러싼 논쟁에서 패배했음을 인정했다.

"그럼, 개러스. 'Get'의 주형을 브래들리 씨한테 좀 보여드리지." 그와 악수를 하며 하트 씨가 말했다.

"네, 선생님." 조판공이 말했다. 그러고는 내게도 말했다. "만나 뵙게 되어 영광입니다, 아가씨."

하지만 우리는 사실 '만난' 건 아닌데, 나는 생각했다.

그는 자신의 작업대 쪽으로 몸을 돌렸고, 브래들리 씨가 뒤따라갔다.

나는 하트 씨에게 작별 인사를 하고 싶었지만, 그는 벌써 또 다른 작업대로 옮겨 가 좀 더 나이 많은 조판공의 작업을 확인하고 있었다. 그를 따라다니며 사람들이 각자 무슨 작업을 하고 있는지 알 수 있었다면 나는 좋아했을 것이다. 대부분은 원고를 활자로 조판하고 있었다. 똑같은 형태로 된 페이지의 무더기들은 한 명의 손에 맡겨졌다. 단 한 명의 손길. 이제 브래들리 씨가 젊은 조판공과 함께 서 있는 작업대 쪽으로 나는 고개를 돌렸다. 거기에는 끈으로 묶인 세 무더기의 단어 쪽지가 있었다. 다른 무더기 하나는 묶여 있지 않았는데, 단어 중 절반은 이미 조판되어 있었고 나머지 절반은 대기 중이었다.

"니콜 양."

내가 몸을 돌리자 하트 씨가 열린 문을 잡고 있는 게 보였다. 나는 줄지어 선 작업대들 사이를 다시금 뚫고 나아갔다.

그다음 몇 달에 걸쳐 머리 박사님은 내게 여러 메모들을 건네며 하트 씨에게 전해달라고 했다. 조판실을 다시 방문할 기회라는 생각에 나는 기쁘게 받았다. 하지만 하트 씨의 사무실 문을 두드릴 때마다 그는 매번 안에 있었다.

하트 씨는 오직 머리 박사님이 즉각 대답을 달라고 했을 때만 내게 거기서 기다리라고 했고, 그럴 때도 앉으라고는 하지 않았다. 그가 언제나 몹시 일에 시달리는 것처럼 보였기에, 나는 하트 씨가 자기 편의만 생각해서 그런다기보다는 그냥 부주의해서라고 여겼다. 그 역시 조판실에 있는 편이 차라리 더 나을 거라고 나는 생각했다.

아침이면 나는 밸러드 부인이 시키는 일을 했지만 부엌일에 소질은 없었다. "음식을 깨끗이 다 먹는 것 말고도 중요한 게 있는 거라고요." 케이크가 찌그러져 가라앉거나 맛을 봤는데 중요한 재료가 빠진 걸로 드러날 때마다 부인은 그렇게 말했다. 사전에 관련된 심부름 때문에 내가 부엌에 있는 시간이 줄어들고 있는 건 우리 둘 다에게 다행스러운 일이었다. 머리 박사님의 비정규 배달부가 된 뒤로 나는 스크립토리엄에서 조금 더 편안함을 느꼈다. 내가 저지른 경범죄를 사람들이 잊지 않았을 수도 있지만, 최소한 내 유용함을 알아보는 사람들도 생겼던 것이다.

"네가 그 책 반납을 마칠 때쯤이면, 나는 절대 다르게는 쓸 수 없게끔 완벽하게 항목 두 개를 완성해놓을 거야." 어느 날 스웨트먼 씨가 말했다. "이 속도를 유지한다면 이 세기가 끝나기 전에 마칠 수도 있을 거야."

밸러드 부인이 맡긴 일이 끝나서, 나는 앞치마를 벗어 식품 보관실 문에 붙은 고리에 걸었다.

"이제 좀 괜찮아 보이네요." 다듬고 있던 채소에서 손을 늦추며 리지가 말했다.

"시간이 지났으니까요." 내가 대답했다.

"기록방 때문이에요." 리지의 조심스러운 표정에 나는 혼란스러웠다. "거기서 시간을 많이 보낼수록 아가씨는 예전의 자신을 좋아하게 되는 것 같아요."

"좋은 일 아니에요?"

"물론 좋은 일이죠." 리지는 썬 당근 무더기를 그릇에 담고는 파스닙을 반으로 자르기 시작했다. "전 그냥 아가씨가 홀리지 않기를 바랄 뿐이에요."

"홀려요?"

"단어들한테요."

나는 그제야 그동안 단어들이 없었다는 사실을 알아차렸다. 책, 메모, 말로 전하는 메시지, 온갖 심부름이 있었지만 단어는 내게 주어지지 않았다. 교정지도. 아무도 나를 믿고 단 한 장의 단어 쪽지도 맡기지 않았다.

스크립토리엄 입구에는 나를 위한 심부름 바구니가 놓여 있었다. 매일 다양한 곳에 반납할 책들과 함께 대출해 올 책들의 목록이 거기 들어 있었다. 보들레이언 도서관에서 확인할 인용문, 발송할 우편물, 하트 씨에게, 가끔은 대학에 있는 학자들에게 전할 메모들도 있었다.

하루는 브래들리 씨에게 가는 편지 세 통이 따로 놓여 있었다. 스크립토리엄에선 그런 편지가 자주 나왔는데, 출판국 사전실에 있는 브래들리 씨에게 배달하는 것이 내 임무였다. 그 사전실은 스크립토리엄과 닮은 점이라곤 전혀 없는, 그저 평범한 사무실이었다. 조수 세 명이 함께 일하는데도, 크기는 하트 씨의 사무실보다 별로 크지 않았다. 그중 한 명은 그의 딸 엘리너였다. 엘리너는 스물세 살이 되어가고 있었는데, 힐다 머리와 같은 나이였지만 벌써 어떤 종류의 품위가 있어 보였다. 내가 방문할 때마다 엘리너는 내게 차와 비스킷을 내주었다.

그날 우리는 방 뒤쪽에 있는 협탁 앞에 앉았다. 거기에는 다과용품이 놓여 있어 두 사람이 차를 마시기엔 공간이 충분치 않았지만, 엘리너는 자기 책상에서 뭔가를 먹거나 마시는 것을 좋아하지 않았다. 엎지를지도 모르기 때문이었다. 엘리너가 비스킷을 한 입 베어물자 부스러기들이 치마 위로 떨어졌다. 그는 그걸 알아차리지 못했다. 엘리너가 내 쪽으로 몸을 기울였다.

"조만간 출판국 이사진이 제3편집자를 임명할 거라는 소문이 있어요." 엘리너의 두 눈이 금속테 안경 뒤에서 커다래졌다. "그 사람들이 원하는 만큼 우리가 진행 속도를 못 내고 있나 봐요. 분책이 많이 나오면 출판국 금고에 돌아오는 돈도 많아지는 거니까, 뭐."

"그분은 어디서 일하게 될까요?" 나는 비좁은 사무실을 둘러보았다. "머리 박사님이 다른 사람이랑 스크립토리엄을 나눠 쓰는 건 상상이 안 가는데요."

"그건 정말 상상하기 어렵죠." 엘리너가 말했다. "다행히도, 우리가 올드 애슈몰린으로 옮길 거라는 소문도 있어요. 지난주에 아버지가 사무실 크기 재러 거기 갔다 오셨어요."

"브로드 스트리트에 있는 거기요? 저는 항상 그 건물이 너무 좋았는데. 하지만 거긴 박물관 아닌가요?"

"거기 있는 소장품 대부분을 지금 파크스 로드에 있는 자연사박물관으로 옮기고 있어요. 우리한테 이층 큰 공간을 줄 거래요. 아래층에 있는 연구실이랑 위층에서는 계속 강연을 열 거라고 했어요." 엘리너가 주위를 둘러보았다. "굉장히 큰 변화가 되겠지만, 우리가 적응을 해야겠지요."

"브래들리 씨는 사전실을 다른 편집자랑 나눠 쓰는 일이 괜찮으실까요?"

"만약 그렇게 해서 속도만 더 낼 수 있으면 전혀 신경 안 쓰실걸요? 그리고 보들레이언 도서관 바로 옆으로 가게 되는 거잖아요. 영국에서 출판되는 책의 절반은 여기 출판국에서 나오는데, 보들레이언에는 영국에서 출판되는 모든 책이 한 권씩 보관돼 있거든요. 완벽한 이웃이 아닐 수 없죠."

나는 우유가 든 차를 홀짝였다. "어떤 단어들을 작업하고 있어요, 엘리너?"

"우리는 동사 '가다Go'를 시작했어요." 엘리너가 말했다. "그거 하나 하는 데만 몇 달이 걸릴 것 같아요." 엘리너가 자기 찻잔을 비웠다. "따라와보세요."

나는 엘리너의 책상을 가까이서 본 적이 없었다. 책상은 종이와 책들, 그리고 수백 장의 쪽지가 든 좁고 긴 상자들로 뒤덮여 있었다.

"보세요, '가다'의 세계를." 엘리너가 장엄하게 손짓을 하며 말했다.

나는 그것들을 만지고 싶다는 충동을 느꼈고, 곧 부끄러움이 밀려왔다.

돌아올 때 나는 자전거를 끌고 분주한 출판국 안뜰을 가로지른 다음 아치 길을 걸어 월턴 스트리트로 나왔다. 엘리너의 쪽지들은 내가 스크립토리엄에 돌아오고 나서 처음으로 가까이에서 본 쪽지들이었다. 이 문제에 대해 어떤 논의 같은 게 있었던 걸까? 머리 박사님은 내가 단어들로부터 멀리 떨어져 있는다는 조건으로 내 복귀에 동의하신 걸까?

"제가 쪽지 분류하는 일을 도와드릴 수 있을 것 같아요." 그날 밤 함께 걸어 집에 돌아올 때 나는 아빠에게 말했다. 아빠는 아무 말도 하지 않았지만, 아빠의 손은 주머니 속에서 동전들을 찾아냈고, 손가락 사이로 동전들이 움직이면서 서로 부딪혀 짤랑거리는 소리가 났다.

우리는 몇 분 동안 말없이 걸었고, 내가 머릿속으로 한 모든 질문에는 불편한 대답이 떠올랐다. 세인트 마거리츠 로드를 절반쯤 내려갔을 때 아빠가 말했다. "제임스가 런던에서 돌아오면 부탁해볼게."

"아빠는 머리 박사님한테 부탁 같은 거 잘 안 하시잖아요."

아빠의 주머니 속에서 동전들이 움직이는 소리가 들렸다. 아빠는 인도를 바라보며 아무 말도 하지 않았다.

며칠 뒤 머리 박사님이 내게 하트 씨에게 다녀오라고 부탁했을 때, 용건은 '등급Grade'과 '등급이 나뉜Graded'이 적힌 쪽지들을 전하는 것이었다. 박사님이 쪽지 묶음들을 내밀었다. 끈으로 묶인 묶음이 여러 개였고, 각각의 쪽지와 대표 쪽지에는 순서가 뒤섞일 경우에 대비해 번호가 적혀 있었다. 나는 내 웃긴 손가락으로 묶음들을 붙잡았다. 하지만 머리 박사님은 손을 떼지 않았다. 그는 안경 너머로 나를 보았다.

"에즈미, 조판이 될 때까지는 이것들이 유일한 원고야." 박사님이 말했다. "하나하나가 소중한 거야." 그는 손을 놓았고, 내가 대답을 생각해내기도 전에 자기 책상으로 몸을 돌렸다.

나는 가방을 열고 주의를 기울여 쪽지 묶음들을 바닥에 넣었다. 하나하나가 소중했지만, 쪽지들이 분실될 가능성은 수도 없이 많았다. 나는 조판공의 작업대에 놓여 있던 단어 무더기를 떠올렸고, 가벼운 미풍이나 부주의한 방문객의 몸짓을 상상해보았다. 바닥으로 떨어지는 쪽지들을, 기류를 타고 어린아이 말고는 누구도 발견하지 못할 곳에 착륙하는 한 장의 쪽지를 그려보았다.

이제껏 나는 쪽지를 만지는 게 금지돼 있었지만, 비로소 그것들을 보호하는 역할이 주어졌다. 누군가에게 알리고 싶었다. 바로 그 순간 정원에 누군가 있었다면, 나는 어떤 식으로든 그에게 쪽지들을 보여주고, 머리 박사님이 나를 믿고 그것들을 맡겼다고 말했을 것이다. 나는 스크립토리엄 뒤편에서 자전거를 꺼내 서니사이드 대문을 통과한 다음 밴버리 로드를 따라 달렸다. 세인트 마거리츠 로드로 돌아 들어갔을 때, 눈물이 뺨을 타고 줄줄 흘러내리기 시작했다. 따뜻하고 반가운 눈물이었다.

월턴 스트리트에 있는 출판국 건물은 나를 다르게 맞아주었고, 그 넓은 입구는 더 이상 위협이 아니라 환영하는 몸짓으로 다가왔다. 나는 이제 중요한 사전 편찬 사업에 관련된 사람이었다.

건물에 들어간 나는 가방에서 단어 쪽지 무더기 하나를 꺼냈고, 그것을 묶고 있던 나비 모양 매듭을 풀었다. 단어 'Grade'가 지닌 각각의 의미가 대표 쪽지에 적혀 있었고, 그 뒤에는 그 예시를 보여주는 인용문들이 딸려 있었다. 나는 다양한 의미 하나하나를 훑어보다가 하나가 빠져 있다는 사실을 알아차렸다. 아빠에게, 혹은 머리 박사님에게 말해야지, 생각했고 거들먹거리며 웃음이 났다. 그때 누군가가 나를 들이받았고, 혹은 내가 누군가를 들이받았고, 내 웃긴 손가락들이 종이를 놓쳤다. 쪽지들이 쓰레기처럼 땅으로 떨어졌다. 쪽지들이 떨어진 곳을 찾아 두리

번거렸지만, 보이는 거라곤 정신없이 움직이는 사람들의 발뿐이었다. 얼굴로 피가 몰리는 게 느껴졌다.

"별문제 없어요." 떨어진 것들을 주워 올리려고 몸을 굽히며 한 남자가 말했다. "번호가 매겨진 데 다 이유가 있지요."

그는 쪽지들을 내게 건네주었다. 받으려고 내미는 손이 떨렸다.

"이런, 괜찮아요?" 그는 내 팔꿈치를 붙잡았다. "좀 앉아야지, 쓰러지겠어요." 그는 가장 가까이 있는 문을 열고 그 바로 안에 있던 의자에 나를 앉혔다. "좀 시끄럽긴 하지만 괜찮으셨으면 좋겠네요, 아가씨. 물 한 잔 떠서 바로 올 테니까 잠시만 기다리세요."

그곳은 인쇄실이었고, 그러고 보니 정말, 시끄러웠다. 하지만 소리의 리듬 위에 겹쳐진 리듬이 또 있었고, 그것들을 분리하려 애쓰다 보니 공황 상태가 차츰 진정되어갔다. 나는 쪽지들을 점검했다. 하나, 둘, 셋…… 서른까지 세었다. 없어진 것은 없었다. 끈을 단단히 묶은 다음 그것들을 다시 가방에 넣었다. 남자가 돌아왔을 때, 나는 지난 한 시간 동안의 모든 감정이 겉으로 떠올랐고 그걸 억누르기도 어려워서 양손으로 얼굴을 감싸고 있었다.

"여기, 좀 드세요." 몸을 굽혀 물잔을 내밀며 그가 말했다.

"고맙습니다. 뭐가 어떻게 된 건지 모르겠네요."

그가 손을 내밀어 의자에서 일어서는 나를 도왔다. 그의 시선이 내 웃긴 손가락들에 머물러서 나는 손가락을 뒤로 뺐다.

"여기서 일하세요?" 그의 어깨 너머로 인쇄실을 들여다보며 내가 물었다.

"기계를 대충 손볼 일 있을 때만요." 그가 대답했다. "보통은 조판 일을 해요. 조판공이에요."

"단어들을 현실로 바꾸는 일을 하시는군요." 마침내 그를 바라보며 내가 말했다. 그의 눈동자는 보랏빛에 가까웠다. 내가 처음 왔던 날 하트 씨와 브래들리 씨와 함께 서 있던 젊은 조판공이었다.

그가 고개를 갸웃해서, 나는 그가 내 말을 이해하지 못했나 보다 생각했다. 하지만 그 순간 그가 미소 지었다. "그보다는 단어들에게 실체를 부여한다고 할까요. 진짜 단어는 소리 내 말해지고, 누군가에게 무언가를 의미하는 것이죠. 모든 단어가 종이에 인쇄되는 건 아니에요. 제가 평생 들어왔지만 조판은 해본 적 없는 단어들도 많이 있어요."

어떤 단어들을 말하는 거죠? 나는 묻고 싶었다. 그 단어들의 의미는 뭔데요? 누가 그런 단어들을 말하는데요? 하지만 내 혀는 단단히 붙들어 매인 것 같았다.

"그만 가봐야겠어요." 나는 마침내 간신히 말했다. "하트 씨한테 이 쪽지들을 전해야 해서요."

"그렇군요. 들이받을 수 있어서 즐거웠습니다, 에즈미." 그가 웃으며 말했다. "에즈미, 맞죠? 그러고 보니 서로 소개도 못 했네요."

그의 눈동자는 기억났지만 이름은 기억나지 않았다. 나는 바보처럼 가만히 서 있었다.

"개러스예요." 그가 말하며 다시 손을 내밀었다. "만나게 돼서 정말 기뻐요."

나는 망설이다가 마주 손을 내밀었다. 그의 손가락은 가늘고 길었고 엄지손가락은 기묘하게 둥글납작했다. 내 시선이 거기 머물렀다.

"저도 만나서 반가웠어요." 내가 말했다.

그는 문을 열고 복도로 나를 배웅해주었다.

"길은 아세요?"

"네."

"알겠어요. 그럼 조심히 가세요."

나는 몸을 돌려 하트 씨의 사무실로 향했다. 쪽지 묶음들을 넘겨주자 안도감이 밀려왔다.

새로운 세기가 시작됐고 무슨 일이든 일어날 수 있다는 느낌이 있었지만, 머리 박사님이 부엌문 쪽으로 걸어오는 모습을 보게 될 거라고는 생각해보지 못했다. 잔디를 가로질러 성큼성큼 걸어오는 그를 본 밸러드 부인은 앞치마를 쓸어내리고 캡에서 삐져나온 머리카락을 정리했다. 부인이 윗문 빗장을 벗기자 머리 박사님이 안으로 몸을 굽혔고, 그의 긴 수염이 벽난로에서 불어오는 따뜻한 바람에 나부꼈다.

"한데 리지는 어디에?" 조리대 옆에 서서 케이크 반죽을 휘젓고 있는 내 쪽을 힐끗 보며 그가 물었다.

"물건들을 좀 사러 보냈어요, 머리 박사님." 밸러드 부인이 말했다. "금방 돌아올 거고, 그다음엔 리지가 건조대에 빨래 너는 걸 에즈미가 도울 거예요. 정말 큰 도움이 돼요, 에즈미가요."

"음, 그렇군요. 그런데 에즈미가 나랑 스크립토리엄에 좀 같이 갔으면 하는데."

나는 본능적으로 주머니 속을 확인했다. 밸러드 부인이 나를 보았다. 나는 마치 "저는 아무 짓도 안 했어요, 정말이에요" 말하듯 고개를 저었다.

"가봐요, 에즈미 아가씨. 머리 박사님 따라서 기록방에요." 나는 앞치마를 벗고 마치 끈끈이 위를 걷듯 부엌문으로 걸어갔다.

스크립토리엄에 들어서자 아빠가 미소 짓고 있었다. 아빠에겐 여러 종류의 미소가 있었지만, 내가 가장 좋아하는 건 '갇혀 있는 미소'였다. 그건 다문 입술과 실룩거리는 눈썹 뒤에서 풀려나고 싶어 발버둥치는 미소였다. 주먹을 쥐고 있던 내 양손이 펴졌다.

아빠는 내 손을 잡았고, 우리 셋은 스크립토리엄 안쪽으로 함께 걸어갔다.

"에시, 너한테 주는 선물이다." 아빠가 미소를 풀어주며 말했다.

낡은 사전들이 꽂힌 선반 뒤쪽에 나무로 만든 책상이 있었다. 콜드실스의 차가운 교실에서 쓰던 것과 같은 종류였다. 책상 뚜껑으로 내리찍히는 고통을 기억해낸 손가락들이 움찔거렸다. 어차피 내 손가락들은 아무짝에도 쓸모없다고 비웃는 속삭임이 머릿속에서 메아리쳤다. 몸이 떨리기 시작했지만, 어깨에 올려진 아빠의 손이 나를 스크립토리엄으로 되돌아오게 해주었다. 머리 박사님이 뚜껑을 열자 책상 속에는 새 연필들과 아무것도 적혀 있지 않은 단어 쪽지들, 그리고 내가 곧바로 알아본 책 두 권이 있었다.

"엘시 책이네요." 머리 박사님에게 말하는 내 목소리가 들렸다. 내가 그것들을 훔치지 않았다는 걸 분명히 하고 싶었다.

"엘시는 다 읽었단다, 에즈미. 너한테 주고 싶다고 했어. 늦었지만 크리스마스 선물이라고 생각하렴. 아니, 그보다 새로운 세기를 기념하는 선물이라고 하는 게 좋겠구나."

그 순간 책상 뚜껑 아래쪽에 잘라낸 벽지를 바른 것이 눈에 들어왔다. 작고 노란 장미 무늬가 들어간 옅은 녹색 벽지. 머리 박사님 댁 거실 벽지였다. 콜드실스에 있던 책상들과 다른 점들은 더 있었다. 크기가 더 컸고, 광을 낸 나무와 경첩들이 빛을 받아 반짝였고, 의자 또한 따로 분리되어 있었다.

머리 박사님이 뚜껑을 닫고는 조금 어색하게 서 있었다. "자, 그럼, 여기가 네가 앉을 자리고, 네 아버지는 뭐든 필요한 일을 너한테 맡기실 거다."

그는 그 말과 함께 아빠에게 가볍게 고개를 끄덕이고는 자기 책상으로 돌아갔다.

나는 아빠의 몸에 팔을 둘렀고, 내 뺨을 아빠의 뺨에 대려면 이제 몸을 굽혀야 한다는 사실을 태어나서 처음으로 깨달았다.

다음 날 아침, 평소보다 신경을 써서 옷을 차려입었다. 바닥에 내버려 둔 탓에 치마에 구김이 간 걸 발견하고 옷장에서 깨끗한 새 치마를 골라 입었다. 머리카락을 잘 다듬어 예전에 리지가 해준 것처럼 단단하게 땋아내리려고 삼십 분 동안 애를 썼지만, 결국 평소처럼 대충 틀어 올린 머리로 마무리했다. 구두에 침을 뱉어 침대보 모서리로 문질러 닦았다. 그런 다음 아빠 방으로 가서 릴리의 거울을 들여다보았다.

"원한다면 그 거울 네 방에 둬도 돼." 갑자기 아빠의 말소리가 들려 깜짝 놀랐다. "네 엄마가 허영심이 강한 여자는 아니었지만, 그 거울은 좋아했단다."

나는 거울에 비친 내 모습이 부끄러워서, 그리고 아빠가 나를 훑어보며 비교하고 있다는 사실을 알아차리곤 얼굴이 붉어졌다. 릴리는 나처럼 키가 크고 늘씬했고, 나는 릴리의 깨끗한 피부와 갈색 눈을 물려받았다. 하지만 릴리의 삼단 같은 아맛빛 머리칼 대신 아빠의 타오르는 붉은색 곱슬머리가 내 머리를 감싸고 있었다. 나는 거울 속에서 아빠를 보았고, 아빠가 무엇을 보았을지 궁금했다.

"엄마는 널 자랑스러워했을 거야." 아빠가 말했다.

서니사이드에서 아빠는 아침 우편물을 확인했고, 나는 부엌에 있는 리지와 밸러드 부인에게 합류하는 대신 아빠와 함께 스크립토리엄으로 걸어갔다. 아빠는 새로 단 전등을 켜고, 석탄이 달아오르는 것을 지켜보았다. 실내 온도는 거의 올라가지 않았지만 환각처럼 따스함이 느껴졌다. 나는 초조하게 지시를 기다리며 분류 테이블 옆에 서 있었다.

아빠가 내게 편지 묶음을 건넸다. "지금부터 이게 네 업무다, 에시." 아빠가 말했다. "내가 하던 대로 편지를 모아서 분류해주렴. 너는 운이 좋은 거야. 머리 박사님이 더 이상 단어 심부름을 안 시키잖니. 우리도 산더미처럼 했었는데. 하지만 이제는 봉투를 하나하나 열어서 쪽지가 들어 있는지 확인하는 일을 해야 해." 아빠가 편지 봉투 하나를 열었다. "이건 편지고, 그러니 봉투에 핀으로 꽂아서 수신인한테 주면 돼. 사람들 자리가 어딘지는 다 알지?"

나는 고개를 끄덕였다. 물론 알고 있었다.

나는 편지들을 스크립토리엄 안쪽으로 가져갔다. 내 책상은 낡은 사전들이 꽂힌 선반 두 개와 유일하게 벽이 드러난 부분으로 이뤄진 벽감 속에 자리 잡고 있었다. 나는 그곳이 내 몸의 크기에 맞게 특별 제작된 커다란 분류함이라고 상상했다. 거기서는 분류 테이블에 앉아 있는 조수들과 높은 책상 앞 머리 박사님이 보였다. 사람들이 나를 보려면 몸을 돌리고 목을 길게 빼야 했다.

관찰되지 않으면서 관찰하는 입장일 수 있다는 사실에 안도하는 처지였지만, 거기 있는 나는 우연한 존재가 아니었다. 내게는 책상이 있었고, 조수들이 나를 무시하라고 지시받는 일은 없을 것이었다. 그들이 단어들을 위해 일하듯 나도 단어들을 위해 일할 것이었다. 그리고 머리 박사님은 내게 한 달에 1.5파운드를 지급하겠다고 했다. 그건 아빠 월급의 사 분의 일에 불과했고, 심지어 리지의 임금보다도 적었지만, 매주

꽃을 사고 거실에 커튼을 만들어 달기에는 충분할 터였다. 새 드레스를 사고 싶을 때도 아빠에게 돈을 달라고 부탁할 필요가 없을 것이었다.

나는 우편물을 분류하는 매일의 의식을, 내가 우편물을 전할 때 조수들이 하는 예상 가능한 인사말을 기쁜 마음으로 기다렸다. 예전에 구두와 양말이 조수들을 설명해주었던 것처럼, 우편물을 받을 때도 그들에겐 자신을 드러내는 나름의 방식과 대사가 있었다.

나의 우편물 배달을 맨 처음 받는 사람은 메일링 씨였다. "단콘." 그는 윗몸을 조금 숙이며 그렇게 말하곤 했다. 보크 씨는 얼굴을 드는 일이 거의 없었고 언제나 나를 '머리 양'이라고 불렀다. 힐다는 서리에 있는 로열 홀러웨이 대학에 강사 자리를 얻으려고 지난해 이곳을 떠났고, 그들의 아버지 책상 옆에 있던 힐다의 자리는 엘시가 차지했다. 내 키와 머리 색깔에도 불구하고 보크 씨는 우리 셋을 구별하지 못하는 듯했다. 아빠는 간단하게 고맙다고만 했다. 하고 있는 작업이 얼마나 복잡한지에 따라 고개를 들어 올려다볼 때도 있고 아닐 때도 있었다.

유일하게 노닥거리고 싶은 마음이 드는 곳은 스웨트먼 씨의 자리였다. 그는 연필을 내려놓고 의자에서 몸을 틀곤 했다. "B 부인의 부엌에서 얻어낸 정보 없니, 에즈미?" 그는 언제나 이렇게 물었다.

"오늘 애프터눈 티타임엔 카스텔라를 낼 거라고 하셨어요." 나는 이런 대답들을 하곤 했다.

"좋았어. 이제 가봐도 좋아."

편지 대부분은 머리 박사님에게 온 것이었다.

"우편물입니다, 머리 박사님."

"읽을 만한 가치가 있는 것들이니?" 그는 안경 너머로 나를 보며 묻곤 했다.

"그건 제가 대답하기 어려운데요."

그러면 그는 편지들을 받아서 보낸 사람과 자신의 친한 정도에 따라 순서를 다시 정리했다. 언어학회 소속 몇몇 신사들의 편지도 뒤쪽으로 밀리긴 했지만, 언제나 맨 아래를 차지하는 건 출판국 이사진으로부터 온 편지였다.

우편물 전달이 끝나면 나는 내 책상으로 돌아와 그날 주어진 잔일이 있다면 그걸 했다. 하지만 내 하루의 대부분은 쪽지 무더기를 M으로 시작하는 특정 단어들 각각에 맞게 분류하고, 그것들을 인용문이 오래된 것부터 가장 최근의 것까지 순서대로 정리하는 데 쓰였다.

내가 가장 좋아하는 날은 우편물에 쪽지가 들어 있는 날이었다. 나는 아빠나 머리 박사님과 함께 새로운 단어를 공유하는 사람이 될지도 모른다는 희망을 품고 단어 하나하나를 점검했다. 알파벳 어느 글자로 시작하든, 각각의 단어는 이미 수집된 단어들과 비교해 확인해야 했다. 인용문은 단어가 다소 다른 의미로 쓰인 경우를 보여주는 때도 있었고, 이미 수집된 인용문보다 연대상으로 오래된 경우도 있었다. 우편물에 쪽지가 들어 있으면 나는 분류함 칸 사이에서 몇 시간이고 보낼 수 있었고, 시간이 가는 것을 거의 알지 못했다.

1901년 8월

나는 열심히 일했고, 또 한 해가 지나갔다. 하루하루는 같은 패턴을 따라갔지만, 단어들은 각각의 날들을 다른 색으로 물들였다. 우편물이 있었고, 쪽지들이 있었고, 편지에 쓰는 답장이 있었다. 오후가 되면 나는 여전히 책들을 배달하고 보들레이언 도서관에서 인용문들을 확인했다. 나는 결코 마음이 들썩이거나 지루하지 않았다. 빅토리아 여왕의 서거조차 나를 울적하게 하지는 못했다. 다른 모든 사람처럼 검은 옷을 입었지만, 나는 분류 테이블 밑의 나날 이후로 가장 행복한 날들을 보내고 있었다.

겨울이 지나가고 봄이 오자, 브래들리 씨는 출판국에서 올드 애슈몰린 빌딩의 새 사전실로 옮겨 갔으며, 제3편집자인 크레이기 씨가 두 명의 조수를 데리고 그의 팀에 합류했다. 머리 박사님은 새 편집자를 인정하지 않았고, 단어 작업 속도를 높이라고 자기 팀을 몰아치는 것으로 대응했다. 사전 편찬 작업이 이미 십 년쯤이나 늦어지고 있다는 걸 우리 모두가 아는데도, 그는 마치 새로운 편집자 같은 건 필요 없다는 사실을 증명하고 싶어하는 듯했다.

1901년 여름이 되자 보크 씨는 마침내 나를 '니콜 양'이라고 부르기 시작했다.

“오늘 기록방은 덥겠네요.” 아침 인사를 하려고 내가 부엌에 고개를 들이밀자 리지가 말했다.

“우리가 마실 레모네이드 좀 만들어줄래요?” 내가 물었다.

“벌써 시장에 다녀온 참이에요.” 리지는 밝은 노란색 레몬이 담긴 그릇 쪽으로 고갯짓을 했다.

나는 리지에게 키스를 보내고 스크립토리엄으로 걸어갔고, 가는 동안 우편물들을 추려냈다.

나는 편지 봉투를 열기 전에 안에 무엇이 들었을지 추측하는 버릇이 생겼다. 정원을 가로질러 걸어가며 우편물 무더기를 겉으로 대강 살펴보는 일을 마쳤다. 몇몇 봉투에는 ‘편집자님께’라고 적혀 있었는데, 일부는 너무 얇아서 쪽지 한 장 말고는 아무것도 들어 있지 않은 게 분명했다. 이건 나한테 온 거구나, 나는 생각했다. ‘제임스 머리 박사님’ 앞으로 온 편지들도 몇 통 있었는데, 대부분 대중들로부터(글씨와 회신 주소가 낯설었다), 몇 통은 언어학회 회원들로부터 온 것이었고, 출판국 이사진으로부터 온 익숙한 봉투도 하나 있었다. 이 마지막 편지는 자금 관련 경고일 가능성이 높았다. 만약 이것이 머리 박사님에게 사전에 들어갈 내용을 줄여 작업 속도를 높이라고 제안하는 내용이라면, 우리 모두는 심기가 불편해진 박사님에게 시달릴 것이었다. 나는 박사님이 낯선 사람들의 칭찬으로 하루를 시작할 수 있도록 그 편지를 박사님 우편물 맨 밑에 밀어 넣었다.

조수들 앞으로도 각각 한 통 혹은 두 통씩 편지가 와 있었는데, 우편물 맨 밑에는 내 앞으로 온 편지가 한 통 있었다.

옥스퍼드
밴버리 로드
서니사이드, 스크립토리엄
수습 조수 에즈미 니콜 양 앞

그것은 스크립토리엄에서 내가 받아보는 첫 번째 편지였고, 내가 처음으로 조수라고 인정받은 순간이었다. 내 몸 전체가 전율로 얼얼했지만, 손으로 쓴 그 글씨가 디트 고모의 것임을 깨닫자 흥분은 금세 가라앉았다. 삼 년이 지났다. 하지만 나는 여전히 콜드실스를 빼고 고모를 떠올릴 수 없었고, 그 장소에 대해 생각하기 싫었다.

이미 날은 후덥지근했고, 내 책상을 둘러싼 공기는 조용하고 답답했다. 디트 고모의 편지는 다른 무더기와 따로 놓였다. 편지 한 장과 쪽지 한 장이었다. 고모는 내 건강에 대해 물었고, 스크립토리엄에서 어떻게 지내는지 알고 싶어했다. 여러 사람으로부터 좋은 평가를 전해 들었다고 고모는 썼고, 나는 자랑스러워서 얼굴이 붉어졌다.

쪽지에는 일상적인 단어가 적혀 있었다. 그 단어에 마음이 움직이고 싶지 않았지만, 결국 움직였다. 분류함을 뒤져보니 같은 의미로 쓰인 인용문은 없었다. 그 단어는 커다란 쪽지 묶음을 이루고 있었고, 이미 분류가 끝나 스무 개의 다양한 의미로 정리되어 있었다. 있어야 할 자리에 넣어두는 대신 나는 쪽지를 다시 내 책상으로 가져왔다.

나는 읽기를 배우기 전에 아빠와 했던 것처럼 쪽지에 적힌 글씨를 손가락으로 따라갔다. 디트 고모는 노란빛이 도는 두툼한 종이로 그 쪽지를 만들었고, 소용돌이무늬를 넣어 가장자리를 장식해놓았다. 나는 얼굴에 쪽지를 갖다 대고 익숙한 라벤더 향기를 맡았다. 종이에 향수를 뿌린 걸까, 아니면 봉투에 넣기 전에 몸에 지니고 있었을까? 나는 궁금했다.

고모에게 벌을 줄 수단이라곤 침묵뿐이었는데, 그다음엔 침묵을 깨뜨릴 말들을 떠올릴 수가 없는 채로 시간이 흘렀다. 내가 얼마나 고모를 그리워했던가.

나는 책상에서 빈 쪽지를 한 장 꺼내 고모가 보낸 단어를 거기에 한 자 한 자 베껴 썼다.

사랑 LOVE

"사랑은 마음을 자비 쪽으로 옮겨놓는다."

—『어린이 책』, 1557년

나는 분류함으로 돌아가 베껴 쓴 종이를 관련성이 가장 높은 대표 쪽지에 핀으로 꽂아두었다. 디트 고모의 원본 쪽지는 내 치마 주머니로 들어갔다. 오랜만에 거기 들어간 첫 번째 쪽지였다. 나는 안도감을 느꼈다.

나는 고모에 대한 생각으로, 그리고 내 침묵을 깨기 위해 써야 할 단어들에 대한 생각으로 한 시간을 흘려보냈다. 마침내 우편물 작업으로 돌아간 나는 또 다른 봉투에서 쪽지 하나를 끄집어냈다. 지루하지는 않았지만 아무런 장식이 없는 쪽지였다. 어떤 단어들은 누가 말하는 걸 들어본 적도 없고 사용되는 걸 상상하기도 어려웠지만, 어떤 대단한 사람이 그걸 종이에 적어놓았다는 이유만으로 사전에 등재되었다. 유적이구나, 그런 단어들을 만날 때면 나는 생각하곤 했다.

'해치다Misbode'도 그런 단어 중 하나였다. 인용문은 초서의 『기사 이야기』에서 온 것이었다.

누가 그대에게 해를 가했는가, 기분을 상하게 하였는가?

최소한 오백 살은 먹은 단어였다. 나는 쪽지에 빠진 내용이 없음을 확인한 다음 관련된 분류함을 살폈다. 작은 단어 묶음이 있었고, 대표 쪽지는 없었다. 나는 거기에 초서의 인용문을 더했다. 얼마 안 있어 M으로 시작하는 단어들에 대한 정의 작업이 시작될 것이었다. K가 거의 끝나 있었다. 나는 책상으로 돌아와 다음 봉투를 집어 들고 내용물을 꺼냈다. 모든 편지의 확인과 분류가 끝나자 나는 책상들을 돌며 그것들을 배달하고 심부름거리를 받았다. 머리 박사님의 책상으로 다가갔을 때 박사님은 내게 지난주에 도착한 한 무더기의 편지를 건넸다.

"사소한 질문들이다." 그가 말했다. "네 지식수준이면 충분히 답하고도 남을 거야."

"고맙습니다, 머리 박사님."

그는 고개를 끄덕이고는 편집하고 있던 원고로 돌아갔다.

한 시간쯤, 재킷을 벗거나 넥타이를 느슨하게 푸는 소리가 때로 끼어들 뿐, 종이를 바스락거리며 일하는 소리만이 들렸다. 태양이 스크립토리엄의 철판 지붕을 찾아내 달구자 사람들은 괴로워하기 시작했다. 스웨트먼 씨가 바람을 들이려고 창문을 열었지만, 들어올 바람 같은 건 없었다.

나는 '유대인Jew'이 왜 두 권의 분책으로 쪼개졌는지 묻는 편지 한 통을 읽었다. 하나의 단어를 두 권의 책에 나누는 것은 머리 박사님과 출판국 이사진 사이에 생긴, 하나의 논쟁 이상의 쟁점이었다. 머리 박사님이 분책 출간을 연기해야겠다고 알렸을 때 이사진은 수익에 문제가 생긴다고 주장했다. '유대인'의 이형異形들 때문에 좀 더 자세한 연구가 필요하다는 것이 머리 박사님의 입장이었다. 그냥 지금 있는 걸로 책을 내시오, 돌아온 대답은 그랬다.

상황이 받아들여지기까지는 육 개월이 걸렸고, 그때까지 박사님은 매주 대중들로부터 이유를 묻는 편지를 최소한 세 통씩은 받았다. 나는 답장의 초안을 작성했다. 분책 각 권을 인쇄하는 데에는 페이지 수가 정해져 있는데, 영어를 그런 제한에 딱 들어맞게 편집할 수는 없다는 답변이었다. 한 개의 단어가 둘로 쪼개질 수밖에 없을 때도 있다, 하지만 『H부터 K까지』가 출간되면 '유대인'의 의미들이 다시 한데 담길 거라는 내용도 담았다.

내가 쓴 답변을 읽어보니 만족스러웠다. 나는 고개를 들어 머리 박사님 자리를 쳐다보았다. 봉투를 봉하고 우표를 붙이기 전에 박사님에게 이 답변을 검토해달라고 해야 할까 생각했다.

머리 박사님은 크라이스트 처치 대학에 가서 점심을 먹을 예정이었고, 이미 대학 예복 차림을 하고 분류 테이블 쪽을 마주한 자신의 높은 책상 앞에 앉아 있었다. 사각모는 제자리에 똑바르게 씌워져 있었고, 가운은 신화에 나오는 새의 거대한 검은 날개 같았다. 내가 앉은 안쪽 구석에서 보니, 그는 배심원단을 이끄는 판사 같았다.

다가가 답장을 검토해달라고 부탁할 용기를 막 끌어모으고 있을 때, 머리 박사님이 의자를 뒤로 밀었다. 끼이익, 의자는 마룻바닥을 스치면서 다른 사람이 냈다면 비난받아 마땅했을 소리를 냈다. 모두가 고개를 들고 쳐다보는 가운데 책임 편집자가 노기를 띠었다.

박사님의 손에 편지 한 통이 들려 있었다. 방금 읽은 게 무엇인지는 몰라도 박사님은 그것을 부정하듯 천천히 고개를 저었다. 스크립토리엄에 정적이 흘렀다. 머리 박사님이 몸을 돌려 선반에서 『A와 B』를 꺼냈다.

쿵, 분류 테이블 위에 사전 놓이는 소리가 내 가슴께를 후려치는 것 같았다.

머리 박사님은 사전 한가운데를 펴서 페이지를 한 장씩 넘기다가, 찾던 곳에 이르자 숨을 깊이 들이마셨다. 그의 두 눈이 세로 단을 꼼꼼히 살피자, 조수들 사이에 웅성임이 일었다. 심지어 아빠도 불안한지, 주머니에 손을 넣고 뒤적여 애꿎은 동전들을 만지작거렸다. 머리 박사님은 그 페이지를 다 읽고는, 맨 꼭대기로 돌아가 더욱 꼼꼼하게 다시 한번 읽었다. 그의 손가락이 세로 단을 따라 움직이고 있었다. 그는 어떤 단어를 찾고 있었다. 우리는 기다렸다. 일 분이 한 시간처럼 느껴졌다. 그가 찾는 것이 뭐든 그건 거기 없었다.

박사님이 고개를 들었다. 폭발할 것 같은 얼굴이었다. 그러곤 잠시 뜸을 들였다. 이내 어떤 문장을 내뱉을 기세였다. 머리 박사님이 우리 한 명 한 명을 차례로 바라보았다. 그는 눈을 가늘게 떴고 두 콧구멍은 기다란 은빛 수염 위에서 벌름거리고 있었다. 우리 마음속의 진실을 찾으려는 것처럼 매섭고 집요한 눈길이었다. 그 눈길이 내게 이르자 그는 그제야 눈을 깜빡였다. 고개가 갸웃했고 두 눈썹이 치켜 올라갔다. 박사님은 내가 분류 테이블 밑에 있던 나날을 떠올리고 있었다. 나도 마찬가지였다.

누가 그대에게 해를 가했는가? 나는 이렇게 생각하는 박사님을 상상했다.

머리 박사님의 시선을 따라 내 쪽을 처음으로 바라본 사람은 아빠였다. 그다음은 스웨트먼 씨였다. 새로 온 조수들이 어리둥절해하긴 했지만, 조수들 모두가 나를 쳐다보려고 목을 길게 빼고 있었다. 그때만큼 내가 세상 사람들 눈에 띈다고 느껴진 순간은 없었는데, 나는 놀랍게도 자세를 더욱 꼿꼿이 했다. 안절부절못하거나 시선을 떨어뜨리지 않았다.

나를 지목할 생각이 있었는지는 몰라도, 머리 박사님은 그러지 않기로 마음을 바꾼 것 같았다. 대신 그는 편지를 다시 집어 들고 한 번 더 읽은 다음, 펼쳐진 사전을 들여다보았다. 그 페이지를 세 번째로 살폈으나 아무런 소용이 없는 듯했다. 그는 편지를 페이지 사이에 끼워놓고 말없이 스크립토리엄을 나가버렸다. 엘시가 그 뒤를 바짝 따라갔다.

조수들이 겨우 숨을 내쉬었다. 아빠는 손수건을 꺼내 이마를 닦았다. 머리 박사님이 집으로 간 게 확실해지자 몇몇 사람들이 용기를 내서 바람을 쐬려고 정원으로 나갔다.

스웨트먼 씨가 일어나 박사님의 책상에 놓인 사전 쪽으로 갔다. 『A와 B』. 그는 편지를 집어 들고 처음부터 끝까지 읽었다. 나를 쳐다보았을 때 그의 두 눈엔 연민이 담겨 있었지만, 웃어 보이려는 것 같기도 했다. 아빠가 그의 곁으로 가서 편지를 훑어본 다음 소리 내 읽었다.

친애하는 선생님께,

훌륭한 사전에 감사드리기 위해 이 편지를 씁니다. 저는 예약을 해서 분책 각 권이 출간되는 대로 받아보고 있으며, 지금까지 나온 사전 네 권을 모두 가지고 있습니다. 사전을 위해 특별히 장만한 책꽂이에 꽂아두고 있는데요, 아마도 제 아들한테 넘겨야 할 영광이겠지만, 언젠가 이 책꽂이가 모두 채워지기를 바랍니다. 저는 이제 오십 대에 접어들었고 건강이 썩 좋지는 않답니다.

선생님께서 사전을 펴내주신 뒤로 저는 어떤 단어들에 대해 곰곰이 생각하고, 그것들의 역사를 이해해보려 하는 버릇이 생겼습니다. 선생님의 사전을 찾아보게 된 것은『군도의 왕』이라는 서사시를 읽으면서였습니다. 그때 제가 찾고 싶었던 단어는 '여자 노예Bondmaid'였습니다. 모호한 단어가 아닌데도, 시의 작자인 월터 스콧 경이 제 생각에는 불필요하게 느껴지는 곳에 하이픈을 넣어서 쓰고 있었거든요. 그런데 그 단어의 남성 상대어는 사전에 충분히 잘 언급되어 있었지만 '여자 노예'는 없더군요.

제가 혼란스러웠다는 사실을 고백해야 할 것 같습니다. 선생님의 사전은 제 마음속에서 의심할 바 없이 권위 있는 자리를 차지하고 있으니까요. 사람이 하는 어떤 일에든 예외적으로 완벽하라고 부담을 주는 것은 공정하지 못한 일임을 압니다. 선생님도 저와 마찬가지로 오류를 저지를 수 있는 인간이며, 그 단어는 실수로 빠진 것이라고 저는 겨우 결론 내릴 수 있었습니다.

좋은 마음으로, 마땅히 받으셔야 할 존경을 가득 담아 알려드립니다.

독자로부터

나는 최대한 천천히 잔디를 가로질러 조수들이 커다란 레모네이드 잔을 하나씩 들고 나란히 앉은 곳을 지났다. 리지의 방을 향해 계단을 오르기 시작했을 때, 양손에 달걀을 하나씩 든 밸러드 부인이 식품 보관실에서 나왔다.

"인사도 안 하고 내 부엌을 통과하다니 아가씨답지 않은데요." 부인이 말했다.

"리지 여기 있나요?"

"음, 아가씨도 좋은 아침 되세요." 부인은 안경 너머로 나를 보았다.

"죄송해요. 스크립토리엄에 좀 시끄러운 일이 생겨서 우리 모두 잠깐 쉬고 있어요. 근처에 리지가 있으면 제가 좀……"

"시끄러운 일이라고요?" 부인이 조리대로 걸어가더니 볼 테두리에 대고 달걀을 깨뜨리기 시작했다. 그러고는 대답을 기다리며 나를 보았다.

"단어 하나가 사전에서 빠졌어요." 내가 말했다. "머리 박사님이 엄청 화가 나셨고요."

밸러드 부인이 고개를 절레절레 젓더니 웃었다. "어떤 단어가 자기들 사전에 없으면 우리가 말을 그만할 거라고 생각들을 하시나? 그게 처음으로 빠진 단어일 리가 없잖아요."

"머리 박사님은 처음이라고 믿으시는 것 같아요."

밸러드 부인이 어깨를 으쓱하고는 볼을 허리께로 가져갔다. 안심이 되는 둔하고 단조로운 소리가 부엌에 가득 차고 손이 엉망이 될 때까지 부인은 달걀을 풀었다.

"리지 방에 가서 기다릴게요." 내가 말했다.

리지는 내가 막 트렁크로 손을 뻗으려는 순간에 들어왔다. "에즈미, 도대체 뭐 하는 거예요?"

"여기 밑이 더럽네요, 리지." 작은 침대 밑에 머리를 넣고 손을 휘휘 저으며 내가 말했다. "옥스퍼드 최고의 가정부한테 기대할 만한 상태가 전혀 아니에요."

"에시메이, 거기서 나와요. 드레스 더러워지겠어요."

나는 트렁크를 끌고 뒤로 기어서 물러났다.

"그 트렁크에 대해선 아주 잊어버린 줄 알았는데요."

나는 디트 고모가 보내준 신문 기사 조각을 떠올렸다. 트렁크 속 다른 단어들 맨 위에 있을 것이었다. 그것을 똑바로 대면하지 못한 채 오랜 시간이 흘렀다.

트렁크는 얇은 먼지층으로 덮여 있었다. "이거 일부러 안전하게 보관해둔 거예요, 리지? 내가 학교에 가 있는 동안? 아니면 별생각 없이 둔 거예요?"

리지가 침대에 앉아 나를 물끄러미 보았다. "누구한테든 제가 그 얘기를 할 이유는 없는 것 같았어요."

"내가 정말 그렇게 못된 애였나요?"

"아뇨, 그냥 엄마가 없는 아이였죠. 우리 중 아주 많은 아이들이 그런 것처럼요."

"하지만 그래서 내가 멀리 보내진 건 아니었어요."

"그냥 학교에 보낸 거잖아요. 아마 아가씨를 돌봐줄 어머니가 안 계셔서 그랬을 테고요. 그게 최선이라고 생각했을 거예요."

"하지만 최선이 아니었어요."

"알아요. 그분들도 아시게 됐고요. 그래서 집에 데려온 거잖아요." 리지는 말을 안 듣는 내 머리카락 한 올을 핀으로 다시 제자리에 꽂아주었다. "갑자기 왜 그게 생각난 거예요?"

"디트 고모가 쪽지를 한 장 보냈어요." 나는 그것을 리지에게 보여주었다. 내가 인용문을 읽어주자 리지는 안도하는 표정을 지었다.

그런 다음 나는 쭈뼛거리며 리지를 쳐다보았다. "그리고 이유가 하나 더 있어요."

"뭔데요?"

"머리 박사님이 사전에서 단어 하나가 빠졌다고 생각하세요."

리지는 트렁크를 쳐다보았고, 손으로는 십자가를 더듬어 찾았다. 리지가 짜증을 낼지도 모른다고 생각했는데, 그러지 않았다.

"천천히 열어요." 리지가 말했다. "뭔가가 숨어 들어가서 거길 집으로 삼았으면 빛 때문에 깜짝 놀랄 수도 있으니까."

나는 내 '잃어버린 단어들의 사전'과 함께 오후 내내 앉아 있었다. 리지가 두어 번 샌드위치와 우유를 가져다주고 갔고, 내 기분이 별로 좋지 않다는 이야기를 마지못해 아빠에게 전했다. 세 번째로 방에 들어왔을 때 리지는 등을 켰다.

"진 빠져." 침대에 털썩 앉는 바람에 거기 펼쳐진 쪽지들을 헝클어뜨리며 리지가 말했다. 리지는 쪽지들 속에 손을 넣고 마치 낙엽을 휘젓듯 움직였다. "찾았어요?" 리지가 물었다.

"뭘요?"

"잃어버린 단어요."

머리 박사님의 표정이 다시 떠올랐다.

"아, 네." 내가 말했다. "찾았어요, 결국."

나는 리지의 침대맡 협탁으로 손을 뻗어 쪽지를 집어 들었다. 그것을 머리 박사님께 드려야 한다는 데에는 의심의 여지가 없었다. 박사님이 화나지 않았더라도, 그 단어가 내 손에 있는 것이 납득될 만한 상황은 전혀 없어 보였다.

"이거 기억해요, 리지?" 쪽지를 내밀며 내가 물었다.

"이걸 제가 왜 기억하겠어요?"

"이게 맨 처음 단어였거든요. 확실하진 않지만, 트렁크에서 전부 다 꺼내고 나니까 맨 밑바닥에 이게 있었어요. 기억해요? 이 단어 되게 외로워 보였던 거."

잠시 생각하던 리지의 얼굴이 밝아졌다. "아, 기억나요. 아가씨가 우리 어머니 모자 핀을 찾아냈죠."

나는 트렁크 안쪽에 새겨진 글귀를 바라보았다. '잃어버린 단어들의 사전'. 얼굴이 뜨거워졌다.

"그 얘기는 그만해요." 리지가 말하고는, 내 손에 여전히 들려 있는 단어를 향해 고갯짓을 했다. "그 단어가 없어진 걸 머리 박사님은 어떻게 알았대요? 세어봤대요? 단어가 한둘도 아닌데."

"박사님한테 편지가 왔어요. 어떤 사람이 그게 『A와 B』에 들어 있을 줄 알고 찾아봤는데 없었나 봐요."

"사전에 모든 단어가 다 있을 거라고 기대하면 안 되는 거 아닌가?"

"아, 하지만 다들 그래요. 그리고 머리 박사님은 사람들한테 어떤 단어가 왜 사전에 안 실렸는지 설명하는 편지를 종종 써야만 해요. 아빠가 그러는데 거기에는 갖가지 그럴 만한 이유들이 있대요. 하지만 이번에는 달라요." 아침에 일어난 사건을 다시 떠올리자 그만 흥분이 됐다. 상식에는 어긋나지만, 일종의 성취감이 느껴지는 걸 어쩔 수 없었다. 나라는 사람이 정말로 중요해 보이는 어떤 일의 원인이 되었던 것이다.

리지의 얼굴에 근심이 떠올랐다.

"그래서 그게 뭔데요?" 리지가 물었다. "그 단어가 뭐예요?"

"여자 노예." 조심스럽게, 천천히 내가 말했다. 목구멍과 입술로 그 말을 감각하면서. "그 단어는 '여자 노예'였어요."

리지가 그 단어를 따라 했다. "그게 무슨 뜻이래요?"

나는 종잇조각을 바라보았다. 그건 대표 쪽지였고, 나는 아빠의 글씨체를 알아볼 수 있었다. 그 쪽지를 모든 인용문과, 혹은 어쩌면 교정지와 연결해주었을 핀이 꽂혀 있던 자국이 눈에 띄었다. 만약 쓴 사람이 아빠인 걸 알았으면 난 이걸 가지려고 했을까?

"무슨 뜻이냐니까요?"

거기에는 세 가지 정의가 적혀 있었다.

"남의 소유가 되어 일하는 어린 여자." 내가 말했다. "속박된 하인, 또는 죽을 때까지 시중을 들어야 하는 사람."

리지는 그 말에 대해 잠시 생각했다. "저네요." 리지가 말했다. "저는 아마 죽는 날까지 머리 집안을 위해 시중을 들어야 될 테니까요."

"아, 난 이게 리지를 묘사하는 단어라고 생각 안 해요."

"괜찮아요." 리지가 말했다. "그렇게 괴로운 표정 짓지 말아요, 에시메이. 나는 내가 사전에 나와서 기뻐요. 아니, 아가씨만 아니었으면 나올 뻔해서 기쁘다고 해야겠네요." 리지가 웃었다. "그리고 또 저에 대한 단어로 사전에 뭐가 있는지 궁금한데요?"

나는 트렁크 속 단어들에 대해 생각했다. 어떤 단어들은 쪽지에서 보기 전까지 들어본 적도 읽어본 적도 없었다. 대부분 범상한 단어였지만, 쪽지나 글씨체의 무언가로 인해 내게는 소중하게 여겨졌다. 성의 없이 옮겨 쓴 인용문들이 딸린, 결코 사전에 들어갈 일이 없을 볼품없는 단어들도 있었다. 그리고 딱 하나의 문장만을 위해 존재하는 단어들도 있었다. 갓 만들어진 단어, 사용되는 데 결국 실패한 신조어들이었다. 나는 그것들 모두를 사랑했다.

'여자 노예'는 갓 만들어진 단어가 전혀 아니었고, 그 말의 의미는 나를 심란하게 했다. 리지가 옳았다. 그건 로마 시대의 노예 소녀뿐 아니라 리지 또한 가리키는 말이었다.

그때 머리 박사님의 분노가 다시 떠올랐고, 내 분노가 자라나 박사님의 분노와 마주하는 게 느껴졌다. 이 단어는 없어야 해, 나는 생각했다.

이건 존재해서는 안 되는 말이야. 이 말의 의미는 모호해서 떠올릴 수조차 없는 것이 되어야 해. 유적이 되어야 마땅해. 그런데도 그 단어는 지금, 역사 속의 어떤 시대만큼이나 쉽게 이해됐다. 이야기를 하는 즐거움이 사라졌다.

"그게 사전에 없어서 나는 기뻐요, 리지. 끔찍한 단어예요."

"그럴지도 모르죠. 하지만 진실을 담고 있는 단어예요. 사전에 오르건 말건, 여자 노예들은 언제나 존재할 거라고요."

리지는 옷장으로 다가가 깨끗한 앞치마를 한 벌 골랐다. "B 부인이 저보고 저녁 준비를 하라셨어요, 에시메이. 이제 가봐야겠어요. 여기 있고 싶으면 있어도 돼요."

"리지가 괜찮으면 여기 있을게요. 디트 고모한테 편지를 써야겠어요. 아침 우편물 시간에 맞출 수 있었으면 좋겠어요."

"얼른 써야겠네요."

1901년 8월 16일

소중한 에즈미에게,

너무도 오랫동안 네 편지를 기다렸어. 그게 내가 받아 마땅한 벌이라고 생각했단다. 하지만 힘겨운 형벌이었고, 마침내 그게 끝나서 기뻐.

그 벌을 독방에 갇혀서 받은 건 아니라서, 나는 사실에 속한다고 할 수 있는 일에 관해서는 모두 잘 알고 있어. 자랑을 잘 안 하는 제임스가 『H부터 K까지』 출간 기념 정원 파티를 묘사하면서 했던 자랑에 따르면, 너는 '싱싱한 버드나무'처럼 자랐다더구나. 네 아버지는 이제 네 키가 자기보다 커졌다고 투덜대지만 점점 릴리를 닮아가는 네 모습 때문에 그리움에 푹 잠겨 있단다.

네가 독서를 많이 하고 있고, 젊은 여성이 알아두면 좋은 한두 가지 집안일 기술도 배우고 있다는 사실도 잘 알고 있고, 그래서 기뻐. 이 모든 사실을 나는 감사한 마음으로 전해 들었지만, 지난 몇 년간 내가 간절하게 바랐던 건 너에게서 듣는 무언가였어, 에즈미. 너의 생각과 욕망, 발전하는 견해와 호기심 말이야.

이런 이유로 네 편지는 내게 진통제가 되어주었어. 나는 읽고 또 읽었고, 읽을 때마다 너의 예리한 정신을 더 잘 드러내주는 증거들이 눈에 들어왔단다. 누락된 단어를 둘러싼 최근의 소동은 확실히 너의 흥미를 자극했나 보구나. 의도적으로 제외된 건 아니지만, '여자 노예'는 첫 번째 권에 들어가야 했는데 그러지 못한 훌륭한 단어들 중 하나라고 나는 생각해. (일례로, '아프리카Africa'라는 단어를 절대 머리 박사님 앞에서 언급하지 말렴. 괴로운 상처가 있단다.)

분류 테이블 밑에서 시간을 보내는 동안, 네가 육 년간 칠판 앞에 앉아 있던 사람들 대부분보다 많은 것을 익혔다는 사실은 분명해 보이는구나. 스크립토리엄이 네가 자라고 배우는 데 알맞은 장소가 아니라고 생각한 건 우리 모두의 실수였어. 우리의 생각은 관습에 의해 (관습은 가장 알아차리기 어렵지만 가장 억압적인 독재자란다) 제한을 받지. 상상력이 부족했던 우리를 용서해주렴.

이제 네가 한 중요한 질문에 대답해볼게.

불행하게도, 사전에는 문자로 된 출처가 없는 단어들을 포함할 여력이 없단다. 어떤 단어든 글로 쓰인 적이 있어야 해. 그리고 그 출처라는 것이 대체로 남자들이 쓴 책들일 거라는 너의 가정은 옳지만, 항상 그런 건 아니야. 당연히 비주류에 속하는 말들이긴 해도, 많은 인용문들이 여성에 의해 쓰였단다. 어떤 단어들의 출처가 기술 매뉴얼이나 전단지를 뛰어넘는 그럴싸한 무언가가 아니라는 사실을 알면 너는 놀랄지도 모르겠다. 나 역시 약병에 붙은 라벨에서 찾아낸 단어를 최소한 하나는 알고 있고 말이야.

일상적으로 사용되지만 글로 기록되지 않는 단어들이 어쩔 수 없이 제외될 거라는 너의 의견은 옳아. 어떤 종류의 말들이, 혹은 어떤 부류의 사람들이 사용하는 단어들이 미래에 사라질지도 모른다는 우려 또한 정말로 아주 뛰어난 통찰이라고 생각해. 그럼에도, 어떤 해결책도 나는 생각해낼 수가 없구나. 반대로 생각해보렴. 그 모든 단어들, 일 년이나 이 년 정도 사용되다가 더는 사용되지 않는 단어들, 세대를 뛰어넘어 우리의 혀에 달라붙지 못한 단어들을 전부 포함시킨다고 생각해봐. 사전은 포화 상태가 되고 말 거야. 모든 단어가 동등한 건 아니란다. (그리고 이 문장을 쓰는 동안 나는 너의 우려를 조금 더 명확하게 이해하게 된 것 같아. 만약 한 집단에서 사용되는 단어들이 다른 집단의 단어들보다 더 보존 가치가 크다고 평가받는다면…… 그래, 잠시 멈춰서 생각해볼 거리를 네가 줬구나.)

사전을 모든 영어 단어의 의미와 역사가 담긴 완전한 기록으로 만들겠다는 애초의 야망은 불가능한 것으로 판명됐단다. 하지만 문학 작품 속에도, 머리 박사님과 언어학회가 주최하는 시험을 통과하지 못하는 훌륭한 단어들이 수없이 많다는 사실을 위안으로 삼아주었으면 좋겠어. 그런 단어 하나를 함께 넣어 보낸다.

'용서받음Forgiven-ness.'

이건 애덜라인 휘트니의 소설 『풍경과 통찰』에 나오는 단어란다. 출간된 지 얼마 안 돼 베스가 그 책을 읽었어. 칭찬은 전혀 하지 않았지만, (작가인 휘트니 부인은 여성이 집에서만 활동해야 하고 말 또한 가정에 관련된 것만 해야 한다는 의견을 공공연히 드러내고 있더구나) 베스는 거기 나오는 이 단어가 재미있다고 생각했고, 쪽지를 직접 작성했어. 몇 년 뒤에 내가 사전에 들어갈 이 단어 항목을 쓰라는 요청을 받았지만, 초고만 썼을 뿐 결국 통과되지 못했단다.

내가 굳이 설명하지 않아도 너도 이해할 만한 몇 가지 이유로, 나는 최근에 이 단어를 떠올리게 됐어. 거절당한 단어들을 스크립토리엄에 되돌려놓는 일에 나는 썩 부지런하지 못했던 것 같아. 그래서 여기 넣어 보낸다. 선물이기도 하고 요청이기도 해. 만약 네가 이 단어를 받아준다면, 내 영혼은 감사하게도 구원과 (휘트니 부인을 인용하자면) 용서받음을 느낄 거야.

사랑하는 너의 디트로부터

3부

1902~1907년

Lap무릎~Nywe새로운

1902년 5월

처음으로 월급봉투를 받은 지 이 년이 지나자, 머리 박사님은 나를 불러 로스프리스에게 단어 쪽지를 분류하고 의미를 확인하는 과정을 가르쳐주고, 신입 조수로서 적응하는 데 도움이 될 다른 사항들도 알려주라고 했다. 삼십 분쯤 지나자 내가 굳이 가르쳐줄 필요가 없다는 사실이 분명해졌다. 다른 모든 형제자매처럼 로스프리스 역시 아이 때부터 쪽지 분류하는 일을 해왔다. 분류 테이블 밑에 숨지는 않았을지 모르지만, 로스프리스는 스크립토리엄에서 일하는 방식을 잘 알고 있었다.

"나는 필요 이상의 존재인 것 같네." 내가 말하자 로스프리스가 웃었다. 로스프리스는 조금 더 날씬하고, 조금 더 키가 크고, 조금 더 예쁘긴 했지만 엘시와 무척 닮았다. 이목구비가 뚜렷한 얼굴도, 눈꼬리가 아래로 내려간 것도 똑같았다. 그래서 그렇게 많이 웃지 않으면 슬퍼 보일 얼굴이었다. 나는 머리 박사님의 바로 왼쪽, 자기 언니와 함께 쓰게 될 책상에 로스프리스를 남겨두고 내 자리로 돌아왔다. L로 시작하는 단어가 적힌 쪽지들이 깔끔한 묶음으로 정리돼 책상 가장자리를 따라 놓여 있었다. 자리에 앉으며 머릿속에 궁금증이 일었다. 나를 약간 닮은 누군가와 단어 분류하는 일을 나눠서 하는 건 어떤 기분일까.

나는 보통 내가 분류한 단어들을 가지고 작업 시간을 보냈다. 단어가 친숙하면, 내가 이해한 것이 맞는지 자원봉사자가 보내준 예시와 비교해 확인하곤 했다. 단어가 낯설면, 단어의 의미를 암기했다. 그런 새로운 단어들은 아빠와 함께 집에 걸어가는 동안 주요한 화제가 되었다. 아빠가 그 단어를 모르면 내가 설명해주었고, 그러면 우리는 그것을 더없이 공들여 만든 문장들 속에 넣어 주고받곤 했다.

하지만 그날은 '무기력한Listless'이라는 단어 때문에 하품이 나기 시작했다. 그 단어는 의미도 다양하지 않은데 쪽지는 열세 장이나 됐다. 내 마음은 아주 쉽게 스크립토리엄의 경계를 넘어 이리저리 떠돌아다니기 시작했다. 나는 디트 고모가 했던 말, 단어에는 문자로 기록된 역사가 있어야 한다는 말을 떠올렸다. 글쎄, '무기력한'에는 분명히 그게 있었다. 가장 오래된 인용문 출처가 1440년에 출간된 어느 책이었고, 따라서 사전에 들어가는 건 보장됐지만, 이 단어는 흥미로움으로만 따지자면 리지가 쓰는 '진 빠지는Knackered'이라는 말 근처에도 가지 못했다. 리지는 무기력하다고 말한 적은 단 한 번도 없었지만, 항상 진이 빠진 상태였다.

나는 가장 오래된 인용문부터 가장 최근의 것까지 '무기력한'이 들어간 모든 쪽지를 핀으로 한데 꽂았다. 쪽지 한 장은 일부만 채워져 있었다. '무기력한'이 왼쪽 상단 귀퉁이에 적혀 있고 인용문 하나가 있었는데, 인용문에는 연도도, 책 제목도, 작가 이름도 없었다. 버릴 수도 있었지만, 그것을 주머니에 넣는 내 심장은 여전히 두근거렸다.

부엌에 들어서자 밸러드 부인은 벌써 테이블 앞에 앉아 있었고, 리지는 점심으로 햄 샌드위치를 만들고 있었다. 찻잔 세 개가 이미 준비돼

있었다.

"'진 빠진다'는 게 뭐예요, 리지?"

밸러드 부인이 실소를 흘렸다. "그건 시중드는 아무한테나 물어봐도 돼요, 에즈미. 우린 모두 답을 알거든."

리지가 차를 따르고는 자리에 앉았다. "피곤하다는 뜻이에요."

"그럼 왜 그냥 피곤하다고 하지 않아요?"

리지가 생각에 잠겼다. "그냥 잠이 부족해서 피곤한 게 아니거든요. 일 때문에, 물리적인 일 때문에 피곤한 거지. 저는 동트기 전에 일어나서 이 큰 집에 사는 모두가 따뜻하게 일어날 수 있게 살펴요. 일어나서 식사할 수 있게 준비하고요. 그리고 전 모두가 코를 골으기 전에는 잘 수가 없죠. 저는 하루의 반 정도는 진 빠지는 기분으로 보내요. 늙어빠진 말이 돼버린 것 같죠. 아무짝에도 쓸모없는."

나는 주머니에서 쪽지를 꺼내 거기 있는 단어를 보았다. '무기력한'은 '진 빠지는'과 닮은 데가 없었다. 더 게으른 느낌을 줬다. 나는 리지를 보았고, 리지가 그 단어를 쓸 일이 없었던 이유를 이해했다.

"연필 있으세요?"

밸러드 부인이 망설였다. "에즈미, 손에 그 종이쪽지가 있는 게 별로 안 좋아 보이는데요."

나는 부인에게 쪽지를 보여주었다. "다 안 채워진 거예요. 보이세요? 버리는 종이예요. 재활용하려는 거예요."

부인이 고개를 끄덕였다. "리지, 아가, 식품 보관실 바로 안쪽에 연필이 하나 있단다. 내 장보기 목록 근처에. 에즈미한테 그것 좀 갖다주겠니?"

나는 '무기력한' 위에 줄을 그어 지우고는 쪽지를 뒤집었다. 그 면은 비어 있었지만 내 손은 떨렸다. 나는 전에 단어 쪽지를 써본 적이 없었다. 단어들을 수년간 다루기는 했다. 그것들을 읽고, 기억하고, 구해냈다. 설명하기 위해 단어들에 의지하기도 했다. 그러나 사전의 단어들이 내 기대를 저버렸을 때, 내가 거기에 단어를 더할 수 있다고는 상상해보지 못했다.

리지와 밸러드 부인이 지켜보는 가운데, 나는 이렇게 썼다.

진 빠지는KNACKERED

"저는 동트기 전에 일어나서 이 큰 집에 사는 모두가 따뜻하게 일어날 수 있게 살펴요. 일어나서 식사할 수 있게 준비하고요. 그리고 전 모두가 코를 골으기 전에는 잘 수가 없죠. 저는 하루의 반 정도는 진 빠지는 기분으로 보내요. 늙어빠진 말이 돼버린 것 같죠. 아무짝에도 쓸모없는."

—리지 레스터, 1902년

"머리 박사님이 저걸 적절한 인용문이라고 생각할 것 같지는 않아요." 밸러드 부인이 말했다. "그렇지만 종이에 적힌 걸 보니 좋네요. 리지가 틀린 말 한 것도 아니고. 하루 종일 두 발로 서 있다 보면 닳아 없어지는 것 같으니까."

"뭐라고 썼어요?" 리지가 물었다.

쪽지를 읽어주자 리지는 십자가를 더듬어 찾았다. 내가 리지를 화나게 한 건가, 나는 궁금했다.

"내가 한 말 중에 글로 쓰인 건 하나도 없었어요." 리지가 마침내 말했다. 그러더니 일어나서 테이블을 치웠다.

나는 내 쪽지를 바라보았다. 분류함 칸에 들어가면 얘는 어쩌면 편안해할지도 몰라. 자신이 한 말과 자기 이름이 워즈워스와 스위프트의 그것들과 나란히 놓이는 것을 리지는 어떻게 생각할까. 나는 대표 쪽지를 만들어 리지의 단어에 핀으로 꽂기로 마음먹었다. 그런데 그 순간, 모든 K 단어가 이미 출간된 다음이라는 사실이 기억났다.

나는 리지와 밸러드 부인이 점심을 먹게 놔두고 한 번에 두 단씩 계단을 올라갔다. 리지의 침대 밑 트렁크는 절반 이상 차 있었다. '진 빠지는'을 단어 무더기 맨 위에 올려놓았다.

이게 첫 단어야, 나는 생각했다. 책에서 온 것이 아니라서 그 단어는 특별했다. 하지만 나머지 단어들과 구분될 만한 점이 없었다. 나는 머리카락에서 리본을 잡아당겨 빼낸 다음 그걸로 쪽지를 빙 둘러 묶었다. 쪽지는 혼자라 쓸쓸해 보였지만, 나는 다른 쪽지들을 상상할 수 있었다.

아빠가 언젠가 말해준 바로는 단어 쪽지를 지금의 크기로 만든 사람은 머리 박사님이라고 했다. 처음에는 박사님이 미리 제작한 쪽지를 자원봉사자들에게 보냈지만, 시간이 좀 지나자 그냥 사람들에게 가로 15센티미터, 세로 10센티미터 크기의 종이에 단어와 문장을 써서 보내달라고 알리면 충분했다. 어떤 자원봉사자들은 아무것도 없는 빈 종이를 구하기 어려워했다. 내가 어릴 때 아빠는 분류 테이블 밑에 들어가 있는 나를 불러서는, 신문, 해진 장보기 목록, 쓰고 난 정육점 포장지(갈색 핏자국이 단어 사이로 번져 있었다), 그리고 심지어는 책에서 찢어낸 페이지를 잘라서 만든 단어 쪽지들을 보여주곤 했다. 나는 이 마지막 쪽지에 충격을 받았고, 책을 훼손한 자원봉사자들은 머리 박사님이 해고하면 좋겠다고 했다. 아빠는 웃었다. 아빠는 최고로 나쁜 사람은 프레더릭 퍼니발이라고 했다. 머리 박사님은 때때로 그를 해고하고 싶다는 생각이 들지도 모르지만, 퍼니발은 언어학회의 총무였다. 사전 만드는 일을 처음으로 계획한 사람이 그였다.

머리 박사님의 쪽지들은 기발하지, 아빠는 말했다. 쪽지들은 단순하면서도 효율적이었고, 스크립토리엄이 단어들로 채워지고 저장 공간이 점점 좁아지면서 그 가치는 더욱더 빛났다. 머리 박사님은 분류함 칸에 정확히 꼭 맞게 쪽지를 디자인했다. 단 1센티미터의 공간도 낭비되지 않았다.

각각의 쪽지에는 고유한 성격이 있었고, 쪽지가 분류되는 동안에는 거기 적힌 단어를 사람들이 이해할 기회도 생겼다. 최소한 그 단어는 선택되어 누군가에게 읽힐 것이었다. 어떤 쪽지들은 손에서 손으로 옮겨갔고, 다른 쪽지들은 오랜 토론의 주제가, 그리고 때로는 말다툼의 원인이 되었다. 모든 단어는 한동안 중요했다. 그 앞의 단어만큼, 그리고 그 뒤의 단어만큼. 어디서 잘라 만든 쪽지인지는 상관없었다. 항목이 다 채워지고 나면 쪽지는 다른 쪽지들과 함께 핀으로 꽂히거나 끈으로 묶여 분류함 칸에 보관되었다. 크기가 크고 알록달록하며 나름의 취향대로 잘라 만들어진 소수의 쪽지들은 똑같이 생긴 쪽지들 사이에서 눈에 띄었다.

만약 내가 단어라면 나는 어떤 종류의 쪽지에 적히게 될까, 나는 때때로 궁금했다. 분명히 길이가 너무 긴 쪽지일 것이다. 아마도 이상한 색깔일 테고. 규격에 잘 맞지 않는 종잇조각일 거야. 어쩌면 나는 절대로 분류함에서 내 자리를 찾지 못할 것 같아 두려웠다.

내 쪽지들 역시 머리 박사님의 쪽지들과 다르지 않게 만들겠어, 이렇게 결정한 나는 온갖 종류의 종이를 모아 크기에 맞게 자르기 시작했다. 내가 가장 좋아하는 쪽지들은 옛날에 릴리가 썼던 푸른색 본드지를 잘라 만든 것이었다. 아빠가 글을 쓰는 책상 서랍에서도 종이 몇 장을 꺼내 왔다. 그것들은 아름다운 단어들을 위해 아껴둘 생각이었다. 나머지 쪽지들은 평범한 종이도 있고 독특한 종이도 있었다. 먼지 쌓인 구석에 잊힌 채 방치되고 아무도 떠올리지 않을 게 분명해 보이는, 사용 안 한 스크립토리엄 공식 쪽지들. 학교 논술 공책에서, 대수학 연습 공책에서 잘라낸 쪽지들. 아빠가 사놓고 쓰지 않은 엽서 몇 장(거의 맞는 크기였지만, 아주 정확히 맞지는 않았다). 그리고 약간 두껍지만 한쪽 면에 아름다운 패턴이 인쇄된 벽지 조각들.

나는 '진 빠지는' 같은 단어를 더 많이 수집할 수 있기를 바라며 그 쪽지들을 가지고 다니기 시작했다.

리지는 훌륭한 정보원이었다. 일주일 만에, 나는 확실히 분류함에는 없다고 판단되는 단어 일곱 개를 기록했다. 분류함을 확인해보니 그중 다섯 개는 있었다. 중복되는 것들은 던져버리고, 나머지 두 개의 단어는 리본으로 트렁크 속 '진 빠지는'과 한데 묶어 넣어두었다.

스크립토리엄에서는 큰 성과가 없었다. 그저 가끔씩 머리 박사님이 스코틀랜드 사투리를 섞어, 보통은 웅얼거리면서, 뭔가 흥미로운 말을 내뱉었다. '글라이킷Glaikit'은 무능함이나 느린 업무 속도에 대고 흔히 하는 말이었고, 감히 한 번 더 말해달라고 청하지는 못했지만, 나는 쪽지에 그 말을 적은 뒤 '바보 또는 멍청이'라고 정의를 내렸다. F와 G 단어들 편을 찾아보니 그 단어가 이미 거기 실려 있어서 놀라기도 했다. 다른 조수들은 훌륭하게 쓰인 책에 나오지 않는 단어들은 말하지 않았다. 그들 중 누구도 밸러드 부인의 부엌에서, 혹은 커버드 마켓의 상인들 사이에 오가는 말을 들으며 많은 시간을 보낸 적은 없을 것 같았다.

나는 더 이상 부엌에서 일을 도울 필요가 없었지만, 가끔 도왔다. 아빠가 늦게까지 일할 때 혼자 집에 가는 것보다는 그쪽이 좋았다. 새로 단 커튼과 싱싱한 꽃들이 우리 집 분위기를 밝게 만들어주었지만, 기나긴 여름 저녁이면 리지와 이야기를 나누며 남아 있는 게 더 좋았다. 시간이 흘러 날이 추워지자 한 사람만을 위해 석탄을 때는 일이 낭비 같기도 했다.

"부탁 하나만 들어줄 수 있어요, 리지?" 우리는 개수대 앞에 나란히 서 있었다.

"뭐든지요, 에시메이. 당연하지요."

"단어 수집하는 일을 좀 도와줄 수 있을까 해서요." 반응을 살피려고 곁눈질을 하며 내가 말했다. 리지의 입이 굳게 다물어졌다. "스크립토리엄에서는 말고요." 내가 급히 덧붙였다.

"제가 단어들을 어디서 찾는데요?" 껍질을 벗기던 감자에서 눈을 떼지 않은 채 리지가 물었다.

"리지가 가는 곳 어디서든 괜찮아요."

"세상은 기록방이랑 같지가 않아요, 에시. 단어들은 손버릇 나쁜 여자애가 집어 가라고 누워서 기다리지 않는다고요." 리지가 몸을 돌리더니 미소를 지어주어 나는 안심이 됐다.

"바로 그거예요, 리지. 종이쪽지에 기록된 적 없는 수많은 멋있는 단어들이 분명 여기저기 날아다니고 있을 거예요. 그것들을 기록하고 싶어요."

"대체 뭣 때문에요?"

"그 단어들이 머리 박사님이랑 아빠가 수집하는 단어들하고 똑같이 중요하다고 생각하기 때문이에요."

"중요하기가……" 중간에 멈춘 리지가 말을 바로잡았다. "…… 중요할 리가 없잖아요. 그건 그냥, 우리가 더 훌륭한 단어를 몰라서 쓰는 단어들이라고요."

"난 그렇게 생각 안 해요. 바른 말들로는 충분치 않을 때가 있어요. 그래서 사람들은 새로운 단어들을 만들어내는 거예요. 기존의 단어들을 다르게 사용하거나."

리지가 작게 소리 내 웃었다. "커버드 마켓에서 저랑 얘기하는 사람들은 바른 말이란 게 뭔지도 모르는걸요. 대부분 글도 못 읽고, 신사분이 와서 말이라도 걸면 어쩔 줄 몰라 서 있고 그래요."

우리가 감자 껍질을 다 벗기자, 리지는 감자를 반으로 썰어 커다란 냄비에 넣기 시작했다. 나는 화덕 근처에 걸어둔 따뜻한 수건에 손을 닦았다.

"게다가," 리지가 말을 이었다. "시중드는 여자가 험한 말 쓰는 사람들 주변에서 얼쩡거리면서 시간 낭비를 하는 것도 옳지 않아요. 만약 제가 심부름을 끝내고 옳지 않은 종류의 대화에 끼어들어 있는 걸 누가 보기라도 해봐요. 머리 박사님 댁 체면이 깎일 거예요."

엄청난 단어 무더기가 모여서 그것들을 모두 담으려면 새 트렁크를 사야 할 거라고 상상했었다. 그렇지만 리지가 도와주지 않으면, 내 리본 하나로 묶을 만큼의 단어들도 모으기 힘들 것이었다.

"아, 제발, 리지. 난 아무 용건도 없이 옥스퍼드를 혼자 돌아다니는 건 못 해요. 리지가 못 도와주겠다면 나도 그만두는 게 낫겠네요."

마지막으로 감자 몇 개를 마저 썰어 넣은 리지가 몸을 돌려 나를 보았다. "제가 엿들으면서 어슬렁거려본대도 여자들하고만 얘기할 수 있을 거예요. 남자들은, 심지어 배 타는 남자들도 나 같은 여자 앞에선 말을 좀 걸러서 할 거예요."

또 다른 생각이 떠오르기 시작했다. "여자들만 쓰는 단어도 있을까요? 아니면 특별히 여자들한테만 해당되는 단어는요?"

"아마 있을걸요?"

"어떤 건지 말해줄 수 있어요?"

"소금 좀 주세요." 리지가 감자 냄비의 뚜껑을 열며 말했다.

"자요. 말해줄 수 있어요?"

"그럴 수 없을 거 같네요." 리지가 말했다.

"왜요?"

"어떤 단어들은 말하기가 싫고, 또 어떤 단어들은 설명을 잘 못하겠어서요."

"심부름 갈 때 내가 같이 가면 안 될까요? 엿듣는 건 내가 하면 돼요. 방해가 되지도 시간 낭비하게 만들지도 않을게요. 난 그냥 듣고, 재미있는 말이 있으면 종이에 적을 거예요."

"그 정도는 될지도요."

나는 리지를 따라 커버드 마켓에 가기 위해 토요일마다 일찍 일어나기 시작했다. 주머니에 쪽지들과 연필 두 자루를 넣고, 양이 메리를 따라가듯* 리지를 따라갔다. 우리는 과일과 채소 가게부터 시작하기로 했다. 가장 신선한 것들이 가장 먼저 팔리니까. 그런 다음 정육점이나 생

* 〈메리에게 양 한 마리가 있었네〉라는 동요에 나오는 내용.

선 장수의 매대, 그리고 빵집과 잡화점 순서로 돌곤 했다. 우리는 한쪽 골목으로 내려간 다음, 초콜릿이나 모자, 혹은 나무 장난감을 파는 조그만 가게들의 창문 안쪽을 구경하면서 다른 쪽 골목으로 올라오곤 했다. 그러고 나서는 작은 방물 가게에 들어갔다. 리지는 이따금씩 새 실이나 바늘을 사서 집에 오곤 했다. 대체로 나는 실망해서 집에 돌아오게 됐다. 매대를 지키는 상인들은 친절하고 공손했으며, 그들의 입에서 나오는 모든 단어는 친숙했다.

"손님이 돈 쓰기를 바라는 사람들이니까요." 리지가 말했다. "섬세한 귀에 거슬리는 소리를 해서 위험을 무릅쓸 이유가 없지요."

생선 매대를 지나가거나 채소를 쌓아놓은 수레에서 짐을 내리는 한 무리의 남자들을 지나칠 때, 가끔 어떤 단어가 들리기도 했다. 하지만 리지는 그게 무슨 뜻이냐고 그들에게 물어보려 하지 않았고, 내가 그들 가까이 가게 놔두지도 않았다.

"이런 식으로는 영영 아무 단어도 못 모으겠어요, 리지."

리지는 어깨를 으쓱하고는 시장 근처의 익숙한 길을 계속 걸어갔다.

"어쩌면 그냥 스크립토리엄에서 단어들을 구해내는 일로 돌아가야 될지도요." 내 예상대로 그 말이 리지를 멈춰 세웠다.

"그건 안 할 거죠……?"

"어쩔 수 없을지도 몰라요."

리지는 잠깐 동안 내 얼굴을 주의 깊게 들여다보았다. "메이블 할머니가 오늘은 뭘 갖고 나왔나 보러 가요."

메이블 오쇼너시는 자석의 양극처럼 밀어내기도 하고 끌어당기기도

하는 사람이었다. 메이블의 매대는 커버드 마켓에서 가장 작았는데, 나무 궤짝 두 개를 나란히 붙여놓고 거기 들어 있던 표류물들을 칸 위에 전시해놓은 것이었다. 리지는 보통 다른 길로 나를 데려가곤 했고, 오랫동안 메이블은 내게 얇은 피부를 금방이라도 찢고 나올 듯 앙상하게 불거진 뼈, 머리의 휑한 부분을 거의 가려주지 못하는 넝마 같은 모자, 식의 지나가는 이미지들로밖에는 남아 있지 않았다.

우리가 다가갔을 때, 나는 리지와 메이블이 서로 잘 아는 사이라는 걸 분명히 알 수 있었다.

"오늘 식사는 하셨어요, 메이블?" 리지가 물었다.

"딱딱한 빵 한 덩어리 사 먹을 만큼도 못 팔았다."

리지는 식료품이 든 장바구니를 뒤져 롤빵 하나를 메이블에게 건네주었다.

"근데 얘는 누구래?" 입속에 빵을 가득 넣은 채 메이블이 물었다.

"에즈미, 이분은 메이블이에요. 메이블, 여기는 에즈미라고 해요. 아버님이 머리 박사님이랑 일하세요." 리지가 미안해하는 얼굴로 나를 보았다. "에즈미도 사전 만드는 일을 하고요."

메이블이 손을 내밀었다. 손가락 없는 장갑의 천 조각 사이로 기다랗고 때가 덕지덕지 앉은 손가락들이 튀어나와 있었다. 나는 보통 악수를 하지 않는 사람이었고, 본능적으로, 마치 불쾌한 무언가를 닦아내려는 듯 내 웃긴 손가락들을 치맛자락에 문질러 닦았다. 내가 손을 마주 내밀었을 때 노파가 웃었다.

"암만 문질러 닦아봐도 그거는 못 고쳐." 메이블은 내 손을 양손으로 감싸더니 이리저리 살펴보았다. 내 손을 그런 식으로 살펴본 사람은 의사들밖에 없었다. 메이블의 더러운 손가락들이 내 웃긴 손가락을 하나씩 차례로 붙잡더니, 관절을 시험해보고, 부드럽게 펴보았다. 메이블의 손가락은 곧고 민첩했지만, 내 손가락은 굽은 데다 움직임도 둔했다.

"얘네들 쓸 수 있냐?" 메이블이 물었다.

나는 고개를 끄덕였다. 메이블은 만족한 듯 내 손을 놔주었다. 그러더니 매대의 물건들 쪽으로 움직였다. "그럼 문제될 게 없구먼."

나는 메이블이 건네는 물건들을 살펴보기 시작했다. 그가 배고프게 지내는 것도 이상하지 않았다. 파는 것이라곤 표류 화물, 강에서 건져낸 부서진 물건들이 다였다. 유일하게 색깔이 화려한 게 받침접시와 찻잔이었는데, 둘 다 이가 빠지지만 않았으면 쓸모가 있었을 것이다. 받침접시와 그 위에 올려진 찻잔은 전혀 세트가 아니었는데도 마치 세트처럼 진열돼 있었다. 아무리 돈이 남아돌아도 저런 찻잔을 사서 차를 따라 마실 사람은 없겠다고 생각했지만, 나는 예의상 그것을 집어 들고 섬세한 장미 무늬를 들여다보았다.

"그거 도자기. 받침접시도 마찬가지." 메이블이 말했다. "밝은 데에다가 올려갖고 비춰봐."

그 말이 맞았다. 둘 다 잘 만들어진 도자기였다. 나는 장미 무늬 찻잔을 블루벨 꽃무늬 접시 위에 되돌려놓았다. 진흙 같은 갈색을 띤 다른 모든 물건 한가운데에서, 그 조합에는 뭔가 유쾌한 분위기가 있었다. 우리는 함께 웃었다.

하지만 그걸로는 충분하지 않았다. 메이블이 다시 물건들 쪽으로 고갯짓을 해서, 나는 한두 개 더 만져보고, 돌려보고, 집어 들었다. 길이는 연필만 하고 몸통 부분이 비틀린 막대기가 하나 있었는데, 촉감이 거칠거칠할 줄 알았지만 만져보니 대리석처럼 매끄러웠다. 옹이가 있는 끝부분을 자세히 보려고 얼굴 가까이 집어 올리자, 웬 노인의 얼굴이 막대 끝에서 나를 마주 보았다. 일생 동안의 근심이 노인의 표정 속에 조각되어 있었다. 노인의 수염은 막대기의 비틀린 부분을 감싸고 있었다. 그 물건이 아빠의 책상 위에 놓여 있는 광경을 상상하자 가슴이 두근거렸다.

나는 메이블을 보았다. 내내 기다리고 있던 그는 이를 드러내고 웃으며 내게 쫙 편 손바닥을 내밀었다.

나는 지갑에서 동전 한 개를 꺼냈다. "멋지네요."

"내 할 일이 그것 말고는 없고, 인제 아무도 거시기 옆에 그거를 찰라고 하지를 않어." 알아들은 건지 알 수가 없어서 나는 메이블이 기대하는 방식으로 반응할 수가 없었다. 그가 리지를 쳐다보며 물었다. "얘 말을 못 하냐?"

"아니에요. 그냥 메이블이 쓰는 그런 말을 잘 몰라서 그러는 거예요."

서니사이드에 돌아와 나는 쪽지 한 장과 연필을 꺼냈다. 리지는 '거시기Shaft'의 뜻을 말해주기를 거부했지만, 내가 추측을 하면 고개를 젓거나 끄덕여 대답했다. 내가 정답을 맞혔을 때는 리지의 얼굴 빛깔로 알 수 있었다.

우리는 메이블의 매대에 정기적으로 찾아가는 손님이 되었다. 내 어휘는 불어났고, 아빠는 이따금씩 생기는 조각품을 보며 기뻐했다. 그것들은 아빠의 책상 위에 항상 놓여 있는 낡은 주사위 컵에 꽂혀 펜과 연필 들에 몸을 기대고 있었다.

메이블은 기침을 했고, 몇 마디 할 때마다 목에서 거대한 가래 덩어리를 뱉어냈다. 리지와 내가 그를 방문했던 때가 일 년 가운데 가장 좋은 때여서 그가 말을 안 하는 모습은 본 적이 없었지만, 기침 때문에 말하

는 게 힘들어지겠다는 생각은 했다. 하지만 그렇게 되진 않았다. 기침은 그냥 메이블의 말을 해석하기 어렵게 만들 뿐이었다. 그가 다시 기침을 하자 나는 의자 옆 길바닥에 가래 뱉는 일을 막을 수 있기를 바라며 내 손수건을 건네주었다. 메이블은 그것을 쳐다봤지만 받으려고 손을 움직이지는 않았다.

"아녀, 나는 괜찮아, 아가씨." 메이블이 말했다. 그러더니 옆으로 몸을 기울이고 입속에 고인 것을 땅바닥에 뱉어냈다. 나는 뒤로 물러났다. 메이블은 즐거워했다.

내가 조각품을 살펴보는 동안 메이블은 이웃 매대 상인들의 범죄 이력, 돈 문제, 그리고 성적인 단점들에 대해 조잘조잘 떠들어댔고, 내게 물건 가격을 알려줘야 할 때를 빼면 그 뒷담화는 좀처럼 멈추는 법이 없었다.

메이블의 가래 낀 말들 사이에 내가 전에 들었던 것 같은 말이 섞여 있었다. 그때 리지는 그 단어의 뜻을 모른다고 했지만, 얼굴이 빨개져서 거짓말이란 걸 명백히 알 수 있었다.

"씹Cunt." 내가 한 번 더 말해보라고 부탁하자 메이블이 말했다.

"빨리요, 에즈미." 리지가 평소답지 않은 다급한 몸짓으로 내 팔을 잡으며 말했다.

"씹." 메이블이 조금 더 큰 소리로 말했다.

"에즈미, 우리 가야 돼요. 할 일이 많아요."

"그게 무슨 뜻이에요?" 내가 메이블에게 물었다.

"그건 저년이 씹이란 뜻이야. 빌어먹을 더러운 년이라는 거지." 메이블이 꽃을 파는 매대 쪽을 쳐다보았다.

"메이블, 목소리 낮추세요." 리지가 속삭였다. "그딴 말을 쓰면 여기서 쫓겨날 거예요. 알잖아요." 리지는 나를 멀리 끌어내려고 계속 애를 쓰고 있었다.

"그러니까 그게 정말 무슨 뜻인지 알고 싶어요." 나는 메이블에게 다시 물었다.

메이블은 잇몸을 활짝 드러내고 미소 지으며 나를 보았다. 내가 단어에 대해 설명해달라고 하면 메이블은 아주 좋아했다. "연필이랑 종이 있냐, 아가? 이거는 적으고 싶어질 것이다."

나는 리지의 손을 내 팔에서 떼어냈다. "먼저 가요, 리지. 금방 따라갈게요."

"혹시라도 아가씨가 그런 말 하는 걸 누가 듣기라도 하면…… 밸러드 부인은 우리가 집에 도착하기도 전에 이미 알 거예요."

"괜찮아요, 리지. 메이블이랑 나는 작은 소리로 말할 거예요." 나는 대답하고 몸을 돌려 엄격한 표정으로 노파를 보았다. "그렇죠, 메이블?"

메이블은 수프 한 그릇을 기다리는 부랑자처럼 고개를 끄덕였다. 그는 자기 말들이 글자로 쓰이기를 바랐다.

나는 주머니에서 빈 쪽지 한 장을 꺼내 왼쪽 상단 귀퉁이에 '씹'이라고 썼다.

"그거는 니 밑 것이란 뜻이야." 노파가 말했다.

메이블의 말은 가끔씩 일이 조쯤 지난 뒤에 이해되곤 했으니까, 방금 들은 단어도 그러기를 기대하며 나는 그를 쳐다보았다. 하지만 당황스러울 뿐이었다.

"메이블, 잘 모르겠어요." 나는 또 다른 쪽지를 꺼내 왼쪽 상단 귀퉁이에 '밑 것Quim'이라고 썼다. "'씹'을 넣어서 문장 하나를 말해주세요."

"나는 씹이 간질간질하다." 메이블이 치마 앞쪽을 긁으며 말했다.

도움이 되긴 했지만, 나는 그 문장을 적진 않았다. "그게 '가랑이'랑 같은 뜻이에요?" 내가 속삭였다.

"바보네, 이 아가씨." 메이블이 말했다. "너는 씹이 있고, 나도 씹이 있고, 리지도 씹이 있고, 근데 저기 있는 네드 할배, 저거는 씹이 없고. 알겠냐?"

나는 메이블에게서 풍기는 악취에 숨을 참으며 조금 더 가까이 몸을 기울였다. "그거, '질'을 말하는 건가요?" 내가 속삭였다.

"쌰, 너가 천재다, 천재."

나는 몸을 뒤로 뺐지만, 그러기 전에 터져 나온 노파의 웃음이 있는 힘껏 내 얼굴을 때렸다. 담배와 잇몸병의 냄새.

나는 썼다. 여성의 질; 모욕. 그런 다음 '여성의'를 지워버렸다.

"메이블, 이 단어의 의미를 아주 확실히 알려주는 문장 하나가 필요해요."

메이블은 생각에 잠겼고, 무언가를 말하려다가 멈추고는, 조금 더 생각했다. 그러더니 나를 쳐다보았다. 어린애 같은 웃음이 노파의 얼굴을 이루는 복잡한 지형을 가로질러 퍼져나갔다.

"준비가 되었냐, 아가?" 메이블이 물었다. 나는 나무 궤짝에 등을 기대고 그의 말들을 받아 적었다. "큐에서 온 젊은 매춘부가 있었는데, 그 여자는 자기 씹을 끈끈한 풀로 가득 채웠다. 그 여자가 웃으며 말하기를, 만약 들어오려고 돈을 낸다면, 나가고 싶을 때도 돈을 내야 할 거예요."

메이블의 웃음이 격렬한 기침 발작을 불러오는 바람에, 진정시키기 위해 나는 그의 등을 몇 번이나 빠르게 두드려야 했다.

메이블이 괜찮아지자 나는 인용문 밑에 '메이블 오쇼너시, 1903년'이라고 썼다.

"그리고 '밑 것'은요?" 내가 물었다. "같은 걸 뜻하나요?"

메이블은 여전히 즐거운 표정으로 나를 보았다. "그거에는 '물'이라는 뜻도 있다, 아가." 노파가 갈라진 입술 안팎을 빠르게 혀로 핥았다. "내 거는 더 이상 달달하지 않지만, 한때는," 메이블은 엄지손가락을 두 개의 손가락에 대고 문질렀다. "나는 잘 먹고 잘 살았어. 내 물 덕에. 남자들은 지들이 여자를 보내버린다고 생각하길 좋아헌다니까."

무슨 말인지 알 것 같았다. 나는 적었다. 성관계 도중에 질에서 나오는 분비물.

"그것도 마찬가지로 욕이에요?"

"그럼." 메이블이 대답했다. "'밑 것'이라 하는 거는 수치스럽다 이거거든. 우리 같은 사람들은 '씹'이랑 똑같이 그걸 쓴다고." 그런 다음 노파는 꽃 매대 쪽을 바라보았다. "저년이랑 저 늙은 할배는 시부럴 밑 것들이다. 의심의 여지가 없어."

나는 추가로 적었다. 모욕.

"고맙습니다, 메이블." 나는 쪽지들을 도로 주머니에 넣으며 말했다.

"문장은 필요 없고?"

"이미 많이 말씀해주셔서요. 집에 가서 제일 괜찮은 걸 골라볼게요."

"내 이름만 거기 들어간다면야."

"들어갈 거예요. 아무도 그걸 자기 문장이라고는 안 할 것 같아요."

메이블은 다시 한번 잇몸이 훤히 보이게 웃음을 짓고는 나무막대를 깎은 조각품 하나를 내게 선물했다. "인어다."

아빠가 좋아할 거라는 생각이 들었다. 나는 지갑에서 동전 두 개를 꺼냈다.

"쪼끔 더 줘야 할 것 같네, 내 생각에는."

나는 단어 두 개 값으로 동전 두 개를 더 건넨 다음 리지를 찾으러 갔다.

"그래서 메이블이 뭐라고 할 말이 있다던가요?" 서니사이드로 걸어 돌아오는 길에 리지가 물었다.

"사실 굉장히 많이 했어요. 쪽지가 다 떨어질 정도로."

나는 리지가 질문을 더 하길 기다렸지만, 리지는 쓸데없이 질문하지 말라고 배운 사람이었다. 서니사이드에 도착하자 리지가 차를 마시자고 했다.

"스크립토리엄에서 뭘 좀 확인해야겠어요." 내가 말했다.

"새로운 단어들을 트렁크에 안 넣고요?"

"아직은 아니에요. 사전에는 '씹'이 뭐라고 정의돼 있는지 확인하고 싶어요."

"에즈미." 리지가 절박한 표정을 지었다. "그걸 소리 내서 말하면 안 돼요."

"그 말을 알아요?"

"아뇨. 음, 그런 말이 있다는 건 알아요. 그게 예의 바른 사람들이 쓰는 말이 아니라는 건 알죠. 그런 말을 하면 안 돼요, 에시메이."

"알겠어요." 그 단어가 발휘한 효과에 기뻐하며 내가 말했다. "그냥 C 단어라고 할게요."

"뭘로도 부르지 마요. 그게 꼭 사용돼야 하는 어떤 이유도 없잖아요."

"메이블이 그러는데 무척 오래된 단어래요. 그러니까 C 편에 있을 게 틀림없어요. 내가 그 정의에 얼마나 가까이 갔는지 알고 싶어요."

아빠와 스웨트먼 씨의 재킷이 의자에 아직 걸쳐져 있었지만 기록방은 텅 비어 있었다. 나는 머리 박사님 책상 뒤쪽 선반으로 가서 단어들이 담긴 두 번째 권을 끄집어 내렸다. 『C』는 『A와 B』보다도 훨씬 두꺼웠다. 그 단어가 다 모이는 데 내 어린 시절의 절반에 해당하는 시간이 걸렸다. 페이지를 넘겨 찾았지만, 메이블의 단어는 거기 없었다.

나는 사전을 돌려놓고 분류함 C 칸을 뒤지기 시작했다. 분류함은 관심이 끊긴 채 먼지가 쌓여 있었다.

"특별히 찾는 단어라도 있니?" 스웨트먼 씨였다.

나는 메이블의 쪽지들을 접어 손안에 쥐고 돌아섰다. "월요일에 찾으면 돼요." 내가 말했다. "아빠도 같이 오신 거예요?"

스웨트먼 씨가 의자 등받이에서 재킷을 집어 들었다. "머리 박사님이랑 이야기 나누신다고 댁에 잠깐 들르셨어. 금방 이리로 오실 거야."

"그럼 저는 정원에서 아빠 기다릴게요."

"그래. 월요일에 보자."

나는 내 책상 뚜껑을 들어 올리고 책 페이지 사이에 쪽지들을 끼워 넣었다.

나는 혼자서 커버드 마켓을 찾아가기 시작했다. 일 때문에 보들레이언 도서관이나 올드 애슈몰린에 가는 날이면 나는 매대와 상점 들이 늘어선 북적거리는 골목길로 돌아서 가곤 했다. 나는 천천히 어슬렁거렸다. 길거리에 서 있는 잡화점 주인과 점원 소년의 대화를 엿듣기 위해 모자 가게 창가에서 늑장을 부렸다. 금요일이면 생선 장수와 그의 부인 사이에 오가는 낯선 말을 붙잡으리라는 희망을 품고 시간을 들여 생선을 골랐다.

“왜 머리 박사님은 글로 쓰이지 않은 단어들은 사전에 안 넣으시는 거죠?” 어느 날 아침 아빠와 함께 스크립토리엄으로 걸어가는 길에 내가 물었다. 내 주머니에는 새로운 쪽지가 세 장 들어 있었다.

“기록되어 있지 않으면 의미를 증명할 수가 없잖니.”

“일상적으로 사용되면요? 커버드 마켓에 있으면 똑같은 단어가 계속 들려와요.”

“일상적으로 말해질지는 몰라도, 일상적으로 기록되지 않으면 사전에는 들어가지 못할 거야. ‘청과물 상인 스미스 씨’한테서 얻은 인용문은 그냥, 적절치가 않은 거란다.”

“작가 디킨스 씨한테서 얻은 헛소리는 적절하고요?”

아빠가 나를 곁눈질했다.

나는 웃었다. “‘지루한Jog-trotty*’, 기억하세요?”

‘지루한’은 몇 년 전 분류 테이블에서 벌어진 중요한 논쟁의 원인이 된 단어였다. 그 단어에는 열일곱 장의 쪽지가 딸려 있었는데, 그 모두가 똑같은 인용문을 담고 있었다. 메일링 씨가 확인한 바에 의하면 그것이 유일한 인용문이었다.

그것은 대단히 지루하고 단조롭다.

“하지만 디킨스잖아요.” 조수 한 명이 말했다. “의미가 안 통하는 말이에요.” 다른 조수가 말했다. “편집자가 결정할 일이에요.” 메일링 씨가 말했다. 그리고 머리 박사님이 자리에 없었으므로, 그 임무는 당시 가장

* 찰스 디킨스가 1853년 출간된 장편소설 『황폐한 집』에서 사용한 신조어. ‘천천히 달리다jog’와 ‘(말 등이) 빨리 달리다trot’를 더해 변형한 말로, 의미가 상충하는 조어이긴 하지만 디킨스 연구자들은 ‘꾸준하게 천천히 달리는 말 같은’이라는 의미에서 ‘지루한’으로 해석하고 있다.

최근에 편집자가 된 크레이기 씨의 차지가 되었다. 그는 틀림없이 디킨스를 숭배하고 있었던 것 같다. 그 단어는 결국 『H부터 K까지』에 포함되었으니 말이다.

"인정." 아빠가 말했다. "자, 그럼 네가 시장에서 들었다는 단어 하나만 예로 들어봐라."

"야간 출입문 열쇠를 찬Latch-keyed." 꽃 매대의 스타일스 부인이 그 말을 손님에게 하던 방식을, 그리고 내 쪽을 보던 눈빛을 떠올리며 내가 말했다.

"어디서 많이 들어본 단어 같구나." 아빠는 흡족해 보였다. "우리 사전에 이미 항목으로 들어가 있다는 걸 너도 알 거다."

아빠의 걸음이 빨라졌다. 스크립토리엄에 도착하자 아빠는 곧바로 분책들을 꽂아둔 선반으로 갔다. 그러더니 『무릎Lap부터 느긋하게Leisurely까지』를 꺼내고는, 그 단어를 작은 소리로 반복해 중얼거리며 페이지를 넘기기 시작했다.

"음, '야간 출입문 열쇠'라는 건 밤 시간대에 출입문을 열 때 사용되는 건데, '야간 출입문 열쇠를 찬'은 여기 없구나." 아빠는 분류함 쪽으로 걸어갔고 나도 따라갔다.

우리를 빼면 스크립토리엄에는 아무도 없었다. 나는 다시 어린 시절로 돌아간 기분이었다. 중간 어디쯤에 있을 거야, 나는 생각했다. 너무 높은 곳도 아니고, 너무 낮은 곳도 아니고.

"여기 있다." 아빠가 작은 쪽지 무더기를 분류 테이블로 가져갔다. "아, 이제 기억난다. 내가 이 항목을 썼어. 이 단어는 야간 출입문 열쇠를 받아서 가지고 있다는 뜻이야."

"그런 사람은 마음대로 왔다 갔다 할 수 있다는 뜻이에요?"

"바로 그거야."

나는 아빠의 어깨 너머로 대표 쪽지를 읽었다. 거기에는 아빠의 글씨로 다양한 정의가 적혀 있었다.

보호자가 없는; 훈육되지 못한; 가정의 속박이 없는 젊은 여성을 가리킴.

"인용문 출처는 전부 〈데일리 텔레그래프〉구나." 아빠가 내게 쪽지 한 장을 건네며 말했다.

"그게 왜, 무슨 문제라도 돼요?"

"믿을지 모르겠지만, 머리 박사님도 그 질문을 똑같이 하셨단다."

"누구한테요?"

"예산 삭감하려는 출판국 이사들한테. 예산이 삭감되면 사전에 들어가는 단어도 축소돼. 그 사람들은 〈데일리 텔레그래프〉가 신뢰할 만한 출처가 아니고, 그래서 거기 실린 단어들은 안 넣어도 된다고 했어."

"〈타임스〉 같은 데는 신뢰할 만한 출처겠죠?"

아빠가 고개를 끄덕였다.

나는 아빠가 건네준 쪽지를 들여다보았다.

야간 출입문 열쇠를 찬 LATCH-KEYED

"일반적으로, 야간 출입문 열쇠를 찬 딸들과 반바지를 입은 처녀들, 그리고 불만을 품은 사람들 모두."

—〈데일리 텔레그래프〉, 1895년

"그럼 이건 칭찬이 아니네요?"

"그건 네가 젊은 여성들이 항상 보호자랑 같이 다니고, 훈육되고, 가정에 묶여 있어야 한다고 생각하는지 아닌지에 따라 다르지." 아빠가 미소 짓더니, 진지해진 어조로 말했다. "일반적으로는 비판하는 데 사용될 거야."

"되돌려놓을게요."

나는 쪽지들을 주워 모았다. 분류함으로 돌아가면서, 나는 '야간 출입문 열쇠를 찬 딸들'을 드레스 소매에 집어넣었다. 필요 이상의 말이니까, 나는 생각했다.

1902년 여름의 끝이 되자 나는 나만의 단어들을 모으는 데 자부심을 느끼게 됐지만, 스크립토리엄에서는 여전히 심부름을 하고, 자원봉사자들이 몇 년 전에 이미 분류해놓은 단어 쪽지 무더기에 새 인용문들을 더하는 일을 했다. 나는 몇몇 단어에 주어진 정의들 때문에 내가 절망감을 느끼고 있음을 알아차렸다. 그 수많은 정의 위로 선을 북북 그어버리고 싶은 유혹을 느꼈지만, 내게는 그럴 자격이 없었다. 그럼에도 유혹은 오랫동안 저항할 수 있는 것일 뿐, 버릴 수 있는 것은 아니었다.

"에즈미, 이거 네가 쓴 거니?"

아빠가 아침식사 테이블 위로 교정지 한 장을 밀고는 모서리에 핀으로 꽂힌 종잇조각을 가리켰다. 내 글씨였다. 내가 써넣은 내용이 좋은지 나쁜지를 알려주는 기색이 아빠의 말투에는 전혀 없었다. 나는 조용히 있었다.

"언제 한 거니?"

"오늘 아침에요." 오트밀이 담긴 그릇에서 눈을 들지 않은 채 내가 대답했다. "어젯밤 주무시러 가시면서 빠뜨리셨어요."

아빠는 앉아서 내가 쓴 것을 읽었다.

말괄량이MADCAP

생기발랄하거나 충동적인 기질을 지닌 젊은 여성을 유쾌하게 이를 때 종종 쓰는 말.

"무대 위에 선 그 여자는 세상에서 가장 명랑하고, 쾌활한 말괄량이였다고."

—메이블 콜린스, 『바르샤바 최고의 미녀』, 1885년

나는 고개를 들었다. 아빠가 설명을 기다리고 있었다. "거기 없던 의미를 담고 있어요." 내가 말했다. "인용문도 전혀 다른 의미에서 제가 빼내온 거고요. 자주 드는 생각인데 자원봉사자들이 큰 실수를 할 때가 있는 것 같아요."

"우리도 그렇지." 아빠가 말했다. "그래서 우리가 그렇게 오랫동안 교정 작업을 하는 거란다."

아빠가 그 교정지를 빼놓은 건 아직 교정이 끝나지 않아서였다는 사실을 깨닫고 나는 얼굴을 붉혔다. "아빠가 더 낫게 고치시겠지만, 제가 초안을 쓰면 아빠 시간이 좀 절약되지 않을까 했어요."

"아니, 내 작업은 다 끝났단다. 나는 내가 정리한 정의들이 충분하다고 생각했어."

"아."

"그런데 내가 틀렸구나." 아빠가 교정지를 가져가 접었다. 잠깐 동안 우리는 말이 없었다.

"혹시 제가 의견을 더 내도 될까요?"

아빠가 눈썹을 치켜 올렸다.

"단어에 주어진 의미들에 대해서요." 내가 말했다. "단어를 분류하고 새로운 쪽지를 추가할 때 제가 의견을 적어둘 수 있을 것 같아서요. 그런 것들이 있거든요. 대표 쪽지인데 제가 생각하기에는 좀……" 나는 거기서 멈췄다. 비난을 할 수가 없었다.

"불충분하니?" 아빠가 물었다. "주관적이야? 단정적이야? 현학적이야? 부정확해?"

우리는 웃었다.

"아마도 네가 할 수 있는 일일 거야." 아빠가 말했다.

내 요청의 향방이 어찌 될지는 알 수 없었다. 머리 박사님은 안경 너머로 나를 바라보았다.

"물론 그래도 되지." 마침내 박사님이 말했다. "네가 어떤 의견을 낼지 기대되는구나."

거절당할 경우에 대비해 할 말을 잔뜩 준비해뒀는데 너무 쉽게 허락을 받으니 당황스러웠다. 나는 어안이 벙벙해진 채 그의 책상 앞에 서 있었다.

"네가 어떤 의견을 적어 넣든 그건 좀 다듬어야 될 거야." 그가 말했다. "하지만 네 관점은 영어 단어를 정의하려는 우리 노력에 커다란 도움이 될 거다." 그렇게 말한 그는 앞으로 몸을 굽혔는데, 입가에서 수염이 꿈틀거렸다. "내 딸들도 우리 작업에 참여한 나이 든 자원봉사자들의 타고난 편견을 지적하기 좋아한단다. 네가 같은 편이 돼서 그애들은 기쁠 거야."

그때부터 나는 내가 필요 이상의 존재라고 느끼지 않았고, 쪽지를 분류하는 작업은 새로운 도전이 되었다. 내가 제안한 의견 중 하나가 분책에 들어갈 때마다 아빠는 내게 알려주곤 했다. 그 비율은 내 자신감과 함께 늘어났고, 나는 책상 안쪽에 기록표를 만들어 기록을 했다. 내가 적은 단어의 의미가 받아들여질 때마다 조그만 브이 자 표시를 한 것이다. 한 해 한 해 지나갈수록 책상 안쪽은 나의 작은 성취들이 남긴 흔적들로 우툴두툴해졌다.

1906년 5월

급료를 받아 생긴 자유를 나는 마음껏 누렸다. 커버드 마켓에서 장사를 하는 여러 상인들과 가까워지기도 했다. 여전히 토요일 아침마다 리지와 함께 시장에 갔지만, 이제는 내 시장바구니를 따로 들고 갔고, 식료품을 사 오라는 아빠의 허락도 받았다. 식료품 구입을 마치면 나는 리지를 포목점으로 데려가곤 했다. 하나씩 하나씩, 나는 우리 집에 있는 낡거나 쓸모가 거의 다한 물건들을 새것으로 교체하고 있었다. 아빠는 가끔씩만 알아차릴 뿐이었지만, 이런 식으로 돈을 쓰는 일이 나는 좋았다. 우리가 맨 마지막에 가는 가게는 언제나 방물 가게였고, 리지에게 새 실을 사주는 일은 나의 크나큰 즐거움이었다.

리지가 동행하지 않는 다른 요일이면, 나는 내가 알기로 단어를 특이한 방식으로 사용하는 매대 주인들을 찾아가곤 했다. 그들은 영국의 먼 북쪽 지방, 아니면 남동쪽 지방의 억양을 써서 말을 했다. 집시이거나 아일랜드인인 여행자도 몇몇 있었는데, 자주 모습을 보였다 사라졌다 했다. 대체로 젊거나 늙은 여성이었고, 받아 적은 말들을 내가 보여줘도 읽을 수 있는 사람은 거의 없었다. 하지만 그들은 단어를 들려주는 일을 몹시 좋아했다. 몇 년에 걸쳐 나는 백 개가 넘는 단어를 수집하는 데 성공했다. 어떤 단어들은 이미 분류함에 있다는 걸 알게 됐지만, 훨씬 많은 단어들이 그렇지 않았다. 뭔가 음란한 말이 듣고 싶은 기분일 때면 나는 언제나 메이블을 찾아가곤 했다.

본 적 없는 어떤 여자가 메이블의 물건들을 고르고 있었다. 내가 보통 그러듯 산만하게 보고 있었다. 두 사람이 대화에 몰입해 있어서 나는 방해하고 싶지 않았다. 그래서 스타일스 부인의 매대 양동이에 담긴 꽃들 사이에 머뭇머뭇 서 있었다.

나는 매주 스타일스 부인에게서 꽃을 샀지만, 지난 몇 년에 걸쳐 메이블과 내가 친해졌다는 말이 돌자 이 꽃집 여자는 나를 친절하게 대하지 않았다. 그래서 거기서 어슬렁거리기가 더욱 민망했다.

"뭘 사실지 정하셨어?" 카운터 뒤에서 빠져나온 스타일스 부인은 바로잡을 필요가 전혀 없는 꽃들의 줄기를 바로잡고 있었다.

여자가 말한 무언가에 메이블이 코웃음을 치는 소리가 들렸다. 그쪽을 건너다보다가 나는 여자의 창백한 피부와 붉은 뺨을 얼핏 보았다. 자신을 덮쳤을, 코를 찌르는 숨결을 피하려고 여자가 얼굴을 아주 살짝 돌렸을 때였다. 나는 여자가 왜 계속 거기 있는지 궁금했다. 동정심 때문이라면 아주 잠깐만 있어도 될 텐데. 다른 사람들이 나를 바라보았을 시선으로 나 자신을 바라보고 있는 듯한 기이한 느낌이 찾아왔다. 스타일스 부인도 틀림없이 이런 시선으로 나를 보고 있었을 것이다.

꽃집 여자가 내게서 모종의 대답을 기다리고 있었으므로, 나는 카네이션이 꽂힌 양동이 쪽으로 옮겨 갔다. 파스텔빛으로 대칭을 이룬 그 꽃들의 배치는 지루했고 다소 꼴사납기까지 했지만, 그것들은 메이블의 방문객을 더 뚜렷이 볼 수 있는 위치에 맞춤하게 놓여 있었다. 나는 꽃

송이를 자세히 살펴보는 양 가볍게 몸을 굽혔고, 스타일스 부인이 하지 말라는 말을 간신히 참고 있는 걸 느꼈다. 부인이 지나치게 열정적으로 다듬고 있던 라일락 몇 송이에서 꽃잎들이 떨어져내렸다.

"선물이에요, 메이블." 몇 분 뒤 나는 작은 라일락 꽃다발을 건네며 말했다. 메이블이 새로 알게 된 손님에게 꽃향기가 위로가 되었음이 분명했다. 나는 감히 꽃집 여자 쪽을 돌아보지 못했지만 메이블은 부끄러움이 없었다. 메이블은 꽃다발을 집어 들고 갈색 포장지와 단순한 디자인의 흰색 리본을 조목조목 뜯어보았다. "중요한 건 꽃이지." 메이블이 지나치게 큰 소리로 말하고는 과장되게 기뻐하는 몸짓으로 꽃다발을 코에 가져갔다.

"향기가 어때요?" 젊은 여자가 물었다.

"모르겠네. 몇 년 동안 아무 냄시도 맡은 적이 없어갖고." 메이블이 여자에게 꽃을 건넸고, 여자는 얼굴을 꽃다발에 묻고 향기를 들이마셨다.

여자가 눈을 감고 있어서 자세히 볼 수 있었다. 여자는 키가 컸지만 나만큼 크지는 않았고, 피어스 비누 광고에 등장하는 여자처럼 굴곡이 많은 몸매였다. 높다란 레이스 칼라 위로 얼굴 피부는 잡티 하나 없이 창백했다. 꿀빛 금발 머리는 느슨하게 하나로 땋아 등 뒤로 늘어뜨렸고, 모자는 쓰지 않았다.

여자는 따개비가 들러붙은, 다시는 울릴 것 같지 않은 종과 천사의 얼굴 조각품 사이에 꽃다발을 내려놓았다.

나는 조각품을 집어 들었다. "이건 전에 못 본 것 같은데요, 메이블."

"오늘 아침에 마쳤어."

"아시는 분 얼굴을 새긴 거예요?" 내가 물었다.

"이빨 다 잃어불기 전의 나여." 메이블이 웃었다.

여자는 가려는 기색이 없었고, 나는 내가 두 사람이 나누려던 어떤 사적인 대화를 방해한 게 아닌가 싶어졌다. 나는 주머니에서 지갑을 꺼내 액수에 맞는 동전을 찾았다.

"내 좋아할 줄 알았지." 메이블이 말했다. 처음엔 젊은 여자 얘기인 줄 알았는데, 메이블은 천사 조각품을 집어 들고 내 동전을 받았다.

"제 이름은 틸다예요." 여자가 손을 내밀며 말했다.

나는 망설였다.

"얘는 악수 그거 안 좋아해." 메이블이 말했다. "네가 움찔할까 봐."

틸다가 내 손가락을 보더니 내 눈을 똑바로 보았다. "아무렇지 않은데요." 여자는 내 손을 단단히 잡고 있었다. 고마웠다.

"에즈미예요." 내가 말했다. "메이블 할머니 친구분이세요?"

"아뇨, 우린 방금 만났어요."

"영혼의 동지여, 내 생각엔." 메이블이 말했다.

틸다가 몸을 기울여왔다. "할머니가 저보고 '걸레Dollymop'라고 하시네요."

나는 이해하지 못했다.

"저 얼굴 봐라. 걸레가 뭔지 들어보지도 못한 게지." 메이블은 별로 말조심을 하지 않았고, 스타일스 부인은 양동이를 긁어 소리를 내고 중얼거리며 불평을 하는 것으로 불쾌함을 표현했다. "일로 와라, 아가." 메이블이 내게 말했다. "너 그 쪽지 좀 꺼내라."

틸다가 고개를 갸우뚱했다.

"얘가 단어를 모으거든." 메이블이 말했다.

"무슨 단어요?"

"여자들 단어. 상스러운 거."

나는 적절한 설명을 찾을 수 없어 아무 말도 못 하고 서 있었다. 꼭 아빠가 내게 주머니를 뒤집어보라고 했을 때 같았다.

하지만 틸다는 놀라는 게 아니라 흥미로워했다. "정말요?" 내 헐렁한 재킷과 리지가 소매 끝을 빙 둘러 체인 형태로 수놓아준 데이지 꽃무늬를 뜯어보며 틸다가 물었다. "상스러운 단어?"

"아뇨. 음, 가끔은 그런데요, 상스러운 말들은 할머니 특기예요."

나는 빈 쪽지 한 묶음과 연필을 꺼냈다.

"혹시 걸레세요?" 얼마나 공격적인 말인지 확신할 수 없었지만 시도해보고 싶다는 호기심에 내가 물었다.

"배우예요. 어떤 사람들한테는 그 둘이 같은 뜻이지만." 틸다가 메이블을 보며 웃었다. "저희 친구 한 명이 그러는데 무대에 선 게 그 특별한 종류의 일을 하게 된 계기가 됐대요."

나는 이해가 가기 시작했고, 버려진 교정지를 잘라 만든 쪽지의 왼쪽 상단 귀퉁이에 '걸레'라고 썼다. 이 쪽지들은 내가 제일 좋아하는 종류가 되어가고 있었다. 규범에 맞는 단어들을 지워버리고 메이블의 말들을 반대쪽 면에 기록하는 기쁨에는 항상 부끄러움이 따라붙기는 했지만.

"이 단어를 넣어서 문장을 만들어주실 수 있어요?" 내가 재촉했다.

틸다는 쪽지를 보았고, 이어 나를 보았다. "상당히 진지하시네요, 그렇죠?"

두 뺨에 열이 확 올랐다. 나는 틸다의 눈으로 쪽지를 본다고 상상해보았다. 쓸모없는 행동. 내가 얼마나 이상하게 보일까.

"문장 하나만 애한테 해줘." 메이블이 재촉했다.

틸다는 내가 고개를 들기를 기다렸다가 말했다. "한 가지 조건이 있는데요." 틸다가 만족스러운 일을 기대하는 듯한 미소를 지었다. "저희가 뉴 시어터에서 연극 〈인형의 집〉을 올리고 있거든요. 오늘 낮 공연에 와서 보시고 그 뒤에 저희랑 차 한잔해주세요."

"그래, 그래, 그럴 거야. 이제 문장 하나 빨리 주라고."

틸다는 가슴 가득 숨을 깊이 들이마시더니 몸을 똑바로 폈다. 내 어깨 바로 너머로 시선을 맞추고, 내가 미처 알아차리지 못한 노동계급의 억양으로 한 문장을 말했다. "걸레한테 동전 한 닢 주고 무릎 따뜻하게 데워 가세요."

"내가 듣기엔 자기 경험 얘기구먼." 메이블이 웃으며 말했다.

"메이블, 아무도 안 여쭤봤어요." 내가 말하고는 쪽지 한가운데에 그 문장을 썼다.

"이게 '매춘부'랑 같은 뜻인가요?" 나는 틸다에게 물었다.

"그럴 거예요. '걸레'는 필요할 때만 일하는, 훨씬 경험이 적은 사람을 가리키지만요."

틸다는 내가 정의를 적어 내려가는 걸 지켜보았다.

"그렇게 하면 그 단어가 완벽하게 설명이 돼요." 틸다가 말했다.

"성이 어떻게 되시죠?" 내 연필이 대기 중이었다.

"테일러예요."

메이블이 조각칼을 나무 궤짝에 두드려 우리의 주의를 환기시켰다. "그럼 나한테도 읽어줘보라고."

나는 주위를, 시장에 온 사람들을 둘러보았다.

틸다가 쪽지를 향해 손을 내밀었다. "큰 소리 내지 않을게요."

나는 틸다에게 쪽지를 넘겼다.

걸레DOLLYMOP

가끔씩 성적인 행위를 해주고 돈을 받는 여성.

"걸레한테 동전 한 닢 주고 무릎 따뜻하게 데워 가세요."

—틸다 테일러, 1906년

괜찮은 단어야, 쪽지를 주머니에 도로 넣으며 나는 생각했다. 출처도 좋고.

"전 이제 가봐야겠어요." 틸다가 말했다. "한 시간 뒤에 의상 점검이 있어요." 틸다는 가방에 손을 넣어 프로그램 한 부를 꺼냈다.

"전 노라를 연기해요." 틸다가 말했다. "공연은 두시에 시작하고요."

아빠가 스크립토리엄에서 집으로 왔을 때 나는 시장에서 사 온 돼지고기 파이와 삶은 깍지콩으로 점심식사 준비를 끝낸 상태였다. 싱그러운 꽃들이 부엌 테이블의 꽃병에 꽂혀 있었다.

"뉴 시어터에서 하는 〈인형의 집〉 낮 공연에 초대받았어요." 점심을 먹으며 내가 말했다.

아빠가 고개를 들었다. 놀란 듯했지만 미소를 짓고 있었다. "그래? 누가 널 초대했니?"

"커버드 마켓에서 만난 사람이에요." 아빠의 미소가 찡그림으로 변하기에 나는 서둘러 덧붙였다. "여자예요. 배우고요. 그 공연에 출연해요. 아빠도 같이 가실래요?"

"오늘?"

"물론 저 혼자 가도 괜찮아요."

아빠는 안도하는 것 같았다. "실은 신문을 읽으면서 오후를 보내려고 한창 생각 중이었거든."

점심을 먹은 뒤 나는 월턴 스트리트를 걸어 내려가 시내로 향했다. 출판국 앞을 지날 때 보니 한 주의 근무를 끝내고 나온 수많은 사람들이 아치 길 여기저기 흩어져서는 생기발랄하게 이야기를 나누며 긴 오후를 시작하고 있었다. 사람들 대부분은 내가 방금 걸어온 방향, 그들의 집이 있는 제리코 쪽을 향했지만, 남자들로 이루어진 작은 무리들과 몇몇 젊은 커플은 옥스퍼드 중심가 쪽으로 걸어가기 시작했다. 나는 그들을 따라가며 이 중에 뉴 시어터로 가는 사람이 있을까 생각했다.

조지 스트리트에 이르자 내가 따라가던 사람들의 작은 무리가 술집과 찻집으로 제각기 흩어졌다. 극장에 들어가는 사람은 없었다.

일찍 도착하긴 했지만, 사람이 적은 극장을 보니 놀라웠다. 극장은 내가 기억하는 것보다 컸다. 객석에는 수백 명은 앉을 수 있었지만 관객은 겨우 서른 명이나 될까 말까 했다. 나는 어디 앉을지 고민했다.

틸다가 커튼 뒤에서 나오더니 카펫 깔린 계단을 빠른 걸음으로 올라 내게로 다가왔다. "엄청나게 눈에 띄는 여자가 극장에 들어왔다고 빌이 그러길래, 그쪽일 줄 알았어요." 틸다는 내 손을 잡고 나를 앞줄 좌석으로 이끌었다. 그 줄에는 딱 한 명만 앉아 있었다.

"빌, 네가 맞았어. 여기는 에즈미야."

빌이 일어나더니 다소 극적인 몸짓으로 고개 숙여 인사했다.

"에즈미, 여긴 제 동생 빌이에요. 제가 볼 수 있게 앞줄에 얘랑 같이 앉으세요. 다른 데 앉았다간 못 찾을 게 틀림없으니까." 틸다는 동생의 뺨에 입을 맞추고 자리를 떴다.

"맨 앞줄에 앉으면 좋은 점이, 상상할 수 있다는 거예요. 극장이 가득

찼고, 매진된 공연에서 제일 좋은 자리를 잡아 앉은 거라고 상상하는 거죠." 우리 둘 다 자리에 앉자 빌이 말했다.

"자주 그렇게 하셔야 되는 건가요?"

"보통은 안 그러는데, 이 공연에선 좀 그럴 필요가 있어서요."

빌과 함께 거기 앉아 있는 일은 어렵지 않았다. 좀 불편해해야 한다는 건 알았는데도 그랬다. 스크립토리엄을 오가는 남자들에게서 내가 늘 봤던 예의를 차리는 태도가 그에게는 없었다. 물론 그는 대학보다는 시민 쪽에 가까운 사람이었지만, 내가 명확히 표현하기 어려운 어떤 면도 있었다. 틸다보다 열 살 어리다고 했으니 빌은 스물두 살이었다. 나보다 두 살밖에 어리지 않았다. 빌은 내 눈을 똑바로 들여다볼 수 있을 만큼 키가 컸고, 틸다의 섬세한 코와 도톰한 입술을 빼다 박았지만 오소소한 주근깨에 묻혀 눈에 띄지 않았다. 누나와 마찬가지로 눈은 녹색이었지만 머리칼은 꿀빛이 아니었다. 빌의 머리색이 더 짙었다. 당밀처럼.

연극이 시작되기를 기다리는 동안 나는 빌의 이야기를 들었다. 대체로 틸다에 관한 이야기였다. 아무도 돌봐주지 않을 때 자신을 돌봐준 게 누나라고 했다. 부모님이 안 계셨나요? 내가 물었다.

"네. 근데 돌아가신 건 아니에요." 빌이 말했다. "그냥 안 계세요. 그래서 난 무대가 누나를 부르는 곳마다 누나를 따라다녀요." 그때 불이 꺼지고 커튼이 올라갔다.

틸다의 연기는 환상적이었다. 하지만 다른 배우들은 그렇지는 않았다.

"이런 오후에 차로 될까? 잘 모르겠네." 우리가 마침내 극장을 나섰을 때 틸다가 말했다. "술 마실 수 있는 곳 알아요, 에즈미? 다른 배우들은 안 올 만한 곳으로."

펍이라면 아빠와 함께 일요일에 점심 먹으러 가본 것이 전부였고, 술만 마시러 간 적은 없었다. 보통 제리코 지역 내에서 다녔지만 크라이스트 처치 대학 옆의 조그만 펍에 가본 적도 있기는 했다. 나는 세인트 올데이츠 쪽으로 이끌었다.

"'올드 톰'이 주인인가요?" 펍 앞에 도착했을 때 빌이 물었다.

"그레이트 톰의 이름을 딴 거예요. 톰 타워에 있는 종." 나는 세인트 올데이츠 로드를 내려가면 있는 종탑을 가리켰다. 좀 더 설명을 늘어놓으려는데 틸다가 몸을 돌리더니 안으로 걸어 들어갔다.

오후 다섯시였고 올드 톰은 막 손님들로 채워지기 시작했지만, 빌과 틸다는 눈에 띄는 한 쌍이었다. 그들이 지나가자 따뜻한 칼이 버터를 가르듯 사람들이 갈라지며 길이 생겼다. 나는 조금 몸을 굽히고 밑을 보며 뒤따라갔다. 식사를 하기에는 애매한 시간이었고, 여자 손님은 한 손으로 꼽을 만큼 적었다. 내가 오후를 이렇게 보냈다고 하면 십자가를 붙들어 쥘 리지의 모습이 떠올랐다.

"친절하시네요." 세 남자가 테이블에서 일어나 자리를 양보하자 틸다가 말했다.

빌은 틸다가 앉을 때 의자를 빼주었고, 나에게도 똑같이 해주었다. "뭘로 하시겠어요?" 그가 물었다.

나는 정말로 알 수 없었다. "레모네이드요." 제발 놀리지 말라고 애원하는 어조로 내가 대답했다.

바는 겨우 몇 미터 거리에 있었고, 빌은 다른 남자들의 머리 위로 소리쳐 주문을 했다. 처음에는 구시렁거리는 소리가 들렸지만, 앉아 있는 우리를 빌이 손으로 가리키자 갑자기 우리의 음료가 다른 모두의 것보다 중요해졌다.

틸다가 위스키 잔을 비웠다. "연극 재미있었어요, 에즈미?"

"당신은 정말 대단했어요."

"그렇게 말해줘서 고마워요. 하지만 재주 좋게 질문을 피하네요."

"그럭저럭이었어." 빌이 끼어들며 나를 구해주었다.

"지금껏 들어본 평 중에 가장 호의적인 평이다, 빌." 틸다가 빌의 팔을 잡았다. "아마도 그래서일 텐데, 우리 공연 잘렸어. 즉각 시행이래."

"씨발."

나는 깜짝 놀랐다. 그 단어 때문이 아니라 빌이 그것을 너무도 아무렇지 않게 말해서였다.

빌이 몸을 돌렸다. "미안해요."

"사과하지 마, 빌. 에즈미는 단어 수집가야. 운이 좋으면 에즈미가 작은 종잇조각에다 그걸 기록해줄지도 몰라." 틸다가 빈 잔을 들어 올렸다.

"죄송합니다, 아가씨, 저희가 최근에 실업에 당면해 위스키 두 잔은 제공이 어렵습니다."

"하지만 아직 좋은 소식은 말 안 했어." 틸다가 미소 지었다. "에즈미가 말했듯이 아무튼 나는 좀 대단했잖아? 옥스퍼드 대학에서 연극하는 몇 사람도 똑같은 생각을 했나 봐. 그 사람들이 오늘 관객 중에 제일 많았는데, 〈헛소동〉에 출연해달라고 나를 섭외했어. 베아트리체 역으로. 원래 하던 배우가 수두에 걸렸대." 빌이 이해할 수 있도록 틸다는 잠시 말을 멈췄다. "굉장한 호평을 받는 극단이고, 처음 며칠 밤 공연은 거의 매진됐어. 수입 감소 문제를 이 몸이 해결했다고."

빌이 테이블을 쾅 내리쳐서 유리잔 모두가 튀어 올랐다. "씨발, 정말 끝내준다. 내 일자리도 있대?"

“당연하지. 우리는 어쨌든 한 팀인걸. 너는 배우들 의상을 입히고 벗겨주는 일을 할 거고 가끔 대사도 읽어주게 될 거야. 배우들이 널 차지하려고 싸울 거야, 빌.”

빌이 바 쪽으로 갔고, 나는 쪽지 한 장을 꺼냈다. 메이블은 ‘씨발’을 오직 부정적인 의미로만 사용했었다.

“한 장 갖고 안 될지도 몰라요.” 틸다가 말했다. “그보다 더 다양하게 쓰이는 단어는 그렇게 많지 않을 테니까.”

‘씨발Fuck’은 『F와 G』에 없었다.

“특별히 찾는 단어가 있니, 에시?” 사전을 선반에 되돌려놓는데 아빠가 물었다.

“네, 근데 제가 그걸 소리 내서 말하면 아빠는 안 좋아하실 거예요.”

아빠가 미소 지었다. “알겠다. 분류함을 찾아보렴. 기록된 적 있는 단어면 거기 있을 거야.”

“기록된 적 있는 단어면 사전에 들어가 있어야 하지 않아요?”

“꼭 그렇지는 않아. 영어에서 정식으로 사용된 역사가 있어야 되고, 그렇다고 하더라도……” 아빠는 잠시 말을 멈췄다. “이렇게 말해보자. 네가 그 말을 소리 내서 말하기가 부담스럽다면, 다른 누군가의 ‘점잖음’의 기준에도 자격 미달인 말일지 몰라.”

나는 분류함을 뒤졌다. ‘씨발’은 다른 대부분의 단어보다 딸린 쪽지가 많았고, 그 묶음은 심지어 빌과 틸다가 말해줄 수 있는 것보다도 많고 다양한 의미들로 나뉘어 있었다. 가장 오래된 인용문은 16세기에 쓰인 것이었다.

스크립토리엄 문이 열리면서 메일링 씨가 들어왔다. 가장 최근에 왔고, 가장 키가 작으며, 가장 머리숱이 적은 요크니 씨와 함께였다. 나는 쪽지들을 제자리에 돌려놓고 우편물을 분류하기 위해 내 책상으로 돌아왔다.

열한시 정각, 나는 부엌으로 가 리지와 함께 앉았다.

"메이블 할머니가 그러는데 토요일에 새 친구가 생겼다면서요." 내 찻잔에 차를 부어주며 리지가 말했다.

"사실은 두 명이에요."

"그 사람들 얘기, 해줄 건가요?"

내가 그날의 일을 차례대로 이야기하는 동안 리지는 거의 아무 말도 하지 않았다. 내 입에서 '올드 톰'이 나오자 리지의 손이 십자가를 찾아 쥐었다. 틸다의 위스키에 대해서는 말하지 않았지만, 나는 내가 레모네이드를 마셨다는 사실은 분명히 했다.

"몇 주 동안 리허설을 할 거래요." 내가 말했다. "공연이 시작되면 같이 가서 보면 좋을 것 같아요."

"생각해보죠." 리지가 말하고는 테이블을 치웠다.

스크립토리엄으로 돌아가기 전에 나는 계단을 올라 리지의 방으로 가서 빌과 틸다의 단어들을 트렁크에 넣었다.

보들레이언 도서관이 뉴 시어터에서 겨우 몇 분 거리에 있었기에, 단어를 찾거나 인용문을 확인해달라는 요청을 받을 때마다 내게는 리허설 중인 빌과 틸다를 방문할 기회가 생겼다. 이 심부름에 대한 내 열정은 결국 눈에 띄고 말았다.

"오늘 아침엔 어디 가니, 에즈미?" 내가 막 자전거를 타고 나가려던 참이었다. 자전거를 끌고 스크립토리엄 쪽으로 걸어오던 스웨트먼 씨가 물었다.

"보들레이언 도서관에요."

"하지만 한 번 갈 시간에 벌써 세 번이나 가고 있구나."

"머리 박사님이 어떤 인용문을 찾고 계세요. 그걸 끝까지 추적하는 게 제 임무예요." 내가 말했다. "제 기쁨이기도 하고요. 저는 도서관이 정말 좋거든요."

스웨트먼 씨가 스크립토리엄의 철 대문을 바라보았다. "그래, 왜 그러는지는 알겠어. 근데 그 단어가 뭔지 물어봐도 될까?"

"참정권Suffrage요."

"중요한 단어구나."

나는 웃었다. "모든 단어가 중요하죠, 스웨트먼 씨."

"물론 그렇지만, 어떤 단어들은 우리가 상상할 수 있는 것 이상을 의미하거든." 그가 말했다. "가끔은 사전이 그걸 따라잡지 못할까 봐 두려워."

"당연히 못 따라잡지 않을까요?" 나는 내가 급히 가던 길이었다는 사실을 잊고 말했다. "단어들은 이야기랑 같아요. 그렇지 않나요, 스웨트먼 씨? 입에서 입으로 전해지면서 변화하죠. 단어의 의미는 말해질 필요가 있는 것에 맞춰 확대되기도 하고 축소되기도 해요. 사전은 그런 변형을 다 담아낼 수가 없어요. 특히 아주 많은 단어들이 기록되지 않기 때문에……" 나는 갑작스레 부끄러워져 말을 멈췄다.

스웨트먼 씨의 미소는 얼굴을 가득 채웠지만, 비웃는 미소는 아니었다. "관점이 아주 훌륭하구나, 에즈미. 이렇게 말해도 된다면, 너는 사전 편집자처럼 말을 하기 시작한 것 같아."

나는 파크스 로드를 따라 내가 낼 수 있는 최고 속도로 달려서 기록적인 시간에 보들레이언 도서관에 도착했다. 윌리엄 블랙스톤의 『영국법 주해』는 찾기 쉬웠다. 나는 그것을 가장 가까운 책상으로 가져간 다음 머리 박사님이 확인해달라고 부탁한 쪽지 세 장을 들여다보았다. 세 장 모두에 거의 똑같은 인용문이 적혀 있었다. (내가 확인해줬으면 하는 건 그 '거의'가 정말 거의인지 하는 거란다, 머리 박사님은 그렇게 말했다.)

나는 해당 페이지를 찾아내고, 훑어본 다음, 문장을 손가락으로 따라가며 각각의 인용문을 대조했다. 인용문들에는 각각 한두 단어씩 빠져 있었다. 도서관에 있기 좋은 날이네, 나는 생각하며 자원봉사자들이 적어놓은 문장에 줄을 그어 지웠다. 빨리 끝내고 떠나고 싶은 마음이 간절한 만큼 주의를 기울여 깨끗한 쪽지에 올바른 인용문을 옮겨 썼다.

그러므로 모든 민주 국가에서 참정권이 누구에 의해, 어떤 방식으로 주어질 것인지를 규정하는 일은 더할 나위 없이 중요하다.

나는 그 인용문을 다시 읽은 다음 정확한지 다시금 확인했다. 출판된 연도를 찾아보니 1765년이었다. 나는 블랙스톤이 누구에게 참정권이 주어져야 한다고 생각했는지 궁금했다. 나는 쪽지의 왼쪽 아래 귀퉁이에 '수정'이라고 쓰고 내 이니셜인 'E. N.'을 적었다. 그런 다음 그것을 다른 세 장의 쪽지에 핀으로 꽂았다.

나는 스크립토리엄으로 더 멀리 돌아가는, 뉴 시어터에 들렀다 가는 길을 골랐다.

극장에 들어서자 눈이 어둠에 적응하느라 약간의 시간이 걸렸다. 배우들은 무대 위에 있었고, 장면 중간에 잠시 멈춘 상태였다. 사람들 몇 명이 중간 자리에 앉아 있었다.

"오늘 볼 수 있을지 궁금했어요." 내가 옆에 앉자 빌이 말했다.

"십 분쯤은 있을 수 있어요. 배우들이 의상을 입은 걸 보고 싶었어요."

그날은 드레스 리허설이었다. 공연 첫날까지는 겨우 사흘밖에 남지 않았다.

"왜 매일같이 오세요?" 빌이 물었다.

나는 대답하기 위해 생각해야 했다. "뭔가가 완성되기 전에 보고 싶거든요. 진화하는 걸 지켜보고 싶어요. 공연 첫날 밤에 여기 앉아 있으면 모든 장면을 훨씬 잘 이해할 수 있을 것 같아요. 무엇을 거쳐서 완성됐는지 저는 아니까요."

빌이 소리 내 웃었다.

"제가 뭐 웃긴 말을 했나요?"

"아니에요. 그냥, 말이 많은 사람은 아닌데, 말을 할 때는 완벽하게 하는구나 싶어서요."

나는 아래를 내려다보며 양손을 한데 모아 비볐다.

"그리고 그쪽이 모자 얘기를 안 해서 정말 좋아요." 빌이 말했다.

"모자요? 모자 얘기를 제가 왜 하겠어요?"

"여자들은 모자 얘기 하는 걸 좋아해요."

"그래요?"

"그쪽이 그걸 모른다는 점이 내가 사랑에 빠질 것 같은 이유예요."

갑자기, 내가 알던 모든 단어가 사라졌다.

1906년 5월 31일

소중한 에즈미에게,

너의 새 친구들은 재미있는 한 쌍 같구나. '재미있다'는 건 관습적이지 않다는 뜻인데, 일반적으로 그건 좋다는 뜻이지만, 항상 그런 건 아니란다. 네가 차이를 구별할 수 있다고 나는 믿는다.

저속한 단어들을 사전에 넣는 문제에 대해서는, 머리 박사님의 원칙이 유일하게 기준이 될 만하다고 생각해. 그건 상당히 과학적인 원칙이고, 특정한 유형의 근거를 요구하는 엄격한 적용 원칙이란다. 만약 근거가 존재하면 그 단어는 포함되어야 하지. 이게 탁월한 이유는 감정을 배제하기 때문이야. 올바르게 사용될 때, 그 원칙은 원래의 목적을 정확하게 달성하지. 원칙을 등한시한다면 쓸모없어지지만 말이야. 개인적인 견해를 반영하느라고 그 원칙이 등한시되던 때가 여러 번 있었어. (심지어 그 원칙을 만들어낸 사람조차 그랬단다.) 네 표현을 빌리자면 '저속한' 단어들이 일반적으로 피해를 입었지. 그 단어들이 사전에 들어가기 위한 어떤 근거가 있다 한들, 세상에는 그런 말들을 치워버리고 싶어하는 사람들이 존재한단다.

개인적으로 나는 그런 단어들이 다양한 색깔을 더해준다고 생각해. 저속한 단어라 해도 잘 배치되고 딱 적당한 활기를 띠기만 하면, 예의바른 동의어보다 훨씬 많은 것을 전달할 수 있거든.

만약 그런 단어들을 수집하기 시작했다면, 에즈미, 그 말들을 공공연하게 입 밖에 내는 일은 피하라는 조언을 하고 싶구나. 너에게 좋은 게 하나도 없을 테니까. 만약 그 말들을 하고 싶다면, 메일링 씨에게 부탁해서 에스페란토로 번역해달라고 하면 어떻겠니. 너는 그 언어가 얼마나 다양한 능력을 지녔는지, 그리고 막돼먹은 말이라는 분야에서 메일링 씨가 얼마나 관대한지 알고 놀라게 될 거야.

사랑을 보내며, 디트

1906년 6월

6월 9일 뉴 시어터에서 〈헛소동〉의 첫 막이 올라갔다. 첫날 밤 빌의 역할은 배우들의 코르셋, 스타킹과 가발 착용을 돕는 것이었다. 오작동이 잦았기에, 나는 그와 함께 무대 옆에 앉아 측면에서 공연을 보았다.

"무대에 서고 싶은 생각은 없어요?" 틸다가 베아트리체가 되어가는 걸 보며 내가 물었다.

"연기에는 소질이 전혀 없어요." 빌이 말했다. "그래서 의상 만드는 일을 잘하는 거죠."

"정말요?"

"그리고 목공 일도 하고 관객 담당 업무도 하고, 하라는 일은 다 해요." 그의 손이 내 손에 살짝 닿았다. "그쪽은요? 무대에 서고 싶었던 적 있어요?"

나는 고개를 저었다. 빌의 손가락들이 내 손을 만지작거렸고, 나는 그의 손을 치우지 않았다.

"느껴져요?" 흉터가 난 곳을 쓰다듬으며 그가 물었다.

"네, 하지만 느낌이 희미해요. 장갑을 끼고 만지는 것처럼."

그 설명은 정확하지 못했다. 그의 손길은 마치 내 귀에 대고 속삭이는 것 같았고, 그 숨결은 내 온몸으로 퍼져나가 몸을 떨리게 했다.

"아파요?"

"아뇨, 전혀."

"어쩌다가 이랬어요?"

어릴 때 그 질문에 대한 답은 가슴 한복판에 박힌 복잡한 감정의 응어리였다. 내게는 그것을 설명할 언어가 없었다. 하지만 빌의 손은 내 손을 차분하게 감싸고 있었고, 나는 그 따스함을 갈망했다.

"쪽지가 하나 있었는데요……" 내가 이야기를 시작했다.

"단어 말이에요?"

"네, 저한테는 중요한 단어였어요."

빌이 귀를 기울였다.

스크립토리엄에서 시간은 언제나 내 기분에 따라 늘어났다 줄어들었다 했지만, 지루하게 흐른 적은 거의 없었다. 그런데 틸다와 빌을 만난 뒤로 나는 자꾸만 시계를 들여다보고 있었다.

몇 주 동안 〈헛소동〉의 모든 회차 공연이 매진되었다. 나는 토요일 낮 공연에 세 번 갔고, 한 번은 아빠를 저녁 공연에 모시고 갔다. 책상 앞에 앉아 있노라면 시곗바늘이 세시 반에 달라붙어 움직이지 않는 것처럼 보였다.

머리 박사님이 출판국 이사진과의 회의에서 돌아오더니 삼십 분을 통으로 써서 자신이 들은 질책을 조수들에 대한 질책으로 바꿔 퍼부었다. "알파벳 M에 들이부은 시간만 삼 년인데, 아직도 '중간 영주의 영지 Mesnalty'까지밖에 출간을 못 했다고!" 그가 호통을 쳤다. 나는 '중간 영주의 영지'가 무슨 뜻인지 떠올리려고 애썼다. 그건 법률 용어였고,

아빠와 내가 가지고 놀아본 적이 거의 없는 종류의 말이었다. 하지만 그 말의 어근은 '중간 영주Mesne'였는데, 그건 내게 '사려Mense'라는 말을 떠오르게 했고, '사려'는 너그럽고, 친절하고, 재치 있다는 의미였다. 아빠는 평소보다 시간을 들여 인용문을 대조하고 그 단어의 정의를 작성했었다. 결국 머리 박사님이 그중 몇몇에 줄을 그어 지워버리긴 했지만 말이다. 나는 아빠가 앉아 있는 쪽을 보았고, 아빠가 그 사랑스러운 단어를 작업하며 보낸 시간 가운데 단 일 분도 후회하지 않는다는 걸 알았다.

잔소리가 끝나자 깊은 침묵이 이어졌다. 시계를 보니 네시였다. 머리 박사님은 평소보다 격앙된 상태로 높은 책상 앞에 앉아 교정지를 읽었다. 조수들은 거의 허리를 펴지 않고 작업을 했고, 아무도 아무 말도 하지 않았다. 감히 누구도 다섯시 전에 퇴근하려 하지 않았다.

시계가 다섯시를 치자 사람들의 고개가 일제히 머리 박사님 쪽으로 돌아갔지만, 박사님은 움직이지 않았고 작업은 계속되었다. 다섯시 반, 사람들의 고개가 또다시 돌아갔다. 내가 앉은 자리에서 보니 마치 안무에 맞춰 춤을 추는 것 같았다. 나는 작은 소리를 냈고, 아빠가 돌아보았다. 생쥐처럼 조용하게, 아빠의 표정이 내게 경고를 보냈다. 아직 머리 박사님이 앉아 있었고, 그의 연필이 무언가를 수정하고 삭제하기 위해 공중에 들려 있었다.

여섯시가 되자 머리 박사님은 작업하던 교정지를 봉투에 넣고는 책상에서 일어났다. 그는 스크립토리엄 문 쪽으로 걸어갔고, 내일 아침에 출판국으로 배달되도록 봉투를 트레이에 넣었다. 그는 분류 테이블을 돌아보았다. 여전히 고개를 숙인 일곱 명의 조수들이 해방될 수 있으리라는 희망찬 기대로 연필을 잠시 멈추고 있었다.

"돌아갈 집들이 없는 건가?" 머리 박사님이 물었다.

모두의 긴장이 풀렸다. 폭풍이 지나갔다.

“나한테 넘겨줄 단어 있니, 에시?” 아빠가 스크립토리엄 문을 닫으며 물었다.

“오늘 밤에는 없어요. 리지랑 같이 극장에 갈 거예요. 기억하세요?”

“극장에 또?”

“리지는 아직 안 가봤거든요.”

아빠가 나를 보았다. “〈헛소동〉 보러 가는 거 맞지?”

“제 생각엔 리지도 재미있어할 것 같아서요.”

“리지가 전에 연극 본 적이 있던가?”

“저한테 그랬다고 한 적은 없어요.”

“그 대사들이 리지한테는 좀……”

“아빠, 그런 말씀 마세요.” 나는 아빠의 이마에 입 맞추고 부엌 쪽으로 걸어갔다. 점점 불안해지는 마음 때문에 가만히 있기가 힘들었다.

리지는 꼭 한 벌 있는 좋은 드레스를 몇 년째 아껴 입고 있었다. 멋진 디자인은 아니었지만, 그 토끼풀 같은 녹색 옷을 입으면 리지의 얼굴이 조금 더 밝아 보인다고 나는 언제나 생각했었다. 맥덜린 스트리트를 따라 함께 걷는 동안 나는 그 색깔 때문에 리지가 초췌해 보인다고 생각했다. 교회 앞을 지나갈 때 리지가 성호를 그었다.

“어, 리지, 여기 얼룩이 졌어요.” 나는 리지의 허리 위쪽에 생긴 번들거리는 자국에 손을 가져갔다.

“B 부인이 소스 바르는 걸 도와달라고 하셨는데요,” 리지가 말했다. “부인이 예전만큼 침착하기가 어려우셔서, 요리를 오븐에서 꺼내는데 튀었지 뭐예요.”

“좀 닦아내고 오지 그랬어요?”

"물에 담가서 빼는 게 제일 좋은데, 시간이 없었어요. 생각해보니 우리 둘이 가는 거고 누가 신경이나 쓰겠어요."

계획을 바꾸기엔 너무 늦은 때였다. 틸다와 빌이 올드 톰에서 기다리고 있을 것이었다. 나는 그들의 눈으로 리지를 바라보았다. 리지는 서른두 살이었고, 틸다보다 나이가 많지도 않았지만, 얼굴에는 주름이 있었고 벌써 흰머리가 섞이기 시작한 갈색 머리카락은 맥없이 늘어져 있었다. 피어스 비누 광고를 연상시키는 대신에, 리지의 외모는 밸러드 부인에 가까워지고 있었다. 전에는 별로 알아차리지 못했는데.

"꺾어서 조지 스트리트로 내려가야 되지 않아요?" 내가 콘마켓 스트리트로 계속 직진하자 리지가 말했다.

"사실은 리지가 내 친구들을 만나보면 좋지 않을까 해서요, 공연 시작 전에 올드 톰에서 잠깐 만나서 뭐 좀 마시기로 했어요."

"올드 톰이 누구래요?"

"세인트 올데이츠에 있는 펍이에요." 내 팔에 팔짱을 낀 리지의 몸이 뻣뻣해지는 게 느껴졌다.

우리가 들어서자 빌은 얼굴 가득 미소를 지었고, 틸다는 손을 흔들어 인사했다. 리지는 스크립토리엄 문간에서 그랬던 것처럼 출입구에서 잠시 머뭇거렸다.

"그냥 들어가면 돼요, 리지." 내가 말했다.

리지는 나를 따라왔다. 마치 리지가 어린애고 내가 연장자가 된 기분이었다.

"이분이 그 유명한 리지시구나." 빌이 말하고는, 고개를 숙이고, 옆구리에 힘없이 늘어져 있던 리지의 손을 잡아 올렸다. "처음 뵙겠습니다."

리지는 더듬거리며 무슨 말인가 하고는 좀 지나치게 빠른 속도로 손을 뺐고, 손등을 맞기라도 한 것처럼 문질렀다. 빌은 못 본 척했고 틸다에게 관심을 돌렸다.

"틸다, 바 앞이 꽉 막혀 있어. 우리도 한잔씩 할 수 있게 매력 좀 발휘해봐." 그는 리지를 보았다. "누나가 지나갈 때 사람들 갈라지는 거 보세요. 꼭 모세 같다니까."

리지가 내 쪽으로 몸을 기울였다. "에즈미, 난 술 안 마셔요."

"리지는 그냥 레모네이드요, 빌."

틸다는 주문을 하려고 기다리는 남자들의 빽빽한 무리 속을 뚫고 가며 고갯짓을 하고 웃어주고를 반복했다. 빌은 소리를 질러야 했다. "맨날 마시던 거에다 레모네이드 추가해줘, 누나."

틸다가 알았다는 표시로 손을 들어 보였다. 내가 몸을 돌리자, 리지는 마치 우리가 방금 만난 사이이고 내가 누군지 알아내려고 조사하는 것처럼 나를 보고 있었다.

"일곱시에는 공연 의상을 입고 있어야 된다고 사람들한테 말했어." 몇 분 뒤 틸다가 음료 네 잔을 양손으로 능숙하게 쥐고 가져오면서 말했다. "한 명은 나한테 의상을 입혀주겠다고 했고, 세 명이 연극을 보겠다고 약속했어. 나 커미션 받아야 되겠어. 표를 이렇게 많이 파는데."

리지가 틸다가 건넨 잔을 받아들었다. 리지의 시선은 틸다의 짧은 드레스와 볼록한 가슴에 꽂혀 있었다. 나는 두 여자를 차례로, 상대방의 눈을 통해 바라보았다. 나이 든 하녀, 그리고 매춘부.

"리지를 위하여." 틸다가 위스키 잔을 들어 올리며 말했다. "에즈미랑 메이블 할머니 사이에서 많이 들었더니 난 리지가 벌써 아는 사람 같아요." 틸다는 고개를 뒤로 젖히고 잔을 비웠다. "난 이제 가서 의상을 입어야 돼요. 연극 끝나고 잠깐 볼래요?"

"당연하죠." 나는 말했지만 리지가 내 옆에서 몸을 움직거렸다. "아마, 될 거예요."

"빌, 너한테 두 사람 설득하는 임무를 줄게. 네가 제일 잘하는 거니까."

틸다는 남자들과 여자들로부터 각각 다른 종류의 시선을 받으며 사람들의 무리를 뚫고 길을 만들어 밖으로 나갔다.

다음 월요일, 리지는 화덕 위 커다란 주전자에서 차를 따라 찻잔을 아빠에게 건넸다.

"연극은 재미있게 봤니, 리지?" 아빠가 물었다.

리지는 또 한 잔을 부었지만 고개는 들지 않았다. "저는 반밖에 이해를 못 했어요. 하지만 눈으로 보는 건 좋았습니다, 니콜 씨. 에즈미가 저를 데려가줘서 정말 좋았어요."

"에즈미 새 친구들도 만나봤고? 전에 테일러 양 연기는 인상 깊게 봤지만, 괜찮은 친구들인지는 리지 너한테 물어봐야 될 것 같구나."

다음 찻잔은 내 잔이었고, 리지는 시간을 들여 내가 좋아하는 대로 설탕을 차에 넣었다.

"제가 그런 사람들을 전에 만나본 적이 없어서요, 니콜 씨. 그 사람들에겐 저로선 익숙지 않은 자신감이 있었어요. 하지만 예의 바르게 대했어요. 에즈미한테도요."

"그래서, 좋은 사람들이었니?"

"좋은 사람들이다 아니다 말할 자격이 저한테는 없는걸요."

"그럼 극장에는 다시 가보고 싶은 마음이 들고?"

"제가 조금 더 좋다고 느껴야 한다는 건 알아요, 니콜 씨. 하지만 그게 저한테 어울리는 건지는 잘 모르겠어요. 저는 그다음 날 무섭게 피곤했고, 그런데도 불을 피우고 아침식사를 만들어야 했거든요."

조금 뒤에 정원을 가로질러 스크립토리엄으로 함께 걸어갈 때 아빠가 물었다. "그 친구들, 내가 보면 괜찮은 친구들이라고 생각할 것 같니?"

나는 아빠가 그러기를 바랐던가?

"좋아하실 거예요. 그리고 아마 논쟁 같은 게 벌어지면 아빠는 틸다 편을 드실걸요?" 공연이 끝난 뒤 올드 톰에서 한 손에 담배를, 다른 손에 위스키 잔을 들고 아서 밸푸어 백작 흉내를 내던 틸다를 떠올리자 잠시 망설여졌다. 틸다는 목소리를 낮추고, 입술을 둥글게 오므리고 모음을 발음하면서 지난해 총리직에서 사임한 그 사람을 놀려댔다. 자유당이든 보수당이든 관계없이 거기 모인 사람들 모두가 대체로 즐거워했다. "아빠 눈에 괜찮은 사람들일지는 확실하지 않지만요." 나는 그렇게 말을 맺었다.

아빠가 스크립토리엄 문을 열었다. 안으로 들어가는 대신, 아빠는 몸을 돌려 나를 바라보았다. 나는 이런 시선의 의미를 알고 있었고, 아빠가 자신보다 현명한 릴리에게 구원 요청을 하도록 기다렸다. 네 엄마는 뭘 해야 할지 알았을 거다, 아빠는 그렇게 말하곤 했고, 자신의 칭찬이나 우려는 말하지 않았다. 최소한 아빠가 그대로 따라 말할 수 있는 문장들이 적힌 편지를 디트 고모가 보내기 전까지는 말이다. 하지만 이번에는 얼버무리고 넘어가지 않았다.

"내가 깨달은 건데, 단어를 정의 내리면 내릴수록 내가 아는 건 줄어들더구나. 나는 오래전에 죽은 사람들이 단어들을 어떻게 사용했는지 이해하려고 애쓰면서 시간을 보내지. 우리 시대뿐 아니라 미래에도 들어맞을 의미를 뽑아내기 위해서 말이다." 아빠는 내 손을 자기 손으로 감싸고, 마치 릴리가 여전히 거기 각인돼 있는 것처럼 내 흉터를 어루만졌다. "사전이란 건 역사책이야, 에즈미. 내가 거기서 배운 게 있다면, 우리가 지금 세상을 상상하는 방식 대부분이 틀림없이 변화할 거라는 사실이란다. 어떻게 변화할까? 글쎄, 그냥 소망하고 추측해볼 수 있을 뿐이지만, 확실히 아는 건 이거야. 네 미래는 네 엄마가 네 나이였을 때 기대했을 미래하고는 다를 거야. 네 새로운 친구들이 그런 부분에 대해 너한테 뭔가를 가르쳐줄 수 있다면, 네가 귀 기울여 들었으면 좋겠다. 하지만 생각과 경험 중에 어떤 걸 받아들여야 하고 어떤 걸 받아들이지 말아야 하는지에 대해선, 너 자신의 판단을 믿어라, 에시. 네가 물어보면 나는 언제나 의견을 말해주겠지만, 너는 이제 성인이야. 어떤 사람들은 동의하지 않을지 모르지만, 나는 인생을 스스로 선택하는 게 네 권리라고 믿는다. 그래서 내가 보기에 괜찮고 어쩌고 하는 말은 할 수가 없지." 아빠는 내 웃긴 손가락들을 들어 올려 입을 맞춘 다음 뺨에 가져다 댔다. 그 몸짓에는 어쩐지 작별 인사를 하는 듯한 분위기가 있었다.

우리는 스크립토리엄 안으로 들어갔고, 나는 월요일 아침의 냄새를 들이마셨다. 그러고는 내 책상으로 갔다.

추려서 분류함에 넣을 단어 쪽지 한 무더기가 있었고, 간단한 답장을 쓰면 되는 편지 몇 통과 "모든 인용이 연대순으로 잘 정리돼 있는지 확인할 것"이라는 머리 박사님의 메모가 끼워진 교정지 한 장이 있었다. 별로 힘들지 않은 하루가 될 것 같았다.

스크립토리엄이 채워지기 시작했다. 사람들은 자기 단어 위로 몸을 숙였다. 의미를 명확하게 만드는 일의 어려움은 그들의 이마에 주름이 잡히게 했고 조용한 논쟁들을 불러일으켰다. 나는 16세기의 인용문 앞에 15세기의 인용문을 넣었고, 아무도 내 의견을 묻지 않았다.

점심시간 바로 전에 아빠는 내가 '엉망Mess'의 한 의미에 대해 작성한 제안이 세부만 조금 고쳐서 분책 다음 권에 들어가게 됐다는 사실을 알려주었다. 나는 책상 뚜껑을 들어 올리고 홈이 팬 나무에 브이 자 표시 하나를 더 새겼다. 예전만큼 만족스럽지가 않았다. 그 일은 일종의 회유처럼 느껴졌다. 나는 머리 박사님 쪽을 보았다. 그는 등을 꼿꼿이 펴고 문서들 위로 고개를 숙이고 앉아 있었다. 교정지인지 편지인지는 알 수 없었다. 그의 얼굴은 편안해 보였고, 펜은 부드럽게 움직였다. 다가가 말을 걸기에 나쁘지 않은 때였다. 나는 자리에서 일어나 스크립토리엄 앞에서 느꼈던 것보다 큰 자신감을 품고 걸어갔다.

"머리 박사님?" 나는 내가 쓴 편지 초안을 그의 책상 위에 올려놓았다. 그는 작업에서 고개를 들지 않았다.

"문제없을 거라 믿는다, 에즈미. 우편물 트레이에 좀 넣어주렴."

"궁금한 게 있는데요……"

"음?" 여전히 일에 몰두한 채로 그가 물었다.

"제가 일을 좀 더 많이 해도 될까요?"

"오후 우편물이 오면 틀림없이 분책 다음 권이 언제 나오느냐고 묻는 질문들이 더 많이 쏟아지겠지." 박사님이 말했다. "제발 멈췄으면 좋겠지만, 네가 답장 쓰는 일을 좋아하니 다행이구나. 엘시는 그런 지루한 일은 더 못 견디겠다고 했는데."

"제 말은, 단어 작업을 더 하고 싶다는 뜻이에요. 어쩌면 조사 같은 거요. 답장 쓰는 일은 당연히 계속 맡을게요. 그런데 저는 더 의미 있는 방식으로 기여를 하고 싶어서요."

머리 박사님의 연필이 멈췄고, 드물게도 그가 소리 내 껄껄 웃었다. 그는 마치 오랜만에 만나는 조카를 점수 매기듯이 안경 너머로 나를 쳐다보았다. 그러더니 몇 장의 종이를 책상 위에 늘어놓고, 찾고 있던 것을 발견하고는, 소리 내지 않고 그것을 읽었다. 그가 메모를 들어 올렸다. "이건 네 대모 되는 톰슨 양한테서 온 거란다. '연필Pencil'의 이형異形에 대해 조사해달라고 그분한테 부탁했었는데, 너한테 부탁할 걸 그랬구나." 박사님이 내게 메모를 건네주었다. "이걸 더 알아봐주렴. 의미를 잘 드러내주는 인용문들을 찾고, 그 의미에 대한 정의 초안을 작성해주면 좋겠다."

1906년 7월 4일

친애하는 머리 박사님께,

이런 것들을 계속 받고 있으니 제 성격이 변해버릴 것 같은 기분이네요. 미용실은 그것들에 딱 맞는 장소예요. 제가 아이펜슬을 달라고 하자 사람들이 갈색, 밤색, 검은색, 그리고 적갈색을 가져다줬어요. 그 사람들은 '립펜슬Lip-pencil'이라는 말은 알아듣지 못했지만요.

우정을 담아,

이디스 톰슨

객석이 채워지고 있었고, 틸다는 아직 도착하지 않았다. 베네딕 역을 맡은 젊은 남자가 빌에게 고함을 질러대고 있었다.

"누나라며! 지금 어딨는지 왜 모른다는 거야?"

"내가 누나를 담당하는 사람은 아니지." 빌이 말했다.

배우는 믿을 수 없다는 표정으로 빌을 쳐다보았다. 가발은 비뚤어지고 분장한 얼굴에는 흐르는 땀으로 수로가 나 있었다. "당연히 담당이잖아." 그는 화를 벌컥 내며 자리를 떠버렸다.

빌이 내게 돌아섰다. "알겠지만 난 정말로 누나를 담당하는 사람이 아니에요. 누나가 나를 담당하는 사람이죠." 그는 무대 출입구 쪽을 힐끗 보았다.

"조만간 틸다가 나타나지 않으면 빌이 베아트리체 역을 해야겠어요." 내가 말했다. "대사 전체를 알잖아요."

"누나는 런던에 갔어요."

"런던?"

"'사업' 때문에요. 누나 말로는 그래요."

"무슨 사업인데요?"

"여성 참정권 운동이에요. 누나가 팽크허스트 무리하고 운명을 같이 하게 되어서요."

무대 출입구가 열리더니 틸다가 달려 들어왔다. 틸다의 얼굴에는 미소가 가득했고 두 팔에는 커다란 꾸러미가 들려 있었다.

"이것 좀 챙겨줘, 빌. 난 옷 갈아입어야겠어."

"베네딕 조심해요." 내가 말했다.

"그 사람이 넘어갈 만한 거짓말을 하면 될 거예요."

그날 밤 베아트리체는 베네딕을 압도했다. 틸다가 허리를 굽혀 무대 인사를 할 때 박수갈채가 너무도 길게 이어지자, 베네딕은 박수가 끝나기도 전에 무대에서 나가버렸다.

그 뒤에, 올드 톰으로 향하는 대신 틸다는 우리를 반대 방향으로, 세인트 자일스 스트리트에 있는 '이글 앤드 차일드' 쪽으로 이끌었다.

앞쪽에 있는 방 두 개 가운데 하나는 이미 꽉 차 있었는데, 틸다는 그 안으로 길을 뚫고 들어갔다. 나는 좁은 출입구 근처에 빌과 함께 서서 그 모임의 정체를 이해하려고 애를 썼다. 다양한 옷차림의 여자들이 있었는데, 세어보니 열두 명이었다. 몇몇은 부유해 보였지만 대부분은 아빠가 '중산층'이라고 부를 만한 사람들로 보였다. 나와 크게 다르지 않은 여성들이었다.

인사를 나누느라 잠시 멈춘 틸다가 우리가 서 있는 쪽을 돌아보며 소리쳤다. "꾸러미, 빌. 그것 좀 넘겨줄 수 있어?"

빌은 키 작고 둥글둥글한 몸집을 한 여자에게 꾸러미를 넘겨주었고, 여자는 감사를 표했다. "착한 남자네요. 우린 이런 남자가 더 필요한데."

"저 같은 놈, 그렇게 드물지 않은데요." 여자의 말뜻을 아는 것처럼 그가 말했다. 마치 내가 대화 중간에 끼어 있는 것처럼 느껴졌다.

"늘 마시던 걸로요?" 빌이 물었다.

"그걸 마시면 이게 다 무슨 일인지 이해가 좀 될까요?"

"금방 알게 될 거예요." 빌이 바를 향해 좁은 통로를 걸어갔다.

"자매님들." 틸다가 입을 열었다. "투쟁에 동참해주셔서 감사합니다. 팽크허스트 부인이 여러분이 여기 오실 거라고 약속하셨는데, 정말 와주셨군요." 열두 명의 여자가 마치 은사의 총애를 받는 학생들처럼 자부심으로 충만한 표정을 지었다.

"전단지를 가져왔어요. 각자 어디서 나눠줄지 표시해놓은 지도도요." 틸다가 꾸러미를 풀어 사람들에게 전단지를 돌렸다. 거기에는 학자 옷을 입은 한 여성이 죄수와 광인과 함께 감방에 감금돼 있는 그림이 그려져 있었다.

“옥스퍼드 대학에서 학위를 받았다고 적으면 좋을 것 같아요.” 한 여자가 말하는 게 들렸다.

“목록에 적어요.” 다른 여자가 말했다.

“에즈미!” 틸다가 소음을 뚫고 소리쳤다. “이 지도 좀 다른 테이블에 펼쳐놔줄래요?” 틸다는 자기 앞에 선 여자들의 머리 위로 접은 지도 한 장을 내밀었다. 내가 무엇에 더 동의하게 되는 건지 알 수 없어서 나는 머뭇거렸다. 틸다는 이해한다는 듯 지도를 들고 기다렸고, 참을성 있게 내 눈을 바라보았다. 나는 고개를 끄덕이고 다른 여자들과 함께 방 안으로 들어갔다.

나는 거리로 난 창문에 등을 대고, 면밀하게 들여다보는 여자들의 열기에 밀려 테이블에서 떨어지지 않도록 손으로 지도의 한쪽 모서리를 누르고 앉아 있었다. 열띤 대화가 이어졌다. 여자들은 작전을 의논했고, 각자의 주소에 맞게 이동 경로를 맞바꿨다. 몇몇은 아는 사람이 없는 곳에서 전단지를 돌리고 싶어했고, 몇몇은 공격받을 경우 빨리 대피할 수 있다는 이점을 살려 자기 동네를 고르고 싶어했다.

여자들 대부분은 전단지를 밤에 돌려야 한다는 데 동의했다. 어둠이 두렵거나 비협조적인 남편을 우려하는 다른 여자들은 팸플릿을 금주 모임 안내문으로 싸자는 안을 냈다. 그 아이디어는 환영받았지만, 유인용 안내문을 만드는 작업은 그 안에 동의한 여자들의 몫이었다.

세부 사항이 정해지자 틸다는 여자들 각자에게 작은 전단지 꾸러미를 하나씩 나눠주었고, 그들은 상기된 얼굴로 둘씩 짝을 지어 이글 앤드 차일드를 나섰다.

다른 사람들이 모두 떠나고 셋이 남자, 틸다는 그들을 지도 쪽으로 데리고 갔다. 그들이 더 구체적인 계획을 세우는 동안 나는 작은 방의 반대

쪽 끝으로 옮겨 갔다. 그러고는 쪽지 한 장을 꺼냈다.

자매들SISTERS

정치적 목표를 공유하며 연대하는 여성들; 동지들.

"자매님들, 투쟁에 동참해주셔서 감사합니다."

—틸다 테일러, 1906년

여자들은 전단지와, 좀 더 큰 또 다른 꾸러미 하나씩을 들고 돌아갔다. 틸다가 지도를 접고 있을 때 빌이 돌아왔다.

"이제 한잔할 준비 됐어?" 위스키와 내 취향이 되어가고 있던 샌디를 한 잔씩 내놓으며 빌이 말했다.

"타이밍 완벽해, 빌." 틸다가 잔을 받아들고 나를 보며 말했다. "재미있죠, 그렇죠?"

재미있는지 아닌지는 알 수 없었다. 나는 얼굴이 뜨거워졌고, 궁금했으며, 맥박이 빨리 뛰었지만, 그건 불안 때문인 것 같기도 했다. 나는 이 경험을 내가 기꺼이 받아들여야 하는지, 혹은 거부해야 하는지 조금도 확신할 수 없었다.

"비웁시다." 틸다가 말했다. "우리 아직 할 일이 남았어요."

우리는 이글 앤드 차일드를 나와 밴버리 로드 쪽으로 꺾었다. 틸다가 내게 갈색 종이로 포장하고 끈으로 묶은 내 몫의 전단지 꾸러미를 건넸다. 그것이 출판국에서 막 도착한 교정지 무더기일 수도 있었다는 생각이 들었다.

"이걸 내가 해야 되는 건지 잘 모르겠는데요." 꾸러미를 불편하게 받아들며 내가 말했다.

"당연히 해야죠." 틸다가 말했다. 빌은 일부러 우리 대화에 끼지 않으면서 바로 앞에서 걷고 있었다.

"난 당신 같지 못해요, 틸다. 거기 있던 여자들 같지도 못하고요."

"자궁이 있잖아, 안 그래요? 보지도 있죠? 빌어먹을 밸푸어하고 캠벨-배너먼 사이에서 결정을 내릴 만한 머리도 있잖아요? 거기 있던 여자들이랑 정확히 똑같아요."

나는 부식성 물질이 들어 있기라도 한 것처럼 꾸러미를 내 몸에서 떨어뜨려 들었다.

"겁쟁이같이 그러지 말자고요." 틸다가 말했다. "우리가 하는 일이라곤 종이쪼가리 몇 개 우편함에 넣는 것밖에 없는데. 최악의 경우라 봤자 불 속에 던져질 거고, 최선의 경우엔 누군가가 읽고 생각을 바꾸겠죠. 내가 무슨 폭탄 설치라도 부탁한 줄 알겠네."

"만약에 머리 박사님이 아시게 되면……"

"정말로 그 사람이 신경 쓸지 걱정되면, 신경 쓰는지 안 쓰는지 확실히 해둬요. 자, 이게 에즈미가 이동할 경로예요. 밴버리 로드 양쪽, 베빙턴 로드랑 세인트 마거리츠 로드 사이에 충분히 많이 있어요."

그 경로에는 서니사이드가 포함돼 있었다. 나는 계속 망설였다.

"제리코에 살죠, 아닌가요?"

나는 고개를 끄덕였다.

"그 길에서 크게 벗어나지 않아요." 틸다가 말했다. "빌, 에즈미랑 같이 가."

"틸다는요?"

"나 같은 사람은 보호자 없이 밤마실 좀 나가도 아무도 놀라지 않겠지만, 에즈미는 팔짱 끼고 같이 걸어줄 남자가 필요하잖아요. 불행히도."

세인트 자일스 스트리트를 걸어 올라갈 때는 몇 안 되지만 사람들이 눈에 띄었다. 또 다른 커플 한 쌍, 그리고 갈라져 우리 주위로 지나가며 과시하듯 공손하게 굴던 한 무리의 술 취한 학자들이었다. 세인트 자일스 스트리트에서 밴버리 로드로 접어들자 우리 앞에 놓인 길에서는 인기척이 완전히 사라졌다. 불안은 물러나고, 적극적이지 못했던 나 자신에 대한 후회가 그 자리를 차지했다.

"내가 할까요?" 베빙턴 로드를 지나 첫 번째 우편함에 가까워지고 있을 때 빌이 물었다.

내가 아는 것을 빌도 알았다. 내가 그 여자들과 다르다는 사실을. 내가 그들에게 동의할 수는 있지만, 그들 중 한 사람이 될 용기는 없다는 것을. 그가 꾸러미에 손을 뻗었을 때 나는 고개를 저었다. 그는 손을 내 등으로 옮겼고, 나는 그 손에 실린 힘이 고맙게 느껴졌다. 나는 틸다가 묶어놓은 나비 모양 매듭을 잡아당겨 풀고는 전단지를 싸고 있던 종이를 벗겼다. 감옥에 갇힌 여자의 이미지가 내 무관심에 비난을 보냈다.

서니사이드에 도착할 무렵 내 전단지는 많이 줄어들어 있었다. 나는 계속 빠른 속도로 걸었고, 그렇게 자꾸 장난을 걸어오면 사람들이 깨서 창문으로 내다볼 거라고 주의를 준 뒤로 빌은 아무 소리도 내지 않고 침묵을 지켰다. 빨간 우체통이 시야에 들어오자 나는 걸음을 늦췄다. 어릴 때 나는 머리 박사님은 자기 우체통을 갖고 있으니 대단히 중요한 사람이 틀림없다고 생각하곤 했다. 다른 무엇도 아니라 단어들에 대해서만 이야기하는 편지들로 가득 찬 그 우체통을 상상하는 일이 나는 좋았다. 내가 알파벳을 배우자 아빠는 내게 혼자서 편지를 쓰게 했다. 지어낸 의미를 지닌 지어낸 단어들, 오직 아빠와 나 두 사람만 이해할 수 있는 제멋대로의 문장들이 재료였다. 아빠가 내게 봉투와 우표를 한 장씩 주면,

나는 아빠에게 보내는 편지에 '옥스퍼드, 밴버리 로드, 스크립토리엄'이라고 주소를 썼다. 그러고는 정원을 가로질러 혼자 걸어간 다음, 대문을 나가 머리 박사님의 우체통에 내 편지를 넣곤 했다. 다음 며칠 동안은 서니사이드로 배달된 우편물을 뜯어보고, 쪽지를 각각의 묶음으로 분류해 넣고, 편지들을 검토하는 아빠의 표정을 관찰했다. 마침내 내 편지 차례가 되면 아빠는 다른 모든 편지를 읽을 때와 똑같이 진지하게 내 편지를 들여다보았다. 아빠는 내 편지를 훑어본 다음 중요한 주장에 동의하는 것처럼 고개를 끄덕였고, 그런 다음 나를 불러 의견을 물어보곤 했다. 심지어 내가 킬킬 웃을 때조차 아빠는 심각한 표정을 유지했다. 스크립토리엄의 편지들을 우체통에 넣을 때면 나는 여전히 특별한 전율을 느꼈다.

"78번지." 빌이 침묵을 가르며 말했다.

"스크립토리엄."

"원한다면 그냥 지나가도 돼요."

나는 대문 우편함 쪽으로 빠르게 걸어가 전단지를 안에 밀어 넣었다. 전단지는 바스락 하는 부드러운 소리와 함께 바닥으로 떨어졌다.

다음 날 아침, 서니사이드에서 내가 우편함을 비우고 있을 때 아빠가 양산을 들어주었다. 전단지는 우편물 무더기 맨 밑에, 봉투도 없이 무방비 상태로 노출돼 있었다. 전단지 가장자리가 보이자 갑작스레 걱정이 되었다. 내가 그걸 처리해야만 하게 될 것 같아서였다. 그래서 누구의 우편물 더미에 그걸 집어넣는단 말인가? 우편함에 넣은 뒤로 전단지는 점점 중요한 사물로 변해갔고 내 걱정도 거기 비례해 불어났다. 하지만 아침 햇빛 속에서, 그리고 학식 있는 남자들과 영민한 여자들에게서 온 그 모든 편지 사이에서 그것은 힘을 잃었다.

실망이 밀려왔다. 전단지가 무슨 일을 일으킬지 두려웠는데, 이제는 아무 일도 하지 못할까 봐 두려웠다.

"아빠, 머리 박사님이랑 약속을 했는데요, 박사님이 디트 고모한테 보내서 정리 편집을 맡기려고 작업하고 계신 쪽지 묶음에다 제가 새로운 인용문 몇 개를 추가해야 되거든요." 내가 말했다. "오늘 우편물 분류 좀 나중에 해도 돼요?"

"나한테 넘겨라. 가볍게 하루를 시작해보마."

나는 예상에서 벗어나지 않은 아빠의 대답이 고마웠다.

내 책상 앞에 앉으면 아빠의 옆얼굴이 선명하게 보였다. 쪽지를 분류하는 대신, 나는 우편물을 살펴보는 아빠의 표정이 달라지는 걸 관찰했다. 우편물 무더기 맨 밑에 이르자 아빠는 전단지를 집어 들었다. 나는 숨을 죽였다.

아빠는 전단지를 대충 훑어보더니 문구를 읽고는 잠시 심각한 얼굴로 생각에 잠겼다. 그런 다음 얼굴을 누그러뜨리고 미소를 지었고, 만화를 이해한 듯 고개를 끄덕였다. 그 만화가 예리하다고 생각한 걸까? 아니면 거기 담긴 주장에 동의한 걸까? 구겨서 버리는 대신 아빠는 그것을 자기 우편물 묶음에 끼워 넣었다. 그런 다음 분류 테이블에서 일어나 각각의 묶음을 제자리로 배달했다.

"네가 여기 관심이 있을 것 같구나, 에시." 작은 쪽지 묶음을 내 책상에 올려놓으며 아빠가 말했다. "우편물이랑 같이 왔더라."

나는 전단지를 받아 마치 처음 보는 물건처럼 훑어보았고, 아빠는 그런 나를 지켜보았다.

"네 젊은 친구들이랑 토론해볼 만한 가치가 있는 것 같다." 아빠가 말하고는 저쪽으로 걸어갔다.

틸다 말이 맞았다. 나는 겁쟁이였다. 전단지를 책상에 올려놓고 주머니에서 가장 최근에 작성한 쪽지를 꺼냈다.

'자매들'. 나는 분류함을 뒤졌다. '자매들'에는 쪽지가 많이 딸려 있었다. 그것들은 이미 분류되어 각각 다른 의미에 맞게 작성된 대표 쪽지들을 달고 있었다. 하지만 그중 어느 것에도 '동지들'이라는 의미는 없었다.

밸러드 부인이 업무 교대를 하기 시작한 뒤로 리지는 점점 더 많은 시간을 부엌에서 보내고 있었다. 의사가 오랫동안 서 있지 말라고 경고해서, 밸러드 부인은 부엌 테이블에 차 한 주전자를 올려놓고 앉아 이것저것 지시를 내리기 시작했다. 내가 들어갔을 때 부인은 〈옥스퍼드 크로니클〉의 페이지를 넘기며 방금 배달된 새고기를 소금에 절이라고 리지에게 일러주고 있던 참이었다.

"있지, 소금 아끼지 마." 부인이 말했다. "부드러워지려면 엄청 뿌려야 될 거야. 오래 절일수록 맛이 좋고."

리지는 눈동자를 위로 치떴지만 미소는 그대로 짓고 있었다. "제가 열두 살 때부터 새고기 소금에 절이는 걸 시키셨잖아요. 어떻게 하는지 정도는 저도 안다고 봅니다."

"시내에서 무슨 소동이 있었다고 그러네." 리지를 무시하며 밸러드 부인이 말했다. "서프러제트 몇 명이 시청 벽에 페인트로 구호를 쓰다가 붙잡혔다는데. 여기 나온 걸로는, 경찰이 세인트 올데이츠를 따라 쫓아갔는데, 그 여자들 중에 한 명은 넘어지고, 두 명은 그 넘어진 여자를 일으키려고 멈춰 섰다가 잡혔고, 나머지는 도망갔대."

"서프러제트?" 리지가 말했다. "그런 말은 처음 들어요."

"신문에 나와 있어." 밸러드 부인이 기사를 훑어내렸다. "팽크허스트 부인의 무리를 그렇게 부른다네."

"구호만 썼대요?" 내가 물었다. 나는 방화 사건을 예상했었다.

"기사에는 그렇게 나와 있네요. '여자: 죄수보다 권리가 많지 않은 자'라고 빨간 페인트로 썼다고."

"아가씨 전단지에 그런 말이 쓰여 있지 않았어요, 에즈미?" 새고기 그릇에 손을 담그고, 눈으로는 나를 보며 리지가 물었다.

"넘어진 여자는 치안판사 부인이고," 밸러드 부인이 말을 이었다. "다른 여자 둘은 서머빌 대학 출신이래요. 전부 다 배운 여자들이네요. 부끄러운 줄도 모르는지."

"그거 내 전단지 아니에요, 리지. 우편물 속에 섞여 있었어요."

"누가 배달했는지는 모르고요?" 눈을 돌리지 않은 채 리지가 물었다.

새빨간 홍조가 목 위로 솟아올라 내 얼굴을 삼켜버리는 게 느껴졌다. 리지는 내 대답을 알았고, 새고기 절이는 일로 돌아갔다. 리지의 동작이 조금 거칠어졌다.

나는 자리를 옮겨 밸러드 부인의 어깨 너머로 신문 기사를 읽었다. 세 명이 체포되었다. 유죄 선고는 없었고, 그러니 재판도 없었다. 틸다와 팽크허스트 부인은 실망할까, 나는 궁금했다.

스크립토리엄에서 나는 분류함을 찾아보았다. '참정권Suffrage'은 거기 있었고, '참정권 확장론자Suffragist'도 있었다. '서프러제트Suffragette'는 없었다. 나는 〈타임스 오브 런던〉 〈옥스퍼드 타임스〉, 그리고 〈옥스퍼드 크로니클〉의 최신호를 찾아내 책상으로 가져왔다. 각각의 지면에는 모두 서프러제트들을 언급하는 기사가 있었는데, 한 신문은 '참정권 확대론자들Suffragents'이라는 말을 썼고, 또 다른 신문은 그 단어를 동사로 써서 '여성의 참정권에 동의하기Suffragetting'라고 적었다. 나는 그것들을 잘라내고, 인용문에 밑줄을 긋고, 각 기사를 해당하는 단어 쪽지에 붙였다. 그런 다음 그것들 전부를 분류함의 제자리에 넣어두었다.

또 다른 날 밤 공연이 끝났을 때였다. 빌과 나는 틸다가 일상복으로 갈아입는 걸 도와주고 있었다.

"에즈미, 에즈미는 너무 편안해 보여요." 베아트리체의 속바지에서 발을 빼며 틸다가 말했다.

"여기가 우리 동네니까요, 틸다."

"치안판사 부인하고 서머빌 대학 출신 여자들도 여기 사는걸요."

한 시간 뒤 우리는 다시 이글 앤드 차일드에 있었다. 도움을 주기 위해 모인 여자들의 에너지를 보니 나 자신이 둔하게 느껴졌다. 새 전단지는 에멀린 팽크허스트가 참여하는, 런던에서 열릴 행진에 동참하자고 설득하는 내용이었고, 그들은 벌써 여행 계획을 짜고 있었다. 나는 그들의 단단한 의지가 내게도 전염되기를 바랐지만, 우리가 거리로 쏟아져 나왔을 때쯤에는 그들과 함께하긴 어렵겠다고 속으로 결론을 내린 상태였다.

"겁이 나는 것뿐이에요." 아이에게 하듯 내 뺨을 손으로 어루만지며 틸다가 말했다. 틸다는 전단지 한 묶음을 빌에게 주고 뒤로 걷기 시작했다. "문제가 뭐냐면요 에즈미, 에즈미는 엉뚱한 걸 무서워하고 있다는 거예요. 참정권 없이는 우리가 말하는 어떤 것도 아무 소용이 없고, 그거야말로 무서워해야 된다고요."

리지는 바느질 바구니와 작은 옷감 무더기를 앞에 놓고 부엌 테이블 앞에 앉아 있었다. 나는 밸러드 부인을 찾아 식품 보관실 쪽을 바라보았다.

"집 안에 머리 부인이랑 같이 계세요." 리지가 말했다. 그러고는 내게 구겨진 전단지 세 장을 건넸다. "아가씨 외투 주머니에서 찾았어요. 뒤진 건 아니에요. 그냥 단 수선을 하느라고 솔기를 살펴보다가요."

나는 아무 말도 하지 못하고 서 있었다. 나는 곤란해져 마땅하다는 익숙한 느낌이 찾아왔지만 왜 그런 느낌이 드는 건지는 알 수가 없었다.

"이 종이를 여기저기서 봤어요. 우편함 밖으로 떨어진 것도 봤고 커버드 마켓에서 누가 쓱 내밀기도 했고요. 그 사람들이 하는 말도 들었어요. 저한테 갈 거냐고 묻기까지 하더라고요." 리지가 실소를 흘렸다. "제가 당일치기로 런던에 갈 수 있기나 한 것처럼요. 그 여자 따라가다간 잘못될 거예요, 에시메이. 계속 그렇게 놔두다가는요."

"누구 말이에요?"

"누구 얘긴지 잘 알잖아요."

"내가 뭘 원하는지는 나도 알아요, 리지."

"그럴지도 모르죠. 근데 아가씨는 아가씨한테 좋은 게 뭔지는 제대로 안 적이 한 번도 없잖아요."

"이건 내 일만은 아니에요. 여자들 전체를 위한 거라고요."

"그래서, 그것들을 배달도 한 거예요?"

리지는 서른두 살이었지만 마흔다섯 살은 돼 보였다. 나는 갑자기 그 이유를 알 것 같았다. "리지, 리지는 모든 사람이 시키는 대로 하지만 아무 발언권도 없잖아요." 내가 말했다. "이 팸플릿들이 말하고 있는 게 그런 거예요. 이제 우리도 우리 자신을 위해서 말할 권리를 찾아야 돼요."

"그건 그냥, 이미 많은 걸 가졌으면서 더 많은 걸 갖고 싶어하는 돈 많은 숙녀분들 얘기죠." 리지가 말했다.

"그 사람들은 우리 모두를 위해서 더 많은 걸 갖고 싶어하는 거예요." 내 목소리가 커지고 있었다. "자기 자신을 위해 싸우지 않을 거라면, 다른 누군가가 자신을 위해 그래줄 때 기뻐하기라도 해야 하지 않을까요."

"아가씨가 그 종이들을 멀리하면 기쁘겠네요." 언제나처럼 조용하게 리지가 말했다.

"여자들이 참정권을 못 갖는 건 무관심 때문이에요."

"무관심이라." 리지가 비웃었다. "무관심보다 더 심한 걸걸요?"

그 말에 나는 폭발했고, 외투를 잊은 채 밖으로 나와버렸다.

점심식사 바로 전에 내가 부엌에 돌아왔을 때, 밸러드 부인은 김이 오르는 차 한 잔을 앞에 놓고 테이블 앞에 앉아 있었다.

"오늘 샌드위치는 삼 인분이면 될 것 같아요." 리지를 찾아 주위를 둘러보며 내가 말했다.

"너무 늦어버렸네요." 부인은 조리대 위 접시에 엄청나게 쌓인 샌드위치 쪽으로 고갯짓을 했다. 바로 그때 리지가 자기 방으로 이어지는 계단 맨 아래쪽에 모습을 드러냈다.

그쪽을 건너다보고 내가 미소 지었지만, 리지는 그냥 고개만 까딱할 뿐이었다.

"머리 박사님은 출판국 이사님들하고 회의가 있으시고, 아빠랑 보크 씨는 하트 씨를 만나러 나가셨어요." 나는 리지와 아무 일도 없었던 걸로 보이길 바라며 말을 이었다. "철자법 오류가 있었던 것 같아요. 아빠는 몇 시간쯤 걸릴 거라고 하셨어요."

"그럼 이 샌드위치는 우리가 차 마시면서 먹어야겠구나, 리지." 밸러드 부인이 말했다.

"버리기는 아깝죠." 부엌을 가로질러 조리대로 가서 샌드위치 몇 개를 작은 접시에 옮겨 담으며 리지가 대답했다.

"내가 할게요." 내가 말했다.

"오늘 밤에 극장에 갈 거예요, 에즈미?" 리지는 연기에는 별로 소질이 없었다.

"그럴 것 같아요."

"그러다 대사를 다 외우겠네요."

나로선 대답할 말이 없는 비난이었다. 그건 사실이었고, 내가 틸다의 대사를 외워서 따라하고 있는 걸 발견할 때면 빌은 나를 놀렸다. "틸다 대역을 해도 되겠어요." 그는 그렇게 말하곤 했다.

"리지도 갈래요?" 내가 물었다.

"아뇨. 첫 번째에는 감사했지만요, 에즈미, 한 번이면 족해요, 저는."

내가 안도감을 그렇게 투명하게 드러내버리지 않았다면, 리지는 거기서 멈췄을지도 모른다. 리지는 한숨을 쉬고는 목소리를 낮췄다. "아가씨는 그 사람들 같은 속된 사람이 아니에요, 에시메이."

"난 어린애가 아니에요."

밸러드 부인이 소리 나게 의자를 뒤로 밀고는 허브 바구니를 가지고 정원으로 나갔다.

"그게 속된 거라면 이제 난 '조금 더' 속된 사람이 돼야겠네요. 세상이 변하고 있어요. 여자들은 다른 사람이 결정해주는 삶을 살 필요가 없어요. 여자들은 선택할 수 있고, 나는 내 남은 삶을 다른 누군가가 시키는 대로 하면서, 남들이 어떻게 생각할지 걱정하면서 살지 않기로 했어요. 그런 건 삶이라고 할 수도 없으니까."

리지는 서랍에서 깨끗한 천을 꺼내 그날 오후에 밸러드 부인과 자신이 먹을 샌드위치 접시를 덮었다. 그러더니 몸을 똑바로 펴고, 숨을 깊이 들이쉬고는, 손으로 목에 걸린 십자가를 더듬어 찾았다.

"아, 리지, 난 그런 뜻이……"

"선택이란 좋은 거겠죠. 하지만 제가 있는 곳에선 세상이 언제나처럼 그대로랍니다. 만약 선택이란 걸 할 수 있다면, 에즈미, 잘 선택해요."

마지막 공연은 매진되었다. 세 번의 앙코르와 기립 박수가 쏟아졌고, 배우들은 축하의 건배를 하기도 전에 성공에 취해 있었다. 틸다가 뉴 시어터에서 올드 톰으로 그들을 이끌었다. 틸다는 양팔에 배우 한 명씩 팔짱을 끼고 걸었는데, 그들이 너무도 친밀하게 서로에게 몸을 기울이고 있어서 저녁 거리를 메운 사람들이 계속 고개를 돌려 쳐다보았다.

나는 뒤쪽에서 빌과 함께 걸었다. 거긴 매주 만들어지는 대열에서 우리가 늘 고르는 자리였고, 평소처럼 그는 내 손을 찾아 자기 팔에 올려놓고는 몸을 바짝 붙이고 걸었다. 하지만 그날은 분위기가 좀 달랐다. 그의 손이 내 손 위에 머물렀고, 그의 손가락들이 복잡한 패턴을 그리며 내 무방비한 살갗을 더듬었다. 그는 말이 없었고, 일행을 따라가는 데도 평소보다 의지가 없었다.

"사람들 정말 신났네요." 내가 말했다.

"마지막 밤 공연에선 항상 이래요."

"무슨 일이 일어날까요?" 공모하듯 몸을 가까이 기울이며 내가 물었다.

"최소한 한 명은 체포되고, 한 명은 처웰강에 빠지고, 그리고……" 그가 나를 보았다.

"그리고?"

"틸다가 저 둘 중 한 명이랑 침대로 가겠죠. 방으로 몰래 데려갈 능력이 있는 사람이 누구든 간에."

"그걸 어떻게 알아요?"

"누나는 늘 그래요." 명백히 내 반응을 떠보는 투로 빌이 말했다. "항상 아니라고 말은 하죠, 섹스는 연기에 좋지 않다면서. 근데 그래놓고는 허락해요."

그건 나도 아는 사실이었다. 틸다가 자주 말했으니까. 그럴 때면 나는 얼굴을 붉혔고, 그러면 틸다는 이렇게 말하곤 했다. "수컷 거위가 할 수 있는 일이면 암컷 거위도 해도 되잖아요?" 틸다는 내 말은 듣지 않으려 했다. 내가 하는 말들이 내 귀에도 진짜 나 자신의 것으로는 들리지 않았다. 어딘가에서 빌려온 말로 들리기 시작했다.

"있잖아요, 에즈미." 틸다는 말했다. "여자는 그걸 좋아하게 만들어져 있어요."

그런 다음 틸다는 어떻게 하는 건지 가르쳐주었다.

"그걸 뭐라고 해요?" 다음 날 나는 어설프기도 하고 날카롭기도 했던 쾌락의 기억을 여전히 생생하게 지닌 채 이렇게 물었다.

틸다는 웃었다. "찾는 데 성공은 했군요, 그럼?"

"뭘 찾아요?"

"그 작은 혹 말이에요. 클리토리스. 내가 철자를 알려줄게요, 적어놓고 싶다면." 나는 주머니에서 쪽지 한 장과 몽당연필 한 자루를 꺼냈다. 틸다가 그 단어의 철자를 말했다. "어떤 의대생 하나가 명칭을 알려줬어요. 그것에 대해 아는 건 거의 없었지만."

"무슨 뜻이에요?"

"음, 그 사람은 그게 남자 성기의 자투리 같은 거라고 설명하더라고요. 여자가 아담의 몸에서 나왔다는 증거라나. 하지만 에즈미랑 마찬가지로 그게 뭘 할 수 있는지 전혀 몰랐어요. 알았더라도 부적절한 거라고 생각했든지요." 틸다가 웃었다. "그건 여자한테 쾌락을 가져다줘요, 에즈미. 그게 유일한 기능이에요. 그걸 알면 모든 게 변할 거예요, 그렇지 않나요?"

나는 이해하지 못한 채 고개를 흔들었다.

"우린 그걸 즐기게 만들어져 있다고요." 틸다는 그렇게 말했다. "피하거나 견디는 게 아니라요. 그러니 즐겨요, 남자들처럼."

틸다와 그 주위를 둘러싼 남자들을 함께 따라가면서, 빌은 내가 그를 만나고 처음으로 수줍어하는 것처럼 보였다.

"누나는 오늘 밤에 집에 안 올 거예요." 그가 말했다.

적절한 대답이 혀 위에 맴돌았지만, 나는 아무 말도 하지 않았다.

"나한테 확실히 그렇게 알려줬어요."

그의 말들이 내 몸을 파고들더니 이제는 내가 이름을 아는 곳으로 흘러들었다. 그를 따라가면 무슨 일이 생길지 나는 알고 있었다. 나는 그것을 갈망했다.

"저 늦으면 안 돼요." 내가 말했다.

"안 늦을 거예요."

며칠 뒤 빌과 틸다, 그리고 나는 역에서 만나 차를 마셨다. 빌은 내 뺨에 입을 맞췄다. 누가 봤다면 아마 우리가 오래된 친구나 사촌이라고 생각했을 것이다. 내 귓가를 파고들었던 빌의 부드러운 숨결이나, 그 숨결을 만난 내 몸의 떨림 같은 건 알아채지 못했을 것이다. 사흘 밤 연속으로 그는 나라는 영토를 탐험했다. 존재하는지조차 내가 알지 못했던 기쁨의 틈새를 찾아냈다. 옥스퍼드에 그냥 있을까요? 그는 여러 번 물었다. 물어봐야 하는 거라면, 여기 안 있는 편이 나을 거예요, 나는 말했다.

틸다가 내게 종이봉지 하나를 건넸다.

"걱정 말아요. 전단지는 아니니까." 틸다가 웃었다.

나는 봉지를 열어보았다.

"립펜슬, 아이펜슬, 그리고 아이브로펜슬이에요." 틸다가 말했다. "에즈미 대모님이 가시는 미용실은 아닐지 몰라도, 구하기 어렵지는 않았어요. 에즈미 주려고 립스틱도 몇 개 샀어요. 머리 색깔하고 어울리게 빨간색으로. 그 색깔 살리려면 새 드레스 한 벌 필요하겠다."

나는 쪽지를 꺼냈다. "'립펜슬'을 넣어서 문장을 만들어봐요."

"그 립펜슬은 예술가의 붓처럼 그 여자의 루비빛 입술 윤곽을 따라갔다."

"저 문장 계속 연습한 거예요." 빌이 말했다.

"연습했다는 건 쪽지에는 안 들어가요."

"진짜 사전에 넣으려고 적는 거면, 책에서 온 문장이어야 되지 않아요?" 빌이 물었다.

"그렇죠. 하지만 심지어 머리 박사님도 인용문을 지어내실 때가 있거든요. 존재하는 인용문들이 의미를 충분히 드러내주지 않을 때요."

"그건 내 문장이니까 가지든지 버리든지 해요." 틸다가 말했다.

나는 갖기로 했다. 빌이 찻잔에 차를 더 부었다.

"맨체스터에서는 벌써 공연 일정이 잡힌 건가요?" 내가 물었다.

"우리가 맨체스터에 가는 건 연극 작업 때문이 아니에요, 에시." 빌이 대답했다. "틸다가 WSPU에 가입했어요."

"그게 뭔데요?"

"여성사회정치연합The Women's Social and Political Union." 틸다가 말했다.

"틸다의 연기 실력이 쓰일 곳이 있을 거라고 팽크허스트 부인이 생각한대요." 빌이 말했다.

"난 목소리 연기를 할 수 있을 거예요."

"그걸 고급스럽게 들리게 할 수도 있을 거고." 빌은 자랑스러움이 가득한 눈으로 자기 누나를 바라보았다. 나는 그가 틸다를 떠날 거라고는 상상할 수 없었다.

1906년 12월

손에 봉투를 가득 든 엘시 머리가 스크립토리엄을 돌고 있었다. 나는 경력, 교육 수준, 성별의 차이를 두툼한 정도로 드러내는 봉투를 조수들 각자가 하나씩 받는 것을 지켜보았다. 아빠의 봉투는 두툼했다. 내 봉투는, 로스프리스와 엘시의 것과 마찬가지로, 속에 든 게 거의 없어 보였다. 엘시는 자기 여동생 자리에 잠시 멈춰 섰고, 얘기를 나누는 동안 로스프리스의 틀어 올린 머리에서 삐져나온 금발 머리 한 가닥을 핀으로 다시 꽂아주었다. 머리카락이 잘 고정되자 만족한 엘시는 계속 걸어 내 책상 쪽으로 다가왔다.

"고마워, 엘시." 급료 봉투를 받으며 내가 말했다.

엘시는 미소 지으며 조금 더 큰 봉투 하나를 내 책상 위에 올려놓았다. "요 며칠 좀 지루해하는 것 같네, 에즈미."

"아니, 전혀 그렇지 않아."

"너 되게 착하다. 나도 분류 작업이랑 답장 쓰기는 할 만큼 해봤거든. 얼마나 지겨운지 알아." 엘시는 봉투를 열고 교정지 한 장을 꺼내더니 내 쪽으로 밀었다. "네가 교열 작업을 한번 해보면 좋아하지 않을까 하고 아버지가 생각하시더라."

비록 나를 덮친 무거운 기분을 풀어주진 못했지만, 그 소식은 반가웠다. "아, 엘시, 고마워."

엘시가 기쁜 얼굴로 고개를 끄덕였다. 나는 엘시가 늘 하는 질문을 하길 기다렸다.

"뉴 시어터에서 오늘 밤에 새로운 공연 시작하던데." 엘시가 말했다.

"맞아."

"갈 거야?"

나는 육 년 동안 금요일마다 급료 봉투를 받았고, 엘시는 금요일마다 뭘 사서 스스로에게 보상을 해줄 거냐고 묻곤 했다. 나는 언제나 우리 집 분위기를 밝게 바꿔줄 어떤 물건 이름을 대곤 했는데, 틸다를 만난 뒤로는 대답에 거의 변화가 없어졌다. '나는 극장에 갈 거야.' 한번은 〈헛소동〉의 어떤 부분에 그렇게 빠져 있는 거냐고 엘시가 물은 적이 있었다. 빌이 떠올랐다. 우리가 무대 저편 어둠 속에서 틸다를 보고 있을 때, 그의 다리가 내 다리에 와 닿았던 일이.

"오늘 밤에는 극장에 안 갈 것 같아." 내가 대답했다.

엘시가 잠깐 동안 나를 바라보았다. 짙은 두 눈에 동정심이 깃들어 있었다.

"시간은 많아. 신문에서 읽었는데 그 공연, 런던에서 인기 있었대. 장기 공연을 계획하고 있대."

그러나 나는 다른 극단도, 다른 연극도 상상할 수 없었고, 빌이 아닌 다른 누군가와 함께 객석에 앉아 있는 나를 생각하니 금방이라도 눈물이 터질 것 같았다.

"괜찮을 거야." 자리를 떠나기 전에 가볍게 내 어깨를 만져주며 엘시가 말했다.

엘시가 사라진 다음 나는 건네받은 교정지를 바라보았다. 그것은 다음번 분책에 들어갈 첫 페이지였고, 모서리에는 '재앙을 예감하다 Misbode'의 추가 용례가 적힌 쪽지가 핀으로 꽂혀 있었다.

머리 박사님이 휘갈겨 쓴 지시 사항은 내용이 다 들어가게 페이지를 교열하라는 것이었다. 나는 몇 년 전 문제의 단어를 편지 봉투에서 꺼냈을 때를 기억했다. 여자의 단정한 글씨와 초서에게서 인용한 한 문장을. 아빠와 나는 그 단어를 가지고 일주일 동안 게임도 했었다. 이번에 온 새로운 문장은 잠깐 동안 내 움직임을 멈춰놓았다. 그의 부재에서 재앙을 예감하는 슬픔 때문에 그 여인은 거의 이성을 잃었다.

그들이 그리웠다. 그들과 함께 있을 때면 언제든, 두 사람이 희곡을 쓰고 무대를 세워 올린 공연에서 내가 연기할 배역이 있는 것처럼 느껴졌었다. 나는 너무도 쉽게 그 역할에 빠져들었다. 별로 중요하지 않은 캐릭터. 자신과 대조되는 주인공들을 더욱 빛나게 하는 평범한 인물. 이제 그들은 짐을 싸서 떠나버렸고, 나는 대사를 잊어버린 기분이었다.

하지만 빌의 부재 때문에 내가 이성을 잃었을까?

그가 처음으로 내 손을 잡았을 때부터 내가 원했던 것을 그는 내게 주었다. 사랑은 아니었다. 사랑과는 전혀 닮은 데가 없었다. 그건 지식이었다. 빌은 내가 쪽지에 쓴 단어들을 가져가서는 그것들을 내 몸에 있는 장소들로 바꿔놓았다. 어떤 훌륭한 문장으로도 정의 가까이에 갈 수 없는 감각들을 그는 내게 소개했다. 끝이 가까워졌을 때, 나는 내 숨결에 기쁨이 섞여 내쉬어지는 소리를 들었고, 그 맥박을 드러내려고 내 등이 활처럼 휘고 목이 쫙 펴지는 걸 느꼈다. 그건 굴복이었지만, 빌에 대한 굴복은 아니었다. 마치 연금술사처럼, 빌은 메이블 할머니의 저속함과 틸다의 실전 기술을 아름다운 무언가로 바꿔놓았다. 나는 감사한 마음이었지만, 사랑에 빠져 있지는 않았다.

가장 그리운 사람은 틸다였다. 내게 재앙을 예감하는 슬픔을 남긴 것은 틸다의 부재였다. 틸다는 내가 이해하고픈 생각들을 지니고 있었고, 내가 말할 수 없는 것들을 말했다. 중요한 것에 더 신경을 썼고, 그렇지 않은 것에는 신경 쓰지 않았다. 틸다와 함께 있을 때 나는 내가 뭔가 비범한 일을 할 수 있을 것 같다고 느꼈다. 틸다가 가버린 지금은 절대로 그럴 수 없을 것 같아서 두려웠다.

"또 몸이 안 좋아요, 에시?" 물을 한 잔 마시려고 내가 부엌에 내려왔을 때 리지가 물었다. "좀 창백해 보이네요, 확실히."

밸러드 부인은 몇 달이나 일찍 만들어둔 크리스마스 푸딩을 점검하면서 브랜디를 조금씩 뿌리고 있었다. 부인은 눈을 가늘게 뜨고, 주름이 깊어지도록 얼굴을 찡그리며 나를 보았다. 리지가 부엌 테이블 위 주전자에서 물을 조금 따라 내게 주고는, 식품 보관실로 가서 다이제스티브 비스킷 한 상자를 꺼내 왔다.

"가게표 비스킷이네요!" 내가 말했다. "식품 보관실에 얘네들이 숨어 있다는 걸 아셨어요?"

부인은 눈을 깜빡였고, 얼굴은 누그러졌다. "머리 박사님이 맥비티스 다이제스티브 비스킷을 고집하시거든요. 스코틀랜드 생각이 나게 해준다나요."

리지가 비스킷 하나를 내게 건넸다. "속이 좀 진정될 거예요."

나는 음식 생각이 전혀 없었지만, 리지가 먹으라고 고집했다. 밸러드 부인과 리지가 내 주위에서 바쁘게 움직이는 동안, 나는 부엌 테이블 앞에 앉아 비스킷을 조금씩 갉아먹었다. 그들이 하는 일에는 진척이 거의 없었다. 리지가 세 번째로 화덕을 닦아냈을 때 나는 마침내 무슨 문제라도 있는 거냐고 물었다.

"아니, 아니에요, 아가씨." 밸러드 부인이 급히 대답했다. "틀림없이 모든 게 괜찮아질 거예요." 하지만 부인의 얼굴에는 찌푸린 표정이 돌아와 있었다.

"에즈미." 마침내 행주를 내려놓으며 리지가 말했다. "잠깐 위층으로 올라갈래요?"

나는 밸러드 부인을 보았고, 부인은 고개를 끄덕여 내게 리지를 따라가라고 했다. 무언가가 잘못돼 있었고, 잠깐 동안 나는 내가 병에 걸린 거라고 생각했다. 숨을 깊이 들이마시자 그 생각은 지나갔고, 나는 리지를 따라 계단을 올라갔다.

우리는 리지의 침대에 앉았다. 리지는 무릎 위에 불편하게 얹은 양손을 내려다보고 있었다. 손을 내밀어 그 두 손을 감싼 건 나였다. 리지한테 뭔가 나쁜 일이 생겼구나, 생각했다. 어디가 아프거나, 내가 선택에 관해 한 그 모든 얘기가 리지를 부추겨 더 나은 일자리를 찾게 만들었는지도 몰랐다. 아직 한 마디도 듣지 않았는데 눈에 눈물이 차올랐다.

"얼마나 됐는지 알아요?" 리지가 물었다.

나는 그 말들과, 내가 이해할 수 있는 무언가를 맞춰보려 애쓰며 리지를 빤히 쳐다보았다.

리지가 다시 물었다. "얼마나 됐느냐고요, 그러니까……" 리지는 내 배를 쳐다보고는, 나와 눈을 마주쳤다. "……임신한 지."

나는 그제야 이해했다. 리지의 손에서 내 손을 빼고는 일어났다.

"그게 무슨 소리예요, 리지." 내가 말했다. "그건 불가능해요."

"오, 에시메이, 바보 같은 아가씨." 리지가 일어나 내 손을 다시 잡았다. "정말 몰랐어요?"

나는 고개를 저었다. "리지는 어떻게 아는데요?"

"엄마가 항상 임신한 상태였으니까요. 그게 제가 여기 오기 전에 알았던 전부였어요. 아픈 건 금방 지나갈 거예요."

나는 마치 미친 사람을 보듯 리지를 쳐다보았다. "내가 아이를 가질 순 없어요, 리지."

임신하다Expect. 임신한Expectant. 임신 중인Expecting.

그 단어는 원래 '기다리다'라는 뜻이다. 초대를 기다리고, 사람을 기다리고, 일이 일어나길 기다리고. 하지만 아이를 기다린다는 뜻은 아니었다. 『D부터 E까지』에 나오는 어떤 인용문도 아이에 대해 언급하지 않았다. 리지는 내가 '기다린 지' 십 주쯤 됐다고 계산해냈지만, 나는 아무것도 알아차리지 못했다.

다음 날, 나는 아빠와 아침을 먹는 대신 침대에 누워 있었다. 두통이라고 둘러댔고, 아빠도 내 안색이 창백하다는 데는 동의했다. 아빠가 스크립토리엄으로 나서자마자 나는 아빠 방에 가서 릴리의 거울 앞에 섰다.

나는 조금 창백했다. 그건 맞았다. 하지만 잠옷을 입은 내 몸에는 달라진 데가 없었다. 나는 목 주위 리본을 풀고 잠옷이 바닥에 떨어지게 놔두었다. 내 머리에서 발끝까지 손가락으로 탐색하던 빌의 기억이 떠올랐다. 그는 내 모든 곳에 이름을 붙였었다. 내 시선이 그의 경로를 재탐색했다. 우리가 함께 있을 때마다 그랬던 것처럼 소름이 돋았다. 나는 배에서 멈췄다. 흔히 과식을 했을 때, 가스가 찼을 때, 매달 생리 전 몸이 부었을 때처럼 배가 둥글어질 조짐이 보였다. 하지만 그중 어느 것도 내게는 해당 사항이 없었고, 내가 아주 최근에야 읽어내는 법을 배운 내 몸은 갑자기 이해할 수 없는 존재가 되어 있었다.

나는 잠옷을 도로 끌어올려 입고, 리본을 단단히 묶었다. 침대로 돌아가 이불을 목까지 끌어올렸다. 몇 시간 동안 거의 움직이지 않고, 내 안에서 무슨 일이 일어나는지 느끼지 않기를 바라면서 그렇게 누워 있었다.

나는 기다리고 있었다. 아이는 아니었다. 나는 해결책을 기다리고 있었다.

그날 밤 잠을 설쳤다. 아침이 되자 잠이 부족해 괴로웠지만, 그래도 스크립토리엄에 가기로 했다. 맥비티스 비스킷 한 상자를 책상에 넣어두고, 아침 우편물을 처리하고 쪽지를 분류하는 동안 조금씩 먹었다. 대표 쪽지에 적힌, 자원봉사자들이 제안한 정의들을 조금 더 괜찮게 고쳐보려고 했지만, 더 좋은 생각이 떠오르지 않았다.

나는 분류 테이블 쪽을 건너다보았다. 아빠는 늘 앉는 자리에 앉아 있었고, 스웨트먼 씨와 메일링 씨도 그랬다. 요크니 씨는 미첼 씨가 앉던 자리에 앉아 있었고, 나는 갑자기 그가 어떤 종류의 구두를 신는지, 양말은 짝짝이가 아닌지 궁금해졌다. 또 한 명의 어린애가 있어서 분류 테이블 밑에 들어간다면 환영받을까? 아니면 새로 온 조수들이 불평과 책망과 비난을 퍼부을까? 아빠가 기침을 했고, 손수건을 꺼내 코를 풀었다. 아빠는 감기에 걸렸고, 그게 다였지만, 나는 아빠가 예전보다 나이 들었고, 머리도 더 희끗희끗해졌고, 살도 더 쪘다는 사실을 갑자기 깨달았다. 어머니 겸 아버지이자, 할머니 겸 할아버지가 될 에너지가 그에게는 있을까? 그에게 그런 걸 요구하는 게 공평한 일일까?

점심시간에 나는 부엌에 있는 밸러드 부인과 리지에게 갔고, 그들의 걱정을 견뎠다.

"아버지한테 말씀드려야 돼요, 에시메이. 그리고 빌한테도 해야 할 일을 하라고 시켜야 되고요." 리지가 말했다.

"빌한테는 말 안 할래요." 내가 말했다. 리지가 두려움 가득한 얼굴로 나를 빤히 쳐다보았다.

"최소한 톰슨 양한테는 편지를 쓰세요. 그분이 아버지한테 말하는 걸 도와주실 거예요. 뭘 해야 되는지도 아실 거고." 밸러드 부인이 제안했다.

"아직 시간이 좀 있잖아요." 정말로 시간이 있는 건지 아닌지도 모르면서 내가 말했다. 리지와 밸러드 부인은 서로를 쳐다보았지만 아무 말도 하지 않았다. 견디기 힘든 침묵이 부엌에 흘렀다. 리지가 토요일에 커버드 마켓에 같이 가겠느냐고 했을 때, 나는 그러겠다고 했다.

시장에는 사람이 많았다. 다행스러운 일이었다. 매대에서 매대로 옮겨 다니며 리지가 한 과일의 단단함을, 다른 과일의 탱탱함을 시험해보는 동안 나는 옆에서 따라다녔다. 다정한 농담들은 친숙했고, 위안이 되었다. 아무도 내게 기분이 어떠냐고 묻거나, 창백해 보인다고 말하려 들지 않았다.

마침내 우리는 메이블 할머니의 매대로 향했다. 메이블을 보는 건 몇 주 만이었다. 더 작아진 것 같았고, 부자연스럽게 굽은 등은 더욱 두드러져 보였다. 가까이 다가가면서 보니 메이블은 조각을 하고 있었다. 나는 더 가까이 갔다. 두 손의 움직임은 매혹적이었고, 그 기민함은 망가진 몸과는 대조를 이뤘다.

메이블은 너무 열중한 나머지 리지가 오렌지 하나를 앞에 있는 궤짝에 올려놓은 다음에야 우리가 매대 옆에 서 있었다는 걸 알아차렸다. 험한 얼굴은 선물에 대해서는 이렇다 할 감정을 드러내지 않았지만, 메이블은 조각칼을 내려놓고 넝마 주름 속에 오렌지를 얼른 집어넣었다. 그러고는 칼을 집어 들고 다시 조각을 시작했다.

"네가 좋아할 거다, 다 되면." 메이블이 나를 보며 말했다.

"이게 뭔데요?" 리지가 물었다.

메이블은 몸을 돌려 잠깐 리지를 쳐다보더니 조각상을 건넸다.

"음유시인 탈리에신이다. 아니면 마법사 멀린이든지. 내 생각엔 여기 워즈-워스Words-Worth 양이 아빠 갖다준다고 좋아할 기다." 이 말장난에 대한 칭찬을 기대하며 메이블이 나를 돌아보았다. 나는 힘없는 미소를 지어 보였다.

"둘 중 하나여야 할 거 아니에요." 리지가 말했다.

"하나고, 다 같어." 눈으로 나를 훑고는 살짝 눈을 가늘게 뜨며 메이블이 말했다. "그냥 이름만 계속 바뀌는 거라고."

리지가 조각상을 도로 건네주자 메이블은 내 얼굴에서 눈을 떼지 않은 채 그걸 받았다. 나는 불편하게 몸을 움직였고, 메이블은 앞으로 몸을 기울였다.

"티가 나네." 메이블이 속삭였다. "얼굴을 보니 티가 나. 그 외투 벗으면 잘 보이겄어."

상인들이 외치는 소리, 손수레가 덜컥거리는 소리, 맞부딪치는 대화들. 시장에서 들려오는 이 모든 소리가 빨려 들어와 귀청을 찢는 하나의 소리로 변했다. 나는 본능적으로 주위를 둘러보았고, 풀고 있던 외투 단추들을 잠갔다.

메이블이 미소를 짓고는 물러나 앉았다. 자신이 뿌듯한 모양이었다. 내 몸이 떨리기 시작했다.

그 순간까지 내 걱정은 아빠에게 말해야 한다는 게 다였다. 다른 사람들이 어떻게 생각할지, 혹은 그들이 알고 나서 무슨 일이 생길지에 대해서는 생각해본 적이 없었다. 나는 주위를 둘러보았다. 도망칠 곳 없이 갇힌 작은 생물이 된 것 같았다.

"결혼한단 얘기는 못 들었는데." 메이블이 말했다.

"그만하세요, 메이블." 리지가 속삭였다.

그들의 대화가 웅웅거림을 뚫고 귀로 들어왔고, 시장의 소음들이 다시 흘러 들어왔다. 알아차린 사람이 없는 것 같다고 깨닫자 잠시나마 안도의 순간이 찾아왔다. 그러나 그 순간은 지속되지 않았다. 나는 무너져 내리지 않기 위해 메이블의 궤짝에 몸을 기대야 했다.

"걱정 말어, 아가씨야." 메이블이 말했다. "아직 몇 주는 있어. 사람들은 보통 자기가 볼라고 마음먹고 보지 않음 못 알아차려."

"하지만 할머니가 알 수 있으면, 다른 사람들도……" 리지가 나를 대신해 말해주었다. 내 두려움이 리지의 목소리에도 어느 정도 묻어났다.

"나같이 특별한, 그걸 뭐라 그런다냐, 전문 지식을 가즌 사람은 아무도 없어."

"아이들이 있으세요?" 질문하는 나 자신의 목소리가 귀에 간신히 들어왔다.

메이블이 소리 내 웃었다. 시커먼 잇몸이 보기 흉했고, 나를 비웃는 듯했다. "나는 그렇게 멍청하지는 않어." 메이블이 말했다. 그러더니 목소리를 낮췄다. "애를 안 낳는 방법이 있거든."

리지가 기침을 하더니 메이블의 테이블에 놓인 여러 가지 물건들을 집어 들기 시작했다. 이것저것 보여주고는, 마음에 드는지 내게 물었다. 리지의 목소리는 필요 이상으로 컸다.

메이블이 내 눈을 보았다. 그러더니 꽃 매대와 그 너머까지 들으라는 듯한 목소리로 말했다. "어떤 물건을 보여드릴까, 아가씨?"

나도 연기에 동참했다. 작업이 안 끝난 탈리에신 조각상을 집어 들고 떨리는 손으로 이리저리 돌려보았다. 거의 눈에 들어오지 않았다.

"그거 내 작품 중에 제일 훌륭한 거야. 근데 아직 다 안 됐다." 메이블이 손을 뻗으며 말했다. "점심 먹고 나면 끝날 거 같은데, 생각 있음 이따 다시 오고."

"이제 가야 돼요, 에즈미." 리지가 내 팔을 잡았다.

"다른 사람이 못 사 가게 따로 둘게." 우리가 자리를 뜨려고 몸을 돌릴 때 메이블이 말했다.

나는 고개를 끄덕였다. 메이블도 고개를 끄덕였다. 그런 다음 리지와 나는 더 이상 아무것도 사지 않고 시장을 떠났다.

"들어가서 차 마실래요?" 서니사이드에 도착하자 리지가 물었다. 토요일에는 나이 많은 조수들 모두가 반나절만 일했고, 나는 아빠를 기다리는 동안 부엌에서 리지와 자주 어울리곤 했다.

"오늘은 괜찮아요, 리지. 그냥 집에 가서 아빠 놀래드리려고 산 장식이나 몇 개 달아야겠어요."

집에 도착한 나는 계단을 올라가 아빠의 방으로 향했고, 다시 릴리의 거울 앞에 섰다. 메이블이 알아본 건 내 배가 아니었다. 내 얼굴이었다. 나는 거울을 들여다보며 메이블이 무엇을 본 건지 알아내려 애썼지만, 나를 마주 꿰뚫어 보는 건 언제나 한결같은 내 얼굴이었다.

어떻게 그게 가능했을까? 얼굴은 틀림없이 해마다 변해왔을 텐데, 나는 달라진 점을 찾을 수 없었다. 나는 낯선 사람처럼 나 자신의 모습을 붙잡으려고 거울에서 눈을 돌렸다가 재빨리 다시 거울을 보았다. 한 여자의 얼굴이 보였다. 내가 예상한 것보다 나이 들어 보였고, 커다래진 갈색 눈에는 두려움이 가득했다. 하지만 그 여자가 임신했다는 증거는 내 눈에는 전혀 보이지 않았다.

계단을 내려가 아빠에게 메모를 썼다. 옷 좀 사가지고 올게요, 그렇게 적었다. 패스트리를 사 들고 세시쯤 집에 돌아와 애프터눈 티와 함께 먹을 생각이었다.

커버드 마켓으로 다시 자전거를 타고 갔다. 도착했을 때는 숨이 찼다. 전과는 달랐다. 자주 본 적 있는 소년이 내가 서 있는 곳으로 다가오더니, 내 자전거를 가장 가까운 벽에 세워주겠다고 했다. 자기가 자전거를 보고 있겠다는 것이었다. 소년의 어머니가 매대에서 고갯짓을 했고, 나도 고개를 끄덕였다. 저 사람이 내 얼굴에서 무언가를 봤을까? 그래서 자기 아들더러 나를 도와주라고 했을까? 나는 시장 안쪽을 들여다보았다. 떠들썩한 소리는 내 머릿속의 혼돈을 더욱 커지게 만들 뿐이었다.

가게와 매대 들 사이를 걸어가는데 모두가 나를 쳐다보는 것처럼 느껴졌다. 나는 정상적으로 보일 필요가 있었다. 나는 틸다와 다른 배우들이 무대 뒤에서 연기 연습을 하던 광경을 떠올리며 매대에서 매대로 움직였다. 리허설은 실제 연기만큼 실감 나지 않았었다. 나는 누군가에게 실감 나는 연기를 하고 있는 걸까, 궁금했다.

메이블의 매대에 도착할 때쯤 내 바구니는 꽉 차 있었다. 나는 메이블에게 사과 하나를 건넸다.

"과일을 더 드셔야 돼요, 메이블." 내가 말했다. "가슴에서 염증을 빼내셔야죠."

메이블이 썩은 미소를 과장되게 지어 보이는 바람에 이 빠진 자리들이 드러났다. "나는 젊었을 적부터, 너 나이일 때부터 사과 한 알 먹어본 적이 없어야."

나는 사과를 다시 바구니에 넣고 잘 익은 배 하나를 꺼냈다. 메이블은 그것을 받아들고 엄지손가락으로 과육을 눌러보았다. 메이블이 안 받으면, 내가 집에 돌아갈 때쯤 멍이 생겨 있을 것이었다.

하지만 메이블은 거절하지 않았다. "참 좋네." 그렇게 말하고는 잇몸으로 배를 베어물었다. 턱으로 과즙이 흘러내렸다. 메이블은 넝마에 감싸인 손등으로 과즙을 닦았고, 며칠 동안 묵어 있던 때를 피부 한 귀퉁이에서 벗겨냈다.

"메이블." 나는 입을 열었지만, 말이 나오지 않았다.

메이블의 갈라진 입술이 배의 과육을 빨아먹으며 부드러워졌다. 나는 얼굴이 뜨거워졌다. 지나간 줄 알았던 구역질이 메스꺼운 울렁거림을 타고 도로 올라와 메이블의 궤짝 모서리에 기대앉아야 했다.

"네가 계획하고 있는 거를 리지 걔는 허락을 안 할걸?" 낮은 목소리로 메이블이 말했다.

그것은 내가 며칠 동안 붙잡고 싸우던 진실이었다. 내가 아이를 낳을 수 없다고 말하면 리지는 듣지 않으려 했다. 내가 솔직하게 말할수록 리지는 자기 목에 걸린 십자가를 더 자주 움켜쥐었다. 마치 리지의 신념처럼, 십자가는 숨겨진 채 조용하게, 내밀하게, 언제나 그 자리에 있었다. 하지만 지난주에 리지는 마치 자신을 지옥 불에서 건져낼 단 하나의 구원인 것처럼 거기 매달렸다.

그 십자가는 나를 단죄했고, 나는 그게 싫었다. 십자가가 내 말을 배배 꼬아 왜곡한 내용을 리지의 귀에 속삭인다고 상상했다. 십자가와 나는 리지를 중간에 두고 모종의 줄다리기를 하며 싸우는 중이었다. 나로서는 절대로 지고 싶지 않은 싸움이었다.

"스미스 부인이 아마 아직도 그 업을 할 거라." 내게 얼마나 가치 있는 물건인지 보여주기라도 하는 것처럼 아무 물건이나 집어 들면서 메이블이 속삭였다. "내가 찾아갔을 때는, 말하자면 수습생이었어, 그 여자가. 인제는 마귀할멈맨츰 나이를 먹어갖꼬 더 잘할 거다, 내가 장담하는데."

내 양손에서 시작된 떨림이 팔다리를 따라 번지더니, 이내 온몸이 마구 떨려왔다.

"숨을 제대로 쉬아라, 아가." 메이블이 나와 눈을 맞추며 말했다.

나는 나무 궤짝을 붙잡고 과호흡을 멈추려고 애를 썼지만, 몸의 떨림은 계속되었다.

"너 그 연필이랑 쪽지 한 장 있냐?" 메이블이 말했다.

"네?"

"있으면 주머니에서 꺼내."

나는 고개를 저었다. 그건 말이 되지 않았다.

메이블이 몸을 앞으로 기울였다. "썩." 메이블이 말하고는, 조금 더 큰 소리로 다시 말했다. "내가 방금 단어 하나를 알려줬잖어. 적어놓지 않음 잊어버린다."

나는 쪽지와 연필을 찾아 주머니 속을 뒤졌다. 글씨를 쓸 준비가 되었을 때쯤 떨림은 가라앉아 있었다.

"업Trade." 몸을 조금 뒤로 빼면서, 하지만 내 얼굴에서 눈은 떼지 않은 채 메이블이 말했다.

나는 쪽지 왼쪽 상단 귀퉁이에 '업'이라고 적었다. 그 밑에는 "스미스 부인이 아마 아직도 그 업을 할 거라"라고 적었다.

"이제 좀 나은가?"

나는 고개를 끄덕였다.

"무서움이 젤로 싫어하는 게 보통이다." 메이블이 말했다. "무서울 때는 보통 때 하는 생각을 하고 보통 때 하는 일을 해야 되는 거여. 알겄냐? 그러면 최소한 한동안은 무서움이 좀 물러간다고."

나는 다시 고개를 끄덕이고 쪽지를 보았다. '업'은 정말 평범한 단어였다.

"스미스 부인이 어디 사신다 그랬죠?"

메이블이 내게 주소를 알려주었고, 나는 쪽지 맨 밑에 그것을 적었다.

내가 떠나기 전, 메이블은 몸을 덥혀주는 겹겹의 넝마 주름 속에서 무언가를 끄집어냈다. "니 거다." 토끼풀 하나를 새겨 넣은, 옅은 색 나무 원반을 내게 건네주며 메이블이 말했다. "배 잘 먹었다."

나는 쪽지로 그걸 감싸 주머니에 넣었다.

그 집은 평범한 테라스 하우스였고, 양옆에는 똑같이 생긴 테라스 하우스가 한 채씩 서 있었다. 문에는 아직도 크리스마스 리스가 걸려 있었다. 주소를 다시 확인하고 좌우로 펼쳐진 길을 둘러보았다. 길은 텅 비어 있었다. 나는 문을 두드렸다.

문을 열어준 여자는 나이가 많긴 했지만 등은 꼿꼿했고 옷도 잘 차려입은 부인이었다. 내 눈을 거의 똑바로 쳐다봤다. 나는 내가 집을 잘못 찾은 거라고 결론을 내리고 사과의 말을 중얼거리기 시작했는데, 여자가 끼어들었다.

"어서 와요, 만나서 정말 반가워요." 여자가 다소 큰 목소리로 말했다. "어머니는 어떠세요?"

내가 혼란에 빠져 빤히 바라보자, 여자는 얼굴에 미소를 유지한 채 내 팔을 잡고 집 안으로 나를 들였다.

"보는 눈이 있으니까요." 문이 닫히자 여자가 말했다. "이웃 사람들이 다들 참견하길 좋아해서요." 그런 다음 여자는 나를 보았다. 메이블이 그랬던 것과 마찬가지로 내 얼굴을 샅샅이 뜯어본 다음 내 몸을 따라 시선을 아래쪽으로 향했다. "무슨 일인지 사람들이 알게 되는 건 원치 않으시겠지요?"

나는 대답할 말을 찾을 수 없었고, 스미스 부인은 대답을 기대하지 않는 듯했다. 부인은 내 외투를 받아 문 옆 외투걸이에 걸고는 좁은 복도를 걸어갔고, 나는 그 뒤를 따라갔다. 부인은 나를 작은 응접실로 안내했는데, 그 방 벽에는 책들이 층층이 꽂혀 있었고, 벽난로에서는 불꽃이 힘없이 타고 있었다. 내가 노크하기 전 부인이 앉아 있던 자리가 보였다. 짙은 암청색 벨벳 소파 위에 다양한 패턴의 큼직하고 부드러운 쿠션들이 흩어져 있었다. 소파는 두 사람이 앉기에 충분한 크기였지만 한쪽 끄트머리만 벨벳이 닳아 있었고, 수년간 거기에만 사람이 앉았는지 그쪽 자리가 밑으로 꺼져 있었다. 소파 옆 테이블 위에는 책등이 해진 책 한 권이 펼쳐져 있었다. 스미스 부인이 벽난로 불을 쑤셔 돋우는 동안 나는 책 쪽으로 더 가까이 갔다. 오르치 남작 부인이 쓴 『메리 여왕의 시대』였다. 그 책은 나도 몇 년 전에 블랙웰스 서점에서 샀었다. 잠깐 동안 나는 거기 온 이유를 잊어버렸고, 내가 부인의 독서를 방해한 것 같아 미안한 마음이 들었다.

"제가 책 읽는 걸 좋아해요." 내가 책을 바라보는 걸 알아차린 스미스 부인이 말했다. "책 읽는 거 좋아하세요?"

나는 고개를 끄덕였지만 입안이 너무 말라 말하기가 어려웠다. 부인이 찬장으로 가서 물 한 잔을 따라 왔다.

"천천히 마셔요, 한꺼번에 들이켜지 말고." 부인이 물잔을 내밀며 말했다. 나는 그 말대로 했다.

"좋아요." 부인이 잔을 도로 가져가며 말했다. "자, 이제 누가 저를 추천했는지 여쭤봐도 될까요?"

"메이블 오쇼너시 씨요." 내가 속삭였다.

"크게 말해도 돼요." 부인이 말했다. "여기서 말하는 건 안 들려요."

"메이블 오쇼너시 씨요." 내가 다시 말했다.

스미스 부인은 메이블의 이름을 곧바로 알아듣지 못했고, 메이블이 어떻게 생겼는지 내가 묘사해도 별로 도움이 되지 않았다. 하지만 내가 아는 메이블의 과거와 아일랜드 억양에 대해 말하자 고개를 끄덕였다.

"그분은 여러 번 오신 손님이었어요." 부인이 웃음기 없는 얼굴로 말했다. "커버드 마켓에서 장사를 하신다고요?"

나는 고개를 끄덕이고 발밑을 내려다보았다. 응접실 바닥에는 화려한 패턴이 들어간 카펫이 깔려 있었다.

"그분이 게임에서 살아남을 거라는 생각은 못 해봤어요."

나는 고개를 들었다. "게임요?"

"분명히, 손님은 그것 때문에 오신 건 아니네요."

"네?"

"저희 집 문을 두드리는 여자분들은 두 부류로 나뉘어요." 부인이 말했다. "사교 생활을 너무 좋아하는 부류가 있고, 너무 안 좋아하는 부류가 있죠." 부인은 나를 위아래로 훑으며 내가 입은 옷 한 점 한 점을 자세히 보았다. "손님은 후자시네요."

"그럼 게임은 뭐예요?" 쪽지와 연필이 있는지 확인하려고 손을 주머니로 가져가며 내가 다시 물었다.

"게임이란 건 매춘업이죠." 마치 입 밖에 내는 것이 휘스트*나 드래프트**인 것처럼 아무렇지 않게 부인이 말했다. "다른 게임과 마찬가지로 거기에도 선수들이 있지요. 주사위에 항상 속임수가 숨겨져 있긴 하지만요. 거기서 지면 교도소로 가든지, 묘지로 가든지, 아니면 이리로 오게 되죠."

부인이 한 손을 내 배에 얹는 바람에 나는 펄쩍 뛰었다. 부인의 손가락이 배를 누르기 시작하자 나는 몸을 다른 곳으로 옮기려 했다.

"가만히 있어요." 한 손으로 내 배를 잘 만져볼 수 있도록 다른 손으로 내 허리를 붙잡으며 부인이 말했다. "버나드 쇼가 쓴 희곡 때문에 어떤 사람들은 '워런 부인의 직업'이라고도 하죠. 극장에 가는 거 좋아하세요?" 부인이 물었지만, 대답을 기다리지는 않았다. "저는 그 공연 첫날 밤에 초대받아 가서 봤어요. 저한테 오는 여자 중에 매춘부만 있는 건 아니에요. 배우들도 상당히 많아요." 부인이 배 눌러보는 걸 멈추고 한 걸음 뒤로 물러났다.

"저는 배우가……"

"손님이 매춘부도 배우도 아니라는 건 알 수 있어요."

우리는 잠시 말없이 서 있었다. 부인은 무언가를 가늠하며 생각에 잠겨 있었다. 그러더니 마침내 긴 숨을 내쉬었다.

---

* 카드 게임의 하나.

** 보드 게임의 하나.

"태동이 있네요."

"그게 무슨 뜻이죠?"

"태동이란 건 배 속의 움직임인데, 아기가 거기 머무르기로 마음먹었다는 뜻이에요."

나는 부인을 응시했다.

"다시 말해, 손님이 너무 늦게 왔다는 뜻이죠."

하느님 감사합니다, 나는 생각했다.

게임GAME

성매매.

"게임이란 건 매춘업이죠. 다른 게임과 마찬가지로 거기에도 선수들이 있지요. 주사위에 항상 속임수가 숨겨져 있긴 하지만요."

—스미스 부인, 1907년

태동QUICKENING

생명의 움직임.

"태동이란 건 배 속의 움직임인데, 아기가 거기 머무르기로 마음먹었다는 뜻이에요."

—스미스 부인, 1907년

자전거를 끌고 대문으로 들어섰을 때 서니사이드는 조용했다. 오후가 지나가고 있었다. 하늘은 어둑어둑했고, 스크립토리엄은 캄캄했다.

모두가 집에 돌아갔다. 부엌 창문으로 리지가 보였다. 나는 리지를 잠시 바라보고 있었다. 화덕과 테이블 사이에서 이리저리 움직이는 것으로 보아 머리 박사님 가족의 저녁식사를 준비하는 게 분명했다. 옛날, 내가 어릴 때, 리지는 요리하는 걸 별로 좋아하지 않는다고 말했었다.

"그럼 뭘 좋아하는데?" 그때 나는 그렇게 물었다.

"바느질이랑 아가씨를 돌보는 일이 좋아요, 에시메이."

몸이 떨려왔다. 자전거를 물푸레나무에 기대세우고 나는 부엌 쪽으로 걸어갔다.

부엌에 들어간 나는 등 뒤로 문을 닫고 얼굴에 끼쳐오는 화덕의 열기를 느끼며 문가에 서 있었다. 그래도 떨림은 멈추지 않았다.

리지가 나를 보았다. 리지의 손이 가슴께에서 헤매고 있었다. 리지가 내게 아직 하지 않은 질문들이 있었다.

떨림은 더 심해졌지만, 리지가 곁에 있었다. 리지는 두툼한 두 팔로 나를 감싸고 의자로 이끌고 갔다. 그러고는 내 손에 컵 하나를 들려주었다. 좀 뜨거웠지만, 너무 뜨겁지는 않았다. 리지가 마시라고 했다. 나는 마셨다.

"할 수가 없었어요." 리지의 얼굴을 올려다보며 내가 말했다. 리지는 나를 배 쪽으로 당겨 끌어안고 머리칼을 쓰다듬어주었다.

입을 연 리지는 천천히 조심스럽게 말을 했다. 내가 길고양이인데 먹을 것을 주기도 전에 도망쳐버릴까 봐 겁이 나는 것처럼. "꽤 괜찮은 남자 같았어요. 빌 말이에요. 그 사람한테 말을 하는 게 어떨까요."

그 말을 하며 리지는 나를 조금 더 꽉 끌어안았고, 나는 몸을 빼지 않았다. 그 가능성에 대해서는 나도 생각해봤다. 상상도 해봤다. 빌이 알았더라면 옳게 행동했을 거라고 나는 마음속으로 확신했다. 틸다도 분명 그렇게 하게 했을 것이었다. 나는 방금 리지가 그랬듯 천천히 조심스럽게 대답했다.

"하지만 난 그 사람을 사랑하지 않아요. 결혼하고 싶지도 않고요."

리지의 몸이 살짝 뻣뻣해지더니 숨을 들이마시는 게 느껴졌다. 리지는 의자 하나를 끌고 와 내 의자 가까이에 놓았고, 나와 마주 보고 앉았다. 우리의 손은 서로를 꼭 붙잡고 있었다.

"여자라면 누구나 결혼하고 싶어해요, 에시메이."

"그게 사실이라면 왜 디트 고모나 고모 동생은 결혼을 안 한 거예요? 엘시나 로스프리스나 엘리너 브래들리는 왜 안 했는데요? 리지는 왜 안 했어요?"

"모든 여자한테 기회가 오는 건 아니에요. 그리고 어떤 여자들은…… 음, 어떤 여자들은 그냥 책을 너무 많이 읽고 생각을 너무 많이 하면서 자라서, 결혼해서 정착할 수가 없는 거예요."

"나도 정착할 수가 없을 것 같아요, 리지."

"차차 익숙해지는 거예요."

"하지만 난 익숙해지기 싫어요."

"그럼 뭐가 좋은데요?"

"모든 게 지금 그대로였으면 좋겠어요. 나는 단어를 분류하고 싶고, 그 단어들이 무슨 뜻인지 이해하고 싶어요. 그 일을 더 잘하게 되고 싶고, 더 큰 책임을 맡고 싶고, 스스로 내 생활비를 벌고 싶어요. 나는 이제 막 내가 누군지 이해하기 시작한 것 같다고요. 아내나 엄마가 되는 건 나한테 안 맞아요." 이 모든 말이 마구 쏟아져 나왔고, 마지막에는 울음이 터지고 말았다.

울음이 멎을 때쯤 나는 무엇을 해야 할지 깨달았다. 편지지와 펜을 가져다 달라고 리지에게 부탁했다. 디트 고모에게 편지를 쓸 생각이었다.

1907년 2월 11일

나의 소중하고 소중한 에즈미에게,

당연히 넌 여기 와도 된단다. 준비할 것들을 준비하는 일도 내가 도울게. 하지만 네 아버지 문제가 있고, 이 일들이 남들에게 어떻게 보일까 하는 문제가 있지. 이번 주 금요일에 내가 옥스퍼드에 갈 거야. 오전 열한시 삼십분 기차로 도착할 테니 역에서 만났으면 좋겠다. 퀸스 레인 커피하우스로 곧바로 가자. 거긴 제리코에서 멀리 떨어진 곳이고 아는 사람을 마주칠 일은 없을 거야. 리지는 서니사이드에서 집안일을 하고 있으라고 하렴. 하지만 내가 돌아가기 전에 우리 셋이 같이 얘기할 거라고 확실히 말해둬야 해.

네가 처한 상황은 네가 생각하는 것만큼 드물지는 않아. 부유하거나 교육을 많이 받은 수많은 젊은 여성들도 비슷한 곤란함에 처했단다. 그건 역사상 가장 오래된 딜레마야. 그래, 성모 마리아도 있잖니! (이 문장은 리지에게 소리 내 읽어주지 마. 좋아하지 않을 테니까.) 하지만 내 말뜻을 너는 알 거야. 네 주위엔 좋은 사람들이 있단다. 그 사실이 너를 회복시켜주지는 않을 테지만. 너에게 좋은 분별력이 있어서 다른 선택지들을 고려하기 전에 내게 먼저 털어놔준 게 나는 그저 감사할 뿐이구나. 수많은 젊은 여성들이 그 길로 들어서서는 돌아오지 못했단다.

한 가지 제안할 게 있다, 에즈미. 만약 네가 와서 베스와 나랑 함께 살게 되면, 내 연구 조수가 되어주었으면 좋겠구나. 내 책 『영국사』도 수정 보완이 필요하고, 몇 년 동안 우리 할아버지의 전기를 쓸까 생각해보고 있기도 했거든. 알다시피 우리 할아버지는 국회의원이셨어. 굉장히 재미있고 시대를 앞서가는 사상을 지닌 분이었지. 장담하는데 네 친구 틸다는 그분을 아주 좋아했을 거야. 당연히 일은 최대한 서둘러 맡길 거야. 자세한 얘기는 금요일 날 차를 마시면서 하면 좋겠다.

내 얘기가 이해가 되니, 에즈미? 너는 나를 도와서 중요한 작업을 해줄 거고, 일이 끝나면 옥스퍼드로 돌아가서 스크립토리엄에서 예전과 마찬가지로 네 역할을 수행하면 돼. 네 진로가 어떻게 달라지길 바라는지는 모르겠지만, 아마 달라질 필요가 없을 거야.

관련된 모든 사항을 넣어서 내가 머리 박사님한테 편지를 한 통 쓸 거야. 네가 돌아올 때쯤이면 너의 가치를 훨씬 높아지게 해줄 기회로 그가 내 제안을 받아들일 거라고 나는 확신해.

자, 이제 네 아버지 얘기를 해보자. 내가 간다고는 그에게 편지로 미리 말해뒀단다. '잔소리'를 좀 하러 가야겠다고 말이야. (어떤 단어의 의미로 우리를 이끌어주는 게 현재 쓰이는 용례들이라면, 이 특별한 형태의 괴롭힘에 있어 가해자가 되는 건 오직 여성들뿐이라고 기록되겠구나.) 이 단계에서 내 계획은, 약속을 잡아 해리를 집에서 만나고, 문제의 소식에 대해 마음의 준비를 시킨 다음에, 그의 가장 큰 두려움을(그건 바로 네가 지금, 그리고 미래에 잘 지낼 수 있을까 하는 거겠지) 진정시키고, 우리에겐 필요한 게 모두 있다는 사실을 분명히 하는 거야. 그런 다음에는 네가 그에게 모든 걸 이야기해야 해. 온당한 범위 내에서 말이다. 해리는 좋은 사람이란다, 에즈미. 그는 부끄럼쟁이도, 광신도도, 보수적인 사람도 아니고, 네 아버지이자 너를 무척 사랑하는 사람이야. 네 아버지가 매일 아침 일어나 쳐다보는 게 유아복을 입은 네 사진이라는 사실을 기억해야 해. 이 소식은 그에게 충격일 거야. 그는 시간이 필요할 거고, 이해하는 일도 필요할 테고, 아마 고래고래 소리치고 날뛸 기회도 있어야 할 거야. 아버지에게 그 정도는 허락해주렴.

그것 말고 우리가 얘기해야 하는 다른 문제들도 있지만, 그것들은 마주 앉아 좋은 차를 마시면서 얘기하는 게 좋을 것 같구나.

그럼, 이번 주 금요일 오전 열한시 삼십분에 만나자. 늦지 마라.

사랑을 담아,

디트

비가 오고 있었다. 많이 내리지는 않았지만, 하이 스트리트를 오가는 사람들은 우산을 펴고 습한 공기에 맞서 옷깃을 세우고 있었다. 디트 고모가 이야기하는 동안 나는 그들을 바라보았다. 고모는 내가 스크럽토리엄을 떠나 있는 것을 그럴싸해 보이게 만들기 위한 거짓말들과 반만 사실인 이야기들을 지어내는 중이었다.

우리는 커피하우스에서 커다란 주전자로 두 주전자쯤 차를 마셨다. 거리로 나왔을 때 비는 멎어 있었고, 희미한 태양이 축축한 인도 위에서 빛을 내고 있었다. 나는 눈을 깜빡여 눈부신 빛을 지워버렸다.

1907년 3월

이 주 뒤, 아빠는 나와 함께 플랫폼에 서서 나를 배스로 데려다줄 기차를 기다리고 있었다. 디트 고모가 우리 집 거실에 나타나 '들어가서 아버지랑 얘기해'라는 뜻으로 고갯짓을 했을 때부터 우리가 나눈 모든 대화를 나는 곰곰이 생각했다. 우리는 별로 말을 하지 않았다. 몸짓과 한숨이 우리 사이에 끼어들었다. 아빠는 내 얼굴을 어루만졌고, 무슨 말을 해야 할지 알 수 없을 때마다 내 웃긴 손가락들을 감싸 쥐었다. 나는 알 수 있었다. 릴리가 그 자리에 있기를 아빠가 얼마나 간절히 원하는지, 그리고 만약 릴리가 거기 있었다면 모든 게 달랐을 거라고 그가 얼마나 진심으로 생각하는지 말이다. 아빠는 내가 아빠를 망친 게 아니라 아빠가 나를 망쳐놓았다고 생각한다는 것도 알 수 있었다. 하지만 아빠는 이 중 어떤 것도 입 밖에 내지 않았고, 내가 그 사랑을 되돌려주는 방법은 아빠의 손길을 맞잡는 것뿐이었다.

기차가 들어왔을 때 아빠는 내 트렁크를 이등 객실로 옮겨주고 창가에 내 자리를 마련해주었다. 그때 아빠가 뭔가 말해볼 수도 있었겠지만, 내 주위에는 이미 세 명의 다른 승객이 앉아 있었다. 아빠는 내 이마에 입 맞추고 통로에 물러나 있었지만, 곧바로 내리지는 않았다. 아빠가 슬픈 미소를 지어 보인 순간, 나는 갑자기 내가 완전히 다른 사람이 되어 집으로 돌아오게 되리라는 사실을 깨달았다. 디트 고모가 약속했던 것들과는 반대로, 내 갈 길이 무엇이었든 그것은 이미 달라져 있었다. 나는 자리에서 일어나 아빠의 몸에 팔을 둘렀다. 아빠는 출발 신호가 울릴 때까지 나를 안고 있었다.

배스에서 기차를 내리면 베스 고모가 마중 나와 있기로 되어 있었는데, 플랫폼을 훑어봐도 고모는 보이지 않았다. 나는 기차에서 내려 인부가 내 트렁크를 놓아둔 곳에서 기다렸다.

한 여자가 손을 흔들었다. 디트 고모보다 키가 크고, 더 날씬하고, 조금 더 옷을 잘 입었지만, 코 생김새가 어딘가 비슷했다. 여자가 다가오자 나는 미소 지었다.

"이제야 처음으로 너를 만나다니 뭔가 잘못 살아온 것 같구나." 여자가 말하면서 뜻밖에 나를 껴안아 나는 거의 넘어질 뻔했다.

"물론, 너에 대해서는 뭐든 알고 있어." 택시 뒷좌석에 앉자 베스 고모가 말했다.

나는 얼굴을 붉히며 무릎을 내려다보았다.

"아니, 그 얘기만이 아니고." 마치 '그 얘기'가 사소한 일인 것처럼 고모가 말했다. "너는 이디스가 제일 좋아하는 대화 소재고, 나는 아무리 들어도 싫증이 나지 않는다는 뜻이야." 고모가 몸을 기울였다. "미안해, 에즈미. 우린 개도 없이 사는 노처녀들이야. 뭔가 수다 떨 거리가 필요하다고."

디트와 베스 고모는 배스 역과 로열 빅토리아 공원 사이에 살았으므로 택시로는 금방이었다. 우리는 삼층짜리 테라스 하우스 앞에서 내렸는데, 그 집은 양옆으로 뻗어나가며 서 있는 다른 테라스 하우스들과 모든 면에서 똑같았다. 다락방 창문을 뚫어져라 보고 있는 나를 베스 고모가 쳐다보았다.

"물려받은 집이야." 베스 고모가 말했다. "그래서 우린 결혼을 할 필요가 없단다. 물론 너무 크긴 하지만 우리가 손님을 많이 초대하기도 하고, 매일 아침 청소해주러 오시는 분이 있어. 트래비스 부인인데, 맨 위층 방들은 닫아놓으라고 하시더라고. 먼지가 덜 쌓인다나. 먼지 털기를 별로 안 좋아하시는 분이라 우리가 동의를 했지."

방들이 저렇게나 많다니, 나는 생각했다. 내가 열네 살 때 여기 초대받아 살았다면 내 방 먼지는 내가 털었을 것이다.

베스 고모는 디트 고모보다 나이가 적었고, 거의 모든 부분에서 반대였지만, 두 사람 사이에 긴장이나 다툼은 없어 보였다. 나는 언제나 디트 고모가 커다란 나무의 몸통 같다고 생각하곤 했다. 자신이 아는 진실에 단단히 뿌리를 내리고 서 있었으니까. 배스에서 겨우 며칠을 보내고 나자 베스 고모는 지붕처럼 우거진 나뭇가지들 같다는 생각이 들기 시작했다. 자신에게 다가오는 모든 힘에 몸과 마음으로 반응하니까. 오십의 나이에도 불구하고 베스 고모는 빛나는 사람이었고, 나는 매료되었다.

나는 일주일의 유예 기간—베스 고모 말로는 '적응 기간'—을 보냈고, 그게 끝나자 고모는 애프터눈 티 시간에 손님들을 초대하기 시작했다. "우리가 항상 네 얘기만 할 수는 없잖니." 고모가 짓궂게 말했다.

첫 번째 손님들이 도착하기로 되어 있던 날, 고모들은 나를 아래층으로 불러 손님들이 먹을 다과를 쟁반에 준비해놓으라고 했다. "트래비스 부인은 가정부로서는 보통이지만," 디트 고모가 케이크를 식히던 판에서 접시로 옮겨 담으며 말했다. "부인이 만든 마데이라 케이크는 타의

추종을 불허한단다."

"저는 그냥 제 방에 있을까 봐요." 내가 말했다.

"말도 안 돼." 부엌으로 들어오며 베스 고모가 말했다. "모든 게 완벽하게 이루어질 거야. 우린 이디스의 『영국사』 개정판 작업 얘기를 할 거고, 그럼 이디스가 널 고용한 게 모두에게 완벽하게 말이 될 거야." 고모는 몸을 기울이며 공모하는 듯한 어조로 말했다. "알다시피 너도 나름대로 제법 유명하잖니."

나는 여전히 가려놓은 내 배로 나도 모르게 손을 가져갔다. 얼굴이 새빨개졌다. 베스 고모는 내 두려움을 진정시키려고는 하지 않았다.

"에즈미 놀리지 마, 베스." 디트 고모가 말했다.

"하지만 어려운 얘기가 아닌걸." 베스 고모가 웃으며 말했다. "에즈미, 네가 천부적인 학자라고 소문이 자자해. 머리 박사님 말로는 네가 어떤 옥스퍼드 졸업생이랑 비교해도 밀리지 않을 거라던데? 박사님은 특히 네가 하루 종일 분류 테이블 밑에서 캠핑한 얘기를 들려주는 걸 좋아하더라. 자기가 관대해서 단어에 대한 너의 특별한 친화력이 발달할 수 있었던 거라고 주장하셨어."

공포가 감사한 마음으로 바뀌었고, 뜨거움은 얼굴에 그대로 남아 있었다.

"물론 너한테 이 얘기 한 걸 알면 박사님은 안 좋아하겠지." 베스 고모가 말했다. "박사님 의견에 따르자면 칭찬이 지성을 둔하게 만들어버린다는데."

그때 문을 두드리는 소리가 났다.

"항상 딱 맞춰 온다니까." 베스 고모가 디트 고모에게 말했다. 그러고는 내 쪽으로 몸을 돌렸다. "그냥, 자꾸만 배에다 손 올려놓고 만지작거리는 것만 하지 마. 그럼 아무것도 모를 거야."

손님들은 남자 셋이었다. 셋 모두 학자였고, 강의가 없을 때는 셋 모두 서미싯에 살았다. 레이턴 치점 교수는 웨일스 대학의 역사학자이면서 고모들과 비슷한 또래였다. 그는 디트와 베스 고모와 어울리는 걸 굉장히 편안해해서 주지도 않았는데 스스로 케이크를 가져다 먹었고, 앉으라는 말 없이도 최고로 편한 의자에 앉았다. 필립 브룩스 씨 역시 친구였지만, 그런 자유를 누리기에는 아직 젊었다. 그는 문간에 머리를 부딪치지 않으려고 몸을 굽혀야 했고, 베스 고모는 그의 볼에 입 맞추며 인사를 하기 위해선 까치발로 서야 한다며 놀려댔다. 브룩스 씨는 브리스톨 유니버시티 칼리지에서 지질학을 가르쳤고, 셋 중 가장 젊은 쇼-스미스 씨도 그랬다. 쇼-스미스 씨는 두 고모가 처음 보는 사람이었는데, 브룩스 씨가 졸라서 같이 오게 된 것이라 했다. 그의 앳된 얼굴에는 열의가 가득했지만 아직 수염을 기를 정도는 못 되었다. 그는 자기소개를 하는 내내 말을 더듬었다.

"차차 우리한테 익숙해지실 거예요, 쇼-스미스 씨." 베스 고모가 말했고, 나는 고모가 우리 세 명을 말하는 건지, 혹은 여자들 전체를 말하는 건지 궁금했다.

남자들이 자리에 앉자 디트 고모와 나는 긴 의자의 양쪽 끝에서 준비를 시작했다. 베스 고모가 차를 따르고는 내게 케이크를 내라고 고갯짓을 했다. 모두에게 케이크가 돌아가고 마데이라 케이크에 대한 칭찬이 쏟아진 다음, 나는 뒤로 기대앉아 베스 고모가 손님들에게 자극이 될 도발적인 질문을 던지기를 기다렸다. 나는 남자들이 들려주는 일화들을, 그들의 거만함을, 끝없이 상대방을 깎아내리는 논리에 기댄 지적인 논쟁을 기대했다. 그들이 이따금씩 우리에게 의견을 내달라고 (예의상)

간청할 거라고 생각했고, 우리 셋이 모두 치마를 입었기 때문에 그들이 자동적으로 부드러운 언어로 바꿔 말하는 걸 보고 내가 실망할 것 또한 이미 예상하고 있었다.

하지만 그날 오후는 그런 식으로 지나가지 않았다. 이 남자들은 경청하기 위해, 자신의 견해를 시험하고 반대 방향으로—그들 서로에게가 아니라 고모 자매에게—설득당하기 위해 온 것 같았다. 남자들의 눈은 편안하게 베스 고모에게로 향했다. 등을 켜려고 자리를 옮기는 고모를 따라갔고, 찻주전자 안에 차가 얼마나 남았는지 확인하고 그들 각자에게 한 잔씩 차를 더 따라주는 고모의 두 손을 지켜보았다. 고모가 말을 하면 그들은 몸을 앞으로 기울였고, 더 자세히 설명해달라고 부탁했고, 고모의 생각을 차례로 받아 다루면서 그들 자신의 생각과 결합시키기도 했다. 그들은 고모에게 자기 입장을 방어하라고 요청하면서 논쟁으로 이끌고 들어가 다투기도 했다. 엉망진창인 논리에 대해 상대방이 기가 죽을 만큼 혹독한 비난을 쏟아붓기 전에 고모는 자주 미소를 지었다. 남자들이 생각을 바꿔 고모의 의견에 동의하게 될 때면—자주 그런 일이 일어났는데—그건 예의상 동의하는 것이 아니었다. 나는 무척 놀랐다.

디트 고모는 말을 훨씬 적게 했지만, 치점 교수 쪽으로 자주 몸을 굽히고는 젊은 두 남자가 베스 고모와 논쟁하고 있던 몇 가지 부분에 관해 조용히 이야기를 나눴다. 누군가가 디트 고모의 의견을 물으면 모두가 조용해지곤 했다. 역사 분야에서 고모는 분명히 권위자였고, 사람들은 고모의 말을 존중하며 들었다. 그런 존중을 받는 사람은 내가 본 걸로는 머리 박사님이 유일했었다.

이야기의 한 부분에서 베스 고모가 말했다. "이디스가 『영국사』 개정판에서 하려는 질문이 정확히 그거예요. 그 부분 때문에 에즈미를 초대해서 한동안 머무르라고 한 거죠. 에즈미는 이디스의 연구 조수 역할을 할 거예요."

"그건 네가 하는 일 아니야, 베스?" 치점 교수가 물었다.

"보통은 그렇지. 하지만 알다시피 나도 내 글을 써야 되는 게 있어서." 고모는 그에게 당당한 미소를 지어 보였다.

"그건 어떤 글이 될까요?" 쇼-스미스 씨가 물었다.

베스 고모는 질문한 그를 향해 몸 전체를 돌렸고, 잠시 생각한 다음 입을 열었다.

"글쎄요." 고모가 말했다. "사실 말하기가 민망해서요. 소설을 한 편 쓰고 있는데, 가장 나쁜 종류의 소설이에요. 기적이 일어나서 출간까지 될 예정이지 뭐예요."

마데이라 케이크 한 조각을 더 가져오려고 손을 뻗는 디트 고모의 얼굴에 미소가 스쳤다.

"제목이 뭔가요?" 쇼-스미스 씨가 물었다.

"『용기병의 아내』요." 베스 고모가 자랑스럽게 말했다. "17세기가 배경인데, 다음 몇 달간은 이야기에 좀 더 김이 서리게 만들어보는 게 목표예요."

"김이 서리게요?"

"네, 김 말이에요, 쇼-스미스 씨. 그리고 그 일이 얼마나 재미있는지는 제가 말로 다 할 수가 없네요."

젊은 남자는 마침내 이해했고, 도망치듯 찻잔 속을 들여다보았다. 나는 주머니를 뒤졌고, 몽당연필과 쪽지 모서리의 감촉을 느꼈다.

"물론 몸짓은 중요해요." 베스 고모가 말을 이었다. "남자가 손을 내밀 수도 있고, 여자가 그 손을 잡을 수도 있죠. 하지만 흥분이라는 건 구체적인 작용 아닌가요, 쇼-스미스 씨?"

그는 아무 말도 하지 못했다.

"당연히 동의하실 거예요." 고모가 말했다. "소설에 조금이라도 김이 서리게 하려면, 얼굴이 확 붉어지고 맥박이 쿵쾅거리게 해야겠죠. 캐릭터들도 그렇고, 제 생각에는 독자들도요."

"욕망이 드러나야 한다는 얘기군요." 브룩스 씨가 말했다.

"당연하지요." 베스 고모가 말했다. "차 좀 더 드실 분?"

내가 잠시 실례하겠다고 하는 바람에 남자들이 모두 일어섰다. 쇼-스미스 씨는 그 작은 소란이 일어나서 고마운 것 같았다. 나는 정확한 인용문을 잊어버리기 전에 베스 고모의 단어들을 적어두고 싶었다.

내가 자리로 돌아왔을 때는 손님이 한 명 더 와 있었다.

"에즈미, 여기는 브룩스 부인이셔."

브룩스 부인이 인사를 하려고 일어났다. 부인의 키는 내 어깨에도 닿지 않았다.

"브룩스 부인이라고 부를 생각은 마세요." 부인이 손을 내밀며 말했다. "저는 세라라고 불러야 대답해요. 필립의 아내이자 운전기사예요."

세라의 손아귀 힘은 셌고 악수는 깔끔했다. 이 사람의 성격에는 쪼잔한 면은 없을 것 같다는 생각이 들었다.

"진짜로 그래요." 브룩스 씨가 말했다. "제 아내가 운전을 배웠고 저는 안 배웠거든요. 마음대로 놀리셔도 좋은데요, 저희 친구들 대부분은 놀리거든요. 그래도 이런 역할 분담이 저희한테는 상당히 잘 맞아요." 그는 세라를 쳐다보았다. "내가 운전대 앞에 앉아 있는 모습은 잘 적응이 안 돼. 그렇지, 여보?"

"당신은 어디 있든 잘 적응이 안 돼, 필립." 세라가 웃으며 말했다. "그리고 키로 따지면 자동차는 나한테도 안 맞아. 하지만 난 차가 너무 좋거든."

찻주전자 하나가 더 비워졌고, 세라가 이제 그만 가야겠다고 했을 때 접시 위에는 거의 케이크 부스러기 하나도 남아 있지 않았다.

"어두워지기 전에 이 신사분들을 집에 데려다드려야 되거든요." 세라가 말했다.

우리는 모두 일어섰다. 하지만 남자들 한 명 한 명이 작별 인사를 할 때마다 베스 고모는 작은 목소리로 잠시 이야기를 나누느라 시간을 들였다. 십 분 뒤 세라는 그들을 문밖으로 데리고 나가기 위해 마치 학교 교장 선생님처럼 손뼉을 쳐야 했다.

디트와 베스 고모는 손님들에게 애프터눈 티 대접하는 일을 즐겼고, 다음 달 내내 나는 내가 스크립토리엄에서 그때까지 만나본 것보다 더 많은 사람들과 알고 지내게 되었다. 쇼-스미스 씨는 다시 볼 수 없었지만, 치점 교수는 자주 오는 손님이었다.

"그 사람은 트래비스 부인이 마데이라 케이크를 굽기만 하면 귀신같이 우리 집 문 앞에 나타난다니까." 어느 날 베스 고모가 속삭였다. "정말 비범한 능력이지 뭐니."

필립 브룩스가 한 번 그와 함께 왔고, 또 다른 날에는 필립과 세라 부부만 따로 왔다. 브룩스 부인은 외모로만 보면 상당히 평범했고, 말은 자주 직설적이었다. 부인의 지성이 디트와 베스 고모 앞에서 빛이 바래는 게 아닐까 하는 생각이 들었지만, 부인이 말을 하는 방식에는 어쩐지 진실을 두드러지게 하는 면이 있었다. 보고 있으면 틸다가 떠올랐다.

내 배가 너무 불러 숨기기 어려워지자, 나는 내 산책 시간과 애프터눈 티가 우연히 겹치도록 일정을 짜기 시작했다. 처음에는 빅토리아 공원이나 로먼 배스로 갔고, 비가 오는 날에는 수도원으로 몸을 피해 성가대 소년들이 연습하는 것을 듣곤 했다. 그러나 디트 고모가 곧 제동을 걸었다.

"너한테는 연구를 하는 역사가의 자질이 있어, 에즈미." 어느 날 저녁을 먹으면서 고모가 말했다. "내일은 빅토리아 공원 근처를 정처 없이 떠도는 대신에 길드홀에 있는 기록물 보관실을 방문해보는 게 좋겠다."

"이디스, 반지를 잊지 마." 고기 한 조각을 더 덜어 그레이비소스에 적시며 베스 고모가 말했다.

디트 고모가 자기 새끼손가락에 끼고 있던 금반지를 빼서 내게 주었다. 나는 무엇을 위한 것인지 알았으므로 반지를 받아 꼈다. 완벽하게 맞았다.

"나는 그걸 그 손가락에 낄 일이 없었네." 디트 고모가 말했다.

"그러고 싶었던 적도 없었잖아." 베스 고모가 말했다. "하지만 에즈미한테는 잘 맞네."

다음번에 고모들이 손님들을 초대했을 때, 나는 런던으로 가 영국박물관의 기록물 보관실에서 조사를 하고는 아빠와 며칠을 함께 보냈다. 그다음에는 케임브리지로 가서 한 번도 내 남편에 대해 물어보지 않은 베스 고모의 사려 깊은 친구분 집에 머물렀다.

나는 진지하게 연구에 임했고, 내 실력은 내 배와 함께 점점 불어났다. 나를 옭아매는 대신 디트 고모는 내게 일종의 자유를 주었다. 고모가 쓴 초대장들이 그 일을 쉬워지게 했다. 고모는 내가 고모의 조카라고 썼고, 자기 성을 내 이름에 붙였다. 내가 스크립토리엄과 연관되지 않도록 신경을 썼다. 어디를 가든 나는 예약이 되어 이름이 올라 있었다. 아무런 수고 없이 기록물 보관실과 열람실에 들어갈 수 있었고, 필요한 문서들은 미리 정리돼 내가 살펴보기를 기다리고 있었다.

처음에 나는 내가 누구에게도 절대 받아들여지지 않을 거라고 생각했다. 나는 비틀거리며 걸어 다녔고, 사과를 너무 많이 했으며, 들어가도 된다는 허락을 받으면 과하게 감사해했다. 케임브리지 대학에서 올드 스쿨의 열람실에 들어갈 때는 직원이 디트 고모의 편지를 거듭 확인하는 걸 보게 되었다. 오래된 암석과 가죽, 그리고 목재가 조화를 이룬 그 위풍당당한 건물 안에서 숨 쉬어볼 기회를 갖기도 전에 쫓겨날지 모른다는 생각에 심장이 조여들었다. 직원이 내 손의 반지를 알아보자 그 아래 있던 부푼 배는 별로 중요한 문제가 아니게 되었다. 그는 나를 들여보내줬고, 나는 출입구에 잠시, 사실은 너무 오래 서 있었다.

"괜찮으신가요, 부인?" 직원이 물었다.

"아주 좋아요." 내가 말했다.

멀리 열람실 안쪽 끝에 있는 테이블 쪽으로 나는 천천히 걸어갔다. 고개를 숙이고 열심히 책을 읽던 사람들이 나무로 된 마룻바닥 때문에 내 존재를 알아차렸다. 이 거대한 열람실을 지은 건축가들은 여자 구두의 뒷굽 소리는 고려하지 않은 듯했다. 나는 아픈 등을 똑바로 펴고 건조하게 고개를 끄덕여 보임으로써 남성 연구자들의 호기심에 하나하나 답했다. 자리에 앉을 때쯤 나는 그 노동으로 지친 상태였다.

나는 역사로나 아름다움으로나 옥스퍼드 대학에 대적할 공간은 아무데도 없다고 생각해왔지만, 혼자서 낯선 곳을 찾아갈 때마다 내가 아는 게 얼마나 적은지 돌아보지 않을 수 없었다. 옥스퍼드와 스크립토리엄이면 전에는 언제나 충분했다. 스코틀랜드에 사는 친척들을 방문할 때면 언제나 조금 지루했고, 한번은 혼자서 길을 떠났다가 다시는 여행을 하고 싶지 않아질 정도로 싫증이 나기도 했다. 나도 모르게, 나는 이 새로운 모험을 즐기기 시작했다. 비록 그 모험을 해야 하는 이유를 무시하기가 점점 어려워지고는 있었지만.

고모들은 내가 처한 상황의 공모자이기만 한 게 아니라, 거기서 기쁨 또한 느끼는 것 같았다. 아침식사 때면 그들은 내게 잠은 잘 잤는지, 식욕은 어떤지, 안 먹던 음식이 먹고 싶지는 않은지 (전혀 그렇지 않아서 베스 고모는 눈에 띄게 실망했다) 묻곤 했다. 내 체중과 수면 패턴은 작은 공책에 기록되었고, 하루는 베스 고모가 고모답지 않게 수줍어하는 말투로 내 벗은 몸을 봐도 되겠느냐고 묻기도 했다.

"그림으로 그리고 싶어서 그래." 고모가 말했다.

그때쯤 나는 거울 앞에서 알몸으로 선 채 가슴에서 치골까지 이어지는 곡선을 들여다보는 일에 익숙해져 있었다. 그 곡선들을 기억에 남겨두려고 애쓰고 있었다. 나는 동의했다.

베스 고모가 그림을 그리는 동안, 나는 내 침실 창문 옆에 서서 정원을 내려다보았다. 정원은 온갖 빛깔로, 지나치게 우거진 나뭇가지들로 어지러웠다. 사과나무에는 생기가 가득했고, 나무 아래 땅에는 떨어져 내린 꽃이 어지럽게 흩어져 있었다. 아름답구나, 나는 생각했다. 가지가 정돈되지 않고 방치된 그대로 아름다웠다. 햇빛이 내 배 위를 가로질렀다. 거기서 느껴지는 따스함은 내가 벌거벗고 있다는 증거였다. 하지만 나는 부끄럽지도 당황스럽지도 않았다. 베스 고모는 침대에 앉아 있었고, 나는 고모의 목탄이 종이를 긁는 소리를 들을 수 있었다.

고모가 내게 한 팔은 들어 올리고 다른 팔은 부푼 배의 아래쪽에 가져다 대라고 부탁했을 때 나는 그대로 따랐다. 내 피부는 따스했고, 나는 그것을 손으로 눌렀다. 그러자 거기에서 느껴졌다. 팽팽해진 피부 아래의 움직임이. 대답이. 모든 이성적 판단을 거슬러, 나는 내 안에서 자라나고 있는 것을 어루만지고, 몇 마디 인사말을 속삭였다.

베스 고모가 스케치북을 내려놓았을 때 나는 알아차리지 못했다. 고모는 내 어깨에 가운을 걸쳐주고는 문가로 가서 디트 고모에게 들어오라고 했다.

"아름다워." 디트 고모는 스케치를 보며 말했지만, 나를 올려다보기는 힘든 것 같았다. 고모는 들어올 때만큼이나 조용히 방을 나갔지만, 나는 고모가 눈가를 닦아내는 걸 보았다.

"오늘 애프터눈 티 시간에 세라 브룩스가 올 거야." 점심을 먹고 있을 때 디트 고모가 말했다. 고모는 보통 하루 전날 내게 알려주곤 했었다.

"빅토리아 공원으로 산책 다녀올게요. 날씨가 좋네요."

디트 고모는 베스 고모를 보았고, 다시 나를 보았다. "사실은, 너도 여기 있었으면 좋겠다."

나는 이제는 거대해져 숨길 수 없게 된 내 배를 내려다보았고, 이해할 수 없어서 디트 고모를 쳐다보았다.

"그 사람들, 좋은 사람들이야." 고모가 말했다.

처음에는 이해할 수 없었다. 지난 4월, 아빠가 내 스물다섯 번째 생일을 축하해주러 방문했을 때 이후로 나는 고모들 외에는 누구도 만나지 못하고 지내고 있었다. 이제 조금 있으면 6월이었고, 내 몸집은 엄청나게 커져 있었다.

베스 고모가 부엌 테이블에서 일어나 커피포트를 들고 분주하게 움직이기 시작했다. "그 부부는 자기들 아이를 낳을 수가 없는 처지란다, 에즈미." 고모가 말했다. "네 아기한테 좋은 부모가 되어줄 거야."

디트 고모가 손을 내밀어 테이블 위로 내 손을 잡았을 때, 그 말들이 이해되기 시작했다. 손을 치우진 않았지만, 고모가 한 것처럼 나도 부드럽게 손을 쥐어줄 수는 없었다. 숨이 찼다. 내 가슴에 막 생겨난 구멍 때문에 말이라는 것을 할 수가 없었다. 단순히 호흡이 곤란한 게 아니었다. 단어가 부족했다. 정확히 이해는 할 수 있지만 표현할 언어가 없는 느낌이 찾아왔다.

그 느낌의 주변으로, 베스 고모가 난로를 등지고 돌아서서, 한 손에 커피포트를 들고, 두 사람 모두 계속 짓고 있으려 애쓰는 미소를 짓느라 불편한 얼굴을 하고 있는 모습이 내 눈에 들어왔다. 고모는 무엇을 보았기에 얼굴이 무너져내리고 손이 떨리는 걸까? 커피가 조금 바닥에 쏟아졌는데 고모는 닦으려고 하지 않았다. 그 대신 자기 언니를 쳐다보았다. 그토록 불안해 보이는 고모의 모습은 처음이었다.

선택의 여지도 별로 없었지만, 나는 무엇을 입어야 할지 쉽게 결정할 수가 없었다. 마지막으로 세라를 만났을 때는 내 배를 잘 숨겼다고 생각했다. 이제 와서 생각하니, 세라는 모든 걸 알았던 걸까 궁금했다. 그 생각은 나를 불편하게 했고, 짜증 나게 만들었다. 나는 가슴을 돋보이게 하고 허리께는 너무 꽉 조이는 드레스를 입고 거울 앞에 섰다. 그 모습에는 어딘가 외설적인 면이 있었고, 또 경이로운 면도 있었다. 나는 내 웃긴 손가락들로 내 몸의 곡선을 더듬어 내려갔다. 가슴으로, 젖꼭지 위로, 팽팽해진 피부 밑에서 아기가 만들어놓은 언덕 위로. 나는 그 움직임을 느꼈고, 드레스 천 밑에서 넘실거리는 것을 보았다.

나는 블라우스와 치마로 갈아입었다. 둘 다 디트 고모에게서 빌린 것이었다. 그런 다음 실내복 상의를 위에 걸쳤다.

내가 거실에 들어서자마자 세라가 자리에서 일어났다. 고모들은 억지로 편안한 오후 분위기를 만들고 싶어한 나머지, 자리에 앉은 채 일상적인 환영의 말을 내뱉었다. 그 말들은 쥐어짜낸 것 같았고, 과도하게 쾌활했다. "왔구나." "차 마실 거지, 그렇지, 에즈미?" "우리 방금 날씨가 얼마나 따뜻한지 얘기하고 있던 참이었는데." "마데이라 케이크 한 조각 드릴까요, 세라?"

세라는 고모들을 무시하고 내가 서 있는 곳을 향해 똑바로 걸어왔다. 그러더니 내 두 손을 잡아 쥐었다. "에즈미, 만약 마음이 안 내킨대도 이해해요. 다른 누구보다 에즈미가 가장 힘들 거예요. 천천히 시간을 들여 생각하고, 마음이 확실해지면 얘기해줘요."

그건 후회였고, 슬픔이었고, 상실이었다. 그건 희망이었고, 다행스러운 일이었다. 그리고 그건 이름이 없는 다른 것들이기도 했다. 나는 그것을 내 배 속에서 느꼈고, 그 쓰라림을 맛보았다. 그 가운데 어느 것도 말로 표현할 수 없다는 절망에 눈물이 쏟아졌다.

세라가 내 몸을 붙잡고 억센 두 팔을 두르고는, 나를 어깨에 기대 울게 해주었다. 세라의 몸은 단단했고, 두려움이 없는 것처럼 느껴졌다.

마침내 베스 고모가 차를 따를 때쯤 우리는 모두 코를 풀고 있었다.

우리는 차를 마시고 케이크를 먹었고, 나는 케이크 부스러기 하나가 세라의 입가에 확고부동하게 매달려 있는 것을 지켜보았다. 나는 세라가 베스 고모의 모든 말을 귀 기울여 들으며, 절대 끼어들지는 않아도,

대답할 기회가 있을 때에는 항상 동의하는 것만도 아니라는 사실을 알아차렸다. 세라 목소리의 음색을 나는 가만히 들었고, 세라가 얼마나 잘 웃는지를 기억해냈다. 노래를 잘하는지도 궁금했다.

나는 임신 기간이 끝나면 무슨 일이 일어날지 생각하는 걸 피했었다. 물어보지도 않았고, 고모들은 그저 힌트만 줄 뿐이었다. 처음부터 이럴 계획이었을까? 나는 생각했다.

물론 그랬을 것이다.

그래야만 했을까?

물론 그래야만 했을 것이다.

아기는 딸이었다. 어떻게 아는지는 알 수 없지만, 나는 알았다. 그리고 나는 이미 그 아이를 사랑하기 시작했다.

"에즈미?" 베스 고모가 말했다.

세 여자 모두가 내 대답을 기다리고 있었는데, 나는 질문이 뭐였는지 듣지 못했다.

"에즈미," 세라가 말했다. "내가 다시 와도 괜찮을까요?"

나는 디트 고모를 보았다. 고모의 역사책 개정 작업이 끝나면, 나는 옥스퍼드로 돌아가 스크립토리엄에서 내 일을 다시 시작할 예정이었다. 고모가 그렇게 얘기했고, 나는 동의했었다.

바로 그 순간 내가 느끼던 감정에도 뭔가 단어가 있어야만 했다. 하지만 스크립토리엄에서 수년을 보냈음에도 나는 단 한 단어도 떠올릴 수 없었다.

나는 고개를 끄덕였다.

따뜻한 날씨가 이어졌고, 내 몸은 엄청나게 불어났다. 디트 고모는 내가 해온 조사에 만족했고, 내가 오랫동안 소파에 등을 기대고 앉아 역사책에서 자신이 수정한 부분들을 교정보는 일을 해주었으면 좋겠다고 했다. 세라는 화요일 오후마다 차를 마시러 왔고, 나는 조용히 지켜보며 앉아 있었다. 매번 세라에게서 새롭게 좋아할 만한 점을 발견하긴 했지만, 그건 불편한 시간이었고, 내 모순된 감정은 사라지지 않았다. 아주 많은 것을 이야기할 필요가 있었지만, 차를 따르고 마데이라 케이크를 나누는 일이 계속 중간에 끼어들었다.

그러던 어느 화요일, 내가 거실로 뒤뚱뒤뚱 걸어 들어갔더니 세라가 모자를 쓰고 운전용 장갑도 낀 채로 거기 있었다.

"제가 드라이브 좀 시켜드릴까 해서요." 세라가 말했다.

뜻밖에 위로가 되는 제안이었고, 나는 벌써 신선한 공기를 쐬는 것처럼 숨을 깊이 들이마셨다.

"우리 둘만요." 세라가 덧붙이며 고모들 쪽으로 몸을 돌리자, 고모들이 동시에 고개를 끄덕였다.

세라가 다임러의 조수석 문을 열고 내가 타는 걸 도와줬을 때 나는 놀랐다. 나는 자가용을 타고 어딘가 가본 적이 거의 없었고, 여자가 모는 차는 한 번도 타본 적이 없었다. 세라는 팔다리가 짧아서 자동차가 굴러가게 하려면 온몸을 동원해야 했다. 기어를 넣기 위해 몸을 앞으로 굽히고, 페달을 밟기 위해 뒤로 젖히는 일을 계속했다. 마치 꼭두각시 인형 기술자가 세라의 팔다리를 이리저리 움직이고 있는 것 같았다. 웃음을 숨기려고 나는 기침을 했다.

"불편하신가요?" 세라가 물었다.

"전혀요."

세라는 억지로 대화를 하려고 하지 않았고, 소소한 대화에는 눈에 띌 정도로 소질이 없었으므로—한번은 내가 날씨 이야기를 했더니 기압과 비 사이의 관계에 대한 설명으로 대답했다—기어를 넣는 투두둑 하는 소리와 가끔씩 다른 사람들의 운전 솜씨를 욕하는 말들을 빼면 여행은 조용히 이어졌다.

배스 레크리에이션 그라운드에 도착했을 때쯤에는 '망할 놈의 얼간이Damn-dunderhead'가 들어간 다양한 인용문들로 쪽지 세 장이 채워져 있었다. 그 쪽지들은 손이 마비된 상태에서 쓰인 것처럼 보였다.

"서머싯이 랭커셔를 상대로 결승전을 하고 있어요." 내가 차에서 내리는 것을 도와준 다음 점수판을 보려고 목을 길게 빼며 세라가 말했다. "랭커셔가 181런을 쫓아가고 있고, 어려운 목표는 아니라서, 필립이 애를 쓰고 있어요. 크리켓 좋아해요, 에즈미?"

"잘 모르겠어요. 경기 전체를 앉아서 본 적이 한 번도 없거든요."

"예의가 바르네요. 너무 지루해서 풀이 자라는 걸 지켜보는 게 차라리 재미있겠다고 할 수도 있을 텐데. 아, 아니라고 하지 말아요. 얼굴 보면 아니까." 세라가 내 팔에 팔짱을 끼고는 내 키에 맞춰 능숙하게 팔을 움직였다. 우리는 타원형 경기장 주위를 빙 둘러 걸어가기 시작했다. "오후가 끝날 때쯤엔 그런 생각을 했다는 게 놀라워질 거예요."

브룩스 씨는 이미 피치에 서 있었고, 나는 세라가 일부러 타이밍을 맞춘 게 아닌가 생각했다. 그들의 의도가 분명해진 뒤로 그는 고모들의 집에서 열리는 다과 모임에 아내와 동행하지 않았다. 이 모든 일을 여자들에게 맡겨두는 게 가장 낫다고 느낀 게 아닐까, 나는 생각했었다. 그가 첫 번째 공을 던지는 걸 보았을 때에야 나는 '이 일'이 끝나지 않을지도 모른다는 생각을 했다. 이 사람들이 내 환심을 사려고 하고 있구나, 나는 깨달았다. 이 사람들이 내게 제안한 것을 어느 시점에선 받아들이거나 거절해야 했다. 브룩스 씨가 자기 모자를 심판에게 건네주었고, 태양이 그의 벗어진 머리 위에서 빛났다. 세라가 키가 작은 만큼 그는 키가 컸다. 그는 길고 가느다란 다리로 피치를 향해 성큼성큼 걸어가더니, 풍차처럼 돌아가는 팔로 공을 날려 보냈다.

"필립 생각이었어요." 그의 투구가 두 번째로 빗나가자 세라가 말했다.

"뭐가요?"

"에즈미를 시합에 데려오는 거요. 앗, 짧았네. 경계까지 쭉 가겠다."

타원형 경기장 반대편 한 구역에 앉아 있던 관중들로부터 박수 소리가 들려왔다.

"우리 팀 기분이 안 좋겠네요. 내가 보니까 필립 정신이 딴 데 가 있어요. 불쌍해라, 에즈미한테 그렇게 잘 보이고 싶어했는데."

"저한테요?"

"네. 아까 말한 것처럼, 저 사람 생각이었어요. 차 마시러 너무 오고 싶어하는데 내가 계속 못 오게 했어요. 불편하잖아요. 그렇지 않나요?"

나는 그냥 아래를 쳐다보았다.

"제 생각엔 저 사람, 저기 한복판에서 좋은 볼거리를 선사해서 아버지 될 자격이 있다는 걸 보여주고 싶은 것 같아요."

나는 세라의 직설적인 말을 좋아했지만, 그래도 충격으로 다가왔다.

"자, 필립 순서는 끝났네요. 여섯 번 던져서 15런이라. 저 사람, 차 마실 시간이라서 기뻐할 것 같네요."

나는 크리켓 선수들이 피치에서 나와 로커 룸 쪽으로 걸어가는 것을 바라보았다. 필립이 우리 쪽을 보자 세라가 손을 흔들었다. 자기 팀을 따라가는 대신에 그는 운동장을 가로질러 우리에게 왔다. 보폭이 넓었고, 자세는 약간 구부정했다.

"제발 지금 막 도착했다고 말해줘." 그가 가까이 오면서 말했다. 얼굴이 붉어진 건지 햇볕에 탄 건지 구분이 가지 않았다.

"안타깝게도 그렇지는 않아, 여보. 우리는 샤프가 막 치러 나왔을 때 왔어." 세라는 그에게 키스하기 위해 까치발로 섰고, 나는 필립의 구부정한 자세는 결혼 생활에 적응한 결과가 아닐까 생각하지 않을 수 없었다.

그가 점수판을 쳐다보았다. "이제부턴 수비를 하게 될 것 같네, 내 생각엔." 그가 말했다. 그러고는 몸을 돌려 빛나는 적갈색 눈동자로 나를 보았다.

"에즈미." 그가 말했다. "다시 만나서 정말 기뻐요."

나는 무슨 말을 해야 할지 알 수 없었다. 고개를 끄덕였지만 미소는 짓지 않았다. 그가 커다란 손을 내밀었을 때 나는 그것을 마주 잡았다. 그는 내 웃긴 손가락들을 보고도 움찔하지 않았지만, 그렇게 아파 보이는 것이 부서질까 두려워서 손아귀 힘을 풀지 않을까 생각했다. 그 생각과는 반대로, 그의 손은 빠져나가지 않게 내 손을 단단히 잡고 있었다. 그는 딱 정확한 순간에 내 손을 놔주었다. 어떤 사람이 네 손을 잡는 방식을 보면 많은 걸 알 수 있단다, 아빠는 언젠가 그렇게 말했었다.

화요일이었고, 트래비스 부인은 그날 자리를 비웠다. 세라가 애프터눈 티 시간에 맞춰 오기로 되어 있었고, 고모들은 부엌에서 다과 쟁반을 준비하고 있었다. 내가 들어갔을 때 디트 고모는 접시 위에 조각케이크를 올리고 있었고, 베스 고모는 찻주전자를 데우고 있었다. 도울 일이 없겠느냐고 내가 막 물으려는 순간, 다리 안쪽에서 무언가가 똑똑 떨어져내리는 느낌이 났다. 그게 뭔지 내가 표현하기도 전에 그것은 쏟아져 나왔다. 나는 숨을 헐떡였고, 두 고모가 나를 돌아보았다.

"양수가 터진 것 같아요." 내가 말했다.

디트 고모는 케이크 한 조각을, 베스 고모는 주전자를 들고 있었다. 몇 초 동안 그들은 꼼짝하지 않았다. 그러더니 갑자기 겁에 질린 닭들처럼 당황해서 뛰어다니기 시작했다. 이쪽으로 갔다가 저쪽으로 가고, 서로를 향해 큰 소리로 말을 했다. 내가 뭘 좀 먹어야 하는지 먹지 말아야 하는지, 라즈베리잎 차를 계속 마셔도 되는지 그만 마셔야 하는지를 놓고 그들은 논쟁을 벌였다. 에즈미는 누워야 한다, 아니다, 목욕을 해야 한다.

"틀림없이 의사 선생님이 목욕하지 말라고 했던 것 같아." 베스 고모가 말했다.

"하지만 머리 부인이 말하던걸? 목욕이 그렇게 좋았다고 했어. 그분은 애를 엄청 많이 낳았잖아." 평소의 차분함과 정확함을 모두 잃은 상태로 디트 고모가 말했다.

나는 먹고 싶지도, 마시거나 목욕을 하고 싶지도 않았지만, 두 사람은 내게 의향을 물을 생각도 없는 듯했다.

"전 그냥 마른 옷으로 좀 갈아입어야 될 것 같아요." 내가 끼어들었다. 고모들을 그토록 당황하게 만든 물웅덩이 위에 나는 여전히 서 있었다.

"진통이 시작됐니?" 베스 고모가 물었다.

"아뇨. 십 분 전이랑 똑같고, 그냥 몸이 젖은 것뿐이에요."

내 대답이 그들을 진정시키기를 바랐지만, 그들은 혼란스러운 얼굴로 나를 빤히 보았다. 누군가가 문을 노크했을 때 두 사람은 나를 부엌에 혼자 둔 채 정신없이 문으로 뛰어갔다.

"에즈미 어디 있어요?" 세라의 목소리였다.

세 사람 모두가 부엌으로 들어왔다. 세라가 맨 앞에 있었는데, 주근깨가 흩뿌려진 얼굴 가득 커다란 미소를 짓고 있었다.

"전부 완전히 정상이에요." 내가 이해를 했다는 생각이 들 때까지 내 눈을 똑바로 보며 세라가 말했다. 그런 다음 세라는 고모들에게 몸을 돌려 좀 더 엄중하게 다시 말했다. "완전히 정상이에요." 부엌 테이블 위의 케이크와 주전자에서 올라오는 김을 보고 세라는 말했다. "아, 좋아요. 차가 딱일 거야. 에즈미랑 저는 십 분 뒤에 합류할게요." 세라는 내 팔을 잡더니 계단 위로 이끌고 올라갔다.

침실에 들어가자, 세라는 내가 서 있는 곳 앞쪽 마룻바닥에 무릎을 꿇었다. 내 한쪽 구두를 벗기고는 다른 쪽도 벗겼다. 아무 말 없이 내 치마 밑으로 손을 넣어 스타킹 클립을 풀었다. 오소소 소름이 돋았다. 나를 도와줘도 되느냐고 세라는 묻지 않았다. 그냥 그렇게 했다.

"이게 정상인가요?" 내가 물었다.

"양수가 터진 거예요, 에즈미. 깨끗했고요. 완벽하게 정상이에요."

"하지만 스캔런 박사님은 그 직후에 진통이 시작된다고 하셨는데요. 저는 아무 차이를 못 느끼겠어요."

내 장딴지를 무심히 어루만지면서 세라가 고개를 들어 나를 보았다.

"진통은 올 거예요." 세라가 말했다. "오 분 뒤일 수도, 다섯 시간 뒤일 수도 있어요. 그리고 진통이 시작되면 진짜 지독하게 아플 거예요."

나는 그 말이 사실인 걸 알았지만 예외가 있기를 바랐다. 내 얼굴이 창백해지는 게 느껴졌다. 세라가 윙크를 했다.

"욕을 하는 걸 추천해요. 최고로 아플 때 하면 고통이 좀 덜할 거예요. 하지만 제대로 해야 돼요. 성의 없이 하거나 소리가 작으면 소용없어요. 소리를 질러요. 아기 낳을 때가 유일하게 그래도 되는 때니까."

"그런 걸 어떻게 아세요?"

세라가 일어섰다.

"잠옷이 어디 있죠?"

나는 옷장을 가리켰다. "아랫서랍에요."

"저는 아이를 낳은 적이 두 번 있어요." 세라가 깨끗한 잠옷을 꺼내며 말했다. "불행히도 두 번 다 양수가 깨끗하지 않았죠."

세라는 내 머리 위로 드레스를 잡아당겨 벗긴 다음 슬립도 벗겼다. 그러고는 다시 무릎을 꿇고 슬립으로 내 다리를 닦았다. 그는 내 젖은 속바지를 벗기더니 구석구석 확인했고, 코에 가져다 댔다.

나는 움찔했다.

"냄새도 정상이에요." 세라가 웃으며 말했다. "우리 언니가 쪼꼬미들 낳을 때도 다섯 번이나 도왔거든요. 언니 속옷도 매번 이런 냄새가 났고, 아기들은 모두 우렁차게 울면서 태어났어요."

세라가 다른 옷 무더기 위로 속옷을 던졌다. 이제 더 벗을 옷이 없었다. 내가 그렇게 알몸으로 있어본 건 태어나서 처음이었다.

"같이 있어주실 거예요?" 내가 물었다.

"에즈미가 원하면요."

"아기 낳을 때 여자들이 보통 욕을 하나요?"

세라가 내 머리 위로 잠옷을 미끄러뜨려 입혀주었다. 잠옷은 크게 펄럭이더니 미풍처럼 내 몸에 감겨들었다. 팔 넣을 곳을 찾는 걸 세라가 도와주었다.

"욕을 어떻게 하는지만 안다면요. 아마 참을 수 없을걸요?"

"제가 상당히 나쁜 말들을 좀 알거든요. 옥스퍼드에 있을 때 시장에 있는 어떤 할머니한테서 들었어요."

"글쎄요. 그런 말을 시장에서 듣는 것하고 입속에서 굴려보는 건 완전히 달라요." 세라는 문 뒤에서 내 가운을 꺼내 내게 입혔다. "어떤 말은 종이에 적힌 글자 이상의 무언가죠. 안 그래요?" 최선을 다해 내 배를 빙 둘러 가운 허리끈을 묶으면서 세라가 말했다. "그런 말들엔 형태가 있고 질감이 있죠. 마치 총알 같아서 에너지로 가득하고, 한번 내뱉으면 그 날카로운 모서리가 입술을 찌르는 걸 느낄 수도 있고요. 제대로 된 상황에서 하면 엄청난 카타르시스 효과도 있어요."

"크리켓 경기를 보러 가는데 어떤 차가 앞에 끼어드는 것 같은 상황에서요?"

세라가 웃었다. "아, 이런, 필립은 나보고 모터 달린 입이래요. 기분 나쁘지 않았기를 바랄게요."

"조금 놀라긴 했는데요, 그때부터 세라가 진심으로 좋아지기 시작한 것 같아요."

우리는 더 이상 말하지 않았다. 세라는 까치발을 들고 서서 내 뺨에 키스했다. 나는 세라의 키에 맞추려고 몸을 살짝 굽혔다.

돌보다ATTEND

주의를 기울이다; 신경을 쓰거나 책임을 지다, 살피다, 지키다, 보호하다.

진통하다TRAVAIL

(여성이) 아이를 낳는 고통을 겪다.

낳았다DELIVERED

자유로워졌다; 자식을 출산했다; 넘겨주었다; 맡겼다.

쉬지 못하는RESTLESS

휴식을 빼앗긴; 쉴 곳이 없는; 특히 마음이나 정신이 불안한.

애송이/스콜/악을 쓰다SQUALL

작거나 중요하지 않은 사람.

갑자기 엄청난 기세로 불어오는 돌풍, 한바탕 부는 바람, 짧은 폭풍.

시끄럽게, 혹은 귀에 거슬리게 울부짖다.

커튼 가장자리로 빛이 보였다. 있던 사람들이 모두 돌아가고 방은 비어 있었다. 혼돈이 질서로 되돌아가 있었다. 라벤더향이 피와 똥의 냄새를 덮었다.

똥Shit. 나는 그 단어를 몇 번이고 크게 소리 내 말했다. 메이블 할머니가 가르쳐준 다른 단어들도 내뱉었다. 너무 소리쳐대서 목이 쉬었다. 나로선 꿈도 꾸지 못한 일이었다.

그렇지만 꿈을 꾸긴 했다. 꿈속에선 아기가 울었다.

아기는 아직도 울고 있었다. 그 소리를 듣자 가슴에 통증이 왔다.

그들은 속삭이며 대화를 했지만, 내게는 그 말들이 들렸다.

"아예 안 보는 게 좋아요. 봤다간 마음이 변해." 산파의 목소리.

"젖을 물리기는 해야죠." 세라의 목소리.

"사생아를 데리고 있으면 산모도 망가지고 애도 망가져요. 유모를 데려올게요." 다시 산파의 목소리.

나는 이불을 벗어 던지고 침대 옆으로 두 다리를 내렸다. 시련을 겪어낸 생소한 근육들이 신음했다. 끔찍한, 콱 찌르는 통증 때문에 비명이 새어 나왔다. 마취제로 흐려지긴 했지만 내게는 그 통증의 기억이 남아 있었다.

자리에서 일어나려고 애를 썼지만 머리가 지끈거렸고, 마치 목욕물 속에 가라앉은 것처럼 방금 전까지 날카롭게 들려오던 소리들이 둔해졌다. 나는 도로 자리에 앉아 눈을 감았다. 내 눈꺼풀 뒤 어둠 속에는 얼굴의 음화陰畫가 있었다. 내 망막에 새겨져 흔들림 없이 빛나는 두 개의 점. 마침내 일어섰을 때, 몸속에서 무언가가 흘러나오는 게 느껴졌다. 나는 흐름을 멈추려고 아래쪽으로 손을 뻗었지만 그럴 필요는 없었다. 누군가가 내게 벨트를 채우고 수건을 거기 대놓았던 것이다.

"침대로 돌아가요, 착한 아가씨." 세라였다. 여전히 거기 있었다. 주근깨 가득한 총천연색 얼굴로, 두 눈으로는 여전히 흔들림 없이 나를 바라보면서.

"아기를 제가 보살펴야겠어요."

"딸아이예요." 세라가 말했다.

딸아이, 나는 생각했다.

"딸아이를 제가 보살펴야겠어요."

아기를 보살피다NURSE

(여성이) 아기에게 젖을 먹이다, 아니면 건사하다, 또는 단순히 아기를 돌보다, 책임지다.

모두 거기 있었다. 디트와 베스 고모, 세라 그리고 산파까지. 그들은 내가 젖 먹이는 것을 지켜보았다. 나와 마찬가지로 그들도 내 딸아이의 젖 빠는 소리를 들었다. 하지만 그들은 그애의 빠는 힘이 얼마나 센지, 내 배에 얹혀진 아기의 무게가 얼마나 되는지 느낄 수 없었으리라. 내 딸아이의 냄새에 대해서도 그들은 아무것도 몰랐다. 삼십 분 동안 방 안에서는 오직 딸아이가 내는 작은 소리들만 들려왔다. 아무도 마음속에 있는 희망이나 두려움을 말로 하지 않았다.

"눈물이 나는 건 아주 정상이에요." 산파가 말했다.

나는 얼마나 오랫동안 울고 있었던 걸까?

내가 몇 번이나 젖을 먹였을까? 나는 세어보려 했지만 그럴 수가 없었다. 시간이 한없이 늘어나는 물체로 변했고, 꿈과 현실의 경계도 흐려졌다. 그들은 교대로 나와 아기의 곁에 앉아 있었다. 결코 우리 둘만 내버려두지 않았다. 나는 아기의 귓바퀴 아래 달콤한 부분에 얼굴을 묻고, 그 따뜻하고 비스킷 같은 냄새를 맡고 싶었다. "널 먹어버릴 수도 있어." 나는 그렇게 말하고 싶었다. 나는 딸아이의 옷을 벗기고 통통한 살이 접혀 생긴 주름 하나하나를 쓰다듬고, 머리에서 발끝까지 뽀뽀를 해주고,

피부의 모공 하나하나에 대고 사랑한다고 속삭이고 싶었다.

몇 주가 지나갔다. 나는 그중 어느 것도 하지 않았다.

침대에 앉아 기미가 가득한 커다란 손으로 내 아기의 머리에 난 금빛 솜털을 쓰다듬던 세라가 말했다. "마음을 바꿔도 돼요."

나는 백 번쯤, 각각 다른 방식으로 그런 상상을 했었다.

"제 마음만 바꾸면 되는 문제가 아니라서요."

내가 그렇게 말할 것을 세라는 알고 있었다. 나를 쳐다보는 세라의 얼굴에서 안도감과 애석해하는 마음의 흔적이 실랑이를 벌이는 것을 나는 보았다. 기뻐하는구나, 나는 생각했다. 내게서 그런 말을 듣게 되어서 기뻐하는구나. 세라는 내게서 몸을 돌리더니 평소보다 긴 시간을 들여 새 기저귀를 접었다.

"그럼 제가 데려가도 될까요?"

나는 대답할 방법을 찾을 수 없었다. 아래를 내려다보았고, 잠든 딸아이의 입꼬리에 젖이 고여 있는 걸 알아보았다. 몸을 조금 움직였고, 아기의 턱으로 흘러내린 젖이 똑똑 떨어지는 것을 지켜보았다. 딸아이의 몸무게가 느껴졌다. 내가 처음으로 안아봤을 때보다 정말 많이 무거워져 있었다. 나는 아기의 아름다움을 표현할 단어를 생각해내려고 애를 썼다.

그런 단어는 없었다. 그런 단어는 없다. 내 딸아이에게 걸맞은 단어는 앞으로도 절대로 없을 것이다.

나는 딸아이를 세라에게 주었다. 몇 달이 지나자 세라와 필립은 사우스 오스트레일리아로 이민을 갔다.

4부

1907~1913년

Polygenous다원성의~Sorrow슬픔

1907년 9월

단어에는 끝이라는 게 없다. 그 의미에도, 그것들이 사용되는 방식에도 한계가 존재하지 않는다. 어떤 단어들의 역사는 너무 오래전으로 거슬러 올라가서, 현대의 우리가 그것을 이해하는 일은 원본의 메아리, 혹은 왜곡된 버전을 듣고 보는 일에 지나지 않는다. 나는 종종 그 반대로 생각하곤 했다. 기이하게 생긴 옛 단어들은 그것들이 결국 취하게 될 형태의 서투른 초안이었을 거라고 말이다. 우리 시대, 우리의 혀 위에서 빚어지는 단어들이야말로 진실하고 완결된 것이라고. 하지만 어떤 단어가 최초로 발화된 뒤에 따라붙는 모든 것은 사실상 오염임을 나는 깨달아가고 있었다.

나는 이미 딸아이의 귀가 정확히 어떻게 생겼는지를, 그 아이의 눈에 담긴 독특한 푸른색이 어땠는지를 잊었다. 딸아이를 보살피던 몇 주 동안 그 눈 빛깔은 점점 짙어졌다. 이제는 더 짙어졌을지도 몰랐다. 나는 매일 밤 딸아이의 울음소리를 환청으로 듣고 깨어나, 내가 앞으로 내 딸의 목소리라는 음악에 감싸인 단어는 단 하나도 듣지 못하리라는 사실을 깨달았다. 안고 있을 때, 딸아이는 완벽한 존재였다. 애매하지 않은 존재였다. 그 피부의 감촉과 냄새, 젖을 빨 때 나는 부드러운 소리는 다른 무엇일 수 없었다. 나는 내 딸을 완벽히 이해했다.

매일 새벽이 밝아올 때마다 나는 딸아이 몸의 세세한 부분들을 되살렸다. 작은 발가락에 달린 반투명한 발톱에서 시작해, 통통한 팔다리와 크림빛 피부를 거쳐 올라가, 아직 듬성듬성한 금빛 속눈썹에 이르곤 했다. 하지만 그런 다음엔 뭔가 작은 부분을 기억해내기 위해 애를 써야 했고, 날들이 흐르고 달이 지나고 해가 가면서 딸에 대한 내 기억이 희미해질 것임을 알게 됐다.

'사생아Lie-child'. 산파가 내 딸아이를 부르던 말이었다. 하지만 그 단어는 『한가함Leisureness부터 기꺼이Lief까지』에는 실려 있지 않았다. 나는 분류함을 뒤졌다. 다섯 장의 쪽지가 대표 쪽지에 핀으로 꽂혀 있었다. 정의되어 있는 단어였다. 혼인 외의 관계에서 태어난 아이; 서출. 그 단어는 사전에서 제외되었다. 대표 쪽지에는 메모 하나가 적혀 있었다. 혼외자Love-child와 같음. 삭제할 것.

하지만 그랬나? 내가 빌을 사랑love했던가? 내가 그를 그리워했던가?

아니었다. 난 그냥 그와 잤을 뿐이었다.

하지만 난 내 딸을 사랑했다. 딸이 그리웠다.

내가 찾아낸 어떤 단어로도 그 아이는 정의될 수 없었고, 나는 마침내 찾기를 그만두었다.

일을 했다. 스크립토리엄 책상 앞에 앉아, 나는 내 마음에 생긴 빈 공간들을 다른 단어들로 메웠다.

1907년 9월 20일

친애하는 해리에게,

사전 편찬 작업과 기록방에서의 일상을 여러 장에 담아준 당신의 편지 속 몇몇 단어 때문에 계속 마음이 쓰이네요. 당신은 과장이라는 것을 할 사람이 아니고, 내가 보기에는 아무 보장이 없을 때에도 긍정적으로 사고하는 사람이니까, 나로선 에즈미에 대한 당신의 걱정에 일리가 있다고 생각할밖에요.

에즈미가 겪은 일을 겪은 여성들 가운데 그런 기분을 느끼는 사람이 있다고 들은 적이 있어요. 에즈미가 지금 애도의 과정을 거치고 있을 가능성을 고려해야 해요. 그애가 처한 상황은 그렇게 드문 것이 아니에요. (작년에 나는 이런 문제에 관해 많은 것을 배웠어요. 얼마나 많은 젊은 여성들이 이런 일로 고난을 겪는지 알면 당신은 놀랄 거예요. 내가 들은 어떤 이야기들은 듣기만 해도 몸이 떨리는 것들이라 여기에 옮기진 않을게요. 그저 이만큼 사랑해주는 아버지가 있어서 우리 에즈미는 참 운이 좋은 거라고만 말해둘게요.) 그러니 우리, 그애가 스스로를 되찾을 때까지 잘 돌봐주기로 해요.

그애가 떠난 뒤로 우린 어찌할 바를 모르고 있어요. 베스가 말하듯, 에즈미의 끊임없는 질문이 우리를 정직해지게 해주었어요. 누군가는 그애가 어른이 되면서 그러지 않기를 기대했을 테고, 고백하건대 나 역시 그애가 그냥 다른 사람들의 지혜를 받아들이기를 바란 적이 있었지만요. 하지만 그애는 자신을 확실히 납득시켜주기를 요구하는 사람이고, 내 역사 작업도 그 점 때문에 더 나아질 거라고 나는 확신해요.

그런데 이제 에즈미가 말이 없어졌다는 당신 얘기를 들었으니, 내가 몇 가지 질문을 하는 자유를 누려볼게요.

슈롭셔에 친구가 작은 집을 한 채 가지고 있어요. 언덕 사이에 아늑하게 자리 잡은, 웨일스가 건너다보이는 전망을 가진 집이에요. (물론, 날씨가 좋은 날에요.) 세 들어 살던 사람이 최근에 세상을 떠나 지금은 비어 있어요. 베스와 내가 그리 오래전이 아닌 예전에 거기서 일주일을 보낸 적이 있어요. 그곳의 산책로에 대해서는 베스가 보증해줄 거예요. 심장을 단련하고 정신을 분산시켜줄 가파른 길이 많은 최상급 산책로랍니다. 바로 지금 에즈미에게 필요한 거죠. 숙소의 안락함에 대해선 내가 보증할게요. 어떤 젊은 여성들의 구미엔 맞지 않을지 몰라도, 에즈미가 그렇게 까다로운 아이는 아니니까요.

10월 한 달 동안 그 집을 확보해뒀어요. 제임스와 에이다 머리 부부에게도 편지를 썼는데, 에즈미의 여행에 리지가 동행해야 한다는 내 의견에 그들은 동의했어요. 화내기 전에, 해리, 내가 이리저리 머리를 굴리긴 했지만 그럼에도 아주 신중하게 처리했다는 점을 알아줘요. 에즈미가 배스에 있는 동안에 걸린 감기에서 회복하느라 힘겨워한다고 들었다, 그렇게 얘기했어요. 에즈미가 기운을 되찾아야 한다는 데 제임스는 곧바로 동의했어요. 그는 좋은 산책은 무엇이든 치료해줄 수 있다고 굳게 믿는 사람이고, 사람들이 기침을 시작했을 때 따뜻하게 꽁꽁 싸매서 안락의자에 앉혀 바닷가에서 지내도록 해서는 안 된다고 지적하고 싶어 안달이었어요. 나는 리지가 그렇게 오래 자리를 비우는 데 제임스가 반대할 줄 알았는데, 그는 리지가 지난 몇 년간 겨우 며칠밖에 쉬는 날이 없었으니 휴가를 갈 자격이 있다면서 허락하더군요. 같은 날 오후 우편으로 나도 동의한다는 편지를 보냈어요. (그는 예상치 못했겠지만 또 다른 한 주에 관한 몇 마디 언급과 함께, 그냥 그의 마음이 바뀌지 않도록 말이죠.)

친애하는 해리, 이런 계획이 당신에게 괜찮기를, 그리고 물론 에즈미에게도 괜찮기를 바라요. 우리가 그애를 설득하는 데는 별문제가 없을 거라고 확신해요. 옥스퍼드에서 슈루즈베리까지는 곧바로 가는 기차가 있고, 이웃인 로이드 씨가 도와줄 거라는 확인도 내 친구에게 받아놨어요. 로이드 씨는 그 집을 돌봐주는 대가로 약간의 보수를 받고 있어요. 그 사람이 에즈미와 리지를 만나 집에 데려다줄 거예요.

우정을 담아,

이디스

우리는 해가 저물어 따뜻하던 낮 기운이 서늘함에 자리를 내주고 있을 때 코블러스 딩글에 도착했다. 로이드 씨는 돌아가기 전에 난로에 불을 붙여두어야겠다고 했다. 그 일을 하느라 몸을 굽힌 채, 그는 난로를 확인하고 침실에 난방이 되도록 오후마다 자신이 들르든지, 아니면 심부름할 아이를 보내겠다고 알려주었다. 마치 필요에 미리 대비해둔 것처럼 오두막집에는 자른 나무와 불쏘시개 들이 가득했는데도 말이다.

그가 돌아가며 인사를 할 때 리지가 자리에서 일어섰다. 그는 허리를 살짝 굽혀 리지에게 인사를 했고, 그 바람에 원래는 내가 할 대답을 리지가 해야만 하게 되었다.

"고맙습니다, 로이드 씨." 리지가 말했다. "정말 감사합니다."

"필요한 건 뭐든지 말씀하세요, 레스터 양. 저는 여기서 십 분만 골목길을 올라가면 나오는 집에 살거든요."

그가 떠나자 리지는 부지런히 몸을 움직였다. 내가 문간에 서서 로이드 씨의 차가 차도를 따라 점점 멀어지다 골목길로 접어드는 것을 지켜보는 동안, 리지가 서랍과 찬장을 열고 머릿속에 식료품과 주방용품 들의 목록을 만드는 소리가 들려왔다. 리지는 물이 든 주전자를 찾아내 난로에 올린 다음 차를 끓일 주전자를 준비했다.

“고맙게도 식품 보관실 하나는 괜찮게 채워져 있네요.” 찻잎이 든 깡통 뚜껑을 다시 닫고, 찻주전자에 끓인 물을 부은 다음 내게 몸을 돌리며 리지가 말했다. 나는 계속 문간에 서 있었다.

“와서 앉아요, 에시메이.” 리지가 내 팔을 잡고 작은 부엌 테이블 앞에 놓인 의자로 데려갔다. 김이 올라오는 찻잔을 내 앞에 놓아준 다음, 리지는 내 팔을 쓰다듬으며 시선을 맞췄다. “뜨거워요, 조심해요.” 내가 다섯 살짜리 아이라도 되듯 리지가 말했다. 리지의 그런 걱정에는 이유가 있었다.

리지는 키가 더 커진 것 같았고, 꼿꼿해 보였다. 단지 코블러스 딩글이 작은 집이어서만은 아니었다. 머리 부인의 권위와 밸러드 부인의 지시에서 해방되자, 리지는 내가 전에 거의 본 적 없는 자신감 넘치는 분위기를 풍겼다. 리지는 집의 구석구석과 금 간 곳들을 살폈고, 그 집에 있는 많은 특이한 부분들을 이해하려고 애를 썼다. 리지가 여기 주인이구나, 나는 이틀째 되던 아침에 생각했다. 그 생각은 마치 한 줄기 빛처럼 내 마음의 안개 속으로 뚫고 들어왔지만, 내가 조금 더 깊이 생각해 보려 하자 빠르게 사그라들어버렸다.

나는 앉으라는 장소에 앉아 내 주위에서 영원히 쉬지 않을 것처럼 움직이는 리지를 보고 있었다. 내가 기력을 조금이라도 찾았다면, 리지가 그러라고 몰아대서였을 것이다. 나는 한 번도 싫다고 하지는 않았지만, 무엇도 새로 시작할 힘은 없었다.

우리가 도착하고 며칠이 지나자 로이드 씨가 부인이 만든 케이크 하나와 달걀 한 바구니를 들고 부엌문을 두드렸다. 리지는 다시 한번 그와 대화를 해야 했다. 이번에는 지난번의 두 문장보다 많은, 세 문장을 말하는 데 성공했다.

그다음 날 로이드 씨가 자기 아들 토미를 보내 불을 지피게 했다. 리지는 그에게 함께 차를 마시자고 권한 다음 이 지역에서 산책을 할 수 있는지 물어보았다.

"언덕에서 작은 너도밤나무 숲으로 바로 올라가는 길이 있어요." 자기 어머니가 만든 케이크를 입에 가득 넣은 채 토미가 말했다. "가파른데 전망은 좋아요. 거기서부터 어디든 가고 싶은 데로 가시면 돼요. 출입문 닫는 것만 잊지 마시고요."

리지가 몸을 굽혀 내 부츠 끈을 묶었다. 옛날부터 해오던 익숙한 동작이었다. 리지는 머리에 아무것도 쓰고 있지 않았는데, 정수리에서 철사 같은 흰머리가 자라나 있었다. 리지도 늙는구나, 나는 생각했다. 하지만 리지는 나보다 겨우 여덟 살밖에 많지 않았다. 항상 훨씬 더 들어 보였지만 말이다. 리지는 다른 삶을 바랐던 적이 있는지, 코블러스 딩글을 자기 집이라고 상상해보았을지, 나는 궁금했다. 자신은 아마도 결코 가질 수 없을 아이를 애타게 갈망해본 적이 있는지도.

로이드 씨는 모자를 살짝 들어 올리고 리지의 눈을 똑바로 들여다보며 말했었다. 필요한 건 뭐든지 말씀하세요, 레스터 양. 그러자 리지는 마치 남자에게서 배려를 받은 것이 처음인 것처럼 얼굴을 붉혔었다. 하지만 리지는 이제 너무 나이가 많잖아, 나는 생각했다. 열한 살 때부터 쭉 해오던 일들 말고 다른 일은 할 수 없을 만큼 많은 나이. 몸을 굽혀 내 부츠 끈을 묶는 일. 몸을 굽히고 누군가가 시키는 대로 이 일에서 저 일로 옮겨 다니는 일. 눈물 한두 방울이 리지의 덥수룩한 머리칼 속으로 떨어졌지만 리지는 알아차리지 못했다.

그 길에 도착할 때쯤 우리의 치맛단은 집 뒤쪽의 작은 들판을 가로지르느라 축축해져 있었고, 나는 이미 숨을 헐떡이고 있었다. 리지가 부지런히 출입문 단속을 했으므로 나는 길을 둘러볼 여유가 조금 있었다. 토미가 경고한 대로 길은 가파르고 울퉁불퉁했고, 언덕 꼭대기는—높이가 얼마나 될지는 알 수 없었으나—굽이치는 나무들이 이루는 선으로 가려져 있었다. 이끼로 덮인 구불구불한 나뭇가지들이 여기저기 뻗어 나와 길을 잠식하고 있었다. 이 길을 양 한 마리보다 커다란 무언가가 지나간 적은 분명 거의 없었을 것이었다. 다른 무엇보다, 나는 돌아가고 싶었다.

"이게 도움이 될 거예요." 리지가 뒤에서 다가오며 말했다. 그러고는 단단한 지팡이 하나를 내밀었다.

나는 내가 오두막집으로 돌아가는 것을 허락하도록 리지를 설득해줄 문장 하나를 지어내봤지만, 리지는 고개를 저었다. 리지가 내 손에 지팡이를 쥐여주었고, 나는 격렬한 운동 때문에 붉어진 리지의 뺨과 빛나는 두 눈을 알아보았다. 마치 이어달리기에서 바통을 넘겨줄 때처럼, 내가 떨어뜨리지 않으리라는 확신이 들 때까지 리지는 지팡이를 꼭 잡고 있었다. 내가 손아귀에 힘을 넣자 리지가 손을 놓았다. 그런 다음 리지는 몸을 돌리고 좁은 길을 앞장서 올라가기 시작했다.

길의 방향이 바뀌어 나무들을 벗어났을 때는 안도감이 들었다. 언덕을 가로질러 어디까지인지 알 수 없는 오솔길이 이리저리 흔들리듯 이어졌다. 마치 그 길을 만든 양 떼가 최대한 경사를 피해 가려고 했던 것 같았다. 리지는 그 길이 옳은 방향으로 이끌어줄 거라고 믿었고, 어느새 내 발걸음은 리지의 발걸음 뒤를 리드미컬하게 따라갔다. 리지가 디딤대를 딛고 지나가는 통로를 발견할 때까지 우리는 말없이 걸었다.

"이쪽으로." 리지가 말했다.

리지는 나무로 된 디딤대에 올라가기 위해 치마를 걷어 올리려고 했지만, 자세를 바로잡으려고 한 손을 놓는 순간, 치마가 흘러내려 비바람을 맞은 목재에 걸리고 말았다. 나는 치마바지 같은 걸 가져오려는 생각은 하지 못했고, 리지도 마찬가지였다. 내가 좀 더 준비를 해뒀어야 했다. 스코틀랜드에서 일 년을 보냈고, 그 끔찍한 학교에서는 산책이 유일한 위안이었던 데다, 교복 중에 치마바지도 있었으니까. 하지만 리지는 옥스퍼드를 떠나본 적이 없었고, 그런데도 우리 두 사람을 위해 짐을 쌌던 것이다.

리지가 웃기 시작했다. "내일은 우리 바지 입어요."

"바지를 어떻게 입어요."

"선택의 여지가 없는걸요. 집 옷장 속에 있는 옷 전부 남자 거였어요." 리지가 말했다. "좀 빌려 입어도 아무도 신경 안 쓸 거예요."

다음 날, 리지는 아침을 먹고 나서 갈아입을 바지 두 벌을 침대에 올려놓았다.

"바지 입어봤어요, 리지?" 부엌으로 가 함께 앉으며 내가 물었다.

"태어나서 한 번도요." 자신을 기다리는 기쁨을 알고 있다는 듯 미소 지으며 리지가 말했다.

리지는 밤사이에 화덕의 미지근한 열로 오트밀을 만들어놓았다. 그는 오트밀에 로이드 씨 댁에서 온 신선한 크림을 살짝 뿌리고, 그 위에 내가 일어나기 전 미리 뭉근하게 익혀둔 사과를 얹었다.

"온몸 구석구석이 다 아파요." 의자에 앉으려고 모서리를 붙잡고 몸을 낮추면서 내가 말했다.

"맞아요." 리지가 말했다. "하지만 건강한 아픔이에요. 진 빠지는 아픔이 아니라요."

"아픈 건 아픈 거잖아요."

"몸 어딘가가 아프지 않았던 날은 제 인생에 단 하루도 없었어요. 그게 병이 아니라 좋은 뭔가의 신호일 수 있다고 생각된 건 오늘이 처음이에요."

나는 숟가락을 집어 들고 사과와 크림을 저어 오트밀과 섞었다. 나의 한가운데에는 내가 없앨 수 없는 아픔이 하나 있었지만, 그날 아침엔 아주 조금은 덜 절박하게 느껴졌다.

아침을 먹은 뒤 리지는 커다란 바지 한 벌과 사이즈가 큰 셔츠 한 장을 입었다.

"너무 커요, 리지."

"벨트 하나면 다 해결돼요." 리지는 이렇게 말하고 벨트를 찾아 옷장 속을 뒤졌다. "그리고 뭐라고 할 사람이 누가 있겠어요?"

"로이드 씨가 언제든 나타날 수 있잖아요."

리지는 살짝 얼굴을 붉혔지만 어깨를 으쓱했다. "뭐라고 할 사람으로는 안 보이던데요?"

내가 입은 바지는 체구가 더 작은 남자 것이거나, 아니면 같은 남자가 어릴 때 입던 옷인 것 같았다. 기장은 짧았는데 허리는 비교적 잘 맞았다. 리지는 자기가 내 블라우스를 매일 빨지 않아도 되도록 나도 사이즈가 큰 셔츠를 입는 게 좋겠다고 했다.

"서랍에 두꺼운 양말이 한 켤레 있더라고요." 리지가 말했다. "그걸 신으면 발목이 긁히지 않을 거예요."

부엌에서 리지는 허리를 굽혀 내 부츠 끈을 묶어준 다음 자기 끈도 묶었다. 식품 보관실 문 뒤에 달린 고리에서 모자 두 개를 찾아내 우리 머리에 씌웠다. 그러고는 전날 잘 보관해두었던 산책용 지팡이를 집어 들어 내 손에 쥐여주었다.

옷을 다 차려입은 우리는 마주 보고 섰고, 리지는 나를 찬찬히 훑어보았다. "떠돌이처럼 보여요." 리지가 말하고는 자신의 옷차림을 내려다보았다. 그런 다음 내가 그 멋진 모습에 감탄하라고 빙글 돌았다. 리지는 키득거리기 시작했고, 그 키득거림은 웃음으로 변했으며, 그 웃음은 그녀를 압도해 눈물 콧물이 나올 때까지 계속되었다. 리지가 옳았다. 나는 옥스퍼드의 도시 사람들이 우리 모자 안에 빵 조각과 동전 들을 던져 넣는 상상을 했다. 소리 내 웃지는 않았지만, 자꾸만 미소가 지어졌다.

우리는 아침식사를 마친 뒤에 오후마다 산책을 했다. 지팡이를 들고 다니긴 했지만, 몸이 튼튼해진다고 느껴지기 시작하면서 지팡이는 조금씩 덜 필요하게 되었다. 정확히 말하자면 나는 내 몸이 약해져 있다는 사실조차 모르고 있었는데, 산책과 리지의 오트밀, 그리고 로이드 부인의 케이크가 내 안의 무언가를 되살려주었다. 나는 점점 잠이 줄었고 점점 많은 것을 감각하게 되었다.

로이드 씨가 말을 걸 때 리지는 더 이상 얼굴을 붉히지 않았다. 그의 눈을 마주 보았고, 질문을 받으면 눈을 내리깔지 않고 자신의 의견을 말했다. 일주일이 지나자 로이드 부인이 직접 케이크를 가져오기 시작했다. 부인은 로이드 씨나 토미와 함께 와서는 그들이 난롯불을 지피고 간 뒤에 잠시 머무르곤 했다. 매일 아침 비스킷을 구워 오후가 되면 부엌 테이블에 차와 함께 내놓는 것이 리지의 일과가 되었다. 로이드 씨는 언제나 사양했지만, 리지는 항상 네 명분의 다과를 준비했다. "저는 숙녀분들 말씀 나누시는 데 방해만 될 겁니다." 하루는 로이드 씨가 이렇게 말하고, 왕에게 작별 인사를 고하듯 모자를 벗어 배에 가져다 대고 등은 살짝 굽혀 인사를 하고는, 뒤로 걸어 부엌을 빠져나갔다.

그가 나가자마자 리지는 접시에 비스킷을 담고 로이드 부인의 케이크도 듬뿍 잘라 담았다. 그런 다음 물주전자를 불에 올려 끓이고, 찻잎과 찻주전자를 준비하며 분주하게 움직였다. 그러면 이미 난로 쪽을 향한 의자에 앉아 있던 로이드 부인이 전날 이야기가 끊겼던 곳에서 다시 대화를 시작하곤 했다. 그들은 마치 평생 알고 지내온 사람들처럼 배드민턴 치듯 농담을 주고받았다. 리지가 될 수도 있었던 또 다른 모습을 보고 있다고 나는 느꼈다.

나는 로이드 부인이 왜 한 번도 일어나서 일을 돕지 않는 건지 궁금해지기 시작했다. 매번 정중히 물어보려다 그만두곤 했으므로, 내게 곰곰이 생각해볼 시간은 많았다. 나는 뻔한 이유들, 거만해서, 게을러서, 네 명의 아이를 돌보고 난롯불을 살피느라 피곤해서 등은 모두 제외했다. 마침내 나는 그 행동이 친절에서 나온 거라고 결론 내렸다. 로이드 부인의 태도에는 무엇을 명령하는 느낌이 없었고, 부인은 리지가 차를 따를 때 농도가 맞는지 깐깐하게 뜯어보지도 않았다. 부인은 단지 이 공간이 리지의 부엌이고, 이 집은 리지의 작은 집이며, 자신은 리지의 손님임을 알려주고 있을 뿐이었다. 나는 태어나서 지금껏 내내 리지가 차를 끓이는 걸 보아왔지만, 그건 머리 박사님의 가족이나 밸러드 부인(부인은 차를 따를 때면 항상 지켜보고 있었다), 혹은 나를 위한 차였다. 안주인, 일을 시키는 사람, 돌봐야 할 사람을 위한 차였다. 이 생각은 나를 충격에 빠뜨렸다. 리지가 친구와 함께 있는 광경을 나는 한 번도 본 적이 없었다.

나는 양해를 구하고 그 자리에서 빠지기 시작했다. 약간 툴툴거리긴 했지만, 리지는 이내 두 사람을 위한 다과 테이블을 차리기 시작했다.

슈롭셔는 내 우울에 대한 일종의 처방으로 선택된 곳이었다. 전에는 그렇게 분명하게 생각할 수가 없었지만, 딸 없이 살아가는 일의 무거움이 서서히 걷히면서, 나는 생각할 여력만 있었다면 내가 처웰강에 몸을 던졌을지도 모른다는 사실을 깨달았다.

언덕은 내게 대가를 치르기를 요구했고, 나는 내가 얼마나 튼튼해지든 허파와 다리에 고통을 느끼며 올라가지 않고는 꼭대기에 도달할 수 없으리라는 사실을 알았다. 처음 며칠 동안은 불평을 늘어놓았다. 자리에 앉아 숨이 차다고 소리를 지르거나, 이런저런 걸 호소했다. 나는 거기 있고 싶지 않았다. 하지만 리지는 내가 돌아가게 그냥 두지 않았다.

"그건 무언가를 성취할 때 느껴지는 고통이에요." 리지가 말했다.

"뭘 성취하는데요?" 내가 신음했다.

"시간이 지나면 알겠죠." 나를 일으키며 리지가 말했다.

그러던 어느 날 오후, 나는 눈물도 불평도 없이 꼭대기에 도착했다.

나는 두 손을 허리에 얹고 서서 몸을 식혀주는 공기를 들이마시며 계곡 너머 웨일스 쪽을 바라보았다. 몇 주 동안 매일같이 보던 풍경이었지만, 마음에 드는 건 처음이었다.

"저 언덕들 이름이 뭔지 궁금해요." 내가 말했다.

"웬록 에지래요. 로이드 씨 말로는요." 리지가 대답했다.

나는 놀라서 리지를 바라보았다. 리지는 또 무엇을 알까?

리지는 그 뒤로 나를 뚫어져라 감시하는 일을 그만두었고, 이따금씩 로이드 부인과 차 한잔 가지고는 다 할 수 없는 긴 이야기를 나눌 때면 내게 혼자서 언덕을 산책하고 오라고 말하곤 했다.

“난 사전 편찬업에 매여 사는 여자 노예예요.” 어느 날 오후 부츠를 신다가 리지가 로이드 부인에게 이렇게 말하는 것을 들었다.

“그리고 에즈미는 그, 단어 찾아내는 사람들 중 하나라는 얘기예요?” 로이드 부인이 물었다.

리지가 웃었다. 내가 리지에게 눈길을 주었다. “그렇다고 할 수 있죠.” 리지가 내게 윙크를 보내며 말했다.

“그렇게 지루한 일은 세상에 없을 것 같은데요.” 로이드 부인이 말했다. “모든 글자가 똑같은 각도로 기울어질 때까지 똑같은 단어를 쓰고 또 써야 했던 거 기억나요? 나한테는 차라리 숫자들이 나았어요. 숫자들은 뜻하는 게 절대 변하지 않잖아요.”

“난 모든 글자를 똑같은 각도로 기울여 쓴 적이 한 번도 없는데.”

“그렇게 안 쓰는 사람이 많죠.” 비스킷 한 조각을 더 집어 들며 로이드 부인이 말했다.

나는 이제는 문에 기대 놓여 있는 산책용 지팡이를 집어 들었다.

“괜찮겠어요?” 리지가 말했다. 목소리는 가벼웠지만 시선은 주의 깊게 나를 살피고 있었다.

“괜찮을 거예요.” 내가 말했다. “즐거운 티타임 되세요.”

언덕을 올라가는 동안 나는 리지와 로이드 부인이 무슨 얘기를 하고 있었던 건지 궁금해졌다. 그들의 대화 내용에 마음이 쓰인 것은 처음이었고, 나는 내가 그토록 나 자신만 생각하는 사람이었다는 사실에 충격을 받았다. 길을 따라 걷는 동안 양들은 흩어졌지만, 그리 멀리까지 도망을 가지는 않았다. 양들은 내가 지나가는 것을 지켜보았고, 그러자 케임브리지 대학 열람실에 걸어 들어갔을 때 빤히 쳐다보던 학자들이 떠올랐다. 불쾌한 기억은 아니었다. 나는 그때도 조금 승리한 기분이었고,

지금도 조금은 승리한 기분이었다. 마치 내가 무언가를 성취한 것처럼.

리지가 자동차에서 빠져나왔고, 토미가 그 뒤를 따라 차에서 내렸다.
"제가 들게요, 레스터 양." 뒷좌석에 있는 식료품 바구니로 손을 뻗으며 토미가 말했다.

"고마워요, 토미." 리지는 토미가 부엌으로 바구니 옮기는 것을 지켜보고는, 고개를 들어 로이드 부인을 보았다. "아름다운 아침이에요, 너태샤. 분명, 우리가 외출했던 날들이 그리울 거예요."

너태샤. 농부의 아내 이름으로는 얼마나 이국적인가. 나는 침실의 열린 창문으로 그들을 계속 지켜보았다. 로이드 부인은 춤추듯 어깨를 흔들며 자동차 앞좌석에서 몸을 굽혀, 올려다보는 리지의 뺨에 손을 얹었다. "보스틴." 부인이 말하는 게 들렸다. 나는 그게 무슨 뜻인지 몰랐지만 리지는 아는 것 같았다. 리지는 그 말에 감사를 표하는 것처럼 부인의 손을 자기 손으로 감쌌다. 그들은 조금 더 조용한 목소리로 작별의 말을 이어갔다. 토미가 차로 돌아가는 것을 본 나는 서둘러 계단을 내려가 작별 인사를 했고, 그들을 향해 손을 흔들었다.

집에 들어오자마자 나는 리지에게 물었다. "로이드 부인이 '보스틴'이라고 하던데 그게 무슨 뜻이에요?"

리지는 주전자를 올려 물을 끓이려고 난로 쪽으로 몸을 돌렸다.

"아, 그냥 우정의 표시예요."

"하지만 한 번도 못 들어본 말인데."

"저도요." 내가 아침에 말리려고 놓아둔 찻잔들을 대접 옆에서 꺼내며 리지가 말했다. "너태샤가 그 말을 한두 번인가 했고, 다른 사람들도 하더라고요. 외국어인 줄 알고 어디 말이냐고 물어봤죠."

"그랬더니 뭐래요?" 나는 주머니를 뒤졌지만, 주머니는 비어 있었다. 리지가 뜨거운 물을 부어 찻주전자를 데웠다. 그런 다음 준비해둔 차 깡통을 열었다.

"여기서 생겨난 말이고, 전혀 외국어가 아니래요."

나는 부엌을 둘러보았지만 무언가를 적을 종이도 필기구도 보이지 않았다.

"침대 옆 서랍장 맨 위 칸에 공책이랑 연필이 있어요." 찻주전자를 집어 들고 옆면을 데우기 위해 돌리며 리지가 말했다. "먼저 가져와요."

내가 다시 아래층으로 내려오자 리지는 테이블 앞에 앉아 있었다. 두 찻잔에서는 김이 올라오고 있었고, 찻주전자 옆에는 비스킷이 담긴 접시와 가위 하나가 있었다. "크기에 맞게 페이지를 자르라고요." 리지가 말했다.

내가 준비를 마치자 리지가 말을 시작했다. 나는 메이블 할머니가 떠올랐고, 메이블이 이 과정에 보여주었던 경건함이 떠올랐다. 무엇이 그들로 하여금 앉은 자세를 바로잡게 하고, 말하기 전에 생각을 가다듬게 했을까? 왜 그렇게 마음을 썼을까?

"보스틴Bostin". 리지가 n 발음에 신경을 쓰며 말했다. "그건 '사랑스럽다'라는 뜻이에요." 리지의 얼굴이 붉어졌다.

"문장으로 말해줄래요?"

"그럴게요. 하지만 그 밑에는 너태샤 이름을 써줘야 해요."

"당연히 쓸게요."

"리지 레스터, 나의 보스틴 마트."

나는 쪽지를 작성한 다음, 종이를 잘라 쪽지를 하나 더 만들었다.

“그리고 ‘마트Mairt’는요? 무슨 뜻이에요?”

“친구.” 리지가 말했다. “너태샤는 제 친구예요, 저의 마트.”

나는 철자를 추측해 적었고, 이 새로운 단어들을 내 트렁크에 넣어야겠다고 생각했다. 트렁크를 떠올린 것도 제법 오래전이었다.

내일이면 우리는 코블러스 딩글을 떠날 예정이었다. 나는 물결치듯 펼쳐진 초록색 언덕들이 그리워질 것이었다. 그 고요함도. 처음 왔을 때는 이곳이 너무 조용해서 내 생각들이 너무 시끄럽게 느껴졌다. 하지만 완벽하게 침묵에 잠겨 있는 것이 아니었다. 계곡은 콧노래를 불렀고, 노래했고, 우는 소리를 내기도 했다. 생각들이 머릿속에서 들려오고 서로 다투다가 어떤 종류의 평화가 찾아오면, 나는 어떤 사람들이 음악이나 찬송가에 귀를 기울이듯 계곡의 소리에 귀를 기울이곤 했다. 그 리듬 속에는 위로가 존재했고, 그것은 내 심장이 헐떡이며 뛰지 않게 해주었다.

디트 고모는 내가 나아진 것 같다고 했다. 나는 처음에는 규칙적으로 편지를 쓰지 못했지만, 고모는 내게 규칙적으로 편지를 썼다. 최근 들어 다시 고모에게 편지 쓰는 습관이 생겼는데, 내 건강이 나아지고 있다는 한 가지 명백한 신호였다. 또 다른 신호는 리지에게서 온 뜻밖의 편지였다고 고모는 썼다.

로이드 부인이 리지의 말을 받아썼더구나. 그런 부탁을 하다니 리지는 얼마나 용기 있는 사람인지. 거기에 이렇게 쓰여 있더라. “모든 것이 높거나, 깊거나, 끝이 없어요. 여기엔 자살할 만한 장소가 수도 없이 많은데, 에시는 매번 그런 시도의 흔적 없이 집에 돌아온답니다.” 모든 사람이 이렇게 솔직하게 말을 한다면 좋을 텐데.

나는 더 나아진 것일까? 슈롭셔에 오기 전에는 내가 부서져버린 느낌이었다. 일이라는 교수대의 계단이 치워지면 내가 허공에 매달려버릴 것처럼. 이제 그런 기분은 들지 않았지만, 나의 한가운데에는 선명한 금이 가 있었고, 그건 영원히 낫지 않으리라는 생각이 들었다. 로이드 부인이 처음으로 이야기를 나누려고 머물렀을 때 리지가 찻잔에 이 빠진 곳이 있다며 사과했던 일이 기억났다.

"한 군데 이가 빠졌어도 차를 담아 마시는 데는 문제가 없어요." 로이드 부인은 그렇게 말했었다.

우리의 마지막 날이 저물어갈 때 하늘은 분홍빛으로 물들었다. 작별 선물이구나, 나는 생각했다. 리지는 치즈와 빵, 그리고 로이드 부인이 만들어준 달콤한 오이 피클로 피크닉 음식을 준비했다. 그러고는 그것을 집 옆 잔디 위에 차려놓았다.

"하느님이 이곳에 계시네요." 웬록 에지에서 눈을 떼지 않은 채 리지가 말했다.

"그렇게 생각해요, 리지?"

"네, 그럼요. 교회에 있던 어느 때보다도 여기서 주님을 더 깊이 느껴요. 여기 나와 있으니 우리가 옷이 다 벗겨져 알몸이 된 것처럼, 손에 박혀서 우리가 있을 곳이 어딘지 말해주는 굳은살도 없어지고, 억양이랑 말도 없어진 것처럼 느껴져요. 주님은 그중 어느 것에도 신경 안 쓰세요. 중요한 건 우리가 가슴속에서 어떤 사람인가 하는 것이죠. 주님을 사랑해야 한다는 생각은 많이 해도 정말로 그만큼 사랑해본 적은 없는데, 여기서는 그게 돼요."

"왜 그렇죠?"

"주님께서 처음으로 저를 알아채신 것 같아요."

아주 오랫동안 우리는 둘 다 말이 없었다. 태양은 붓질한 그림처럼 멀리까지 뻗은 구름을 뚫고 내려와 웬록 에지를, 그리고 그 뒤에 있는 롱 마인드를 비추고 있었다. 마치 하나가 다른 하나의 그림자처럼 보였다.

"그분은 나를 용서하실까요, 리지?" 그건 그냥 생각에 지나지 않았지만, 나는 어느새 내 입에서 그 단어들이 흘러나왔다는 걸 깨달았다.

리지는 말이 없었고, 마침내 롱 마인드는 푸른 언덕들의 풍경을 뒤로하고 저물어가는 태양의 기억을 새겨주었다. 리지가 자리에서 일어나 집으로 들어갔을 때, 나는 내가 마음 쓰는 것은 하느님의 용서가 아니라는 걸 깨달았다. 그건 리지의 용서였다. 나는 리지의 딜레마를 상상했다. 리지는 내게 힘이 되어주고 싶었겠지만, 자신에게 향해 있는 주님의 얼굴 앞에서 거짓말을 할 수도 없었을 것이다.

내 딸이 태어난 순간부터 내 귓속을 가득 채우고 있던 윙윙거리는 소리, 내 두 눈 위로 드리워진 그늘, 두 팔과 두 다리와 두 가슴의 둔한 느낌. 그것들 모두가 갑자기 거두어졌다. 나는 숨이 막힐 정도로, 두려워질 정도로 강렬하게 듣고, 보고, 느낄 수 있었다. 갑자기 추위를 느낀 나는 몸을 떨었다. 옅디옅은 석탄 연기의 냄새와, 둥지로 제 가족들을 부르는 새들의 울음소리, 교회 종소리만큼이나 맑고 뚜렷한 그 노랫소리가 거기 있었다. 내 얼굴은 상실감과 사랑과 회한으로 젖어 있었다. 그리고 그 모든 것이 한데 얽혀 자아낸 한 줄기 부끄러운 안도감이 있었다.

가을 나무가 지닌 모든 빛깔을 넣어 코바늘로 뜬 무릎 담요 하나를 리지가 가지고 나왔다. 리지는 그것을 내 어깨에 둘러주고 단단한 두 팔을 그 위에 얹었다.

"아가씨를 용서하는 건 그분의 몫이 아니에요, 에시메이." 리지가 내 귀에 속삭였다. "그건 다른 누구도 아닌 아가씨의 몫이에요."

1907년 11월

나는 리지와 함께 기차에서 내렸다. 우리는 가방을 내려놓고 11월의 냉기에 맞서 외투 깃을 한껏 잡아당겨 세웠다. 슈롭셔가 우리의 인디언 서머*였다면, 옥스퍼드는 겨울처럼 느껴졌다. 서니사이드까지 타고 갈 택시를 기다리는 동안, 나는 이 모든 건물의 단단한 돌 뒤에 강이 흐르고 있다는 사실을 떠올려야 했다.

서니사이드에 도착해보니 진홍빛 낙엽들이 스크립토리엄과 부엌 사이 물푸레나무에 여전히 매달려 있었다. 리지와 나는 나무 아래에 서서 우리만의 작별 인사를 나눴다. 사실 우리가 친숙하게 공유하는 공간으로 돌아온 것인데도, 이 작별에는 마치 우리가 서로 다른 방향으로 여행을 떠나는 것처럼 무거운 분위기가 흘렀다. 무언가가 우리를 떠났다. 리지는 달라져 있었다. 아니면 아마도 그저 내가 리지를 다르게, 내 필요를 넘어서서 존재하는 한 명의 여성으로 바라보게 된 것인지도 몰랐다. 옥스퍼드를 떠날 때 나는 언제나처럼 리지가 돌봐주어야 하는 사람이었다. 이제 우리는 친구로서 서로를 끌어안았고, 우리의 위로는 주고받는 것이 되었다. 슈롭셔에서 우리는 각자 열망하던 것을 찾았다. 하지만

* 가을에 뒤늦게 찾아와 짧게 지속되는 여름 날씨.

리지를 안고 있으니, 리지가 새로이 얻은 자신감이 옥스퍼드에서 해야 하는 역할에 억눌려 쉽게 사라져버리지 않을까 두려워졌다. 리지는 리지 나름대로 내 걱정을 하고 있어서, 우리의 몸이 서로를 끌어안아 생겨난 조용한 공간 속에 그것을 소리 내 말했다.

"중요한 건 용서받는 게 아니에요, 에시메이. 우리가 언제나 원하는 선택을 할 수는 없지요. 하지만 받아들여야만 하는 것들을 가지고 최대한 잘 꾸려나가면 돼요. 너무 깊이 생각하지 말아요."

리지의 시선은 내 얼굴을 훑었지만, 나는 리지가 원하는 확신을 줄 수가 없었다. 나는 리지를 조금 더 힘껏 끌어안았지만, 아무것도 약속하지는 않았다.

지팡이에 몸을 기댄 밸러드 부인이 리지를 위해 부엌문을 잡고 있었다. 나는 스크립토리엄 쪽으로 돌아섰다. 각자의 삶으로 돌아갈 시간이었다.

내가 집에 돌아올 때마다 스크립토리엄은 더 작아져 있는 것처럼 보였다. 디트 고모의 집에서 돌아올 때는 스크립토리엄에 감사한 마음이었다. 그 공간은 나를 감싸주었고, 단어로 가득 채워진 그 벽들 안에 머무르는 한 나는 보호받는 기분이었다. 이번에는 달랐다. 나는 무거운 여행 가방을 손에 든 채 문간에 서 있었다. 어떻게 이곳에 적응해야 할지 알 수 없었다.

새로운 조수가 세 명 와 있었다. 두 명은 분류 테이블에 합류했고, 나머지 한 명은 내 책상에 조금 지나치게 가까운 곳에 책상을 두고 자리를 잡았다. 머뭇거리고 있는 나를 아빠가 보았고, 아빠의 얼굴에 나를 온통 덮어버릴 것 같은 미소가 떠올랐다. 아빠가 너무 급하게 뒤로 밀어버리는 바람에 의자가 넘어졌다. 아빠가 의자를 잡으려는 순간, 작업하고 있던 종이들이 떨어져 흩날렸다. 나는 가방을 내려놓고 다가가 아빠를 도왔고, 몸을 굽히고 분류 테이블 밑으로 손을 뻗어 길 잃은 쪽지 한 장을 찾아냈다. 나는 쪽지를 아빠에게 주었고, 아빠는 내 손을 잡고 입술로 가져가 입을 맞췄다. 그런 다음 리지가 조금 전에 했던 것처럼 내 얼굴을 샅샅이 훑어보았다.

나는 고개를 끄덕이고는 조금 미소 지었다. 아빠는 만족한 것 같았지만, 할 말도, 지켜보는 사람들도 너무 많았다. 분류 테이블을 둘러싼 작업이 잠시 멈췄고, 나는 집에 가는 대신 스크립토리엄으로 곧장 와버린 내가 바보스럽게 느껴졌다. 하지만 나는 아빠가 여기서 일하고 있을 걸 알았고, 텅 빈 집이 두려웠던 것이다.

아빠는 내 팔을 가져가 자기 팔에 팔짱을 끼고는 새로 온 조수들 쪽으로 나를 돌려세웠다.

"쿠싱 씨, 포프 씨, 여기는 제 딸 에즈미입니다."

쿠싱 씨와 포프 씨 둘 다 자리에서 일어섰다. 한 명은 키가 크고 피부가 하얬고, 다른 한 명은 키가 작고 피부색이 짙었는데, 그들은 각자 내게 인사를 하려고 손을 내밀었다가 다른 사람에게 먼저 하라는 뜻으로 손을 도로 거둬들였다. 악수할 상대를 찾지 못한 내 손만 사이의 허공에 어색하게 매달려 있었다. 만약 그들이 서로에게 그토록 신경을 쓰고 있지 않았다면, 이 사람들은 혹시 녹아내린 피부를 만지는 게 싫은 건가, 나는 그렇게 생각했을 것이다. 하지만 그들은 웃음을 터뜨렸고, 각자 상대에게 먼저 악수하라고 권했으며, 이 소극은 계속 이어졌다.

"그냥 숙녀분한테 절을 하세요. 머리 부딪치지 않게 조심하시고." 분류 테이블 건너편에서 스웨트먼 씨가 말했다. "에즈미가 우릴 떠나면 무슨 일이 일어나는지 봤지? 공연하는 코미디언들을 임시로 고용해야 된

다니까."

키가 큰 쿠싱 씨가 허리를 숙였고, 그러자 악수할 기회가 생긴 포프 씨가 내 손을 잡았다.

"저기, 그건 반칙이잖아." 쿠싱 씨가 말했다.

"그냥 기회를 잡은 거지, 친구. 운명은 용기 있는 자의 편이니."

그들은 번갈아가며 내게 말을 걸었다. 그들은 나를 만나게 되어 기쁘고, 사전 편찬 작업에 내가 참여한 부분에 대해 엄청나게 많은 이야기를 들었으며, 아빠로부터 내가 톰슨 양을 위해 조사 작업을 하고 있다는 이야기를 들었을 때도 반가웠다고 했다. 학교에서 디트 고모의 『영국사』를 배운 모양이었다. 슈롭셔에서 시간을 보낸 덕분에 내 폐가 괜찮아졌기를 바란다고도 했다. 나는 내가 대화의 화제였다는 생각에, 그 이야기에 담긴 진실과 거짓에 얼굴이 붉어졌다.

"머리 박사님이 보시면 기뻐하실 겁니다, 니콜 양." 쿠싱 씨가 말했다. "바로 어제 박사님이 지나가는 말로, 우리가 두 자리를 차지하면서 해내는 일이 스크립토리엄 안쪽에 앉아서 일하는 한 여자분 몫의 절반밖에 안 된다고 하시더라고요. 당신 얘기일 텐데, 이렇게 뵙게 되어 기쁩니다." 또 한 번, 그는 허리를 굽혀 절을 했다.

"기분이 나쁘지는 않았어요." 포프 씨가 재빨리 말했다. "저희는 신참이니까요. 여기는 한 학기 동안만 있을 거예요. 언어학을 공부하면 받는 보상 같은 거죠. 베일리얼 대학에서 일 년 동안 배운 것보다 여기서 지난 한 달 동안 배운 게 더 많은 것 같아요. 저 역시 경의를 표합니다, 니콜 양."

스크립토리엄 안쪽에서 다 들릴 만큼 큰 한숨 소리가 흘러나왔다.

"평화를 깨고 있군요, 포프 씨." 아빠가 미소 지으며 말했다.

"좀 그렇죠." 포프 씨가 말했고, 그와 쿠싱 씨가 내게 고개를 끄덕이고는 각자의 자리에 앉았다.

아빠는 내 팔을 잡고 스크립토리엄 안쪽으로 데리고 갔다.

"댕크워스 씨, 제 딸 에즈미를 소개해드릴게요."

댕크워스 씨는 하고 있던 편집 작업을 끝내고는 의자에서 일어나 무뚝뚝하게 고개를 끄덕였다. "니콜 양."

내가 고갯짓과 인사를 되돌려주자 그는 도로 자리에 앉았다. 아빠와 내가 자리를 뜨려고 채 몸을 돌리기도 전에 그의 관심은 앞에 놓인 문서들로 되돌아가 있었다.

"저 사람은 신참이 아니야." 말해도 안 들리는 곳에 우리가 접어들자 아빠가 말했다.

다음 날, 스크립토리엄은 더욱 붐볐다. 머리 박사님이 높은 책상 앞에 앉아 있었고, 엘시와 로스프리스 머리는 자기 아버지가 일하고 있을 때면 으레 그랬듯 선반 사이를 돌아다니고 있었다. 그들은 각각 포옹으로 내게 인사를 건넸는데, 전과는 다른 따뜻함이었지만, 달갑지 않은 기색은 아니었다.

"이제 많이 괜찮아졌기를 바라, 에즈미." 엘시가 조용히 말했고, 나는 엘시가 대체 무슨 이야기를 들은 것인지 궁금해졌다. 하지만 더 이상 대화가 이어지기 전에 머리 박사님이 끼어들었다.

"아, 좋아." 자기 딸들과 함께 서 있는 나를 보자 박사님이 말했다. 그는 한 손에 종이 한 장을, 다른 손에는 쪽지 무더기를 들고 건너왔다. "'예언하다Prophesy'의 어원이 쿠싱 씨를 좀 골치 아프게 한 것 같은데.

어디서 길을 잃은 건지는 명백해." 나와 눈이 마주친 쿠싱 씨가 동의의 뜻으로 고개를 끄덕였다. "쿠싱 씨가 한 작업을 좀 살펴보고 필요한 수정을 해줄 수 있겠니? 일주일 뒤면 조판 작업에 들어갈 준비가 돼 있어야 할 거야." 머리 박사님이 내게 문서들을 건네주었다. 그런 다음 뒤늦게 생각났다는 듯 말했다. "산책이라는 게 참 좋아. 사람한테 정말 큰 이로움을 준다니까, 그렇지?"

"네, 박사님." 내가 말했다.

그는 내 대답의 진실을 가늠해보려는 듯 나를 바라보더니 몸을 돌려 자기 작업으로 돌아갔다.

나는 분류 테이블 가까이로 가서 스웨트먼 씨에게는 '안녕하세요'라고, 메일링 씨에게는 '보난 마테논'이라고 인사를 건넨 다음, 아빠의 어깨에 손을 얹고 잠깐 동안 있었다. 아빠는 내 손을 가볍게 도닥였고, 몸을 돌려 스크립토리엄 안쪽을 쳐다보았다. 나는 그게 나를 달래려는 몸짓이라는 걸 깨달았다. 내 책상과 직각을 이루게 놓인 댕크워스 씨의 책상과 거기 있는 물건들이 가리는 바람에 그 너머의 내 소중한 작업 공간이 거의 보이지 않을 지경이었다.

더 가까이 가자, 내 책상 위에 내가 한 달 전에 두고 간 기억이 없는 책들과 종이들이 쌓여 있는 게 보였다. 책상 안에 여자들의 단어가 적힌 길 잃은 쪽지들이 있고, 그것들이 리지의 침대 밑 트렁크에서 다른 단어들과 합류하기를 기다리고 있다는 사실이 기억났다. 불안 때문에 가슴이 쿵쾅쿵쾅 뛰었다.

내가 다가가는 소리를 분명히 들었을 텐데도 댕크워스 씨는 돌아보지 않았다. 나는 잠시 옆에 서서 그를 찬찬히 들여다보았다. 그는 키가 컸고, 뚱뚱하지는 않았으며, 주위에 있는 모든 것은 깔끔하게 정리돼 있었다. 짙은 색 머리칼은 짧았고, 이마 한가운데에서 똑바르게 가르마가 나 있었다. 턱수염도 콧수염도 기르지 않았고, 손톱은 여자처럼 잘 손질돼 있었다. 그는 모두에게 등을 돌리고 앉기로 스스로 선택한 게 틀림없었다.

"좋은 아침이에요, 댕크워스 씨."

그가 나를 힐끗 보았다. "좋은 아침입니다, 니콜 양."

"에즈미라고 불러주세요."

그는 고개를 끄덕이고 자기 일로 돌아갔다.

"댕크워스 씨, 제 책상을 다시 쓸 수 있을지 여쭤보려고요." 그가 내 말을 들은 건지 나는 알 수가 없었다. "댕크워스 씨, 제가……"

"네, 니콜 양, 들었어요. 이 항목만 끝내고 도와드리죠."

"아, 네." 나는 그다음 일이 허락되길 기다리며 서 있었다. 내 처지를 깨닫는 일은 얼마나 쉬운가.

그는 자기 교정지 위로 계속 몸을 굽히고 있었다. 내가 서 있는 곳에서 보니, 자를 대고 그은 것처럼 똑바른 선들이 불필요한 부분에 그어져 있었고, 여백에는 단정한 글씨로 수정 사항이 적혀 있었다. 그의 왼쪽 팔꿈치는 책상 위에 올라가 있었고, 손은 머리에서 단어들을 짜내려는 것처럼 관자놀이를 문질렀다. 나는 이 자세에서 어딘가 내 태도와 닮은 점을 알아보았고, 그에 대한, 전혀 관대하게 봐줄 수 없었던 첫인상도 긍정적인 쪽으로 조금 옮겨 갔다.

일 분이 지나갔다. 그리고 또 일 분이.

"댕크워스 씨?"

그의 손이 책상을 탕 하고 내리쳤고, 고개가 쳐들렸다. 심호흡을 하느라 그의 어깨가 들렸고 눈동자를 하도 치떠서 나는 그의 눈이 돌아가버리는 건 아닌가 했다. 그는 의자를 뒤로 밀고 자기 책상과 내 책상 사이로 몸을 옮겼다. 그가 들어서기에는 비좁은 공간이었다.

"제가 도와드릴게요." 내 책상에서 책 한 권을 집어 올리고 그와 눈을 맞추려 애쓰며 내가 말했다.

그는 나를 보지 않은 채 내가 든 책을 가져갔다. "그럴 필요 없고요. 순서가 있거든요. 제가 합니다."

그가 마지막 책을 치웠고, 나는 손끝으로 치맛자락을 주물럭거리며 그가 몸을 돌려 내 책상 뚜껑을 들어 올리지는 않는지 보려고 기다리고 있었다. 잠깐 동안 다시 학교로 돌아가 소지품 검사를 받기 위해 다른 여자애들과 함께 줄을 서 있는 기분이었다. 책상 속, 스타킹, 서랍, 그런 것들이 왜 중요한지 나는 끝까지 이해할 수 없었다. 댕크우드 씨가 자기 자리로 돌아갔고, 그의 의자가 내는 항의하는 듯한 소리가 나를 스크립토리엄으로 되돌아오게 만들었다. 끝났다. 내 책상이 다 치워졌다. 하지만 이제 댕크워스 씨의 책상에는 앞쪽과 옆쪽 가장자리를 따라 책들의 벽이 쌓여 있었다. 효율적인 차단막이었다.

나는 자리에 앉아 '예언하다'가 적힌 쪽지 무더기를 펼쳐놓았다. 그것들을 연대순으로 배열한 다음, 쿠싱 씨가 적어둔 메모들을 살펴보았다.

한 주가 지나갔고, 스크립토리엄은 내가 다시금 익숙해져야 하는 옛 친구처럼 느껴졌다. 엘시나 로스프리스, 내가 들어갈 때마다 포프 씨와 쿠싱 씨는 의자에서 일어났고, 도움을 주거나 가장 근사한 칭찬을 하려고 경쟁을 했다. 그들의 수다스러움은 아빠를 제외한 모두에게 짜증을 불러일으키는 듯했다. 아빠는 살짝 미소를 짓거나 고개를 끄덕여 나에 대한 그들의 관심에 응답했다. 머리 박사님은 별로 호의적인 편이 아니었다.

"신사 여러분, 숙녀분들에게 아첨을 하려고 단어들을 사용할수록 여러분이 정의할 수 있는 단어의 수는 줄어듭니다. 영어를 사용해 그토록 끊임없이 떠들어대는 것은 결국 영어에 해를 끼치는 일입니다." 그들은 재빨리 작업으로 돌아갔다.

댕크워스 씨는 전혀 다른 문제였다. 우리 사이에 오가는 유일한 말들은 내가 내 책상을 향하려면 어쩔 수 없이 그의 책상을 지나가야 하는 불편함과 관련돼 있었다. "실례합니다, 댕크워스 씨." "죄송합니다, 댕크워스 씨." "댕크워스 씨, 제가 자꾸 뛰어넘어야 해서 말씀드리는 건데요, 혹시 가방을 책상 밑에 놓아주실 수 있을까요?"

"그 친구 일을 아주 잘해." 어느 날 저녁, 내가 식사 준비를 하고 있을 때 아빠가 말했다. 이제 일주일에 나흘 동안 오후에 가정부가 왔고, 나머지 사흘은 우리가 직접 저녁을 만들어 먹어야 했다. 비턴 부인의 『살림에 관한 책』은 내가 열심히 읽어 더러워졌지만, 내 실력은 나아지지 않았다.

"통일이 안 됐거나 중복된 문구들을 아주 날카롭게 찾아내고 실수를 거의 하지 않더라."

"하지만 그분 좀 이상해요, 그렇지 않나요?" 삶아서 다진 대구를 테이블로 가져오며 내가 말했다. 대구는 둘러싼 매시트포테이토 안에서 물이 고여 썩어가는 수영장처럼 보였다.

"우린 누구나 조금씩 이상해, 에즈미. 어쩌면 사전 편집자들은 다른 사람들보다 조금 더 이상한지도 모르지만."

"그분은 저를 별로 안 좋아하는 것 같아요." 나는 아빠에게 요리를 덜어주고 내 몫도 덜었다.

"내 생각엔 그냥 사람을 별로 안 좋아하는 사람인 것 같다. 남들을 잘 이해하지 못하는 거지. 너한테만 그러는 건 아닐 거야." 아빠가 물 한 모금을 마시고 목을 가다듬었다. "그럼 포프 씨랑 쿠싱 씨는 어떤데? 어떤 것 같니?"

"아, 몹시 상냥하죠. 웃기고요. 좀 어설프게 웃기지만." 대구는 너무 익힌 데다 소금을 덜 쳐서 싱거웠다. 아빠는 알아차리지 못하는 듯했다.

"그래. 괜찮은 친구들이지. 그 둘 중에 더 마음에 드는 쪽이 있니? 둘 다 집안은 좋다더라." 아빠가 물을 한 모금 더 마셨다. "모르겠구나, 에시. 혹시…… 내 말은, 만약에 네가……"

나는 나이프와 포크를 내려놓고 아빠를 보았다. 땀방울이 아빠의 관자놀이에 맺혀 있었다. 아빠가 넥타이를 느슨하게 했다.

"아빠, 무슨 말씀을 하시려는 거예요?"

아빠는 손수건을 집어 들어 이마를 닦았다. "릴리는 이 모든 걸 잘 다뤘을 텐데."

"뭐를 잘 다뤄요?"

"네 미래 말이야. 너의 안전. 결혼 같은 것들 말이다."

"결혼 같은 것들?"

"내가 조정해야 하는 일이라는 생각을 미처 못 했구나. 일반적으로는 디트가 할 테지만…… 그런데 디트도 마찬가지로 그런 생각을 못 한 것 같아."

"조정해요?"

"음, 조정이라기보다는, 가능하게 한달까." 아빠는 자기 접시를 내려다보고는 다시 고개를 들어 나를 보았다. "내가 너를 망쳐놓은 것 같구나, 에즈미. 신경을 못 써줬어. 내가 어떤 점을 신경 써야 되는지 사실 잘 몰랐고, 이제는……"

"이제는, 뭔가요?"

아빠가 망설였다. "이제는 너도 스물다섯 살이잖니."

나는 아빠를 쏘아보았다. 아빠가 시선을 피했다. 우리는 한동안 말없이 음식만 먹었다.

"집안이 좋다는 게 정확히 무슨 뜻이에요, 아빠?"

나는 화제가 조금이나마 다른 데로 옮아가 아빠가 안도하는 걸 알 수 있었다.

"글쎄, 어떤 사람한테는 평판을 의미할 테고, 어떤 사람한테는 돈이겠지. 아니면 교육 수준이나 좋은 직업 같은 걸 뜻할 수도 있고."

"그럼 아빠한테는 뭘 의미하는데요?"

아빠는 냅킨으로 입을 닦고 나이프와 포크를 빈 접시에 내려놓았다.

"글쎄?"

아빠가 일어나 내 쪽으로 오더니, 내 옆에 앉았다. "사랑을 의미해, 에시. 집안이 좋다는 건 사랑이 있는 집안이라는 뜻이야."

나는 고개를 끄덕였다. "그렇다니 참 감사한 일이네요. 저는 교육 수준도 안 좋고 돈도 없고, 제 평판은 비밀과 거짓말 들에 기대고 있으니까요." 나는 절망감에 사로잡혀 접시를 밀어냈다. 그 생선 요리는 먹을 게 못 됐다.

"아, 이런, 얘야. 나 때문에 실망한 건 알겠는데, 내가 해결을 어떻게 할 수 있을지는 잘 모르겠구나."

"그 모든 일들이 일어났는데도 여전히 저를 사랑하세요?"

"당연히 그렇지."

"그럼 저는 아빠 때문에 실망 안 했어요." 나는 아빠의 손을 잡고 기미가 낀 손등을 쓰다듬었다. 아빠의 손은 건조했지만, 손바닥과 손가락의 두툼한 살은 실크처럼 부드러웠다. 항상 그랬고, 나는 항상 그게 신기했다. "아빠, 저는 실수도 했지만 선택도 했어요. 그 선택 중 하나는 결혼을 하려고 애쓰지 않는 거예요."

"애써볼 수도 있지 않을까?"

"네, 아마도요. 하지만 그건 제가 원하는 게 아니에요."

"하지만 에시, 여자가 결혼을 안 하면 사는 게 힘들어진단다."

"디트 고모는 잘 사시는 것 같던데요. 엘리너 브래들리도 행복해 보이고요. 로스프리스랑 엘시도 제가 알기론 약혼하지 않았고요."

아빠는 내 말을, 그것이 의미하는 바를 이해하려고 내 얼굴을 찬찬히 들여다보았다. 그는 내가 갖게 될 거라고 자신이 생각했던 미래를 다시 편집하고 있었다. 결혼식을, 사위를, 손주들을 삭제했다. 슬픔이 구름처럼 아빠의 두 눈에 어렸다. 나는 내 딸을 떠올렸다.

"아, 아빠." 눈물이 뚝뚝 떨어졌지만 우리 둘 다 얼굴을 닦아내지 않았다. "저는 제가 올바른 결정을 내렸다고 생각해야만 해요. 제발, 부탁이니, 저를 계속 사랑해주세요. 그게 아빠가 제일 잘하시는 일이잖아요."

아빠가 고개를 끄덕였다.

"그리고 약속해주세요."

"뭐든지 약속할게."

"해결하려고 하지 마세요. 아빠는 훌륭한 사전 편집자지만, 중매쟁이는 아니에요."

아빠가 웃었다. "약속해."

한동안 스크립토리엄이 불편하게 느껴졌다. 내가 항의를 하고, 아빠도 내게 점수를 따려고 안간힘을 쓰는 포프 씨와 쿠싱 씨를 칭찬해주는 걸 그만뒀지만, 그들은 이해 속도가 느렸다. "뭐든 좀 느린 친구들이더라." 아빠가 미안해하는 미소를 지으며 말했다.

하지만 내 불편한 기분은 대체로 댕크워스 씨에게서 비롯되었다. 그가 오기 전까지만 해도 내 책상은 사생활도 보장되고 전망도 완벽하게 좋은 공간이었다. 방해받지 않고 내 일을 할 수 있었고, 쉴 때는 오른쪽으로 손톱만큼만 몸을 기울이면 분류 테이블과 높은 책상 앞에 앉은 머리 박사님을 볼 수 있었다. 조금 더 기울이면, 스크립토리엄 문을 통해 누가 들어오고 나가는지도 볼 수 있었다. 지금은, 오른쪽을 보면 댕크워스 씨의 거대하고 구부정한 어깨와 완벽하게 반으로 나뉜 머리칼밖에 안 보였다. 감옥에 갇힌 기분이었다.

그리고 그가 내 작업을 상세히 검토하기 시작했다.

자격으로 치면 나는 스크립토리엄에서 가장 모자라는 조수였다. 학업을 마쳤으니 로스프리스조차 나보다는 서열이 높았다. 하지만 그 사실을 댕크워스 씨만큼 내게 자주 상기시키는 사람은 없었다. 그에게는 스크립토리엄의 모든 사람 한 명 한 명을 그 사람이 서열에서 차지한다고 여겨지는 위치에 근거해 대하는 독특한 방식이 있었다. 그는 머리 박사님 앞에서는 그야말로 깍듯이 고개 숙여 인사했다. 아빠와 스웨트먼 씨에게는 존중을 보였다. 쿠싱 씨와 포프 씨는 무시했는데, 내가 생각하기에 그 근거는 그들이 '신참'이라는 점 같았다. 엘시와 로스프리스에게는 이상한 반응을 보였다. 그 둘 중 누구와도 눈을 맞추지 않으니 둘을 구별은 하는 건지도 확신할 수 없었지만, 그는 그 두 사람이 가까이 가면 아래로 떨어질 절벽 바위라도 되는 것처럼 피해 다녔다. 하지만 그는 엘시와 로스프리스에게는 질문을 하지 않았고, 작업 내용을 바로잡지도 않았다. 그 두 사람의 아버지 이름이 댕크워스 씨가 꼬치꼬치 따지고 경멸을 퍼붓는 일로부터 그들을 보호해준다고 나는 차츰 생각하게 되었다. 그는 그런 것들은 주로 내 몫으로 남겨두었다.

"이건 맞지가 않아요." 어느 날 내가 점심을 먹고 돌아왔을 때 그가 말했다. 그는 커다란 손에 조그만 정사각형 종이를 들고 내 책상 옆에 서 있었다. 그것은 내가 편집 중인 교정지에 핀으로 꽂아두었던, 단어의 다른 의미가 적힌 종이였다.

"뭐라고 하셨죠?"

"댁의 문법이 정확하지 않다고요. 내가 다시 썼습니다."

나는 몸을 움직여 그를 지난 다음 내 책상 앞에 앉았다. 그럼 그렇지, 교정지에는 댕크워스 씨의 꼼꼼한 글씨가 적힌 새 정사각형 종이가 핀으로 꽂혀 있었다. 거기에는 적혀야 할 것이 적혀 있었고, 나는 내가 썼던 것과 얼마나 다른지 알아내려고 애를 썼다.

"댕크워스 씨, 제가 원래 썼던 것 좀 주시겠어요?"

그는 대답하지 않았고, 고개를 들었을 때 나는 너무 늦었다는 걸 알았다. 그는 벽난로 옆에 서서 그 종이가 불타는 걸 보고 있었다.

집들 안팎으로 여전히 크리스마스 장식이 나무에 걸려 있었다. 서니사이드 쪽으로 걸어갈 때 아빠는 세인트 마거리츠 로드를 따라 늘어선 집들의 거실 창문을 통해 자신이 몰래 들여다본, 다양하게 장식된 크리스마스트리들을 하나씩 가리켜 보였다. 한때 우리는 그걸로 게임을 만들어서 하기도 했다. 가장 성대하게, 혹은 가장 황홀하게 꾸며진 트리가 있는 집을 찾고, 그 아래 어떤 선물이 놓여 있을지, 그 선물을 풀어보려고 달려가는 아이들은 어떤 아이들일지 추측해보는 게임이었다. 지금의 나로서는 하고 싶은 게임이 아니었다. 내가 잃어버린 것 가운데 크리스마스는 넣지 않았었는데, 내 딸을 멀리 보낼 때 크리스마스도 같이 멀리 보내버렸음이 이제는 분명해졌다. 나는 옛일을 돌아보는 기분 속으로 자꾸만 파고들어 머무르려 했고, 나를 거기서 끄집어내려고 아빠가 애를 쓰는 동안, 나는 내가 또 무엇을 잃었을까 생각했다.

우리가 도착했을 때 스크립토리엄은 비어 있었다. 우리 둘이 여길 독차지하겠구나, 아빠가 말했다. 수요일에 스웨트먼 씨, 포프 씨 그리고 쿠싱 씨가 돌아올 때까지였다. 머리 박사님 가족은 새해가 될 때까지 스코틀랜드에 머무를 예정이었고, 다른 조수들은 주말이 가까워지면 한둘씩 나타날 것이었다.

"댕크워스 씨는요?"

"새해 첫 월요일에 출근한댔어." 아빠가 말했다. "어깨 너머로 감시하는 그 친구 없이 꼬박 일주일을 보낼 수 있어."

안도감이 내 얼굴에 역력했던 모양이었다. 아빠가 미소 지었다. "포장이 돼서 트리 밑에 놓이지는 않았지만 이런 것도 선물이지."

그다음 며칠은 향수에 젖은 채 흐릿하게 흘러갔다. 매일 아침 우리는 우편물을 꺼내 왔고, 내가 그것들을 분류하고 살펴본 다음 받을 사람의 책상에 배달했다. 만약 우편물 속에 쪽지가 있으면 그것이 내 아침 업무가 되었다.

스웨트먼 씨가 돌아와서는, 실내를 걸어 다니고 분류 테이블과 작은 책상들 위로 눈길을 주며 몇 분을 보냈다. "쿠싱이랑 포프 말인데, 방금 막 점심 먹으러 나간 것처럼 보일지 모르겠지만, 상호 동의하에 다시 출근하지 않을 거라고 확실히 들었다." 그가 마침내 말했다. "머리가 그 친구들 업무 기여도를 부정적으로 평가했고, 금융업 쪽으로 진로를 밀고 나가라고 추천도 했단다. 정말 좋은 충고라고 포프가 말했고, 모두가 서로서로 악수했고."

분류 테이블에 있던 그들의 자리에는 종이와 책 들이 흩어져 있었다.

"그럼 제가 여기 정리할까요?" 나는 책 주인이 누군지 보려고 한두 권의 표지를 열어보았다.

"훌륭한 생각이야." 스웨트먼 씨가 말했다. "그리고 다 치워지면 댕크워스 씨 자리로 완벽하겠다. 그렇지?"

나는 스웨트먼 씨를 바라보았다. "그분이 이 자리를 더 좋아하실까요?"

"머리 박사님이 항상 댕크워스 씨를 나머지 우리들하고 같이 앉히려고 생각하고 있었는데, 쿠싱이랑 포프한테 업무 감독이 필요해서 자리가 없었던 거야. 우리가 1907년 대신에 1908년이라고 쓰는 데 익숙해질 때쯤이면 너도 평화를 되찾을 수 있을 거다. 분명히 그럴 거야."

나는 평화를 되찾을 수 없었다. 댕크워스 씨는 자기한테는 익숙한 작업 방식이 있어서 분류 테이블로 자리를 옮기면 그게 어그러질 거라고 했다. 어련하시겠어요, 나는 생각했다. 자리를 옮기면 그는 내가 해놓은 수정 작업을 들여다보기가 훨씬 힘들어질 것이었다.

스웨트먼 씨가 그 제안을 주기적으로 했지만, 댕크워스 씨는 늘 지금의 자리 배열이 편하다고 한결같은 대답을 하고는, 대단히 감사하다고 말한 뒤, 무뚝뚝하게 고개를 끄덕했다.

봄이 다가오면서 낮이 길어지고 내 기분도 밝아졌다. 나는 스크립토리엄 밖으로 심부름 나갈 일을 기다렸고, 서니사이드, 출판국 그리고 보들레이언 도서관을 오가는 삼각형 경로로 즐겨 다녔다.

문에 걸린 바구니에서 책들을 꺼내 자전거 뒤에 달린 나무 상자에 넣고 있을 때였다. 머리 박사님이 다가왔다.

"하트 씨에게 보낼 수정된 교정지하고 '고대 로마 문명Romanity'이 적힌 쪽지들이다." 그는 교열한 흔적으로 어지러운 교정지들과, 순서대로 정리하고 번호를 매긴 뒤 끈으로 두른 작은 쪽지 묶음 하나를 건넸다. 그것들을 가방에 집어넣는데, 수정 사항 하나가 내 눈을 잡아끌었다. 조금 시간을 두고 봐야 할 것 같은 내용이었다. 나는 자전거를 끌고 밴버리 로드로 나가 리틀 클래런던 스트리트 쪽으로 향했다.

리틀 클래런던은 출판국에서 모퉁이를 돌면 바로 있었고, 언제나 사람들로 붐비는 곳이었다. 나는 찻집 창문 근처에 자전거를 대고 안으로 들어가 테이블에 자리를 잡았고, 종업원이 차 한 주전자를 가져오길 기다리며 가방에서 교정지를 꺼냈다. 두 페이지씩 있는 교정지가 일곱 장이었다. 세 장은 아빠의, 세 장은 댕크워스 씨의 작업물이었고, 나머지 하나는 디트 고모의 것이었다. 고모의 교정지는 일반 편지 봉투에 접어 넣느라 구겨진 자국이 나 있었지만, 다른 것들처럼 고모의 익숙한 글씨로 의견이 달리고 새로운 항목들이 적혀 있었다. 머리 박사님은 고모의 교정지에 추가로 동의하거나 동의하지 않는다는 내용의 메모를 적어두었다. 그의 의견은 언제나 가장 최종적인 수정 사항이 되곤 했다.

내가 찾고 있던 수정 사항은 아빠의 작업물 중 하나였는데, 교정지 모서리에 핀으로 꽂힌 추가 항목에 표시된 것이었다. 거기 적힌 모든 단어

위에 자를 대고 그은 것처럼 똑바른 줄이 그어져 있고, 댕크워스 씨가 새로 써놓은 게 보였다. 언제? 나는 궁금했다. 아빠는 이걸 알았을까? 나는 그 종이를 교정지에서 분리했다.

나는 치마 주머니를 확인했고, 빈 쪽지 몇 장과 몽당연필 한 자루를 찾아냈다. 기분이 좋아졌다. 그 치마와 마찬가지로 오랫동안 방치돼 있던 것들이었다. 나는 쪽지 한 장을 꺼내 아빠가 원래 작성했던 것과 정확히 똑같게 그 항목을 다시 썼다. 그런 다음 원본이 있던 자리에 그것을 핀으로 꽂았다. 아빠가 작업한 나머지 교정지들을 꼼꼼히 들여다본 결과 나는 다른 두 군데, 세 군데, 아니, 네 군데에서 댕크워스 씨가 문장을 바꿔놓은 것을 발견했다.

나는 아빠가 원래 적었던 수정 사항을 다시 써넣기 시작했다. 단어 하나하나를 써넣을 때마다 자신감이 붙었지만, 마지막 단어에 이르렀을 때 내 손은 얼어붙어버렸다. '어머니Mother' 항목이었다. 교정지에는 이미 첫 번째 의미로 '부모 중 여성인 쪽'이라고 나와 있었지만, 여기에 댕크워스 씨가 덧붙여 적어놓은 내용은 다음과 같았다. 아이를 낳은 적이 있는 여자.

나는 거기서 손을 놓았다.

1908년 11월

부엌 테이블 앞에서 반죽을 하던 리지가 고개를 들었다.

"정말 괴로운 얼굴을 하고 있네요."

"오늘 아침에만 벌써 세 번째 실수를 저질렀어요." 내가 말했다. "그 사람 때문에 정말 불안해 미치겠어요." 나는 의자에 털썩 주저앉았다.

"내가 맞춰볼게요. 스웨트먼 씨? 메일링 씨? 아니면 혹시 댕크워스 씨 얘긴가요?"

일 년 전 슈롭셔에서 집으로 돌아온 뒤부터 리지는 이 불평의 다양한 버전을 들어왔다. 나는 가능한 한 자주 부엌으로 도망쳐 숨어 있곤 했다. 리지는 보통 나를 피해가며 집안일을 했지만, 로이드 부인에게서 온 편지가 있으면, 차를 새로 한 주전자 끓이고 아침에 구운 비스킷을 접시에 담아 내왔고, 그러면 나는 그 편지를 읽어주었다. 리지는 슈롭셔에서 보낸 아침들의 기억을 되살리고 있었고, 나는 리지와 리지 친구 사이에 내가 끼어들지 않도록 늘 조심했다. 평가의 말을 덧붙이지도 중간에 쉬지도 않고 주의 깊게 편지를 읽었고, 다 읽으면 부엌 서랍장에서 펜과 종이를 꺼내 리지가 답장에 들어갈 문장들을 생각해내기를 기다렸다. '사랑하는 나의 너태샤', 리지는 항상 그렇게 시작하곤 했다.

오늘은 편지가 오지 않았기에 비스킷 접시도 없었다. 나는 부엌 테이블에 놓인 접시에서 샌드위치 하나를 집어 들었다. "그 사람이 나를 자꾸 감시해요." 샌드위치를 한 입 베어 물며 내가 말했다.

리지가 눈썹을 치켜올리며 나를 보았다.

"그렇게 감시한다는 건 아니고요. 절대로 그런 식으로는 안 해요. 그 사람, 나한테 '좋은 아침이에요' 이런 말도 못 하는데, 내 문법이나 표기법이 어디서 틀렸는지는 술술 말한다니까요. 오늘 아침에는 내가 '정신병적인Psychotic'이라는 단어의 다른 의미를 제멋대로 바꿔놨다고 했어요. 그 사람 생각으로는 여자들이 과장해서 말하는 경향이 있고, 그러니 정확성이 요구되는 직업에는 고용되면 안 된다네요."

"제멋대로 바꿔놨어요?" 리지가 농담조로 말했다.

"그런 생각은 나한텐 절대 떠오르지도 않아요." 내가 웃으며 말했다.

리지는 하던 반죽을 계속했다.

"어제 점심 먹고 자리로 돌아갔더니, 그 사람이 내 책상에 『하트의 규칙』 한 권을 올려놓았더라고요. 내 교열 실력을 향상시키려면 참조해야 되는 부분의 쪽수를 메모해서는, 내가 편집한 부분에다 핀으로 꽂아놨지 뭐예요."

"『하트의 규칙』이라는 게 중요한 거예요?"

"주로 출판국에 있는 조판공들하고 교정보는 사람들을 위한 책이긴 한데요, 사전을 만드는 모든 사람이 똑같은 방식으로 표기하고, 똑같은 철자법을 사용하게 하는 데 도움이 돼요."

"그럼 다른 방식으로 표기하고, 다른 철자법을 사용할 수도 있다는 얘기예요?"

"말도 안 되는 소리로 들리겠지만, 그럴 수 있어요. 그리고 가장 사소한 것 때문에 가장 큰 싸움이 일어나고요."

리지가 미소 지었다. "그럼 그 『하트의 규칙』이 '말도 안 되는 소리 Codswallop'에 대해서는 뭐라고 할까요?"

"아무 말도 안 하죠. 그건 유효한 단어가 아닌걸요."

"하지만 아가씨가 그걸 쪽지에 썼잖아요. 내가 기억해요. 바로 여기 이 테이블에서 썼어요."

"그게 훌륭한 단어였으니까 쓴 거죠."

"그래서 도움이 됐나요? 그분이 그 책을 줘서?"

"아뇨. 그냥 사사건건 나 자신을 의심만 하게 돼요. 확실하게 알고 있던 것들이 갑자기 헷갈리고. 작업 속도도 느려졌고 예전보다 실수도 더 많이 하게 돼버렸어요."

리지는 반죽에 모양을 낸 다음 금속 용기에 넣었고, 그런 다음 밀가루를 뿌렸다. 부엌에서 다른 모든 일을 할 때처럼 리지는 이 일을 하는 데에도 확신이 있었다. 지난번에 쓰러졌다 일어난 뒤로 밸러드 부인은 오직 일요일의 메인 고기 요리, 그리고 주중에 해야 할 일들의 목록 작성을 위해서만 오게 되었다. 다른 모든 일은 리지가 했다. 머리 박사님 댁 아이들이 이제 다 커서 대부분 집을 떠난 까닭에 먹여야 할 입은 몇 안 됐지만 말이다. 따로 고용한 가정부가 거의 매일 와서 집안일을 도왔다.

"토요일에 저랑 같이 시장에 갈래요?" 리지가 조심스럽게 물었다. "메이블 할머니가 아가씨 안부를 물었어요."

메이블 할머니. 메이블을 못 본 게 대체…… 그 질문은 완성되지 못할 것 같았다. '대체 언제부터였지? 내가 메이블보고 도와달라고 했던 때부터? 내가 디트 고모네로 갔던 때부터? 아, 그애.' 이것이 내가 할머니를 마지막으로 찾아간 날을 떠올릴 때마다 일어나는 일이었다. 그날은 시간 속에 한순간으로 남아 있었고, 그날에 대해 생각하면 나는 딸에 대해 생각하게 되었다. 세라와 필립이 그애의 첫 번째 생일을 어떻게 축하했을지 나는 궁금했다. 크리스마스에는 무슨 선물을 주었을지도. 나는 내 딸이 걷는 모습을 상상했고, 그 아이가 첫 번째로 말하는 단어를 들을 수 있다면, 하고 바랐다.

"아가씨한테 줄 단어가 있대요." 리지가 말했고, 나는 놀라 고개를 들었다. 잠깐 동안 리지가 누구 얘기를 하는 건지 알 수 없었다. "그걸 준비해두고 있었대요. 물어보진 않았지만, 메이블 할머니가 여기 오래 계실 것 같지는 않아요."

아침 일찍 일어나 과하게 신경을 써서 옷을 차려입었다. 메이블을 만난다고 생각하니 마음이 쓰였다. 시간이 너무 오래 걸렸다는 생각이 들어 부끄럽기도 했다. 문에 달린 투입구로 아침 우편물이 들어왔을 때는 다른 데 신경을 쓸 수 있어서 기뻤다. 이따금씩 틸다에게서 오는 엽서였다. 앞면에는 웨스트민스터에 있는 국회의사당 건물 사진이 있었다.

1908년 11월 2일

친애하는 나의 에즈미에게,

언젠가 에즈미가 그랬죠. 우리 구호가 '말 말고 행동'이 아니라 '행동 말고 말'이면 좋겠다고. 나는 에즈미가 순진하다고 비웃었고요. 그래서인지, 뮤리얼 매터스가 국회 하원의 여성 관람석에 있는 쇠창살에 자기 몸을 묶었다는 얘기를 들었을 때 에즈미를 떠올리지 않을 수 없었어요.

그건 관심을 끌기 위한 영리한 행동이었지만, (팽크허스트 부인도 분명 자기가 그런 생각을 떠올렸더라면 좋았을 거라고 여길 거예요) 사람들의 마음을 움직이는 건 그 사람의 말일 거예요. 매터스는 하원에서 발언한 최초의 여성이고, 그의 발언은 지적이고 유려했어요. 국회 의사록에는 그 말들이 기록되지 않을지 모르지만 신문 기사로는 나왔어요. 오스트레일리아 사람이더라고요, 확실히. 어쩌면 자기 나라 국회에서 발언할 권리가 있어서 우리 국회에서도 발언할 자신감이 생겼던 게 아닐까 싶어요.

"우리는 이 모욕적인 쇠창살 뒤에 너무도 오랫동안 앉아 있었습니다." 매터스는 그렇게 말했더군요. "영국 여성들은 입법 과정에서 목소리를 낼 수 있어야 합니다. 법이 남성들에게 영향을 끼치는 것만큼이나 여성들에게도 영향을 미치기 때문입니다. 우리는 선거권을 요구합니다."

"여기서도, 여기서도!" 우리 모두는 그렇게 외쳐야 해요.

당신을 아끼는

틸다로부터

오스트레일리아, 나는 생각했다. 내 딸은 투표할 수 있을 것이다. 나는 엽서를 주머니에 넣고, 내 딸이 지구 반대편에서 더 나은 삶을 살기를 바라는 마음이 나를 후회로부터 구해주기를 소망했다.

과일 매대 앞에서 서로를 밀쳐대는 아침 손님들 사이에서 리지와 나는 잠시 발을 멈췄다.

"목록이 길어요." 리지가 말했다. "금방 돌아올게요."

리지가 다른 곳으로 갔지만, 잠깐 동안 나는 거기 그대로 서 있었다.

변변찮은 물건도, 손님도 없이 비참한 메이블 할머니의 매대가 보였다. 꽃으로 채워진 스타일스 부인의 양동이들과는 잔인한 대조를 이뤘다.

내가 다가가자 메이블은 고개를 치켜들어 내게 알은체를 했다. 어제도 봤다는 식이었다. 누더기를 걸친 메이블은 피골이 상접해 있었고, 목소리는 메아리처럼 희미했다. 메이블의 가슴 속에서 그르렁거리는 그 축축하고 위태로운 숨결이라니. 메이블이 하는 말을 들으려고 몸을 기울였을 때, 나는 노파의 건강이 가망 없을 정도로 나빠졌다는 걸 깨달았다. 메이블의 나무 궤짝에 남은 것이라고는 부서진 물건 몇 개와 나무를 깎아 만든 세 개의 조각품뿐이었다. 그중 하나는 지난번에, 거의 일 년 전에 메이블을 만났을 때 봤던 것이었다. 섬세하게 깎은 노부인의 얼굴 조각.

나는 그것을 집어 들었다. "이거 할머니예요, 메이블?"

"지금보다 좋았던 시절의 나다." 메이블이 속삭였다.

다른 두 개의 조각품은 칼질이 제대로 되어 있지 않았다. 조각칼을 쥐는 것조차 힘든 손으로 만든 것들이었다. 나는 그것들을 집어 들고 이리저리 돌려보면서 메이블의 마지막 작품을 보는 슬픔에 젖었다.

"아직도 일 페니예요?"

메이블은 기침에 시달리다가 누더기 손수건에 가래를 뱉어냈다. "일 페니 가치도 읎어." 메이블이 간신히 말했다.

나는 지갑에서 동전 세 개를 꺼내 나무 궤짝 위에 올려놓았다.

"리지가 그러는데, 저한테 주실 단어가 있다면서요."

메이블이 고개를 끄덕였다. 내가 쪽지와 연필을 찾으려고 주머니에 손을 넣자, 메이블은 자기 옷 주름 사이로 손을 넣었다. 그러더니 한 움큼의 종이쪽지를 꺼내 우리 사이에 놓인 궤짝에 올려놓았다. 그런 다음 얼굴을 내 쪽으로 향하고 또다시 가래를 뱉는 건가 싶은 소리를 냈다. 하지만 그건 웃음이었고, 눈물이 질금질금 흘러나오는 메이블의 두 눈도 웃고 있었다.

"저 여자가 도와주데." 메이블이 스타일스 부인 쪽을 건너다보며 말했다. 부인은 양동이에 담긴 꽃들을 똑바로 정리하고 있었다. "저 여자 꽃 주위에서 꽃향기 맡고 있는 여자들이 있을 때는 내가 주댕이를 다물겠다 그랬지. 그럼 장사가 더 잘될 거라고. 그랬더니 도리 없이 동의하더라고." 또다시, 메이블의 물에 잠긴 듯한 웃음소리.

나는 메이블의 옷 속에 있느라 구겨지고 지저분해진 쪽지들을 집어 들었다. 쪽지들은 딱 맞는 크기로 잘려 있었고, 내가 적어 넣었을 법한 분량의 내용으로 채워져 있었다.

"언제 하신 거예요?" 내가 물었다.

"네가 멀리 갔을 때. 돌아올 때는 기운 나는 것이 있으면 좋겠다 생각했지. 뭔 일이 있었든 간에." 메이블이 다시 옷 속을 뒤졌다. "이것도 너 주려고 놔뒀어."

또 다른, 디테일이 정교한 조각품이었다. 낯이 익었다.

"탈리에신이다." 메이블이 말했다. "멀린. 거까지 하고 나니까 손이 말을 안 듣더라."

나는 지갑에서 동전을 더 꺼냈다.

"됐다, 아가." 메이블이 손사래를 쳐 동전을 밀어내며 말했다. "선물이다."

나는 그동안 메이블을 피해왔다. 하지만 이제 메이블의 상태, 이런 친절함, 그 친절함의 이유 같은 것들이 숨어 있다가 나를 공격해왔다. 온몸이 마비되는 것 같았고, 기억의 공격에 어떤 방어도 할 수 없었다. 그릇처럼, 나는 더 이상 채울 수 없을 때까지 슬픔으로 채워졌고, 마침내 슬픔은 흘러넘쳐 내 얼굴을 적셨다.

"울증Morbs이 생겼다 그르던데." 내 눈을 피하지 않으며 메이블이 말했다. "그거는 그냥 자연스러운 것이다."

그때 리지가 내 곁에 나타났다. 리지는 한 손에 손수건을 들고 있었고, 다른 팔로는 내 어깨를 감쌌다. "할머니는 괜찮으실 거예요." 뭔가 오해한 리지가 말했다. "그렇죠, 메이블?"

메이블은 조금 더 오랫동안 나와 눈을 마주치고 있었고, 그러다 한 손을 턱으로 가져가 생각하는 사람의 포즈를 취했다. 잠시 후 메이블이 말했다. "아니, 나는 괜찮을 것 같지 않어." 그리고 마치 메이블이 전하려는 바를 강조하듯, 그 마지막 말은 너무도 강렬한 가래 기침으로 이어져서 나는 할머니의 뼈가 다 어그러질 것 같다고 생각했다. 그것은 나를 나 자신으로 돌아오게 하기에 충분했다.

"농담 그만하세요." 한 손으로 메이블의 등을 부드럽게 어루만지며 리지가 말했다.

메이블의 기침이 멎고 내 눈물도 마르자, 나는 물었다. "'울증'이라고요, 메이블? 그게 뭐예요?"

"왔다가 가는 슬픔이지." 메이블이 잠시 말을 멈추고 숨을 쉬었다. "나도 울증이 있고, 너도 울증이 있고, 심지어 여기 리지도 드러내질 않아서 그렇지 울증이 있는 것이다. 여자의 숙명인 것 같어."

"'소름 끼치는Morbid'에서 파생된 게 틀림없어." 쪽지를 쓰기 시작하며 내가 혼잣말을 했다.

"난 슬픔에서 파생됐다고 본다." 메이블이 말했다. "우리가 잃은 거, 우리가 절대 가져보지 못하고 절대 못 가질 거, 그런 거에서. 아까 말했듯이 여자의 숙명이지. 너희 사전에 들어가야 돼. 흔하게 쓰여서 모르는 사람이 없는 단어니까."

리지와 나는 각자 생각에 잠긴 채 커버드 마켓을 떠났다. 메이블의 상태는 충격적이었다.

"어디 사시죠?" 나는 전에 궁금하게 여겨본 적이 없다는 사실이 부끄러웠다.

"카울리 로드에 있는 구빈원 병원에요." 리지가 말했다. "불행한 사람들로 가득한 불행한 장소예요."

"거기 가봤어요?"

"거기 데려다드린 사람이 저예요. 그 궤짝에다가 넝마 한 무더기를 올려놓고 길에서 주무시고 있는 걸 발견했어요. 처음엔 죽은 줄 알았죠."

"내가 뭘 할 수 있을까요?"

"계속 조각 작품을 사주고, 그분이 말해주는 단어를 받아 적어요. 그 이상 뭘 바꿀 수는 없어요."

"정말 그렇게 생각해요, 리지?"

리지는 그 질문에 경계하는 얼굴로 나를 보았다.

"바꾸기를 원하는 사람이 충분히 많으면 틀림없이 세상은 바뀔 수 있어요." 나는 말을 이었다. 그러고는 하원에서 발언한 뮤리얼 매터스 이야기를 했다.

"메이블 할머니 같은 사람의 현실은 안 바뀌는걸요. 서프러제트들이 벌여대는 그 온갖 소동들은 메이블이나 저 같은 사람을 위한 게 아니에요. 그런 건 돈 있는 숙녀분들을 위한 거죠. 그리고 그런 숙녀분들은 언제나 다른 누군가가 자기 집 마룻바닥을 문질러 닦고 요강을 비워주길 바라겠죠." 리지의 목소리에는 내가 들어본 적이 별로 없는 날카로움이 스며 있었다. "그 사람들이 선거권을 갖게 돼도 저는 여전히 머리 부인의 여자 노예일 거예요."

여자 노예. 만약 내가 그 단어를 찾아내고 의미를 설명해주지 않았다면, 리지는 지금 자기 자신을 다르게 생각하고 있을까?

"하지만 그 말을 들으니 리지는 세상을 바꾸고 싶어하는 것 같은데요. 그럴 수만 있다면 말이에요."

리지는 어깨를 으쓱했고, 걸음을 멈추더니 가방을 내려놓았다. 손잡이를 들었던 곳에 생긴 양손의 붉은 자국을 문질렀다. 내 가방은 더 가벼웠지만, 나 역시 리지를 따라 했다.

"있죠." 우리가 다시 걷기 시작했을 때 리지가 말했다. "메이블 할머니는 자기 단어들이 결국 사전에 들어갈 거라고 생각하세요. 자기 이름이랑 같이요. 스타일스 부인한테 허풍 떠는 걸 들었는데 바로잡을 용기가 없었어요."

"왜 그렇게 생각하는 걸까요?"

"왜 그렇게 생각을 안 하겠어요? 그럴 가능성이 없다고 말해주지 않았잖아요."

우리는 느리게 걸었고, 차가운 날씨에도 불구하고 땀 한 방울이 리지의 옆얼굴에 흘러내렸다. 나는 메이블, 리지 그리고 다른 여자들—생선 배를 가르거나, 옷감을 자르거나, 맥덜린 스트리트에 있는 여자 화장실을 청소하는 여자들—에게서 내가 수집한 그 모든 단어들에 대해 생각했다. 그들은 자신에게 맞는 단어들로 마음을 표현했고, 내가 자신들의 단어를 쪽지에 적을 때는 경외심을 품고 바라보았다. 이 쪽지들은 내게 소중했고, 나는 그것들을 안전하게 보호하기 위해 트렁크에 숨겨두었다. 하지만 무엇으로부터? 나는 그것들이 심문을 당하고, 결함 있는 단어들로 판명 나는 것이 두려웠던 것일까? 아니면 그건 나 자신에 대한 두려움이었나?

내게 단어를 기부한 사람들이 자기 단어에 대해 쪽지 이상의 무언가가 되리라는 희망 같은 걸 품고 있으리라고는 생각하지 못했다. 하지만 갑자기, 나 말고는 그것들을 읽을 사람이 아무도 없을 거라는 사실이 분명하게 다가왔다. 그토록 조심스럽게 받아 적은 그 여성들의 이름은 결코 조판될 일이 없을 것이었다. 그들의 단어와 이름은 내가 그것들을 잊기 시작하는 순간 사라질 것이다.

내 '잃어버린 단어들의 사전'은 하원의 여성 관람석에 있는 쇠창살보다 나을 게 없었다. 그것은 사람들이 보아야 하는 것을 가렸고, 들어야 하는 것을 침묵시켰다. 메이블이 세상을 떠나고, 나도 떠나면, 그 트렁크는 그야말로 관이나 다름없어질 것이었다.

그날 오후 리지의 방에서, 나는 트렁크를 열고 메이블의 단어들을 댕크워스 씨의 비밀스러운 수정본 사이에 올려놓았다. 나는 내가 수집한 단어의 수에 놀랐다.

허락받지 않은 댕크워스 씨의 수정들을 발견한 뒤로 나는 하트 씨에게 교정지를 배달하기 전에 확인하는 버릇이 생겼다. 원래의 교열에 기여하는 바가 없다고 생각되면 수정본을 핀에서 빼내는 일만 했지만 말이다.

나는 댕크워스 씨를 감시하기 시작했다. 단어 쪽지나 책을 찾아 선반을 뒤지는 그를, 머리 박사님에게 무언가를 상의하거나 분류 테이블에 앉아 다른 조수에게 질문을 하는 그를 감시했다. 나는 그의 시선이 다른 사람들의 작업물로 향하는 걸 봤지만, 연필로 남의 작업에 표시를 하는 모습은 보지 못했다. 그러던 어느 날 아침, 내가 리지와 함께 차를 거의 다 마셔가고 있을 때, 댕크워스 씨가 평소보다 일찍 스크립토리엄에 도착했다. 아빠는 머리 박사님과 함께 올드 애슈몰린 빌딩에 다른 편집자들을 만나러 가고 없었다.

나는 스크립토리엄에 들어간 댕크워스 씨가 교열된 상태로 문 옆 바구니 안에서 대기 중인 교정지들을 이리저리 넘기기 시작하는 것을 보았다. "리지, 저것 봐요." 내가 말했고, 리지가 부엌 창문으로 다가왔다. 우리는 댕크워스 씨가 교정지 무더기에서 교정지 한 장을 빼내고, 자기 가슴에 달린 주머니에서 연필 한 자루를 꺼내는 것을 지켜보았다.

"그러니까, 기록방에 비밀이 있는 사람이 아가씨 혼자만은 아니네요." 리지가 말했다.

나는 댕크워스 씨의 비밀을 지켜주기로 마음먹었다. 나도 모르게 그 일 때문에 그에게 약간 호감을 갖게 되었던 것이다.

이제 나는 트렁크 속을 들여다보았다. 메이블의 단어들이 댕크워스 씨의 단정한 글씨와 같이 놓여 있었다. 메이블은 좋아할 거야, 나는 생각했다. 댕크워스 씨는 좋아하지 않을 것이다. 나는 두 사람의 쪽지 중 몇 장을 임의로 골라 읽었다. '별로 그렇지 않음', 그는 스웨트먼 씨의 것으로 보이는 대표 쪽지에 그렇게 적었다. 그의 까다로운 오지랖을 피할 수 있는 사람은 오직 머리 박사님밖에는 없는 듯했다. 댕크워스 씨는 쪽지에 적힌 단어의 정의 위에 줄을 그어 지우고는 새로 정의를 적어놓았다. 두 단어가 줄어들기는 했지만, 내가 보기에는 원본보다 정확하지도 않은 정의였다. 나는 새 쪽지에 스웨트먼 씨가 원래 작성한 정의를 다시 쓰고, 댕크워스 씨의 수정본은 주머니에 넣었다. 그것은 철자를 다 틀려가며 유치한 글씨로 써넣은 메이블의 쪽지와 너무나도 대조가 되었다. 스타일스 부인에게 그 쪽지들을 쓰는 일은 분명 노력이 필요한 일이었을 것이다. 그 노력이 부인의 친절을 더욱 가치 있게 만들어주었다.

나는 내가 써놓은 '울증'의 정의를 다시 읽어보았다. 별로 그렇지 않음, 나는 생각했다. 메이블은 '소름 끼치는' 사람이 아니었고, 나도 아니었다. 그럼 슬픈 사람인가, 그렇다, 하지만 항상 슬픈 건 아니었다. 나는 주머니에서 연필을 꺼내 수정을 했다.

울증MORBS

일시적인 슬픔.

"나도 울증이 있고, 너도 울증이 있고, 심지어 여기 리지도…… 울증이 있는 것이다. 여자의 숙명인 것 같어."

—메이블 오쇼너시, 1908년

나는 쪽지를 트렁크에 넣고 탈리에신 조각상을 맨 위에 올려놓았다.

그다음 토요일에 나는 다시 커버드 마켓에 가는 리지를 따라갔다. 언제나처럼 시장은 붐볐지만, 우리는 사람들을 뚫고 걸어갔다.

"돌아가셨어요." 우리가 오는 것을 본 스타일스 부인이 매대에 선 채 말했다. "어제 실려 갔어요."

스타일스 부인은 잠깐 동안 내 눈을 보더니, 몸을 굽히고 양동이에 담긴 카네이션을 손질하기 시작했다. 리지와 나는 메이블 할머니를 찾아 몸을 돌렸다.

"그게, 기침을 안 하더라고요. 조용하니 좋네, 그렇게 생각했죠. 그런데 좀, 너무 조용한 거예요." 부인은 꽃을 다듬던 손을 멈추고 숨을 깊이 들이마셨다. 그 바람에 부인의 굽은 등을 감싸고 있던 옷이 팽팽하게 펴졌다. 부인이 일어나 우리를 마주 보았다. "불쌍한 양반. 돌아가신 지 몇 시간이나 지났던 거예요." 스타일스 부인은 나를, 그리고 리지를 계속 번갈아 쳐다보았다. 부인의 두 손은 앞치마를 자꾸만 자꾸만 쓸어내리고 있었고, 꼭 다문 입술은 미세하게 떨리고 있었다. "조금 더 일찍 알아차렸어야 했는데."

메이블이 차지했던 공간은 벌써 사라지고 없었다. 이웃 매대들이 밀고 들어와 그 자리를 채우고 있었다. 나는 그곳에 일 분 동안, 혹은 한 시간 동안, 아니, 나도 얼마나 오래인지 정확히 모르는 시간 동안 서 있었다. 메이블과 조각품들이 놓이던 그의 궤짝이 그 자리에 어떤 식으로 존재했었는지 떠올리려고 애를 썼다. 지나가는 사람 중에 그 부재를 알아챈 사람은 아무도 없는 것 같았다.

1909년 5월

댕크워스 씨가 분류 테이블로 자리를 옮겼을 때는 너무 꽉 끼던 코르셋이 마침내 벗겨진 기분이었다. 그 일이 일어나게 해준 사람은 엘시였다.

"있잖아, 에즈미." 어느 날 아침, 내가 특정 단어는 나보다 전문적인 사람이 검토하는 게 나을 거라는 이야기를 하려고 했을 때 엘시가 말했다. "사전 편찬 작업에 항목을 보내는 사람이면 누구나 자기만의 흔적을 남기게 마련이야. 우리 아버지나 댕크워스 씨가 아무리 모두가 똑같은 방식으로 일하기를 바라더라도 말이야. 댕크워스 씨 지적을 꼭 그대로 따라야 하는 말로 받아들이지 말고, 그냥 하나의 제안으로 받아들여봐."

일주일 뒤, 나는 댕크워스 씨의 책상이 너무 가까이 놓여 있어 어떤 선반들에는 접근하기 어려웠다고 엘시가 누군가에게 말하는 것을 우연히 들었다. 그날 오후 머리 박사님이 댕크워스 씨와 이야기를 나눴고, 다음 날 와보니 댕크워스 씨가 분류 테이블의 스웨트먼 씨 건너편에 앉아 있었다. 쌓인 책으로 만든 국경선이 그들 사이에 놓여 있었다.

"좋은 아침이에요, 스웨트먼 씨, 댕크워스 씨." 내가 말했다.

한 명은 미소로, 다른 한 명은 끄덕임으로 대답했다. 댕크워스 씨는 여전히 나와 눈을 맞추지 않았다. 그의 책상은 벌써 치워졌고, 내 책상은 이제 선반 너머로 바로 보였다.

나는 자리에 앉아 책상 뚜껑을 열었다. 안쪽에 발린 종이는 가장자리가 돌돌 말려 있었지만, 거기 그려진 장미는 언제나처럼 노란색이었다. 그 꽃들 위로 손가락을 올려놓으며 나는 책상 앞에 처음 앉았던 때로 거슬러 올라갔다. 구 년 전이었나? 십 년? 정말 많은 일이 일어났는데, 나는 단 일 센티미터도 움직이지 않고 그 자리에 그대로 있었다.

"와, 그 종이 기억난다." 엘시가 말했다. "그거 붙이던 기억이 나네. 벌써 오래전 일이다."

잠깐 동안 우리는 둘 다 말이 없었다. 엘시 또한 세월이 흘러간 걸 문득 깨달은 것 같았다. 스크립토리엄이 아니라 다른 곳에 있는 엘시와 로스프리스의 삶에 대해서는 별로 생각해본 적이 없었다. 완벽한 모양으로 땋은 머리를 하고 다니던 그들은 자라서 자기 아버지의 조수가 되었다. 나는 언제나 그랬듯 그들이 부러웠지만, 이제 그것이 그들이 바란 삶이었을지, 아니면 그저 받아들인 삶이었을지 궁금했다.

"공부는 어떻게 되어가, 엘시?" 내가 물었다.

"끝났어. 작년 6월에 시험을 치렀거든." 엘시의 얼굴이 자부심으로 밝게 빛났다.

"와, 축하해!" 엘시가 작년 6월에 시험 볼 때가 되었던 게 이제야 기억났다. "몰랐어."

"물론 졸업한 건 아니야. 학위도 없어. 하지만 내가 바지 입는 성별이었으면 둘 다 이뤄냈을 거라는 사실을 알게 된 걸로 만족해."

"하지만 어딘가 다른 곳에서 받을 수 있는 거 아니야?"

"응, 그럴 수 있어. 하지만 서두를 건 없으니까. 나는 아무 데도 가지 않거든." 엘시는 마치 그게 뭐였는지 기억하려고 애쓰는 것처럼 손에 든 교정지를 내려다보았다. 그러더니 그것을 내밀었다. "아버지가 보내신 거야. 빠른 교정 부탁한대. 내일 아침 출판국에 넘길 수 있으면 좋겠다고 하시네."

나는 교정지를 받았다. "문제없어." 나는 댕크워스 씨의 책상이 있던 자리 쪽을 쳐다보았다. "그리고, 고마워."

"별일 아닌걸."

"나한테는 큰일이었어."

엘시가 고개를 끄덕이고는 분류 테이블을 지나 머리 박사님의 책상으로, 그리고 답장 초안을 써야 할 편지 무더기에게로 돌아갔다.

내 책상 뚜껑은 여전히 열려 있었다. 일에 필요한 모든 것이 거기 있었다. 공책, 빈 단어 쪽지, 펜. 『하트의 규칙』. 『하트의 규칙』 밑에는 일하는 데 꼭 필요하지는 않은 물건들도 있었다. 디트 고모의 편지, 틸다의 엽서, 예쁜 종이로 만든 빈 쪽지들, 그리고 소설책 한 권. 책을 집어 올리자 쪽지 세 장이 떨어져내렸다. 거기 메이블 할머니의 이름이 적혀 있는 걸 보자 눈물이 차올랐다. 울증이 도지기에 충분한걸, 나는 생각했다. 그런 다음 미소 지었다.

각각의 쪽지에는 똑같은 단어와 서로 다른 의미가 쓰여 있었다. 나는 그 단어를 들었을 때의 충격을, 즐거워하던 메이블을, 처음으로 그 말을 받아 적었을 때 쿵쿵거리던 심장을 기억했다. '씹'은 산만큼이나 오래된 말이라고 메이블은 말했지만, 사전에는 없었다. 벌써 확인해봤다.

C 단어의 쪽지들은 상자에 들어가 있었지만, 증보판에 들어갈 단어들은 내 책상에서 아주 가까운 선반에 정리되어 있었다. 머리 박사님은 『A부터 개미Ant까지』 분책이 출간되자마자 그것들을 모으기 시작했다. "머리 박사님은 우리가 정의를 내리는 속도보다 빠르게 영어가 진화할 거라는 사실을 이미 예견하셨던 거야." 아빠가 말했다. "마침내 사전이

출간되고 나면 우리는 A 단어로 다시 돌아가서 공백을 채워 넣게 될 거란다."

분류함은 증보판에 들어갈 단어들이 적힌 쪽지로 거의 꽉 차 있었다. 아주 꼼꼼하게 순서대로 정리가 돼 있어서, 1325년까지 거슬러 올라가는 도서 인용문이 담긴 두꺼운 쪽지 묶음을 내가 찾아내는 데는 그리 오래 걸리지 않았다. 그 단어는 메이블이 말한 대로 아주 오래된 단어였다. 만약 머리 박사님의 원칙이 적용됐더라면, 그것은 분명 그의 책상 뒤에 있는 두터운 사전에 들어가 있었을 것이다.

나는 대표 쪽지를 보았다. 통상적인 정보 대신 거기에는 머리 박사님의 글씨로 '제외할 것. 외설적임'이라고만 적힌 메모가 있었다. 그 밑에는 누군가가 일련의 의견들을 적어놓았는데, 아마도 편지에서 발췌한 듯했다. 엘시 머리의 글씨처럼 보이긴 했지만 확실하지는 않았다.

"이것 자체는 외설적이지 않아요!"

—제임스 딕슨

"아주 오래된 역사를 지닌 완벽하게 오래된 단어."

—로빈슨 엘리스

"단지 저속한 방식으로 사용된다고 해서 영어에서 이 말을 금지할 수는 없습니다."

—존 해밀턴

나는 다시 대표 쪽지를 보았다. 거기에는 정의가 적혀 있지 않았다.

나는 쪽지들을 제자리에 되돌려놓고 내 책상으로 돌아왔다. 빈 쪽지에 나는 적었다.

씹 CUNT

1. '질'의 속어.
2. 여성의 질이 저속하다는 전제하에 모욕을 담아 쓰는 말.

나는 메이블의 단어들을 모아 작은 묶음을 만들고는 거기에 내 정의를 핀으로 꽂았다. 그런 다음 다른 쪽지들을 휘휘 찾았다. 리지의 침대 밑 트렁크에 갖다 넣으려고 했지만 어느 순간 급하게 숨겨야 했던, 그런 다음엔 반쯤 잊어버린 쪽지들이 한 움큼 있었다. 나는 그것들을 모은 다음 소설책 사이에 안전하게 보관해두었다.

나는 오후의 나머지를 엘시가 준 교정지를 보며 보냈고, 가끔 고개를 들어 엘시를 바라보았다. 엘시는 스크립토리엄 안을 부지런히 돌아다녔고, 언제나 자기 아버지의 지시에 응할 준비가 되어 있었다. 그들이 그 단어를 놓고 논쟁한 적이 있을까? 아니면 엘시가 그 말이 사전에서 빠져 있는 걸 발견하고 이유를 찾아내려고 했을까? 머리 박사님이 엘시가 그 단어의 수록에 대한 갑론을박을 자기가 만든 대표 쪽지에 적어둔 것을 알게 됐을까? 증보판 단어들에 그 단어를 넣어두었다는 걸 알게 됐을까? 아니, 그럴 리가 없다. 내가 그랬듯 엘시도 사전의 행간 속에서 살고 있었다.

"갈 준비 됐니?" 아빠가 물었다.

나는 벌써 시간이 이렇게 됐나 싶어 놀랐다. "이 교정지만 끝낼게요." 내가 말했다. "끝내고 리지한테 들를게요. 아빠 먼저 가세요."

“대체 뭘 하고 있는 거래요?” 방으로 들어오다가 마룻바닥에 앉아 트렁크 위로 몸을 수그리고 있는 나를 보고 리지가 말했다. “사과 먹기*라도 하는 것 같네요.”

“이 냄새, 나요?”

“확실히 나죠.” 리지가 말했다. “그 안에 뭐가 기어 들어가서 죽은 게 아닐까 자주 생각하는데요.”

“나쁜 냄새는 아니에요. 이건…… 글쎄, 뭐라고 설명해야 좋을지 모르겠는데.” 나는 냄새의 정체가 파악되기를 바라며 다시 앞으로 몸을 굽혔다.

“뭔가가, 그때그때 바람을 쐬어야 했는데, 너무 오랫동안 갇혀 있었던 것 같은 냄새가 나네요.” 리지가 말했다.

그러다 나는 깨달았다. 내 트렁크는 스크립토리엄의 오래된 쪽지들 냄새를 풍기기 시작했다.

리지가 앞치마를 벗었다. 앞치마는 고기를 구울 때 튄 육즙으로 더러워져 있었고, 리지는 밸러드 부인이 테이블로 고기 요리를 가져가기 전에 그러듯 깨끗한 앞치마로 갈아입는 중이었다. 마치 그들이 한 노동의 증거가 불쾌한 것이기라도 한 듯이. 리지가 깨끗한 앞치마를 걸치기 전에 나는 그를 꽉 끌어안았다.

“리지 말이 정확하게 맞아요.”

리지가 몸을 빼내더니 나를 붙든 채로 팔을 뻗었다. “수년을 같이 지

---

* 대야 등에 물을 채우고 사과를 띄워놓은 다음 입으로 베어 물어 꺼내는 놀이.

내다 보면 결국 제가 아가씨를 이해하게 될 거라 생각하는지는 모르겠지만요, 에시메이, 그게 무슨 말인지 저로선 알 도리가 없네요."

"이 단어들 말이에요." 트렁크 속으로 손을 뻗어 쪽지를 한 움큼 꺼내며 내가 말했다. "이것들은 숨어들려고 나한테 온 게 아니었어요. 이 단어들은 바람을 쐬어야 돼요. 읽히고, 공유되고, 이해되어야 해요. 어쩌면 거부당할 수도 있겠지만, 기회가 주어져야 된다고요. 스크립토리엄에 있는 다른 모든 단어들처럼요."

리지가 웃음을 터뜨리고는 머리에서부터 깨끗한 앞치마를 입었다. "그럼, 아가씨만의 사전을 만들려고 생각 중이에요?"

"내가 생각하는 게 바로 그거예요, 리지. 여자들의 말을 담은 사전. 여자들이 쓰고, 여자들을 가리키는 단어들. 머리 박사님의 사전에는 들어갈 수 없는 단어들. 어떻게 생각해요?"

리지의 얼굴이 어두워졌다. "안 돼요. 어떤 단어들은 적합하지가 않다고요."

나는 미소를 참을 수 없었다. '씹'이 영어에서 사라지면 리지는 기뻐하겠지.

"리지는 모르겠지만, 리지랑 머리 박사님은 정말 공통점이 많아요."

"하지만 무슨 소용인데요?" 트렁크에서 쪽지 한 장을 꺼내 들여다보며 리지가 말했다. "이런 말을 하는 사람 중에 절반은 이 말들을 읽지도 못할 텐데."

"못 읽을지도 모르지만," 트렁크를 들어 리지의 침대 위에 올려놓으면서 내가 말했다, "그래도 그 사람들이 쓰는 단어들은 중요해요."

우리는 엉망진창이 돼 있는 트렁크 안의 쪽지들을 바라보았다. 나는 내가 느끼는 것을, 내가 경험하는 것을 나타내는 적확한 단어를 찾기 위해 책과 분류함을 뒤지던 그 모든 날들을 떠올렸다. 사전을 편찬하는 남자들이 고른 단어들로는 불충분했다. 너무도 자주 그랬다.

"머리 박사님의 사전은 자꾸 지워버려요, 리지. 때로는 단어를, 때로는 의미를요. 기록이 되어 있지 않으면 고려의 대상조차 되지 못해요." 나는 메이블의 단어들로 만든 첫 쪽지들을 침대 위에 있는 쪽지 묶음 속에 넣었다. "이 여자들이 쓰는 말이 다른 단어들하고 똑같은 대접을 받는다면 좋지 않겠어요?"

나는 트렁크 속의 쪽지와 종이 들을 골라내기 시작했고, 여자들의 단어를 끄집어내 한쪽에 따로 모았다. 어떤 단어들은 쌓여서 무더기를 이루기 시작했다. 다양한 여자들이 말한, 다양한 인용문이 있는 단어들이었다. 내가 그렇게 많은 단어를 모아둔 줄은 나 자신도 몰랐다.

리지가 침대 밑으로 손을 넣어 바느질고리를 꺼냈다. "그걸 다 순서대로 정리하려면 이게 필요할 거예요." 리지가 바늘방석을 내 앞에 놓았다. 핀이 잔뜩 꽂혀 고슴도치 같았다.

트렁크 속의 모든 단어를 분류하는 작업을 끝냈을 때는 바깥이 어두워져 있었다. 쪽지들을 한데 핀으로 꽂느라 우리는 둘 다 손가락이 아렸다.

"갖고 있어요." 내가 바늘방석을 돌려주자 리지가 말했다. "단어들이 더 있을 테니까요."

스크립토리엄의 벽, 내 책상 바로 위쪽에 작은 구멍이 하나 있었다. 나는 한기가 바늘처럼 손등을 찔러대던 지난겨울에 그 구멍을 발견했다. 종이를 뭉쳐 구멍을 막으려고 해봤지만, 뭉친 종이가 자꾸만 빠졌다. 그러던 어느 날, 나는 내게 새로운 풍경이 생겼다는 사실을 깨달았다. 담배를 피우는 사람들의 몸 일부가 보였다. 아빠와 보크 씨가 파이프를 채우고 사전에 관련된 가십을 나누는 모습도 보였다. 가십광 Gossipiania이 따로 없네, 또 한 토막의 이야기가 귀에 들려올 때면 나는 언제나 생각했다. '가십광' 항목은 작성됐다가 마지막 교정지에서 밀려났었다. 나는 구멍으로 보이는 옷자락 일부로 조수들 모두를 알아볼 수 있었고, 다시금 분류 테이블 밑에 들어와 있는 듯한 기묘한 기분을 느꼈다.

가느다란 햇빛 한 줄기가 내 페이지 위를 가로질러 해시계처럼 움직이고 있어서, 빛이 사라지자 알아차릴 수 있었다. 누군가가 스크립토리엄 벽에 자전거를 기대놓는 쨍 하는 소리가 나서 나는 구멍 쪽으로 몸을 기울였다. 처음 보는 바지, 처음 보는 셔츠였다. 셔츠 소매는 팔꿈치까지 걷어 올려져 있었다. 잉크로 얼룩진 손가락이 잉크로 얼룩진 가방 버클을 벗겼다. 손가락은 길었지만, 엄지손가락은 끝부분이 묘하게 납작했다. 내가 출판국 문을 통과하기 직전에 가방 내용물을 확인하는 것처럼, 남자도 내용물을 확인하고 있었다. 나는 남자의 얼굴을 보기 위해 조금 어색한 각도로 움직여 시선을 위쪽으로 향했다. 얼굴은 보이지가 않았다.

나는 구멍에서 뒤로 물러나 스크립토리엄 문이 보이도록 오른쪽으로 몸을 조금 기울였다.

남자는 문간에 서 있었다. 키가 크고 여윈 남자였다. 깨끗이 면도한 얼굴과 곱슬곱슬한 짙은 색 머리칼. 그는 선반 근처를 응시하는 나를 보고 미소 지었다. 그와 눈을 마주치기에는 너무 먼 거리에 있었지만, 나는 그의 눈이 저녁의 푸른빛, 거의 보랏빛에 가까운 색깔이라는 걸 알았다.

처음으로 출판국에 단어들을 전하러 갔을 때 그가 이름을 말해준 건 기억났지만, 그 이름이 뭐였는지는 잊어버렸다. 그때 아직 어린애에 지나지 않았던 나를 그는 친절하게 대해주었다.

그때 이후로는 그를 멀리에서밖에 보지 못했다. 출판국에 하트 씨를 찾으러 갈 때였다. 그 조판공은 늘 조판실의 먼 끝 쪽에 있는 작업대 앞에 서 있었는데, 갖가지 활자들이 담긴 트레이에 가려서 실은 제대로 보이지도 않았다. 내가 문을 들어서면 그는 이따금씩 고개를 들곤 했다. 언제나 미소를 지었지만, 내게 손을 흔들어 인사하지는 않았다. 그가 서니사이드에 올 거라곤 전혀 생각하지 못했다.

그때 스크립토리엄에 나 말고 다른 사람은 댕크워스 씨밖에 없었다. 그가 고개를 들고, 누가 들어왔는지 보려고 주의를 집중하는 모습을 나는 지켜보았다. 그는 들어온 사람을 잠깐 동안 뜯어보았다.

"뭐죠?" '손톱이 더러운 남자'용으로 준비해둔 어조로 그가 물었다. 연필을 쥐고 있던 내 손에 힘이 들어갔다.

"머리 박사님의 교정지를 가지고 왔습니다. '시Si부터 단순한Simple까지'요."

"저한테 주세요." 손은 내밀었지만 일어서지는 않은 채로 댕크워스 씨가 말했다.

"받으시는 분 성함이?" 조판공이 물었다.

"뭐라고요?"

"머리 박사님이 안 계시면 교정지 받는 분 성함을 알아오라고 관리 책임자님이 그러셔서요."

댕크워스 씨가 분류 테이블에서 일어나 조판공에게 다가갔다. "관리 책임자님께 댕크워스 씨가 교정지를 받았다고 전하시면 됩니다." 그는 남자가 교정지를 주기도 전에 낚아챘다.

스크립토리엄 안쪽에 있는 내 자리에서 나는 숨을 죽이고 있었다. 짜증과 부끄러움이 솟아올랐다. 나는 끼어들고 싶었고, 조판공에게 들어오라고 하고 싶었지만, 이름도 모르는데 바보 같아 보일 것 같았다.

"틀림없이 그렇게 전하겠습니다, 댕크워스 씨." 댕크워스 씨의 얼굴을 똑바로 쳐다보며 조판공이 말했다. "그나저나 제 이름은 개러스입니다. 만나 뵙게 되어 반갑습니다." 그는 잉크로 얼룩진 손을 내밀었지만, 댕크워스 씨는 그냥 빤히 보기만 하다가 자기 손을 바지 한쪽에 위아래로 문질러댔다. 개러스가 팔을 내리고, 대신 살짝 고개를 끄덕였다. 그는 내가 앉아 있는 쪽을 재빨리 훑어보더니 몸을 돌려 스크립토리엄을 나갔다.

나는 책상에서 빈 쪽지 한 장을 꺼내 거기에 다음과 같이 적었다.

개러스GARETH

조판공.

머리 박사님이 브래들리 씨에게 전해줄 편지를 완성하는 동안, 나는 스크립토리엄 문 바로 안쪽에 서서 〈옥스퍼드 크로니클〉에 실린 기사를 읽고 있었다.

신문 중간쯤에 숨어 있는 작은 기사였다.

허버트 애스퀴스 총리를 비난하며 지붕 시위를 하다 붙잡힌 서프러제트 세 명이 윈슨 그린 교도소에서 며칠간 단식투쟁을 한 끝에 그들에게 강제 급식이 행해졌다. 애스퀴스 총리가 공공 예산 회의를 개최하고 있던 버밍엄의 빙리 홀 지붕에서 경찰을 향해 타일을 던진 이 여성들은 시민불복종죄와 기물파손죄로 교도소에 수감됐다. 여성들은 공공 예산 회의 참석을 금지당했던 것으로 알려졌다.

목구멍이 조여들기 시작했다. "어떻게 성인 여성한테 강제 급식을 해?" 나는 누구에게라고 할 것 없이 중얼거렸다. 기사를 훑어보았지만 급식 방법에 대한 설명은 없었고, 여자들의 이름도 나와 있지 않았다. 틸다가 떠올랐다. 틸다의 마지막 엽서가 온 곳이 버밍엄이었는데, 틸다는 거기서 여성들이 그저 청원서에 서명하는 것 이상의 일을 기꺼이 하고 싶어한다고 썼었다.

"출판국에 있는 하트 씨한테 가는 거란다." 머리 박사님이 말하는 바람에 나는 깜짝 놀랐다. "하지만 올드 애슈몰린 빌딩에 먼저 가주렴. 브래들리 씨가 이걸 기다리고 있거든." 그는 봉투에 브래들리 씨의 이름이 적힌 편지 한 통과 함께 T 단어의 첫 번째 교정지를 건네주었다.

스크립토리엄이 소박한 만큼이나 올드 애슈몰린 빌딩은 웅장했다. 건물은 양철이 아니라 돌로 지어져 있었고, 입구 옆에는 무언가를 성취한—그게 뭔지는 모르겠지만—남자들의 흉상이 늘어서 있었다. 처음 봤을 때는 내가 조그맣고 그 자리에 어울리지 않게 느껴졌지만, 시간이 조금 흐르자 그 흉상들은 내게 도전적인 야망을 불러일으켰고, 나는 건물로 걸어 들어가 책임 편집자의 자리에 앉는 상상을 했다. 하지만 여자들이 공공 예산 회의 참석을 금지당할 수 있다면, 내게는 그런 야망을 가질 아무런 권리도 없었다. 나는 틸다를, 투쟁에 대한 틸다의 갈망을 떠올렸다. 교도소에 수감된 여성들도 떠올렸다. 나라면 단식투쟁을 할 수 있을까? 만약 단식이 편집자가 되는 데 도움이 될 거라는 생각이 든다면?

계단을 올라가 양쪽으로 여닫는 커다란 문을 열고 들어가니 거기가 사전실이었다. 사전실은 시원하고 밝은 분위기의 방이었고, 벽은 돌벽이었으며, 그리스식 돌기둥들이 높다란 천장을 받치고 있었다. 사전에는 이런 장소가 어울렸고, 처음 보았을 때 나는 왜 머리 박사님이 아니라 브래들리 씨와 크레이기 씨가 이곳을 차지하는 영예를 누리게 되었을까 궁금했었다. "머리 박사님은 사전을 위해 조용히 순교하는 분이니까 그렇지." 내가 물었을 때 아빠는 말했다. "그분한테는 기록방이 완벽하게 어울려."

나는 거대한 사전실을 둘러보며 테이블마다 어지럽게 덮인 종이 무더기 뒤에 어떤 조수들이 앉아 있는지 살펴봤다. 엘리너 브래들리가 책으로 쌓인 벽 위로 고개를 들어 나를 보고는 손을 흔들었다.

엘리너가 의자에 있던 종이 몇 장을 치웠고, 나는 자리에 앉았다. "아버님 앞으로 편지를 한 장 갖고 왔어요."

"아, 그렇군요. 아빠는 크레이기 씨와 논의했던 문제에 대해서 머리 박사님이 자기에게 동의해주시길 바라고 계세요."

"논의요?" 나는 눈썹을 치켜올렸다.

"그러니까, 두 분 다 예의 바른 분들이지만, 윗사람이 자기 편을 들어주었으면 하고 각자 바라는 거죠." 엘리너는 내 손에 들린 봉투를 보았다. "어느 쪽으로든 결론이 났으니 아빠는 기뻐하실 거예요."

"어떤 특정 단어가 문제인 건가요?"

"언어 하나 전체가 문제예요." 엘리너가 몸을 바짝 기울였다. 두 눈이 금속테 안경 뒤에서 가십을 전하느라 커다래졌다. 엘리너는 조용히 말했다. "크레이기 씨가 다시 스칸디나비아로 떠나려 하고 있거든요. 제가 보기엔 프리슬란트어를 인정하자는 운동을 지지하는 것 같아요."

"처음 들어봐요."

"게르만어족이에요."

"아, 그렇죠." 『O와 P』의 출간 기념 파티에서 나누었던, 크레이기 씨는 말하고 나는 듣기만 했던 대화를 떠올리며 내가 대답했다. 그는 아이슬란드어라는 주제 하나로 기운이 솟아올라서는 한 시간 넘게 떠들어 댔다.

"아빠는 그건 영어 사전을 편집하는 사람의 영역이 아니라고 생각하세요. 크레이기 씨가 계속 다른 데로 눈을 돌리면 R 단어 편집이 영원히 끝나지 않을까 봐 아빠는 걱정하고 계시거든요."

"그게 그분 입장이라면, 머리 박사님은 틀림없이 아버님 편을 드실 거예요." 내가 말했다.

나는 일어서서 자리를 떠나려다 잠시 망설였다. "엘리너, 혹시 버밍엄 교도소에 수감된 서프러제트들에 대한 기사 봤어요? 강제 급식이 행해졌대요."

엘리너는 얼굴을 붉히더니 이를 악물었다. "네, 봤어요." 엘리너가 말했다. "부끄러운 일이에요. 사전과 마찬가지로 투표권도 당연한 거잖아요. 왜 우리가 이렇게 오래, 이렇게 많이 고통받아야 하는지 이해할 수가 없어요."

"우리가 살아 있는 동안에 그걸 누릴 수 있을까요?"

엘리너가 미소 지었다. "그 문제에 대해서라면 저는 아빠나 제임스 경보다 낙천적이에요. 우리가 그럴 거라고 확신해요."

나는 그렇게 확신할 수 없었지만, 내가 뭐라고 하기도 전에 브래들리 씨가 다가왔다.

올드 애슈몰린 빌딩과 월턴 스트리트 사잇길로 나는 최대한 빨리 페달을 밟았다. 어두워지는 하늘 때문이기도 했지만, 틸다와 틸다 같은 여자들에 대한 걱정, 그리고 그들의 노력이 실패로 돌아갈 경우 우리 모두에게 닥칠 일에 대한 두려움 때문에 더 마음이 조급해졌다. 몸을 힘껏 움직여도 불안한 마음이 진정되진 않았다.

출판국에 도착한 나는 세워둘 공간이 늘 부족한 것에 화를 내며 다른 자전거 두 대 사이에 자전거를 밀어 넣었다. 네모난 안뜰을 가로질러 걸으며 남자들에게는 얼굴을 찌푸렸고, 여자들의 얼굴은 자세히 보았다. 저 사람도 강제 급식에 대해 알고 있을까. 여자들의 얼굴에 그런 건 드러나 있지 않았다. 얼마나 많은 여자들이 나처럼 무력감을 느끼고 있을지 궁금했다.

하트 씨의 사무실로 가는 대신 나는 조판실 쪽으로 걸어갔다. 조판공의 이름을 적은 쪽지가 내 주머니 속에 있었다. 그렇게 하지 않아도 이름은 아는데, 나는 그 쪽지를 꺼내 괜히 보았다. 조판실에 다 와가자 내 걸음은 느려졌다.

개러스가 조판 작업을 하고 있었다. 내가 들어가도 그는 고개를 들지 않았지만, 나는 거기 허락을 기다리며 서 있고 싶지 않았다. 나는 숨을 깊이 들이마시고 활자 작업대 사이로 걸어가기 시작했다.

고갯짓으로 인사하는 남자들에게 인사를 되돌려주는 동안 그 친절한 몸짓 하나하나에 내 분노는 조금씩 잦아들었다.

“안녕하세요, 아가씨, 하트 씨를 찾아오셨나요?” 이름은 모르지만 낯익은 한 남자가 내게 물었다.

"아뇨, 사실은 개러스 씨한테 인사를 드리고 싶어서요." 자신감 넘치는 목소리가 낯설었지만, 그건 내 목소리였다.

내가 조판실 안에서 어슬렁거리는 것에 아무도 신경을 쓰지 않아서, 여기서 언제나 느꼈던 위협감이 다만 내 상상이었던 건 아닐까 하는 생각이 스쳤다. 개러스의 작업대에 도착했을 땐 나를 나아가게 했던 감정은 다 스러지고, 자신감도 다시 바닥이 나 있었다.

여전히 집중한 얼굴로 그가 고개를 들었다. 그리고 미소가 그의 얼굴에 번졌다. "와, 이거 기분 좋게 놀라운 일이네요. 에즈미, 그렇지 않아요?"

나는 고개를 끄덕이면서 문득 깨달았다. 할 말을 아무것도 준비해오지 않았다.

"이 섹션 끝내는 것만 기다려줄래요? 스틱이 거의 찼어요."

개러스가 '스틱'을 왼손에 들었다. 스틱은 줄지어 늘어선 금속 활자를 넣은 일종의 트레이였다. 그는 엄지손가락을 대고 꽉 눌러서 모든 글자가 제자리에 있게 했다. 그의 오른손은 앞에 있는 작업대 위를 이리저리 날아다니면서 머리 박사님의 분류함 칸을 축소해놓은 듯한 작은 칸들에서 더 많은 활자를 꺼냈다. 각각의 칸에는 단어 묶음 대신 한 가지 글자가 들어 있었다. 내가 알지 못하는 사이에 그의 스틱이 가득 찼다.

그의 눈이 위쪽을 휙 보았고, 이내 내가 보이는 관심을 알아보았다. "다음 단계는 이걸 판에 맞춰서 만들어내는 거예요." 작업대 옆에 놓인 나무 프레임을 가리키며 그가 말했다. "어디서 본 것 같지 않아요?"

나는 판이라는 것을 들여다보았다. 새로운 활자가 들어갈 빈자리만 빼면, 크기로나 모양으로나 단어로 가득한 책의 한 페이지로 보였다. 하지만 무슨 책의 페이지일까, 그건 알 수 없었다. "완전히 다른 언어처럼 보이는데요."

"뒤집혀 있지만 이건 사전의 다음번 분책에 들어갈 한 페이지예요. 제가 수정만 끝내면 곧 만들어질 거예요."

그는 극도로 조심해가며 스틱을 내려놓고는 엄지손가락을 문질렀다.

"조판공의 엄지라고들 그래요." 내가 볼 수 있게 가까이로 손가락을 들어 올리며 그가 말했다.

"대놓고 쳐다볼 수는 없지요, 제가."

"대놓고 쳐다보셔도 돼요. 이건 제 일이 남긴 흔적일 뿐이니까요." 그는 의자에서 내려왔다. "조판공이면 다들 이래요. 하지만 엄지손가락 얘기를 하려고 여기 오신 건 아닌 것 같은데요."

나는 무언가가 가로막는다고 느껴지는데도 거기에 굴하지 않고 조판실에 들어왔다. 이제 그런 내가 어리석게 느껴졌다.

"하트 씨 뵈려고요." 내가 중얼거렸다. "여기 오면 계실 줄 알았거든요." 나는 하트 씨가 어느 작업대 뒤에 숨어 있기라도 한 것처럼 주위를 둘러보았다.

"어디 계신지 알아볼게요." 개러스가 하얀 천으로 의자 시트의 먼지를 닦아냈다. "기다리시는 동안 여기 앉아 계세요."

나는 고개를 끄덕였고 그는 의자를 밀어 나를 앉혀주었다. 나는 여전히 스틱에 들어 있는 활자들을 바라보았다. 읽기가 거의 불가능했다. 글자들이 거꾸로 되어 있기도 했지만, 바탕과 거의 구별되지 않아서였다. 전체가 암회색을 띠고 있었다.

개러스와 얘기하는 이상한 여자에게 다른 조판공들이 관심이 있었는지는 모르겠지만, 지금은 내게 관심이 아예 없었다. 나는 가장 가까운 칸에서 활자 한 조각을 집어 올렸다.

그건 조그만 스탬프 같았다. 세로는 약 2.5센티미터, 가로는 이쑤시개 길이 정도 되는 크기의 금속 조각 끝에 글자가 살짝 솟아올라 있었다. 나는 그것을 손가락 끝에 대고 눌러보았다. 소문자 e가 자국으로 남았다.

나는 다시 스틱을 들여다보았다. 개러스는 그것이 사전의 한 페이지에 들어갈 거라고 했다. 조금 시간이 걸렸지만 마침내 단어들이 읽히기 시작했다. 그러자 내 안에서 공포가 차츰차츰 솟아올랐다.

b. 전문 불평꾼: 끊임없이 무언가를 비난함으로써 이웃의 평화를 깨뜨리는 여자.

윈슨 그린 교도소에 있는 여성들은 '전문 불평꾼'이었을까? 나는 판 옆에 있는 교정지들을 보았다. 이 조판은 처음 짜인 게 아닌 것 같았다. 정확히 말하면 개러스는 수정 작업을 하고 있었다. 항목이 적힌 교정지 한 귀퉁이에는 머리 박사님이 핀으로 꽂아둔 메모가 있었다.

'불평꾼의 굴레SCOLD'S BRIDLE'는 정의할 필요 없음. '재갈BRANKS' 항목의 해당 내용을 상호 참조만 할 것.

나는 편집될 예정인 항목을 읽었다.

c. 불평꾼의 재갈 혹은 굴레: 불평 등이 심한 사람에게 사용하던 형벌 도구. 머리에 씌우는 일종의 금속 틀로, 날카로운 금속 재갈이나 날

이 달려 있어 이것이 입속으로 들어가 혀를 구속하게 되어 있음.

나는 제압된 여자들의 입이 강제로 벌려지고, 관이 입안에 밀어 넣어지고, 그들의 울부짖는 소리가 틀어막히는 광경을 상상했다. 입술과 입속, 목구멍의 연약한 부분에 얼마나 상처가 났을까? 그 과정이 다 끝난 뒤에 그들은 말을 할 수는 있었을까?

나는 작업대를 뒤져 각각 다른 칸에서 글자를 하나씩 꺼냈다. s, c, o, l, d. 이 글자들에선 무게가 느껴졌다. 나는 그것들을 손에 넣고 굴려보았다. 활자들의 날카로운 모서리 때문에 손이 깔끄러웠고, 방치된 페이지들에서 묻어난 잉크로 얼룩이 졌다.

조판실 문이 열리더니 개러스가 하트 씨와 함께 걸어 들어왔다. 나는 글자를 주머니에 넣고 의자에 도로 앉았다.

"T 항목에 들어갈 첫 번째 수정 사항입니다." 교정지를 하트 씨에게 건네며 내가 말했다.

그는 내 손가락의 잉크 얼룩은 못 본 채 교정지를 받았다. 나는 재빨리 주머니에 손을 넣었다. 개러스는 그렇게 주의력이 약한 편은 아니었고, 나는 시야 모서리에서 그가 자기가 작업하던 조판을 확인하는 것을 보았다. 없어진 게 없음을 확인하자 그의 시선은 트레이 위를 훑었다. 나는 활자들을 꽉 움켜쥐었다. 날카로운 모서리가 느껴졌다. 너무 꽉 쥐어서 그것들은 나를 찔렀다.

"훌륭하네." 하트 씨가 페이지를 넘겨보며 말했다. "조금씩 진도가 나가고 있군." 그는 개러스에게 몸을 돌렸다. "이건 내일 살펴보자고. 아홉 시까지 오게."

"네, 선생님." 개러스가 말했다.

하트 씨는 계속 교정지를 넘겨보면서 자기 사무실로 향했다.

"이만 가봐야겠어요." 개러스를 보지 않은 채 도망치듯 걸어 나가며 내가 말했다.

"다음에 다시 와주시길 바랄게요." 그가 말하는 게 들렸다.

출판국 밖으로 자전거를 끌고 나왔을 때는 하늘이 더 어두워져 있었다. 밴버리 로드에 도착하기도 전부터 하늘이 쪼개졌다. 스크립토리엄에 도착했을 때, 나는 빗물을 뚝뚝 떨구며 떨고 있었다.

"거기 서요!" 내가 스크립토리엄 문을 열었을 때 댕크워스 씨가 소리쳤다.

나는 멈춰 섰고, 그제야 내 꼴이 어떤지 알아차렸다. 모두가 내 쪽을 보고 있었다.

자기 아버지 책상 앞에 앉아 있던 로스프리스가 일어섰다. "댕크워스 씨, 에즈미 언니를 오후 내내 비 오는 밖에 세워둘 생각이세요?"

"종이가 몽땅 젖는다고요." 그는 목소리를 낮추어 말하고는, 어떻게 될지 관심 없다는 태도로 몸을 굽히고 일로 돌아갔다. 나는 그 자리에 계속 서 있었다. 이가 딱딱 부딪치기 시작했다.

"아버지는 왜 이런 날 외출 심부름을 시키셨을까요. 비가 올 게 뻔히 보였는데." 로스프리스가 보관대에서 우산 하나를 꺼내더니 내 팔을 잡았다. "저랑 같이 가요. 아버지랑 언니네 아버지가 곧 돌아오실 텐데, 이 꼴을 보면 둘 다 노발대발하실 거예요."

로스프리스가 머리 위로 우산을 폈고, 우리는 정원을 가로질러 머리 박사님의 집 앞으로 갔다. 나는 박사님 댁의 주 건물 안으로 초대받는 일이 거의 없었고, 현관을 통해 들어간 것도 한 손에 꼽을 만큼 몇 번 안 됐다. 그때마다 나는 리지가 하루하루를 보내며 느꼈을 기분을 조금은 짐작할 수 있었다.

"여기서 기다려요." 현관문이 우리 뒤에서 닫히자 로스프리스가 말했다. 부엌 쪽으로 간 로스프리스가 리지를 부르는 소리가 들렸다. 잠시 후 리지가 내 앞에 나타나 수납장에서 꺼낸 따뜻한 수건으로 나를 닦아 주기 시작했다.

"왜 그냥 출판국에서 비 그치길 기다리지 않고요?" 무릎을 꿇고 내 구두를 벗긴 다음 젖은 스타킹을 벗겨내며 리지가 물었다.

"고마워요, 리지. 여기서부터는 제가 할게요." 로스프리스가 수건을 건네받고는 나를 계단 위 자기 침실로 데리고 갔다.

나는 로스프리스보다 두 살 나이가 많았지만, 내겐 언제나 그애가 언니 같았다. 내게 맞을 만한 옷을 찾아 옷장을 뒤지는 그애에게서 나는 그애 어머니의 당당한 생활력을 보았다. 머리 박사님이 기사 칭호를 받은 것처럼 머리 부인도 '데임' 칭호를 받을 자격이 있다고 아빠는 말했었다. "부인이 없었더라면 사전 편찬 작업은 오래전에 휘청거렸을 거다."

자기가 어떻게 행동해야 하는지 안다는 건 얼마나 안심이 되는 일인가. 마치 검은 글자로 깨끗하게 인쇄된 자신의 정의를 갖는 것처럼.

"언니는 나보다 키도 크고 더 말랐지만 이 정도면 맞을 거예요." 로스프리스가 치마 한 장, 블라우스, 카디건과 속옷을 침대 위에 올려놓고는 내가 갈아입을 수 있게 방을 나갔다.

치마를 벗기 전에 주머니를 뒤졌다. 한쪽 주머니에 손수건 한 장, 연필 한 자루, 젖어서 축축해진 빈 쪽지 한 뭉치가 있었다. 나는 휴지통에 쪽지 뭉치를 버리고 돌아서다가 충동적으로 로스프리스의 책상 위에 있는 종이들에 눈길을 주었다. 모든 것이 단정하게 정리돼 있었다. 기사 칭호를 받은 뒤 찍은 머리 박사님의 사진, 그리고 서니사이드 정원에서 온 가족이 함께 찍은 사진이 보였다. 작업 진행 상태가 다양한 교정지와 편지 들도 있었다. 나는 가장 최근에 로스프리스가 작업하고 있던 편지의 수신인을 알아보았다. 윈슨 그린 교도소의 교도소장이었다. "친애하는 선생님께", 편지는 그렇게 시작했다. "저는 이의를 제기하고 싶습니다." 로스프리스는 거기까지만 써놓았다. 그 옆에는 〈타임스 오브 런던〉 한 부가 있었다.

나는 다른 쪽 주머니에서 개러스로부터 훔친 활자, 그리고 그의 이름이 적힌 쪽지를 꺼냈다. 쪽지는 비에 젖어 거의 반투명해져 있었지만 그의 이름은 여전히 잘 보였다.

로스프리스의 옷으로 갈아입은 나는 내 젖은 손수건으로 활자를 감싼 다음, 치마 주머니 한쪽에 넣었다. 개러스의 이름이 적힌 쪽지를 집어 들었다. 그는 내가 활자를 가져간 걸 알고 있었다. 그를 다시 볼 면목이 없을 것 같았다. 나는 쪽지를 휴지통에 버렸다.

그런 다음 로스프리스의 책상으로 돌아왔다. 〈타임스 오브 런던〉은 윈슨 그린 교도소의 여성들에게 더 많은 지면을 할애했다. 그들 가운데 틸다는 없었다. 이번엔 아니구나, 나는 생각했다. 샬럿 마시는 화가인 아서 하드윅 마시의 딸이었다. 로라 에인즈워스의 아버지는 존경받는 장학관이었다. 메리 리는 건축업자의 아내였다. 이것이 여성들이 정의되는 방식이었다.

'여자 노예'. 그 단어가 다시 생각났고, 나는 우리를 가장 자주 정의하는 단어들은 다른 사람들과 관련해 우리가 수행하는 역할을 설명하는 말이라는 사실을 알아차렸다. 가장 온화한 단어들—처녀, 아내, 어머니—조차도 우리가 성관계를 한 적이 있는지 없는지 온 세상에 대고 떠벌렸다. '처녀Maiden'의 남성 대칭어는 뭘까? 그런 건 생각해낼 수가 없었다. '부인Mrs' '창녀Whore' '전문 불평꾼Common scold'의 남성 대칭어는? 나는 창문 너머 스크립토리엄 쪽을, 이 모든 단어들의 정의에 보금자리를 마련해주고 있는 장소를 쳐다보았다. 어떤 단어들이 나를 정의할까? 나를 평가하거나 수용하기 위해서는 어떤 단어가 사용될까? 나는 처녀가 아니었지만, 어떤 남자의 아내도 아니었다. 그렇게 되고 싶지도 않았다.

그 '조치'라는 것이 어떻게 취해졌는지 읽는 동안, 나는 환각처럼 구역질이 솟구쳤고, 볼 안쪽에서 목구멍을 지나 위에 이르는 점막을 할퀴는 삽입관의 감촉이 느껴졌다. 그것은 일종의 강간이었다. 무겁게 몸을 내리누르는 타인의 몸, 발버둥치는 손과 허공을 차는 발을 구속하는 힘. 억지로 열어젖혀지는 몸. 그 순간, 누구의 인간성이 더 망가진 건지 알 수 없다는 생각이 들었다. 여성들의 인간성인가? 아니면 권력자들의? 만약 권력자들의 인간성이 더 망가졌다면, 부끄러움은 모두 우리의 몫이었다. 틸다가 옥스퍼드를 떠난 뒤로, 그래서 나는 운동에 기여하기 위해 무엇을 했단 말인가?

로스프리스가 돌아왔고, 우리는 함께 계단을 내려왔다. "혹시 너 서프러제트야, 로스프리스?" 내가 물었다.

"저는 밤에 나가지도, 유리창을 깨부수지도 않아요. 그게 언니가 묻는 거라면요. 저는 제가 참정권 확장론자Suffragist라고 생각해요."

"어떤 여자들이 하는 일을 나는 할 수가 없는 것 같아."

"안 먹는 거요, 아니면 공공의 적이 되는 거요?"

"둘 다."

로스프리스가 계단에 멈춰 서더니 내게 몸을 돌렸다. "저 역시 그런 건 할 수 없을 것 같아요. 그리고 저는 상상도 못 할 일들도…… 아, 언니도 신문 읽었죠. 하지만 전투적인 것만이 유일한 방법은 아니에요, 에즈미."

로스프리스가 다시 내려가기 시작했고 나는 두 계단 떨어져 뒤따라갔다. 그애에게 물어보고 싶은 것이 너무도 많았지만, 똑같이 사전 편찬 사업의 그림자 아래 자라났는데도 우리가 서로 다른 세계에 속한 것처럼 멀게 느껴졌다.

우리는 내리는 비를 보며 부엌 문간에서 조금 시간을 보냈다. "저는 그냥 뛰어가는 게 최선일 것 같아요." 마침내 로스프리스가 말했다. "하지만 언니는 오늘 이미 충분히 젖었으니까 비가 그칠 때까지 여기 따뜻한 데서 기다리세요. 언니를 감기 걸리게 놔둘 순 없으니까요." 로스프리스는 우산을 펴고 부엌에서 스크립토리엄까지 종종걸음을 쳤다.

리지는 화덕 앞에서 몸을 웅크리고 있었다. "얼굴 좀 봐요, 에시메이. 대체 뭔 일이래요?"

"신문 때문에 그래요, 리지. 무슨 일이 일어나고 있는지 알면 충격받을 거예요."

"신문은 읽을 필요가 없어요. 커버드 마켓에 가면 똑같은 걸 들을 수 있거든요." 리지는 삽으로 석탄을 퍼서 타오르는 불꽃 위에 붓고는 주철문을 쾅 소리 나게 닫았다. 자리에서 일어날 때 보니 리지의 몸은 조금 뻣뻣해 보였다.

"시장 사람들이 버밍엄에 있는 서프러제트들 얘기도 해요?"

"네. 그 얘기도 해요."

"그 사람들도 화가 나 있어요? 단식투쟁하고 강제 급식 때문에요?"

"어떤 사람들은요." 채소를 썰어 커다란 냄비에 넣기 시작하면서 리지가 말했다. "그 여자들이 일을 망쳐놓고 있다고 하는 사람들도 있고요. 꿀을 써서 잡아야 파리가 더 많이 잡힌다면서요."

"그럼 그 사람들은 그 여자들한테 일어나고 있는 일이 당연하다고 생각하는 거예요? 그건 고문이에요."

"어떤 사람들은 사람이 굶어 죽게 놔둬서는 안 된다고 생각해요."

"리지는 어떻게 생각해요?"

리지가 고개를 들었다. 양파 때문에 눈 가장자리가 빨개지고 눈물로 젖어 있었다. "저는 그렇게 용감하지 못할 것 같네요."

내 질문에 대한 대답은 아니었지만, 자신에게 정직해진다면 나 역시 똑같은 말을 했을 것이었다.

1910년 4월 11일

생일 축하해, 나의 소중한 에즈미.

네가 벌써 스물여덟 살이라니 믿을 수가 없구나. 나도 이제 나이를 많이 먹었나 봐. 올해는 너의 지속적인 관심사를 고려해서 에밀리 데이비스의 책 한 권을 동봉한다. 에밀리는 우리 어머니의 친구분이셨고, 오십 년간 참정권 운동에 참여해오신 분이야. 팽크허스트 부인과는 전혀 다른 방식으로 운동을 하고 있고, 여성 교육이 가져오는 평등 효과를 굳게 믿는 분이란다. 이분의 주장들은 상당히 설득력이 있어. 네가 『여성에 관한 몇 가지 질문들에 대한 생각』을 읽어보면 학위를 따고 싶다는 생각이 들지도 모른다고, 나는 그렇게 바라고 있다. 이런 생각을 하다 보니 네 편지가 떠오르더구나.

아침식사를 하며 네 편지를 소리 내 읽었어. 베스와 나는 너의 관심사에 대해서는 같은 의견이란다. 네가 느끼는 것 같은 무력감을 우리는 느끼지 않지만 말이야.

이건 새로운 싸움이 아니고, 에멀린 팽크허스트의 여성 군대는 확실히 운동에 대한 대중의 관심을 끌어모으겠지만, 어쩌면 만족스러운 결과를 앞당기지 못할 수도 있단다. 우리는 머지않아 투표권을 얻겠지만, 그게 싸움의 끝은 아니야. 투쟁은 계속될 거고, 기꺼이 굶주릴 준비가 된 여성들에게만 의존해서 투쟁을 할 수는 없어.

우리 할아버지는 옛날 '보통 선거권'을 두고 당대의 정치적 논쟁이 벌어졌을 때 여성의 투표권에 대해 기탄없이 발언을 하시는 분이었단다. 우리의 사전이 '보통Universal'을 어떻게 정의할지 궁금하구나. 그때는 그 말이 인종이나 경제적 수입, 혹은 재산과 관계없이 모든 성인을 뜻했단다. 하지만 여성을 의미하지는 않았고, 할아버지는 이 점을 비판하셨어. 오래 걸리는 운동이 될 거라고 그때 할아버지는 말씀하셨어. 그리고 성공하기 위해서는 여러 방면에서 투쟁을 해야 한다고도.

너는 겁쟁이가 아니야, 에즈미. 어떤 젊은 여성이든 자기가 신념으로 인해 잔인한 대우를 받지 않는다고 해서 그런 단어를 떠올린다고 생각하면, 나는 너무 고통스럽구나. 틸다가 여성사회정치연합 운동을 한다면, 그건 틸다에게 완벽하게 어울려. 틸다는 배우고, 관객의 마음을 움직이는 법을 잘 알지. 만약 도움이 되고 싶다면, 너는 네가 언제나 해오던 일을 계속하면 돼. 너는 전에 어떤 단어들은 단지 기록이 되었다는 이유만으로 다른 단어들보다 중요하게 여겨진다고 했었지. 너는 그런 생각을 함으로써, 교육받은 남성의 말들이 여성을 포함해 교육받지 못한 계층의 말들보다 중요하게 여겨지는 현상에 대해 자연스럽게 문제 제기를 했던 거란다. 사랑하는 에즈미, 네가 잘하는 일을 하렴. 우리가 사용하는 언어를 들여다보고 기록하렴. 여성의 참정권 문제가 해결된 다음에는 그보다 덜 가시화된 불평등 문제들을 드러내는 일도 필요해질 거야. 깨닫지 못했겠지만, 너는 이미 이 운동에 참여하고 있는 거란다. 우리 할아버지가 말씀하셨듯 이건 오래 걸리는 싸움이 될 거야. 네가 실력을 발휘할 수 있는 위치에서 싸우고, 다른 사람들도 각자의 싸움을 하게 두렴.

이제 다른 소식으로 넘어갈게. 침묵이 최선의 방법일지, 나는 오랫동안 어렵게 고민해봤단다. 그런데 베스가 침묵은 근심으로 채워진 허공일 뿐이라고 나를 설득하더구나. 세라가 편지를 썼는데, 자기네 가족이 애들레이드에 편안하게 정착했고, 꼬마 메건이 쑥쑥 자라고 있다고 하더라. 여기에 관해서는 할 얘기가 더 있지만, 네가 물어볼 때까지 기다릴게.

이것도 네 질문들과 관계가 없지 않은데, 세라는 처음으로 선거에 참여해 투표를 했다는구나! 놀랍지 않니? 사우스 오스트레일리아 여성들은 지난 십오 년 동안 이 권리를 행사해왔어. 내가 모은 정보로는 그들 중 누구도 유리창을 깨거나, 권리를 위해 단식을 할 필요가 없었단다. 그 훌륭한 여성들 중 일부는 운동을 지지하기 위해 영국으로 오기도 했다는 걸 너도 당연히 알겠지. 여성 관람석 쇠창살에 자기 몸을 묶고 하원에서 발언을 했던 젊은 여성을 기억하니? 그래, 그 사람이 애들레이드 출신이었단다. 모든 면에서 볼 때 사우스 오스트레일리아는 여성 참정권 때문에 더 나빠지지 않았어. 반대로, 세라가 편지에도 썼는데, 더위에 익숙해지기만 하면 무척 살기 좋은 곳이래. 사회는 어떤 식으로도 나빠지지 않은 것 같아. 여기서도 같은 일이 일어나는 건 시간 문제일 거야.

작별 인사를 하기 전에, 베스가 『용기병의 아내』가 막 중쇄를 찍었다는 소식을 너에게 전해달라고 하는구나. 참정권 투쟁이 정신없이 사랑에 빠지게 하는 로맨스와 양립 불가능한 것은 아닌 것 같다. 인간은 복잡한 종이니까 말이야.

너의 디트로부터

메건. 메그. 메기메이.

내 딸에게는 이름이 있었고, 쑥쑥 자라고 있었다. 내가 알 필요가 있는 것은 그게 전부였다. 내가 울음을 터뜨리지 않고 가질 수 있는 전부.

생일이 두 번 더 지나갔다. 메건은 세 살이 되었고, 다시 네 살이 되었다. 내 딸에 대한 이야기는 한때 릴리에 관한 이야기가 그랬듯, 디트 고모가 해마다 내게 보내는 선물의 일부가 되었다. 고모는 책이나 편지와 함께 내 딸의 첫 번째 걸음마, 그애가 첫 번째로 한 말들에 관한 이야기 같은 것들을 보내곤 했다. 책 읽기는 언제나 나중으로 미뤄졌고, 고모의 소식들은 금세 잊혔다. 나는 일상을 살아갈 힘을 되찾기 위해 싸웠다.

1912년 12월

해가 갈수록 시간은 스크립토리엄에 미묘한 방식으로 흔적을 남겼다. 책들은 더 높이 쌓였고, 늘어난 쪽지들을 넣을 분류함도 더 설치되었으며, 선반들 때문에 로스프리스가 집에서 가져온 낡은 의자가 들어갈 구석자리가 만들어졌다. 그곳은 메일링 씨가 외국어로 된 자료를 읽어야 할 때 애용하는 은신처가 되었다. 분류 테이블 주위에 둘러앉은 사람들의 수염은 조금 더 하얘졌고, 머리 박사님의 수염은 더욱 길어졌다.

절대 시끄러운 곳은 아니었지만, 스크립토리엄에는 한데 모여 마음을 안정시키는 낮은 소음을 만들어내는 소리들의 앙상블이 있었다. 종이 넘기는 소리, 펜이 종이를 긁는 소리, 그리고 지문처럼 제각기 다른, 좌절할 때 내는 소리들에 나는 익숙했다. 어떤 단어가 속을 썩이면, 머리 박사님은 툴툴거리면서 의자에서 내려와 문간으로 가서 가슴 가득 공기를 들이마시곤 했다. 댕크워스 씨는 연필을 메트로놈처럼 두드리곤 했는데, 그 느린 딱 딱 소리가 그의 생각의 리듬을 드러내주었다. 아빠는 어떤 소리도 내지 않고 뚝 멈췄다. 안경을 벗고 콧등을 문지르고는, 손으로 턱을 괴고 천장을 바라보곤 했다. 마치 나와 저녁식사를 하다가 나눈 대화 때문에 난처해지면 그럴 때처럼.

엘시와 로스프리스에게는 같이 다니는 소리가 있었고, 나는 두 사람의 치맛단이 마룻바닥에 스치는 소리, 부주의하게 떨어져 있던 단어 쪽지를 줍는(이런 횡재라니, 나는 종종 생각했고, 아무도 줍지 않으면 내가 주울 작정으로 쪽지의 운명을 지켜보곤 했다) 소리를 듣는 게 좋았다. 머리 박사님네 여자애들은—우리 모두 서른을 넘겼는데도, 나는 아직도 그들을 이런 단어로 떠올렸다—라벤더와 장미 향기로 공기를 어지럽히기도 했다. 나는 더러 꼼꼼하지 못한 남자들의 위생 상태에 맞서 그 향기를 강장제처럼 들이마시곤 했다.

가끔씩 스크립토리엄에서 움직임이 사라지고, 조용해지고, 나 혼자만 있게 되는 일이 생겼다. 보통 분책 출간 직전에 있는 일이었다. 편집자들과 연차 높은 조수들이 올드 애슈몰린 빌딩에서 만나 마지막까지 남은 논란거리들을 해결하곤 했고, 엘시와 로스프리스는 그런 날을 다른 곳에 다녀올 기회로 활용했다.

보통 스크립토리엄에 혼자 남으면, 나는 테이블과 선반 사이를 천천히 걸어 다니며 보물찾기 하듯 조그만 쪽지들을 찾아다녔다. 하지만 이날 나는 유달리 바빴다. 리지의 방 트렁크에서 더 많은 쪽지들을 훑고 분류하며 아침 차 마시는 시간을 보냈고, 이제 목록으로 만들고 싶은 여자들의 단어가 조그맣게 한 묶음 생긴 참이었다.

나는 책상 뚜껑을 열고 내 단어들의 분류함으로 쓰는 구두 상자를 꺼냈다. 상자는 작은 쪽지 묶음들로 반쯤 차 있었는데, 각각의 묶음에는 하나의 단어와 함께 다양한 여성들에게서 온 그 단어의 의미와 인용문이 핀으로 함께 꽂혀 있었다. 나는 새로운 쪽지들을 책상에 펼쳐놓았다. 어떤 쪽지들은 내가 이미 정의를 내린 단어들에 속하는 것이었다. 다른 쪽지들은 새로웠고, 대표 쪽지가 필요했다. 나는 이 부분이 제일 즐거웠다. 한 단어의 모든 이형異形들을 비교하면서 어떤 것을 표제어로 놓을지 결정하고, 거기 어울리는 정의를 만들어보는 일. 이 과정에서 나는 결코 혼자가 아니었다. 그 단어를 사용하던 여자들의 목소리가 어김없이 나를 이끌어주곤 했다. 그 목소리가 메이블일 때는 시간을 조금 더 들였다. 내가 의미를 제대로 파악했는지 확실히 하고, 내가 해냈을 때 메이블이 짓던 잇몸 미소를 상상해야 했으니까.

리지의 바늘방석은 이제 내 책상 위에 놓여 있었고, 나는 '쓸모없는 놈Git'에 대한 인용문들을 고정하려고 거기서 핀을 하나 뽑았다. 제일 먼저 인용문을 준 사람은 틸다였지만, 메이블도 자기가 좋아하지 않는 남자에 관해 말할 때면 언제든 그 단어를 즐겨 썼다. 리지조차도 가끔 그 말을 썼다. 그러니 그건 모욕은 맞지만 저속하지는 않은 말이었다. 또, 메이블은 그 말을 스타일스 부인에게는 절대 쓰지 않았으니, 그건 오직 남자만 가리키는 말이었다. 나는 쪽지들의 한쪽 모서리에 핀을 찔러 넣고 머릿속으로 대표 쪽지를 작성하기 시작했다.

"이게 뭐죠?"

핀이 엄지손가락을 찔렀고, 나는 숨이 멎을 만큼 놀랐다. 고개를 들었다. 댕크워스 씨가 내 옆에 서서 책상 위에 어지럽게 놓인 쪽지들을 들여다보고 있었다. 단어들이 무방비 상태로 노출되었다. 분명히 내가 작업하기로 되어 있던 단어들은 아니었다.

"아무것도 아니에요." 쪽지들을 다시 묶음으로 만들어 쌓으려고 애쓰면서, 댕크워스 씨에게 미소를 지으며, 내가 얼마나 멍청해 보일지 느끼면서, 내가 말했다. 학교 책상 앞에 앉아 찍소리 못 하고 있는 다 큰 여자라니.

그가 단어들을 더 가까이 들여다보려고 몸을 조금 굽혔다. 나는 의자를 뒤로 밀려고 했지만 그럴 수 없다는 사실을 깨달았다. 잠시, 그가 검열하는 시선으로 훑어보는 동안 나는 그와 책상 사이에 갇혀 있었다.

"아무것도 아닌 거면 왜 하고 있죠?" 그가 물으며 내 위로 몸을 기울여서, 나는 그를 피하려고 몸을 구부려야 했다. 그가 쪽지 무더기를 집어 들었다.

갑작스러운 기억 하나가 저절로 떠올랐다. 시간과 친절한 마음들 밑에 묻어두었다고 믿었던 기억이었다. 나는 지금보다 작았고, 책상은 비슷했다. 그러나 다음에 일어날 일에 대해 어떻게도 할 수 없으리라는 느낌만은 너무 강렬하게 생생했다. 숨이 찼다. 나는 내 인생이 내가 관찰한 아주 많은 여자들의 삶과는 다르게 펼쳐질 거라고 상상하곤 했다. 하지만 그 순간, 나는 그들과 똑같이 억압받고 있다고, 무력하다고 느꼈다.

그다음엔 분노가 치밀었다.

"댁한텐 아무것도 아닌 거고요." 내가 말했다. "하지만 중요한 일이에요." 나는 댕크워스 씨가 어쩔 수 없이 비켜날 때까지 더 힘을 실어 의자를 밀어냈다.

나는 그에게 가까이 다가가 섰다. 마치 그와 내가 키스하기 직전인 것처럼. 그의 이마에는 영원히 집중 상태에 머물러 있는 것처럼 주름살이 가득했고, 뻣뻣한 흰머리 여러 가닥이 매끈하고 검고 완벽한 옆머리 한쪽에서 삐져나와 있었다. 나는 그가 통제되지 않는 그 머리카락들을 뽑아버리지 않은 게 놀라웠다. 그가 비틀거리며 물러났다. 내가 쪽지를 달라고 손을 내밀었지만, 그는 내주지 않았다.

그는 내 쪽지들을 들고 분류 테이블 쪽으로 향했다. 그런 다음 그것들을 한 벌의 카드처럼 테이블 위에 펼쳐놓았다. 그는 쪽지들을 더듬으면서 이리저리 옮겨놓았다. '거칠게 다루기 Manhandling', 나는 생각했다. 그가 가버리면 그 단어로 쪽지를 한 장 쓸 생각이었다.

댕크워스 씨가 움직임을 멈추더니, 마치 가치를 평가하는 것처럼 단어를 한두 개 읽었다. 그의 내면에 있는 언어학자가 흥미를 느끼는 순간을 나는 알아볼 수 있었다. 먼저 이마의 주름들이 펴지고, 꾹 다물었던 입술이 느슨해졌다. 그와 내가 무언가 공통점이 있다고 생각했던 드문 순간들이 떠올랐다. 그가 내 단어들을 오래 들여다볼수록, 내가 과잉반응을 했나 하는 생각이 자꾸 들었다.

어깨가 제자리로 내려오고 턱도 편안해졌다. 여자들의 단어에 대해, 사전에 있어야 할 그 말들의 자리에 대해, 그 단어들을 배제한 방식의 잘못된 점에 대해, 누군가와 이야기를 나누고 싶다고 나는 얼마나 간절히 바랐던가. 그 순간 나는 댕크워스 씨와 내가 동류라고 상상했다.

갑자기 그가 순서를 전혀 신경 쓰지 않고 쪽지들을 한데 쓸어 모았다. "옳은 부분도 있고 틀린 부분도 있네요, 니콜 양." 그가 말했다. "댁의 프로젝트는 나한테는 아무것도 아니고, 또 중요한 일도 아닙니다."

나는 너무 어이가 없어 대답할 수가 없었다. 그가 건네주는 쪽지 무더기를 받다가 나는 손이 떨려 떨어뜨리고 말았다.

댕크워스 씨는 먼지 쌓인 마룻바닥 위에 흩어진 쪽지들을 쳐다보았지만, 주우려고 손 하나 까딱하지 않았다. 대신에 그는 분류 테이블로 돌아갔고, 자기 문서들을 뒤지더니, 무엇인지는 몰라도 원하던 것을 찾아서는 나가버렸다.

내 손의 떨림이 온몸 구석구석으로 번져나갔다. 쪽지들을 주우려고 무릎을 굽혔지만 어떤 순서로도 그것들을 정리할 수가 없었다. 집중이 되지 않았고, 그 단어들에 어떤 의미도 없는 것 같았다. 스크립토리엄 문이 다시 열리는 소리를 들었을 때, 나는 댕크워스 씨일 거라는 두려움에, 그가 내 무릎 꿇은 모습을 보게 될 거라는 치욕스러움에 눈을 질끈

감았다.

누군가가 몸을 구부리고 내 곁에 앉아 쪽지들을 줍기 시작했다. 손가락이 길고 아름다웠는데, 왼손 엄지손가락은 모양이 좀 달랐다. 개리스, 조판공. 전에도 이런 적이 있었다는 기억이 희미하게 떠올랐다. 그는 쪽지를 한 장 한 장 집어 올리더니 일일이 먼지를 털어 내게 건네주었다.

"분류는 나중에 하면 돼요." 그가 말했다. "지금은 줍기만 하고, 얼른 이 차가운 바닥에서 일어나요."

"제 잘못이었어요." 나는 나도 모르게 중얼거렸다.

개러스는 대답하지 않았고, 계속 묵묵히 쪽지를 건네주기만 했다. 내가 그의 활자를 훔친 뒤로 몇 년이 지났다. 그의 호의에도 불구하고, 나는 예의 바른 지인 관계 이상의 무언가가 되려는 걸 가까스로 계속 막아내고 있었다.

"이건 그냥 취미예요. 사실은 여기 속한 단어들이 아니에요."

개러스는 잠시 움직임을 멈췄지만 여전히 아무 말도 하지 않았다. 그는 마지막 쪽지를 주워 손가락으로 그 위를 짚어가며 단어를 소리 내 읽었다. '멍청이Pillock'. 그가 미소를 지으며 고개를 들었다. 눈가에서 주름이 사방으로 번져나갔다.

"이 말이 어떻게 쓰이는지 보여주는 예가 있어요." 쪽지에 적힌 인용문을 보여주려고 몸을 더 가까이로 굽히며 내가 말했다.

"그런 것 같네요." 그가 인용문을 읽으며 말했다. "그런데 틸다 테일러는 누구예요?"

"그 단어를 사용한 여성이에요."

"이 말들은 사전에는 없는 거지요, 그럼?"

나는 굳었다. "네. 그중 어떤 단어도요."

"하지만 상당히 많이 쓰이는 단어들도 있네요." 그가 쪽지들을 골라내며 말했다.

"그런 말들을 쓰는 사람들 사이에서는 많이 쓰이죠. 하지만 많이 쓰인다는 건 사전에 들어가기 위해 필요한 조건이 아니라서요."

"누가 이런 말들을 쓰죠?"

바로 몇 분 전에는 피하고 싶었던 싸움을 나는 이제 할 준비가 되어 있었다. "가난한 사람들이에요. 커버드 마켓에서 일하는 사람들. 여자들. 그래서 이 말들은 기록되지 않았고, 그래서 사전에서 제외되었죠. 이따금씩 기록이 되기도 하지만, 예의 바른 사람들 사이에선 쓰이지 않으니까 또 제외가 되죠." 나는 지쳐 있었지만, 반항심은 불끈 솟아올랐다. 내 손은 계속 떨리고 있었지만, 나는 계속할 준비가 되어 있었다. 나는 개러스의 눈을 들여다보았다. "이 단어들은 중요해요."

"그럼 잘 보관해두는 게 좋겠네요." 마지막 쪽지를 건네주고 일어서며 개러스가 말했다. 그는 손을 내밀어 나를 바닥에서 일으켜주었다.

나는 쪽지들을 다시 책상으로 가져가 뚜껑 밑에 밀어 넣었다. 그런 다음 개러스에게로 돌아왔다. "그런데 오늘은 무슨 일로 오신 거예요?"

그는 가방을 열고 가장 최근에 작업한 분책의 교정지들을 꺼냈다. "'잠Sleep부터 구멍 낚시질을 하다Sniggle까지'예요." 그가 교정지를 허공에 들어 보이며 말했다. "수정할 게 너무 많지만 않으면 크리스마스 전에 인쇄에 들어갈 수도 있겠어요." 그는 웃었고, 고개를 끄덕여 인사를 했고, 머리 박사님의 책상에 교정지를 가져다놓은 다음 스크립토리엄을 나갔다. 몸을 돌려 다시 한번 미소 지을 줄 알았는데, 그러지 않았다. 만약 그가 미소 지었다면, 나는 수정이 많을 것 같다고 얘기했을 것이다.

점심식사 후에 모두가 스크립토리엄으로 돌아왔고, 나는 댕크워스 씨가 나를 일러바치기를 기다렸다. 다른 데로 멀리 보내지기에는 나는 너무 나이가 많았지만, 열 가지가 넘는 다른 처벌을 상상해볼 수 있을 만큼 시간은 충분했고, 주변은 조용했다. 어떤 상상 속 처벌이든 내 주머니를 뒤집어 보이는 치욕에서 시작해서 다시는 스크립토리엄에 오지 못하게 되는 것으로 끝났다.

하지만 댕크워스 씨는 머리 박사님에게 내 단어들 이야기를 하지 않았다. 며칠 동안 책임 편집자와 이야기를 나눌 이유가 그에게 생길 때마다 나는 숨을 죽이고 지켜보았지만, 그들은 한 번도 내 쪽을 쳐다보지 않았다. 댕크워스 씨에게는 내 단어들만 무의미했던 게 아니고, 내가 사전 일을 해야 할 시간에 그 단어들을 가지고 시간을 보내고 있었다는 사실조차 아무런 의미도 없었다는 것을 나는 깨달았다.

나는 철자법에 관해 묻는 편지 한 통에 답장을 쓰고 있었다. 『음담패설의Ribaldric부터 로머나이트Romanite까지』가 출간된 뒤로 너무 흔해진 질문이었다. 편지를 쓴 사람은 물었다. '라임'의 철자로 'rhyme'이 그렇게 널리 쓰이는데, 왜 새로 나온 사전은 'rime'을 더 선호합니까? 저의 습관과 분별력은 전자를 쓰라고 고집하는데요. 제가 무식한 걸까요? 그 질문에는 적합한 답이 없었으므로 그건 보람 없는 일이었다. 개러스의 자전거가 내는 친숙한 소리가 그 일을 그 상태로 놔둘 충분한 이유가 되어주었다. 나는 펜을 내려놓고 문 쪽을 쳐다보았다.

몇 주 전 바닥에서 내 단어들 줍는 걸 도와준 뒤로, 세 번째 스크립토리엄 방문이었다.

"참 괜찮은 청년이네." 개러스가 인사하는 걸 처음 봤을 때, 아빠가 말했었다.

"포프 씨나 쿠싱 씨처럼 괜찮은가요?" 내가 물었다.

"무슨 뜻으로 물어보는 건지 정말 모르겠구나." 아빠가 말했다. "그 사람 현장 감독 아니니. 하트 씨가 표기법에 관해 믿고 당부해두는 몇 안 되는 사람 중 하나야." 아빠는 나를 바라보더니 눈썹을 치켜올렸다. "하지만 보통 그런 대화는 출판국에서 나눌 텐데 말이지."

문이 열리고 연한 햇빛이 밀려들었다. 조수들이 고개를 들었고, 아빠는 고개를 끄덕여 인사를 하고는 내가 있는 쪽을 힐끗 보았다. 머리 박사님이 의자에서 내려왔다.

너무 멀리 있어서 그들의 대화가 들리지는 않았지만, 개러스가 교정지의 한 부분을 가리키며 머리 박사님에게 무언가를 설명하고 있었다. 머리 박사님이 동의를 표하는 게 보였다. 그는 질문을 하고, 고개를 끄덕이고는, 개러스를 자기 책상으로 불렀고, 두 사람은 함께 다른 몇몇 페이지를 점검했다. 나는 댕크워스 씨가 그 둘 사이에서 벌어지는 일 일체를 애써 무시하고 있다는 것을 느낄 수 있었다.

머리 박사님이 하트 씨에게 보낼 메모를 빠르게 쓰는 동안 개러스는 옆에서 기다렸다. 메모가 완성되고 개러스가 그것을 가방에 넣자, 두 사람은 함께 정원으로 걸어 나갔다.

나는 문 너머 그들을 보았다. 머리 박사님은 아침 내내 교정지 위로 몸을 굽히고 있었을 때면 종종 그랬던 것처럼 기지개를 켰다. 그들의 태도가 조금 더 친밀하게 변했다. 하트 씨가 과로로 편찮으시다고 아빠에게서 들었기에, 두 사람이 걱정을 하고 있으리라고 짐작했다.

머리 박사님이 혼자 스크립토리엄으로 돌아왔다. 내 폐에서 너무 깊은 한숨이 나와 나는 깜짝 놀랐다. 박사님이 문을 열어둬서 12월의 시원한 공기가 들어와 테이블 사이를 돌기 시작했다. 조수 두 명이 재킷을 걸쳐 입었다. 로스프리스는 어깨 위에 숄을 둘렀다. 나는 시원한 공기가 정신을 날카롭게 유지해준다는 머리 박사님의 생각에 보통은 동의하지 않았지만, 제대로 생각을 하기에는 몸이 너무 뜨거웠고, 이번만큼은 찬 바람이 반가웠다. 나는 'rime'의 철자를 정당화하는 임무로 돌아갔다.

"이거 드릴게요." 개러스의 목소리가 들렸다.

그 순간 나는 고개를 들 수가 없었다. 내 몸에 가득했던 열기가 이제 얼굴로 몰려오고 있었다.

"수집하는 데 넣으시면 어떨까 해서요. 우리 엄마가 쓰던 단어 중 하나예요. 엄마는 항상 이런 식으로 이 말을 했는데, 출판국에 있는 교정지에서는 찾을 수가 없었어요." 그의 목소리는 조용했지만, 내게는 모든 단어가 또렷이 들렸다. 여전히, 고개를 들 수가 없었다. 말을 할 자신이 없었다. 대신, 나는 개러스가 내 앞에 놓은 단어 쪽지에 집중했다. 문에서 가장 가까운 선반에 보관된 빈 쪽지 묶음에서 한 장을 빼낸 게 틀림없었다. 그 단어는 가장 흔하게 쓰이는 말 중 하나였지만, 의미가 달랐다. 어린 시절, 그 단어를 듣던 때가 기억났다.

양배추CABBAGE

"이리 오렴, 우리 귀여운 양배추, 와서 안아주렴."

—데리스 오언

데리스, 아름다운 이름이었다. 그 문장은 꼭 리지의 입에서 나온 것 같았다.

"엄마들한텐 모두 자기만의 단어들이 있어요, 그렇지 않아요?" 그가 말했다.

"사실은, 저는 잘 몰라요." 나는 아빠를 건너다보았다. "저는 엄마를 모르고 자랐어요."

개러스는 놀란 것 같았다. "아, 죄송해요."

"아뇨, 괜찮아요. 상상이 되시겠지만, 단어에 관해서라면 저희 아버지도 자기만의 방식이 있으시거든요."

그가 웃었다. "그래요, 그러시겠네요."

"그리고 그쪽 아버지는요?" 내가 물었다. "출판국에서 일하시나요?"

"출판국에서 일한 건 엄마였어요. 제본소 직원이었죠. 제가 열네 살 때 저를 위한 수습 과정을 만드셨어요."

"그럼 아버지는요?"

"저랑 엄마뿐이었어요."

나는 내 손에 들린 쪽지를 보고, 이 남자를 '우리 귀여운 양배추'라고 불렀을 여성을 상상해보았다. "쪽지 감사합니다." 내가 말했다.

"제가 당신을 찾아내서 기분 상하지 않았으면 좋겠네요."

나는 분류 테이블을 쳐다보았다. 내 책상 쪽을 몰래 흘끔거리는 시선이 한둘 있었고, 아빠의 눈은 변함없이 작업에 고정돼 있었지만, 얼굴에는 기묘한 미소가 떠올라 있었다.

"찾아내주셔서 무척 기뻐요." 그의 얼굴을 들여다보며 내가 말하고는, 재빨리 쪽지로 눈을 돌렸다.

"그럼, 다음에도 그럴게요, 꼭."

그가 떠나자 나는 책상 뚜껑을 열고 개러스의 이름이 적힌 쪽지를 발견할 때까지 구두 상자 속 쪽지들을 뒤졌다.

1913년 1월

보들레이언 도서관 쪽으로 자전거를 타고 가는데 순교자 기념관 근처에 사람들이 많이 모여 있었다. 늘 하듯 파크스 로드 쪽으로 갔으면 피할 수도 있었겠지만, 그 대신 나는 밴버리 로드를 쭉 따라가는 길을 택했고, 결국 군중 때문에 돌아 나와야 했다.

옥스퍼드 전역에 공고가 붙어 있었다. 전단지가 길거리에 흩어져 있었고, 모든 신문에는 지지하거나 반대하는 기사가 실렸다. 옥스퍼드의 참정권 운동 단체들이 세인트 클레먼트에서 순교자 기념관까지 평화 행진을 하기 위해 모이고 있었다. 행진이 시작될 때까지는 몇 시간쯤 남아 있었지만 구조물들은 이미 설치되고 있었고, 사람들도 벌써 기대하며 들떠 있었다. 축제가 될 수도 있겠지만, 공기 중에는 몰려오는 천둥 번개의 타닥거리는 소리가 희미하게 떠돌았다.

보들레이언 도서관에는 평소보다 사람이 적었다. 나는 예술 서고의 선반들을 검색하며 시간을 보냈다. 머리 박사님이 확인해달라고 부탁한 책들은 낡은 책들이었고, 인용문들은 페이지 위에서 거의 외국어나 마찬가지라 실수하기 쉬워 보였다. 나는 죽은 지 오래된, 수 세대에 걸친 학자들에 의해 닳아서 반들반들해진 어느 벤치에 앉아 그들 중 몇 명이나 여성이었을까 생각했다.

나는 자전거를 타고 왔던 길을 되돌아갔다. 행렬이 도착해 있었고, 군중은 불어나 있었다. 여자들이 남자들보다 세 배쯤 많았지만, 나를 놀라게 한 건 거기 있는 남자들이었다. 다양했다. 넥타이를 맨 남자들과 매지 않은 남자들. 여자들과 팔짱을 끼고 있는 남자들. 혼자 서 있는 남자들. 모자를 쓰고 칼라 없는 옷을 입은, 작은 무리를 짓고 모여 몸 앞으로 팔짱을 끼고, 다리는 넓게 벌리고 선 남자들.

나는 세인트 메리 맥덜린 교회 옆에 있는 작은 묘지의 울타리에 자전거를 기대세워놓고는 군중의 가장자리에 가서 섰다.

행진에 관해 읽었을 때 나는 틸다가 행진에 참여하러 옥스퍼드로 돌아오기를 바랐다. 틸다에게 편지를 쓰면서 전단지 한 장을 첨부했다. 순교자 기념관 가까이에 있는 작은 교회 근처에서 기다릴게요.

틸다는 엽서에 답장을 적어 보냈다.

만날 수 있을 거예요. 여성사회정치연합은 초대받지 못했지만요. (옥스퍼드의 교육받은 여성 대다수가 팽크허스트 부인의 방식을 환영하지 않거든요.) 그렇지만 에즈미가 여성 공동체에 합류했고, 우리의 합성에 목소리를 더할 거라니 기뻐요. 이제 우리의 시간이 온 거죠.

한 여자가 순교자 기념관 근처에 세워진 연단에서 연설을 하고 있었다. 하지만 내가 서 있는 곳에서는 누군지 알아보기 어려웠고, 야유 때문에 말하는 소리가 거의 들리지 않았다. 전단지에는 '방해 세력에게 절대로 관심을 주지 말 것'이라는 지시 사항이 적혀 있었고, 연설하는 사람을 지지하는 여성과 남성 대부분은 그 지시를 그대로 따르고 있었다. 하지만 욕하는 사람들이 많아서, 군중의 사방 구석구석에서 소리를 질러댔다. 세인트 존스 대학의 열린 창문 안쪽에 놓인 축음기에서 음악이 울려 나오기 시작했다. 연설자의 연단 옆에 있던 한 무리의 남자들이 파이프 담배 연기 구름을 피워 올렸다. 또 다른 무리가 너무도 큰 소리로 노래를 부르기 시작해서, 다른 것은 아무것도 들리지 않았다. 사람들의 가장자리에서, 나는 기이하게도 취약해졌다는 느낌이 들었다.

순교자 기념관 근처에 있던 사람들이 움직였다. 나는 무슨 일이 일어나는지 보려고 까치발을 하고 섰고, 사람들의 바다를 뚫고 소동이 번져 나가는 것을 보았다. 소동은 내 쪽으로 다가왔지만, 나는 두 명의 남자가 팔이 서로 얽힌 채 서로에게 주먹을 날려대며 내 앞에 나타났을 때에야 그게 무엇을 의미하는지 알게 되었다. 셔츠와 타이 차림의 남자의 덩치가 더 컸지만, 그의 팔은 허공을 때렸고 주먹은 계속해서 목표를 벗어났다. 상대방 남자는 조금 더 정확하게 공격했다. 추운 날씨에도 그는 재킷을 입지 않았고, 셔츠 소매는 팔꿈치 위로 걷어붙이고 있었다. 나는 뒤로 물러났지만, 맥덜린 스트리트는 여전히 포화 상태였고, 내 몸은 교회 묘지 울타리에 기대선 자전거들 있는 곳까지 밀어붙여졌다.

말을 탄 경찰이 사람들을 뚫고 나가는 게 보였다. 말들에 놀란 군중이 갈라졌다. 사람들이 뛰기 시작했다. 절반쯤은 브로드 스트리트 쪽으로, 다른 절반쯤은 세인트 자일스 쪽으로. 나는 한 걸음 앞으로 나섰다가 내 발에 걸려 넘어졌다. 여자 구두와 남자 구두. 진흙이 튀어 더러워진 드레스 밑단. 나는 일으켜 세워졌다가 다시 주저앉았다. 내가 모르는 두 여자가 나를 잡아 일으키고는 집에 가라고 했지만, 나는 얼어붙은 채 가만히 서 있었다.

"썅년!"

내 얼굴에 닿을 듯 가까운 거칠고 붉은 얼굴. 몇 년 전에 부러져서 제자리에 돌아오지 않은 듯한 코. 그다음엔 한 덩어리의 침. 숨을 쉴 수가 없었다. 나 자신을 보호하려고 양팔을 얼굴 앞으로 가져왔지만, 내가 예상한 일격은 가해지지 않았다.

"야! 저리 비켜."

여자의 목소리였다. 시끄럽고 분노에 찬…… 그리고 부드러운 목소리. "겁쟁이들 같으니." 여자가 말했다. 단어들과 어조가 어딘가 귀에 익었다. 나는 팔을 내리고 눈을 떴다. 틸다였다. 틸다가 나를 멀리 끌고 가서 내 뺨에서 침을 닦아주었다. "아내가 더 이상 말 안 들을까 봐서 벌벌 떠는 것들." 틸다가 손수건을 땅에 집어던지고 한 걸음 물러났다.

"에즈미. 그 어느 때보다 아름답네요." 내 표정을 본 틸다가 웃음을 터뜨렸다.

우리 옆에서 또 다른 몸싸움이 시작되었고, 그 싸움이 정신을 분산시켜줘서 나는 잠깐 동안 고마웠다. 그러다가 싸우고 있는 사람의 얼굴을 봤다.

"개러스?"

그가 고개를 돌리는 바람에 상대방 남자가 기회를 잡았다. 거친 주먹이 개러스의 입에 꽂혔고, 비열한 웃음이 남자의 얼굴에 번져나갔다. 남자의 부러진 코를 나는 알아보았다. 개러스는 어찌어찌 두 발로 서서 버텼지만, 상대방은 보복당하기 전에 도망쳤다.

"입술에서 피가 나요." 개러스가 가까이 다가와 섰을 때 내가 말했다. 그는 입술을 만져보고 움찔했고, 내가 걱정하는 걸 보고 미소 짓더니, 다시 움찔했다.

"죽진 않아요." 개러스가 말했다. "뭘 했길래 그 자식이 그렇게 화가 난 거죠? 당신들 둘한테 거의 일직선으로 달려오고 있더라고요."

"개놈의 새끼." 틸다가 말했다. 개러스의 고개가 틸다 쪽을 향했다. "아, 그쪽 말고요. 그쪽은 빛나는 갑옷을 입은 우리의 기사님이시고요." 틸다가 연극적으로 무릎을 굽혀 인사하며 비웃는 미소를 지었다. 개러스는 그게 무슨 뜻인지 알아차리고 불편한 기색을 내비쳤다.

"틸다." 내가 틸다의 팔을 잡으며 말했다. "여기는 개러스예요. 출판국에서 일해요. 내 친구예요."

"친구?" 틸다가 눈썹을 치켜올리며 말했다.

나는 틸다의 반응을 무시했지만, 개러스의 눈을 똑바로 보지는 못했다. "개러스, 여기는 틸다예요. 몇 년 전에 틸다네 극단이 옥스퍼드에 왔을 때 만났어요."

"만나서 반가워요, 틸다." 개러스가 말했다. "여기는 공연 때문에 오셨나요, 아니면 이것 때문에?" 그는 사람들의 난장판을 둘러보았다.

"에즈미가 저를 초대했어요. 팽크허스트 부인도 사람들의 인식을 높일 기회라고 생각했고요. 그래서 왔어요."

고함을 쳐대는 사람들이 너무도 많았고, 사이렌이 울렸다. 여자들이 브로드 스트리트로 쫓겨 달아났다. "우리, 가야 될 것 같아요." 내가 말했다.

틸다가 나를 껴안았다. "가요. 괜찮을 거라고 생각할게요." 틸다가 말했다. "근데 금요일 저녁 때 올드 톰에는 와요. 못다 한 얘기가 너무 많잖아요." 틸다는 개러스에게 몸을 돌렸다. "그쪽도 와야 돼요. 온다고 약속해요."

개러스가 내 대답을 기다리는 표정으로 나를 보았다. 틸다도 내가 어떻게 대답할지 지켜보며 기다리고 있었다. 마지막으로 틸다를 본 뒤로 시간이 전혀 흐르지 않은 것만 같았다. 용기와 두려움이 내 안에서 싸움을 벌였다. 나는 두려움이 이기지 않았으면 했다.

"당연히 갈게요." 개러스를 돌아보며 내가 말했다. "혹시, 저랑 같이 가실래요?"

미소를 짓는 바람에 그의 찢어진 입술에 말라붙은 연약한 딱지가 벌어졌고, 다시 피가 흐르기 시작했다. 나는 드레스 주머니를 뒤졌지만 손수건을 안 갖고 나왔다는 사실을 깨달았다.

"작은 종잇조각이면 될 거예요." 눈에 담긴 미소가 입술로 번지지 않게 하려고 조심하며 그가 말했다. "면도하다 베인 거랑 별 차이 없어요."

나는 빈 쪽지 한 장을 뽑아 모서리를 뜯어냈다. 셔츠 소매로 입술을 두드리고 있던 그에게 다가가 종잇조각으로 찢어진 자리를 눌렀다. 종이는 금세 붉게 물들었지만 그대로 붙어 있었다.

"그럼, 두 사람 모두 금요일에 봐요." 내게 윙크하며 틸다가 말했다. 그러고는 몸싸움이 집중되고 있는 듯한 브로드 스트리트 쪽으로 향해 갔다.

개러스와 나는 반대 방향으로 향했다.

"에즈미! 맙소사, 무슨 일이에요?" 서니사이드 대문으로 걸어 들어오는 우리를 본 로스프리스가 외쳤다. 그러고는 설명해달라는 눈빛으로 개러스를 보았다.

"순교자 기념관 쪽으로 행진하던 행렬이 통제를 벗어났어요." 그가 말했다.

밴버리 로드를 걸어 올라오는 동안 개러스와 나는 거의 말을 하지 않았다. 틸다가 우리를 뒤흔들어놓았고, 우리를 둘 다 수줍은 상태로 바꿔놓았다.

"그 행렬에서 이런 거예요?" 로스프리스가 물었다. 그러더니 나를 위아래로 훑어보았다. 치마는 찢어지고 흙이 묻었고, 머리는 헝클어졌으며, 좀 전에 남자가 뱉어놓은 증오를 닦아내려고 계속 문질러댄 뺨은 화끈거렸다. "아, 세상에." 로스프리스가 말을 이었다. "엄마가 힐다 언니랑 기네스랑 거기 계셨는데. 동행이 있어서 다행이었네요. 별로 도움이 된 것 같지는 않지만요." 로스프리스가 말했다.

나는 겨우 할 말을 찾아냈다. "아, 아니, 우린 그냥 우연히 만난 거야. 개러스가 거기 왜 가게 된 건지 나는 몰라."

로스프리스는 의심스럽다는 표정으로 개러스와 내 얼굴을 번갈아 보았다.

나는 로스프리스와 눈을 맞추지 못하고 개러스에게 몸을 돌렸다. "거기는 왜 계셨던 거예요?"

"저도 에즈미와 똑같은 이유로 갔어요."

"난 내가 거기 왜 있었는지 모르겠어요." 그에게만큼이나 나 자신에게도 하는 말이었다.

바로 그때 머리 부인이 큰딸과 막내딸과 함께 대문으로 걸어 들어왔다. 그 세 사람 모두 다친 데는 없었지만, 몹시 흥분해 있었다. 로스프리스가 그들을 향해 달려갔다.

개러스는 나와 함께 부엌까지 걸어갔고, 나는 그를 리지에게 소개했다. 그는 무슨 일이 있었는지 설명하는 일을 거들었다.

"입술에 댈 걸 좀 드릴게요." 리지가 깨끗한 헝겊에 물을 적시더니 개러스에게 건넸다.

그는 종잇조각을 떼어내 들어 올리더니 우리 둘에게 보여주었다. "이

것 덕분에 피가 멈춰서 죽지는 않았어요."
"그게 대체 뭐래요?" 종잇조각을 들여다보며 리지가 물었다.
"단어 쪽지 모서리예요." 나를 향해 미소 지으며 개러스가 대답했다.
"있죠, 정말로 감사해요." 내가 말했다. "그 남자는 너무 무서웠어요. 틸다가 당신을 놀린 건 정당하지 않았어요."
"그분은 그냥 절 시험하신 거예요."
"무슨 뜻이죠?"
"제가 옳은 편에 서 있는지 확인하려고요."
나는 웃었다. "옳은 편에 서 계신가요?"
그가 마주 보며 웃었다. "네, 그래요."
그에겐 내게는 없는 확신이 있는 것 같아 보였고, 나의 일부는 부끄러움에 젖었다. "가끔 저는 편이란 게 딱 두 개만 있는 건 아니라는 생각이 들어요." 내가 말했다.
"서프러제트 편을 안 드는 게 현명한 일이에요." 리지가 말했다. "그 여자들은 온갖 폐를 끼치면서 일의 진척을 더디게 만들고 있어요." 리지는 개러스에게 물 한 잔을 건넸다.
"감사합니다, 레스터 양." 그가 말했다.
"리지라고 부르세요. 다른 호칭에는 대답 안 해요."
우리는 그가 물을 단숨에 들이켜는 것을 바라보았다. 물을 다 마시자 그는 잔을 개수대로 가지고 가서 물로 닦았다. 리지가 놀라서 나를 쳐다보았다.
"똑같은 목표에 도달하기 위해서 사람들은 항상 제각기 다른 방법을 선택해왔어요." 개러스가 몸을 돌려 우리를 보며 말했다. "여성 참정권도 다르지 않다고 저는 생각해요."

개러스가 떠나자 리지는 나를 자리에 앉히고 얼굴을 닦아주었다. 내 머리를 빗겨 다시 깔끔하게 틀어 올렸다.

"저런 남자는 처음 봤네요." 리지가 말했다. "아마도 아가씨 아버님을 제외하고는요. 아버님도 자기가 마신 잔을 자기가 씻으시잖아요."

리지는 개러스가 스크립토리엄에 찾아올 때마다 아빠가 지었던 표정을 똑같이 짓고 있었다. 나는 그 표정을 무시했다.

"진짜로 거기 왜 있었던 건지는 말 안 하네요." 리지가 말했다.

리지에게 틸다 얘기를 할 수는 없었다. 틸다는 리지와 내가 피하는 화제 중 하나였고, 그날 일어난 일들은 틸다에 대한 리지의 평가가 나아지는 데 도움이 되지 않을 것이었다. "보들레이언 도서관에 갔다가 집에 돌아오는 길이었어요."

"파크스 로드를 따라서 왔더라면 더 빨랐을 텐데요."

"사람들이 너무 화가 나 있었어요, 리지."

"그래요, 아가씨가 심하게 다치거나 체포되지 않아서 그저 기쁠 뿐이네요."

"그 사람들, 뭐가 그렇게 무서웠던 걸까요?"

리지가 한숨을 쉬었다. "그 사람들은 전부 뭔가 잃어버릴까 봐 무서운 거예요. 아가씨 얼굴에 침을 뱉은 그 남자 얘기를 해보자면, 그런 사람들은 자기네 부인이 지금 가진 것보다 무언가를 더 요구해올까 봐 두려운 거죠. 그런 남자들이랑 결혼한다고 생각하면 시중을 드는 지금이 훨씬 낫다 싶어지네요."

스크립토리엄으로 돌아갔을 때는 해가 거의 저물어 있었다. 틸다의 엽서가 맨 위에 놓여 있었다. 나는 엽서를 다시 읽은 다음 새 쪽지를 한 장 썼다. 중복된 단어였다.

여성 공동체SISTERHOOD

"당신이 여성 공동체에 합류했고, 우리의 함성에 목소리를 더할 거라니 기뻐요."

—틸다 테일러, 1912년

나는 분책들을 뒤졌다. '여성 공동체'는 이미 출간된 단어였다. 그 단어의 첫 번째 의미는 어떤 식으로든 수녀들이 경험하는 자매애를 언급하는 것이었다. 틸다의 인용문은 두 번째 의미에 해당했다. 공통의 목표, 특질, 혹은 소명을 지닌 다수의 여성들을 가리키기 위해 두루 사용됨. 나쁜 의미로 자주 쓰임.

나는 분류함으로 가서 원본 쪽지들을 찾아냈다. 인용문 대부분은 신문 기사에서 발췌한 문장이었다. 모르는 것에 대해 계속 질문하는 여성들에 관한 어느 기사에는 자원봉사자가 "그 꽥꽥거리는 여성 공동체"라는 구절에 밑줄을 그어놓았다. 1909년에 나온 어느 기사를 인용한 가장 최근의 쪽지에는 서프러제트들이 "교육 수준이 높고, 시끄럽게 떠들어대며, 아이가 없고, 남편도 없는 여성 공동체"라고 묘사되어 있었다.

한결같이 모욕하는 투였다. 나는 머리 박사님이 그 문장들을 거절했다는 사실에 감동했다. 그렇긴 했지만, 나는 출간된 그 정의를 "나쁜 의미로 자주 쓰임" 부분만 빼고 새 쪽지에 옮겨 썼고, 그 앞에는 틸다의 인용문을 옮겨 쓴 종이를 핀으로 꽂았다. 그런 다음 그것을 증보판에 들어갈 단어들을 넣어두는 분류함 칸에 넣어두었다.

선반에서 몸을 돌리자 아빠가 나를 지켜보고 있었다.

"신문 기사를 의미의 출처로 사용하는 것에 대해 너는 어떻게 생각하니?" 아빠가 물었다.

"또 뭘 보신 거예요?"

아빠는 미소를 지었지만, 그 미소는 애써 만들어낸 것처럼 보였다. "네가 분류함에 뭘 넣든 난 상관 안 한다, 에시. 네 인용문들이 문서에서 인용된 게 아니라고 해도, 비슷한 무언가를 찾아보도록 이끌어줄 테니까. 우리가 새로운 단어를 가장 근사치에 가깝게 이해할 수 있는 게 신문 기사야. 제임스는 요즘 신문 기사를 출처로 쓰는 일이 정당하다고 지지를 표하는 데 상당히 많은 시간을 할애하고 있단다."

나는 내가 방금 읽은 기사들을 생각해보았다. "잘 모르겠어요." 내가 말했다. "의견보다 나아 보이지 않을 때가 많던데요. 그리고 단어의 뜻을 정의하는 데 의견을 사용하려면 최소한 모든 사람의 의견을 검토해야 되잖아요. 모든 사람한테 자신을 대변해줄 신문이 있는 건 아니죠."

"그렇다면, 어떤 사람들한테는 네가 있는 게 다행이겠구나."

아빠와 나는 거실에 함께 앉아 대화를 하려고 시도했고, 실패했다. 우리 둘 다 누군가 문 두드리는 소리를 간절히 기다리고 있었지만, 상대방에게 티를 내지 않으려고 애썼다. 벌써 여섯시가 다 되어가고 있었다. 아빠는 거리 쪽으로 난 창문을 마주 보고 있었다. 지나가는 사람이 있다는 것이 아빠의 두 눈에 드러날 때마다 나는 숨을 죽이고 문 소리에 귀를 기울였다가, 문이 아무 소리도 내지 않으면 숨을 내쉬었다.

아빠는 근래에 비해 생기 있어 보였다. 개러스가 올드 톰에 나와 같이 가겠다고 했다는 얘기를 하자, 아빠는 마치 안심한 것처럼 미소를 지었지만, 나는 그 미소를 해석할 수 없었다. 아빠는 내가 틸다를 만나러 가는 데 동행해줄 보호자가 있어서 기쁜 걸까, 아니면 남자로부터 구애를 받고 있다고 생각해서 기쁜 걸까? 후자는 절대로 내게 일어날 일이 아니라고 아빠는 분명 생각했을 것이다. 어느 쪽이든, 몇 주 만에 처음으로 아빠의 이마에 자리 잡은 주름들이 펴진 것처럼 보였다.

"요즘 피곤해 보이세요, 아빠."

"S 단어들 때문에 그래. 사 년을 쏟아부었는데 아직 절반조차 못 끝냈어. 기운 빠지고sapping, 어찌할 바를 모르겠고stupefying, 잠 오는soporific 일이다, 진짜……" 아빠는 또 다른 단어를 생각해내려고 말을 멈췄다.

"느려터졌고slumberous, 졸리고somnolent, 수면제 같은somniferous 일이네요." 내가 응수했다.

"훌륭하구나." 몇 년 전 우리가 했던 단어 게임을 떠오르게 하는 미소를 지으며 아빠가 말했다. 그러고는 나를 지나 창밖을 내다보았다. 미소가 아빠의 얼굴에 더 크게 번졌다. 문이 열리는 소리가 났다. 땀이 나는 바람에 겨드랑이가 간지러웠고, 아빠가 노크에 답하려고 자리에서 일어난 것이 기뻤다. 아빠와 개러스는 몇 분쯤 복도에 서서 이야기를 나눴다. 나는 일어나 벽난로 위에 걸린 거울로 내 얼굴을 확인했다. 두 볼을 살짝 꼬집었다.

틸다가 옥스퍼드를 떠난 뒤로 나는 올드 톰에 들어간 적이 없었다. 개러스와 함께 그쪽으로 걸어가고 있을 때, 빌의 기억들이 갑작스레 나를 덮쳐왔다. 그다음에는 내 딸의 기억들이.

"괜찮아요, 에즈미?"

나는 고개를 들고 작은 펍 문 위에 걸린 간판을 보았다. 간판에는 크라이스트 처치 종탑이 그려져 있었다.

"당연히 괜찮죠." 내가 말했다. 개러스가 내가 들어갈 수 있게 문을 열었다.

올드 톰은 언제나처럼 붐벼서, 처음에는 틸다가 아직 안 온 건가 생각했다. 그때 바로 뒤쪽 테이블에 다른 세 명의 여자와 함께 앉아 있는 틸다가 눈에 들어왔다. 걸어 들어올 때는 늘 그랬듯 소란을 일으켰겠지만, 이제는 칠 년 전에 했던 것처럼 소동을 키우지는 않았다. 틸다 쪽으로 가기 위해 개러스와 나는 몇 무리의 남자들을 몸으로 밀쳐내야 했는데, 그중 누구도 틸다에게 아부하는 말을 던지는 것 같지는 않았다. 예전처럼 환대하는 분위기가 이제는 별로 없었다.

틸다가 일어나 나를 껴안았다. "여러분, 여기는 에즈미예요. 지난번에 내가 옥스퍼드에 있을 때 급속도로 친해졌죠."

"여기 사세요?" 여자 한 명이 물었다.

"여기 살아요." 틸다가 팔로 나를 가까이 끌어당기며 말했다. "창고에 숨어 살지만요."

여자가 얼굴을 찡그렸다. 틸다가 내게 몸을 돌렸다.

"사전 편찬 작업은 어떻게 돼가요, 에즈미?"

"S까지 왔어요."

"맙소사, 정말요? 그렇게 속도가 느린 걸 어떻게 참아요?" 틸다는 내 몸을 놔주고 다시 자리에 앉았다.

다른 두 여자가 대답을 기다리며 나를 올려다보고 있었다. 남는 의자가 없어서 나는 계속 서 있었다.

"우리는 여러 글자로 시작하는 단어들을 동시에 모으거든요. 꼭 그렇게 지루한 것만은 아니에요." 잠깐 동안 아무도 말이 없었다. 나는 개러스가 내게 조금 더 가까이 다가오는 걸 느꼈고, 그가 있어서 기뻤다.

"그리고 이분은……" 틸다가 망설였고, 기억을 더듬는 몸짓을 해 보였다. "개러스. 맞죠?"

"다시 뵙게 돼서 영광입니다, 테일러 양." 개러스가 말했다.

"틸다라고 부르세요. 그리고 여기 사랑스러운 숙녀분들은 쇼나, 베티, 그리고 거트예요."

쇼나는 셋 중 가장 어렸는데, 스무 살이 넘지 않은 것 같았다. 나머지 두 여자는 나보다 족히 열 살은 많아 보였다.

"이제 알아보겠어요." 거트가 말했다. "그날 밤 이글 앤드 차일드에서 틸다를 도와주시던 분이죠." 거트가 틸다를 보았다. "기억해, 틸즈? 그날 밤이 나한테는 진정한 의미에서 첫 번째 외출이었어."

"많은 사람들한테 그랬죠." 틸다가 말했다.

"그리고 우리 속도로 볼 때 앞으로도 많을 거예요." 거트가 나를 보았다. "십 년 전과 비교해봐도 투표권에 별로 가까워지지 못했어요." 몇 사람이 우리 쪽으로 고개를 돌렸다. 틸다가 그들을 쏘아보았다.

"거기에 대해 어떻게 생각하세요, 개러스?" 틸다가 물었다.

"여성 참정권요?"

"아뇨, 돼지고기 가격요. 장난이고, 네, 여성 참정권요."

"그건 우리 모두에게 영향을 끼치죠." 그가 말했다.

"지지자네요, 그럼." 베티가 말했다. 베티의 목소리에 북부 억양이 드러나서, 나는 베티가 맨체스터에서 틸다와 함께 내려온 건지 궁금했다.

"물론입니다."

"근데 어디까지 갈 건데요?" 베티가 물었다.

"무슨 뜻이죠?"

"음, 옳은 말 하는 건 쉽잖아요." 베티가 내 쪽을 힐끔 보았다. "하지만 행동 없는 말은 무의미하죠."

"그리고 때로는 행동이 훌륭한 말들을 거짓말로 바꿔버릴 수도 있죠." 개러스가 말했다.

"그럼 우리의 투쟁에 대해 뭘 알고 계시는데요, 개러스?" 틸다가 의자에 몸을 뒤로 기대고는 위스키를 홀짝였다.

내 고개가 두 사람을 향해 번갈아 돌아갔다.

"저희 어머니는 출판국에서 일하시면서 저를 혼자 키우셨어요." 개러스가 말했다. "저도 제법 알지요."

거트가 비웃었다. 틸다가 조용히 하라는 눈빛을 거트에게 쏘아보냈다. 거트는 셰리가 든 잔을 입가로 가져갔고, 나는 거트의 손에서 금반지와 커다란 다이아몬드 반지를 알아보았다. 거트는 베티보다 한 계급, 혹은 두 계급쯤 위였다. 쇼나는 그들의 대화 내내 말을 하지 않았고, 존중의 뜻으로 고개만 끄덕였다. 갑자기 쇼나가 거트의 하녀일지 모른다는 생각이 들었다. 가슴이 쿵쾅거리기 시작했다.

"그럼 당신은 우리의 투쟁에 대해 뭘 아시죠, 거트?" 내가 물었다. 쇼나는 미소를 감추기 위해 최선을 다하고 있었다.

"뭐라고요?"

"글쎄요, 저는 우리 모두가 똑같은 방식으로 투쟁하고 있는 것 같지 않아서요. 예를 들어, 팽크허스트 부인이 부유하고 교육받은 여성들의 투표권을 위해서는 기꺼이 협상하려 했지만, 개러스의 어머니 같은 여성을 위해서는 아니었다는 말이 사실인가요?"

틸다는 눈으로는 미소 지었지만 입은 딱 벌린 채 앉아 있었다. 거트와 베티는 충격을 받아 아무 말도 하지 못했다. 쇼나는 잠깐 나를 올려다보왔고, 다시 자기 무릎으로 시선을 떨어뜨렸다. 우리 바로 옆에 있던 남자들이 쥐 죽은 듯 조용해졌다.

"대단한데요, 에즈미." 틸다가 말하며 다 마신 빈 잔을 들어 올렸다. "에즈미가 언제 함께하게 될지 궁금해하고 있었어요."

1월의 밤은 추웠고, 옥스퍼드 거리를 걸어 제리코로 돌아가는 길에 개러스는 자기 외투를 벗어 내게 건네려고 했다.

"난 정말 괜찮아요." 내가 말했다. "그걸 벗었다간 얼어 죽을걸요?"

그는 고집하지는 않았다. "틸다가 한 말…… 함께한다는 게 무슨 뜻이에요?"

"틸다는 여성 참정권에 관한 한 내가 자신 없어한다고 항상 생각해왔거든요."

"아까 말한 생각들이 나한테는 아주 분명해 보이던데요."

"글쎄요, 그게 내가 그 주제에 대해 최고로 말을 많이 한 걸 거예요. 그 거트라는 여자가 너무 싫어서 동의하는 척 참고 넘길 수가 없었어요."

"그 사람들이 은근히 비꼬던 거, 나도 싫었어요."

"무슨 뜻이에요?"

"말보다는 행동이라는 얘기 말이에요." 그는 잠깐 동안 무언가를 골똘히 생각했다. "에시, 틸다가 왜 옥스퍼드에 있는지 알아요?"

에시. 개러스는 지금껏 나를 니콜 양이나 에즈미 말고 다른 이름으로 부른 적이 없었는데. 떨림이 내 몸을 통과해 지나갔다.

"춥네요." 그가 말하고는 외투를 벗어 내 어깨에 걸쳤다. 옷깃을 세워 줄 때 그의 손이 내 목을 스쳤다. 나는 조금 전에 그가 한 질문을 기억해

내려고 애를 썼다.

"틸다는 행진에 참여하러 온 거예요." 그의 외투를 둘러 입으며 내가 말했다. 그의 온기가 여전히 옷에 남아 있었다. "그리고 나 때문에요. 우리 한동안 제법 좋은 친구였거든요."

월턴 스트리트에서 우리는 걸음을 늦췄고, 서머빌 대학 뒤편을 지나 출판국 앞에서 멈춰 섰다. 아치 길 위쪽 사무실에서 새어 나오는 오렌지색 불빛을 빼면 완전히 어두웠다.

"하트 씨예요." 개러스가 말했다.

"저분은 집에 안 가시나요?"

"출판국이 집이에요. 구내에서 부인 되시는 분이랑 사세요."

"그럼 당신은 어디 살아요?"

"운하 근처요. 노동자용 숙소인데, 거기서 자랐어요. 엄마가 돌아가셨을 때 사람들이 거기 계속 살 수 있게 해줬죠. 한 가족이 살기엔 너무 좁고 너무 습한 곳이지만요."

"출판국에서 일하는 거, 좋으세요?"

개러스가 쇠울타리에 몸을 기댔다. "그냥 그게 내가 아는 전부예요. 좋아하고 말고 그런 문제가 아니에요."

"다른 삶을 상상해본 적 있어요?"

그는 고개를 조금 치켜들더니 나를 보았다. "평범한 질문은 안 하네요, 그렇죠?"

나는 뭐라고 대답해야 할지 몰랐다.

"평범한 질문은 보통 매우 재미가 없죠." 그가 말을 이었다. "가끔은 여행하는 상상을 해요. 프랑스나 독일로요. 두 언어 다 배워서 읽을 줄은 알거든요."

"읽을 줄만 알아요?"

"내가 하는 일엔 그것만 필요했거든요. 수습 생활 할 때부터 배웠어요. 그게 하트 씨의 사업이었어요. 그분이 클래런던 협회를 설립했어요. 교육받지 못한 노동자들을 교육하려고요. 밴드한테 연습할 공간도 주고."

"밴드가 있어요?"

"그럼요. 합창단도 있어요."

다시 걷기 시작했을 때 우리 사이의 거리는 조금 가까워졌지만, 옵저버토리 스트리트로 들어서자 우리는 조용해졌다. 나는 개러스가 다음에 또 만나자고 물어올 것인지 궁금했다. 그가 그랬으면 하고 바랐고, 그런다면 내가 좋다고 대답하게 될지 궁금했다. 우리 집 앞까지 왔을 때 나는 아빠가 거실에 있는 걸 알아차렸다. 아빠는 조금 전 저녁에 그랬던 것처럼 창문을 마주 보고 있었다. 내가 문을 두드리기도 전에 아빠가 문을 열었다. 개러스와 나는 그저 밤 인사만 나눌 수 있었다.

틸다는 옥스퍼드에 계속 머물렀다.

"친구랑 같이 지내고 있어요." 틸다가 말했다. "그 친구가 캐슬 밀 스트림에 내로보트* 한 척을 띄워놨거든요. 내 침대 옆 창문으로 세인트 바너버스 교회 종탑이 보여요."

"지내기는 편한가요?"

* 보통 폭이 2미터, 길이가 14~21미터 정도 되는 좁고 긴 배로, 과거 영국 전역에 석탄, 나무, 공업 제품 등을 실어 나르는 운송 수단이었으나 집값이 오르면서 거주 시설로 쓰이게 되었다.

"충분히 편해요. 따뜻하고요. 그 친구가 여동생이랑 같이 살아서 조금 좁긴 하지만요. 옷을 입으려면 번갈아서 입어야 돼요." 틸다가 함박미소를 지었다.

나는 쪽지에 내 주소를 적어 틸다에게 주었다. "혹시 필요할지 몰라서요."

겨울이 지나가고, 봄이 여름으로 바뀌어갔다. 왜 계속 옥스퍼드에 있는 거냐고 내가 묻자, 틸다는 회원들을 모으기 위해서라고 대답했다. 내가 밀어붙이자 틸다는 화제를 바꿨다.

"내가 여기 있는 동안 우리가 더 자주 만나게 될 줄 알았는데." 어느 날 오후 캐슬 밀 스트림의 뱃길을 따라 함께 걸어가고 있을 때 틸다가 말했다. "하지만 에즈미는 자유 시간이 생기면 몽땅 개러스랑 보내는 것 같네요."

"그렇지 않아요. 그냥 가끔씩 제리코에서 점심이나 같이 먹을 뿐이에요. 그 사람이 나를 극장에 몇 번 데려가줬고요."

"예전에도 극장은 정말 좋아하더니." 틸다가 말했다. "아, 에즈미, 중학생처럼 얼굴이 빨개졌어요." 틸다가 내 팔을 가져가 팔짱을 꼈다. "틀림없이 아직도 처녀일 거야."

나는 얼굴이 더 빨개져서 고개를 숙였다. 내 얼굴을 눈치챘는지는 몰라도, 틸다는 아무 말 하지 않기로 한 것 같았다. 우리는 한동안 말없이 걸었다. 강물의 표면은 살아 있는 것처럼 보였고, 모기 한 마리가 내 뒷목을 무는 느낌이 났다. "내로보트는 어때요, 틸, 이제 날이 많이 더워졌는데?"

"아, 진짜. 땡볕에 내다놓은 정어리 통조림 안에서 사는 거 같아요. 우리 전부 조금씩 정신이 나가 있어요."

"있잖아요, 우리 집에 와서 지내도 돼요. 집에 한 명이 더 있어도 우리 아빠는 신경 안 쓸 거예요." 틸다가 다시 거절하리라는 걸 알면서 나는 제안을 했다.

"별로 오래 안 있을 거라서요." 틸다가 말했다. "배치받은 이곳 생활도 거의 끝났고요."

"꼭 군 복무 중인 사람 같네요."

"아, 나 군 복무 중 맞아요, 에즈미. 팽크허스트 부인의 군대." 틸다가 장난스럽게 경례를 붙였다. "WSPU."

"나는 머리 부인이랑 그 딸들이 나가는 지역 참정권 모임에 같이 나가기 시작했어요. 거긴 남자들도 많아요. 발언은 거의 다 여자들이 하지만요."

"그 사람들은 말만 하죠."

"별로 그렇게 보이지 않던데요." 내가 말했다. "소식지를 내기도 하고, 갖가지 행사 조직하는 일을 다 하던데요."

"하지만 다 말만 하는 거잖아요, 안 그런가요? 똑같은 말을 하고 또 하고, 그래서 뭐가 바뀌었나요?"

틸다가 옥스퍼드에 머무르는 진짜 이유가 뭐냐고 개러스가 묻던 게 기억났다. 오랫동안 생각해본 결과 나 때문은 아닌 듯했지만, 어쩌면 내 로보트에 사는 틸다의 친구 때문이 아닐까 생각했다. 그런데 이제 나는 그 이유가 완전히 다른 어떤 것임을 깨닫게 되었다. 하지만 그게 뭔지 알고 싶지는 않았다.

"빌은 잘 있나요?" 나는 틸다를 쳐다보지 않고 물었다.

틸다는 이따금씩 빌 얘기를 하곤 했다. 언제나 지나가는 투였고, 나는 언제나 고마웠다. 하지만 틸다가 이제 곧 옥스퍼드를 떠난다니, 나는 갑자기 그가 잘 있는지 알아야 할 것 같았다.

"빌? 그 나쁜 놈. 걔 때문에 속상해 죽겠어요. 어떤 멍청한 여자애를 물더니 더 이상 내가 시키는 대로 하질 않지 뭐예요. 그래서 상당히 화가 났었어요."

"물어요?"

틸다가 웃었다. "그 표정 나오네. 아직도 주머니에 그 종이쪽지들 갖고 다녀요?"

내가 고개를 끄덕였다.

"그럼 꺼내봐요."

우리는 걸음을 멈췄고, 틸다는 자기 숄을 길 옆 잔디 위에 깔았다. 우리는 그 위에 앉았다.

"좋네요." 내가 쪽지와 연필을 준비하자 틸다가 말했다. "옛날 같다."

나도 그렇게 느꼈지만, 어떤 것도 옛날 같지는 않으리라는 것도 잘 알고 있었다. "물었다Knapped." 나는 그 단어를 쪽지에 썼다. "문장으로 말해봐요."

틸다가 팔꿈치를 땅에 대고 몸을 뒤로 기대고는, 여름 첫날의 하늘을 향해 얼굴을 들어 올렸다. 언제나 그랬듯, 틸다는 원하는 인용문을 정확히 생각해내기 위해 시간을 들였다.

"빌이 어떤 멍청한 여자애를 물어서 이제 아빠가 됐어요. 하루 종일 일을 하고 밤에도 절반은 일을 해요. 빽빽 우는 애를 먹이려고."

틸다가 '물었다'는 말을 처음 했을 때 그 의미는 분명했을 것이다. 하지만 그 단어의 새로움 때문에 내게는 앞뒤 말들이 잘 들리지 않았다.

그 문장을 다 받아썼을 때 내 손은 조금 떨리고 있었다.

"아빠가 됐다고요?" 틸다의 얼굴을 들여다보며 내가 물었다. 햇빛 때문에 틸다는 눈을 계속 감고 있었고, 턱은 움직이지 않았다.

"박치기 대장 꼬마 빌리, 나는 걔를 그렇게 불러요. 다섯 살이에요. 단추처럼 예쁘장하고, 티디 고모를 아주 좋아해요." 틸다는 그렇게 말하고 나를 보았다. "이제 남들처럼 말을 잘 하는데도, 걔는 아직도 나를 그렇게 불러요. 그 나이 때 빌이 똑똑했던 것처럼 똑똑해요."

나는 쪽지를 보았다.

물었다KNAPPED

임신시켰다.

"빌이 어떤 멍청한 여자애를 물어서 이제 아빠가 됐어요. 하루 종일 일을 하고 밤에도 절반은 일을 해요. 빽빽 우는 애를 먹이려고."

—틸다 테일러, 1913년

빌은 자신과 나에 관해 틸다에게 말하지 않았다. 자랑을 하지도, 털어놓지도 않았다. 내가 그를 사랑할 수 있었더라면 좋지 않았을까. 내 딸을 멀리 보낸 뒤로 그런 생각이 드는 건 처음이 아니었다.

머리 박사님이 나를 불렀다. "에즈미, 다음 몇 달에 걸쳐서 네가 맡게 될 작업량도, 책임질 일들도 좀 늘어날 것 같구나."

나는 아무것도 아닌 것처럼 고개를 끄덕였지만, 사실은 더 많은 책임이 주어지길 고대하고 있었다.

"댕크워스 씨가 오늘 업무 끝나면 우리를 떠나서 내일 크레이기 씨 팀에 합류할 거야." 머리 박사님이 말을 이었다. "그 친구가 우리 제3편집자한테 막대한 도움이 되리라고 나는 믿어. 알겠지만 다른 사람들과 비교할 때 그 친구, 참 정확하지." 박사님의 수염이 씰룩거리고 눈썹이 살짝 올라갔다. "그런 재능은 크레이기 팀 일 진행 속도를 높이는 데 크게 도움이 될 거야."

좋은 소식 두 가지가 하나의 대화에 들어 있어서, 나는 뭐라고 대답해야 할지 알 수 없었다.

"그래, 네 생각은 어떠니? 받아들일 만하겠니?"

"네, 머리 박사님. 문제없어요. 빈자리를 채우는 데 최선을 다하겠습니다."

"네가 최선을 다하면 좋다는 말로는 부족하지, 에즈미." 박사님은 책상에 놓인 문서들로 다시 관심을 돌렸다.

나는 가도 된다는 뜻을 전해 받았지만, 거기 그대로 서 있었다. 입술을 깨물고 두 주먹을 꽉 쥐었다. 나 자신을 통제할 겨를도 없이 말이 쏟아져 나왔다.

"머리 박사님?"

"응." 그는 고개를 들지 않은 채 대답했다.

"만약에 제가 일을 더 하게 되면, 급료에도 반영이 되는 건가요?"

"아, 그럼. 당연히 그렇지. 다음 달부터 인상될 거다."

댕크워스 씨가 아무 말도 없이 떠나는 쪽을 선호하리라는 건 명백해 보였지만, 스웨트먼 씨가 그를 그냥 가게 두지 않았다. 일이 끝나자 스웨트먼 씨는 의자에서 일어나 작별의 말을 하기 시작했다. 다른 조수들도 따라서 발언을 했고, 각자 댕크워스 씨의 날카로운 관찰력에 대해 일반적인 칭찬과 발언을 반복했다. 아무도 특별한 이야기를 할 만큼 댕크워스 씨를 제대로 알지 못했다.

댕크워스 씨는 행운을 빌고 악수를 건네는 우리를 견뎌내면서 연신 손을 바지춤에 문질러 닦았다.

"그동안 감사했습니다, 댕크워스 씨." 그에게서 악수하는 괴로움 한 번을 덜어주고, 대신 고개를 조금 기울여 인사하며 내가 말했다. 그는 안도감을 느끼는 것 같았다. "정말 많이 배웠어요." 그의 얼굴에 혼란스러움이 번졌다. "그럴 때마다 감사하다고 말씀드리지 못해 죄송해요."

스웨트먼 씨가 웃음을 참으려고 애를 썼다. 그는 기침을 하더니 분류 테이블의 자기 자리로 돌아갔다. 다른 사람들도 하나둘씩 흩어졌다. 나는 댕크워스 씨와 눈을 맞추려고 해보았지만, 그의 시선은 내 오른쪽 어깨 바로 위쪽을 향하고 있었다.

"천만에요, 니콜 양." 그는 그렇게 말하고 몸을 돌려 스크립토리엄을 나갔다.

얼마 있지 않아 개러스가 왔다. 그는 머리 박사님에게 기다리던 교정지들을 건네주고, 아빠와 스웨트먼 씨에게 인사를 하더니, 내 쪽으로 다가왔다.

"늦어서 미안해요." 그가 말했다. "하트 씨가 하필 오늘 오후에 우리한테 규칙을 잘 지키라고 확인을 하지 뭐예요."

"그분 책자에 나와 있는 규칙요?"

개러스가 웃었다. "그건 빙산의 일각에 불과해요, 에스. 출판국에 있는 모든 방에는 그 방의 규칙이 있거든요. 벽에 붙어 있는 거, 들어갈 때 본 적 있지 않아요?"

나는 미안해하는 표정으로 어깨를 으쓱했다.

"음, 관리 책임자님이 우리가 다들 그 규칙을 무시한다고 생각해서, 오늘 오후에 퇴근하는 사람을 하나씩 붙잡고 그걸 큰 소리로 읽어보라고 시켰어요." 그가 미소 지었다. "신임 관리자로서 난 맨 마지막에 나와야 했고요."

"관리자? 아, 개러스, 축하해요." 나는 아무 생각 없이 벌떡 일어나 그를 껴안았다.

"이렇게 반응할 줄 알았으면 좀 더 일찍 승진을 요청하는 건데." 개러스가 말했다.

소란이 무엇 때문인지 보려고 아빠와 스웨트먼 씨가 몸을 돌렸고, 나는 개러스의 팔이 나를 감싸 안기 전에 몸을 빼냈다.

나는 당황한 채 가방을 챙기고 모자를 머리에 꼭 맞게 썼다. 아빠에게로 건너가 이마에 입을 맞췄다. "오늘 밤에는 좀 늦을 거예요, 아빠. 머리 부인이 모임이 길어질 거라고 하셨어요."

"그럼 나는 먼저 잘게. 그래도 된다면 말이다, 에시." 아빠가 말했다. "하지만 개러스가 너를 집에 안전하게 데려다줄 거라고 믿는다." 미소가 아빠의 얼굴에서 피로를 옆으로 슬쩍 밀어냈다.

밴버리 로드를 함께 걸어 내려갈 때 나는 나 역시 승진하게 됐다고 개러스에게 말했다.

"뭐, 사실은 승진이 아닌지도 몰라요. 난 아직도 로스프리스랑 같이 맨 밑바닥에서 맴돌고 있으니까. 하지만 어쨌든, 인정은 받았어요."

"그리고 충분히 그럴 만하고요."

"이런 모임에 남자들이 왜 온다고 생각해요?"

"옥스퍼드 여성 참정권 회의 운영진들이 초청을 했으니까요."

"그 이유 말고요."

"각자 이유가 다를 것 같은데요. 어떤 사람들은 자기 부인이랑 여자 형제들이 원하는 걸 똑같이 원해서겠죠. 지지자가 되어야 한다는 이야기를 들은 사람도 있겠고, 다른 이유일 수도 있고요."

"당신은 어느 쪽이에요?"

그가 미소를 지으며 말했다. "당연히 첫 번째죠." 그러더니 표정이 심각해졌다. "우리 엄마는 힘들게 사셨어요, 에스. 너무 힘들게요. 그리고 거기에 대해 아무 말도 못 하셨어요. 난 이런 모임에 우리 엄마를 위해서 나가요."

모임이 끝났을 때는 자정이 지나 있었다. 우리는 피로하고 편안한 침묵 속에서 걸음을 옮겨 옵저버토리 스트리트로 돌아왔다.

대문을 열면서 소리가 나지 않게 하려고 애를 썼지만, 문에서는 여전히 감미로운 음악이 흘러나왔다. 그리고 그 소리에 어둠 속에 숨어 있던, 내가 미처 알아보지 못한 어떤 사람의 형체가 펄쩍 뛰었다.

"틸다, 도대체 여기서 뭘 해요?"

개러스가 내게서 열쇠를 받아 문을 열었다. 우리는 서둘러 틸다를 부엌으로 데리고 들어갔고, 불을 켰다. 틸다는 엉망이 돼 있었다.

"무슨 일이에요?" 개러스가 물었다.

"모르는 게 낫고, 나도 말 안 할 거예요. 하지만 좀 도와주긴 했으면 좋겠네요. 너무 미안해요, 에즈미. 오지 말아야 되는데, 다치는 바람에."

틸다의 드레스 소매가 더러웠다. 아니, 그냥 더러운 게 아니라 불에 그슬려 있었다. 까맣게 탄 조각이 돼서 매달려 있었다. 한 손이 다른 손을 감싸고 있었다.

"어디 봐요." 내가 말했다.

틸다의 손 살갗이 붉은빛과 검은빛으로 얼룩덜룩했다. 뭐가 묻은 건지, 피부가 화상을 입은 건지 구별할 수가 없었다. 내 웃긴 손가락들이 어떤 기억으로 따끔거렸다.

"왜 곧장 병원에 안 간 거예요?" 개러스가 말했다.

"너무 위험해서요."

나는 연고와 붕대를 찾아 벽장을 뒤졌지만 거기 있는 거라고는 반창고와 기침약뿐이었다. 릴리라면 벽장을 조금 더 잘 꾸려뒀겠지, 나는 생각했다. 그리고 릴리라면 뭘 해야 할지도 잘 알았을 것이다.

"개러스, 리지를 좀 데려와야겠어요. 리지한테 약이 든 파우치 좀 가져오라고 해줘요. 화상에 바르는 약으로요."

"자정이 한참 지났어요, 에스. 리지는 자고 있을 텐데."

"그럴지도 몰라요. 부엌문은 항상 열려 있어요. 계단에서 불러요. 놀라게 하지는 말고요. 그럼 리지가 내려올 거예요."

개러스가 자리를 뜨자 나는 사발에 차가운 물을 채운 다음 부엌 테이블 위, 틸다 앞에 올려놓았다. "무슨 일이 있었던 건지 말해줄 건가요?"

"아뇨."

"왜요? 내가 뭐라고 할 것 같아서요?"

"분명히 뭐라고 할 거예요."

나는 대답을 별로 듣고 싶지 않은 질문을 했다. "다친 사람이 또 있나요, 틸?"

틸다가 나를 보았다. 의혹의, 두려움의 그림자가 틸다의 얼굴을 가로질렀다. "그건 나도 정말 모르겠어요."

가슴속에서 연민이 솟구쳤지만, 분노가 그것을 압도했다. 나는 몸을 돌리고 걸어가 서랍을 열고 깨끗한 행주 하나를 꺼낸 다음 서랍을 쾅 닫았다. "무슨 일을 했든지 간에, 그걸로 얻는 게 뭐가 있어요?" 내가 다시 몸을 돌렸을 때, 의혹과 두려움의 표정은 틸다의 얼굴에서 사라져 있었다.

"정부는 당신네 참정권 확장론자들의 아름답고 우아한 말들은 안 들어요. 하지만 우리가 하는 일은 무시하지 못한다고요."

나는 숨을 깊이 들이마시고 틸다의 손에 집중하려 애썼다. "아파요?"

"조금."

"나는 안 아팠어요. 그러니까 어쩌면 아픈 게 좋은 건지도 몰라요." 나는 틸다의 손이 물이 든 사발 위에 오도록 그의 팔을 들어 올렸다. 틸다가 저항했다. 나는 손을 물에 담갔다. 틸다는 아무 소리도 내지 않았다. 거대한 물집들이 손가락 모양을 뒤틀어놓은 게 보였다. 손 전체가 부풀어오르기 시작하고 있었다. 물속에서 확대된, 불에 타고 벌겋게 부르튼 피부가 틸다의 창백하고 가느다란 손목과 대조를 이뤄 더욱 충격적으로 보였다.

"나도 당신이랑 같은 걸 원해요, 틸. 하지만 이건 옳은 방식이 아니에요. 옳은 방식일 리가 없어요."

"옳은 방식 같은 건 없어요, 에즈미. 만약에 그런 게 있었다면 우리는 지난 선거에 투표를 했을 거라고요."

"정말로 투표에 집중하고 있는 거예요? 사람들 관심을 끌려는 게 아니고요?"

틸다가 힘없이 미소 지었다. "틀린 지적은 아니에요. 하지만 사람들의 시선을 끌 수 있다면, 생각하게 만들 수도 있는 거예요."

"다들 그냥 위험하고 미친 사람들이라고 생각할 거예요. 사람들은 그런 사람들이랑 협상 안 해요."

틸다가 고개를 들어 나를 보았다. "글쎄요, 어쩌면 그럴 때 당신네 참정권 확장론자들이 우아한 말로 치고 들어와줘야 되는 거 아닌가요?"

문이 음악 소리를 냈다. 나는 문을 열려고 벌떡 일어났다. 리지가 당황한 얼굴로 문간에 서 있었다. 리지는 나를 지나쳐 복도 안쪽을 넘겨다 보았고, 나는 리지가 우리 집에 들어오는 게 처음이라는 걸 깨달았다.

"아, 리지, 하느님 감사합니다." 나는 그들 뒤로 문을 닫고는, 그들을 데리고 부엌으로 갔다.

리지는 틸다에게 알은척은 하지 않았지만, 틸다의 팔을 부드럽게 붙잡고 물이 든 사발에서 손을 들어 올렸다. 그러고는 행주 위에 손을 올려놓고 화상 입은 피부를 입으로 불어 말렸다.

"보기보다는 괜찮을 수 있어요." 리지가 마침내 입을 열었다. "물집이 생긴다는 건 보통 그 밑에 새 피부가 준비돼 있다는 얘기거든요. 너무 일찍 터뜨리지 않게 조심하세요." 리지는 자기 가죽 파우치에서 연고가 든 작은 병을 꺼내더니 뚜껑을 열었다. 껍질이 벗겨지기 시작한 틸다의 피부에 물집을 건드리지 않게 조심하면서 리지가 연고를 펴 바르는 동안, 개러스는 병을 들고 있었다. 딱 한 번, 틸다가 짧게 한숨을 쉬었다. 그러자 리지가 틸다를 보았고, 그들의 눈이 처음으로 마주쳤다. 리지의 얼굴은 내가 전에 본 적 있는 근심으로 가득했다.

리지가 틸다의 손을 거즈로 감쌌다. "흉이 안 질 거라고는 장담 못 하겠네요."

"흉이 지더라도 동지가 있으니까요, 뭐." 틸다가 나를 보며 말했다.

"근데 병원에는 꼭 가보세요."

틸다가 고개를 끄덕였다.

"자, 그러면." 리지가 말했다. "더 필요한 게 없으면 저는 이만 가서 다시 잘게요."

틸다가 왼손을 리지의 팔에 올려놓았다. "저를 안 좋아하시는 거 알아요, 리지. 왜 안 좋아하시는지도 알고요. 하지만 정말 고맙습니다."

"에즈미 친구시잖아요."

"이렇게 안 해주실 수도 있었는데." 틸다가 말했다.

"아뇨, 그럴 수는 없었네요." 그 말과 함께 리지는 일어섰고, 개러스와 함께 현관문까지 걸어갔다. 내가 눈을 마주 보려 했지만, 리지가 피했다.

리지를 집에 데려다주고 개러스가 돌아왔을 때는 새벽 세시였다.

"리지가 날 용서해줄까요?" 내가 물었다.

"재밌네요. 리지도 똑같은 걸 나한테 묻던데." 그 말을 하고 개러스는 틸다에게 몸을 돌렸다. "런던으로 가는 기차가 아침 여섯시에 있어요. 그걸 탈 수 있겠어요?"

"네. 그래야 할 것 같네요."

개러스가 나를 보았다. "그때까지 틸다가 여기 있으면 아버님이 싫어하실까요?"

"아빠는 모르실 거예요. 일곱시 전에는 일어나질 않으세요."

"내로보트에서 가져와야 되는 짐이 많나요?" 그가 틸다에게 물었다.

"다 나중에 보낼 수 있는 것들이에요. 에즈미가 깨끗한 옷 몇 벌만 빌려줄 수 있다면요."

개러스가 재킷을 입었다. "몇 시간 있다가 와서 역까지 같이 가드릴게요."

"보호자는 필요 없어요."

"아뇨, 필요해요."

개러스가 떠났다. 나는 까치발을 하고 위층으로 가서 틸다가 참을 수 있을 것 같은 드레스 한 벌을 찾아냈다. 약간 길고, 틸다 같은 여자가 입기엔 별 볼품없는 옷이었지만, 그래도 입혀야 했다. 내가 거실로 돌아왔을 때 틸다는 잠들어 있었다.

나는 틸다에게 무릎담요를 덮어주었다. 언제 다시 만날 수 있을까. 나는 틸다를 사랑했고, 걱정이 됐다. 자매가 된다는 게 이런 건가 싶었다. 동지가 아니라—나는 내가 틸다의 동지가 아니라는 걸 알았다—피를 나눈 자매 말이다. 로스프리스와 엘시처럼. 디트 고모와 베스 고모처럼. 나는 틸다의 몸으로 들어가고 나오는 숨결을 지켜보았다. 두 안구가 이리저리 움직이는 것을 지켜보았다. 틸다가 무슨 꿈을 꾸고 있을지 상상해보았다.

앞 창문으로 희붐하게 날이 밝아올 때, 문에서 음악 소리가 들려왔다.

〈옥스퍼드 타임스〉는 러프 씨의 보트 창고 이야기를 실었다. 창고가 전소하는 것을 막을 수 없었던 소방대는 이번 화재로 삼천 파운드 이상의 손해액이 발생했으리라고 추정했다. 부상자는 없었지만, 네 명의 여성이 도주하는 광경이 목격되었다고 기사에는 나와 있었다. 세 명은 펀트 배를 타고, 한 명은 육로로 도망쳤다. 그중 누구도 붙잡히지 않았지만, 여성들의 참여를 금지한 보트 클럽들을 비판하는 전단지를 나눠준 행각으로 보아 이 네 명은 서프러제트들이었을 거라고 일반적으로 추정되었다. 이 방화 행동을 신호로 그들의 운동은 더욱 확대되었다. 옥스퍼드의 기존 참정권 확대 운동 단체들은 이미 이런 투쟁에 대해 우려와 반대를 표하면서 여성들의 행동을 비난했고, 그들 때문에 일시 해고된 노동자들을 위해 후원금을 모으고 있었다.

다음 날 머리 부인이 모금 단지를 들고 스크립토리엄에 들어왔을 때, 나는 가지고 있던 잔돈을 전부 쏟아부었다.

"너무 고마워, 에즈미." 부인이 단지를 흔들며 말했다. "분류 테이블에 앉아 계신 신사분들도 본 좀 받으시면 좋겠네요."

아빠가 내 쪽을 보며 미소를 지었다. 자랑스러워하는, 그리고 아무것도 모르는 미소였다.

1913년 5월

나는 아빠에게 작별 인사조차 하지 못했다. 사람들이 집에서 실어갈 때, 아빠의 얼굴 한쪽은 마비돼 있었고 아빠는 말을 하지 못했다. 나는 아빠에게 키스를 하고 파자마랑 아빠 침대 옆에 있던 책을 가지고 뒤따라가겠다고 말했다. 내가 아무 말이나 중얼거리는 동안 아빠는 간절한 눈으로 나를 보았다.

나는 아빠의 침대 시트를 갈고, 내 방에 두려고 준비했던 노란 장미 꽃병을 아빠의 침대맡 협탁에 올려놓았다. 아빠의 책 『지혜의 습득』을 집어 들었다. "오스트레일리아 소설이야." 아빠가 말했었다. "어떤 젊고 총명한 여성에 관한 얘긴데, 남자가 썼다는 게 잘 믿기지가 않는구나. 네가 무척 좋아할 것 같다." 우린 그때 좀 더 얘기를 나눠볼 수 있었을 텐데, 그런데 내가 그러지를 못했다. '오스트레일리아'. 그 말에 내가 양해를 구하고 자리를 피했던 것이다.

래드클리프 병원에 도착하자 사람들이 아빠가 떠나셨다고 했다.

떠나셨다고, 나는 생각했다. 너무나도, 말도 안 되는 일이었다.

개러스가 좁은 계단으로 매트리스 한 장을 끌어올려 리지의 방에 넣

어주어서, 나는 장례식 날까지 거기서 잤다. 내가 아빠의 빈자리를 마주하지 않아도 되도록 리지가 내게 필요한 물건들을 우리 집에서 가져다 주었지만, 나는 방에서 방으로 돌아다니며 모든 게 제자리에 있는지 확인하는 리지의 모습을 상상하지 않을 수가 없었다. 마음속으로 나는 현관문에서부터 리지를 따라갔고, 리지가 우편물을 주워 들고 잠시 멈춰서서 그걸 어떻게 할지 고민하는 모습을 보았다. 편지에 무엇이 들어 있든, 리지는 나를 보호하기 위해 그것들을 복도 테이블에 그냥 놔두지 않을까 싶었다.

나는 거기서 더 나아가고 싶지 않았지만, 내가 아는 리지는 거실에 머리를 들이밀 것이고, 그다음엔 우리가 사용한 적 없는 다이닝룸에도 들어갈 것이었다. 리지는 부엌으로 걸어 들어가 더러운 접시들을 설거지할 것 같았다. 창문들이 꽉 닫혔는지 점검하고, 모든 문의 자물쇠를 확인할 것이다. 그런 다음 리지는 계단 맨 아래쪽에 있는 기둥에 손을 얹고 위쪽을 올려다볼 것이다. 잠시 멈칫했다가, 숨을 깊이 들이마시고는, 올라가기 시작할 것이다. 리지는 해마다 조금씩 체중이 늘어서 그렇게 하는 게 버릇이 되었다. 리지를 따라 계단을 올라갈 때 나는 리지가 그러는 걸 천 번쯤은 봤다.

나는 그만하고 싶었지만, 날씨를 마음대로 통제할 수 없는 것만큼이나 생각도 통제할 수가 없었다. 나는 리지가 내 옷장을 뒤지며 검은 드레스를 찾는 걸 그려보았고, 그러자 울음이 터져버렸다. 그러다 아빠의 침대 옆에 놓인 장미가 기억났다. 그 꽃들이 시든 걸 리지가 발견하겠지. 리지는 꽃병을 집어 들고 아래층으로 내려올 테고, 아빠가 래드클리프 병원으로 실려 가기 전 꽃들이 싱싱할 때 그걸 보는 즐거움을 조금이라도 누렸는지 궁금해할 것이다.

나는 꽃들이 머물러주길 바랐다. 조금 시들었을지언정 썩지 않고 머물러주길, 영원히.

1913년 5월 5일

내 소중한 에즈미에게,

난 모레 옥스퍼드에 도착할 거고, 거기 있는 동안 내내 네 곁을 떠나지 않을 거야. 우리 서로를 꼭 붙잡아주자. 물론 너는 선의를 품은 많은 사람들과 악수를 하고 아버지가 얼마나 친절하셨는지 얘기하는 그들의 말을 들어야 하겠지만, (그런 사람들이 많을 거야) 내가 적당한 때를 봐서 샌드위치 무더기와 명복을 비는 사람들로부터 너를 떼어내줄게. 그런 다음 우리는 캐슬 밀 스트림을 따라 찬찬히 걸어가서 월턴 브리지에 도착할 거야. 해리는 그 장소를 좋아했단다. 그가 네 엄마에게 청혼을 한 곳이야.

지금은 강해질 때가 아니야, 내 사랑하는 에즈미. 해리는 너에게 아버지이자 어머니였고, 그가 떠났으니 너는 당연히 상실감이 클 거야. 우리 아버지도 나를 무척 사랑해주셔서, 네 마음이 지금 어떨지 아주 조금은 나도 안단다. 아픔을 그대로 두렴.

살면서 어떤 조언이 필요할 때마다 우리 아버지 목소리가 아직도 내 귓가에 울려. 시간이 지나면 너도 같은 경험을 하게 될지도 모르겠구나. 그때까지는, 네가 요즘 가까워진 그 젊은 청년을 최대한 이용하렴. "릴리가 살아 있었다면 그 친구를 아주 마음에 들어했을 것 같아요." 해리가 내게 보낸 마지막 편지에 그렇게 썼더구나. 그가 너한테는 말을 하던? 그보다 더한 칭찬은 아마 없었을 거야.

너는 아마 리지의 방에서 임시로 지내고 있겠구나. 기차에서 내리는 대로 서니사이드로 곧장 갈게.

사랑을 담아,

디트

약속한 대로, 디트 고모는 명복을 비는 사람들로부터 나를 멀리 데리고 가주었다. 우리는 간다는 말도 하지 않았고, 그냥 정원으로 걸어 나와, 스크립토리엄을 지나 밴버리 로드로 빠져나왔다. 세인트 마거리츠 로드에서 나는 개러스가 바로 몇 걸음 뒤에서 우리를 따라오고 있다는 걸 알아차렸다. 우리는 캐슬 밀 스트림의 뱃길에 도착할 때까지 말없이 걸었다.

"해리가 일요일 오후마다 이 길로 산책을 했어요, 개러스." 디트 고모가 말했다. 개러스는 내 곁에서 보조를 맞추며 걷고 있었다.

"여기 와서 한 주의 일들을 릴리한테 얘기하곤 했죠. 그거 알고 있었니, 에즈미?"

나는 몰랐다.

"얘기라고 했지만 사실은 명상에 가까웠어. 머릿속에 일주일의 근심거리가 가득한 채 이 길을 따라 산책을 하다가, 월턴 브리지에 도착할 때쯤이면 가장 급한 문제가 모습을 드러내곤 했다는구나. 그러면 자리에 앉아 그 문제를 릴리의 관점에서 생각해보곤 했다고 네 아빠가 나한테 말했었어." 고모는 이야기를 더 해야 할지 생각해보는 것 같았다. 나는 고모가 계속하길 바랐지만, 아무 말도 하지 않았다.

"당연히 가장 주요한 화제는 너였지만, 해리는 어떤 행사에 뭘 입을지

부터 시작해서 일요일 점심때 먹으려고 양고기를 사야 할지 쇠고기를 사야 할지, 드물게 해리가 고기를 직접 굽고 음식을 곁들이기로 했을 때 말이야, 그런 것에 이르기까지 다른 모든 것에 대해서도 릴리랑 상의를 하곤 했단다. 그 얘기를 들었을 때 나는 놀랐어."

아주 조금, 미소가 얼굴에 떠오르는 게 느껴졌다. 설익었거나 너무 탔던 그 쇠고기들과, 아빠와 제리코까지 했던 산책들이 떠올라서였다.

"정말로." 내 팔을 꽉 잡으며 디트 고모가 말했다.

그 이야기는 내게 선물이었다. 고모의 이야기를 듣는 동안, 아빠와 함께 살아온 시간들의 기억이 미묘하게 건드려졌다. 마치 화가가 아침 햇빛의 인상을 표현하기 위해 그림에 한 가지 빛깔을 덧칠하는 것 같았다. 릴리, 언제나 그렇게도 부재하던 릴리마저도, 갑자기 부재하지 않는 것처럼 느껴졌다.

"저기 있다." 다리가 가까워지자 고모가 말했다. "저기가 네 부모님의 추억의 장소야."

나는 그 다리 밑으로 숱하게 지나다녔지만, 이제 그것은 완전히 달라 보였다. 개러스가 내 손을 잡고 길 끝에 있는 벤치로 나를 데려가, 내 몸이 떨리는 게 느껴질 만큼 가까이에 앉았다.

이런 일이 일어날 줄은 몰랐는데, 나는 생각했다. 그런데 그 순간 내가 생각하고 있던 건 아빠였을까, 개러스였을까? 개러스는 전에 내 손을 잡은 적이 없었다. 나는 아빠가 영원히 내 곁에 있을 거라고 생각했었다.

우리는 모두 자리에 앉았다. 물결은 다리 밑에서 거의 움직이지 않았지만, 강물 표면에는 이따금씩 작은 소요가 일었다. 거기 앉아 생각이 밀려갔다 밀려오게 놔두고 있는 아빠의 모습을 나는 쉽게 떠올릴 수 있었다.

"누가 꽃을 놓고 갔네요." 개러스가 말했다.

나는 그가 가리키는 곳을 보았고, 디트 고모도 그곳을 보았다. 다리의 아치 옆에 조심스럽게 놓아둔 꽃다발 하나가 보였다. 싱싱하지는 않았지만 완전히 사그라들지도 않은 꽃들이었다. 두세 송이쯤에는 아직 모양도 빛깔도 남아 있었다.

"아, 이런." 고모가 목멘 소리로 말하는 게 들렸다. "이건 릴리한테 보내는 꽃이야."

무슨 말인지 알 수 없었다. 개러스가 내게 더 가까이 다가앉았다.

디트 고모의 눈가에 난 주름을 따라 눈물이 조용히 흘러내리고 있었다. "처음에, 릴리의 장례식이 끝나고 나서 해리랑 같이 여기 왔었거든. 해리가 아직도 여기에 꽃을 가져오고 있는 줄은 전혀 몰랐어."

나는 아빠가 어딘가 있을 거라고 반쯤 기대하며 주위를 둘러보았다. 겨우 며칠이 지났을 뿐이지만 나는 슬픔이 만들어내는 이 착각에 익숙해지고 있던 참이었고, 처음으로 무너지지 않을 수 있었다. 폐를 채운 숨이 조금 편하게 느껴졌다. 숨을 내쉬기 전에, 나는 상해가는 노랑수선화의 향기를 맡았다. 아빠가 좋아하는 꽃은 아니었지만, 릴리가 제일 좋아하는 꽃이었다고 아빠는 내게 말하곤 했다.

나는 아빠의 부재에서 도망칠 수가 없었다. 옵저버토리 스트리트에 들어설 때마다 그것을 느꼈고, 우리 집 문을 열 때면 현관 문턱을 넘어가라고 나 자신을 다그쳐야만 했다. 리지가 몇 주간 머물렀기에, 아빠의 파이프 냄새는 리지의 요리 냄새로 흐릿해졌다. 아침이면 리지가 일어날 때 일어나 서니사이드까지 함께 걸어갔다. 리지가 나와 함께 지내느라고 써버린 시간의 일부를 보상해주려는 마음으로 부엌에서 리지를 한 시간쯤 도왔다. 그러다 스크립토리엄에 첫 번째 사람이 나타나면 정원을 가로질러 스크립토리엄에 들어갔다.

분류 테이블에는 아무도 앉지 않는 빈자리가 생겼다. 어쩌면 나에 대한 존중에서 비롯되었을 것이다. 하지만 내 자리에서 그쪽을 보면 스웨트먼 씨가 아빠의 의자를 집어넣어주는 모습이라든지, 메일링 씨가 자주 무언가 묻고 싶은 표정으로 아빠가 있던 쪽을 바라보는 모습 같은 것들이 눈에 들어왔다. 머리 박사님은 아빠가 돌아가신 뒤로 주마다 달마다 부쩍 늙어갔다. 그는 기다란 분류 테이블을 눈으로 훑었고, 새 조수를 구하려는 생각은 조금도 하지 않았다. 나는 아빠가 남겨놓은 빈자리가 싫었고, 스크립토리엄에 들어설 때마다 그 자리를 보지 않고 피했다.

슬픔이 내가 느낄 수 있는 유일한 감정이었다. 그것은 내 생각을 밀어냈고, 가슴을 가득 채웠고, 다른 어떤 것을 위한 자리도 남겨놓지 않았다. 나는 때때로 개러스와 함께 외출했다. 비가 오는 날이면 제리코에서 점심을 먹었고, 날씨가 좋으면 처웰강을 따라 산책했다. 아빠가 돌아가신 뒤로 산사나무가 달이 지나가는 것을 알려주었다. 열매가 익었고, 잎들이 떨어졌다. 우리는 겨울이 오면 눈이 올지 궁금해했다. 나는 개러스의 우정을 당연한 것으로 여겼다. 마음의 빈 곳을 채우기 위해 그것이 필요했고, 그것을 있는 그대로의 우정 말고 다른 것으로 깊이 생각할 여유가 없었다. 그가 내 팔을 가져다 팔짱을 꼈을 때도, 그가 팔을 뺄 때까지 알아차리지 못했다.

크리스마스가 다가왔고, 고모가 내게 자신과 사촌들을 보러 스코틀랜드로 오라고 했다. 아빠가 없으니 그들은 거의 낯선 사람들처럼 느껴졌다. 나는 핑계를 만들어 대신 배스로, 디트와 베스 고모가 유머, 실용주의 그리고 마데이라 케이크를 아낌없이 준비해놓고 기다리는 집으로 갔다. 나는 떠날 때보다 기분이 가벼워져서 옥스퍼드로 돌아왔다.

1914년 새해가 밝고 사흘째 되던 날, 스크립토리엄으로 걸어 들어가 보니 한때 아빠가 앉았던 자리에 새 사전 편집자가 앉아 있었다. 롤링스 씨는 젊지도, 나이가 들지도 않은 사람이었다. 그는 눈에 띄지 않는 사람이었고, 자기가 앉기 전 분류 테이블의 그 자리에 누가 앉아 있었는지에 대해서는 전혀 알지 못했다.

우리 모두에게 몹시도 다행한 일이었다.

5부

1914~1915년

Speech연설~Sullen시무룩한

1914년 8월

스크립토리엄 안에서 새롭게 웅성거리는 소리들이 들려왔다. 폭풍이 오기 전 기압이 낮아지면 동물들이 알아차리는 것처럼 나는 그 소리들을 알아차렸다. 전쟁 가능성이 우리의 감각을 예민하게 바꿔놓았다. 옥스퍼드 전역에서 젊은 남자들이 전에 없던 활기를 띠고 모여들고 있었다. 그들은 전보다 넓은 보폭으로 성큼성큼 걸었고, 전보다 큰 소리로 이야기를 했다. 내겐 그렇게 보였다. 학생들은 언제나 예쁜 여자의 시선을 끌거나 시민들에게 겁을 주려고 필요 이상으로 목소리를 높이곤 했지만, 과거에는 화제가 다양하기라도 했다. 더 이상은 아니었다. 학생이든 시민이든 다들 똑같이 오로지 전쟁에 대해서만 이야기했고, 그들 대부분이 전쟁이 빨리 일어나기를 바라는 것처럼 보였다.

스크립토리엄에서는 새로 온 두 명의 조수가, 독일의 황제를 직접 만나서 전쟁이 시작되기 전에 승리를 거둬야 한다는 이야기를 하며 휴식 시간을 다 보내기 시작했다. 어리고 창백한 얼굴에 여윈 청년들이었다. 그들은 안경을 썼는데, 해본 싸움이래 봤자 도서관 책 아니면, 어떤 문법이 틀렸는지 맞았는지를 놓고 하는 꼴사나운 싸움이 전부였을 것이었다. 쭈뼛쭈뼛 나서 말을 더듬지 않고는 머리 박사님에게 다가가지도 못하는 사람들이었으므로, 나는 그들이 독일 황제를 만나 벨기에를 포기하라고 설득하지는 못할 거라고 판단했다. 나이 많은 조수들은 조금 더 이성적인 대화를 나눴는데, 그들의 얼굴은 단어에 관한 의견이 다를 때는 별로 보지 못했던 어두움으로 물들곤 했다. 보어 전쟁에서 형제를 잃은 롤링스 씨는 사람을 죽이는 일에는 아무런 영광도 없다고 젊은 조수들에게 이야기했다. 젊은 조수들은 예의 바르게 고개를 끄덕였다. 하지만 그들은 롤링스 씨의 목소리가 흔들리는 걸 알아차리지는 못했고, 롤링스 씨가 안 들릴 만큼 멀리 가기도 전에 또다시 군대에 합류하는 일의 세부 사항을 이야기하기 시작했으며, 전투에 투입되기 전에 얼마 동안이나 훈련을 받아야 할지 궁금해했다. 롤링스 씨는 그 이야기의 무게에 눌려 상해갔다.

"이 전쟁은 사전 편찬 작업이 늦어지게 만들 거예요." 메일링 씨가 머리 박사님에게 말하는 게 들렸다. "지금 사람들이 듣고 싶어하는 건 연필이 아니고 총이거든요."

그때부터 나는 매일 아침 엄청난 공포와 함께 눈을 떴다.

8월 3일 밤, 사람들은 침대에 들어가 잠을 자려고 애를 썼지만 잠들 수 없었다. 우리의 두 젊은 조수는 런던으로 갔고, 폴 몰 거리에서 떠들썩하게 먹고 마시고 취하면서 독일이 벨기에에서 철수했다는 소식을 기다리며 밤을 보냈다. 그런 소식은 들려오지 않았다. 빅 벤이 새 하루의 첫 번째 시간을 알리자 그들은 영국 국가인 〈갓 세이브 더 킹God Save the King〉을 불렀다.

다음 날 그들은 어울리지도 않는 허세를 부리며 스크립토리엄으로 돌아왔다. 그러고는 머리 박사님의 자리로 함께 가더니, 군대에 자원했다고 박사님에게 말했다. "자네들 둘 다 근시도 심하고, 거기 맞지도 않아." 박사님이 말하는 소리가 들렸다. "여기 남아 일하면 조국에 훨씬 큰 도움이 될 텐데."

집중하기가 불가능했으므로 나는 자전거를 타고 출판국으로 갔다. 그곳이 그렇게 조용한 장소인지 예전에는 알지 못했다. 조판실에서 담당자가 작업 중인 작업대는 절반밖에 되지 않았다.

"두 명이 다예요?" 스크립토리엄에서 있었던 일을 내가 말해주자 개러스가 말했다. "출판국에서는 오늘 아침에 예순세 명이 걸어 나갔어요. 대부분은 국방 의용군에 자원을 했어요, 다 그런 건 아니고. 원래는 예순다섯 명이었는데, 하트 씨가 멱살을 잡고 둘을 끌어냈어요. 아직 나이가 안 되는 친구들이었거든요. 모친들한테 혼나고 나면 자기도 혼내줄 거라고 하트 씨가 그러더군요."

메일링 씨가 옳았다. 전쟁은 사전 편찬 작업의 속도를 늦춰놓았다. 몇 달이 지나자 스크립토리엄에는 여자와 나이 든 사람밖에 남지 않았다. 아직 그리 나이가 들지 않은 롤링스 씨는 신경과민으로 이곳을 떠났고, 분류 테이블 끝에는 다시금 빈자리가 생겼다. 아무도 그곳을 채우지 않았다.

올드 애슈몰린 빌딩에 있는 브래들리 씨와 크레이기 씨의 팀도 비슷한 방식으로 팀원이 줄었고, 하트 씨에게는 이제 인쇄와 조판 인력이 절반밖에 남지 않았다.

나는 그렇게 열심히 일을 해본 적이 별로 없었다.

"일이 재미있나 봐요." 어느 날 내 책상 옆에 서서 내가 항목 하나를 다 작성할 때까지 기다리던 개러스가 말했다.

맡고 있는 책임도 늘어났고, 일이 재미있다는 것도 부정할 수 없었다.

개러스는 가방에서 봉투 하나를 꺼냈다.

"교정지는 없어요?" 내가 물었다.

"그냥 머리 박사님한테 가는 메모만 있어요."

"이제 심부름도 하는 거예요?"

"내 임무가 늘어났어요. 어린 친구들이 전부 입대를 해버려서."

"당신은 어리지 않아서 다행이네요."

"이 특별한 심부름을 하려고 싸워야 했다니까요." 개러스가 말을 이었다. "조판공들이랑 인쇄공들도 수가 줄었는데, 하트 씨는 현장 감독이랑 관리자들이 어디든 들어가 빈자리를 채우기를 바라거든요. 그분은 할 수만 있으면 나를 옛날 작업대에 붙잡아두고 싶었겠지만, 나는 당신이 보고 싶었어요."

"하트 씨가 새로운 환경을 잘 받아들이지 못하고 계신 것 같네요."

개러스는 그건 너무 예의 바른 표현이라는 듯 나를 보았다. "그분이 제대로 신경 안 쓰면 남아 있는 우리도 다 입대해버리게 되겠죠."

"그런 말 하지 말아요." 내가 말했다. 내가 아침에 일어날 때마다 느끼는 두려움을 그는 언어로 바꿔놓고 있었다.

8월의 열기와 격렬한 흥분이 습한 가을에 자리를 내주었다. 머리 박사님은 기침을 하기 시작했고, 머리 부인은 그가 스크립토리엄에 당분간 나오지 말아야 한다고 했다. "냉장고처럼 춥다고요." 부인이 말했는데, 벽난로 불이 타고 있을 때조차 그건 그다지 과장이 아니었다.

"말도 안 돼요." 박사님은 이렇게 말했지만, 그때부터 그는 매일 아침 열시에 출근해 두시면 퇴근했으므로 두 분은 어딘가에서 타협한 게 틀림없었다. 머리 부인이 집에 있어서 알아차릴 수 있는 날이 아닌 경우에 박사님은 다섯시까지 일을 했는데, 박사님의 거칠고 불안정한 숨결 때문에 우리 모두는 자극을 받아 더 오랫동안 열심히 일하게 되었다. 박사님은 전쟁이 사전 편찬 작업에 끼치는 불편에 대해 투덜거리는 걸 빼고는 전쟁 얘기를 거의 하지 않았다. 우리의 노력에도 불구하고 결과물은 늦어졌고, 인쇄는 뒤로 미뤄지고 있었다. 예상했던 완성 시기에 몇 년이 더해졌다. 머리 박사님이 그때까지 사실 수 있을까 생각해본 사람이 나 혼자만은 아니었을 것이다.

디트 고모와 다른 신뢰받는 자원봉사자들은 더 많은 봉사 업무를 요청받았고, 매일 영국 전역에서 교정지와 새로운 원고 들을 보내왔다. 머리 박사님은 심지어 프랑스에서 싸우고 있는 사전 업무 관련자들에게까지 교정지를 보내기 시작했다. "딴 데 신경 쓸 수 있어서 고마울 거야." 박사님이 말했다.

영국해협을 건너온 첫 번째 편지를 열 때는 거의 숨을 쉴 수가 없었다. 여기까지 오는 여정으로 봉투에는 더러운 얼룩이 묻어 있었다. 나는 편지가 이동했을 경로와 거쳐왔을 사람들의 손을 상상했다. 편지에 손을 댄 사람 모두가 아직 살아 있을지 나는 궁금했다. 글씨는 알아볼 수 없었지만, 봉투 뒷면에 있는 이름은 알 것 같았다. 그를 기억하려고 애써봤지만, 올드 애슈몰린 빌딩 사전실 한쪽 구석에서 책상 위로 몸을 굽히고 있던 키 작고 창백한 젊은 남자의 이미지 정도만 떠올랐다. 그는 대체로 브래들리 씨와 함께 일했고, 조용하고 명민하지만 사람과 친해지는 걸 겁내는 사람이라고 엘리너 브래들리가 그를 설명한 적이 있었다. 그가 보낸 수정 작업이 꼼꼼해서 내가 할 일은 별로 없었다. 머리 박사님이 옳았어, 나는 생각했다. 이 사람은 정신을 다른 데로 돌릴 수 있어 고마워한 게 틀림없었다.

그다음 주에 나는 제리코의 한 펍에서 점심을 먹기 위해 개러스를 만났다.

"하트 씨가 프랑스로 원고를 보내 인쇄까지 할 수 없어서 유감이에요." 개러스가 말을 별로 하지 않아서 나는 내 이야기로 침묵을 채우고 있었다. "거대한 인쇄기를 전방으로 끌고 간다는 발상이 마음에 들어요. 병사들은 탄환 대신 금속 활자를 보급받고."

개러스는 파이를 노려보면서 포크로 껍질에 구멍을 뚫고 있었다. 그가 고개를 들더니 얼굴을 찌푸렸다. "그렇게 가볍게 생각할 일이 아니에요, 에스."

나는 얼굴이 달아오르는 걸 느꼈고, 다음 순간 개러스가 눈물을 터뜨리기 직전이라는 걸 알아차렸다. 나는 테이블 위로 손을 뻗어 그의 손을 잡았다.

"무슨 일이에요?"

그는 한참 동안이나 내 눈을 마주 보며 대답을 하지 못했다. "그냥 아무 의미가 없는 것처럼 느껴져요." 그는 다시 파이를 내려다보았다.

"말해봐요."

"'슬픔Sorrow'이라는 말을 다시 조판하다 왔어요." 그는 짧게 숨을 고르고는 천장을 쳐다보았다. 나는 그가 얼굴을 닦을 수 있게 손을 놔주었다.

"누구였어요?" 내가 물었다.

"수습공들이었어요. 출판국 다닌 지 겨우 이 년밖에 안 되는." 그가 잠시 멈췄다. "시작할 때도 같이하고, 떠날 때도 같이 떠났네요. 손발이 너무 잘 맞네."

그는 파이를 치우고 테이블에 양 팔꿈치를 올려놓은 다음 두 손으로 턱을 괴었다. 그러고는 테이블보를 노려보더니 나머지 이야기를 했다. "제드 어머니가 조판실로 오셔서 하트 씨를 찾더라고요. 제드가 둘 중에서 어린 친구였는데, 아직 열일곱 살도 안 됐거든요. 그분은 하트 씨한테 자기 아들이 다시 돌아오지 못하게 됐다고 말하러 오신 거였어요." 개러스가 고개를 들었다. "그분, 완전히 무너진 상태였어요, 에시. 제정신이 아니었어요. 제드가 유일한 자식이었다는데, 그애가 다음 주에 열일곱 살이 될 예정이었다는 말을 멈출 수가 없는 것 같았어요. 그 사실을 계속 계속 되풀이해 말하면 아들이 살아 돌아오기라도 할 것처럼요. 애초에 거기 가지 말았어야 했으니까." 그는 숨을 깊이 들이마셨다. 나도 눈물을 흘리지 않으려고 눈을 깜빡였다. "누군가가 하트 씨를 찾아냈고, 하트 씨는 자기 사무실로 그 어머니를 모시고 갔어요. 두 사람이 같이 복도를 걸어 내려가는데 그분이 울부짖는 소리가 우리 모두에게 들리더라고요."

나는 내 접시를 저만치로 밀어냈다. 개러스는 잔에 담긴 스타우트 맥주를 절반쯤 마셨다.

"다시 그 단어로 돌아갈 수가 없었어요." 그가 말했다. "활자를 보는 것만으로도 구역질이 나요. 전쟁이 시작된 지 겨우 몇 달밖에 안 됐는데, 사람들은 이게 몇 년으로 길어질 거래요. 제드 같은 사람이 몇 명이나 더 생길까요?"

나는 대답하지 못했다.

개러스가 한숨을 쉬었다. "갑자기 이게 다 무슨 의미인가 싶었어요."

"우리는 할 일을 계속해야 돼요, 개러스. 그게 뭐든 상관없이요. 안 그러면 그냥 기다리는 것밖에는 없잖아요."

"내가 뭔가 쓸모 있는 일을 한다고 느낄 수 있으면 좋겠어요. '슬픔'이라는 말을 조판해봤자 슬픔은 사라지지 않아요. 제드 어머니는 사전에 뭐가 적혀 있든 느껴지는 걸 느끼실 거예요."

"하지만 어쩌면 그분의 느낌을 다른 사람들이 이해하게 도울 수 있을 거예요."

내가 한 말이기는 했지만 나 자신도 설득이 안 됐다. 어떤 경험들에 대해 사전은 오직 거기 가까운 말들을 제공할 뿐이었다. '슬픔'도 그중 하나임을, 이미 나는 알고 있었다.

거의 매주, 자기 아들이 돌아오지 못하게 되었다는 소식을 들은 또 다른 어머니가 하트 씨의 사무실 문을 두드렸다. 스크립토리엄과 올드 애슈몰린에 있는 편집자들에게는 그런 무거운 일이 그렇게 많지는 않았지만, 그렇다고 그들이 영향을 안 받는 것은 아니었다. 교육 혹은 인맥의 힘으로 사전 편집자들은 장교가 되었다. 하지만 그들이 배운 것이 리더가 되는 데 도움이 되는 것은 아니었다. 출판국 사람들은 출신 배경이 보다 광범위했다. 쓰고 버려지는 계층들, 개러스는 말했다. 그는 출판국 사람 중 한 명이 죽을 때마다 내게 얘기하는 일을 그만두었다.

하트 씨의 사무실 문이 조금 열려 있었다. 나는 노크를 하고 문을 밀어 조금 더 열었다.

"네." 문서에서 고개를 들지 않은 채 하트 씨가 말했다.

내가 그의 책상 쪽으로 걸어갔지만, 그는 여전히 고개를 들지 않았다.

나는 목을 가다듬었다. "최종 수정분입니다, 하트 씨. '연설Speech부터 봄Spring까지'요."

그가 고개를 들었다. 머리 박사님이 보낸 메모와 교정지 들을 받아드는 그의 두 눈썹 사이 주름이 깊어졌다. 메모를 읽은 그가 이를 악무는 게 보였다. 머리 박사님이 또다시 수정을 원한 것이었다. 세 번째인지 네 번째인지 확실하지 않았다. 이미 판이 짜였는지 궁금했다. 감히 물어볼 수가 없었다.

"몸이 아프다고 잘난 척이 줄어드는 건 아니라니까." 하트 씨가 말했다.

나에게 하는 말이 아니었으므로 나는 가만히 있었다. 그는 일어서서 문 쪽으로 걸어갔다. 기다리라는 말이 없었기에 나는 그를 따라갔다.

조판실에서는 말소리는 들려오지 않았지만 찰칵찰칵 두드리는 소리가 들렸다. 활자들이 스틱 속으로 들어가고, 그런 다음 한 페이지 가득 단어를 담은 판으로 만들어지는 소리였다. 하트 씨가 가장 가까운 작업대로 다가가는 동안 나는 문 옆에서 기다렸다. 조판공은 젊었다. 수습공 단계는 지난 것 같았지만, 전쟁에 나가기에는 너무 어려 보였다. 자기 판을 하트 씨가 훑어보는 동안 그는 불안해 보였다. 모든 것이 뒤집혀 있는데 실수한 걸 알아보는 게 쉬울까, 나는 궁금했다. 하트 씨는 만족한 얼굴을 했고, 조판공의 등을 두드려주고는 그다음 작업대로 옮겨 갔다. 머리 박사님의 수정 사항 처리는 좀 시간이 걸릴 것 같았다.

나는 문 바로 안쪽에 서서 조판실을 둘러보았다. 개러스가 옛날 작업대 앞에 서 있었다. 이제는 관리자였지만, 하루에 몇 시간씩은 조판 작업을 해야 했다. 나는 낯선 사람이 지켜보듯 그를 지켜보았다. 그의 모습이 어딘가 낯설었다. 그는 내가 본 그 어느 때보다 집중하는 얼굴을 하고 있었고, 몸짓에도 확신이 가득했다. 누군가의 시선이 느껴질 때 우리는 결코 완전히 편안해질 수 없다는 생각이 스쳤다. 어쩌면 우리는 결코 완전히 우리 자신이 될 수 없으리라. 타인을 기쁘게 하거나 좋은 인상을 남기고자 하는, 혹은 설득하거나 지배하고자 하는 욕망으로 인해, 우리의 움직임은 의식적이 되고 우리의 표정은 작위적이 된다.

늘 그가 여위었다고 생각했는데, 그가 일하는 모습을, 걷어 올린 셔츠 소매와 팽팽한 팔뚝 근육들을 보고 있자니 그의 우아한 힘이 느껴졌다. 집중하고 있는 그, 몸을 유려하게 움직이고 있는 그는 화가나 작곡가처럼 보였고, 활자를 배치하는 동작은 악보 위에 그려진 음표들처럼 하나하나 심사숙고 끝에 나오는 것 같았다.

죄책감이 가슴을 찔렀다. 나는 그가 하는 일에 대해 너무 몰랐다. 그것이 기계적인 단조로움 이상은 아닐 거라고 생각했었다. 결국, 단어들은 편집자가 고르는 것이고, 의미들은 작가가 제안하는 것이라고. 개러스가 해야 하는 일은 판으로 옮기는 것뿐이라고. 하지만 내가 방금 본 것은 그런 게 아니었다. 그는 우선 단어 쪽지를 읽고, 생각한 다음, 활자를 골랐다. 활자를 배치하고, 다시 생각하고, 귀 뒤에서 연필을 빼내 쪽지에 메모를 했다. 그는 교정 작업을 하고 있었던 걸까? 문제를 해결했다는 확신에 찬 표정과 함께 그는 활자를 빼내고 조금 더 나은 배열로 재배치했다.

이렇게 무방비한 모습은 그가 잠들어 있을 때나 볼 수 있을 것 같았다. 그의 잠든 모습이라니, 나는 그 모습을 보길 열망하는 나 자신을 깨닫고 놀랐다. 그 생각이 심장을 꿰뚫는 것 같았다.

개러스가 똑바로 서더니 고개를 좌우로 돌리며 목을 풀었다. 그 움직임이 눈에 띈 모양이었다. 하트 씨가 자신이 살펴보고 있던 판에서 활자 하나를 수정하라는 지시를 한 다음, 개러스 쪽으로 걸어갔다. 개러스가 그를 보았고, 어깨와 얼굴 근육이 아주 미세하게 팽팽해졌다. 관찰되는 상태에 적응하는 것이었다. 나도 개러스 쪽으로 걸어갔다. 나를 본 그의 얼굴에 미소가 번졌고, 어느새 그는 완전히 친숙한 사람으로 돌아와 있었다.

"에즈미." 그가 말했다. 그의 기쁨은 내 몸 구석구석을 따뜻하게 해주었다.

하트 씨는 그제야 내가 거기 있다는 걸 알아차렸다. "아, 참, 그렇지." 나와 하트 씨가 동시에, 상대가 개러스와 나누는 대화에 자신이 끼어든 건 아닌지 가늠하는 동안 어색한 침묵이 흘렀다.

"죄송합니다." 내가 말했다. "복도에서 기다릴까요?"

"괜찮아요, 니콜 양." 하트 씨가 말했다.

"하트 씨." 개러스의 말이 우리가 거기 있는 이유를 모두에게 일깨웠다. "제임스 경이 보내신 수정 사항인가요?"

"맞아." 하트 씨가 개러스의 작업대로 다가갔다. "자네가 예상한 대로야. 이제부터는 눈에 띌 때마다 자네가 직접 수정을 하는 게 어떨까 싶네. 시간이 우라지게 많이 절약될 거야." 그런 다음 그는 내가 있다는 걸 기억해냈고, 마지못해 거친 말투를 사과했다. 개러스가 나오려는 웃음을 참았다.

수정 사항 논의가 모두 끝나자 개러스는 휴식 시간을 조금 앞당겨도 되겠느냐고 물었다.

"그래, 그래. 십오 분 추가로 더 쉬게." 하트 씨가 말했다.

"저분, 에즈미 때문에 당황하셨는데요." 하트 씨가 멀리로 걸어가자 개러스가 말했다. "이 줄 맞추는 것만 얼른 끝낼게요."

나는 개러스가 그의 앞에 놓인 트레이에서 작은 금속 활자 조각들을 고르는 것을 지켜보았다. 그의 손은 빠르게 움직였고, 스틱은 금세 가득 찼다. 그는 그것을 판에 앉힌 다음 엄지손가락을 문질렀다.

"하트 씨가 아까, 조판 들어가기 전에 당신이 원고 수정을 하게 해주겠다고 하셨잖아요. 진심으로 하신 말씀일까요?"

개러스가 웃었다. "아이고, 아뇨, 아니에요."

"하지만 욕심이 날 것 같은데요." 나는 조심스럽게 말했다.

"왜 그런 말을 하죠?"

"음, 전에는 별로 생각을 못 해봤는데요, 여기서 보니까 당신이 단어를 다루면서 사는 사람이고, 그것들을 제자리에 배치하고 있다는 실감이 났거든요. 분명 어떤 문장이 더 가독성이 좋은지에 대해서도 의견이 있을 테고요."

"의견을 갖는 건 내 일이 아니에요, 에스." 그는 나를 보고 있지 않았지만, 나는 그의 입가에 미소가 맴도는 걸 볼 수 있었다.

"아무 의견도 없는 남자를 과연 내가 좋아할 수 있었을지, 잘 모르겠네요."

그러자 그가 미소 지었다. "글쎄, 그렇다면, 그냥 이렇게 말할게요. 나는 스크립토리엄에서 오는 원고보다 올드 애슈몰린에서 오는 원고에 대한 의견이 더 많아요." 그는 일어서서 앞치마를 벗었다. "인쇄실에 잠깐 들러도 될까요?"

인쇄실은 풀가동되고 있었다. 큼지막한 종이들이 거대한 새의 날개처럼 쏟아져내리거나, 커다란 드럼에서 빠르고 연속적으로 인쇄되어 나왔다. 옛날 방식과 새로운 방식이 함께 쓰이는 거예요, 개러스가 말했다. 각각의 방식에는 귀에, 그리고 눈에 어울리는 리듬이 있었고, 페이지들이 쌓이는 걸 보니 이상하게도 위로가 됐다.

개러스가 옛날식 인쇄기 한 대로 나를 데려갔다. 거대한 날개가 내려앉으면서 공기가 움직이는 게 느껴졌다.

"해럴드, 부탁하신 거 가져왔어요." 개러스가 주머니에서 바퀴처럼 생긴 조그만 부품을 꺼내 나이 든 남자에게 건넸다. "맞추기 힘드시면 제가 오후에 다시 와서 해드릴게요."

해럴드가 부품을 받았고, 나는 그의 손이 아주 조금 떨리는 것을 보았다.

"에즈미, 해럴드 페어웨더 씨를 소개할게요. 해럴드는 인쇄실 마스터시고, 은퇴하셨다가 최근에 다시 나오고 계세요. 맞죠, 해럴드?"

"그냥 조금 할 일을 하고 있습니다." 해럴드가 말했다.

"그리고 이쪽은 에즈미 니콜 양이에요." 개러스가 말을 이었다. "에즈미는 머리 박사님하고 같이 사전 편찬 작업을 하고 있어요."

해럴드가 미소 지었다. "우리 없이는 영어가 어디에도 있을 수가 없지 않겠어요?"

나는 인쇄기에서 빠져나오는 페이지들을 보았다. "사전을 인쇄하고 계신 건가요?"

"바로 그렇습니다." 그는 인쇄된 종이 무더기 쪽을 보며 고개를 끄덕였다.

나는 종이 한 장의 끄트머리를 집어 들고 엄지손가락과 다른 손가락들 사이에 잡은 다음 종이를 문질러보았다. 잉크가 아직 마르지 않았을지 몰라서 단어들이 있는 부분에는 손이 닿지 않게 조심했다. 그 페이지가 들어가는 분책을 살 사람이 누구든, 번진 잉크 때문에 그 사람의 어휘에서 단어 하나가 지워져버리는 광경이 떠올라서였다.

"이런 옛날식 인쇄기들은 각자 성격이 있어요." 해럴드가 말하고 있었다. "개러스가 누구 못지않게 이 녀석들을 잘 알지요."

나는 개러스를 보았다. "그래요?"

"일 시작할 때 인쇄기 다루는 법부터 배웠거든요." 개러스가 말했다. "열네 살 때 해럴드의 수습공이었어요."

"이게 말썽을 부릴 때면 달래서 움직이게 할 수 있는 사람이 개러스밖에 없어요. 기술자 절반이 빠져나가기 전부터도." 해럴드가 말했다. "이 친구가 없어지면 어떻게 일을 할지 상상이 안 됩니다."

"왜 개러스 없이 일을 하셔야 할지, 저는 그게 잘 상상이 안 되는데요." 내가 말했다.

"그냥 가정해본 거예요, 아가씨." 해럴드가 재빨리 덧붙였다.

"에즈미, 좀 더 자주 와야 되겠어요." 월턴 스트리트를 따라 걸어갈 때 개러스가 말했다. "요즘 하트 씨가 직원 점심시간에서 휴식 시간 십오 분을 자꾸만 빼려고 하거든요. 따로 휴식 시간을 더 주지도 않고요."

"머리 박사님도 그러세요. 스크립토리엄이랑 출판국이 그분들한테는 전장인가 봐요. 달리 기여할 방법이 없으니까 그러는 거죠." 그 말이 입 밖에 나온 순간, 후회가 됐다.

"하트 씨가 항상 일을 심하게 시키는 분이긴 했어요." 개러스가 말했다. "하지만 조심하지 않으면 전쟁보다도, 그런 불합리한 요구 때문에 직원을 더 많이 잃을 텐데."

우리는 제리코 중심부로 접어들었다. 점심시간이어서 거리에는 사람이 많았고, 개러스는 마주치는 사람 두 명에 한 명꼴로 고개를 끄덕여 인사를 했다. 모두들 가족이 어떤 식으로든 출판국과 관계있는 사람들이었다.

"하트 씨가 당신을 잃게 될까요?"

개러스가 말을 멈췄다. "그분이 좀 유별나요. 종종 성질도 부리고. 자기에게도 그렇지만, 일하는 사람들을 필요 이상으로 힘들게 몰아붙이는 면이 있죠. 근데 그분이나 나나 일하는 방식이 있어요. 그게 서로 잘 맞고요. 몇 년 지나니까 괜찮은 분이라고 차차 생각하게 됐어요, 에스. 그분도 나를 그렇게 생각하시는 것 같고요."

그런 면은 나도 여러 번 직접 봤다. 개러스에게는 머리 박사님을 부드러워지게 했듯 하트 씨도 부드러워지게 하는 소탈함과 자신감이 있었다.

우리는 리틀 클래런던 스트리트로 꺾어 들어가서 찻집 쪽으로 걸었다. "그런데 그분이 당신을 잃는다고요?" 내가 다시 물었다.

개러스가 문을 밀어 열었고, 문 위쪽에 달린 종이 딸랑딸랑 소리를 냈다. 나는 그의 대답을 기다리며 문간에 서 있었다.

"해럴드가 말하는 거 들었죠." 그가 말했다. "그냥 가정해본 거라고."

그는 가게 안쪽에 있는 테이블로 나를 이끌고는, 앉으라고 의자를 빼주었다.

"그분이 당신 보는 눈빛 봤어요." 그가 자기 의자를 당기고 있을 때 내가 말했다. "미안해하는 눈빛이던데요."

"칭찬을 하면 내가 불편해하는 걸 아는 분이라 그래요."

개러스는 나를 쳐다보지 못했다. 대신 종업원을 찾아 주위를 둘러보았다. 종업원과 눈이 마주치자, 그는 다시 고개를 돌리고 메뉴판을 훑기 시작했다.

"무슨 상상을 하고 있는 거예요?" 고개를 들지 않은 채 그가 물었다.

나는 테이블 위로 손을 뻗어 그의 손을 감쌌다. "진실을 상상하고 있어요, 개러스. 당신 무슨 계획을 세우고 있는 건데요?"

그가 고개를 들었다. "에시……" 하지만 더 이상은 말하지 못했다.

"나, 무서워요."

그가 바지 주머니에 손을 넣어 무언가를 끄집어냈다. 그러고는 그것을 움켜쥔 주먹을 우리 사이에 두었다. 나는 그의 얼굴이 붉어지고 입이 꾹 다물어지는 모습을 보았다.

"그게 뭐예요?" 내가 물었다.

그의 손가락이 펴지면서 찌그러진 하얀 깃털*의 일부가 드러났다.

"그거 치워요." 내가 말했다.

"이게 출판국 뒷문에 붙어 있었어요."

"그럼 누가 받든 상관없겠네요. 거기서 일하는 사람들, 수백 명이잖아요."

"알아요. 꼭 나한테 온 거라고 생각 안 해요. 하지만 자꾸 생각을 하게 되더라고요."

종업원이 끼어들었고, 개러스가 주문을 했다.

"당신은 나이가 너무 많아요." 내가 말했다.

"서른여섯이면 너무 많은 건 아니에요. 다행히 스물여섯이나 열여섯보다는 낫고요. 그 어린 친구들은 별로 살아보지도 못했는데."

종업원이 우리 사이에 찻주전자를 놓았다. 찻잔과 우유가 담긴 저그

* 하얀 깃털은 나라마다 다른 것을 상징했는데, 영국에서는 1차대전이 시작된 1914년, 찰스 피츠제럴드 사령관이 애국심을 고취하고 남성들의 입대를 독려하기 위해 상징물로 사용했다. 당시 여성들에게는 군복을 입지 않은 남성을 보면 하얀 깃털을 선물하라는 임무가 주어졌다. 깃털에는 '조국을 위해 입대하세요'라는 뜻이 담겨 있었다.

가 조심스럽게 놓이는 동안 나는 거의 숨을 쉬지 못했다.

종업원이 가자마자 나는 말했다. "꼭 가고 싶은 것처럼 얘기하네요."

"어린애들, 아니면 멍청한 사람들이나 전쟁에 나가고 싶어하겠죠, 에시. 아니, 난 가고 싶지 않아요."

"하지만 가려고 생각하고 있잖아요."

"생각을 안 할 수는 없어요."

"글쎄요, 대신 나에 대해 생각해봐요." 나는 내 목소리 속에서 어린애의 목소리를, 절박한 애원을 들었다. 전에는 그에게 이런 부탁을 한 적이 없었고, 우정 이상으로 발전할 것 같은 어떤 감정도 피해왔는데.

"아, 에시. 나는 쉬지 않고 당신 생각을 해요."

샌드위치가 나왔다. 종업원이 요란스럽진 않았지만, 우리의 대화는 어쨌든 멈췄다. 대화를 다시 시작하기에는 우리 둘 다 용기가 없었고, 결국 이어지는 십오 분 동안 우리는 말없이 먹기만 했다.

점심을 먹은 뒤 우리는 캐슬 밀 스트림의 뱃길을 따라 걸었다. 겨울을 향해 분발하라고 촉구하듯 스노드롭 꽃이 둑을 뒤덮고 있었다.

"줄 단어가 하나 있어요." 개러스가 말했다. "이미 존재하는 단어지만, 사전에 이런 용례는 안 나와 있을 거예요. 당신이 수집하는 단어 목록에 들어가야 한다고 생각이 돼서요." 그는 주머니에서 쪽지 한 장을 꺼냈다. 출판국에서 쓰는 거대한 종이에서 잘라낸 것으로 보이는, 하얗게 빛나는 정사각형 종이였다. 그가 그 쪽지를 말없이 혼자 읽기에, 나는 그냥 자기가 갖기로 마음을 바꾼 건가 싶었다.

우리는 다음에 나온 벤치에 앉았다.

"이 단어를 조판했었어요. 시간이 좀 지난 일인데." 그는 계속 쪽지를 들여다보았다. "굉장히 많은 뜻을 지닌 단어지만, 이 여자분이 이 단어를 쓰는 방식이, 사전에 뭔가 빠진 게 있을지도 모른다는 생각을 하게 했어요."

"그 여자분이 누군데요?" 나는 물었지만, 그가 대답하지 않아도 알 수 있었다.

"어느 어머니요."

"그 단어는 뭔데요?"

"상실Loss."

신문엔 온통 그 단어였다. 전쟁이 시작된 뒤로 '상실'을 포함하는 인용문들로만 사전 한 권을 통째로 채울 수 있을 정도였다. 〈타임스 오브 런던〉에 실리는 사상자 명단은 계속해서 상실을 기록했는데, 이프르 전투에서의 사상자는 페이지가 모자랄 만큼 많았다. 사망자에는 옥스퍼드 사람들도 포함돼 있었다. 출판국 직원들도. 어릴 때부터 개러스가 알고 지낸 제리코 출신 소년들도. '상실'은 유용한 단어였고, 무서울 정도로 사용 범위가 넓었다.

"봐도 돼요?"

개러스는 쪽지를 다시 한번 들여다보고는, 내게 건네주었다.

상실Loss

"상실에 조의를 표합니다, 그들은 그렇게 말해요. 저는 그게 무슨 뜻인지 알고 싶어요. 제가 잃어버린 건 단지 제 아들들만이 아니니까요. 저는 저의 엄마 됨을 잃었고, 할머니가 될 기회를 잃었어요. 이웃과 나누던 편안한 대화를 잃었고, 노년에 가족으로부터 얻을 위안을 잃었어요. 매일 아침 깨어나 저는, 전에는 생각해본 적 없는 새로운 상실을 마주합니다. 그리고 머지않아 제가 잃어버릴 것은 제 마음이

리라는 걸 알아요."

—비비언 블랙먼, 1915년

개러스가 한 손을 내 어깨에 올려놓았다. 기운이 조금 났다. 부드럽게 쥐는 그의 손가락들이, 나를 매만지는 그의 엄지손가락이 느껴졌다. 우정 이상의 무언가. 내가 없애버릴 수 없는 감정. 하지만 그는 알지 못했다.

저는 저의 엄마 됨을 잃었고. 그 말들은 억지로 기억을 끄집어냈다. 주근깨 가득한 얼굴, 상냥한 눈동자. 고통 한가운데 붙잡을 닻이 되어주었던 사람. 세라, 내 아이의 어머니. 내 딸의 어머니. 나는 딸아이에 대해 무언가를 떠올리려고 했지만, 그 아이의 몸 냄새는 오직 내가 종이에 적어 트렁크에 넣어둔 단어들로만 남아 있었다. 눈을 감으면 그애의 얼굴은 조금도 기억나지 않았고, 다만 피부가 반투명하고, 속눈썹은 아직 있는 듯 없는 듯 하다고 종이에 적어두었던 것만 기억났다. 비비언 블랙먼이라는 이 여성은 나의 어떤 부분을 알았다. 개러스는 절대로 상상할 수 없는 것들이었다.

"이 여자분, 누구예요?" 내가 물었다.

"아들 셋이 다 출판국에서 일했어요. 셋 모두 8월에 옥스 앤드 벅스 2차 전투에 참전했고요. 그중에 둘은 너무 어려서 아무것도 몰랐죠. 뭘 좀 아는 어른들은 겁을 집어먹는데 말이에요." 그는 내 얼굴을 보고 자신의 말이 어떻게 들리는지 알아차리고는, 서둘러 말을 이었다. "하트씨가 그때 몸이 안 좋으셔서 저한테 소식을 전하셨어요."

"자녀분이 더 있나요?"

개러스가 고개를 저었다. 우리는 더 이상 아무 말도 하지 않았다.

……아들들이 무사히 돌아오기를 기도할게요.

사랑하는 친구, 리지로부터

나는 내가 받아쓴 페이지들을 리지에게 주었다. 리지는 그것을 조심스럽게 접어 봉투에 넣은 다음, 네 개째 비스킷을 집어 들었다.

"형들이 없어서 토미는 엄청 외롭겠어요." 리지가 말했다.

"토미도 입대할까요?"

"그랬다간 너태샤 마음이 찢어질걸요."

"리지, 혹시 마음속 깊은 비밀들을, 나를 통해 편지로 쓰지 않고 너태샤에게 말할 수 있었으면 하고 생각한 적은 없어요?"

"저는 깊은 비밀들 같은 게 없어요, 에시메이."

"만약에 있다고 하면 말이에요, 그 비밀들을 너태샤가 알았으면 좋겠어요? 그렇게 되면 너태샤가 리지를 다르게 생각하게 된다고 해도?"

리지의 손이 십자가를 찾아 쥐었고, 눈은 테이블을 내려다보았다. 리지는 언제나 자신이 내게 들려주는 지혜의 말이 주님에게서 온 거라고 말하곤 했다. 나는 신이 관여하고 있다고 믿는 일을 오래전에 그만두었다.

리지가 고개를 들었다. "알았으면 할 것 같아요. 저한테 중요한 일이라면요. 아니면 어떤 식으로든 저라는 사람을 설명해줄 수 있는 일이라면요."

그의 대답은 내 속을 울렁거리게 했다. "그럼 비밀을 끝까지 말 안 하면, 그건 문제가 될까요?"

리지가 일어나 찻주전자에 뜨거운 물을 더 부었다.

"그분은 아가씨를 심판하지 않을 거예요." 리지가 말했다.

나는 리지를 돌아봤지만, 리지는 내게 등을 보이고 있었다. 얼굴을 읽을 방법이 없었다. 리지가 말한 '그분'은 하느님일 수도, 개러스일 수도 있었다. 나는 둘 다이기를 바랐다.

청명한 밤이 낮의 푸른 하늘과 반짝이는 서리를 불러왔다. 하지만 아침의 추위는 오래가지 않았고, 머리 박사님의 교정지 수정 사항을 가지고 출판국으로 페달을 밟는 동안에는 외투가 너무 덥게 느껴졌다.

하트 씨의 사무실 문은 반쯤 열려 있었다. 노크를 했지만, 대답은 들려오지 않았다. 나는 안을 들여다보았고, 하트 씨가 책상 앞에 앉아 두 손으로 얼굴을 감싸고 있는 것을 보았다. 또 다른 어머니가 왔구나, 나는 생각했다. 〈옥스퍼드 타임스〉에 출판국에서 입대한 남자들과 그중 사망한 사람들의 수를 다룬 작은 기사가 실렸다. 직원을 너무 많이 잃어 몇몇 중요한 책의 출간이 늦어질 거라고 했다. 『셰익스피어 시대의 영국』도 그중 한 권이었다.

나는 관리 책임자가 두 손에 얼굴을 파묻은 것이 『셰익스피어 시대의 영국』 때문이라고는 생각할 수 없었고, 갑자기 그 기사가 무신경하게 느껴졌다. 책 제목은 거론하면서 사람 이름은 단 하나도 싣지 않다니. 나는 문간에서 뒤로 물러나 조금 더 세게 문을 두드렸다. 이번에는 하트 씨가 고개를 들었다. 조금은 멍하고, 조금은 놀란 얼굴이었다. 나는 수정된 교정지를 그에게 건네주었다.

그런 다음 개러스를 찾아갔지만 그는 사무실에 없었다. 조판실에서 그를 찾아냈다. 그는 옛날에 쓰던 작업대 쪽으로 몸을 굽히고 있었다.

"좀 쉬면 안 돼요?" 내가 물었다.

활자들을 보고 있던 개러스가 고개를 들었다. 그의 미소에 기운이 없었다. "비어 있는 작업대가 너무 많아서요." 그가 말했다. "인쇄실도 똑같아요. 지금 제대로 돌아가는 곳은 제본소뿐이에요. 거기도 여직원 몇이 구급간호봉사대에 들어가긴 했지만." 그가 앞치마에 두 손을 문질러 닦았다.

"어쩌면 하트 씨는 여자들을 인쇄공과 조판공으로 고용하는 걸 고려해봐야 할지도 모르겠네요."

"그런 얘기가 나오긴 했는데, 찬성 의견이 많지는 않았어요. 그래도 나 역시 피할 수 없을 거라는 생각이 드네요."

"하트 씨, 안 좋아 보이시던데요."

개러스가 앞치마를 벗었고, 우리는 똑같은 모양을 한 앞치마들이 고리에 나란히 걸려 있는 곳으로 함께 걸어갔다. "우울증 증세가 좀 생기신 것 같아요." 그가 말했다. "그럴 만도 하죠. 여긴 마을이랑 비슷해서 모두가 서로 연결돼 있고, 누가 죽으면 사람들 사이에 영향이 번져가니까요."

개러스와 함께 안뜰을 가로질러 가는데, 갑자기 그곳이 정말 조용하다는 생각이 처음으로 들었다. 제리코 쪽으로 가는 대신 나는 그레이트 클래런던 스트리트로 개러스를 이끌었다. "그렇게 춥지 않네요." 내가 말했다. "캐슬 밀 스트림을 따라 좀 걸으면 어떨까 했어요. 샌드위치도 가져왔어요."

개러스는 알아차리지 못한 듯했지만, 그와 함께 걷는 동안 나는 머릿속에서 어떤 평범한 화젯거리도 생각해낼 수가 없었다. 우리는 커낼 스트리트로 꺾어 들어간 다음 세인트 바너버스 교회를 지나갔다. 그가 내게 괜찮냐고 물은 건 우리가 뱃길에 도착한 다음이었다. 나는 미소를 지으려고 애를 썼지만, 완전히 실패했다.

"왜 그래요. 나, 좀 불안한데요." 그가 말했다.

나는 햇빛이 옅게 들어 아롱진 조용한 장소를 골랐다. 개러스가 외투를 벗어 땅에 펼쳐놓았고 나도 내 외투를 옆에 펼쳤다. 우리는 자리에 앉았다. 곧 닥쳐올 쓰라린 대화를 생각하면 너무 가깝다 싶게 다가앉았다. 나는 가방에서 샌드위치를 꺼내 그에게 한 조각 주었다.

"말해요." 그가 말했다.

"뭘요?"

"뭐든 마음속에 있는 말을 해봐요."

나는 그의 얼굴을 천천히 들여다보았다. 어떤 것도 그가 나를 바라보는 시선을 바꿔놓지는 말았으면 했지만, 동시에 그에게 전적으로 이해받고 싶었다. 이미지와 감정 들이 마음속에서 소용돌이쳐서 연습했던 어떤 말도 기억이 나지 않았다. 숨쉬기가 힘들었다. 자리에서 일어났다. 강을 따라 좀 걷고, 정신없이 공기를 들이마셨지만, 여전히 숨이 쉬어지지 않았다. 개러스가 나를 부르며 따라왔지만 귓속을 쿵쿵 울리는 소리 때문에 그의 목소리가 멀게 느껴졌다.

내 딸에 대해 그에게 말할 것이다. 나는 내가 그렇게 하리라는 걸 알았다. 용서받을 수는 없더라도. 속이 울렁거렸지만 나는 돌아섰다.

우리는 마주 보고 앉았다. 각자의 외투 위에 앉았고, 개러스는 이제 말없이 얼이 빠진 채 아래를 내려다보고 있었다. 나는 그에게 모든 것을 이야기했다. 내가 두려워하던 단어들을 그에게 말했다. 처녀, 임신, 분만 침대, 출산, 아기, 입양. 그런 다음 나는 고요해졌다. 토할 것 같던 느낌은 사라져 있었다.

나는 거리감을 느끼며 개러스를 지켜보았다. 나는 방금 그를 잃어버린 건지도 몰랐지만, 그보다는 내 딸아이의 상실이 내게 조금 더 확실한 일이었다. 그가 내게 실망했을 수도 있지만, 나 역시 나 자신에게 실망했다.

나는 일어나서 걸어가기 시작했다. 뒤를 돌아보니 그는 여전히 내가 그를 남겨두고 온 곳에 앉아 내 외투의 주름을 펴고 있었다.

커낼 스트리트를 따라 걷다가 세인트 바너버스 교회로 통하는 문이 열려 있는 것을 발견했다. 나는 아침의 예배당에 들어가 앉았다. 얼마나 오랫동안 그곳에 있었을까. 개러스가 나를 찾아내 어깨에 외투를 걸쳐주었다. 그는 내 옆에 앉았다. 조금 시간이 지나 그가 내 팔을 잡았을 때, 나는 그가 겨울 햇빛 속으로 나를 도로 데리고 나가게 두었다.

우리가 출판국으로 돌아왔을 때 나는 자전거를 꺼냈고, 스크립토리엄으로 혼자 돌아가겠다고 말했다.

개러스가 나를 보았다. 쓰라림은 없었지만, 그의 얼굴에는 슬픔이 담겨 있었다.

"아무것도 달라지지 않아요." 그가 말했다.

"어떻게 달라지지 않을 수가 있겠어요?"

"나도 몰라요. 그냥 그런걸요."

"하지만 달라질 거예요. 시간이 지나면요."

그가 고개를 저었다. "난 그렇게 생각 안 해요. 전쟁 때문에 현재가 과거보다 중요해졌고, 미래보다 훨씬 확실한 것이 됐어요. 지금 이 순간 내가 느끼는 것이 내가 의지할 수 있는 유일한 거예요. 그리고 그 모든 얘기를 듣고 나니 나는 당신을 더 사랑하게 된 것 같아요."

'사랑'만큼 이형異形이 많은 단어는 그렇게 많지 않다. 나는 그 단어가 가슴속 깊이 울리는 걸 느꼈고, 그것이 내가 지금껏 듣거나 말해본 그 말의 어떤 이형과도 다른 무언가를 의미한다는 사실을 깨달았다. 하지만 개러스의 얼굴에 담긴 슬픔은 그대로였다. 그는 내 손을 잡고 흉터에 입 맞춘 다음, 몸을 돌려 출판국으로 들어갔다.

다음 날 아침 잠에서 깨어났을 때는 집이 몹시 춥게 느껴졌다. 나는 침대에서 몸을 일으킬 수가 없었다. 개러스의 말들이 위로가 되긴 했지만, 그 말들에는 그의 슬픔이 담금질되어 있었다. 내가 그에게 어떤 말들을 하려다 말았듯, 그 역시 내게 무슨 말인가를 억누르고 있었다. 몸이 떨렸고, 리지가 있었으면 했다.

나는 서둘러 옷을 입고 어스름 속을 걸어 서니사이드로 향했다.

내가 부엌에 들어갔을 때 리지는 팔꿈치까지 비눗물에 담그고 있었다. 조리대는 아침식사를 하고 남은 음식, 더러운 그릇과 찻잔, 토스트 부스러기가 담긴 접시 들로 가득했다.

"화덕에 불이 따스워요." 리지가 말했다. "설거지할 동안 가서 몸 좀 덥혀요."

"아침에 오던 사람은 어디 있어요?" 내가 물었다. 몇 명 있었는데 최근에 오던 사람의 이름이 생각이 안 났다.

"그만뒀어요. 최소한 전쟁이 어떤 사람들한테는 좋은 점이 있네요. 공장에 나가면 머리 박사님 댁에서 줄 수 있는 것보다 많이 준대요."

나는 외투를 벗고 행주를 집어 들었다. "퇴직하신 밸러드 부인이 다시 나오실 수는 없을까요?"

"부인은 요즘 의자에서 일어나는 것도 힘들어하세요."

나는 빵을 두툼하게 한 조각 썰어 잼을 발랐다. "한 덩어리 더 만들었어요." 리지가 말했다. "오늘 밤에 갈 때 가져가요."

"정말 그러지 않아도 괜찮은데." 손가락에 묻은 잼을 핥으며 내가 말했다.

"해 뜰 때부터 해 질 때까지 기록방에 있는데 가정부는 없고. 난 정말 왜 아가씨가 가정부를 내보낸 건지 이해를 못 하겠어요. 누군가 아가씨를 돌봐줘야 된다고요."

뼛속까지 따뜻해지고 배도 불러오자, 나는 정원을 가로질러 스크립토리엄으로 갔다. 그곳이 텅 비어 있어서 감사했다. 최소한 한 시간 동안은 아무도 오지 않을 것이었다.

그곳은 내가 분류 테이블 밑에 들어가던 때와 거의 변한 게 없었다. 잠깐 동안 나는 아빠와 내가 함께 그 안에 있는, 그리고 전쟁은 없는 세계를 상상할 수 있었다. 나는 선반들을 손가락으로 따라갔다. 기억을 되살리는 나만의 방법이었다.

나는 내 책상 앞에 앉아 고요를 향해 귀를 기울였다. 벽에 난 구멍에서 살랑거리는 바람 소리가 들려왔고, 나는 한 손을 들어 올려 차가운 대기의 숨결을 느꼈다. 그것은 날카롭고, 거의 고통스러웠다. 나는 자신들을 정의한다고 할 만한 인생의 순간들을 피부에 새기는 원주민들을 떠올렸다. 내 몸에는 단어들이 새겨질 것이다. 하지만 어떤 단어들이?

스크립토리엄 벽에 무언가가 부딪치는 짤캉 소리가 났다. 바람 소리가 멈췄다. 나는 구멍에서 손을 거둬들이고 눈을 가져가 밖을 내다보았다. 개러스였다.

그는 자전거를 기대세우고 몸을 똑바로 편 다음, 가방 안쪽을 확인하고 조심스럽게 잠갔다. 나는 백 번쯤 몰래 관찰한 끝에, 그가 마치 연약하고 소중한 물건을 다루듯 단어들을 이곳저곳으로 몰고 다니는 방식을 사랑하게 되었다.

하지만 불안이 밀려왔다. 매무새를 살폈다. 틀어 올린 머리에서 곱슬머리 몇 가닥이 삐져나와 있어서 도로 밀어 넣었다. 두 뺨을 꼬집고, 입술도 살짝 깨물었다. 개러스가 스크립토리엄 문으로 들어오길 기다리며 의자에 등을 기대고 불편할 만큼 꼿꼿이 앉았다. 그의 입에서 나올 말들이 두려웠다.

그는 오지 않았다. 나는 일거리 위로 몸을 굽히고 곱슬머리가 느슨히 흘러내리게 내버려두었다.

십오 분쯤 지났을 때 스크립토리엄 문이 열리는 소리가 들렸다.

"이렇게 참새처럼 부지런하게 나와 있는 걸 머리 박사님이 아세요?" 개러스가 물었다.

"그냥 조용한 게 좋아서요." 그의 마음 상태가 어떤지 실마리를 얻으려고 얼굴을 이리저리 살피면서 내가 대답했다. "하지만 방해를 받으니까 좋네요. 오는 소리 들었어요. 왜 이렇게 오래 걸렸어요?"

"부엌에 리지랑 같이 있는 줄 알고 그리로 갔어요. 리지가 나한테 차를 마시고 가라고 해서 거절할 수가 없었어요."

"리지는 당신을 좋아해요."

"나도 리지 좋아해요."

나는 개러스 손에 들린 가방을 쳐다보았다. "교정지를 전달하기에는 조금 이른 시간이네요."

그는 곧바로 대답하지 않았다. 대신 내가 했던 고백을 회상하는 것처럼 나를 바라보았다. 나는 시선을 아래로 향했다.

"교정지는 없어요. 그냥 점심 피크닉에 초대하러 왔어요." 그가 말했다. "오늘도 정말 근사한 날이 될 것 같네요."

나는 그저 고개를 끄덕일 수밖에 없었다.

"그럼 정오에 다시 올게요." 그가 미소 지었다.

"알았어요."

그가 떠나자 나는 떨리는 숨결을 내쉬며 머리를 벽에 기댔다. 구멍으로 들어온 빛이 내 손의 오래된 흉터 위에 쏟아졌다. 개러스가 자전거를 가져가려고 스크립토리엄 뒤쪽으로 다가오자 그 빛은 흐려졌다가, 다시 밝아졌다. 그러고는 다시 흐려졌다. 모스 부호다, 나는 생각했지만 해독은 할 수 없었다. 철로 된 벽에 그가 몸을 기대자 그 몸의 무게가 전해져왔고, 금속이 울리는 둥둥 소리가 내 머릿속을 파고들었다. 자신이 나와 얼마나 가까이 있는지 그는 알았을까? 그는 거기 오랫동안 머물렀다.

정오가 되기 직전, 나는 리지와 함께 부엌 테이블에 앉아 있었다.

"머리 좀 제대로 해줄게요." 리지가 말했다.

"그래봤자예요. 항상 어떻게든 삐져나와요."

"아가씨가 하면 그렇겠죠." 리지는 내 뒤에 서서 머리에 핀을 다시 꽂았다. 리지가 그 일을 끝내자 나는 머리를 흔들어보았다. 곱슬머리는 제자리에 그대로 있었다.

우리는 부엌문을 통해 개러스가 오는 걸 보았다. 그는 이깨에 가방을 메고, 한 손에는 피크닉 바구니를 들고 정원을 가로질러 성큼성큼 우리에게 걸어왔다. 리지가 벌떡 일어나 문을 열고 그를 들어오게 했다.

개러스는 리지에게 고개를 끄덕여 인사하고는 얼굴 가득 미소를 지었다. "리지." 그가 말했다.

"개러스." 리지가 대답했다. 리지는 거울처럼 그를 따라 미소 지었다.

그들의 인사 뒤에는 내가 상상할 수 없는 많은 문장들이 숨겨져 있었다. 개러스가 부엌 테이블에 피크닉 바구니를 올려놓았고, 리지는 화덕으로 몸을 굽히고 데우고 있던 파이를 꺼냈다. 리지는 파이를 바구니 맨 밑바닥에 넣고 천으로 덮었다. 그런 다음 보온병에 차를 가득 채우고는 우유가 든 작은 병과 함께 개러스에게 주었다.

"러그 가져왔어요?" 리지가 그에게 물었다.

"가져왔어요." 그가 대답했다.

리지가 의자 등받이에서 양털로 만든 숄을 벗겨냈다. "12월치고는 따뜻할 것 같지만, 그래도 외투 위에 이걸 걸쳐야 될 거예요." 숄을 내게 건네주며 리지가 말했다.

나는 피크닉이 리지를 즐겁게 만들었다는 사실에 기분이 좋아져서 숄을 받았다. "리지도 같이 갈래요?" 내가 물었다.

리지가 웃었다. "아, 아니에요. 할 일이 너무 많아요."

개러스가 테이블에서 바구니를 집어 들었다. "갈까요?"

나는 그에게 손을 건네주었고, 그는 나를 밖으로 이끌었다.

우리는 캐슬 밀 스트림까지 걸어간 다음, 뱃길을 따라 월턴 브리지까지 갔다.

"겨울이 벌써 시작됐다니 믿어지지 않아요." 개러스가 러그를 펼치고 그 한가운데 파이를 꺼내놓으며 말했다. 김이 모락모락 올라왔다.

그는 내가 앉을 자리를 평평하게 만든 다음 바구니에서 보온병을 꺼내 컵에 차를 따랐다. 정확한 양을 딱 맞춰 우유를 더하고, 설탕 한 덩어리를 넣었다. 나는 컵을 두 손으로 감싸 쥐고 차를 마셨다. 딱 내가 원하는 그 맛이었다. 우리는 아무 말도 하지 않았다.

차를 다 마신 개러스가 조금 더 차를 따랐다. 그의 손이 무의식적으로 옆에 놓아둔 가방을 향해 움직였다. 컵을 다 비우고는, 시간을 들여 도로 바구니에 넣었다. 마치 컵이 양철이 아니라 수정으로 만들어지기라도 한 것 같았다. 그의 두 손이 아주 미세하게 떨리고 있었다.

컵이 안전하게 바구니 안에 놓이자, 그는 숨을 깊이 들이마시고는 몸을 돌려 나를 보았다. 미소가 그의 얼굴을 부드럽게 스쳐갔다. 그는 시선을 피하지 않은 채 내 컵을 집어 들더니, 별로 조심하지 않고 잔디 위에 내려놓았다. 그러고는 내 두 손을 잡았다.

그가 내 손가락들을 자신의 입술에 대고 눌렀고, 그의 따스한 숨결이 내 몸을 관통하는 떨림을 자아냈다. 내 몸 전체는 그에게 안기기를 원하고 있었지만, 내 마음은 그의 얼굴 이목구비를 훑는 것만으로 만족하고 있었다. 그의 이마에 난 주름 하나하나를, 그의 짙은 눈썹과 긴 속눈썹을, 해 질 녘 여름 하늘 같은 푸른 두 눈을, 외우는 것으로. 그의 관자놀이에는 흰머리가 있었는데, 나는 해가 지나며 그것이 검은 머리 사이로 퍼져나가는 걸 몹시도 보고 싶었다.

우리가 얼마나 오랫동안 그렇게 앉아 있었는지는 모르지만, 나는 내 두 눈이 그의 얼굴 위를, 그의 두 눈이 내 얼굴 위를 헤매 다니는 것을 느꼈다. 아무것도 우리의 눈을 가리지 않았고, 어떤 예의 바른 제스처도 남아 있지 않았다. 우리는 있는 그대로의 우리 자신이었다.

우리의 눈이 마침내 마주쳤을 때는 마치 우리가 함께 여행을 하고 더 가까워져 집에 돌아온 사이처럼 느껴졌다. 그는 나를 놓아주고는 가방을 뒤졌다. 손가락이 미세하게 떨려서 버클 벗기는 게 어려워 보였다. 그 전에는 확신할 수 없었다면, 이제는 그 가방 속에 무엇이 있을지 알 수 있었다.

하지만 그것은 내가 기대하던 것이 아니었다.

그가 꾸러미 하나를 꺼냈다. 갈색 종이로 싸고 끈으로 묶은, 출판국 특유의 방식으로 포장된 꾸러미였다. 더 얇긴 했지만 종이 1연* 정도의 부피였다.

"선물이에요." 그가 꾸러미를 건네며 말했다.

"교정지는 아니죠? 확실히."

"교정지 맞아요, 일종의."

내가 나비 모양 매듭을 풀자 두꺼운 종이가 밑으로 떨어졌다.

그것은 가죽으로 장정이 되고 금박으로 글씨가 새겨진 아름다운 물건이었다. 개러스의 한 달 치 임금 정도는 내야 살 수 있는 물건 같았다. 녹색 가죽 위에는 사전에 쓰이는 것과 똑같은 활자체로 『여성들의 단어와 그 의미』라고 돋을새김이 되어 있었다. 나는 첫 페이지를 펼쳤고, 거기에는 제목이 다시 한번 적혀 있었다. 제목 아래에는 '편집 에즈미 니콜'이라고 쓰여 있었다.

그것은 얇은 책이었고, 활자는 머리 박사님의 사전보다 컸다. 각 페이지에는 세 단씩이 아니라 두 단씩 세로 단이 들어가 있었다. 나는 글자 C가 있는 페이지를 펴고, 손가락으로 단어들의 낯익은 생김새를 따라갔다. 단어 하나가 여성 한 명의 목소리였다. 어떤 단어들은 부드럽고 품위가 있었으며, 다른 단어들, 이를테면 메이블의 단어들 같은 것은 걸걸

---

* 종이의 거래 단위로 전지 크기 500장에 해당한다.

하고 가래가 껴 있었다. 그러다가 나는 그 단어에, 내가 처음으로 쪽지에 썼던 단어 중 하나에 이르렀다. 그 단어가 인쇄된 걸 보는 건 짜릿했다. 우스꽝스럽고 뻔뻔한 오행시들이 내 입속에서 파닥였다.

그 단어를 말하는 것, 종이에 쓰는 것, 활자로 조판하는 것 중에 무엇이 더 외설적일까? 그 단어는 숨결에 섞여 나오면 바람을 타고 날려 가거나 잡담 속에 파묻힐 수 있었다. 잘못 전해지거나 무시될 수도 있었다. 페이지 위에 있으니 그 단어에는 실체가 생겼다. 그것은 수집되었고, 판에 고정되었다. 그것을 이루는 글자들은 특정한 방식으로 펼쳐졌다. 그래서 보는 사람이면 누구나 그것이 무엇인지 알 수 있었다.

"나를 너무 이상한 사람이라고 생각했겠네요!" 내가 말했다.

"마침내 그 단어가 무슨 뜻인지 알게 돼서 기뻤어요." 그가 진지한 얼굴을 무너뜨리고 웃으며 말했다.

나는 페이지를 계속 넘겼다.

"일 년 걸렸어요, 에스. 당신 글씨로 적혀 있는 쪽지를 읽는 날마다 당신을 조금 더 잘 알게 됐어요. 단어 하나하나를 읽으며 당신과 사랑에 빠졌어요. 언제나 단어들의 모양과 촉감을, 그리고 그 무한한 조합을 사랑해왔지만, 당신은 내게 그것들의 한계를, 그리고 또 숨은 힘을 보여줬어요."

"하지만 어떻게?"

"한 번에 몇 장씩 옮겼고, 항상 그것들을 발견한 곳에 원래대로 돌려놓으려고 정신을 바짝 차렸죠. 끝날 때쯤엔 출판국 사람 절반 정도가 거기 참여하게 됐어요. 조판뿐 아니라 모든 부분에서 도움이 필요했으니까요. 내가 직접 종이를 고르고 인쇄기도 돌렸어요. 나는 종이를 잘랐고, 제본소 여직원들은 종이들을 어떻게 합치는지 나한테 보여주려고 안간힘을 쏟았어요."

"정말 그랬겠네요." 내가 미소 지었다.

"기록방에선 프레드 스웨트먼 씨가 망을 봐줬지만, 리지가 없었다면 이 책의 어떤 부분도 만들 수 없었을 거예요. 리지는 당신의 일거수일투족을, 단어를 숨겨놓는 모든 곳을 다 알죠. 그걸 알려줬다고 리지한테 화내지 말아요."

나는 내 책상 속 구두 상자와 리지의 침대 아래 트렁크를 떠올렸다. 나의 잃어버린 단어들의 사전을. 리지가 그것들의 관리인이었구나, 나는 깨달았다. 그리고 리지는 그 단어들이 발견되길 원했다.

"리지한테는 화낼 수가 없어요."

개러스가 다시 내 손을 잡았다. 그의 손에 있던 떨림은 사라져 있었다. "선택을 해야 했어요." 그가 말했다. "반지하고 단어들 사이에서요."

나는 내 사전을 바라보았고, 손가락 끝으로 제목을 매만졌다. 내 숨결에 단어들이 섞여 나오는 소리를 들었다. 내 손에 끼워진 반지를 상상했고, 그것이 없음에 기쁨을 느꼈다. 한 사람이 그렇게 많은 감정을 느낄 수 있다는 사실이 놀랍기만 했다. 내 가슴속에는 더 이상의 공간이 없었다.

더 많은 말들은 우리 사이에 오가지 않았다. 그는 묻지 않았고, 나는 대답하지 않았지만, 그 순간들을 시의 운율처럼 느꼈다. 그 순간들은 그 뒤에 올 모든 것의 서문과 같았고, 나는 이미 그 이야기를 풀어나가고 있었다. 나는 그의 얼굴에 손을 가져다 대고, 양손의 피부에서 각각 다르게 그 얼굴을 느끼고는, 내 얼굴 가까이로 가져왔다. 내 입술에 닿은 그의 입술은 따뜻했고, 그의 혀에서는 여전히 달콤한 차 맛이 났다. 내 허리에 올려진 그의 손은 아무것도 요구하지 않았지만, 나는 그가 내 몸의 생김새를 느끼길 원하며 몸을 기울였다. 파이가 식어갔고, 식은 뒤에도 그대로 남아 있었다.

"자, 그건 어디 있대요?" 내가 부엌으로 들어갔을 때 리지가 물었다.

우리 둘 다 내 손으로 시선이 향했고, 손은 언제나처럼 있는 그대로였다.

"당신이 모르는 게 이 세상에 있습니까, 리지 레스터 씨?"

"엄청 많지만, 그 사람이 아가씨를 사랑하고, 아가씨가 그 사람을 사랑한다는 건 알지요. 피크닉에서 돌아오면 그 손가락에 반지가 끼워져 있을 줄 알았네요, 나는."

나는 내 가방에서 얇은 책을 꺼내 부엌 테이블 위에, 리지 앞에 올려놓았다. "반지보다 훨씬 소중한 걸 받았어요."

리지는 미소를 지으며 앞치마에 두 손을 문질러 닦고는, 가죽 표지를 만지기 전에 손을 다시 확인했다. "아가씨 마음을 얻을 수 있을 줄 알았어요. 이렇게 장정도 되고 아름다우니. 그 사람이 이걸 보여줬을 때도 그렇게 말했죠. 그랬더니 그 사람이 나한테 내 이름이 어디 인쇄돼 있는지 보여줬고, 내가 막 우니까 차를 한 잔 만들어줬어요." 눈물이 다시 솟아났고, 리지는 그것을 서둘러 닦아냈다. "하지만 반지가 없다는 말은 안 했는데."

리지가 사전을 내 쪽으로 다시 밀었다. 나는 그것을 갈색 종이에 싼 다음 끈으로 묶었다. "리지, 위층에 잠깐 올라가도 돼요?"

"그걸 꼭꼭 감춰놓을 거라는 말은 하지 마요!"

"영원히 그러진 않을 거예요. 하지만 아직 다른 사람에게 보여줄 준비가 안 됐어요."

"아가씨는 정말 재미있는 사람이에요, 에시메이."

만약 개러스가 들어가기만 한다면, 나는 그를 내 트렁크에 넣고 잠근 뒤 열쇠를 숨겨버릴 것이었다. 하지만 그러기엔 너무 늦었다. 하트 씨와 머리 박사님이 그를 장교 훈련 과정에 받아달라는 편지를 몇 달 동안 쓰고 있었던 것이다.

1915년 5월

장교 훈련 과정은 5월 4일에 끝났다. 우리는 5월 5일 수요일에 결혼할 예정이었다. 머리 박사님은 스크립토리엄의 전 직원에게 원래대로 임금을 줄 테니 우리를 축복해주라고 두 시간을 주었다.

전날 밤 나는 리지의 방에서 잤고, 아침이 되자 리지는 내게 이중 치마에 레이스 칼라가 높이 달린 깔끔한 디자인의 크림색 드레스를 입혀주었다. 리지는 소매와 밑단 주위에 이파리를 수놓았고, 여기저기에 작은 유리구슬 장식을 더해 "햇빛이 쏟아지면 아침 이슬처럼 보이게" 만들었다.

머리 박사님은 건강이 좋지 않았지만, 택시로 나를 세인트 바너버스 교회까지 데려다주겠다고 제안했다. 마지막 순간에 나는 사양했다. 태양이 빛나고 있었고, 개러스가 하트 씨와 스웨트먼 씨와 함께 출판국에서 걸어오리라는 걸 알고 있었다. 나는 석 달 동안의 장교 훈련 과정 내내 개러스를 보지 못했으므로, 우리의 이동 경로가 커낼 스트리트에서 겹쳐질 때 우연히 그와 마주치고 싶었다.

머리 부인이 서둘러서 물푸레나무 아래 있는 내 사진을 세 장 찍었다. 한 장은 머리 박사님과, 한 장은 디트 고모와, 마지막 한 장은 엘시와 로스프리스와 함께 찍었다. 부인이 카메라를 치우려 하고 있을 때, 나는 한 장만 더 찍어주실 수 있느냐고 물었다.

리지는 부엌 문간에서 서성이고 있었다. 새 드레스를 입어 움직임이 어색했다. 나는 리지에게 손을 흔들어 오라고 했다. 리지는 고개를 저었다.

"리지." 내가 불렀다. "와요. 내 결혼식 날이잖아요."

자신 쪽으로 향한 모든 시선에 대항하듯 고개를 살짝 숙인 채 리지가 걸어왔다. 리지가 내 곁에 섰을 때, 나는 리지의 어두운 녹색 펠트 모자 위에서 빛나는 리지 어머니의 핀을 보았다.

"이쪽으로 조금만 몸을 돌려봐요, 리지." 내가 말했다. 나는 카메라에 그 핀이 잡혔으면 했다. 리지에게 그 사진을 선물로 줄 생각이었다.

개러스는 결혼식에 장교 제복을 입고 왔다. 그는 내가 기억하는 것보다 키가 커져 있었고, 나는 그게 내 착각인지, 아니면 조판 작업에서 해방되어 얻은 이득인지 궁금했다. 그의 얼굴은 아름다웠고, 나 역시 태어나서 최고로 아름다웠다. 그것이 거리의 서로 다른 끝에서 세인트 바너버스 교회를 향해 다가가는 동안 우리가 느낀 첫인상이었다.

우리는 안으로 들어갔고, 개러스와 나는 사제 앞에 섰다. 하트 씨가 개러스의 왼쪽에, 디트 고모가 내 오른쪽에 섰다. 신도석 네 줄은 사전 관계자들과 출판국 직원들로 채워졌고, 머리 박사님과 머리 부인, 스웨트먼 씨, 베스 고모와 리지가 맨 앞줄에 앉았다. 더 올 수도 있었겠지만, 개러스의 절친한 출판국 친구들은 프랑스에 있었고, 틸다는 구급간호봉사대에 들어가 있었다. 런던 세인트 바살러뮤 병원에 있는 수간호사는 틸다에게 외출 허가를 내주지 않을 터였다.

무슨 말을 들었는지는 기억에 없다. 사제의 얼굴도 기억나지 않는다. 우아한 하얀 꽃송이들의 이미지와 강렬한 향기가 남아 있는 걸 보면, 리지가 나를 위해 만들어준 부케를 들여다보며 오랜 시간을 보낸 것임에는 틀림이 없다. 은방울꽃 부케였다. 개러스가 내 손에 반지를 끼워줄 수 있게 디트 고모가 부케를 가져가려고 손을 내밀었을 때, 나는 내가 들고 있겠다고 했다.

우리가 교회 밖으로 나오자 출판국 제본소에서 일하는 한 무리의 여자들이 우리에게 쌀 세례를 퍼부었다. 그다음엔 앞치마를 입은 인쇄공들과 조판공들로 이루어진 합창단이 눈에 들어왔다. 개러스와 나는 그 자리에 서서 기쁜 마음으로 서로의 팔짱을 끼고 그들이 〈바이 더 라이트 오브 더 실버리 문By the Light of the Silvery Moon〉을 부르는 것을 들었다.

로스프리스가 사진을 찍었다. 잠깐 동안 무서운 생각이 찾아왔고, 나는 고정된 채 벽난로 선반 위에 올려진 우리의 순간을 상상했다. 젊은 채 그대로인 개러스와, 늙어서 숄에 감싸인 채 난롯가에 혼자 앉아 있는 나를.

우리는 행렬을 이뤄 제리코의 거리들을 통과했다. 월턴 스트리트에 도착했을 때 제본소 여직원들과 인쇄공 합창단은 출판국으로 돌아갔고, 브래들리 씨의 직원과 크레이기 씨의 직원 중 일부는 올드 애슈몰린 빌딩 쪽으로 다시 걸어갔다. 나머지 우리는 계속 걸어 서니사이드로 갔고, 그곳 물푸레나무 아래서 샌드위치와 케이크를 먹었다. 글자 하나가 끝나거나 분책이 출간되었을 때 축하하기 위해 우리가 몇 년 동안 모여 마시던 그 모든 애프터눈 티가 생각났다. 머리 부인이 머리 박사님을 집 안으로 모시고 들어갔을 때, 우리는 그걸 모두의 두 시간이 끝났다는 신호로 받아들였다. 브래들리 씨와 엘리너는 올드 애슈몰린 빌딩으로 돌아갔고, 하트 씨는 사람들을 이끌고 출판국으로 돌아갔다. 디트와 베스 고모는 밸러드 부인을 부엌으로 모시고 들어갔고, 로스프리스와 엘시는 리지의 설거지를 돕겠다고 나섰다. 스크립토리엄 남자들 중에선 스웨트먼 씨가 맨 마지막으로 일하러 돌아갔다. 그는 개러스와 악수를 했고, 내 손을 들어 올려 입을 맞췄다.

"아버지가 계셨으면 얼마나 자랑스럽고 행복해하셨을까." 그가 말했고, 누군가와 나눌 때 아빠의 기억이 더 강렬해진다는 것을 알고 있는 나는 스웨트먼 씨의 눈을 마주 보았다.

우리는 아빠의 집 정문에 서 있었다. 우리 집이었다. 우리는 마치 들어오라는 말을 기다리는 손님들처럼 서 있었다. 누가 문을 열어야 할지를 두고 잠시 혼란이 있었다.

"이제 여긴 우리 집이에요, 개러스."

그가 미소 지었다. "그렇긴 하지만, 난 열쇠가 없어요."

"아, 그렇구나." 나는 몸을 굽히고 화분 밑에서 열쇠를 꺼냈다. 그것을 그에게 내밀었다. "여기 있어요."

그가 열쇠를 보았다. "음, 그렇게 쉽게 이걸 내주면 안 될 것 같은데요. 이건 혼수가 아니에요."

내가 뭐라고 대답하기 전에 그는 몸을 굽히고 나를 안아 올렸다.

"좋아요." 그가 말했다. "당신이 문을 열면, 우리 함께 문지방을 넘는 거예요. 그렇지만 빨리 끝내줘요, 에스. 괜찮다면."

집 안은 은방울꽃 향기로 가득했고, 모든 방이 티 없이 깨끗하게 치워져 있었다. 차가운 저녁 공기에 맞서듯 화덕은 부엌을 덥히고 있었고, 우리가 먹을 저녁식사가 천천히 조리되고 있었다.

"리지가 있어서 당신은 운이 좋네요, 정말로." 나를 내려놓으며 개러스가 말했다.

"알아요. 그리고 당신이 있어서 운이 좋다는 것도 알아요." 나는 말없이 개러스의 손을 잡고 그를 계단 위쪽으로 이끌었다.

아빠의 옛날 방 문을 열었다. 침대에는 리지의 섬세한 바느질로 누벼지고 세부 장식이 된 새 침대보가 씌워져 있었다. 나는 그 침대에서는 자본 적이 없었고, 이제 그 사실이 기뻤다. 그것이 우리의 신혼 침대였다.

우리는 몸에 대해 수줍어하진 않았지만, 아는 것과 알지 못하는 것을 지켰다. 원치 않게도 빌의 기억이 떠올랐을 때, 나는 겁에 질렸다. 내 머리 가르마를 매만지던 그의 손가락이 얼굴로 내려온 다음, 내 몸을 따라 길을 만들며 여행하던 것이 떠올랐다. "코." 빌은 내 귀에 속삭였었다. "입술, 목, 가슴, 배꼽……"

나는 몸을 떨었고, 개러스는 조금 뒤로 물러났다. 나는 그의 손을 잡고 손바닥에 키스했다. 그런 다음 내 몸을 따라 그의 손가락을 아래로 이끌었고, 길을 만들며 여행하게 했다.

"치구." 우리의 손이 부드럽게 엉킨 털에 닿았을 때 내가 말했다.

개러스는 옥스 앤드 벅스 2차 전투에 참전하라는 명령을 받았지만, 카울리 병영에 신고하기 전에 한 달이라는 시간이 주어졌다. 머리 박사님은 나를 업무에서 빼줄 수는 없었지만 단축 근무에 동의했다. 오후가 되면 나는 스크립토리엄에서 출판국으로 갔고, 거기서는 개러스가 너무 어리거나, 너무 나이가 많거나, 너무 근시가 심한 남자들에게 라이플총 잡는 법을 가르치고 있었다. 출판국이 시민군을 훈련시키고 있었다.

나는 예전에 그를 지켜보았던 것처럼 그를 지켜보았다. 그는 열다섯 살도 안 돼 보이는 어떤 소년에게 라이플총 잡는 법을 보여주고 있었다. 개러스가 소년의 왼손을 총열에 놓았다. 다른 손은 개머리판 주위에 두고, 오직 손끝만 방아쇠에 닿도록 소년의 집게손가락을 뒤로 옮겼다. 그는 단어를 만들기 위해 활자를 고르고 그것을 스틱에 넣을 때만큼이나 집중하고 있었다. 나는 그가 소년의 자세를 봐주기 위해 뒤로 물러서는 것을 보았다. 그가 지시를 내렸고, 소년이 라이플총을 어깨에서 조금 더 가슴에 가까운 곳으로 옮겼다.

카우보이 놀이를 하는 것처럼 소년이 총 쏘는 흉내를 냈을 때, 개러스는 땅을 가리키도록 총열을 낮추고 소년에게 뭐라고 말을 했다. 무슨 말인지 들리지는 않았지만, 소년의 얼굴에는 개러스의 장교 임용 소식을 들은 리지가 내게 했던 말을 떠오르게 하는 무언가가 있었다. "군대에서 성인 남자들을 시켜 어린 청년들을 리드하게 할 수도 있어요. 내가 듣기로는 우아한 억양으로 말하는 사람들은 그 일을 감당 못 할 거라던데요." 리지가 옳았다. 개러스에게는 리더의 권위가 있었다. 나는 자신보다 젊은 조판공들을 대하는 그의 태도에서, 그리고 인쇄실에서 그것을 느꼈다. 그 리더십이 프랑스에서 발휘되는 것을 상상해보려 했지만, 그럴 수가 없었다.

우리는 캐슬 밀 스트림을 따라 걸었다. 개러스는 제복을 입고 있었고, 너무 새 옷이라고 불평을 했지만, 우리가 지나치는 모든 사람이 고개를 끄덕이거나 미소를 짓거나 힘차게 손을 흔들어 그에게 인사를 했다. 오직 한 사람만 우리가 다가갈 때 다른 데를 쳐다보았다. 민간인 복장을 하고 있어 눈에 띄는 한 젊은 남자였다.

개러스가 입대 신청을 하지 않았더라면 좋았겠다고 생각하는 일은 그만뒀지만, 그가 죽음을 향해 걸어가고 있다는 생각을 멈출 수는 없었다. 그 생각이 자꾸만 나를 한밤중에 깨어나게 했고, 그럴 때면 나는 잠든 그를 지켜보곤 했다. 그 생각은 나로 하여금 쓸데없이, 이상한 시간에 그를 어루만지게 했다. 나는 무엇에 대해서든 그의 생각을 모조리 알고 싶었고, 선과 악에 대한, 우리 영국인들이 선이고 독일인들이 악인지에 대한 질문들로 그를 지치게 만들곤 했다. 나는 만약 그가 죽더라도 더 많은 것을 기억할 수 있도록, 그라는 사람의 지층을 더 많이 파내려고 애를 썼다.

페스튀베르 전투가 지나가자 개러스는 휴가를 끝내고 소집되었다. 〈타임스 오브 런던〉의 '추모합니다' 명단에는 옥스 앤드 벅스 전투에서 죽은 사백 명의 이름이 포함돼 있었다. 우리는 결혼한 지 한 달도 안 된 상태였다.

"나 프랑스로 투입되는 거 아니에요, 에스."

"하지만 그렇게 될 거예요."

"그럴 가능성이 있죠. 하지만 어디든 투입되기 전에 훈련을 받아야 하는 새로운 인력이 백 명이나 있으니까, 한동안은 카울리에 있게 될 거예요. 옥스퍼드로 들어오는 새로 생긴 버스를 잡아탈 수 있을 정도로 가까운 곳이에요. 만나서 점심을 먹을 수도 있겠어요. 그리고 쉬는 날에는 집에 올 수도 있고요."

"하지만 당신이 만든 덩어리 많은 매시트포테이토에 이제 겨우 익숙해졌는데. 그리고 나, 설거지하는 법도 까먹어서 기억이 안 나는데." 나는 쾌활하려고 애를 쓰면서 말했다. 하지만 나는 지난 몇 년간 너무 많은 저녁을 혼자서 보내온 사람이었다. 내가 앞으로 얼마나 외로워질지도 모르는 채. "나 혼자 뭘 하죠?"

"병원에서 자원봉사자를 모집하고 있어요." 해결책을 생각해낸 것에 기뻐하며 그가 말했다. "병원에 있는 소년병들이 다 이 근처 출신은 아니고, 어떤 환자들한테는 전혀 방문객이 오지 않는대요."

나는 고개를 끄덕였지만, 그건 해결책이 전혀 되지 못했다.

개러스는 카울리 병영으로 떠나면서 자신의 조각들을 남겨두고 갔다. 그의 민간인 복장은 입을 준비가 다 된 채로 우리 옷장에 걸려 있었다. 머리카락 몇 가닥이—검은 머리도, 뻣뻣한 흰머리도 있었다—아직 끼어 있는 빗 하나가 욕실 세면대에 놓여 있었다. 침대맡에는 루퍼트 브루크의 시집 한 권이 펼쳐진 면을 아래로 하고 책등이 절반쯤에서 휘어진 채 놓여 있었다. 나는 시집을 들어 올려 개러스가 읽고 있던 시가 무엇인지 보았다. 「죽은 사람들」. 나는 시집을 도로 내려놓았다.

나는 스크립토리엄을 피난처로 삼았다. 단어 쪽지들에 이 전쟁이 등장하려면 얼마나 걸릴까, 나는 궁금했다.

디트 고모가 필리스 캠벨의 『전선의 뒤쪽』을 보내주었다. 나는 그 책을 책상 속에 넣어두고, 다른 사람들이 모두 퇴근한 다음에 읽곤 했다. 그 여성 작가가 그려낸 전쟁은 신문에 실리는 전쟁과는 무척 달랐다.

의미를 만들어내는 것은 문맥이야, 아빠는 언제나 그렇게 말했다.

독일군이 벨기에 여자들의 아기를 꼬챙이에 꿰었다고 작가는 썼다. 그런 다음 그들이 그 여자들을 강간하고, 유방을 도려냈다고.

나는 머리 박사님이 수없이 많은 영어 단어의 게르만어 어원을 논하려고 조언을 청했던 그 많은 독일인 학자들에 대해 생각했다. 전쟁이 시작된 뒤로 그들은 내내 침묵하고 있었다. 혹은 침묵을 강요당했거나. 언어를 다루는 그 온화한 남자들도 그런 일을 할 수 있었을까? 그리고 만약 독일인이 그런 행위를 할 수 있다면, 프랑스인이나 영국인이 못 할 이유가 뭐란 말인가?

필리스 캠벨은, 그리고 캠벨 같은 여성들은, 그 벨기에 여자들, 아직 살아 있는 여자들을 간호했다. 그 여자들은 트럭 뒤칸에 실려 병원으로 왔다. 가슴을 싸맨 헝겊 조각은 모유가 아니라 피로 젖어 있었고, 아기들은 그들의 발치에 죽어 있었다.

한 장, 두 장, 쪽지에 인용문들을 옮겨 쓰고 각각의 쪽지에 '전쟁War'이라는 단어로 제목을 붙이는 동안 손이 떨려왔다. 그 말들은 이미 분류되어 원고로 바뀌기를 기다리고 있던 쪽지들에 어떤 참혹함을 더해주었다. 그 작업을 끝냈을 때, 나는 완전히 지쳐 있었다. 나는 일어서서 맞는 분류함 칸을 찾아 선반들을 뒤졌다. 분류함 안에 먼저 들어 있던 쪽지들을 끄집어내 넘겨보았다. 내가 방금 작성한 쪽지들은 '전쟁'의 의미에 새로운 무언가, 끔찍한 무언가를 더해줄 것이었다. 하지만 나는 그 쪽지들을 거기 끼워 넣을 수가 없었다. 나는 원래의 쪽지들을 분류함 칸에 도로 넣고는, 벽난로를 향해 걸어갔다. 필리스 캠벨의 책에서 따온 인용문들을 던져 넣고, 그 문장들이 그들 자신의 그림자로 변해버리는 걸 지켜보았다.

'릴리Lily'가 떠올랐다. 오래전 그때, 나는 그 단어를 불꽃 속에서 구해내면 내 어머니의 어떤 부분이 기억될 거라고 생각했었다. 내게는 필리스 캠벨에게, 그 벨기에 여자들에게 전쟁이 지닌 의미를 지울 자격이 없었다. 영광의 프로파간다 사이에서, 그리고 참호와 죽음으로 대표되는 남자들의 경험 한가운데서, 여성들에게 무슨 일이 일어났는지 알려질 필요가 있었다. 나는 내 책상으로 돌아가 『전선의 뒤쪽』을 펴고 처음부터 다시 읽기 시작했다. 다시 한번, 나는 떨리는 펜 끝에서 끔찍한 문장 하나하나를 뽑아냈다.

전쟁이 사람들의 본성을 바꿀 수 있다면, 그건 틀림없이 단어들의 본성도 바꿀 거야, 나는 생각했다. 하지만 너무 많은 영어 단어가 이미 조판되어 인쇄되어 있었다. 우리는 끝을 향해 다가가는 중이었다.

"마지막 권들에는 어떻게든 들어갈 거라고 나는 예상해." 우리가 그 얘기를 나눌 때 스웨트먼 씨가 말했다. "시인들이 그 일을 맡을 거야. 그 사람들한테는 사물의 의미에 뉘앙스를 더하는 기술이 있거든."

1915년 6월 5일

친애하는 오언 부인에게.

에즈미 말고 다른 이름으로 너를 부르는 건 상상할 수 없지만, 꼭 한 번은 네가 어떤 여자가 되었는지 내 펜이 알았으면 했어. 나는 결혼을 별로 신뢰하지 않지만, 너와 개러스의 결혼은 모든 면에서 옳고, 모든 결합이 그토록 좋을 수 있다면 나는 그 제도에 대한 생각을 바꾸게 될지도 모르겠구나.

지난달에 내가 글쓰기를 게을리했다고 너는 생각할지 모르겠다. 단언하는데, 그렇지 않았단다. 네 결혼식 날부터 매일, 나는 네 아버지에게 편지를 써서 네가 얼마나 아름다웠는지, 세인트 바너버스 교회를 배경으로, 한 손에 은방울꽃 다발을 들고 개러스 옆에 서 있던 네가 얼마나 완벽하게 편안해 보였는지 말해주고 싶다고 생각했어.

나는 사십 년 동안 네 아버지에게 편지를 써왔고, 그건 버리기 힘든 습관이 되었단다. 그만두려고도 해봤지만, 그가 사려 깊은 반응을 보내줄 거라는 기대가 없이는, 내가 생각이라는 걸 제대로 할 수가 없더구나. 해리에게 편지 쓰기를 다시 시작하기로 결심한 걸 밝히는 일이 나는 부끄럽지 않아. (그리고 이게 어떤 식으로든 네 마음을 상하게 하지 않았으면 좋겠다.) 여기에는 네 결혼식이 계기로 작용했지. 내가 다른 누구한테 영광스럽던 그날의 시시콜콜한 일들을 보고하겠니? 그러니, 내가 네 아버지에게 편지를 쓰고 싶다고 말한다면, 사실 이미 네 아버지에게 편지를 쓴 다음이라는 뜻이야. 내 마음속의 그는 침묵만 하고 있지는 않단다, 에즈미.

여자 하객 대부분이 이미 결혼했거나 확고하게 독신을 택한 사람들이었는데도 부케를 던지기로 한 네 결정에 그는 특히 기쁨을 느낄 것 같아. 그 소수의 군중을 향해 네가 등을 돌렸을 때 얼마나 놀랐는지. 나는 네가 너 자신의 몫으로 부케에서 잔가지 하나를 떼어내는 걸 보았고, 다음에 일어날 일을 알았단다. 제본소에서 온 젊은 여성들이 앞으로 나와줬으면 했지만, 부케가 네 손을 떠나 날아갔을 때 그게 어디로 향할지는 분명해 보였어. 리지랑 나는 틀림없이 무척 당황스러운 얼굴을 하고 있었을 거야. 우리 둘 다 그걸 받는 사람이 되기엔 용기가 없었지만, 꽃들이 바닥으로 떨어지는 것도 원하지 않았거든. 리지가 주저하는 게 보였고, 리지를 곤란한 상황에서 구해주는 게 내 임무처럼 느껴졌어. 내가 잠깐 동안 경솔했다는 사실을 인정해야 할 것 같다. (그래도 후회는 없지만 말이야.) 꽃들은 내가 배스로 돌아가는 동안 내내 달콤한 동행이 되어주었단다.

그리고 이제 그것들을 네게 돌려줄게. 누르고 말려서, 원하는 어떤 방식으로든 보관될 준비가 된 꽃들이야. 네가 이 꽃들을 책갈피로 쓰는 모습이 상상되는구나. 몇 달 동안, 혹은 몇 년 동안 기꺼이 마음을 주기로 한 책을 펼칠 때, 페이지 사이에서 그날의 기억이 떨어져내리는 일보다 좋은 건 없을 거야. 물론 유리 액자에 넣어 네 결혼식 사진 옆에 세워놓아도 되지만, 난 네가 그것보다는 더 감각 있는 선택을 할 거라고 믿어.

네 결혼식 이후로 소일거리가 네 아버지에게 편지 쓰는 일만 있었던 건 아니야. 너도 잘 알겠지만 제임스 머리 씨의 건강이 안 좋으셔서, 나는 어찌해야 할지 모를 정도로 많은 교정지를 전달받았단다. 제임스가 날 신뢰해주어서 고맙지만, 물주 되시는 분들한테 편지를 써서 내가 기여한 부분에 대해 아주 작은 대가 정도는 청구하고 싶은 심정이야. 내 기여분은 지난해에 비해 늘어났고, '감사의 말'에 내 이름이 있어도 이제 그것만으론 한때 그랬던 것처럼 보상이 되어주지 않아. 베스가 이 문제에 상당히 열성적이라, 대가를 청구하는 편지 초안 쓰는 걸 도와줬단다. 하지만 그 편지를 아직 보내지는 않았어. 상황도 상황이니만큼, 돈만 바라는 것처럼 보일까 봐서 말이야. 우리 모두가 그렇듯, 나도 어떻게든 해나가야겠지.

다가오는 개러스의 부대 배치 이야기를 안 하고 이 편지를 끝맺고 싶지는 않구나. 사랑하는 에즈미, 전쟁이 수많은 사람들에게 그랬듯이 이 일은 너 역시 시험에 들게 할 거야. 부디 내게 자주 연락해주렴. 편지를 써도 좋고, 찾아와도 좋고, 네가 기대고 싶은 만큼 내게 마음껏 기대도 좋단다. 바쁘게 지내렴. 마음이 불안하거나 외로울 때, 바쁘게 지내는 일이 도움이 된다는 건 아무리 강조해도 지나치지 않을 거야.

너의 디트로부터

리지가 스크립토리엄 문으로 고개를 들이밀었다. "왜 아직도 여기 있어요?" 리지가 물었다. "벌써 일곱시예요."

"'황혼Twilight' 항목만 확인하려고요. 머리 박사님이 이번 달 말까지 T 단어들의 끝을 보고 싶어하세요. 불가능하지만, 우린 노력하고 있어요."

"그것 때문에 아가씨가 여기 있는 게 아닌 것 같은데요."

"내가 집에 가면 뭐 하는지 알아요, 리지? 뜨개질을 해요. 병사들이 신을 양말을 떠요. 첫 번째 양말에는 삼 주가 걸렸는데, 개러스가 신어보더니 너무 작다고, 발에 괴저가 생겨서 일주일 내로 집에 오게 될 것 같댔어요. 일부러 그런 거 아니냐고 나한테 뭐라고 하더라니까요."

"일부러 그랬어요?"

"아휴. 아뇨, 난 그냥 뜨개질을 싫어하고, 뜨개질도 나를 싫어해요. 이제 다섯 켤레 떴는데 점점 더 나빠지는 것 같네요. 그래도 뭔가를 해야겠죠. 안 그러면 개러스가 해외로 가게 될까 봐 안절부절못하니까요." 내가 말했다. "매일 밤 완전히 지쳐서 침대로 들어가고, 아무 생각 없이 잘 수 있기를 내가 얼마나 바라는지 모를 거예요."

"진짜로 그러길 바라는 건 아닐걸요, 에시메이. 자원봉사에 대해 좀 더 생각해봤어요?"

"네. 하지만 억지로 부상자들 사이에 있을 수는 없을 것 같아요. 그걸 상상할 때면 부상자들이 다 개러스 얼굴을 하고 있어요."

"붕대 감기 같은 일을 해줄 여자들이 항상 부족하대요." 리지가 말했다. "그리고 거기 있는 사람들 얼굴이 예쁘면 남자들이 수다 떨기를 좋아한다고 들었어요. 귀를 잘 열어놓고 있으면 단어 한둘쯤 주워들을 수 있을지도 몰라요."

"생각해볼게요."

"리지한테 무슨 얘기 같은 거 했었어요?" 내가 개러스에게 물었다.

그가 카울리에서 오후 휴가를 받아 나와서, 우리는 월턴 브리지 근처에서 샌드위치를 먹고 있었다. 그는 내 질문을 피했다.

"샘은 출판국 출신인데요," 그가 말했다. "원래는 북쪽에서 온 친구예요. 면회 기회를 쓸 수 있어요."

"출판국에는 그 사람 친구가 없나요?"

"내가 있지만, 난 당신 만나러 올 시간도 거의 없으니까요. 그리고 다른 사람들은…… 음, 아직도 프랑스에 있고요."

아직도 프랑스에, 나는 생각했다. 살아서? 아님 죽어서?

"그 친구가 당신을 기억해요." 개러스가 말을 이었다. "나보고 운 좋은 남자라고 했어요. 당신한테 물어보겠다고 했죠."

래드클리프 병원은 아빠 때문에 갔을 때와 달라진 게 거의 없었다. 하지만 병동들은 나이 든 사람 대신 젊은 남자들로 채워져 있었다. 환자들은 입대한 장병들이었다. 어떤 사람들은 팔다리도 전부 성하고 유머 감각도 남아 있었지만, 어떤 사람들은 둘 다를 잃었다. 미소를 짓고 놀려댈 힘이 있는 사람들은 내가 지나갈 때 미소를 짓고 놀려댔다. 그들 중에 개러스의 얼굴을 한 사람은 없었다. 다행이라고 생각했지만, 그동안 이곳을 외면한 것이 부끄러워졌다.

간호사 한 명이 병실 멀리, 끝 쪽에 있는 샘의 침대를 가리켰다. 그쪽으로 걸어가는 동안 나는 젊은 남자 스물다섯 명의 차트를 눈으로 훑었다. 이름과 계급이 크고 선명한 글씨로 적혀 있었는데, 어디를 다쳤는지는 의학 용어들 때문에, 그리고 빳빳한 하얀 시트에 가려 잘 알아볼 수가 없었다. 여기는 한 병원의 한 병동이었다. 이제 옥스퍼드셔에는 이런 병원이 열 군데였다.

샘은 일어나 앉아 저녁식사를 하고 있었다. 어딘가 낯이 익었지만, 그저 거리에서 몇 번쯤 마주쳤을 사람에게서 느껴질 법한 종류였다. 내가 자기소개를 하자 그는 나를 보고 환하게 웃어 보였다. 그의 오른쪽 다리는 들어 올려진 채, 이불에 덮여 있었다.

"발이 날아갔습니다." 마치 지금이 몇 시인지 말해주는 것처럼 감정 없는 어조로 그가 말했다. "어떤 것도 제가 본 것에는 비교가 안 됩니다."

그가 본 것들에 대해서는 그도 나도 이야기하고 싶은 마음이 없었다. 그는 쉬지도 않고 출판국에 관해 얘기하기 시작했고, 우리가 함께 알고 있을지도 모르는 사람들의 안부를 물었다. 나는 앞치마를 입고 수레를 끌면서 종이 상점, 인쇄실, 제본소와 운송부 사이를 돌아다니는 젊은 남자들에게는 별로 관심을 가져본 적이 없어서, 누가 남아 있고 누가 사라졌는지 말해줄 수가 없었다. "저는 누가 사라졌는지 말씀드릴 수 있습니다." 자기 발에 대해 알려줄 때와 똑같이 감정 없는 어조로 그가 말했다. 그러고는 내게 자신이 아는 죽은 소년병 한 명 한 명의 이름과 하던 일을 말해주었다. 세부 사항들은 단조로웠는데, 그는 거의 숨도 쉬지 않고 말을 했다. 하지만 그에게는 그들을 기억하는 일이 필요했고, 그가 그렇게 하는 동안 나는 여러 갈래의 실이 출판국의 서로 다른 부분들을 한데 꿰매주듯 그들이 하루 동안 가로질렀을 수많은 길들을 상상해보았다. 그들 없이 출판국이 어떻게 돌아갈 수 있을까?

"이상입니다." 마치 자기가 말한 것이 사람들이 아니라 저장품이나 비품의 목록이었던 것처럼 그가 말했다. 그는 나를 보더니 웃음을 지었다. "개러스가, 아니, 오언 중위님이, 부인께서 단어를 수집하신다고 하셨습니다." 그는 내 얼굴에 드러난 놀란 표정을 알아보았다. "저한테 사전에 나오지 않는 단어가 하나 있는 것 같습니다."

나는 쪽지와 연필을 꺼냈다.

"엉밥Bumf." 샘이 말했다.

"문장으로 말해줄 수 있어요?" 내가 물었다.

누군가가 병동 맞은편에서 큰 소리로 말했다. "문장이 뭔지는 알지, 모르나, 수리꾼?"

"왜 당신을 수리꾼이라고 부르죠?"

"라이플총 수리하다 잘못해서 발에다 쐈거든요." 샘 옆의 침대에 있던 남자가 말했다. "어떤 놈들은 일부러 그러죠."

샘은 대답하지 않았지만, 몸을 돌려 조용한 목소리로 내게 말했다. "그 전단지 좀 줘. 변소 가려면 엉밥이 필요하거든."

내가 달라고 한 문장을 말한 거라는 사실을 깨닫는 데는 약간 시간이 걸렸다. 나는 그 문장을 쪽지에 쓰고, 그의 이름을 덧붙였다. "왜 엉밥이라고 하죠? 그 말은 어디서 온 거예요?" 내가 물었다.

"제가 그 말을 하면 안 될 것 같습니다, 오언 부인."

"에즈미라고 부르세요. 그리고 제 기분이 상할 거라는 걱정은 안 하셔도 돼요, 샘. 저는 상상도 못 하실 막 나가는 말들도 알고 있거든요."

그가 미소 짓고는 말했다. "'엉덩이Bum 밥Fodder'에서 온 겁니다. 본부에서 내려오는 그런 문서가 많습니다. 읽을 가치는 없는데 설사가 날 때는 엄청난 가치가 있는 문서들 말입니다. 죄송합니다, 부인."

"나도 단어 있는데, 아가씨." 또 다른 남자가 소리쳤다.

"나도."

"막 나가는 말을 듣고 싶으면," 한쪽 팔이 없는 남자가 말했다. "내 침대에 와서 잠깐 앉아봐요." 그는 남아 있는 한 손으로 자기 침대 모서리를 탁탁 두드리더니 얇은 입술을 모아 내밀면서 키스하는 흉내를 냈다.

병동 책임을 맡고 있는 몰리 수녀님이 나를 향해 성큼성큼 걸어왔다. 희롱이 멈췄다.

"드릴 말씀이 있어서요, 오언 '부인'."

"말씀이라면 그분한테도 많아요, 수녀님." 내게 졸라대던 한쪽 팔 없는 남자가 말했다. "그냥 주머니를 뒤져봐요."

나는 샘의 어깨에 손을 얹었다. "내일 와도 될까요?"

"좋습니다, 부인."

"에즈미예요. 기억하죠?"

"어제 새 환자가 들어왔어요." 우리가 병동을 나서자 몰리 수녀님이 말했다. "혹시 부인이 그분을 좀 봐주실 수 있는지 여쭤보려고요. 감을 수 있는 붕대가 든 바구니를 드릴 거예요. 그 일을 하고 계시면 손이 한가하진 않을 거고요."

"물론입니다." 수녀님이 내게 주머니 뒤집으라는 말을 하지 않은 것에 감사하며 내가 말했다.

우리는 긴 복도를 걸어 또 다른 병동으로 갔다. 병동들은 모두 신기할 만큼 똑같아 보였다. 침대가 두 줄 있었고, 남자들이 거기 아이들처럼 들어가 있었다. 어떤 이들은 퇴원해서 다시 활동할 준비가 거의 된 것처럼 일어나 앉아 있었고, 다른 이들은 반듯이 누워 거의 움직이지 않았다.

앨버트 노스럽 일병은 침대에 일어나 앉아 있었지만, 그의 공허한 시선에는 그가 한동안 아무 데도 못 가겠구나 생각하게 만드는 무언가가 있었다.

"버트라고들 부르나요? 아니면 버티?" 내가 물었다.

"저희는 버티라고 불러요." 몰리 수녀님이 말했다. "이분이 그쪽을 더 좋아하는지는 알 수 없지만요. 말을 안 하니까. 분명히 듣는 건 잘 듣는데, 어째선지 단어의 의미를 이해할 수가 없나 봐요. 한 가지 예외만 빼고요."

"예외요?"

몰리 수녀님은 버티의 어깨에 손을 얹고 고개를 끄덕여 작별 인사를 했다. 그는 그저 앞만 쳐다보았다. 그런 다음 수녀님은 나를 데리고 병동을 따라 온 길로 다시 걸어갔다. 우리 소리가 안 들릴 만큼 멀어졌을 때에야 수녀님은 내 질문에 대답했다.

"그 단어는 폭탄Bomb이에요, 오언 부인. 그 단어를 들으면 저 환자는 절대적인 공포를 드러내요. 정신과 의사에 따르면 학습된 반응이랍니다. 전쟁 신경증의 드문 형태죠. 페스튀베르 전투에 나갔었는데, 어떤 것도 기억을 못 하는 것 같아요. 같이 복무했던 병사들의 사진을 보여줘도 인지하는 신호를 보이지 않습니다. 자기 소지품들조차 알아보지 못하나 봐요. 물리적 부상은 상대적으로 크지 않아요. 정신적 상처가 생각보다 회복이 더딜까 봐 걱정입니다." 수녀님은 버티 쪽을 돌아보았다. "오언 부인, 저 환자 침대맡에 앉아 계시는 동안 그 작은 종이쪽지를 꺼낼 일이 생긴다면, 그건 축하할 일일 거예요."

몰리 수녀님은 내게 작별 인사를 하고는 다음 날 저녁 여섯시에 봤으면 한다고 했다.

"참, 그건 그렇고요." 수녀님이 말했다. "이 병동에 있는 모든 환자는 그 단어를 말하지 말라는 지시를 받았습니다. 그 말을 좋아하는 사람은 원래 아무도 없지만요. 부인도 그 말은 삼가주시면 정말 감사하겠습니다."

그날은 버티 곁에 오래 있지 않았다. 나는 붕대를 감고, 내 하루에 대해 재잘재잘 떠들었다. 처음에는, 내가 하는 말 중에 뭐든 그가 알아듣는 게 있는지 보려고 그의 얼굴을 힐끔거리곤 했다. 아니라는 게 확실해지자, 나는 자유롭게 그의 이목구비를 살폈다. 그는 내가 보기에는 어린애였다. 얼굴에 수염보다 여드름이 더 많았다.

나는 샘, 그리고 오래지 않아 래드클리프 병원에 들어온 출판국 출신의 다른 두 소년병을 방문하는 일을 계속했지만, 내게 기분 전환의 시간을 준 사람은 버티였다. 버티에게 이야기하고 있는 동안엔 전쟁 같은 건 존재하지 않는 안전지대 속으로 들어갈 수 있었다. 나는 주로 사전에 관해, 사전 편집자들과 그들의 독특한 버릇에 관해 이야기했다. 분류 테이블 밑에서 보낸 어린 시절을 묘사하고, 아빠의 무릎에 앉아 쪽지를 보며 읽는 법을 배우던 기쁨을 이야기했다. 그는 그중 어느 것도 알아듣는 것 같지 않았다.

"그 친구랑 사랑에 빠진 건 아니겠죠, 응?" 하루 동안 휴가를 받아 집에 온 개러스가 놀렸다.

"사랑에 빠질 게 뭐가 있어요? 그 사람 머릿속에 뭐가 들어 있는지 전혀 모르는걸요. 게다가 겨우 열여덟 살이에요."

며칠이 지나갔고, 나는 스크립토리엄에서 책들을 가져가 버티가 재미있어할 것 같은 단락들을 읽었다. 단어보다는 리듬을 고려해서 읽을 부분을 골랐지만 모든 단어가 무해한지 항상 조심스레 확인했다. 시를 읽어주면 버티의 눈빛은 조금 침착해지는 것 같았고, 가끔은 그가 나를 너무 강렬하게 쳐다봐서, 의미 가운데 무언가가 그에게 전해졌다고 상상하게 되기도 했다. 남은 6월 동안, 그리고 7월 초까지도 거뜬하게, 나는 잠을 푹 잘 수 있었다.

1915년 7월

머리 박사님은 7월이 될 때까지 스크립토리엄에 거의 나오지 않았다. 로스프리스 말로는 감기가 낫지 않아 고생하고 있다고 했지만, 나는 사전 편찬 작업보다 감기를 더 중요하게 받아들이는 박사님의 모습은 절대 떠올릴 수가 없었다. 원치 않는 비평을 떨쳐버릴 때와 똑같이, 박사님은 감기 또한 항상 거칠게, 짜증을 내며 떨쳐버리곤 했던 것이다. 하지만 사전 제작진이 박사님 댁을 방문하고, 원고가 오고 가면서 작업은 계속되었다. 『어망Trink부터 거절Turndown까지』가 완성되었을 때, 우리는 분류 테이블을 둘러싸고 늘 마시던 애프터눈 티를 마시며 축하를 했다. 머리 박사님도 합류했는데, 내가 본 어느 때보다 창백하고 여윈 모습이었다.

조용한 축하 행사였다. 우리는 전쟁이 아니라 단어들에 대해 이야기했고, 머리 박사님은 T 단어를 끝내기 위한 일정을 변경해 제안했다. 여전히 너무 낙천적인 일정이긴 했지만, 아무도 박사님에게 반대하지는 않았다.

케이크를 먹고 있을 때 로스프리스가 내 쪽으로 몸을 기댔다. "〈피리어디컬〉이 다음 호에 사전 편집진이랑 관련 있는 사진들을 펼침면으로 넣는대요. 책임 편집자 세 분이랑 다른 직원들 사진을 준비해달라고 했어요."

"멋지네." 내가 말했다.

로스프리스는 자기 아버지 쪽을, 손대지 않은 채로 있는 그의 케이크를 바라보았다. "네, 멋지긴 한데요, 사진사가 7월 말까지는 시간이 안 된다고 하고, 저는 걱정이 되는데……" 로스프리스는 문장을 끝맺지 못했다. "저희 어머니 브라우니 카메라로 사진 한 장 찍어주시겠어요? 그냥, 혹시 모르니까요?"

머리 박사님 없는 사전 편집진. 나는 그 생각을 치워버렸다. "얼마든지 찍어줄게."

로스프리스가 얼굴에 슬픈 미소를 띤 채 내 무릎에 한 손을 올려놓았다. "그러면 언니는 사진에 못 나올 텐데, 어떻게 하죠?"

"진짜 사진사가 올 때는 반드시 여기 있을게."

"네, 꼭이에요. 공식 펼침면 사진에서 빠지면 미워할 거예요. 언니는 내가 기억하는 내내 프로젝트의 일원이었으니까요."

로스프리스가 집으로 가서 브라우니 카메라를 가져왔다. 정원에서 머리 박사님 가족을 찍어드릴 때 한두 번 써보긴 했지만, 로스프리스는 내게 다시 작동법을 설명해주었다. 리지가 분류 테이블에서 다과용품을 치우고 나자, 엘시가 모두를 적합하다고 생각되는 자리에 배치했다.

남아 있는 우리는 일곱 명뿐이었다. 머리 박사님은 도움을 받아 한 선반 앞쪽에 있는 의자에 앉았고, 엘시와 로스프리스는 그의 양쪽에 앉았다. 메일링 씨, 스웨트먼 씨 그리고 요크니 씨가 그 뒤에 섰다.

나는 렌즈를 들여다보며 머리 박사님에게 초점을 맞췄다. 같은 얼굴이었다. 분류 테이블 밑에 있는 나를 발견하고 공모자의 시선을 보내며 윙크하던 얼굴. 출판국 이사진이 보낸 편지를 읽을 때면 표정이 심각해지던 얼굴. 다른 편집자 중 한 명에게서 온 원고를 읽을 때면 흥분하던 얼굴. 아빠와 이야기를 나눌 때면 스코틀랜드 사투리로 빠져들면서 즐거움을 느끼던 얼굴. 개러스가 교정지를 배달하러 오면 못 이기고 슬쩍 미소 짓던 얼굴. 그는 프레임 한가운데 앉아 있었고, 사전을 만드는 모든 요소가 그의 주위에 있었다. 책들과 분책들, 단어 쪽지로 터져나갈 듯한 분류함들, 그의 딸들과 조수들. 여기서 어떻게 달라질 수가 있단 말인가?

"빠진 게 있는데요." 내가 말했다.

나는 머리 박사님의 높은 책상 뒤에 있는 선반으로 갔다. 거기에는 여덟 권의 사전이 꽂혀 있었고, 네 권 혹은 다섯 권쯤이 더 들어갈 공간이 있었다. 그 빈 공간에는 내가 어릴 때 머리 박사님이 쓰곤 했던 사각모가 놓여 있었다. 나는 그것을 집어 들고 두드려 먼지를 떨어냈다. 모자에 달린 술을 내 손가락 사이로 천천히 미끄러뜨리고, 아주 잠깐 동안 회상의 시간을 가졌다. 나는 그 사각모를 꼭 한 번 써본 적이 있었다. 스크립토리엄에 아빠와 나 둘만 있을 때였다. 아빠는 사각모를 내 머리에 씌우고, 나를 머리 박사님의 의자에 앉혔다. 심각한 표정으로, 아빠는 단어 '고양이Cat'에 수정을 해보았는데 검토해주시겠느냐고 물었다. "적절하네요." 내가 말했고, 아빠의 얼굴이 찌그러지면서 웃음이 터져 나왔다.

"이걸 쓰셔야 된다고 생각해요, 머리 박사님."

박사님은 내게 고맙다고 말한 듯했지만, 거의 들리지 않는 소리였다.

로스프리스가 사각모 자리를 잘 잡게 그를 도와주었고, 나는 다시 카메라를 집어 들었다.

"준비하시고요." 내가 말했다.

모두가 내 쪽을 쳐다보았고, 표정은 심각했다. 시간이 다할 때까지, 나는 생각했다. 나는 눈을 깜빡여 눈물을 거둬들이고, 사진을 찍었다.

개러스가 나머지 물건들을 자기 도구 가방에 챙기는 동안 나는 장례식 복장을 갖춰 입었다. 날은 따뜻했고 겨울을 상상하기는 어려웠지만, 그는 옷장에서 자신의 방한 외투를 꺼냈다.

그는 내게 와서 내 이마에 키스했고, 양손 엄지손가락으로 내 두 눈 밑을 매만지고는, 눈물 묻은 양쪽 눈꺼풀에도 차례로 키스했다. 한 손씩 들어 올려 내 블라우스의 소매 단추를 채워주었다.

나는 모자를 머리에 고정하고, 곱슬머리를 단단히 밀어 넣은 다음 거울 앞에 섰다. 개러스가 내 뒤를 지나 복도로 나갔다. 돌아왔을 때, 그는 자기 헤어브러시와 빗을 들고 있었다. 나는 거울에 비친 그가 그것들을 가방에 넣는 모습을 지켜보았고, 그가 보지 않을 때 그것들을 도로 꺼내 욕실 세면대에 갖다놓을 수 있을지 생각해봤다.

우리 둘 다 준비가 됐다.

우리는 한 달도 안 되는 밤을 함께했던 침대 발치에 섰다. 우리의 입술이 서로에게 닿았고, 나는 우리의 첫 키스를 기억했다. 설탕을 넣어 달콤하던 차의 맛을. 이번 키스에서는 바다의 맛이 났다. 부드럽고, 조용하고, 길었다. 우리는 각자 필요한 기억으로 남도록 그 키스를 가득 빨아들였다. 기억이 우리를 견디게 해주어야 할 테니까.

나는 거울에 비친 우리의 모습을 바라보았다. 우리는 여느 커플처럼 기차에 타라는 호루라기 신호를 듣고 있을 수도 있었다. 하지만 나는 역에 가지 않을 것이었다. 그 일을 견딜 수가 없었다.

개러스는 장례식이 끝나면 떠날 예정이었다. 그는 가방 끈을 조이고 어깨에 둘러멨다. 나는 핸드백을 가져와 깨끗한 손수건 한 장을 넣었다. 개러스를 따라 방을 나섰지만, 마지막 순간에 잊은 게 없는지 확인하려고 뒤를 돌아보았다. 루퍼트 브루크의 시집이 여전히 침대맡에 놓여 있었다. 나는 뛰어가 그것을 핸드백에 넣은 다음 서둘러 계단을 내려갔다.

장례식에서 나는 한 무리의 조문객 뒤에 개러스와 함께 서 있었다. 소식을 급하게 알렸는데도 최소한 이백 명은 와 있었다. 나는 예의 같은 것은 생각하지 않고 울었다. 머리 부인보다, 엘시와 로스프리스와 머리 박사님 댁 아이들과 손주들을 모두 합친 것보다 많이 울었다. 마지막 말이 끝나고 가족들이 앞으로 걸어 나갔을 때, 나는 몸을 돌려 다른 곳으로 향했다.

개러스의 손이 내 손을 찾아 쥐었고, 나는 최대한 조용하게, 날 그냥 내버려두라고 부탁했다.

"다 끝나면 리지랑 같이 돌아와요." 내가 말했다. "서니사이드에서 봐요."

대문을 통과해 들어갔을 때는 이상한 고요함이 내려앉아 있었다. 맥박과 숨결이 모두 빠져나가 교회 묘지에 모여 있으니, 집은 그것의 재료인 돌 이상의 다른 무엇도 아니었다. 태어나서 처음으로 스크립토리엄이 영원하지 않은 것으로, 목적에 부합하지 못하는 낡은 철제 창고로 내게 다가왔다.

부엌문을 열었다. 아침에 구운 빵 냄새가 낮의 열기로 풍성해져 있었다. 그 냄새가 나를 제자리에 잡아매주었다.

한 번에 두 단씩 계단을 올라가 리지의 침대 밑에서 트렁크를 끄집어냈다. 그 무게를 느껴보았고, 지나간 세월을 가늠해보았다. 개러스의 선물은 느슨하게 포장돼 있었고, 새로운 단어 쪽지 한 움큼이 그 위에 흩어져 있었다. 내가 아닌 다른 모든 사람에게 이것들은 엉밥이겠지, 나는 생각했다.

끈을 잡아당기자 처음에 그랬던 것처럼 종이가 벗겨져내렸다. 『여성들의 단어와 그 의미』. 처음과 똑같이, 전율로 가슴이 빠르게 뛰었다. 하지만 이번에는 가라앉은 슬픔이 있었다. 그리고 두려움도. 나는 선물을 조금 더 가까이 들여다보았고, 모든 페이지를 뒤졌다. 그의 빗, 그의 방한 외투, 그의 시집을 대체할 수 있는 무언가를 찾고 싶었다. 그런 게 있을 거라 기대하는 건 비이성적이었고, 그런다고 해서 뭔가 달라질 거라고 생각하는 건 불합리했다. 마지막 단어들 뒤에는 텅 빈 끝 페이지들뿐, 다른 것은 아무것도 없었다.

그리고 뒤표지 안쪽에는.

이 사전은 배스커빌 서체로 인쇄되었습니다. 중요하고 가치가 담겨 있는 책들을 위해 디자인된 서체로, 그 선명함과 아름다움을 고려하여 선택되었습니다.

개러스 오언

식자공, 인쇄공, 제본공

나는 계단을 뛰어 내려가 정원으로 나갔다. 문이 열렸고, 스크립토리엄이 나를 들어가게 해주었다. 내게 필요한 단어들은 이미 인쇄되어 있었지만, 나는 나 스스로 그 의미를 고르고 싶었다.

분류함을 뒤졌고, 단어 하나를, 그리고 또 하나를 찾아냈다. 깨끗한 쪽지를 한 장 꺼내 그것들을 옮겨 적었다.

사랑LOVE

열정적인 애호의 감정.

나는 쪽지를 뒤집었다.

영원한ETERNAL

변하지 않는, 끝없는, 죽음을 넘어서는.

리지의 방에 돌아온 나는 루퍼트 브루크의 시집 페이지 사이에 쪽지를 넣었다.

"위층에 있을 거예요." 부엌에서 리지가 말하는 소리가 들렸다. "트렁크가 열려 있을 거예요. 내가 장담해. 침대랑 마룻바닥은 단어들로 엉망진창일 거고요."

그리고 계단을 올라오는 개러스의 무거운 군화 소리.

"아, 루퍼트 브루크." 내 손에 들려 있는 시집을 본 그가 말했다.

"침대 옆에다 놔뒀더라고요." 나는 일어나 그에게 시집을 건네주었고, 그는 힐끗 보지도 않고 그것을 가슴께 주머니에 넣었다.

"찾고 있던 건 찾았어요?" 마룻바닥 위 트렁크 쪽으로, 여전히 끝 페이지가 펼쳐진 채 침대 위에 놓인 『여성들의 단어와 그 의미』 쪽으로 고갯짓을 하며 그가 물었다.

나는 그가 준 선물을 집어 들고, 가슴에 꼭 끌어안았다. "내가 받아주리란 거, 알았어요?"

"당신이 날 사랑하는 건 느꼈어요. 내가 당신을 사랑하니까. 하지만 받아줄 거라는 확신은 없었어요." 단어들이 담긴 책을 우리 사이에 둔 채 그가 나를 감싸 안았다. 그러고는 리지의 침대에 나를 앉히고, 내 앞에 무릎을 꿇었다. 사전은 내 무릎 위에 있었다. "나 역시 이 책의 모든 페이지에 있어요, 에스, 당신과 똑같이요." 그는 내 손에 자기 손을 가져와 깍지를 꼈다. "이게 우리예요. 그리고 이건 우리가 사라지고 오랜 시간이 지난 뒤에도 여기 있을 거예요."

그가 방을 나섰을 때, 나는 계단을 내려가는 무거운 군화 소리에 귀를 기울였다. 한 걸음 한 걸음을 모두 세었다. 그는 리지에게 작별 인사를 하고, 기대 흐느끼는 리지를 한동안 안고 있었음이 분명했다. 몇 분 동안 우물거리는 소리밖에는 들리지 않았으니까. 그런 다음엔 부엌문이 열렸고, 리지가 밖을 향해 외치는 소리가 들렸다.

"꼭 집에 돌아온다고 약속해요, 개러스. 에시메이가 영원히 내 방에 살게 둘 수는 없다고요."

"약속할게요, 리지." 그가 마주 소리쳤다.

기차가 출발하고 개러스가 떠났다는 사실을 알게 될 때까지 나는 리지의 침대에 앉아 있었다. 내 웃긴 손가락들은 그가 준 선물을 꼭 쥐느라 감각이 둔해져 있었다. 나는 손가락을 펴고, 문지르고, 리지의 마룻바닥에 여전히 열린 채 놓여 있는 트렁크를 바라보다가, 몸을 굽혀 내 단어 책을 쪽지와 편지 들이 있는 보금자리로 되돌려놓았다.

그러다가 멈췄다. 개러스는 일 년이 걸렸다고 했다. 나는 몇 년이 더 걸렸다. 이 모든 여자들과 그들의 말들. 그들의 이름을 적어 넣던 기쁨. 그들이 잊힌 다음에도 그들의 일부가 오랫동안 남아 있으리라는 희망.

부엌으로 내려갔을 때 리지는 벌써 샌드위치를 차리고 있었다. "지금쯤이면 묘지를 떠났을 거예요." 리지가 말했다. "먼저 갔다고 뭐라 할 사람은 아무도 없을 거고요." 리지는 손을 앞치마에 문질러 닦고 나를 끌어안았다. 영원히 거기 머물러 있을 수도 있겠지만, 나는 출판국에 가야 했다.

하트 씨가 인쇄실에 있었다. 장례식이 끝나고 샌드위치를 먹으며 대화하는 시간을 그가 피하고 싶어할 거라고 짐작했었다. 인쇄기들이 덜컹거리는 소리와 기름 냄새가 그의 우울에 위로가 되어주었다. 전쟁이 진행될수록 그가 인쇄실에서 점점 많은 시간을 보내고 있다고 개러스는 말했었다. 문 안쪽에 서 있는 동안 나는 그 이유를 이해했다. 그가 나를 보았는데, 잠깐 동안은 내가 누군지 못 알아보는 것 같았다. 나를 알아보자, 그는 숨을 깊이 들이마시고 내 쪽으로 다가왔다.

"오언 부인."

"에즈미라고 불러주세요."

"에즈미."

우리는 거기 말없이 서 있었다. 나는 같은 주에 머리 박사님과 개러스를 잃는 것이 그에게 어떤 의미일지 생각해보았다. 아마 그 역시 나에 대해 같은 생각을 했을 것이다.

나는 『여성들의 단어와 그 의미』를 들어 올렸다. "부탁드릴게요, 하트 씨, 개러스에 대해 나쁘게 생각하지 말아주세요. 그 사람이 저를 위해 이걸 만들어줬어요. 단어들이에요. 제가 수집한 단어들요. 반지를 사는 대신에 이 단어들을 조판해줬어요." 나는 더듬거렸다. 하트 씨는 내 손에 들린 책을 그저 바라만 보았다. "그 사람이 연판*을 만들어뒀기를 바라고 있어요. 몇 권을 더 인쇄하고 싶어서요."

그는 내게서 책을 건네받아 방 끝에 있는 작은 책상 쪽으로 걸어갔다. 그가 자리에 앉았다. 인쇄기들이 합창을 계속했다.

나는 따라가 그의 뒤에 섰다. 그는 페이지를 넘겼고, 돛을 세우는 밧줄들처럼 손가락을 짚어가며 단어들을 훑었다.

그가 지극히 조심스럽게 책을 덮더니, 표지에 손을 올려놓았다.

"연판은 없습니다, 오언 부인. 소량 인쇄를 위한 연판을 만드는 데는 비용이 너무 많이 들거든요. 한두 권씩 찍는 건 말할 것도 없고요."

이 순간까지 나는 어떤 종류의 힘이, 나를 지탱해줄 명료한 목표가 있다고 느껴왔었다. 나는 다른 의자를 향해 손을 뻗어 간신히 앉을 수 있었다.

"만약 어떤 변화가 있을 거라고 조판공이 판단하게 되면, 교열이나 수정 같은 게 그런 건데요, 활자를 넣어둔 판은 보관해둡니다. 보시다시피 활자는 넣었다 뺐다 할 수 있고요. 조정하기 쉽죠."

"개러스는 수정이 필요할 거라고는 생각하지 않았을 거예요."

"그 친구는 제가 만나본 최고의 조판공이었습…… 조판공입니다. 저희는 판은 일정 기간 동안 보관해둡니다. 규칙이거든요."

그 생각이 우리를 조금 기운 나게 해주었다. 우리는 함께 일어서서 말없이 조판실로 걸어갔다. 조판실은 반쯤 비어 있었지만, 개러스의 낡은 작업대에는 수습공 한 명이 서 있었다. 하트 씨가 아직 사용되는 판들을 넣어둔 널찍한 서랍장의 서랍 하나를 열었다. 또 하나를, 또 하나를 열었다. 나는 그를 따라다니는 것을 멈추고 우리의 빈집을 상상하기 시작

---

* plate. 활자판을 지형으로 뜨고 여기에 납, 주석, 알루미늄 등의 합금을 녹여 부어서 뜬 인쇄판. 활자를 넣었다 뺐다 할 수 있는 것이 아니라 하나의 판이 통으로 되어 있어서 변형이 불가능하며 대량 인쇄에 적합하다.

했다.

“여기 있네요.”

하트 씨가 맨 아랫서랍으로 몸을 굽혔고, 나도 따라 몸을 굽혔다. 우리의 손가락이 함께 활자들을 더듬기 시작했다. 나는 눈을 감고 내 웃긴 손가락 끝에 와닿는 감촉의 차이를 느꼈다.

단어들은 내게 언제나 만질 수 있는 것들이었지만, 이런 식으로는 아니었다. 이것은 개러스가 단어들을 인지하는 방식이었고, 나는 문득 시각을 사용하지 않고 그것들을 읽는 법을 배우고 싶다는 생각을 했다.

“어쩌면 개러스는 몇 권 더 찍게 될 걸 알았는지도 모르겠군요.” 나이 든 관리 책임자가 말했다.

아마도 그랬을 것이다.

장례식 며칠 뒤, 나는 제일 먼저 스크립토리엄에 돌아왔다. 머리 박사님의 사각모는 내가 박사님의 사진을 찍고 놓아둔 곳에 그대로 있었다. 사진을 찍은 날로부터 이 주가 채 지나지 않았다. 먼지가 다시 사각모 위에 내려앉아 있었다. 떨어낼 마음이 생기지 않았다. 그 사진은 〈피리어디컬〉 9월호에 실릴 거라고 장례식이 끝난 뒤 로스프리스가 말해주었다. 자기 슬픔이 큰 상태인데도 로스프리스는 사진에서 내가 빠진 것에 대해 사과할 생각까지 했다.

하지만 그것이 로스프리스가 전해야 하는 최악의 소식은 아니었다. “우리 이사 갈 거예요.” 눈에 다시 눈물을 가득 담으며 로스프리스가 말했다. “9월에요. 올드 애슈몰린 빌딩으로요. 우리 전부 다 가는 거예요. 모든 게.”

나는 멍해졌다. 아무 말도 알아듣지 못한 것처럼 거기 서 있었다. 9월이면 한 달밖에 시간이 없었다. "스크립토리엄은 어떻게 되는 건데?" 나는 마침내 물었다.

로스프리스는 슬프게 어깨를 으쓱했다. "정원 창고가 될 것 같아요."

쪽지들이 들어 있는 선반들을 손가락으로 훑으며 내 책상으로 걸어가는 동안, 나는 아빠가 내게 알라딘 이야기를 읽어준 일을 떠올렸다. 그때는 스크립토리엄이 내 동굴이었다. 하지만 알라딘과는 달리, 내게는 풀려나고 싶다는 욕망 같은 건 없었다. 나는 스크립토리엄에 속해 있었다. 기꺼이 그 안에 갇혀 있는 수인이었다. 나의 유일한 소망은 사전 편찬 작업에 봉사하는 것이었고, 그 소망은 이루어졌다. 하지만 나의 복무는 이 벽들 안쪽으로 제한되어 있었다. 리지가 부엌과 계단 꼭대기 자기 방에 매여 있는 것만큼이나 확실하게, 나는 이 장소에 매여 있었다.

나는 책상 앞에 앉아 잠시 머리를 팔에 대고 엎드렸다.

어깨에 누군가의 묵직한 손이 느껴졌다. 나는 개러스인 줄 알고 깜짝 놀라 몸을 일으켰다. 스웨트먼 씨였다. 내가 지쳐서 깜빡 잠이 든 모양이었다.

"왜 집에 안 가니, 에즈미?" 그가 물었다.

"못 가겠어요."

그는 이해했음이 분명했다. 고개를 끄덕이고 쪽지 한 묶음을 내 책상에 놓았으니까.

"A부터 S까지, 새로 들어갈 단어들이야." 그가 말했다. "언제가 될진 모르지만 증보판 출간을 하려면 분류를 해둬야겠지."

그건 가장 단순한 종류의 업무였지만, 시간은 좀 걸릴 것 같았다. "고맙습니다, 스웨트먼 씨."

"이제 프레드라고 불러도 되겠다는 생각 안 드니?"

"고맙습니다, 프레드."

"네가 그 이름으로 부르니까 느낌이 묘하구나. 우리 둘 다 익숙해지겠지." 그가 말했다. "어떤 변화에든 적응을 해야 하니까."

1915년 8월 10일

내 사랑 에스,

집을 떠난 지 열흘밖에 안 됐는데 한 시대가 지나간 듯한 기분이에요. 옥스퍼드는 내가 한 번 정도 방문해본 장소 같고, 당신은 꿈처럼 느껴져요. 하지만 그러다 루퍼트 브루크의 책을 폈더니 거기서 당신의 쪽지가 떨어져내렸어요. 그 단어들, 당신의 글씨, 종이의 친숙한 감촉. 그것들이 당신이 실재한다는 걸 날마다 일깨워주는 것들이 될 거예요.

브루크의 시집을 항상 주머니에 넣고 다니기로 결심했어요. 만약 내가 부상을 당해 들것이 오기를 기다려야 한다면 그때 읽을 게 있었으면 좋겠고, 당신의 단어들이 나를 진정시켜줄 거예요. 하지만 한동안은 그럴 일이 없을 것 같아요. 우리는 에뷔테른에 주둔하고 있는데, 여긴 아라스에서 멀지 않은 작은 농촌 마을이에요. 적응하는 시간이 주어질 거라는 얘기를 들었는데, 그 말대로 우리의 시간은 훈련과 빈둥거리기로 채워지고 있어요. 몇몇 젊은 친구들은 휴가라는 걸 가져본 적이 없었던 나머지, 이 체험 전체를 휴가라고 착각한 모양이에요. 난 제법 많은 시간을 예쁜 여자들의 어머니들에게 사과를 하는 데 쓰고 있어요. 프랑스어 실력도 늘고 있고요.

인도인 자전거 부대가 근처에 주둔하고 있어요. 인도인을 만나본 적 있어요? 난 지금까지 없었어요. 그들은 둘씩 짝을 지어 자전거를 타고 마을 주변을 돌아다니는데, 터번이랑 정성껏 기른 수염 때문에 상당히 웅장해 보이는 광경이에요. 적어도 수염을 길렀다는 건 나이가 좀 들었다는 뜻이겠죠. 영국군에는 얼굴에 털이 날 만큼 나이가 들기도 전에 입대하는 인도인 소년들이 많이 있어요. 열 살만 되면 받아준다고들 하는데, 난 그렇게 어린 애들은 아직까지 한 명도 못 봤어요. 그애들이 집에 돌아갈 때까지 무사하길 다들 바랄 거예요.

어젯밤, 우정을 표하기 위해 우린 인도인 장교들을 초대해 저녁식사를 같이했어요. 그 사람들은 우리 음식에 거의 손을 대지 않았고, 마실 것도 조금밖에 안 마셨지만, 많이 웃었고, 밤늦게까지 얘기했어요. 나는 그 자리에서 최고로 초짜인 장교 중 한 명이었는데, 알고 보니 배워야 할 게 많았어요. 여기선 내가 몰랐던 단어들이 엄청나게 많이 쓰여요, 에스. 그런 단어 대부분은 어떤 식으로든 최전선에 관련된 말들이고, 메이블의 몇몇 대표 단어들과 잘 어울릴 만한 단어들도 많이 있어요. 하지만 오늘 내가 선물로 넣어 보내는 건 지금껏 가장 마음에 들었던 단어예요.

쪽지는 쌀 조리법을 적은 종이로 만든 거예요. 인도인 장교 한 명이 돌돌 말아서 주머니에 넣고 다니던 건데, 내가 종잇조각을 찾아다니는 걸 보고 주더라고요. 뒷면에 쓰여 있는 힌디어 문장들을 보고 당신이 얼마나 좋아할까 생각하니 흥분이 됐어요. 그 장교의 이름은 '아지트'인데, 그가 자기 이름의 어원을 알려줬어요. 그러고는 자기 이름이 '무적'이라는 뜻이라고 당신한테 알려주라고 했어요. 나더러 쪽지에 쓰라고 우기더라고요. 나는 내 이름이 무슨 뜻인지 모른다고 그에게 말을 했더니, 그는 머리를 흔들고는 말했어요. "그건 좋지 않아요. 사람의 이름은 그 사람의 운명인데." 그 논리대로라면 그는 전쟁에 잘 맞는 사람일 거예요.

지금은 삶이 제법 널널하지만 (내가 얼마나 빠른 속도로 새로운 이 지방 말을 습득했는지 봐요) 당신 소식을 몹시 듣고 싶어요, 에스. 육군성에 우리 위치가 마침내 등록돼서, 내일부터 우편물을 받을 수 있대요. 당신이 일상을 어떻게 보내는지 듣고 싶고, 출판국이나 스크립토리엄 소식도, 그리고 물론 버티 소식도 궁금해요. 이야기가 시시콜콜해서 지루할까 봐 두려워하지 말아요. 그런 이야기도 나는 기쁘게 읽을 거예요. 리지에게 내 안부를 전해주고, 나를 위해서 하트 씨도 한번 찾아가 줘요. 그분한테는 따로 편지를 쓰겠지만, 이 전쟁이 끝날 때까지 그분의 우울이 끝나지 않을까 걱정되네요. 당신과 이야기를 나누면 그분도 좀 기운이 나실 거예요.

영원한 사랑을 보내며,

개러스

널널한CUSHY

'기쁨'을 의미하는 힌디어 '쿠슈'에서 온 말. (아지트 '무적' 카트리.)

"널널한 막사에 익숙해지지 마라, 중위. 곧 참호에 있게 될 테고, 엉덩이까지 진흙에 빠질 테니."

—제럴드 애인스워스 중위, 1915년

개러스가 떠나고 몇 주가 지나도록 나는 각각 다른 백 가지 방법으로 죽는 그를 계속 상상했다. 편하게 잘 수가 없었고, 잠들었다가도 두려워하며 깨어났다. 그랬기에 그의 첫 번째 편지는 원기 회복제가 되어주었다.

"리지. 편지가 왔어요!"

"누구한테서요? 국왕?" 리지는 미소 짓고는, 들을 준비를 하며 테이블 앞에 편한 자세로 앉았다.

"정말 좀 휴가같이 들리네요, 그렇지 않아요?" 편지를 다 읽고 나서 내가 말했다.

"그러네요. 그리고, 들어보니 좋은 친구를 사귄 모양이에요."

"맞아요. 무적 씨. 그러니까 생각이 나네요." 나는 편지에서 쪽지를 꺼내 개러스가 거기 쓴 것을 읽었다.

"근사한 단어 아니에요?" 내가 말했다. "이 말을 가능한 한 자주 쓰겠다고 결심했어요."

"아가씨는 나보다 그 말을 쓸 일이 많을 거예요."

더 많은 편지들이 며칠마다 한 통씩 도착했고, 8월이 지나 9월이 되었다. 머리 박사님이 돌아가신 뒤로 작업 속도가 느려졌다는 신호는 별로 없었고, 아무도 상자에 짐을 싸거나 선반을 치우지 않았으므로, 나는 어쩌면 스크립토리엄이 그대로 머물러 있을지도 모르겠다고 생각했다. 스웨트먼 씨가 ('프레드'는 내 입에서 쉽게 나오지 않았다) 내게 조사할 단어들을 주기 시작했을 때는 내 일상에 약간의 균형이 돌아오는 기분이었다. 나는 올드 애슈몰린 빌딩과 출판국으로 심부름 가는 일을 다시 시작했다. 하트 씨는 정말로 우울한 상태였지만, 개러스의 바람과는 반대로, 나는 그를 조금도 기운 나게 해줄 수가 없었다.

주중에 매일 다섯시 정각이 되면 스크립토리엄에서 곧장 래드클리프 병원으로 갔다. 토요일에는 거의 오후 내내 거기 있었다. 병동 침대에는 거의 언제나 출판국 출신의 소년병이 한 명씩 있었다. 환자가 새로 들어오면, 수녀님들이 와서 내가 소식을 들었는지 확인했고, 새 환자가 내 돌봄 범위에 포함된다고 일러주었지만, 환자 대부분은 방문객이 끊이지 않았다. 래드클리프 병원은 출판국에서 돌 하나를 던지면 닿을 거리에 있었고, 제리코 지역의 여성들이 그곳에 방문하게 해달라고 요청했다. 병동들은 자기 아들들과 오빠들과 애인들에게 쏟아부을 수 없는 애정을 낯선 부상자들에게 쏟아붓는 어머니들과 여동생들과 애인들로 가득 차 있었다. 그 지역 출신의 소년병이 한 명 들어오자 그들은 주위로 몰려갔고, 비스킷과 토피 사탕을 주고 자기들의 소년이 아직 살아 있다고 믿게 해줄 별것 아닌 소식을 받았다.

나는 늘 저녁을 버티와 함께 먹었다.

"아직도 아무것도 이해하지 못해요." 몰리 수녀님이 말했다. "하지만 부인이 곁에 계시면 평소보다 식사량이 늘어나는 것 같긴 해요."

래드클리프 병원에서는 버티의 것과 똑같은 쟁반에 내 저녁식사를 담아 제공했다. 언제나 밋밋한 맛에, 반복되는 메뉴였다. 몰리 수녀님은 내게 사과하면서 배급 식량을 탓했지만, 나는 신경 쓰지 않았다. 집에 가서 일인분 요리를 하지 않아도 된다는 뜻이었으니까.

"버티." 그는 반응하지 않았다. "오늘 어떤 단어를 우연히 발견했는데, 버티가 이걸 좋아할 것 같아서요."

"그 친구는 아무 단어도 안 좋아해요, 오언 부인." 그의 옆 침대 환자가 말했다.

"알아요, 앵거스. 하지만 의사 선생님들은 친숙한 단어만 쓰시잖아요.

이 단어는 친숙하지 않을 거예요."

"흠, 그 친구가 그게 무슨 뜻인지 어떻게 알아요?"

"알 수 없죠. 하지만 제가 설명할 거예요."

"하지만 그걸 설명하려면 친숙한 단어를 써야 되잖아요."

"꼭 그렇지는 않아요."

앵거스가 웃었다. "쉽지 않겠네요, 부인."

"글쎄요, 당신도 부지런히 엿듣다 보면 여기서 나갈 때 적어도 어휘 하나는 확 늘어 있을걸요?"

"전 저한테 필요한 단어들은 다 안다고 봐요."

버티는 다른 남자 환자들과 똑같이 식사를 했고, 그동안 나는 아주 많은 환자들이 그러듯 그가 마지막에 트림을 하고 "죄송합니다, 부인" 하고 말하는 모습을 상상했다. 하지만 식사를 끝내면 그는 다시 앞에 있는 허공을 응시하기 시작했고, 언제나처럼 조용했다.

"피니타." 내가 말했다.

버티의 두 눈에는 아무런 변화가 없었다.

"그게 무슨 뜻이죠?" 앵거스가 물었다.

"끝났다는 뜻이에요."

"어디 말인데요?"

"에스페란토예요."

"처음 들어봐요."

"일종의, 만들어진 언어예요." 내가 말했다. "누구나 배울 수 있을 만큼 쉽게 고안됐고, 국가들 사이에 평화를 촉진하기 위해 만들어졌어요."

"그래, 그 촉진한다는 평화는 어떻게 됐죠, 부인?"

나는 피로를 느끼며 미소를 짓다가 앵거스의 침대 끝에 시선이 머물렀다. 시트 밑에 있어야 할 두 발이 없었다.

"그래도," 그가 말을 이었다. "그 언어가 여기 있는 버티 이 친구를 도와줄 수 있다면, 그걸 만든 게 시간 낭비였던 건 아니겠네요." 그는 버티의 쟁반 쪽으로 고갯짓을 했다. "그 친구가 다 먹었으면 제가 남은 것 좀 먹어도 될까요?"

나는 음식이 담긴 접시를 집어 앵거스에게 건네주었다.

"고맙다는 말을 에스페란토로 어떻게 해요?" 그가 물었다.

내 주머니에는 단어장이 들어 있었지만, 그 단어는 내가 외우고 있었다. "단콘."

"그래요, 단콘, 오언 부인."

"네 단킨데,* 앵거스."

머리 부인이 노크를 하고는 스크립토리엄 문을 열었다. 우리는 모두 책상에서 고개를 들었다.

"이제 시작이에요." 부인이 선언하고는, 낯익은 출판국 앞치마를 입은 소년 한 명을 데리고 쓸쓸한 표정으로 들어왔다. 소년은 납작하게 편 판지 상자들이 쌓여 있는 수레를 밀고 있었다.

"출판국에서 이사를 도와주겠다고 제안이 들어와서, 매일 오후에 일하는 소년 한 명이 수레를 가지고 올 거예요. 올드 애슈몰린 빌딩으로 보낼 어떤 상자든지, 싸둔 게 있으면 넘겨주면 됩니다." 부인은 뭔가 말을 더 할 것 같아 보였지만 아무 말도 하지 않았다. 실내를 둘러보고, 분

* '천만에요'라는 뜻의 에스페란토.

류함 선반들과 책들, 종이 더미들을 찬찬히 살펴보는 부인을 우리는 바라보았다. 그것은 부인만의 순간이었을 것이다. 부인의 시선은 마침내 머리 박사님의 책상에, 선반 위 『Q부터 쉿Sh까지』 옆에 놓인 사각모 위에 머물렀다. 부인은 몸을 돌렸고, 자리를 떠났다.

로스프리스와 엘시가 일어나 어머니를 따라갔다. "상자는 바닥에 놔주시면 돼요." 수레 미는 소년을 지나치며 로스프리스가 말했다. "다들 상자 조립하는 법은 아실 거라 믿어요."

사전 편찬 작업은 멈출 수 없었지만, 상자를 조립하는 일은 우리가 아침 티타임에 하는 주요한 활동이 되었다. 점심시간이 되면 우리는 당장 필요하지 않은 오래된 사전과 갖가지 책, 정기간행물 들을 상자에 담았다. 매일 오후 세시에 소년 한 명이 와서 그것들을 가져갔다.

날마다 스크립토리엄은 자신의 일부를 조금씩 더 많이 허물어냈다. 9월 마지막 주에는 조수들 각자가 일을 하는 데 쓰던 소지품들로 마지막 상자들이 꾸려졌다. 분위기는 침울했고, 마지막 날 조수들은 송별회 없이 떠났다. 작별을 고할 것이 스크립토리엄에 거의 남아 있지 않아서였다.

나는 떠날 준비가 되어 있지 않았다. 나는 뒤에 남아서, 보관되거나 올드 애슈몰린 빌딩에서 새 보금자리를 찾게 될 모든 단어 쪽지를 상자에 담는 일을 하겠다고 자원했다. 나 말고도 스웨트먼 씨가 마지막까지 남아 짐을 쌌다. 그는 자기 상자를 봉한 다음 출판국 소년이 가져가도록 분류 테이블에 놔두었다. 그런 다음 작별 인사를 하러 들어왔다.

"계속 있을 거니?" 내 책상과 그 내용물을, 항상 거기 있던 그대로 있는 그것들을 바라보며 그가 말했다.

"아마도요." 내가 말했다. "너무 정신 사납게 짐을 싸시네요. 먼저 가시면 제가 일을 더 많이 할 수 있을 것 같아요."

유머 감각이 몸에서 다 빠져나간 그가 한숨을 쉬었다. 나는 일어서서 그를 포옹했다.

혼자가 되자 마침내 주위를 둘러볼 용기가 생겼다. 분류 테이블은 단단하고 낯익은 모습으로 그 자리에 있었다. 분류함 칸들에는 여전히 쪽지들이 가득했지만, 선반들은 텅 비어 있었고 책상들도 깨끗했다. 종이를 넘기는 소리와 펜 끝이 종이를 긁는 소리들이 멈춰 있었다. 스크립토리엄은 살점을 거의 잃었고, 남아 있는 뼈는 아무리 봐도 그냥 창고로밖에 보이지 않았다.

나는 다음 몇 주를 스크립토리엄과 래드클리프 병원 사이를 오가며 보냈다.

나는 버티의 손을 만졌다. "마노." 그런 다음 내 손을 가리켰다. "마노."

"혼자 하려는 건 아니죠, 에시메이?" 리지가 말했다. 리지는 내가 도착하는 걸 본 게 틀림없었고, 정원을 가로질러 스크립토리엄 쪽으로 오고 있었다.

"리지는 할 일이 많잖아요." 내가 말했다.

"머리 부인이 용케 몇 주 동안 와줄 다른 사람을 구했어요. 내 아침 시간은 아가씨가 마음대로 써도 돼요."

나는 리지의 뺨에 입을 맞추고는 스크립토리엄 문을 열었다.

빈 구두 상자들이 분류 테이블을 뒤덮고 있었다.

"아크보." 내가 말하자, 버티가 물잔을 들었다. 그는 손가락이 길었고, 군 생활 동안 생긴 굳은살은 손에서 거의 사라져 있었다. 굳은살 아래 피부는 부드러웠다. 육체노동자의 손은 아니야, 나는 생각했다. 아마도 사무직일 것이다.

그 일은 유가족이 하는 일처럼 느껴졌다. 쪽지들은 낯익었지만 반쯤 잊힌 것들이었다. 나는 기억해내기 위해 계속 손을 멈춰야 했다.

나는 버티의 쟁반에서 내 저녁식사를 들어 올렸다. "베스페르만조." 나는 차를 마셨다. "테온."

나는 쪽지들을 작은 묶음으로 만들어 구두 상자들 옆에 쌓아올렸다. 무더기가 느슨하면 리지는 그것을 끈으로 묶었고, 구두 상자가 꽉 찰 때까지 차곡차곡 담았다. 그다음엔 내가 상자 앞면에 내용물이 뭔지 적었고, '보관' 또는 '올드 애슈'라고 적었다. 마치 머리 박사님이 구두 상자까지 디자인하기라도 한 것처럼 쪽지들이 상자에 딱 맞는 게 내게는 특별하게 느껴졌다.

"왜 항상 저 친구가 '베스페르만조'를 처음으로 받지요?" 앵거스가 물었다.

"누구처럼 요란을 떨지 않으니까요." 내가 대답했다.

리지가 또 다른 상자의 뚜껑을 닫고는 분류 테이블 끝에 놓았다.

"이제 반쯤 했네요." 리지가 말했다.

"아미코." 내가 나를 가리켰다. "아미코." 내가 앵거스를 가리켰다.

"뭘 보고 내가 버티 친구라고 생각해요?" 앵거스가 물었다.

"버티한테 말 거는 걸 봤거든요. 에스페란토로요. 제 생각엔 그게 우정 같은데요."

나는 마지막 쪽지들을 묶음으로 만들어 끈으로 묶으라고 리지에게 넘겨주었다. 분류함은 완전히 텅 비어 있었다. 그 순간까지의 내 삶이 사라진 것처럼 느껴졌다.

"교정지에서 삭제되는 느낌이 딱 이럴 것 같네요." 내가 말했다.

"삭제가 무슨 뜻인데요?" 리지가 물었다.

"없어지는 것, 잘려나가는 것, 지워지는 것."

"이번 단어는 중요한데요, 앵거스." 내가 에스페란토 단어장을 든 채

말했다. "그런데 그 뜻을 버티한테 어떻게 설명해야 할지 모르겠어요."

"무슨 단언데요?'

"세쿠라."

"뜻은?"

"안전한."

우리는 한동안 말없이 앉아 있었다. 앵거스는 생각하는 시늉을 하며 턱에 손을 대고 있었고, 나는 그 단어를 노려봤으나 아무 생각도 안 떠오르는 상태였으며, 버티는 우리 둘 사이에서 계속 반응이 없었다.

"그 친구를 안아주세요, 부인." 앵거스가 말했다.

"안아주라고요?"

"네. 저는 우리 중 누구라도 정말로 안전하다고 느낄 때가, 엄마가 안아줄 때인 것 같거든요."

분류 테이블 위에는, 쪽지로 가득 차고 각각 라벨이 붙은 구두 상자들이 즐비하게 놓여 있었다.

"머리 부인이 곧 올드 애슈몰린으로 분류함들을 가져갈 준비를 하실 거예요." 리지에게 내가 말했다.

"그리고 깨끗이 청소하고 나면, 그러면 우리 일은 끝이에요."

"세쿠라." 나는 버티를 안으며 말했다.

나는 한동안 그를 안아주고 있었다. 병원에 도착해서, 병원을 떠날 때, 그리고 그 중간에 한두 번씩. 하지만 그의 몸은 내내 뻣뻣하게 굳어 있었다. 그런데 이번에는 그의 몸이 저항을 포기하는 게 느껴졌다.

"버티?" 마침내 몸을 뒤로 빼내고 그의 눈을 들여다볼 수 있게 됐을 때 내가 말했다. 하지만 아무 반응도 없었다. 나는 그를 다시 껴안았다. "세쿠라."

다시 한번, 그의 몸이 내게 기대왔고, 그의 머리가 내 가슴 쪽으로 떨어져내렸다.

1915년 9월

1915년 9월 28일, 로스에서

내 사랑 에스,

이번 주의 단어는 '맛이 간Doolally'이에요. 이 단어는 어떤 젊은 병사를 가리키는 데 사용됐는데, 그 병사는 집에서 화장실용 휴지 한 롤을 소포로 받아 그 전부를 자기 눈을 싸매는 데 써버렸어요. 동료들이 마침내 휴지를 다 뜯어냈을 때, 그 가엾은 친구는 눈이 보이지 않았어요. 가짜로 눈먼 척한다고 놀림을 받았지만, 그 병사는 진짜로 아무것도 볼 수 없게 됐어요. 의사 말에 따르면 전쟁 신경증이래요. 동료들에 따르면 '맛이 간' 거고요. 나는 후자 쪽이 조금 더 언급하기 쉬운 단어라고 생각해요. 웃을 여지가 조금이나마 있으니까.

이 전쟁 때문에 영어라는 언어가 고생을 하고 있다고 느껴지기 시작했어요, 에스. 내가 만나는 모든 사람이 화장실 휴지를 가리키는 새로운 단어를 쓰고 있는데, 그중에 그 어원이나 휴지를 사용하는 경험을 정확히 전달하고 있지 않은 단어는 하나도 없었어요. 하지만 전달해야 하는 공포는 천 가지인데, 그걸 전하는 단어들은 겨우 한 줌밖에 안 되죠.

'공포Horror'. 그건 전쟁으로 지쳤다는 뜻이에요. 단어가 없을 때 우리가 사용하는 단어죠. 아마 어떤 것들은 묘사가 불가능한 거겠죠. 최소한, 나 같은 사람들은 할 수 없을 거예요. 시인이라면, 어쩌면 무서움이 자아내는 참기 힘든 감정이나 두려움의 무게를 빚어내는 방식으로 단어를 배열할 수 있겠죠. 그들은 진흙과 축축한 부츠를 적으로 삼고, 그것을 언급하는 것만으로 사람들의 심장 박동을 빨라지게 할 수 있을지 몰라요. 시인이라면, 어떤 단어들을 확장해서 우리들 사전 만드는 사람들이 정해놓은 것보다 많은 것을 의미하게 할 수 있을지도 몰라요.

내 사랑, 나는 시인이 아니에요. 내가 가진 언어들은 이 경험이 갖는 무지막지한 힘에 비하면 창백하고 연약해요. 나는 당신에게 비참하다고, 진창은 더 진창 같고, 축축한 것은 더 축축하고, 독일인 병사가 연주하는 플루트 소리는 내가 들어본 어떤 소리보다도 아름답고 구슬프다고 말할 수 있어요. 하지만 당신은 이해 못 할 거예요. 머리 박사님의 사전에는 이 장소에서 나는 악취에 비견될 만한 어떤 단어도 없어요. 무더운 오후의 생선 시장, 무두질 공장, 시체 공시소, 하수구 같은 것에 비교할 수도 있겠죠. 그건 이 모두를 합친 것이지만, 동시에 우리 입으로 들어가 맛으로 변하고, 목구멍과 위장에 경련을 일으켜요. 당신은 무언가 몹시 싫은 것을 상상하겠지만, 현실은 그보다 더 나빠요. 그리고, 대량 살육이 벌어지죠. 그건 〈타임스〉에 실려 당신에게 전해지고요. '유공자 명단'. 모노타이프 모던 서체로 인쇄된 이름들이 적힌, 끝도 없이 이어지는 세로 단의 형태로요. 담배를 물고 있던 입술은 총탄에 날아갔는데 꺼져가는 담뱃불은 여전히 진흙 속에서 빛을 낼 때, 내 영혼이 무너지던 느낌을 나는 설명할 방법이 없어요. 내가 그 담배에 불을 붙였어요, 에스. 그게 그 병사의 마지막 담배가 될 줄 알고 있었고요. 이게 우리가 일하는 방식이에요. 담뱃불을 붙이고, 고개를 끄덕이고, 병사들과 눈을 맞추죠. 그런 다음 그들을 참호 밖으로 내보내요. 이런 일에는 언어가 없어요.

그런 다음엔 쉴 시간이 주어지지만, 쉴 수가 없어요. 마음이 평화롭지 못하거든요. 그 일은 또다시 시작될 테고, 그러니 모두 집으로 편지를 쓰죠. 세 사람의 아내들에게, 네 명의 소년병 어머니들에게, 나는 편지를 쓰게 될 거예요. 우리는 이곳을 묘사하지 말라는 말을 들었어요. 마치 묘사될 수 있기라도 한 것처럼. 그렇지만 어떤 사람들은 묘사하려고 시도를 해요. 오늘 밤 내 임무는 그런 시도를 한 편지들을 검열하는 것이었고, 별로 교육을 받지 못한 소년들, 그리고 시인이 될지도 모를 소년들이 쓴 단어들을 지워냈어요. 그 소년병들 어머니들이 전쟁은 영광이고, 의미 있는 싸움이라고 계속 생각할 수 있게 말이에요. 나는 그 일을 기꺼이 해요. 어머니들을 위해서라면요. 하지만 에스, 처음부터 당신 생각이 나더군요. 당신이라면, 그 소년들이 한 말을 더 잘 이해하기 위해 그 말들을 구해내려고 애를 쓰겠죠. 당신이 어떻게 애를 쓸지가 떠올랐어요. 그들이 쓰는 단어는 평범하지만, 그 평범한 단어들이 조합돼서 기괴한 문장들이 만들어져요. 그런 문장들을 모두 받아 적어놨는데, 이 편지와 함께 그 페이지들을 보낼게요. 내가 고치거나 잘라내지 않은 문장들이고, 문장마다 말한 사람의 이름이 옆에 적혀 있어요. 그 문장들을 예우해줄 사람으로 나는 당신만큼 어울리는 사람을 떠올릴 수 없네요.

영원한 사랑을 보내며,

개러스

추신. 아지트는 무적이 아니었어요.

복도에 켜진 불을 제외하면 우리 집은 어두웠지만, 그게 내가 필요로 하는 전부였다. 나는 외투를 그대로 입은 채 계단 맨 아래 칸에 앉아 개러스의 편지를 다시 읽었다. 그런 다음 나는 그가 다른 사람들을 위해 지우고, 나를 위해 받아 적어둔 단어들을 전부 읽었다. 몇 시간이 지나갔고, 한기가 내 몸에 스며들었다. 개러스의 편지에 적힌 날짜를 보았다. 벌써 닷새나 지나 있었다.

나는 서니사이드로 걸어가 부엌으로 기어 들어간 다음 계단을 올라갔다. 리지가 코를 골고 있었다. 나는 최대한 조용하게 문을 열고, 리지의 침대 발치에서 침대보를 빼내 바닥에 누울 자리를 만들었다.

아침이 되자 방에서 오가는 리지의 조용한 움직임에 잠이 깼다. 내가 자신을 보고 있다는 걸 알아차리자 리지는 지난밤에 깨우지 않았다고 나를 나무랐다. 나는 개러스의 편지 이야기를 했고, 리지는 나를 자기 침대에 들어가게 도와주었다. 리지의 몸 온기가 아직 시트에 남아 있었다.

"저는 기록방 청소를 시작할게요. 아가씨는 자요." 리지가 전에 하던 것처럼 이불을 덮어주며 말했다.

하지만 잘 수가 없었다. 리지가 나가자 나는 침대 밑으로 몸을 굽혀 트렁크를 끌어냈다. 『여성들의 단어와 그 의미』. 그는 자신이 모든 페이지에 있다고 했다. 나는 사전을 침대로 가져와 가죽의 냄새를 맡고는 첫 페이지를 펼쳤다. 모든 단어를 읽었다. 그에게는 일 년이라는 시간이 걸렸다.

스크립토리엄에서의 일이 끝나자, 나는 래드클리프 병원이라는 갈 곳이 아직 있어 감사한 마음이 되었다. 아마 개러스도 결국 그곳으로 오

게 될 거야, 나는 병원 쪽으로 걸어가며 생각했다. 그는 무엇을 잃을까? 팔? 다리? 아니면 버티처럼, 마음을?

"안녕하세요, 부인." 앵거스가 말했다. "베스페르만조가 왔다 갔어요. 저랑 버티가 감자에 대해 귀여운 대화를 나눴어요. 제 생각에 그 감자는 아크보를 넣어서 으깬 것 같어요. 버티는 말없이 동의를 표했고요."

"저는 아주 좋아요, 앵거스. 고마워요."

"음, 그건 말이 쪼끔 안 되네요. 저는 괜찮으시냐고 안 물어봤지만, 물어보는 게 좋을 것 같으네요. 괜찮아요?"

"아, 네, 그냥 좀 피곤해요."

"흠, 병동에 새 환자가 들어왔어요. 아주 시끄러운 놈이에요. 예의가 없고요. 간호사들이 끔찍해하고 있어요. 외팔이 스나이퍼라고들 부르더라고요. 프랑스에선 총을 날카롭게 쐈고 여기서는 말이 날카롭다고. 래드클리프에 좀 있었다고 하던데요. 다른 병동에서 질려서 쫓아낸 게 틀림없어요." 나는 앵거스의 시선을 따라갔다.

새로 온 환자는 내가 병원에 처음 온 날 봤던 사람이었다. 내가 쳐다보는 걸 알아차리자 그는 얇은 입술을 모아 내밀며 키스하는 흉내를 냈다. 나는 그를 무시하고 버티에게 몸을 돌렸다.

"아직도 단어 수집하쇼?" 외팔이 스나이퍼였다. "저 겁쟁이는 아무 단어도 안 줄 텐데. 문제가 생길 징조를 처음 보자마자 조개처럼 입을 닫더라니까, 그러더라고."

"그냥 무시하세요, 부인."

"좋은 충고네요, 앵거스."

하지만 무시가 잘 되지 않았다.

"널 날려버릴 단어가 하나 있는데."

어떤 남자들은 아주 친절하고, 어떤 남자들은 그렇지 않다. 어느 쪽 제복을 입고 있든 똑같다. 그 남자는 외칠 단어를 실수 없이 선택했다. 정말이지 정확하고 목표를 잘 겨냥한 선택이었다. 또한 목적을 달성한 뒤에도 그 단어를 계속 반복했다.

"폭탄. 폭탄. 폭탄. 폭탄. 폭탄."

버티가 매트리스에 몸을 바짝 붙이더니, 갑자기 침대에서 뛰어내리며 나를 들이받아 넘어뜨렸다. 그의 비명이 병동을 뒤흔들었고, 사방을 울렸다.

나는 두 손으로 바닥을 짚고 무릎을 꿇은 채 병동 안을 둘러보았다. 방향 감각이 없는 잠깐 동안, 나는 그것이 단순한 악의라는 걸 잊고 독일의 체펠린 비행선이 공격해온 게 아닐까 하는 생각을 했다.

병동 안은 내가 들어왔을 때와 거의 똑같았으나, 모두가 우리 쪽으로 등을 돌리고 있었다. 내 의자가 엎어져 있었고, 버티의 침대는 비뚜름하게 놓여 있었다. 버티는 침대 밑에서 몸을 움츠린 채 무릎을 가슴으로 끌어올리고, 두 손으로 귀를 막고 있었다. 마치 눈 더미 속에 알몸으로 갇힌 것처럼 그는 몸을 떨었다. 바지에 실례도 했다.

앵거스가 그의 뒤쪽 마룻바닥으로 굴러 떨어져서, 나는 그가 침대에서 미끄러졌구나 했다. 앵거스의 두 발이 있어야 할 곳에는 붕대가 감겨 있었다. 참호족*이에요, 그가 말한 적 있었다. 그는 자기 몸을 끌고 기어서 버티 옆으로 갔다.

"아미코." 앵거스가 노래하듯, 숨바꼭질을 하는 아이처럼 말했다. "아미코, 아미코."

---

* trench foot. 습한 진창 속에 너무 오래 있어서 생기는 동상 비슷한 발의 질환.

비명은 끔찍한 신음으로 변했고, 버티는 앞뒤로 몸을 흔들기 시작했다. 나는 그들 쪽으로 기어가 버티 옆에 무릎을 꿇고, 그의 앞뒤로 흔들리는 몸을 두 팔로 껴안았다. 그는 작고 약했다. 겨우 어른이 된 아이 같았다. "세쿠라." 나는 그의 귀에 속삭였다.

나는 리지가 나를 무릎에 앉히고 내 몸을 흔들어 걱정을 잊게 해주던 모든 시간들을, 메트로놈처럼 같은 박자로 울리던 리지의 차분한 목소리를 떠올렸다. "세쿠라." 버티와 함께 몸을 흔들며 내가 말했다. "세쿠라."

그러자 앵거스가 우리 두 사람을 팔로 껴안았고, 나는 우리가 진정되는 것을 느꼈다. 버티의 신음 소리는 작은 소리로 변했고, 나는 같은 단어를 되풀이해 속삭였다. 흔들림이 완전히 멎자, 버티가 내 가슴으로 무너져내리며 울음을 터뜨렸다.

몰리 수녀님이 나를 간호사 책상 앞에 앉히고 차를 한 잔 가져다주었다. "버티 같은 소년병들이 많아요." 수녀님이 말했다. "그 독특한 전쟁신경증 말고요. 그 신경증은 희귀한 거라고 생각해요. 의사 진단으로는 말할 능력을 완벽히 갖추고 있는데도 말을 하지 않는 사람들이 많습니다."

"그런 사람들은 어떻게 되나요?"

"많은 환자들이 사우샘프턴에 있는 네틀리 병원으로 가지요." 수녀님이 말했다. "거기서는 열린 태도로 모든 종류의 치료를 시도해보고 있답니다. 오슬러 박사님이 부인의 에스페란토 치료법에 장점이 있다고 생각하셔서, 거기 계신 동료 의사분한테 편지로 그 얘기를 하셨어요. 그분은 부인이 참여하신 사전 편찬 작업도 알고 계시고, 부인의 특정한 전문적 지식이 자신의 언어 치료 프로그램에 도움이 될 거라 생각하십니다. 언제 한번 방문하셔서 그곳 분들한테 버티랑 하고 계신 치료에 대해 말씀 나눠주시기를 바라고 계시고요."

"하지만 버티는 아직 한 마디도 하지 않았는데요." 내가 말했다. "그리고 제가 한 것 중에 뭐라도 받아들여졌다는 신호는 전혀 없어요."

"버티가 클로로포름이 아니라 단어들 때문에 진정된 건 이번이 처음이랍니다, 오언 부인. 이제 시작이에요."

내가 프랑스에 있는 꿈을 꾸었다. 개러스는 터번을 쓰고 있었고, 버티는 말을 할 수 있었다. 앵거스가 내 몸을 품에 안고 부드럽게 흔들며 말했다. "세쿠라, 세쿠라." 나는 아래를 내려다봤다. 내 두 발이 피에 젖어 발목만 남아 있었다.

다음 날 아침 내가 도착했을 때 리지는 벌써 스크립토리엄에 와 있었고, 젖은 천으로 분류함을 닦고 있었다. 식초 냄새가 났다.

"늦잠 잤어요?" 리지가 말했다.

"잠을 설쳤어요."

리지가 고개를 끄덕였다. "오늘 아침에 분류함을 가져갈 거예요. 아가씨 책상 안에 있는 걸 상자에 담아 넘기면 사람들이 그것도 가져가줄 수 있대요."

내 책상. 그쪽 물건은 아무것도 포장되지 않았다. 심지어 쪽지 몇 장과 원고 한 페이지도 책상 위에 그대로 있었다. 저택 박물관에 있는, 재현된 누군가의 방 같았다. 나는 내 상자를 조립한 다음 채우기 시작했다.

새뮤얼 존슨의 사전이 제일 먼저 들어갔고, 그다음은 아빠의 책들, 아빠가 자신의 '기록방 도서관'이라고 부른 책들 차례였다. 닳아빠진 『천일야화』를 집어 들고 알라딘의 이야기를 펼쳤다. 과거가 내게 밀려와서, 나는 책을 덮었다. 다른 책들과 함께 상자에 집어넣었다.

책상 위를 치우고 뚜껑을 열었다. 읽기를 미처 끝내지 못한 소설책 한 권이 거기 있었다. 페이지 사이에서 쪽지 한 장이 떨어졌다. 재미없는 단어, 아마도 중복된 단어일 터였다. 그것을 다시 책에 끼워 넣은 다음, 책을 상자 속에 넣었다. 연필 몇 자루와 펜 한 자루. 편지지. 댕크워스 씨의 메모가 여전히 붙어 있는 『하트의 규칙』. 모두 상자 안으로 들어갔다.

그런 다음엔 쪽지들로 가득 찬 구두 상자. 개러스가 리지에게서 입수했거나 스크립토리엄으로 몰래 들어와 빌린 쪽지들. 그것들도 상자에 넣었다. 그런 다음 상자 뚜껑을 한쪽 밑에 다른 쪽이 들어가게 접어 닫았다.

"이제 된 것 같아요, 리지."

"거의요." 리지가 양동이 물에 천을 적시고는 떨어지는 물을 짜냈다. 그러고는 무릎을 꿇고 분류함 마지막 줄을 닦아냈다. "이제 다 됐네요." 엉덩이를 대고 앉으며 리지가 말했다. 내가 리지를 일으켜 세워주었다.

리지가 양동이에 담긴 물을 물푸레나무 밑에 버리고 있을 때, 나이가 좀 있어 보이는 남자 한 명과 소년 한 명이 도착했다.

"전부 갈 준비 됐어요." 내가 말했다.

나이가 있어 보이는 남자가 문에서 가장 가까운 분류함을 가리켰고, 소년이 몸을 굽혀 한쪽 끝을 들어 올렸다. 두 사람은 똑같이 작고 다부

진 체구에 금발 머리였다. 나는 소년이 해당 연령이 되기 전에 전쟁이 끝나기를 바랐다. 그들은 진입로에 주차된 조그만 트럭으로 선반들을 가져갔다.

리지가 쓰레받기와 빗자루를 가지고 돌아왔다.

"더 이상 할 일이 없다고 생각하면 꼭 이런다니까요." 리지는 분류함 뒤에 수십 년 동안 축적돼 있던 먼지와 더러움을 쓸어냈다.

선반 하나하나를 차례로 옮기면서 남자와 소년은 쪽지들이 거기 있었다는 모든 증거를 지워나갔다.

"마지막이네요." 남자가 말했다. "다시 와서 그 상자도 가져갈까요? 올드 애슈로 가는 거네요, 맞죠?"

거기가 이다음에 내가 갈 곳일까? 나는 생각했다. 그런 질문이 떠오른 적은 없었는데, 이제는 떠올랐다.

"잠깐만 그냥 두세요." 내가 말했다.

소년이 앞으로 걸어갔고, 남자는 어딘가에 부딪치지 않게 확인하려고 가끔씩 고개를 옆으로 돌려가며 뒤로 걸어갔다. 나는 그들을 따라 스크립토리엄 밖으로 나갔고, 그들이 마지막 분류함들을 트럭에 싣는 것을 지켜보았다. 문을 닫은 그들이 운전석에 올라탔고, 대문을 빠져나가 밴버리 로드로 차를 몰았다.

"끝이네요, 이제." 안으로 다시 들어온 내가 리지에게 말했다.

"아직 아니에요." 여전히 무릎을 꿇은 채 리지는 쓰레받기를 한 손에, 작은 쪽지 묶음을 다른 손에 들고 있었다. "더러워요, 조심해요." 쪽지 묶음을 건네주며 리지가 말했다.

쪽지들은 녹슨 핀과 거미줄로 한데 묶여 있었다. 나는 그것들을 바깥으로 가지고 나가, 후 불어 먼지를 털어낸 다음 분류 테이블로 돌아왔다. 쪽지들을 펼쳐놓았다. 모두 일곱 장이었는데, 각각 다른 글씨로 적혀 있었고, 각각 다른 책과 다른 시대에서 가져온 인용문이 들어 있었다.

"소리 내서 읽어봐요." 리지가 멀리서 무릎을 꿇은 채 소리쳤다. "내가 들어본 단어들인지 보게요."

"들어본 단어들이에요."

"얼른 읽어요."

"노예 여자Bonde mayde." 리지의 비질이 멈췄다. "속박된 여자Bound maiden, 여성 노예Bondmaiden, 노예Bond servant, 노예살이Bond service, 여자-노예Bond-maide, 여자 노예Bondmaid."

인용문은 거의 상냥한 문장들에 가까웠지만, 세 장의 쪽지에 아빠는 정의가 될 만한 후보를 이렇게 적어놓았다. 노예 소녀, 속박된 하인, 죽을 때까지 시중들 운명인.

'노예 소녀'에는 동그라미가 쳐져 있었다.

나는 분류 테이블 밑으로 나를 찾아왔던 대표 쪽지를 기억했다.

리지가 내 옆에 앉았다. "뭐 때문에 화가 났어요?"

"이 단어들 때문에요."

리지가 마치 그림조각 퍼즐을 맞추는 것처럼 쪽지들을 이리저리 옮겼다. "이것들은 가지고 있을 거예요, 아님 브래들리 씨한테 드릴 거예요?"

'여자 노예Bondmaid'는 나를 찾아온 단어였고—이제 두 번째였다—나는 그걸 사전으로 돌려보내고 싶지가 않았다. 저속한 말이야, 나는 생각했다. 내게는 '씹'보다도 불쾌한 단어였다. 만약 내가 편집자라면 그런 이유로 이 단어를 제외시킬 권리가 생기는 걸까?

"이건 '노예 소녀'라는 뜻이에요, 리지. 이 말이 불편했던 적 없었어요?"

리지는 한동안 생각했다. "난 노예가 아니에요, 에시메이. 하지만 머릿속으로는 나 자신이 여자 노예라는 생각이 드는 걸 어쩔 수 없어요."

리지의 손이 십자가로 올라갔고, 나는 리지가 무언가를 제대로 말할 방법을 찾고 있다는 걸 알 수 있었다.

마침내 십자가를 놓았을 때, 리지는 웃고 있었다. "단어는 누가 사용하느냐에 따라 의미가 달라질 수 있다고 아가씨가 항상 말했잖아요. 그러니 '여자 노예'는 저 쪽지들에 적혀 있는 걸 넘어서는 무언가를 의미할 수 있을 거예요. 나는 아가씨가 어릴 때부터 아가씨와 '연결돼 있는 여자Bondmaid'였어요, 에시메이. 그리고 난 그 매일매일이 기뻤어요."

내가 스크립토리엄 문을 닫았고, 리지는 나와 함께 어스름 속을 걸어 옵저버토리 스트리트로 다시 나왔다. 우리는 우리 집 부엌 테이블에 앉아 버터 바른 빵을 먹었고, 졸려서 눈이 감기기 시작했을 때 나는 리지에게 같이 있어줄 수 있느냐고 물었다.

"아마 내 옛날 방이 더 편할 거예요." 내가 말했다. "그런데 같이 자도 괜찮겠어요?"

위층에서, 리지는 담요 밑으로 기어 들어와 나를 껴안았다. 나는 리지에게 버티에 대해 말해주었다. 그의 두려움, 그리고 나의 두려움에 대해서도.

"그 사람들한테 그 일이 어떤 건지 이제 조금은 상상할 수 있을 것 같아요." 내가 어둠 속으로 속삭였다. 나는 개러스의 이름을 입에 담지 않았다. 우리는 그의 편지에 대해 이야기하지 않았다. 로스 전투에 대한 소문과 유언비어 들이 옥스퍼드 전역에 퍼져 있었다.

나는 혼자 깨어났지만, 우리 집 부엌에서 리지가 내는 소리에 깼다. 화덕에 오트밀을 올려놓은 리지는 나를 보자 오트밀을 그릇에 조금 떴고, 크림과 꿀, 계피 한 꼬집을 넣었다. 이미 시장에 다녀온 게 분명했다.

우리는 편안한 침묵 속에 아침을 먹었다. 그릇이 비자, 리지는 토스트를 만들고 차를 끓였다. 리지는 나와는 다르게 부엌에서 움직여 다니는 걸 편안해했다. 슈롭셔에서 우리가 함께 보낸 시간들이 떠올랐다.

"아가씨가 웃는 걸 보니 좋네요." 리지가 말했다.

"리지가 여기 있어서 좋아요."

정원 문의 경첩이 소리를 냈다.

"아침 우편물." 내가 말했다. "일찍 왔네요." 나는 현관문의 투입구로 편지들이 밀려 들어오는 소리가 나기를 기다렸다. 그런데 소리가 들려오지 않자, 바깥에 누가 있는지 확인하려고 리지가 현관으로 나갔다. 나도 따라갔다.

"저분, 뭐 하시는 거죠?" 내가 물었다.

"뭘 들고 있는데요……" 리지가 손으로 입을 틀어막았고, 아주 미세하게 고개가 앞뒤로 흔들렸다. 노크 소리가 났다. 간신히 들릴 만큼 조용한 소리였다. 리지가 문 쪽으로 한 걸음 다가섰다.

"잠깐만요." 그 말은 속삭임처럼 흘러나왔다. "나한테 온 걸 거예요." 하지만 나는 움직일 수가 없었다.

다시 노크 소리가 났다. 나를 돌아보는 리지의 거친 뺨에 소리 없이 눈물이 흘러내렸다. 리지가 내게 팔을 내밀었고, 나는 그 팔을 잡았다.

남자는 나이 들어 보였다. 전쟁에 나가기엔 나이가 많아서 대신 전쟁의 슬픔을 배달하는 임무가 주어진 사람이었다. 나는 전보를 받아들고, 그가 옵저버토리 스트리트를 따라 왔던 길을 되돌아 걸어가는 것을 지켜보았다. 가방의 무게 때문에 그의 어깨는 굽어 있었다.

리지는 나와 함께 머물렀다. 나를 먹여주고 목욕시켜주었고, 내 팔을 잡고 길 끝으로 걸어간 다음 블록을 돌아 세인트 바너버스 교회까지 걸었다. 리지는 기도를 했다. 나는 할 수 없었다.

이 주일 뒤, 나는 고집을 부려서 래드클리프 병원으로 돌아가기로 했다. 앵거스는 고향 마을 근처에 있는 재활 병원으로 보내진 뒤였다. 버티는 사우샘프턴에 있는 네틀리 병원으로 옮겨졌다. 전투에서 겪은 일 때문에 말을 하지 못하게 된 다른 소년병들이 아직 세 명 더 있었다. 나는 수녀님이 내게 집에 가라고 할 때까지 그들 곁에 앉아 있었다.

전보가 오고 한 달이 지났을 때, 꾸러미 하나가 도착했다. 리지가 그것을 거실로 가져왔다.

"메모가 있어요." 갈색 꾸러미를 한데 묶은 끈 밑에서 작은 종이를 빼내며 리지가 말했다.

친애하는 오언 부인,

『여성들의 단어와 그 의미』 두 권과 함께 저의 경의를 표하니 부디 받아주시기 바랍니다. 더 많이 인쇄하지 못한 점, 그리고 제본 상태가 원본의 수준에 미치지 못하는 점에 대해 사과드립니다. 아시다시피 종이 공급이 부족한 상황입니다. 세 번째 권은 제가 양해를 구하지 않고 옥스퍼드 대학 출판국 도서관에 납본했습니다. 만약 그 책을 접하고 싶으시다면, 그 책이 사전 분책들 옆에 꽂혀 있을 거라는 사실을 알려드립니다.

마음을 보내며,

호레이스 하트 드림

벽난로에 석탄을 넣은 리지가 내 옆에 앉았다. 내가 나비 모양 매듭을 풀자 종이가 떨어져내렸다.

"좋은 일이네요." 리지가 말했다.

"뭐가요?"

"책을 갖는 거요." 리지는 한 권을 집어 들고 작은 목소리로 숫자를 세며 페이지를 넘겼다. 그러더니 십오 페이지에서 멈췄고, 자기 이름을 찾아냈다.

"리지 레스터." 리지가 말했다.

"그 단어 기억해요?"

"진 빠지는." 리지는 그 단어 밑으로 손가락을 움직이며 읽고는, 나를 쳐다보며 외우고 있는 문장들을 읊었다. "저는 동트기 전에 일어나서 이 큰 집에 사는 모두가 따뜻하게 일어날 수 있게 살펴요. 일어나서 식사할 수 있게 준비하고요. 그리고 전 모두가 코를 골으기 전에는 잘 수가 없죠. 저는 하루의 반 정도는 진 빠지는 기분으로 보내요. 늙어빠진 말이 돼버린 것 같죠. 아무짝에도 쓸모없는."

"모든 단어가 정확해요, 리지. 어떻게 그렇게 기억을 잘 해요?"

"외워질 때까지 개러스한테 세 번 읽어달라고 했어요. 그런데 모든 단어가 정확하진 않아요. '모두가 코를 골기 전에는'이라고 해야 맞죠. 왜 바로잡지 않았어요?"

"리지가 뭘 말하든, 어떻게 말하든, 내 일은 평가하는 게 아니라고 생각했어요. 난 그냥 기록을 하고 싶었어요. 그리고 아마 이해도 하고 싶었던 것 같고."

리지가 고개를 끄덕였다. "내 이름이랑 같이 들어가 있는 단어들을 개러스가 전부 보여줬어요. 난 그것들이 어디 있는지, 뭐라고 적혀 있는지 외웠고요."

"책을 갖는 게 왜 좋은 일이에요?"

"왜냐하면, 이제 그 책들이 바람을 쐴 수 있으니까요." 리지가 말했다. "한 권은 브래들리 씨한테 드리고, 다른 한 권은 보들레이언 도서관에 넣을 수도 있어요. 중요하면서 기록된 거라면, 뭐든지 사람들이 보관해 둬요. 아가씨가 그랬잖아요. 책이든, 원고든, 아무개 씨가 누군지알게뭐야 교수한테 보낸 편지든 전부 다요."

"그럼 리지는 이 책이 중요하다고 생각해요?" 나는 몇 주 만에 처음으로 미소 짓고 있었다.

"그렇다고 생각해요."

리지가 일어서서 갖고 있던 『여성들의 단어』를 내 무릎 위, 풀어놓은 꾸러미에 돌려놓았다. 그러고는 그 책을 툭툭 두드리고, 내 뺨에 한 손을 얹더니, 부엌으로 돌아갔다.

리지가 보들레이언 도서관에 나와 함께 와 있었다.

나를 열람자로 받아주었을 때부터 니컬슨 씨는 도서관에 있는 여성들의 존재에 대해 너그러운 태도를 취했지만, 그의 후임자는 어떨지 잘 알 수가 없었다. 메이던 씨는 책의 속표지를 바라보았다. "제 생각엔 안 될 것 같습니다, 오언 부인." 그는 안경을 벗더니 손수건으로 문질러 닦았다. 마치 거기서 내 이름의 이미지를 지워내려는 것처럼.

"하지만, 왜죠?"

그는 안경을 콧잔등에 다시 걸치고는 몇 페이지를 넘겼다. "재미있는 프로젝트이긴 한데, 학문적 가치는 없으니까요."

"학문적 가치가 있으려면 뭐가 있어야 될까요?"

"우선 학자에 의해 편집이 이루어져야 합니다. 그것 말고도, 중요한 주제를 다루고 있어야 할 거고요."

아침 열시였다. 길고 짧은 가운을 걸쳐 입은 학자들이 몰려왔다. 처음 내가 입구 데스크에 서 있었을 때에 비하면 남자가 줄고, 여자가 늘어나 있었다. 나는 리지가 앉아 있는 곳으로 몸을 돌렸다. 몇 년 전 머리 박사님이 와서 내가 열람자가 되게 해달라고 이야기하는 동안 내가 앉아 있던, 똑같은 벤치였다. 그때 내가 느꼈던 것처럼, 리지도 이 자리에 맞지 않아 보였다. 나는 몸을 꼿꼿이 세우고 바로 선 다음 다시 메이던 씨를 향했다.

"선생님, 이 책은 중요한 주제를 다루고 있습니다. 지식과 지식 사이의 빈틈을 채워주고 있고요. 그게 학문의 목적이라는 점은 분명합니다."

내 눈을 들여다보기 위해 그는 고개를 조금 위쪽으로 들어야 했다. 리지가 내 뒤에 다가서는 게 느껴졌고, 그의 시선이 리지 쪽으로 황급히 향했다가 내게로 돌아오는 게 보였다.

『여성들의 단어』가 받아들여질 때까지 여기 서 있을 거야, 나는 생각했다. 내게 쇠사슬이 있다면, 기꺼이 책상 앞 쇠창살에 내 몸을 묶을 것이었다.

메이던 씨가 페이지 넘기기를 멈췄다. 그의 두 뺨이 붉어졌다. 그는 기침을 하는 것으로 자신의 불쾌함을 덮었다. 육 페이지를 훑어본 모양이었다. C 단어들이었다.

"오래된 단어입니다, 메이던 씨. 영어에서 역사가 깊고요. 초서도 그 단어를 쓰는 걸 상당히 좋아했는데, 우리의 기존 사전에는 나오지 않습니다. 분명히 빈틈이지요."

그는 손수건으로 이마를 닦더니, 다른 직원을 찾아 주위를 둘러보았다. 나 역시 주위를 둘러보았다.

나이 든 남자 세 명과 엘리너 브래들리—분명 인용문을 확인하러 왔을 터였다—가 우리가 대화하는 걸 보고 있었다. 나와 눈이 마주치자 엘리너는 미소를 지었고, 응원의 의미로 고개를 끄덕였다. 나는 다시 메이던 씨를 마주했다.

"선생님, 선생님은 지식의 판관이 아니십니다. 지식을 관리하는 사서이시죠." 나는 『여성들의 단어』를 데스크 위로 밀었다. "선생님이 하실 일은 이 단어들의 중요성을 평가하는 일이 아니라, 단지 다른 사람들이 그 평가를 할 수 있게 허락하는 일입니다."

리지와 나는 팔짱을 끼고 밴버리 로드를 따라 서니사이드로 걸어왔다. 대문을 막 통과하는데 엘시와 로스프리스가 밖으로 나오고 있었다. 그들은 차례로 나를 포옹했다.

"오늘 올드 애슈몰린에서 볼 수 있을까, 에즈미?" 내 소매에 손을 살짝 올리며 엘시가 물었다. "분류함도 제자리에 정리됐고, 딱 한 가지 빠진 게 있다면 너야. 지금은 조금 좁지만, 스웨트먼 씨가 자기 책상에 너를 위한 공간을 마련해두셨어."

나는 머리 집안의 두 자매를 차례로 바라보았고, 그런 다음 리지를 보았다. 한때 우리는 다 같이 어린아이였다. 우리는 함께 나이 들어가게 될까?

"잠깐만 기다려줄래, 엘시, 로스프리스? 금방 돌아올게."

나는 정원을 가로질러 걸어갔다. 물푸레나무가 잎들을 떨어뜨리고 있었고, 가을바람은 이미 낙엽들을 스크립토리엄 쪽으로 옮겨놓은 뒤였다. 들어가기 전에 입구에서 낙엽들을 치워야 했다.

스크립토리엄은 추웠고, 분류 테이블을 빼고는 거의 텅 비어 있었다. '여자 노예' 쪽지들은 정확히 리지와 내가 놓아둔 자리에 그대로 있었다. 나는 리지가 앉아 단어들을 이리저리 옮겨놓았던 그 자리에 가서 앉았다. 리지는 그 단어들을 읽을 수 없었지만, 나보다 잘 이해했다. 나는 주머니에 손을 넣어 몽당연필과 빈 쪽지 한 장을 꺼냈다.

연결된 여자BONDMAID

사랑, 헌신 혹은 의무에 의해 평생 동안 연결된 여성.

"나는 아가씨가 어릴 때부터 아가씨와 연결된 여자였어요, 에시메이. 그리고 난 그 매일매일이 기뻤어요."

—리지 레스터, 1915년

나는 스크립토리엄 문을 당겨 닫았고, 그 소리가 거의 텅 빈 실내에 울려 퍼지는 걸 들었다. 그냥 창고가 됐구나, 나는 생각했고, 세 여자가 나를 기다리고 있는 곳으로 걸어 돌아갔다.

"이것들, 브래들리 씨한테 드리는 거야." 엘시에게 쪽지 묶음을 건네며 내가 말했다. "같이 청소할 때 리지가 찾아냈어. 잃어버린 '여자 노예' 쪽지들이야."

잠깐 동안 엘시는 내가 무슨 말을 하는지 알아듣지 못했지만, 곧 눈썹 사이의 주름이 사라지고 두 눈이 커졌다. "세상에." 엘시가 믿을 수 없다는 듯 쪽지들을 가까이 들여다보며 말했다.

로스프리스가 쪽지를 보려고 몸을 기울였다. "정말 신기한 일이네요."

"안타깝게도 대표 쪽지는 붙어 있지 않았던 것 같아." 나는 리지에게 재빨리 눈짓을 했다. "하지만 이 단어가 어떻게 정의되어야 할지에 대한 제안을 해봤어. 오랜 시간이 지났지만 이 쪽지들을 되찾을 수 있어서 브래들리 씨도 기뻐하실 거라고 우리는 생각해."

"당연히 그러실 거야." 엘시가 말했다. "하지만 직접 드려도 되지 않을까?"

"나는 올드 애슈몰린으로 가지 않아, 엘시. 사우샘프턴에 있는 네틀리 병원에서 일자리를 제안받았거든. 지금 생각으로는 받아들이게 될 것 같아."

트렁크는 부엌 테이블 위에 놓여 있었다. 리지와 나는 차를 한 잔씩 들고 그 양쪽에 앉았다.

"이건 여기 있어야 될 것 같아요." 내가 말했다. "내가 있을 곳은 임시 거처이고, 언제 영속적인 거처 같은 게 생길지 알 수 없으니."

"분명히 더 많은 단어들을 모으게 될 거예요."

나는 차를 한 모금 마시고는 미소 지었다. "그럴 수 없을지도 몰라요. 나는 말을 안 하는 남자들이랑 일하게 될 거거든요."

"하지만 이건 아가씨 거잖아요. '잃어버린 단어들의 사전'!"

나는 상자 속에 있는 것들에 대해 생각했다. "이 트렁크는 나라는 사람을 정의해줘요, 리지. 이게 없이는 난 내가 누군지 알 수 없을 것 같아요. 하지만, 아빠 역시 살아 계셨다면 이렇게 말씀하셨을 텐데, 나는 할 수 있는 모든 질문을 하면서 길을 따라왔고, 이제 정확한 항목이 되기 위해 갖출 건 충분히 갖춘 것 같아서 만족해요."

"아가씨는 단어가 아니에요, 에시메이."

"리지한테는 아니죠. 하지만 내 딸한테는, 나는 그냥 한 단어예요. 어쩌면 한 단어조차 못 되는 존재일 수도 있고요. 때가 되면 내 딸이 이걸 가졌으면 해요." 나는 손을 내밀어 가슴께에 놓여 있던 리지의 손을 잡았다. "내 딸이 내가 어떤 사람인지 알았으면 해요. 그애가 내게 어떤 의미였는지도요. 모두 이 안에 들어 있어요."

우리는 트렁크를 바라보았다. 트렁크는 열심히 읽은 책처럼 손을 타서 닳아 있었다.

"리지는 언제나 이 트렁크의 관리인이었죠. 첫 번째 단어부터 그랬어요. 부탁인데, 내가 자리 잡을 때까지 이걸 맡아줘요."

내 가방들을 싸고 있을 때 개러스의 가방이 도착했다.

나는 그의 가방 내용물을 부엌 테이블 위에 조심스럽게 꺼내 놓았다. 내가 떠준 양말에는 아직도 진흙이 묻어 있었다. 그의 여벌 상의와 바지에는 먼지와 피가 묻어 있었다. 그의 피인지, 다른 어떤 남자의 피인지 알 수 없었다. 내 편지들이 모두 거기 있었고, 루퍼트 브루크의 시집도 있었다. 나는 페이지를 넘기며 찾았고, 내 쪽지를 발견했다. '사랑', '영원한'.

그의 면도용품 가방을 열고, 그가 쓰던 문구 상자를 비웠다. 나는 모든 주머니를 뒤집었고, 손가락으로 실 보푸라기와 말라붙은 진흙을 매만졌다. 그가 남긴 모든 것이 내 피부에 닿기를 원했다. 그에게 내가 보낸 편지들을 열었다. 가장 오래된 편지는 접은 부분이 너무 닳아 내가 쓴 단어들을 읽기가 어려웠다. 마지막 편지를 열자, 그가 쓴 편지들이 내 편지들 사이에 끼워져 있었다. 떨리는 손으로 급하게 쓴 티가 역력했지만, 그건 개러스의 글씨였다.

1915년 10월 1일, 로스에서

내 사랑 에스,

사흘이 지났어요. 이게 가능한 일일까요? 더 많은 시간이 지난 것처럼 느껴져요. 그들은 끝이 없었어요. 우리는 하루 동안 물러나서 쉴 예정이었지만, 그럴 수 없었어요. 우리는 거의 탈진한 상태인데도 계속 싸워야 했어요. 계속 싸우는 일, 이게 우리가 하고 있던 것일까요?

대체로 우리는 죽어가는 일을 하고 있었던 거죠.

잠을 못 잤어요. 제대로 생각할 수가 없지만, 당신에게 편지를 써야 한다는 건 알아요. 에스. 에스. 에스. 에스. 에스. 에스. 에시. 에즈미. 리지가 당신을 에시메이라고 부르는 게 언제나 좋았어요. 나도 당신을 그렇게 부르고 싶었어요. 늘 혀끝에서 그 이름이 맴돌았어요. 하지만 그건 리지 거죠. 나를 만나기 전의 당신의 모든 것이 그 이름에 들어 있어요. 그래서 내가 그걸 좋아하는 걸까요?

용서해줘요. 당신 배에 머리를 대고 너무나 눕고 싶어요. 당신 심장이 뛰는 소리가 듣고 싶어요. 내 당번병의 가슴에 머리를 대고 누웠는데, 아무 소리도 들리지 않았어요. 들릴 이유가 뭐가 있겠어요? 그 친구 두 다리가 날아가버렸는데. 내가 하라고 시킨 모든 것을 해내던 두 다리가, 더 이상 그 친구 몸에 붙어 있지 않았어요.

내 부하 일곱 명을 잃었어요, 에스. 어떤 병사들한테는 이 전투 전에 보낸 몇 주가 그들이 보낸 가장 좋은 시간이었어요. 뼈에서 살이 떨어져나갈 때쯤 아빠가 된 사람들도 있었을 거예요.

내 사랑 에스, 상상을 하면 이미지가, 단어들로는 가까이 갈 수조차 없는 이미지가 떠오른다고 당신이 말해서 이런 이야기를 쓰는 거예요. 당신이 진실을 알고 싶어할 것 같아서요. 말을 걸러내지 않고 쓸 수 있다는 게 커다란 위안이고, 이게 당신 가슴에 기대 우는 것에 가장 가까운, 내가 할 수 있는 일이에요. 너무나 고마워요. 하지만 당신은 당신이 느끼게 될 괴로움에 대해서는 상상하지 못했겠죠. 내 이야기는 당신의 꿈속에 스며들 테고, 유리 같은 눈을 하고 몸 여기저기가 날아간 채 진흙에 파묻혀 누워 있는 건 내가 되겠죠. 매일 아침 당신은 일어날지도 모르는 일을 두려워하며 잠에서 깰 테고, 그 그림자는 하루 종일 당신에게 드리우겠죠.

나는 소진됐어요, 내 사랑 에스. 귓속에선 윙윙거리는 소리가 들리고, 머릿속에는 눈을 감을 때마다 더 선명해지고 기괴해지는 이미지들이 있어요. 조금이라도 자려면 혹독할 정도로 달려야만 해요. 이런 얘기를 당신에게 하는 걸 보니 난 겁쟁이가 맞는 모양이에요.

전투가 끝나면 난 이 편지를 찢어버리고, 좀 더 견딜 만하게 단어들을 배열해서 새로 편지를 쓸 거예요. 하지만 지금은, 내게 필요한 그대로 말들을 늘어놓고 나니, 조금은 짐이 덜어진 기분이에요. 이제 눈꺼풀이 감기면 가장 나쁜 것들은 생각나지 않을 테고, 나를 잠으로 이끌어주는 건 오직 당신의 이미지가 되겠죠.

영원한 사랑을 보내며,

개러스

나는 편지를 접고, 내 쪽지를 그 안에 넣었다. 「죽은 사람들」이 나올 때까지 브루크의 시집 페이지를 넘겼다. 첫 몇 줄을 나는 말없이 읽었다.

"이 모든 것은 끝났다." 나는 텅 빈 집 안을 향해 말했다. 더 이상은 읽을 수 없었다.

시집을 덮고, 우리의 마지막 말들 근처에 두었다. 일어섰다. 계단을 올라가 욕실로 갔다. 개러스의 빗을 다시 세면대에 놓았다. 나는 떠날 예정이었으니 아무 의미도 없는 행동이었다. 하지만 의미 있는 행동 같은 것은 없었다.

내가 걸쇠를 벗기자 뚜껑이 튀어 오르며 열렸고, 안쪽에 새겨진 '잃어버린 단어들의 사전'이라는 글귀가 보였다. 트렁크는 터져나갈 것 같았지만, 아직도 공간은 있었다.

맨 위에는 우리의 사전이 있었다. 나는 속표지를 펼쳤다.

여성들의 단어와 그 의미

에즈미 니콜 편집

나는 개러스의 루퍼트 브루크 시집을 그 옆에 놓았다.

개러스의 손으로 쓰인 병사들의 기괴한 문장들은 내가 가졌다. 그것들은 트렁크에 넣지 않았다. 그는 내가 그것들을 어딘가에 넣고 가둬버리기를 원하지 않았으니까.

부엌에서 아무런 소리가 들려오지 않아서, 리지가 나를 기다리고 있다는 걸 알았다. 리지는 나를 재촉하고 싶지 않았을 것이다. 하지만 시간 걱정은 하고 있을 것 같았다. 사우샘프턴으로 가는 기차가 정오에 출발할 예정이었다.

나는 주머니에서 전보를 꺼내 『여성들의 단어』 위에 올려놓았다. 종이는 정육점 포장지 같은 갈색이었고, 가죽 표지의 아름다운 초록색과 대조되어 병약해 보였다. 메시지의 절반은 타이핑되어 있었다. 다음과 같은 소식을 알려드리게 되어 유감입니다⋯⋯ 똑같은 메시지가 너무 자주 사용될 때는 효율적인 방법이었다. 나머지는 손으로 적혀 있었다. 메시지를 적은 전보 담당 직원은 '유감입니다' 앞에 '매우'라는 단어를 덧붙여놓았다.

나는 트렁크를 닫았다.

6부

1928년

Wise현명한~Wyzen식도

1928년 11월

1928년 8월 15일

친애하는 메건 브룩스 양에게,

제 이름은 이디스 톰슨입니다. 부모님이 저에 대해 얘기를 하셨을지도 모르겠네요. 작고하신 어머니 세라는 저의 가장 절친한 친구 중 한 명이었고, 저의 '역사 헤매기'에 기꺼이 동행해주었던 몇 안 되는 사람 중 한 명이기도 합니다. ('역사 헤매기'는 세라가 붙인 이름인데, '헤매기'라는 표현이 제가 길을 헤매고 다니는 것을 말하는 것인지, 말 속을 헤매고 다니는 것을 말하는 것인지 결코 분명하지 않았어요. 제가 그걸 알 수 없어하는 것에 세라는 즐거워했지요.) 당신의 가족이 모두 오스트레일리아로 떠났을 때 세라의 빈자리는 컸지만, 저는 세라의 편지들에서 기쁨을 느꼈답니다. 그 편지들에는 당신, 세라의 정원, 그리고 당신의 지역 정치학—셋 모두 세라가 당연하게도 자랑스러워했던 것들이에요—에 대한 믿을 만한 소식이 실려 있었지요. 세라의 재치와 실용적인 조언이 무척 그립군요.

당신 아버지 앞으로 이 편지와 트렁크를 함께 보냅니다. 이유는 곧 알게 되실 거예요. 당신이 어떻게든 이 두 가지 내용물을 받을 준비가 되어 있었으면 했습니다. 준비가 된다는 게 뭘까요, 저도 확실히 알지는 못하지만, 아버지는 아실지도 모르고, 당신의 아버지는 분명히 가장 현명한 아버지 중 한 분이니까요.

트렁크는 또 다른 제 절친한 친구의 물건입니다. 그 친구 이름은 에즈미 오언, 결혼 전 성은 니콜입니다. 당신은 자신이 입양되었다는 사실을 알고 자랐다고 들었지만, 자세한 사항은 모를 수도 있을 것 같아요. 지금부터 제가 해야 하는 이야기는 조금 강렬한 감정을 불러일으킬 거예요. 미안합니다. 하지만 이 이야기를 하지 않으면 저는 더 커다란 슬픔을 느끼게 될 것 같습니다.

친애하는 메건. 이십일 년 전에 에즈미는 당신을 낳았지만, 어떻게 해도 키울 처지가 되지 못했답니다. 이런 건 언제나 민감한 상황이지만, 당신의 어머니와 아버지는 당신이 태어나기 전에 에즈미와 많은 시간을 함께 보냈습니다. 제가 에즈미를 좋아하고 훌륭하게 여기듯, 그분들 역시 명백히 에즈미를 좋아하고 훌륭하게 여기게 되었고요. 때가 되었을 때 당신의 어머니는 저로서는 할 수 없는 방식으로 에즈미와 함께 있어주었어요. 분만실에 함께하는 것은 세라에게 더 이상 자연스러울 수 없는 일이었고, 한 달 동안 세라는 침대맡에 앉아 에즈미를 돌봐주었지요. 그리고 당신, 사랑스러운 아기는 두 사람 사이를 연결해주었어요.

이다음 말들을 쓰는 것이 고통스럽군요. 그 말들의 진실이 제게는 회복하기 어려운 슬픔이 될 것 같아요. 올해, 1928년 7월 2일 아침에, 에즈미가 숨을 거뒀답니다. 겨우 마흔여섯 살이었어요.

사인은 평범했어요—웨스트민스터 다리에서 트럭에 사고를 당했지요. 하지만 에즈미의 삶은 어떤 부분도 평범하지 않았답니다. 에즈미는 평등선거법을 통과시키기 위해 런던에 갔는데, 그건 구호를 외치고 피켓을 든 사람들과 함께하기 위해서가 아니라, 군중 언저리에 서 있는 사람들에게 그 일이 어떤 의미가 있는지 기록하기 위해서였어요. 아시게 되겠지만, 그게 에즈미가 한 일이었어요. 공식 기록에서 누가 빠져 있는지 알아차리고, 그들에게 말할 기회를 주는 것. 에즈미는 자신의 지역 신문에 매주 '잃어버린 단어들'이라는 제목으로 칼럼을 기고했고, 평범한 사람들, 글을 모르는 사람들, 잊힌 사람들과 매주 이야기를 나누곤 했어요. 사회의 거대한 사건들이 그들에게 어떤 의미를 갖는지 이해하기 위해서였지요. 7월 2일에도 에즈미는 웨스트민스터 다리에서 꽃을 파는 한 여성과 이야기를 하고 있다가 군중들에게 밀려 도로로 내려서고 말았습니다.

죽음에 대해서 말고도 에즈미에 대해 더 말씀을 드려야 한다고 느껴요. 우리의 마지막 만남이 나쁘지 않은 일화가 되어줄 거라고 생각합니다.

그날, 저는 골드스미스 홀 발코니석에 초대받았습니다. 거기서는 『옥스퍼드 영어 사전』의 완간 기념회와 만찬이 열릴 예정이었지요. 저는 편집자의 따님들이자 아버지의 가업을 잇는 데 일생을 바친 사람들인 로스프리스 머리와 엘리너 브래들리와 함께 거기 갔답니다. 우리의 성별 때문에 입장하는 데 약간의 절차가 필요했어요. 그래도, 우리는 남자들과 함께 식사를 할 수는 없어도, 최소한 연설을 보는 것은 허용해도 별 지장이 없는 존재로 간주되더군요. 스탠리 볼드윈 총리는 편집자들과 제작진에게 감사를 표하며 멋진 연설을 했지만, 발코니석 쪽은 한 번도 올려다보지 않았어요. 『옥스퍼드 영어 사전』은 1884년에 첫 단어들이 출간될 때부터 마지막 권이 출간될 때까지 제가 내내 관여한 사업이었어요. 그날 그곳에 있던 사람 중 그렇게 오랫동안 헌신한 사람은 별로 없을 거라고 듣기도 했지요. 로스프리스와 엘시 역시 『옥스퍼드 영어 사전』에 수십 년의 인생을 바쳤답니다. 에즈미 역시 그랬고요.

그리 오래전은 아닌 어느 날 에즈미가 말하기를, 자기는 언제나 사전을 모시는 '여자 노예'였다고 했어요. 사전이 자기를 소유하고 있다고 하더군요. 에즈미가 세상을 떠난 뒤에도 에즈미는 사전에 관련된 일을 한 사람으로 정의되었지요. 하지만 그 모든 족쇄에도 불구하고, 에즈미에게는 발코니에서 기념회를 관람할 자격조차 주어지지 않았습니다.

남자들은 올랑데즈 소스를 바른 익힌 연어를 먹었고, 디저트로는 무스 글라세 파보리트를 먹었어요. 1907년산 샤토 마고도 마셨고요. 우리에게는 순서지가 주어졌는데, 저녁 메뉴가 거기 포함돼 있더군요. 명백히, 악의 없는 잔인함이었어요.

행사가 끝났을 때는 너무나 배가 고팠지만 에즈미가 우리를 만나려고 사우샘프턴에서 와 있었어요. 골드스미스 홀을 떠나자 에즈미가 음식을 한 바구니 들고 나타나더군요. 음식이 따뜻했기에 우린 택시를 타고 템스강을 내려가서는, 가로등 밑에 피크닉 음식을 차려놓고 앉아 우리만의 기념식을 즐겼지요. "사전을 만든 여성들을 위해." 에즈미가 말했고, 우리는 잔을 들었어요.

장례식이 끝나고 에즈미의 친구 리지 레스터가 트렁크를 당신에게 보내야 한다고 말할 때까지 저는 트렁크의 존재에 대해 몰랐습니다. 리지는 오래돼서 닳아빠진 이 물건을 자기 침대 밑에서 끄집어내더니, 이걸 열면 나올 물건들에 대해 설명해줬어요. 가엾은 리지는 완전히 상실감에 빠져 있더군요. 하지만 제가 트렁크를 가능한 한 빨리 당신에게 보내겠다고 약속하자 조금 진정되었어요.

트렁크는 열어보지 않은 채 한 주 동안 제 침대 발치에 놓여 있었습니다. 에즈미를 잃은 눈물이 조금 마르고 나니, 내용물을 제가 살펴볼 필요는 없다고 느껴졌습니다. 저에게 에즈미는 특별한 방식으로 이해할 수 있는, 좋아하는 단어와도 같은 사람이었고, 그것과 다른 방식으로 이해하고자 하는 욕망은 제게 없어요.

트렁크는 당신 거예요, 메건. 열어보거나, 열어보지 않고 놔두거나. 어느 쪽을 선택하든, 혹시 에즈미에 대한 질문이 있다면, 저로서는 대답해드리는 것이 기쁨이라는 사실을 알아주시기 바랍니다. 그건 그렇고, 에즈미는 저를 '디트'라고 불렀답니다. 그 이름에 대답하는 일이 그리워지게 될 테니, 만약 답장을 쓰실 마음이 생긴다면 다시 그 이름으로 불러주시면 좋겠습니다.

사랑과 무한한 공감을 보내며

디트 톰슨

메그는 트렁크를 곁에 두고 방 안이 온통 깜깜해질 때까지 앉아 있었다. 트렁크 옆에는 디트의 편지가 놓여 있었다. 읽고 또 읽은 편지였다. 분노에 사로잡힌 메그가 구겨버리는 바람에 한 장에는 주름이 잡혀 있었다. 시간이 좀 지나자, 메그는 주름을 다시 평평하게 폈다.

아버지가 문을 두드렸다. 가볍고 자신 없는 노크였다. 그는 메그에게 차를 줄까 제안했고, 메그는 괜찮다고 했다. 그는 다시 노크를 했고, 메그의 기분이 어떤지 물었다. 저는 아주 괜찮아요, 메그는 말했지만, 괜찮지 않다는 걸 잘 알고 있었다. 복도의 시계가 여덟시를 알렸을 때 어떤 종류의 마법이 깨졌다. 메그는 지난 네 시간 동안 앉아 있던 의자에서 일어나 전등을 켰다. 거실로 통하는 문을 열고 아버지를 불렀다.

"아까 그 차 지금 마시고 싶어요, 아빠." 메그가 말했다. "괜찮으시면 비스킷 조금이랑요."

쟁반을 메그 곁에 내려놓은 다음, 그는 아내가 좋아하던 도자기 잔에 차를 따랐다. 레몬 한 조각을 올리고, 메그의 이마에 입 맞춘 다음 방을 나왔다. 저녁이 다 식었다는 말은 하지 않았다.

그 잔에 따뜻한 차가 따라진 것은 삼 년 만의 일이었다. 메그는 엄마가 하던 식으로 잔을 들어 올렸다. 손잡이를 앞으로 향하게 해서 양손으로 받쳐 드는 방식이었는데, 가장자리, 보통 입을 대고 마실 만한 곳에 작게 이가 빠진 자리를 피하기 위한 노력이었다. 그 몸짓은 메그의 존재가 놓인 위태로운 상황을 흐릿해지게 했고, 메그는 자신의 우아한 손가락을, 굳은살이 온기에 말랑말랑해지고 손톱 밑에는 약간의 흙이 끼어 있는 엄마의 통통한 손가락이라고 상상했다. 안락의자는 메그의 긴 팔다리보다 엄마의 짧고 육중한 다리에 더 잘 맞았지만, 메그는 거기 앉는 것이 습관이었다. 낮 동안은 더웠는데도, 차를 함께 마시려고 정원에서 들어올 때 엄마의 몸이 자주 그랬듯 메그의 몸도 떨렸다.

엄마라면 저 트렁크를 가지고 무엇을 했을까? 메그는 생각했다. 열라고 했을까, 닫힌 채 놔두라고 했을까? 트렁크는 오후 내내 놓여 있던 긴 의자 위에 그대로 놓여 있었다. 다시 트렁크에 시선을 준 메그는 그 물건이 이상하게도 낯익어졌다고 생각했다. "네가 준비가 되면 하렴." 엄마라면 그렇게 말했을 것이다.

메그는 차를 다 마시고는, 불편하고 낡은 안락의자에서 몸을 일으켰다. 긴 의자로 가서 트렁크 옆에 앉았다. 걸쇠는 전혀 어려움 없이 찰칵하고 열렸고, 뚜껑이 튀어 올랐다.

뚜껑 안쪽에는 볼품없는 솜씨로 '잃어버린 단어들의 사전'이라는 글귀가 새겨져 있었다. 그건 어린애의 글씨였고, 메그는 문득 가방의 내용물이 단지 아이를 포기한 한 여자의 것일 뿐 아니라, 언젠가 자신이 아이를 포기해야 하리라고는 전혀 꿈꿔보지 못했던 한 소녀의 것이기도 하다는 사실을 깨달았다.

전보 한 장, 가죽으로 장정되고 표지에 『여성들의 단어와 그 의미』라고 돋을새김이 된 얇은 책 한 권, 편지들, 그리고 낱장으로 된 종잇조각들이 있었다. 참정권 관련 전단지 몇 장, 극장 프로그램과 잘라낸 신문 기사들이었다. 여성의 나체를 그린 세 장의 스케치가 있었다. 첫 번째 그림에서 여자는 배가 이제 막 불러오기 시작한 상태로 창밖을 내다보고 있었다. 세 번째 그림에서 여자의 두 손과 시선은 꼬물꼬물 움직이고 있었을 아기를 감싸고 있었다.

하지만 내용물 대부분은 엽서보다 크지 않은 작은 종잇조각들이었다. 어떤 것들은 핀으로 한데 꽂혀 있었고, 다른 것들은 낱장이었다. 종잇조각들로 가득 찬 구두 상자도 하나 있었는데, 종잇조각들은 알파벳 순서대로 분류되고, 마치 도서관의 도서 목록 서랍처럼 글자 사이사이에 작은 카드가 끼워져 있었다. 각각의 종이쪽지 맨 위에는 단어 하나씩이, 그 밑에는 문장 한 줄씩이 적혀 있었다. 가끔 책 제목이 적혀 있기도 했지만 대체로는 그냥 여자 이름 하나만, 때로는 남자 이름 하나만 적혀 있었다.

아침 햇빛이 내닫이창으로 흘러 들어와 메그의 뺨을 덥혔다. 메그는 깜짝 놀라 일어났다. 긴 의자에서 몇 시간이나 누워 잔 까닭에 등이 아팠다. 오늘도 푹푹 찌는구나, 메그는 생각했고, 트렁크와 그 내용물들은 꿈처럼 잠시 의식 밑으로 가라앉았다. 하지만 『여성들의 단어』가 펼쳐진 채 무릎에 놓여 있었고, 눈물이 마른 자리에서 피부가 땅기는 게 느껴졌다. 이글거리는 애들레이드의 태양 아래, 에즈미의 단어들은 갖가지 형태로 마루 위에 흩어져 있었고, 현실로 존재를 드러내고 있었다.

메그는 그것들을 정리하기 시작했다. 디트의 편지들을 모아 하나의 무더기로, 틸다에게서 온 엽서들을 다른 무더기로 만들었다. 참정권 전단지들과 신문 기사 조각들도 각각 따로 모았다. 〈헛소동〉의 프로그램 한 부와 극장 티켓을 갈라 보관용으로 주는 부분 한 움큼도 있었는데, 그것들은 다른 종잇조각들과 함께 잡동사니 무더기로 한데 모았다.

구두 상자 안의 쪽지들은 거의 모두 한 명의 글씨로 쓰여 있었다. 확인해본 결과 각각의 쪽지 내용은 모두『여성들의 단어』의 한 항목으로 들어가 있었다. 메그는 그것들을 그대로 두고 다른 쪽지들로 옮겨 갔다. 대단히 많은, 백 장 혹은 그보다 더 많은 쪽지들이 있었는데, 글씨도 내용도 하나하나 독특했다. 일상적인 단어들이 있었고, 들어본 적 없는 단어들이 있었다. 인용문에 들어간 어떤 단어들은 너무 오래되어서 뜻을 전혀 알 수 없었다. 하지만 메그는 모든 단어를 읽었다.

쪽지들은 약간의 차이는 있었지만 대체로 같은 크기로 되어 있었고, 대부분은 다른 어떤 목적 없이 단어를 위해서만 만들어진 것 같았다. 하지만 어떤 쪽지들은 손에 잡히는 아무 재료로나 만들어진 것 같았다. 회계 장부나 연습장에서 잘라낸 쪽지들이 있었고, 소설책이나 전단지에서 잘라낸, 단어 하나에 동그라미가 쳐져 있고 문장에는 밑줄이 그어져 있는 조각들도 있었다. 어떤 단어는 장보기 목록 뒷면에 적혀 있었다. 이 쪽지를 보낸 사람이 단어를 적을 때는, 아마도 우유 1.7리터와 소다 한 상자, 기름, 밀가루 1킬로그램, 카민 그리고 맥비티스 다이제스티브 비스킷을 이미 산 뒤였을 것이다. 그 여성은 케이크를 굽고 나서 자리에 앉아, 단어 'beat'의 의미 한 가지를 완벽하게 드러내주는 문장을 적었을까? 인용문은 1874년, 어느 교구 교회 주보의 여성 난에서 인용한 것이었다. 더 이상 쓸모없게 된 장보기 목록은 크기도 모양도 완벽했다. 메그는 한 여자를 상상했다. 부유하지도 가난하지도 않은 그 여자가 자기 집 부엌 테이블 앞에 앉아 있고, 여자 앞에는 주보가, 바로 옆에는 찻주전자가 놓여 있다. 케이크가 부풀어오르기를 기다리는 시간은 여자의 하루 가운데 반가운 휴식 시간이다. 그리고 그때 한 아이가 뛰어들어와 곧 찾아올 기쁨의 냄새로 콧구멍을 가득 채우고, 촛불을 불어 끌 시간이 될 때까지 주위를 돌아다니는 것이다.

길 건너편 공원에서 환호성이 터져 나오는 바람에 메그는 자기 자신으로, 에즈미에 대한 생각으로 돌아왔다. 공이 배트에 맞는 친숙한 소리, 여러 번의 예의 바른 박수 소리, 그리고 위킷*에서 때때로 들려오는 흥분한 함성은 메그에게 오늘이 토요일이라는 사실을, 자신이 애들레이드의 뜨거운 태양 아래, 이 단어들과 그것들의 주인들이 속해 있었던 습하고 추운 기후와는 전혀 가깝지 않은 곳에 있다는 사실을 일깨워주었다. 몸이 뻣뻣하게 잘 움직여지지 않는 데다 머리도 부스스해진 느낌이었다. 메그는 자리에서 일어나 선수들 쪽을 내다보았다. 여느 토요일과 똑같은 날이었지만, 똑같을 수 없는 날이기도 했다.

환호성이 한 번 더 터져 나왔지만, 메그는 창가에서 몸을 돌리고 책장 쪽으로 걸음을 옮겼다. 선반에는 『옥스퍼드 영어 사전』 열두 권 전권이 꽂혀 있었다. 비록 메그가 어릴 때는 무거워서 들어 올리지도 못하긴 했지만, 그것들은 꺼내기 편하도록 선반 아래칸에 꽂혀 있었다. 메그가 기

* 크리켓에서, 경기장 중앙에 약 20미터 간격으로 세워 놓은 두세 개의 기둥 문.

억하는 한 부모님은 사전을 모으고 있었고, 마지막 권이 도착한 건 바로 일주일 전이었다.

메그는 선반 끝에 꽂힌 『V부터 Z까지』를 당겨 꺼낸 다음 첫 페이지를 펼쳤다. 새 책 냄새가 났고, 펼칠 때 책등이 빳빳한 것도 느껴졌다. 1928년 출간.

겨우 몇 달 전에 이 책은 세상에 없었다. 겨우 몇 달 전에, 에즈미는 세상에 있었다.

메그는 선반의 다른 쪽 끝으로 가 제1권 『A와 B』의 금박 레터링을 손가락으로 훑었다. 자주 펼쳐서 책등에는 줄이 가 있었고, 위쪽 가장자리는 메그가 어릴 때 제자리에서 억지로 빼내는 바람에 헐어 있었다. 메그는 이번에는 조심해서 사전을 선반에서 끄집어냈다. 사전의 무게는 언제나 놀라웠다. 메그는 엄마의 안락의자로 사전을 가져갔고, 무릎에 올려놓았다. 그런 다음 속표지를 펼쳤다.

역사적 원칙에 따른

신新 영어 사전

책임 편집 제임스 A. H. 머리

제1권 『A와 B』

옥스퍼드:

클래런던 출판국

1888년

사십 년 전이었다. 에즈미는 그때 여섯 살이었을 것이다.

메그는 '휘젓다Beat'가 적힌 쪽지를 집어 올려 인용문을 읽었다.

"설탕이 잘 녹아들고 혼합물 색이 연해질 때까지 휘저으세요."

메그는 그 단어가 나올 때까지 사전 페이지를 넘겼다. 'Beat'에는 세로 열 단에 걸쳐 적힌 쉰아홉 개의 각각 다른 의미가 있었다. 아주 많은 경우 폭력이 의미에 포함돼 있는 것이 특징이었다. 메그는 손가락으로 세로 단을 따라 내려가다가, 그 쪽지에 들어맞는 정의를 발견했다. 달걀을 휘젓는 일에 관한 인용문 네 개가 나와 있었다. 메그가 지닌 쪽지에 적힌 인용문은 거기 없었다.

메그는 『A와 B』를 트렁크 옆 마룻바닥에 내려놓았다. 구두 상자를 열고 그 안을 뒤적였다.

사생아LIE-CHILD

"사생아를 데리고 있으면 산모도 망가지고 애도 망가져요. 유모를 데려올게요."

—미드 부인, 산파, 1907년

에즈미의 글씨가 벌써 낯이 익었다. 메그는 사전 제6권을 가져왔고, 해당하는 페이지를 찾아냈다. '사생아Lie-child'는 완전히 빠져 있었지만, 메그는 그게 무슨 뜻인지 이해했다. 메그는 제1권으로 돌아가 '사생자Bastard'를 펼쳤다.

혼인관계 바깥에서 태어나고 자식이 된.

서출庶出의, 인정받지 못한, 공인되지 않은.

진짜가 아닌; 모조의, 가짜의; 질 낮은, 불순한, 타락한.

메그는 사전을 꽝 소리 나게 덮었다. 바닥에서 일어섰지만, 다리가 후들거렸다. 갑자기 자신이 낯설고 연약하게 느껴졌다. 메그는 안락의자에 무너지듯 주저앉아 흐느끼기 시작했다. '사생자Bastard'는 세로 두 단에 걸쳐 설명돼 있었지만, 그 단어가 메그에게 의미하는 바를 나타내주는 인용문은 단 하나도 없었다.

메그는 엄마가 그리웠고, 엄마의 말과 몸짓 들이 그리웠다. 메그가 알기로 그 말과 몸짓 들은 거실 마룻바닥에 벌어진 난장판을 설명해줄 것 같았다. 메그는 의자 천에 얼굴을 묻고 엄마의 머리카락 냄새, 엄마가 항상 머리를 감는 데 쓰던 피어스 비누의 익숙한 향기를 맡았다. 그건 메그도 여전히 사용하는 비누였다. 흐느낌이 더 깊어졌다. 딸이 된다는 건 이런 것일까? 머리카락에서 엄마 냄새가 나게 되는 것? 똑같은 비누를 쓴다는 것? 아니면 그건 열정을 공유하고, 좌절을 공유한다는 의미일까? 메그는 결코 엄마처럼 흙바닥에 무릎을 꿇고 앉아 구근을 심고 싶지는 않았다. 메그는 주목받기를 갈망했다. 친절에 의해서가 아니라 호기심에 의해서, 자신의 생각이 고려의 대상이 되고, 자신의 말들이 존중받기를 원했다.

그게 마룻바닥에 벌어진 난장판의 정체였을까? 호기심 가득한 정신의 증거일까? 좌절의 조각들일까? 이해하고 설명하려는 노력일까? 메그의 갈망은 에즈미의 것과 비슷했을까? 그리고 그것이 딸이 된다는 것의 의미일까?

아빠가 문을 두드릴 때쯤 메그의 흐느낌은 멈춰 있었다. 무언가가 메그의 슬픔으로부터 모습을 드러내려 하고 있었다. 그것이 슬픔을 더 복잡하게 만들지, 단순하게 만들지는 알 수 없었다.

"메그, 아가?" 아빠는 전날 밤처럼 말투가 부드러웠다. 방으로 들어올 때 그는 마치 굴뚝새를 놀라게 할까 봐 두려워하는 조류 관찰자처럼 굴었다.

메그는 아무 말도 하지 않았다. 마음이 자꾸만 불편한 무언가에 걸려 넘어지고 있었다.

"아침 좀 먹을래?" 아빠가 물었다.

"종이 좀 주실래요, 아빠? 괜찮으시다면요."

"편지지 말이니?"

"네, 엄마 작업 책상에 있는 본드지, 연한 파란색 종이요." 메그는 아빠의 얼굴을 찬찬히 들여다보며 그가 그 생각에 반대한다는 신호가 있는지 찾았지만, 그런 신호는 없었다.

애들레이드, 1928년 11월 12일

이 모든 것을 쓰기로 마음먹으며 나는 망설인다. 에즈미를 내 어머니라고 부르는 일은 마치 엄마에 대한 배신처럼 느껴지지만, 그 사람을 그 호칭으로 부르기를 부정하는 일은? 마찬가지로, 망설여진다. 밤새도록 단어들의 의미를, 대체로 내가 한 번도 쓰거나 들어본 적 없는 단어들의 의미를, 곰곰이 생각했다. 단어들이 발화되는 맥락의 중요성을 이해하게 되었고, 내가 지금 앉아 있는 곳 맞은편의 서가 한 칸을 채우고 있는 여러 권의 사전들이 지닌 권위를 처음으로 의심해보게 되었다.

'어머니Mother'는 사전 속에 있을 것이다. 나는 지금껏 그 단어를 사전에서 찾아볼 아무런 이유가 없었지만, 그 단어는 당연히 거기 있을 것이다. 지금 이 순간까지, 나는 영어를 말하는 사람이라면 누구나, 교육 정도와 관계없이, 그 단어의 의미를 알고, 그 단어를 쓰는 방법도 알 거라고 생각해왔던 것 같다. 그 말로 누구를 가리켜야 하는지도 모두들 알 거라고. 그러나 이제, 나는 망설인다. 의미가 상대적으로 변해버렸기 때문이다.

나는 자리에서 일어나 선반에서 사전을 꺼내고 싶다. 하지만 내가 읽게 될 그 단어의 정의가 엄마에게 해당되지 않을까 봐 걱정이 된다. 그래서 나는 조금 더 오래 앉아서 머물고, 엄마의 기억이 모든 걱정을 지워버린다. 하지만 이제는, '어머니'라는 말이 에즈미를 가리키지 않을까 봐 두렵다.

메그는 종이를 접은 다음 트렁크에 넣었다.

시간이 조금 지난 뒤, 필립 브룩스는 딸 옆에 놓인 조그만 테이블에 아침식사가 담긴 쟁반을 내려놓았다. 찻주전자 하나, 작은 접시에 담긴 레몬 두 조각, 토스트 네 쪽, 그리고 새로 뚜껑을 연 오렌지와 라임 마멀레이드 단지. 두 사람이 먹기에 충분한 양이었다.

"같이 드세요, 아빠." 메그가 말했다.

"정말 그래도 되니?"

"네."

메그는 전날 밤 놓아둔 곳에서 엄마의 도자기 잔을 집어 들어 채워달라는 뜻으로 그에게 내밀었다. 그는 딸에게 차를 따라준 다음 자기 것도 따랐다. 그런 다음 두 잔의 차에 레몬 한 조각씩을 넣었다.

"무언가가 달라졌니?" 그가 물었다.

"모든 걸 달라지게 만들 만한 일이에요."

그는 고개를 숙여 차를 한 모금 마셨다. 그의 손이 아주 미세하게 떨렸다. 메그가 그의 얼굴을 보았을 때, 그는 메그가 경험하지 않았으면 하는 바로 그 감정을 억누르는 데 온 얼굴의 근육을 쓰고 있었다.

"거의 모든 것을요." 메그가 고쳐 말했다.

그가 고개를 들었다.

"아빠에 대한 저의 감정은 달라지지 않아요. 그리고 엄마에 대한 저의 감정이나, 제가 엄마를 어떻게 기억할지도 변하지 않을 거예요. 어쩌면 엄마를 조금 더 많이 사랑하게 될지도 모르겠어요. 지금 당장, 엄마가 못 견디게 보고 싶어요."

그들은 에즈미의 물건들 한가운데 말없이 앉아 있었다. 건너편 공원에서 위로하듯 반복적으로 들려오는, 배트가 공을 치는 소리가 시간이 흐르고 있다는 사실을 알려주었다.

에필로그

애들레이드, 1989년

강단 뒤에 선 남자는 목을 고르지만 아무런 소용이 없다. 객석은 벌집처럼 웅성거린다. 그는 문서들을 다시 정리하고, 손목시계를 보고, 독서용 안경 너머로 모여 있는 학자들을 응시한다. 그런 다음 다시 한번, 이번에는 조금 더 큰 소리로, 마이크에 대고 목을 고른다.

소란이 잦아든다. 늦게 들어온 몇 명이 자리를 찾아 앉는다. 강단 뒤의 남자가 말하기 시작한다.

"제10회 오스트레일리아 사전학회 연례 회의에 오신 여러분을 환영합니다." 조용한 목소리를 조금 떨면서 남자가 말한다. 그러고는, 조금은 너무 길게 느껴지는 침묵이 흐른 뒤 이야기를 잇는다.

"나 마니." 그가 조금 더 힘 있는 목소리로, 실내를 둘러보며 말한다. "이건 카우나인들이 한 명보다 많은 상대에게 인사할 때 하는 말인데요, 오늘 이곳에 사람이 한 명보다 많이 온 걸 보게 돼서 다행입니다." 부드럽고 유쾌하게 중얼거리는 소리들이 들려왔다. "우리 도시를 찾아주신 여러분, 그리고 아마도 여기서 평생 동안 살아오신 몇몇 여러분께 알려드리자면, 카우나인들은 이 거대한 홀이 건축되고, 영어가 이 나라에서 사용되기도 전에 이 땅을 고향이라고 불렀던 원주민들입니다. 우리는 그들의 땅에 있지만, 그들의 언어를 말하지는 않습니다.

저는 오늘 아침 한 가지를 말씀드리기 위해 카우나어를 씁니다. 오래 전, 1830년대와 1840년대에, 카우나어는 카우나인 선조들인 물라위라 부카, 카드리트피나 그리고 이트야마이트피나에 의해 사용되었습니다. 이 사람들은 백인 정착자들에게는 각각 킹 존, 캡틴 잭, 그리고 킹 로드니라는 이름으로 더 잘 알려져 있지요. 이 원주민들은 토착 언어를 배우는 데 관심이 있었던 세 명의 독일인과 한자리에 앉아 있었습니다. 독일인들은 자기 귀에 들리는 말을 받아 적었고, 남들이 이해할 수 있을 만한 의미로 풀었습니다. 그들은 언어학자와 사전 편집자의 일을 하고 있었습니다. 물론 그런 용어는 사용하지 않았지만요. 그들은 선교사였지만, 언어에 대한 그들의 열정, 구어를 기록하고 이해하고자 하는 그들의 욕망은 우리 중 누구라도 알아볼 수 있을 겁니다. 그 일은 단지 언어의 적절한 동시대적 용법을 알리는 것뿐 아니라, 언어를 보존하고, 그 역사적 문맥을 이해하는 것을 목적으로 했습니다. 그들의 노력이 없었다면, 카우나인들의 언어 세계는 우리에게 알려지지 않았을 것이고, 우리는 그들에게 무엇이 의미 있었고 또 지금도 의미 있는지 이해할 수 없었을 것입니다. 오늘날 카우나어를 사용하는 카우나인들은 드물지만, 그 언어가 기록되고 단어들의 의미도 기록된 덕분에 카우나인들은, 그리고 감히 말하건대 저 같은 유럽계 비원주민들도, 그 언어를 다시 말할 수 있을 것입니다." 남자의 목소리는 흥분으로 고조되었고, 이마는 무대의 과도한 조명 아래 빛나고 있다. 그가 잠깐 말을 멈추고 숨을 고른다.

"1989년은 영어 역사상 중요한 해입니다. 이 홀 바깥에는 그 사실을 아시는 분이 아마도 별로 없겠지만 말입니다." 몇몇 사람의 웃음소리가 들리고, 남자가 기쁨이 역력한 얼굴로 고개를 든다.

"올해, 『옥스퍼드 영어 사전』의 2판이 출간되었습니다. 초판이 완간

되고 육십일 년 만입니다. 이번 2판은 초판에 수록되지 않았던 오천여 단어와 의미를 추가하는 등, 모든 부가 정보를 더했습니다. 이 작업, 언어를 이렇게 기록하는 일을 하신 분들은 사전 편집자분들인데요, 그중 몇몇 분은 오늘 이 객석에 계신 걸로 알고 있습니다. 이렇게 놀라운 공헌을 하신 여러분께 축하의 말을 전해드립니다." 그가 박수를 치자 관중들도 동참하고, 몇몇 사람들은 휘파람과 환호성을 더한다. "진정하시기 바랍니다, 여러분. 우리는 근엄하고 진지한 이미지를 지켜야 하니까요." 더 많은 웃음이 터진다. 그는 웃음이 잦아들기를 기다렸다가 한층 편해진 목소리로 계속한다.

"위대하신 제임스 머리 경께서 언젠가 말씀하시길, '나는 문학적인 사람이 아니다. 나는 과학을 하는 사람이고, 인간 언어 구사의 역사를 다루는 인류학의 한 분야에 관심이 있다'고 하셨습니다.

단어들은 우리를 정의하고, 설명해주고, 또 때로는 우리를 통제하거나 고립시키는 일에 복무하기도 합니다. 하지만 말해진 단어들이 기록되지 않으면 무슨 일이 생길까요? 그것은 그 단어들을 말했던 이들에게 어떤 영향을 끼치게 될까요? 여기, 우리 모두가 감사한 마음을 가질 만한 사전 편집자가 한 분 계십니다. 머리 박사님의 『옥스퍼드 영어 사전』을 비롯해, 영어를 다룬 위대한 사전들의 행간을 읽어내신 메건 브룩스 교수님입니다. 애들레이드 대학 명예교수이자 오스트레일리아 언어학회 회장, 그리고 언어에 대한 공헌으로 오스트레일리아 훈장을 받은 수훈자이시기도 합니다.

더 이상 말하는 것보다는, 강단으로 메건 브룩스 교수님을 직접 모셔서 개회사를 듣도록 하겠습니다. 강연 제목은 '잃어버린 단어들의 사전'입니다."

무대에 오른 키가 크고 자세가 곧은 여성을 박수갈채가 따라간다. 강단에 다가간 강연자는 삐져나온 한 줄기 빛바랜 빨강 머리를 귀 뒤에 꽂는다. 남자가 손을 내밀자, 강연자는 주름진 얼굴에 미소를 지으며 악수를 한다. 남자가 가볍게 허리 굽혀 인사하고 자리에서 물러난다.

메건 브룩스가 재킷 주머니에서 하얀 편지 봉투 하나를 꺼내더니, 거기에서 낡아서 색이 누렇게 변한, 부스러질 것 같아 보이는 종이쪽지 한 장을 조심스럽게 끄집어낸다. 메건은 오직 그것만 강단 위에 올려놓고는, 장갑을 낀 손으로 부드럽게 쪽지의 주름을 편다.

메건이 멀리 객석을 바라본다. 강연은 천 번도 더 해봤지만, 이번이 마지막이 될 것이다. 곧 하려는 말을 이해하는 데는 평생이 걸렸고, 이제 메건은 그것이 중요하다는 사실을 안다.

메건의 두 눈이 객석 가운뎃줄에 집중하더니, 한 곳에 머무르지 않고 얼굴 하나하나를 빠르게 훑기 시작한다. 관객들은 대체로 남성이지만, 여성들도 상당수 있다. 모두 경력이 제법 쌓인 사람들이다. 드넓은 공간에서 불안한 웅성거림이 시작된 게 느껴지지만, 메건은 그것을 무시하고 아랫줄을, 또 그 아랫줄을 눈으로 훑는다. 관객들의 고개가 옆 사람에게로 향하고, 무언가를 속삭이는 것을 알아볼 수 있다. 그래도 메건은 계속 누군가를 찾는다.

앞에서 두 번째 줄에서 메건은 멈춘다. 한 젊은 여성, 틀림없이 학부 재학생 이상은 안 돼 보이는 여성이 거기 있다. 단어들을 향한 여행을 막 시작하려는 그 얼굴에 담긴 호기심이 나이 지긋한 메건을 만족시킨다. 메건이 미소 짓는다. 시작할 만한 좋은 이유다. 메건 브룩스가 쪽지를 들어 올린다.

"여자 노예." 메건이 말한다. "한동안, 이 아름답고 복잡한 단어는 제 어머니에게 속해 있었습니다.”

『옥스퍼드 영어 사전』 연표

1857년 런던 언어학회의 미등록 단어 위원회가 새뮤얼 존슨의 『영어 사전』(1755)을 계승할 새로운 영어 사전의 제작을 요구함.

1879년 제임스 머리가 책임 편집자로 임명됨.

1881년 이디스 톰슨이 학생들을 위한 삽화가 들어간 교재 『영국사』를 출간함. 이후 여러 판본과 미국과 캐나다 시장에 맞게 각색된 판본이 나옴.

1884년 『A부터 개미Ant까지』 출간. 약 125권에 이르는 분책 중 첫 번째 권.

1885년 제임스와 에이다 머리가 런던에서 옥스퍼드로 이사해, 자택 정원에 골함석으로 만들어진 커다란 창고를 세움. 그들의 저택은 서니사이드, 세워진 창고는 스크립토리엄이라 불림.

1885년 스크립토리엄에서 보내는 우편물이 많아 기둥 모양의 우편함이 서니사이드 바깥에 설치됨.

1887년 헨리 브래들리가 제2편집자로 임명됨.

1888년 『A와 B』 출간. 원래 명칭 『역사적 원칙에 따른 신新 영어 사전』으로 출간된 12권 중 첫 번째 권.

1901년 윌리엄 크레이기가 제3편집자로 임명됨.

1901년 브래들리와 크레이기가 올드 애슈몰린의 '사전실'로 이사함.

1901년 한 독자에게서 온 편지로 단어 '여자 노예Bondmaid'가 누락되었음이 밝혀짐.

1914년 찰스 어니언스가 제4편집자로 임명됨.

1915년 제임스 머리 경 사망.

1915년 스크립토리엄의 사전 제작진과 물건들이 올드 애슈몰린 빌딩으로 자리를 옮김.

1928년 『V부터 Z까지』가 열두 번째 권으로 출간됨.

1928년 런던 골드스미스 홀에 150명의 남성들이 모여 옥스퍼드 영어 사전의 완성을 축하함. 제작을 시작한 지 71년 만이었음. 스탠리 볼드윈 총리가 사회를 맡음. 여성들은 초대되지 않았으나, 세 명의 여성은 발코니에 앉아 남성들이 식사하는 것을 지켜보는 일이 허용됨. 이디스 톰슨이 그중 한 명이었음.

1929년 이디스 톰슨, 81세로 사망.

1989년 『옥스퍼드 영어 사전』의 2판이 완간됨.

옥스퍼드에 있던 스트립토리엄의 사전 제작진. 1915년 7월 10일, 〈피리어디컬〉을 위해 촬영됨. (뒷줄) 아서 메일링, 프레더릭 스웨트먼, F. A. 요크니. (앞줄) 엘시 머리, 제임스 머리 경, 로스프리스 머리. 옥스퍼드 대학 출판국 제공.

소설에 등장하는 주요 역사적 사건 연표

1894년 사우스 오스트레일리아 의회가 투표권과 관련된 헌법 개정안을 통과시킴. 이 법안은 (원주민 여성을 포함한) 모든 성인 여성에게 투표권과 의회 입후보권을 부여함. 이와 같은 결정을 내린 세계 최초의 의회로 기록됨.

1897년 밀리센트 포세트가 이끄는 전국여성참정권사회연합NUWSS 출범.

1901년 빅토리아 여왕 서거. 에드워드 7세 즉위.

1902년 새로 설립된 오스트레일리아 의회가 '1902년 연방 참정권법'을 통과시킴. 이로써 모든 성인 여성이 연방 선거에서 투표하거나 연방 의회에 입후보될 수 있게 됨. (오스트레일리아, 아프리카, 아시아와 태평양 군도의 원주민은 제외됨.)

1903년 에멀린 팽크허스트가 이끄는 여성사회정치연합WSPU 출범.

1905년 WSPU가 시민 불복종, 기물 파괴, 방화 및 폭탄 설치를 포함하는 공격적인 캠페인을 시작함.

1906년 공격적인 참정권 확장론자들을 가리키는 '서프러제트Suffragette'라는 용어가 사용됨.

1907년 엘리자베스 페로넷 톰슨, 『용기병의 아내』 출간.

1908년 애들레이드 출신의 여성 뮤리얼 매터스가 비공격적인 참정권 운동 단체인 여성자유연맹WFL이 주도한 항의 집회의 일환으로 국회 하원의 여성 관람석에 설치된 쇠창살에 자신의 몸을 묶음.

1909년 투옥된 참정권 확장론자 매리언 월리스 던롭이 처음으로 단식 투쟁에 들어감. 이후 많은 이들이 뒤를 따르게 됨.

1909년 버밍엄에 있는 윈슨 그린 교도소에서 샬럿 마시, 로라 에인스워스, 메리 리(결혼 전 성은 브라운)에게 강제 급식을 함.

1913년 1월 8일 '참정권 전투'. 옥스퍼드 참정권 운동 단체들의 평화로운 행진이 반反 참정권 확장론자 군중에 의해 중단됨.

1913년 6월 3일 옥스퍼드 보트 창고에 화재 발생. 도주하는 네 명의 여성이 목격됨. 세 명은 펀트 배를 타고, 한 명은 육로로 도망침. 비공격적인 참정권 확장론자들은 이 여성들의 행위를 비난하며 해고된 노동자들을 위한 모금을 시작함.

1914년 독일과의 전쟁이 선포됨.

1914년 옥스퍼드 대학 출판국에서 63명의 남성이 입대하기 위해 떠남.

1914년 제1차 이프르 전투.

1915년 페스튀베르 전투.

1915년 로스 전투.

1918년 제1차 세계대전 종전.

1918년 영연방 정부가 국민대표법을 통과시킴. 이 법의 통과로 21세 이상의 모든 남성과 최소 재산 요건을 충족하는 30세 이상의 여성들이 투표권을 갖게 됨.

1928년 영연방 보수당 정부가 국민대표법(평등선거법)을 통과시킴. 이 법의 통과로 21세 이상의 모든 여성이 남성과 동등한 투표권을 갖게 됨.

작가의 말

이 책은 두 개의 단순한 질문에서 시작되었다. 단어들이 남성과 여성에게 서로 다른 것을 의미할 수 있을까? 그리고 만약 그렇다면, 그 단어들을 정의하는 과정에서 우리가 무언가를 잃어버리는 일이 가능할까?

나는 일생 동안 단어들, 그리고 사전들과 애증의 관계였다. 철자법에 문제가 있는 까닭에, 종종 단어를 틀리게 쓰기도 한다. ('부유한affluent'은 사실 '흘러나오는effluent'과 아주 비슷하게 발음되는데, 이런 건 정말 저지르기 쉬운 실수다.) 어린 시절에 내 곁에 있던 어른들은 내가 도와달라고 질문할 때면 "사전에서 찾아봐라" 하고 대답하곤 했지만, 철자를 제대로 쓸 수 없다면 사전은 뚫고 들어갈 수 없는 물건이 되어버린다. 그러나 영어라는 언어를 능숙하게 다루지 못했음에도 불구하고, 단어를 특별한 방식으로 적어놓으면 거기서 리듬이 생겨나거나, 이미지가 만들어지고, 감정을 전할 수 있게 된다는 사실을 나는 언제나 사랑했다. 내가 나의 내면을, 그리고 바깥에 있는 세계들을 이해하기 위해 단어들을 선택해야 한다는 것은 내 삶에서 가장 커다란 아이러니였다.

몇 년 전, 한 멋진 친구가 내게 사이먼 윈체스터의 『교수와 광인The Surgeon of Crowthorne』을 읽으라고 권했다. 그 책은 『옥스퍼드 영어사전』의 책임 편집자였던 제임스 머리, 그리고 가장 많은 공헌을 했던 사람 중 한 명이었던 (그리고 가장 악명 높았던) 자원봉사자 윌리엄 체스터 마이너 사이의 관계를 설명한 논픽션이었다. 나는 그 책을 아주 즐겁게 읽었지만, 사전이라는 것이 특히 남성들의 노력의 결과물이라는 인상이 남았다. 내가 모을 수 있었던 정보에 의하면, 모든 편집자가 남성이었고, 거의 모든 조수가 남성이었으며, 자원봉사자 대부분이 남성이었고, 단어들이 어떻게 사용되었는지에 대한 증거로 사용된 문학 작품과 책자, 신문 기사 들 또한 대체로 남성에 의해 쓰였다. 심지어 자금줄을 쥐고 있던 옥스퍼드 대학 출판국의 이사진도 남성이었다.

나는 궁금해졌다. 이 이야기에서 여성들은 어디 있을까? 그리고 그들의 부재는 중요한 문제일까?

여성들을 찾는 데는 시간이 걸렸고, 내가 발견한 그들에게는 중요하지 않고 부차적인 역할들이 주어져 있었다. 에이다 머리는 열한 명의 아이들을 길러내고 가정을 꾸려내는 동시에 책임 편집자라는 남편의 역할을 보조했다. 이디스 톰슨과 동생 엘리자베스 톰슨은 사전의 첫 번째 권 『A와 B』에만 만 오천여 문장에 이르는 인용문을 제공했으며, 마지막 단어가 출간될 때까지 인용문을 제공하고, 편집 작업을 도왔다. 힐다, 엘시, 그리고 로스프리스 머리는 모두 아버지를 도와 스크립토리엄에서 일했다. 또한 올드 애슈몰린 빌딩에서 자기 아버지의 팀에 속해 조수로 일했던 엘리너 브래들리가 있다. 단어가 들어간 인용문을 보내준 셀 수 없이 많은 자원봉사자 여성들도 있다. 마지막으로, 몇몇 단어가 사용된 용례로 간주된 소설과 전기, 시를 쓴 여성 작가들이 있다. 그러나 모든 경우에 그들은 똑같은 일을 했던 남성들보다 수적으로 적었고, 역사는 그들의 존재를 되살리기 위해 힘겹게 애를 쓰고 있다.

나는 여성들의 부재가 중요한 문제였다고 결론을 내렸다. 사전 속 단어들의 재현이 불충분한 것은, 『옥스퍼드 영어 사전』 초판 편집에 남성들의 경험과 감수성을 우선시하는 편견이 존재했다는 의미가 될 수 있다. 그 경험과 감수성이라는 것도 빅토리아 시대 나이 많은 백인 남성들의 경험과 감수성이었다.

우리가 언어를 정의하는 방식이 우리를 정의할 수도 있다. 이 소설은 그것을 이해하기 위한 나의 노력이다. 쓰는 내내 우리가 단어들을 이해하는 방식에 질문을 던질 만한 이미지를 떠올리고, 감정들을 전하려 애썼다. 에즈미를 단어들 한가운데 집어넣음으로써, 나는 단어들이 그에게, 또한 그가 단어들에 미쳤을 영향을 상상할 수 있었다.

에즈미라는 허구적 인물의 이야기를 우리가 아는 『옥스퍼드 영어 사전』의 역사 속에 끼워 넣는 일은 나에게 처음부터 중요했다. 곧, 이 역사에 영국에서 일어난 여성 참정권 운동, 그리고 1차대전 또한 포함된다는 사실을 알게 되었다. 이 세 가지 사건은 일어난 순서와 전반적인 세부사항 모두 실제와 같게 유지했다. 오류가 있다면 의도하지 않은 것이다.

이 책을 쓰는 데 가장 큰 어려움이 있었다면, 아마도 이야기의 역사적 맥락 속에 실존했던 인물들을 충실하게 그려내야 했다는 점일 것이다. 『옥스퍼드 영어 사전』에 매혹된 사람은 나 혼자만이 아니었기에, 사전 연구자들과 전기 작가들의 작업을 탐독했다. 린다 머글스턴의 책 『로스트 포 워즈Lost for Words』는 내게 여성들의 단어가 실제로, 최소한 가끔씩은, 남성들의 단어와 다른 취급을 받았다는 사실을 받아들일 자신감을 주었다. 피터 길리버의 책 『옥스퍼드 영어 사전 제작기The Making of the Oxford English Dictionary』는 내 이야기가 진실에 닻을 내릴 수 있도록 사실과 일화 들을 제공해주었다. 옥스퍼드 대학출판국에 방문하는 특권을 누릴 기회가 내게는 두 번 있었는데, 거기에는 『옥스퍼드 영어 사전』 고문서 보관실이 마련돼 있었다. 나는 몇몇 단어들이 마지막 순간에 삭제되었다는 증거를 찾아 사전 교정지들을 뒤졌고, 단어 쪽지 원본을 열람할 자격을 얻어 열람했는데, 쪽지 대다수는 20세기 초반에 한데 묶어두었던 원래의 끈에 여전히 묶여 다발을 이루고 있었다. 이 이야기 속에서 에즈미만큼이나 아름답고 복잡한 하나의 캐릭터인 단어 '여자 노예'가 적혀 있는 쪽지들도 발견했다. 하지만 그 단어의 정의를 보여주는 대표 쪽지가 있었다는 흔적은 없었다. 대표 쪽지는 정말로 분실되었던 것이다. 수없이 많은 상자를 가득 채운 문서들이 압도적으로 느껴질 때는 그 문서들을 다룬 사람들에게로 향했다. 베벌리 매컬로치, 피터 길리버 그리고 마틴 모는 사전과, 그 사전을 만들어낸 출판국에 대한 깊은 매혹과 존중에서만 나올 수 있는 이야기와 통찰을 나눠주었다. 우리의 대화가 역사에 생기를 불어넣어주었다.

『옥스퍼드 영어 사전』과 관련된 남성 인물 대부분은 역사 기록에서 쉽게 찾아볼 수 있는 사람들이다. 크레인 씨, 댕크워스 씨 그리고 한두 명의 지나가는 인물을 제외하면, 남성 편집자들과 조수들은 실존 인물을 모델로 했다. 물론 소설 속에서 그들이 다른 인물들과 나누는 상호작용은 허구의 산물이지만, 나는 그들의 관심사와 성격 가운데 무언가를 포착하려고 노력했다. 정원에서 열린 『A와 B』의 출간 기념 파티에서 머리 박사가 하는 연설은 그 책의 서문에서 정확히 그대로 인용했다.

니컬슨 씨와 메이던 씨는 이 책에 명시된 시기에 실제로 보들레이언 도서관에서 사서로 일했던 이들이다. 대사는 많지 않지만, 그들의 태도에서 내가 무언가를 포착하는 데 성공했기를 바란다.

로스프리스 머리, 엘시 머리 그리고 엘리너 브래들리의 캐릭터는 최대한 잘 만들려고 노력했지만, 그들의 생애에 관한 기록이 적었다. 내가 짐작한 그들의 성격적 특색에 친족들이 반드시 동의하리라고는 장담할 수 없을 듯하다.

아마도 실존 인물을 모델로 한 캐릭터 중 이 소설에서 가장 중요한 사람은 이디스 톰슨일 것이다. 이디스와 동생 엘리자베스는 헌신적이고 높이 평가된 자원봉사자들이었다. 이디스는 첫 번째 단어부터 마지막 단어까지 『옥스퍼드 영어 사전』의 편집에 관여했다. 그는 사전 초판 마지막 권이 출간된 바로 다음 해인 1929년 세상을 떠났다. 『옥스퍼드 영어 사전』 아카이브에 보존된 기록들에서 그에 관해 조금 알게 되었다. 이디스에 의해 작성되고 교정지 가장자리에 핀으로 꽂힌 메모를 발견한 일은 특별한 경험이었다. 제임스 머리에게 쓴 원본 편지들에는 지성과 유머, 그리고 짓궂은 재치가 잘 드러나 있다. 어떤 단어를 더 잘 설명하고 싶을 때면 이디스는 그림을 그려 풀이하는 습관이 있었다.

이 이야기에서는 내 마음대로 이디스 톰슨을 주요 인물로 등장시켰다. 다른 여성들의 경우와 마찬가지로 그의 삶을 포괄적으로 설명해주는 자료를 찾기는 어려운 일이었지만, 내가 아는 것은 모두 이 책 속 이야기로 엮어냈다. 일례로, 이디스는 실제로 영국의 역사를 책으로 썼고, 그것은 학교에서 인기 있는 교재가 되었다. 동생과 함께 배스에 살았던 것도 사실 그대로다. 이디스가 단어 '립펜슬'에 관해 제임스 머리에게 쓴 메모도 사실 그대로이지만, 나머지는 픽션이다. 이 인물의 모델이 된 실존했던 여성이 호명되고, 그가 공헌한 바가 인정을 받는 것은 내게 중요한 일이었다. 하지만 그의 삶을 허구화했다는 사실을 알리기 위해, 에즈미로 하여금 그를 애칭인 '디트'로 부르게 했다. 엘리자베스 톰슨(E. P. 톰슨으로도 알려져 있다)에 관해 말하자면, 그는 실제로 『용기병의 아내A Dragoon's Wife』를 썼지만(1907년 초판본이 내 책상 위에 있다), 나를 그 캐릭터로 이끌어줄 다른 무언가를 찾아낼 수는 없었다. 나는 엘리자베스를 내가 알고 싶은 한 명의 여성으로 바꿔놓았고, 이런 허구화를 알리기 위해 '베스'라는 애칭을 부여했다.

마지막으로, 단어들에 관해. 이 이야기 속에서 언급되는 모든 책들은 실존하는 책들이며, 『옥스퍼드 영어 사전』 분책의 출간 일정, 사전에 들어가 있는 항목, 삭제되거나 거부당한 단어들과 인용문들 역시 사실 그대로이다. 에즈미가 수집한 단어들 역시 실제로 있는 단어들이지만, 그 단어들을 말하는 인물과 인용문 들은 픽션이다.

소설 끝 부분에서 나는 자신들의 언어를 독일인 선교사들에게 공유해준 카우나 원주민 선조들을 언급했다. 카우나인들의 이름과 단어 들의 철자를 적는 일이 단순하지 않다는 사실을 밝혀두어야 할 것 같다. 유럽인들이 정착한 이후로 카우나어는 말해지고 이해되기를 오랫동안 기다려왔다. 이제 그 일이 이루어지고 있고, 더 많은 사람들이 카우나어를 말하는 법을 배우면서 철자법, 발음, 그리고 의미에 관한 질문들이 제기되고, 고려의 대상이 되고 있다. 나는 카우나인들의 장소 이름 짓기와 번역에 관련된 도움을 제공하기 위해 설립된 위원회인 '카우나 와라 카판티'('카우나 언어의 창조'라는 뜻이다)로부터 조언을 얻고 있다. 그들의 작업은 카우나어에 활기를 불어넣는 일을 계속할 뿐 아니라, 원주민과 비원주민이 화해를 이루는 데 기여하고 있다.

이 소설의 초고를 끝마칠 무렵, 나는 『옥스퍼드 영어 사전』 초판이 결점을 지닌 젠더화된 텍스트였다는 사실을 예민하게 인식하게 되었다. 하지만 다른 사람이 아니라 제임스 머리의 손에서 탄생했기 때문에, 그것은 또한 탁월하고, 훨씬 결점이 적으며, 덜 젠더화된 텍스트가 되었을 것이다. 이 사전은 빅토리아 시대가 이끌어낸 책이었지만, 1884년 『A부터 개미Ant까지』를 시작으로 출간된 모든 사전이, 영어를 사용하는 사람들을 조금 더 훌륭하게 재현해내는 쪽으로 조금씩 움직여갔다는 사실을 나는 깨닫게 되었다.

옥스퍼드를 방문하는 동안, 나는 여성과 남성 사전 편집자들, 고문서 보관자들, 그리고 사전 연구자들과 이야기를 나눴다. 단어들, 그리고 그 단어들이 역사 속에서 어떻게 사용되었는지에 대한 그들의 열정적인 매혹이 나는 놀라웠다. 현재 『옥스퍼드 영어 사전』은 대대적인 수정 작업이 진행 중이다. 이 수정 작업은 최신 단어들과 그 의미를 추가하는 데 그치지 않고, 역사와 역사적인 텍스트들에 관한 더 나은 이해에 바탕을 두고 단어들이 과거에 어떻게 사용되었는지를 새롭게 조명해낼 것이다.

사전은, 영어라는 언어와 마찬가지로, 항상 현재진행형인 작업이다.

감사를 표함ACKNOWLEDGEMENT

감사를 표하고, 고백하고, 인정하거나 인지하는 행위; 고백, 언명.

이것은 단지 한 편의 이야기다. 이 이야기를 하는 일은 내가 중요하다고 여기는 것들을 이해하는 데 도움이 되었다. 나는 이 이야기를 꾸며냈지만, 이 이야기는 진실로 가득하다. 나는 과거와 현재에 걸쳐 『옥스퍼드 영어 사전』을 만들어온, 알려지거나 알려지지 않은 여성들과 남성들에게 감사를 표하고 싶다.

편집하다EDIT

(작가가 미리 써놓은, 원고의 형태로 이미 존재하는 저작물을) 출판하다, 세상에 내놓다.

다음에 언급하는 사람들이 아니었다면 이 책은 하나의 아이디어 그 이상이 되지 못했을 것이다. 이 책을 더도 덜도 말고 꼭 필요한 만큼 이야기하는 아름다운 책이 되게 하기 위해 너무도 열심히 일해주신 어펌 프레스의 모든 분들에게 감사한다. 특히 이 이야기에 비범한 신뢰를 보여준 마틴 휴스에게, 그리고 편집자로서 신에 가까운 솜씨를 보여준 루비 애시비-오어에게 감사한다. 간단히 말하자면, 이 책은 루비 덕분에 더 훌륭해졌다. 키어런 로저스와 그레이스 브린, 스테파니 비숍-홀, 코지마 맥그래스와 나머지 팀원들에게도 감사한다.

이 책에 놀라운 지지를 보내주고 편집자로서 귀한 피드백을 보내준 영국 차토 앤드 윈더스 퍼블리셔스의 클래라 파머와 샬럿 험프리, 그리고 미국 밸런타인 북스의 수재너 포터에게 감사한다. 아름다운 표지를 만들어준 리사 화이트에게 감사한다. 그리고 날카로운 눈과 역사에 대한 애정을 지닌 클레어 켈리에게도 영원히 고마운 마음을 가질 것이다.

멘토MENTOR

경험 있고 신뢰할 만한 조언자.

나는 언제나 나보다 지혜로운 이들과 함께 여행하는 일이 좋았다. 이 모험에서 내 곁을 걸으며 이 경험이 조금 더 풍부해지고 명료히 표현되게 해준 토니 조던에게 감사한다.

용기를 주다ENCOURAGE

고무하여 무언가를 감당하기에 충분한 용기가 생기게 하다; 격려하다, 자신감을 주다.

이 책을 쓰는 내내 나는 운 좋게도 다른 작가들의 격려를 받을 수 있었다. 수전 베롤, 레베카 클라크슨, 널 무케르지, 어맨다 스미스와 캐럴 메이저에게, 그 통찰력과 열정적인 지지에 감사드린다. 영국에 있는 더허스트 아번과 오스트레일리아 뉴 사우스 웨일스의 카툼바에 있는 국립 작가의 집 바루나에서 함께 레지던스 생활을 했던 모든 작가들에게도 감사한다. 또한 라이터스 SA의 일원인 작가 커뮤니티에도 커다란 감사를 보내며, 내게 쉬지 않고 용기를 준 세라 투스에게 감사한다. 너그럽고도 시의적절한 조언을 보내준 피터 그로스에게, 원고를 읽어달라는 부탁에 너무도 기꺼이 답해준 토머스 케닐리와 멜리사 애슐리에게 특별한 감사 인사를 드리고 싶다.

지지하다SUPPORT

누군가의 도움, 격려, 충실함을 통해 (사람이나 단체의) 입장을 강화하다; 곁에 서다, 뒷받침하다.

이 이야기는 『옥스퍼드 영어 사전』의 초기 역사를 소재로 해 만들어졌으며, 나는 그 시기의 사람들과 사건들에 충실하려고 노력했다. 나는 특히 세 사람의 너그러움에 빚지고 있다. 그들이 없었다면 이 책은 쓰일 수 없었을 것이다. 『옥스퍼드 영어 사전』 고문서 보관자 베벌리 매컬로치는 이 책의 바탕이 된 쪽지, 교정지, 편지와 사진 들을 내게 가져다주었다. 그는 또한 원고를 읽고 내가 어디서 틀렸는지 지적해주기도 했다. 너무나 감사한 마음이고, 남아 있는 역사상의 실수가 있다면 모두 내 책임이다. 옥스퍼드 대학 출판국(OUP)의 피터 길리버는 내게 성경처럼 소중해진 텍스트를 제공해주었다. 그는 또한 아낌없이 시간을 내주었고, 과거의 사전 편집자들 이야기라는 뼈대에 살을 붙일 멋진 일화들을 제공해주었다. 대학 출판국의 고문서 보관자인 마틴 모 박사 역시 텍스트와 함께 『옥스퍼드 영어 사전』을 조판하고 인쇄하는 과정을 보여주는 희귀한 영상물을 제공해주었다. 귀한 시간을 할애해 1차대전 기간의 출판국 상황에 관해 설명해주고, OUP 박물관 근처를 함께 산책해준 그에게 감사한다.

지식과 도움, 시간을 나누어준 분들에게도 감사드린다. 린다 머글스턴, 『단어의 거미줄에 사로잡혀Caught in the Web of Words』의 저자인 K. M. 엘리자베스 머리, 이디스 톰슨에 관한 논문의 저자인 어맨다 케이펀, 소책자 「행진하는 여성들Women on the March」의 저자인 캐서린 브래들리, 옥스퍼드 역사 센터, 사우스 오스트레일리아 주립 도서관의 친절한 직원들, 특히 닐 차터, 수지 러셀 그리고 그게 누구든 나선 계단을 통해 『옥스퍼드 영어 사전』 초판 12권 전부를 시먼 도서관에서 열람실로 운반해준 이에게 감사한다.

카우나 이름과 철자법에 관해 조언해준 카우나 와라 카판티(KWK) 분들, 그리고 언어와 이야기를 나눠준 라이넷 아주머니에게도 감사하고 싶다.

마지막으로 우리 동네 카페 사손에, 그 자리에 있어준 것에, 그리고 힘껏 응원이 되어준 것에 감사한다. 나는 커피 두 잔 혹은 세 잔을 마시면서 최대한 오래 있곤 했는데, 한 장면을 쓰는 데 필요한 시간만큼 내가 구석 테이블에 앉아 괴로워하도록 허락해준 직원 여러분께 감사한 마음이다.

동료가 되다FELLOWSHIP

동료라는 이름으로 한데 모이다; 서로와, 혹은 다른 사람에게 연결되거나 함께하다; 우호적인 관계가 되다.

아주 많은 친구들이 내가 이 이야기에 관해 말하는 것을 들어주었고, 쓸 수 있게 자신감을 주었다. 내가 할 수 있다고 믿어준 것에 감사한다. 그웬다 자드, 니컬라 윌리엄스, 매트 터너, 앨리 터너, 알로 터너, 리사 해리슨, 앨리 엘더, 수전 베롤, 안드레아 브리지스, 크리스타 브리지스, 앤 비스, 로스 발레리, 루-벨 배럿, 바네사 일스, 제인 로슨, 레베카 클라크슨, 데이비드 워싱턴, 졸리 토머스, 마크 토머스, 마지 사르, 그레그 사르, 수지 라일리, 크리스틴 매카브, 에번 존스, 앤지 힐에게.

융통해주다ACCOMMODATE

적응시키다, 맞춰주다, 어울리게 해주거나 조정해주다.

만약 공과금을 낼 수 없고 아이들이 굶주리는 상태라면 글쓰기는 치정 범죄가 되어버릴 수도 있다. 이 책이 내 재산 1호가 될 것임을 이해해주고, 그럼에도 일자리를 준 앤절라 헤이즈브로크와 마커스 롤프에게 크나큰 감사를 돌린다. 그리고 낮 동안의 내 일이 가능할 뿐 아니라 가치 있고 의미 있는 것이기도 하다는 사실을 보증해준 URPS의 내 멋진 동료들에게도 감사한다.

지원AID

사업을 수행하여 도움을 주는 과정; 도움이 되는 수단이나 물질적 조력의 원천.

2019년 '창작자와 프리젠터를 위한 지원금'을 선사해준 아츠 사우스 오스트레일리아에 무엇보다 감사한다. 또한 2019년 바루나 지원금과 두 번의 레지던스 경험을 제공해준 국립 작가의 집 바루나에도 나는 빚을 지고 있다. 평화롭게 글을 쓸 수 있고, 식사를 제공받을 수 있고, 다른 작가들로부터 자극을 받을 수 있다는 것은 크나큰 특권이다.

사랑LOVE

(매력적인 자질을 알아보았기 때문에, 자연스러운 관계 본능에 의해, 혹은 연민으로부터 일어나는) 누군가를 향한 감정의 경향이나 상태. 대상의 행복에 대한 갈망으로 드러나며, 대체로 함께 있을 때의 기쁨, 대상으로부터 인정받고자 하는 욕망 등으로 나타나기도 한다; 따뜻한 애정, 애착.

내가 어릴 때 사전 한 권을 선물로 주시고 그것을 사용하라고 하셨던 엄마와 아빠에게. 나의 호기심을 키워주시고, 그것을 충족할 수단을 주신 것에 감사드린다. 나의 멋진 전 배우자의 어머니 메리 매퀸에게, 내 이야기가 뻗어나갈 때 항상 잘 들어주신 것에 감사드린다. 그리고 나의 여동생 니컬라에게, 모범적인 여동생의 모든 자질을 갖춰준 것에 감사한다.

내가 세계를 설명할 때 경청해주고, 그다음엔 모든 것을 다시 생각해볼 수 있도록 자극이 되어준 에이던과 라일리에게 감사한다. 만약 내가 당신들을 사전에 적어 넣을 수 있다면, 당신들은 단순하고 복잡하지 않은 '사랑'의 이형異形이 될 것이다.

그리고 섀넌에게, 세부 사항에 대한 당신의 관심과 오행시에 대한 애호가 모든 것을 달라지게 했다고 말하고 싶다. 당신이 내게 의미하는 것을 설명할 단어는 이 세상에 없고, 내가 느끼는 감정을 정의해줄 만한 사전적 의미도 없다. 나의 글 쓰는 삶을 당신의 일상 속으로 흔쾌히 받아주고, 공간이 조금 더 필요해질 때마다 기꺼이 조정해준 것에 감사한다. 다른 모든 것과 마찬가지로, 이 책은 우리 두 사람의 것이다.

존경하다RESPECT

경의, 존중 혹은 예의로 대하거나 생각하다; 누군가에 대한 존경을 느끼거나 표시하다.

마지막으로, 나는 이 책이 카우나와 페라망크 지역에서 쓰인 것에 감사한다. 천 년 동안 이 첫 번째 민족들의 언어는 입에서 입으로 전해져 내려왔고, 그들이 사용한 단어들은 그 지역의 풍경과 그들의 문화, 신념에 의미를 부여했다. 이 단어들 가운데 상당수가 시간이 지나면서 사라졌지만, 살아남아 발견된 단어들도 있다. 그 단어들은 새롭게 공유되는 중이다.

카우나 선조들과 페라망크인들, 과거와 현재, 그리고 미래의 그들에게 나의 존경을 보낸다. 그들의 이야기와 언어에 감사하며, 지금은 상실된 단어들의 의미에 가장 깊은 존경을 표하고 싶다.

옮긴이의 말

핍 윌리엄스의 『잃어버린 단어들의 사전』은 작가의 첫 장편소설이라는 사실을 믿기 힘들 만큼 크고 풍성한 작품이다. 이 이야기는 역사소설이고, 성장소설이고, 한 여성의 일대기이며, 언어에 관한 다양하고 흥미로운 질문들을 모아놓은 책이기도 하지만, 동시에 그것 모두를 합쳐놓은 것 이상이다. 수많은 사람들의 매혹과 연구의 대상이 되어온 『옥스퍼드 영어 사전』 편찬 사업, 20세기 초 각국에서 동시다발적으로 일어났던 여성 참정권 운동, 그리고 제1차 세계대전까지, 다루고 있는 시대적 사건들의 규모와 범위가 워낙 방대하기도 할뿐더러, 그런 역사적 사건들이 여성 개인들에게 어떤 의미가 있었는지 그들의 생애 주기를 따라가며 섬세하게 조명하고 있기 때문이다.

역사 속에서 여성의 존재와 업적이 누락되고, 삭제되고, 망각되기를 반복한다는 것이 근거 없는 뜬소문이 아니라 엄연한 실체를 지닌 현실임을 아는 이에게 이 소설의 울림은 각별할 수밖에 없을 것이다. 재건하고 복원하는 일에는, 파괴하는 손에는 깃들어 있지도 않고 깃들 수도 없는 엄청난 양의 상상력과 애정이 필요하기 때문이다.

역사상 가장 탁월하고 권위 있는 사전으로 평가받는 『옥스퍼드 영어 사전』의 제작 과정에는 '세상에 존재하는 모든 단어를 정의해 수록하겠다'는 원대하면서도 무모한 목표가 세워져 있었다. 그러나 어떤 단어가 사전에 등재될지 결정하는 일은 모두 남성들의 몫이었으며, 오직 문헌에 기록된 단어들만 수록한다는 원칙이 있었기에, 많은 사람들, 특히 여성들이 일상적으로 사용하던 수많은 단어가 자격을 인정받지 못했다.

그렇다면 끝없이 쌓인 책들을 뒤져가며 인용문을 찾아 단어들의 용례를 기록으로 남기고, 그것을 편집하고 인쇄해 사전으로 만드는 전 과정에 헌신적으로 참여했던 여성들은 모두 어디로 갔을까? 자신들의 기쁨과 고통을 거의 설명해주지 않는 언어를 평생 다듬는 일을 하며 그들은 무엇을 느끼고 생각했을까? 세계를 정의하는 일을 남성들의 손에만 맡겨두는 대신 여성들이 직접 할 수 있었다면 무슨 일이 일어났을까? 실제로 『옥스퍼드 영어 사전』 제작 과정에서 분실되었으나 어떤 경로로 분실되었는지는 아무도 알지 못하는 단어 '여자 노예Bondmaid'가 작가에게 불러일으킨 것이 이런 질문들이라면, 단어에 관해서라면 탐욕스럽다 할 만큼 호기심과 집요함을 보여주는 주인공 에즈미 니콜, 그와 관계 맺는 다양한 여성들, 그리고 그들이 함께 제작하는 사전 『여성들의 단어와 그 의미』는 그 질문들에 대한 대답일 것이다.

극도의 가난과 병에 시달리며 시장에서 장사를 하는 노년 여성 메이블의 '걸걸하고 가래가 낀' 언어, 행동만큼이나 솔직하고 두려움이 없는 서프러제트 틸다의 언어, 부자유한 신분과 끊임없이 강요되는 노동의 고통에도 말할 수 있는 것보다 말할 수 없는 것이 더 많았던, 그러나 자신의 '마트'를 만난 뒤 조금씩 자유로워지고 풍부해지는 하녀 리지의 언어, 교육받을 기회가 없었던 사람들의 언어. 에즈미는 몽당연필과 빈 단어 쪽지를 주머니에 넣고 다니며 이 모든 언어를 수집하고, 기록하고, 마침내 그것을 세상에 당당히 내보낸다. 이는 자신들이 세상의 중심이라 믿었던 빅토리아 시대 지식인 남성들의 편향된 인식과 허위에 맞서는, '정상'이 아닌 것으로 규정되었던 존재들의 저항이자 해방이다.

번역하는 내내 에즈미가 보여준, 언어에 대한 강박에 가까운 천착과 애정과 관심은 다름 아닌 작가 핍 윌리엄스의 것이라는 사실을 실감했다. '여자 노예'라는 차별적인 단어를 없앤다고 자신의 현실이 달라지느냐는 리지의 날카로운 질문에, 행동은 하지 않고 말로만 하는 운동이 무슨 소용이 있느냐고 쏘아붙이는 틸다의 힐난에 에즈미는 무력감을 느낀다. 언어는 세계를 반영하고 상호작용을 주고받으며 우리가 우리 자신을 이해할 수 있게 해주는 소중한 도구이지만, 종종 전쟁이나 세계의 비참, 타인의 극심한 고통, 혹은 언어라는 규범 체계로는 포착되지 않는 어떤 사람들의 실존 앞에서는 한없이 초라하고 위선적이고 얄팍하게 느껴지기도 하는 도구인 것이다. 그러나 그런 에즈미에게 세계의 부조리와 고통에 맞서는 무기로 다른 것이 아니라 그가 어린 시절부터 지극한 애정을 품고 대해온, 그렇듯 유한하고 불완전하지만 매혹적인 언어를 끝내 들려준 작가의 마음이, 나는 한없이 담대하면서도 사려 깊게 느껴졌다. 또한 처음에는 단지 '시중드는 사람'과 '시중을 받는 사람'에 지나지 않았던 리지와 에즈미의 관계가 사전 편찬 작업을 통해 마음을 나누는 친구이자 각자의 세계를 지닌 동등한 두 여성의 그것으로 변해갈 때, '여자 노예'라는 뜻을 지닌, 세상의 부조리 한 조각을 포착한 단어 'Bondmaid'가 리지의 입에서 새로운 의미로 발화될 때는 언어가 정말 무력하기만 한 것일까, 다시금 생각하게 되기도 했다. 우리는 언어에 의해 정의되는 존재이기만 한 것이 아니라, 언어를 통해 우리가 원하는 세계를 상상하고 정의할 수도 있는 존재인 것이다.

서로 다른 환경과 상황에 놓인 약자들이 영원히 저마다의 위치에 붙박여 고립된 것이 아니라, 연결되어 서로를 지지하며 함께 변화할 수 있다는 사실을 작가는 거창한 구호나 대의가 아니라 평범한 사람들의 일상 언어를 통해, 애프터눈 티 시간의 다정한 대화를 통해, 자꾸만 어긋나고 어그러지지만 끝내 쓰여야 할 말을 담고 수신인을 찾아가는 편지들을 통해 증명해내는 데 성공한다. 이 책이 품고 있는 풍요로운 질문들이 부디 더 많은 독자들에게 가닿기를 바라며, 지적이고 의미 있을 뿐 아니라 재미까지 갖춘 이 크고 놀라운 책을 초보 번역가에게 선뜻 맡겨주신 출판사 엘리와 꼼꼼하게 오역을 잡아주신 편집자님께 감사드린다.

2020년 겨울

서제인

옮긴이 서제인

기자, 편집자, 작가 등 글을 다루는 다양한 일을 하다가 번역을 시작했다. 거대하고 유기체적인 악기를 조율하는 일을 닮은 번역 작업에 매력을 느낀다. 『잃어버린 단어들의 사전』이 첫 번역서이다.

잃어버린 단어들의 사전

1판 1쇄 2021년 1월 29일
1판 2쇄 2021년 2월 19일

지은이 핍 윌리엄스
옮긴이 서제인
펴낸이 김이선
편집 권은경 김이선
디자인 김진영
마케팅 이지혜 양혜림

펴낸곳 (주)엘리
출판등록 2019년 12월 16일 (제2019-000325호)
주소 04043 서울특별시 마포구 양화로 12길 16-9 (서교동 북앤빌딩)
ellelit@naver.com
ellelit2020
전화 (편집) 02 3144 3803 (마케팅) 02 3144 2553
팩스 02 3144 3121

ISBN 979-11-91247-02-2 03840

추천의 말

사실 이 책의 주인공, 일생에 걸쳐 잃어버린 단어들을 모은 에즈미의 꿈은 오랜 시간 나의 꿈이었다. 단어 채집가. 들리지 않는 목소리들의 채집가. 오랜 시간 대체로 여성들의 목소리는 잘 표현되지 않았다. 그러나 자신을 표현할 말이나 공간조차 없다는 것은 고통스러운 일이다. 여기서 우리는 중요한 질문을 하나 던져볼 수 있다. 누락된, 무시된, 금지된, 혹은 존재가 지워진 단어들을, 저마다의 고된 삶의 증거이기도 한 단어들을 종이에 옮겨놓는 것이 대체 무슨 의미가 있는가? 대답은 분명하다. 종이는 신비로운 공간이다. 종이에 적히는 순간 과거의 고통스러운 경험들은 또 하나의 시간을 갖는다. 바로 '미래'다. 우리는 잃어버렸다가 재발견된 수많은 단어와 이야기 덕분에 '다른 방식'으로 미래를 생각하게 된다. 나는 이 『잃어버린 단어들의 사전』이 멈추지 않고 두꺼워지고 풍요로워지기를 바란다.

정혜윤(CBS 라디오 PD, 작가)

『잃어버린 단어들의 사전』은 묻는다. 단어들이 남성과 여성에게 서로 다른 것을 의미할 수 있을까? 여성이 자주 노출되는 단어는 무엇일까, 그것은 사전에 실려 있을까. '자매들'이라는 단어에 '동지들'이라는 뜻이 포함될 수 있음을 미처 상상할 수 없던 똑똑한 남자들의 세계를, 『옥스퍼드 영어 사전』 초판이 성차별적인 텍스트였던 이유를, 사전을 바꾸고자 하는 한 여성의 이야기인 이 소설은 들려준다. 여성들만이 듣게 되는, 혐오를 담아 내뱉듯 말하는 단어들을 읽으며 속상하기도 했지만 그들의 생각과 삶을 이 책이 기록하고 있구나 하는 신뢰를 갖게 된다. 여성이 참정권을 갖게 됨은 물론 여성 참정권 운동가를 일컫는 '서프러제트'가 상업영화 제목으로 쓰이는 날이 왔다는 것을 『잃어버린 단어들의 사전』 속 여성들에게 말해주고 싶다. 나의 동지들에게, 나의 자매들에게.

이다혜(〈씨네21〉 기자, 작가)

사전이 어떻게 만들어지는지 궁금했던 사람에게 이 책을 추천하고 싶다. 단어를 가지고 놀기를 좋아하는 사람을 만난다면 이 책에 나오는 지적이고 천진한 관찰자를 꼭 소개시켜주고 싶다. 여성 참정권을 위한 운동이 서프러제트 말고 또 없었을까 궁금했던 사람에게도 이 책을 권하고 싶다. 단지 정성을 들여 만든 따뜻한 음식처럼 든든하게 기운 나는 긴 이야기가 필요할 뿐이라면, 그냥 이 책의 듬직한 두께를 믿어보라고 말하고 싶다.

요조(뮤지션, 작가, 책방무사 대표)

단어들과, 단어들이 겪는 모험에 관한 이야기이자, 세계를 정의하고, 세계에 맞서 싸울 수 있는 단어들의 힘을 그려낸 멋진 소설. 알 수 있다. 올해 출간된 소설 가운데 이보다 독창적인 소설은 없을 것이다.

토머스 케닐리, 『쉰들러 리스트』 작가

『잃어버린 단어들의 사전』은 최고의 역사소설이 갖춰야 할 모든 요건을 충족시킨다. 완전히 독창적인 콘셉트와 아름답게 창조된 인물들의 조화, 흡입력 있는 시대적 배경과 강렬하면서도 만족스러운 스토리텔링이 여기 있다. 서프러제트 운동과 1차대전 시기를 다루면서, 구석구석 세심한 상상력으로 태어난 이 소설은 잊을 수 없는 한 여성의 초상을 그려낸다. 굴하지 않고, 겸허하며, 너그럽고, 자신이 누군지 또렷이 알고 있으며, 언제나 굽힘 없이 꿋꿋한 주인공은 여성의 삶과 관심사를 너무도 자주 배제해버리는 공식 기록에 대해 도발적인 대안을 고안해낸다.

멜리사 애슐리, 『조류 연구가의 아내』 『벌과 오렌지 나무』 작가

핍 윌리엄스는 존재를 존엄하게 할 수도, 억압할 수도 있는 언어의 힘에 관한 놀라운 소설을 만들어냈다. 이 책은 잃어버린 단어들뿐 아니라 여성들의 삶에 관한 잃어버린 이야기 역시 드러낸다. 시의적절하면서, 동시에 시대를 초월하는 소설.

제럴딘 브룩스, 『피플 오브 더 북』 작가

사전 편찬사를 다룬 책 중 이보다 상상력이 풍부하고, 유쾌하고, 매력적이며, 영리한 책은 아직 쓰인 적이 없다. 만약 핍 윌리엄스가 이 이야기로 오직 영국의 백인 남성들만이 우리의 언어를 모으고 집대성하려는 노력을 이끌었다고 잘못된 가정을 했던 나를 부드럽게 꾸짖는 거라면, 나는 기꺼이 그 꾸짖음을 받아들이겠다. 경이롭게 구성된 이 이야기가 내 생각을 전적으로 바꿔놓는 데 도움이 되었다.

사이먼 윈체스터, 『교수와 광인』 작가